Secretos familiares

David Baldacci

Traducción de Santiago del Rey

GRUPO ZETA

Barcelona • Madrid • Bogotá • Buenos Aires • Caracas • México D.F. • Miami • Montevideo • Santiago de Chile

Título original: *First Family*
Traducción: Santiago del Rey
1.ª edición: enero, 2013

© 2009 by Columbus Rose, Ltd.
© Ediciones B, S. A., 2013
  Consell de Cent, 425-427 - 08009 Barcelona (España)
  www.edicionesb.com

Printed in Spain
ISBN: 978-84-666-5222-3
Depósito legal: B. 10.394-2012

Impreso por Novagràfic, S.L.

SECRETOS FAMILIARES

A mi madre,
mi hermano y mi hermana,
por todo su amor

Prólogo

Caminaba con calma. Bajó por la calle, dobló a la izquierda, recorrió un par de manzanas y giró ligeramente a la derecha. Hizo un alto en un cruce y se detuvo en otro un poco más de tiempo. Por pura costumbre, en realidad. El radar de su cabeza no indicaba el menor peligro y avivó el paso. Había gente en la calle aunque fuese tarde, pero a ella nunca la veía nadie. Parecía deslizarse como la brisa: notada pero sin ser vista.

El edificio de hormigón de tres pisos seguía donde siempre, encajado entre un bloque de apartamentos a la izquierda y un cascarón de hormigón armado a la derecha. Había medidas de seguridad, desde luego, pero muy elementales, no de primera. El típico dispositivo que retendría solo unos minutos a un experto y mucho menos a un profesional.

Escogió una ventana de la parte trasera en lugar de forzar la puerta principal. Esos puntos casi nunca estaban conectados con la alarma. Hizo saltar el pestillo, deslizó la ventana hacia arriba y se coló dentro. Desactivó el detector de movimiento con facilidad; tarareaba mientras lo hacía. Aunque era un tarareo nervioso. Ya tenía cerca lo que había venido a buscar.

Lo cual le producía un miedo espantoso. Ella, por supuesto, jamás lo habría reconocido.

El archivador estaba cerrado. Esbozó una sonrisa irónica.

«Me lo estás poniendo muy difícil, Horatio.»

Cinco segundos después el cajón se abrió silenciosamente. Deslizó los dedos por las etiquetas de los archivos. Orden alfabético. Lo cual la situaba justo en la mitad del montón, por mucho que ella nunca se hubiera considerado del montón. Sus dedos detuvieron la búsqueda y se curvaron alrededor del expediente. Uno bien abultado; no esperaba menos. Obviamente, ella no era un simple caso de diez páginas. Había causado muchos más estragos. Desenganchó el expediente y echó un vistazo a la fotocopiadora de la mesa.

«Bueno, allá vamos.»

Horatio Barnes era su psiquiatra, su gurú mental. Tiempo atrás la había convencido para que se internara en un hospital psiquiátrico. El único misterio que ella había resuelto durante su encierro voluntario había sido uno que no tenía nada que ver con sus problemas. Luego el bueno de Horatio la había hipnotizado, retrotrayéndola a su infancia, como acaba haciendo cualquier loquero que se precie. La sesión había revelado muchas cosas, al parecer. El único problema era que Horatio había decidido no comunicarle lo que le había dicho durante el trance. Ahora estaba aquí para corregir ese pequeño descuido.

Introdujo las páginas en el alimentador de la fotocopiadora y pulsó el botón. Uno por uno, los hechos de su vida se deslizaron con un zumbido por las entrañas de la Xerox. Los latidos de su corazón parecían acelerarse al mismo ritmo con el que las hojas recién impresas salían catapultadas a la bandeja.

Dejó el expediente original en el archivador, sujetó con una goma elástica la copia y la sopesó con ambas manos. Aunque no pasaría de un kilo, su peso amenazaba con hundirla en un abismo. Salió por donde había entrado. Sus botas resonaron con un redoble metálico al besar el asfalto. Caminó con calma hasta su todoterreno, otra vez convertida en una brisa invisible. La vida nocturna seguía a su aire. Nadie la veía nunca.

Subió al vehículo, arrancó el motor. Lista para partir. Jugueteó unos momentos con los dedos sobre el volante. Le gustaba conducir, siempre le había encantado lanzar sus ocho cilindros por una ruta nueva que llevara a algún sitio desconocido. Y sin embargo, mientras miraba a través del parabrisas, sintió que no quería algo nuevo: deseaba con desesperación que las cosas siguieran como estaban.

Echó un vistazo al expediente; vio su nombre en la primera página.

Michelle Maxwell.

Por un instante no le pareció que fuese ella. En esas páginas estaban la vida, los secretos y tormentos de otra persona. Problemas: la palabra temida. Parecía tan inocua. Problemas. Todo el mundo tenía problemas. Y sin embargo, esas nueve letras parecían haberla definido siempre, descomponiéndola en una fórmula que nadie había logrado descifrar aún.

El todoterreno continuaba al ralentí, escupiendo monóxido de carbono a una atmósfera ya muy saturada. Unas cuantas gotas se estrellaron contra el parabrisas. Vio que la gente apretaba el paso al intuir lo que se avecinaba. Un minuto más tarde, se desató el temporal. Notó que el viento azotaba su robusto todoterreno. Hubo un relámpago seguido de un trueno prolongado como un eructo. La intensidad de la tormenta presagiaba su brevedad. Una violencia semejante no podía persistir mucho tiempo; consumía demasiada energía demasiado deprisa.

No pudo resistirse. Apagó el motor, tomó las páginas y, quitando la goma, empezó a leer. Primero figuraba la información general. Fecha de nacimiento, sexo, estudios, trabajo. Volvió la página. Luego otra. Nada que no supiera ya, lo cual tampoco era sorprendente teniendo en cuenta que se trataba de ella.

Al llegar a la quinta página de notas mecanografiadas, las manos empezaron a temblarle. El encabezado decía: «Infancia. Tennessee.» Tragó saliva una vez, otra más, pero no consiguió aclararse la garganta. Tosió y carraspeó, lo cual solo sirvió para empeorar la cosa. La saliva se le había solidificado en la boca, igual que cuando estuvo a punto de matarse remando, solo para ganar una medalla olímpica de plata que, a cada día que pasaba, significaba menos para ella.

Cogió una botella de Gatorade y se la bebió de golpe, derramando una parte en el asiento y sobre las hojas. Soltando una maldición, restregó la página para secarla. Y bruscamente, se le rompió casi en dos mitades. Lo cual hizo que se le llenaran los ojos de lágrimas, sin que supiera bien por qué. Se acercó el papel a la cara, a pesar de que tenía una vista perfecta. Perfecta, pero no lograba distinguir aquellas letras. Alzó los ojos hacia el parabrisas, pero tampoco ahí veía nada, tan tupida era la lluvia. Las calles ahora estaban totalmente vacías; la gente se había dispersado en cuanto habían caído las primeras gotas oblicuas, casi horizontales, a causa del viento.

Volvió a mirar las hojas, pero era inútil. Las palabras seguían allí, desde luego, pero no las veía.

—Puedes hacerlo, Michelle. Tú puedes.

Las palabras, dichas en voz baja, sonaban forzadas, huecas.

Se concentró otra vez.

«Infancia. Tennessee», empezó. De nuevo tenía seis años y vivía en Tennessee con su madre y su padre. Su padre era un policía con una carrera ascendente en el cuerpo; su madre... bueno, era su madre. Sus cuatro hermanos mayores habían crecido y se habían largado. Solo quedaba la pequeña Michelle en casa. Con ellos dos.

Ahora sí lo estaba consiguiendo. Las palabras aparecían con claridad, los recuerdos iban cristalizando mientras ella retrocedía hacia esa porción de su historia personal. Cuando pasó la página y su mirada captó la fecha que figuraba en lo alto fue como si los relámpagos del exterior hubieran caído directamente sobre ella. Un millón de voltios de dolor, un grito de una angustia casi visible la desgarró por dentro.

Miró por la ventanilla sin saber por qué. Las calles seguían vacías; la lluvia caía con tal fuerza que parecía como si las gotas estuviesen conectadas, como si fueran ristras de cuentas, millones y millones de cuentas ensartadas.

Y no obstante, al guiñar los ojos y mirar a través del aguacero, vio que la calle no estaba del todo vacía. Había un hombre alto, sin paraguas ni abrigo, parado allí en medio. Estaba empapado, con la camisa y los pantalones pegados a la piel. La miraba fijamente. No había temor ni odio ni compasión en la expresión de aquel hombre, mientras la contemplaba a través de la cortina de agua. Era más bien, concluyó ella al fin, una tristeza larvada que casaba bien con su propia desesperación.

Giró la llave, puso el todoterreno en marcha y dio gas. Lo miró mientras pasaba por su lado, justo cuando otro relámpago transformaba fugazmente la noche en día. La imagen de ambos pareció solidificarse en aquella ráfaga de energía, con la mirada de cada uno congelada en la del otro.

Sean King no dijo nada ni intentó detenerla cuando ella pasó de largo acelerando. Permaneció inmóvil, con el pelo empapado sobre la cara. Aunque ella nunca le había visto unos ojos tan grandes e invasivos. Le dieron miedo. Era como si quisieran arrancarle el alma.

Un instante más tarde, cuando redujo la velocidad para doblar la esquina, él había desaparecido. El cristal de la ventanilla descendió y el fajo de hojas salió volando para aterrizar directamente en un contenedor de basura.

Momentos después, el todoterreno se perdió en el rostro ceñudo de la tormenta.

1

Globos de cumpleaños y metralletas. Elegantes tenedores hundiéndose en cremosas golosinas y dedos callosos curvándose alrededor de los guardamontes metálicos. Flotaban risas alegres en el aire mientras se desenvolvían los regalos y, al propio tiempo, sonaba el tableteo amenazador de un helicóptero, que descendía creando un torbellino con sus hélices.

Para el departamento de Defensa, aquellas instalaciones se llamaban oficialmente Centro de Apoyo Naval Thurmont, pero la mayoría de americanos las conocían como Camp David. Bajo uno u otro nombre, no se trataba del típico escenario para la fiesta de cumpleaños de una preadolescente. Antiguo campamento recreativo construido por la WPA durante la Depresión, había sido reconvertido por Frank Delano Roosevelt en un centro de descanso presidencial y rebautizado como el Shangri-La Americano, porque venía a reemplazar al yate presidencial. Su apelativo moderno, mucho menos exótico, lo había adquirido de Dwight Eisenhower, quien le puso el nombre de su nieto.

Era una finca rústica de cincuenta hectáreas provista de muchas instalaciones para las actividades al aire libre, incluyendo pistas de tenis, senderos de excursionismo y un hoyo de prácticas para los presidentes aficionados al golf. La fiesta de cumpleaños se celebraba en la bolera y contaba con la asistencia de una docena de chavales con sus acompañantes pertinentes. Estaban todos muy emocionados, como es natural, por hallarse en un territorio sagrado que habían pisado en su momento gente como los Kennedy y los Reagan.

La acompañante principal de los chavales y organizadora de la fiesta era Jane Cox. Un papel al que ya estaba acostumbrada, porque Jane Cox estaba casada con Dan Cox, también conocido como el Hombre Lobo, lo cual la convertía en la primera dama de Estados Unidos. Y era un papel que interpretaba con encanto, dignidad y un toque imprescindible de humor y astucia. Aunque fuera cierto que el presidente de Estados Unidos era el mayor malabarista de tareas distintas del mundo, tampoco podía negarse que la primera dama, tradicionalmente, no le iba a la zaga en ese aspecto.

Para que conste, sacó noventa y siete puntos en la partida de bolos, jugando sin protectores laterales y luciendo unos zapatos con los patrióticos colores rojo, blanco y azul. Se había recogido en una cola la melena castaña que le llegaba hasta los hombros y ella misma se encargó de sacar el pastel. También dirigió el canto del «Feliz Cumpleaños» para su sobrina, Willa Dutton. Willa era una niña de pelo oscuro, más bien bajita para su edad. Algo tímida, pero extraordinariamente brillante y maravillosamente atractiva cuando uno la llegaba a conocer. Aunque Jane jamás lo habría admitido en público, desde luego, Willa era su sobrina favorita.

La primera dama no comió nada de pastel; estaba vigilando su peso, dado que el resto del país, más aún, el resto del mundo, lo estaba vigilando también. Se había puesto un par de kilos encima desde su entrada en la Casa Blanca. Y otro par de kilos más tarde, en esa pesadilla llamada campaña de reelección en la que se hallaba inmerso actualmente su marido. Aun así, era lo bastante alta —uno setenta, sin tacones— como para que la ropa le cayera bien. Su marido medía casi uno ochenta, así que nunca se ponía tacones muy exagerados para que él no pareciese bajo en comparación. Las percepciones importaban, y a la gente le gustaba que sus líderes fueran más altos y robustos que el resto de la población.

Su cara estaba en condiciones aceptables, pensó, echándose un vistazo furtivo en el espejo. Mostraba las marcas y arrugas de una mujer que había dado a luz varias veces y soportado múltiples campañas políticas. Ningún ser humano podía salir indemne de tales pruebas. Fuera cual fuese la fragilidad que padecieras, tus adversarios la encontrarían y la explotarían a fondo. La prensa aún la describía como una mujer atractiva. Algunos se arriesgaban a afirmar incluso que poseía los encantos de una estrella de cine. Tal vez en otra época, se dijo, pero ya no. Ahora había entrado en la etapa de «actriz secundaria» de su carrera. Con todo, había llegado muy lejos desde aquellos días en los que unos pómulos tersos y un trasero firme figuraban entre sus máximas prioridades.

Mientras proseguía la fiesta, Jane echaba de vez en cuando una ojeada por la ventana a la patrulla de marines que hacían la ronda, muy serios, con sus armas preparadas. El servicio secreto se había ocupado de trasladarla allí, claro, pero era la Marina la responsable oficial de Camp David. Todos los miembros del personal, por lo tanto, desde los carpinteros hasta los jardineros, eran marineros. Y el grueso de las tareas de seguridad recaía en el destacamento permanente de marines desplegado allí. A decir verdad, Camp David estaba mejor protegido que el 1600 de la avenida Pensilvania, aunque no habrías encontrado a mucha gente dispuesta a reconocerlo en público.

La seguridad no era la mayor preocupación de Jane mientras observaba encantada cómo soplaba Willa las doce velas de su pastel de dos pisos y empezaba a echar una mano para repartir porciones entre los invitados. Después se acercó a la madre de Willa, Pam Dutton, una mujer alta y delgada, de pelo rojizo y ensortijado, y le dio un abrazo.

—Willa parece feliz, ¿no? —le dijo.

—Siempre lo está cuando tiene cerca a su tía Jane —respondió Pam, dándole unas palmaditas afectuosas a su cuñada. Mientras se soltaban, añadió—: No sé cómo darte las gracias por dejarnos celebrar la fiesta aquí. Soy consciente de que no es la norma, sobre todo considerando que Dan, quiero decir, que el presidente ni siquiera está aquí.

Como no eran de la misma sangre, Pam todavía encontraba incómodo llamar a su cuñado por su nombre, mientras que los hermanos del presidente, igual que la propia Jane, solían llamarlo Danny.

Jane sonrió.

—La ley establece la propiedad compartida de todos los terrenos federales entre el presidente y la primera dama. Y para que lo sepas, yo aún me encargo de cuadrar nuestras cuentas personales. A Danny no se le dan muy bien los números.

—Ha sido muy amable de tu parte, aun así —dijo Pam. Y mirando a su hija, añadió—: El año que viene será una adolescente. Mi hija mayor, adolescente. Cuesta creerlo.

Pam tenía tres hijos. Willa, John, de diez, y Colleen, de siete. Jane también tenía tres hijos, pero todos mayores. El menor había cumplido los diecinueve y estaba en la universidad; y su hija era enfermera de un hospital de Atlanta. Entre ambos, había otro chico que todavía estaba tratando de averiguar qué hacer con su vida.

Los Cox habían tenido hijos más temprano. Jane contaba solo cuarenta y ocho años, mientras que su marido acababa de celebrar sus cincuenta.

—Según mi experiencia —dijo Jane—, los chicos te lastimarán el corazón y las chicas te darán quebraderos de cabeza.

—No sé si mi cabeza está preparada para Willa.

—Mantén abiertas las líneas de comunicación. Averigua quiénes son sus amigos. Introdúcete con cautela en todo lo que la rodea, pero escoge cuidadosamente las batallas que vas a librar. A veces ella se cerrará. Es normal, pero en cuanto hayas establecido las reglas básicas, todo irá bien. Es muy inteligente. Aprenderá deprisa. Te agradecerá el interés.

—Parece un buen consejo, Jane. Sé que siempre puedo contar contigo.

—Lamento que Tuck no haya podido venir.

—Se supone que vuelve mañana. Ya conoces a tu hermano.

Jane le lanzó una mirada de inquietud.

—Todo irá bien. Ya lo verás.

—Sí, seguro —dijo Pam en voz baja mirando a su hija, que se movía feliz entre los invitados.

Mientras Pam se alejaba, Jane observó a Willa. Había en ella una curiosa madurez combinada con abundantes destellos de la preadolescente que todavía era. Escribía mejor que algunos adultos y era capaz de explayarse sobre temas que habrían dejado perplejos a muchos chicos con bastantes más años. Y poseía, además, una curiosidad que no se limitaba a las cuestiones usuales entre su grupo de edad. Observándola con atención, sin embargo, uno veía también que se reía tontamente y sin motivo, que decía «o sea» y «uau» a cada momento y que estaba empezando a descubrir a los chicos con esa mezcla de desagrado y atracción típica de una preadolescente. Esa reacción frente al sexo opuesto no cambiaría demasiado cuando Willa llegara a ser adulta, Jane lo sabía muy bien. Solo que las apuestas serían entonces mucho más altas.

La fiesta concluyó y todos se despidieron. Jane Cox subió al helicóptero. No se designaba como Marine One porque no iba a bordo el presidente. Hoy la transportaba el equipo B, Jane lo sabía muy bien. Y no le importaba en lo más mínimo. En privado, ella y su marido eran iguales. En público, ella se mantenía dos pasos por detrás, como exigía el protocolo.

Se puso el cinturón y un marine uniformado cerró y aseguró la puerta. La acompañaban cuatro agentes de aire estoico del servicio secreto. Despegaron y, momentos más tarde, Jane contempló a sus pies la extensión de Camp David (o la «Jaula del Pájaro», según el nombre cifrado del servicio secreto), que se hallaba enclavada en el parque de la montaña Catoctin. El helicóptero viró hacia el sur. En treinta minutos, aterrizaría sin novedad en el prado de la Casa Blanca.

Tenía en la mano una nota que Willa le había entregado al despedirse. Era una carta de agradecimiento. Sonrió. No era insólito en ella que ya la tuviese preparada. Estaba escrita con un tono maduro y decía todas las cosas apropiadas. A decir verdad, algunos miembros del equipo de Jane podrían haber aprendido de su sobrina una lección de modales.

Jane dobló la carta y se la guardó. El resto del día y de la velada no sería ni la mitad de agradable. La esperaban sus obligaciones oficiales. La vida de una primera dama, eso lo había aprendido enseguida, era una máquina frenética en perpetuo movimiento, amortiguada tan solo por rachas de tedio.

Los patines del helicóptero tocaron el césped. Puesto que el presidente no iba a bordo, no encontró ningún gran despliegue aguardando mientras bajaba y se dirigía a la Casa Blanca. Su marido estaba en la oficina de trabajo situada junto al Despacho Oval, que cumplía funciones más bien ceremoniales. Ella solo le había pedido dos o tres cosas cuando accedió a apoyarle en su carrera para alcanzar el puesto más elevado de la nación. Una de ellas, poder entrar en su sanctasanctórum sin anunciarse ni anotarse en el libro oficial de visitas.

—Yo no soy una visita —le había dicho—. Soy tu esposa.

Se acercó al «auxiliar personal» del presidente, oficialmente conocido como Asistente Especial del Presidente, que en ese momento estaba atisbando por la mirilla del Despacho Oval, antes de entrar e interrumpir una reunión que se alargaba demasiado. Él era el encargado de que su marido se atuviera a los horarios previstos, funcionando con la máxima eficiencia. Lo conseguía levantándose antes del alba y dedicando cada minuto de su vigilia a atender todas las necesidades del presidente, a menudo previéndolas antes que el propio interesado. En cualquier otro lugar que no fuera la Casa Blanca, pensaba Jane, el «auxiliar» se habría llamado sencillamente «esposa».

—Sácalos ya, Jay, porque voy a entrar —le dijo. Él se movió con presteza para complacerla. Ni una sola vez le había rechistado. Y no lo haría si quería conservar su puesto.

Jane pasó unos minutos con el presidente, explicándole cómo había ido el cumpleaños, antes de subir a sus habitaciones privadas a refrescarse y cambiarse para la recepción que iba a ofrecer. Unas horas después, al oscurecer, regresó a su hogar «oficial», se quitó los zapatos y se bebió una taza de té caliente que necesitaba con desesperación.

A solo treinta kilómetros, Willa Dutton, la niña que acababa de cumplir doce años, estaba gritando.

2

Sean le echó a Michelle una mirada mientras avanzaban con el coche. Una mirada rápida, como para evaluarla. Si ella lo notó, no hizo ningún comentario. Mantenía la vista al frente.

—¿Cuándo los conociste? —le preguntó Michelle.

—Cuando estaba en protección. Hemos mantenido el contacto. Una familia encantadora.

—Ya —dijo ella, abstraída, mirando a través del parabrisas.

—¿Has visto a Horatio últimamente?

Michelle tensó los dedos en torno a su taza de café.

—¿Por qué me seguiste hasta su oficina?

—Porque sabía lo que ibas a hacer.

—¿Lo cual era exactamente...?

—Colarte dentro para averiguar qué le contaste mientras estabas hipnotizada.

Michelle permaneció callada.

—¿Lo averiguaste?

—Es muy tarde para presentarse en casa de nadie.

—Michelle, deberíamos hablar de esto...

—Lo que deberías hacer tú es no meterte.

Sean miró la oscuridad que parecía cerrarse sobre él.

—No has respondido a mi pregunta —dijo ella.

—Ni tú a la mía —replicó él, irritado.

—Bueno, ¿por qué vamos a casa de esa gente tan tarde?

—No ha sido idea mía.

—Creía que ibas a llevar un regalo de cumpleaños.

—He comprado el regalo después de que ella me llamase. He recordado que el cumpleaños de la niña era hoy.

—¿Para qué te ha llamado, entonces?

—Tal vez se trate de un encargo para nosotros.

—¿Esa familia encantadora necesita un detective privado?

—Sí. Y ella no quería esperar.

Salieron de la zigzagueante carretera rural y tomaron un largo sendero flanqueado de árboles.

—Esto está en el quinto pino —murmuró Michelle.

—Es discreto —la corrigió Sean.

Enseguida apareció a la vista la casa enorme.

—Bonito sitio —dijo ella—. A tu amigo le van bien las cosas.

—Contratos gubernamentales. Los altos cargos reparten dinero a espuertas, al parecer.

—Menuda sorpresa. Pero la casa está a oscuras. ¿Seguro que has entendido bien la hora?

Sean detuvo el coche frente a la entrada.

Michelle dejó de repente su café y sacó la pistola de la funda que tenía en la cintura.

—Eso ha sido un grito de mujer.

—Un momento. No te precipites —dijo él, sujetándola del brazo. Un estrépito procedente del interior de la casa le impulsó a sacar su propia arma de la guantera—. Vamos a ver qué ocurre antes de avisar a la policía.

—Tú, por detrás; yo, por delante —dijo Michelle.

Sean se bajó, corrió hacia la parte trasera de la casa colonial de ladrillo, resiguiendo la pared lateral, donde estaba el garaje, y se detuvo un momento para estudiar el terreno.

Michelle, tras hacer su propio reconocimiento de la zona, se plantó en un minuto junto a la puerta principal. No habían vuelto a sonar gritos ni ruidos. No había ningún vehículo a la vista. Podía levantar la voz y preguntar si había algún problema. Pero si lo había, pondría sobre aviso a los malhechores. Tanteó la puerta. Cerrada. Algo —no supo bien qué— la impulsó a retirar la mano. Enseguida se alegró de haberlo hecho.

Las balas atravesaron la puerta, haciendo saltar por los aires un montón de esquirlas de madera pintada. Notó la ráfaga de los proyectiles, que pasaron por su lado antes de acabar acribillando el coche de Sean.

Bajó del porche de un salto, rodó por el suelo, se incorporó y echó a correr a toda velocidad. Metió la mano en el bolsillo y marcó a ciegas el 911. Oyó la voz del operador. Estaba a punto de hablar cuando la puerta del garaje se abrió violentamente y una camioneta salió con un brusco viraje y se lanzó hacia ella. Michelle se volvió y disparó primero a los neumáticos y luego al parabrisas. El teléfono se le escapó mientras se catapultaba hacia un lado y rodaba por un terraplén. Aterrizó sobre un montón de barro y hojas secas, en el fondo de una zanja de drenaje. Se sentó y levantó la vista.

Y disparó.

Su puntería, como siempre, resultó infalible. La bala le dio al hombre justo en el pecho. Solo había un problema. El proyectil blindado de 9 mm no lo derribó. El tipo retrocedió tambaleante, alzó su arma, apuntó y disparó a su vez.

Lo único que salvó a Michelle Maxwell aquella noche fue que dedujo que su atacante llevaba un chaleco antibalas y que tuvo la agilidad suficiente para rodar tras un roble gigantesco antes de que las ráfagas del MP5 pudieran alcanzarla. Las balas se estrellaron a docenas en el árbol, haciendo trizas la corteza y mandando astillas de madera en todas direcciones. Un tronco tan grueso, sin embargo, tenía todas las de ganar, incluso frente a las ráfagas de un subfusil.

Michelle no se tomó ni un respiro. A una mano experta como la suya le bastaban unos segundos para expulsar el cargador e insertar otro. Se asomó sujetando la pistola con ambas manos. Esta vez apuntaría a la cabeza y lo derribaría definitivamente.

Solo que allí no había nadie a quien abatir.

El tipo de la MP5 había disparado y se había evaporado.

Subió con cautela el talud, apuntando siempre al frente. Al oír que la camioneta aceleraba y empezaba a alejarse, se apresuró a trepar, agarrándose de las raíces, ramas y enredaderas. Corrió hacia el coche de Sean, decidida a emprender la persecución, pero se detuvo en seco al ver que salía humo del capó. Reparó en los orificios de bala de la chapa metálica. Estaban arreglados, no podían ir a ninguna parte.

¿Estaban?

—¡Sean! —gritó—. ¡Sean!

—¡Aquí!

Subió corriendo los escalones, apartó de una patada lo que quedaba de la puerta destrozada e irrumpió en la sala de estar, describiendo arcos con la pistola.

Sean estaba arrodillado en el suelo junto a una mujer tendida boca arriba. Con las piernas y los brazos totalmente desplegados, parecía una marioneta congelada. Tenía los ojos abiertos pero fijos e inexpresivos, porque estaba muerta. El pelo rojizo le llegaba a los hombros. Era evidente la causa de la muerte. Le habían rebanado el cuello.

—¿Quién es?

—Pam Dutton. La mujer con la que habíamos quedado.

Michelle advirtió que había algo escrito en los brazos desnudos del cadáver.

—¿Qué es eso?

—No sé. Un montón de letras. —Se inclinó para mirarlas de cerca—. Parece que han usado un rotulador negro.

—¿Hay alguien más en la casa?

—Vamos a averiguarlo.

—No podemos estropearle a la policía el escenario del crimen.

—Ni dejar que muera otra persona a la que podríamos haber salvado —replicó él.

Tardaron solo unos minutos. Había cuatro habitaciones en el piso de arriba, dos a cada lado del pasillo, situadas en diagonal. En la primera que registraron había una niña. Estaba inconsciente, pero a simple vista no presentaba heridas. Respiraba normalmente; su pulso era débil pero regular.

—Colleen Dutton —dijo Sean.

—¿Drogada? —preguntó Michelle, mirándola.

Sean le alzó un párpado y observó la pupila dilatada.

—Eso parece.

En la segunda habitación se hallaba tendido un niño en un estado similar.

—John Dutton —dijo Sean, mientras le tomaba el pulso y le miraba la pupila—. También drogado.

La tercera habitación estaba vacía.

El último dormitorio era el más grande. Y no estaba vacío.

Había un hombre en el suelo. Llevaba unos pantalones y una camiseta, pero estaba descalzo. Tenía un lado de la cara muy magullado e inflamado.

—Es Tuck Dutton, el marido de Pam. —Sean le tomó el pulso—. Inconsciente, pero respira bien. Ha recibido un golpe brutal.

—Hemos de llamar a la policía. —Michelle cogió el teléfono de la mesilla—. Está cortado. Deben de haber manipulado la caja.

—Utiliza el móvil.

—Se me ha caído cuando han tratado de arrollarme.

—¿Quién ha tratado de atropellarte?

—El conductor de la camioneta y un tipo con un subfusil. ¿No has visto a nadie cuando has entrado?

Él meneó la cabeza.

—He oído disparos y he entrado por la puerta trasera. Luego he oído un estruendo.

—Eran ellos cuando han reventado la puerta del garaje. Parece que esta noche me he llevado yo toda la diversión.

—Pam, muerta; Tuck, noqueado. John y Colleen, drogados.

—Me has dicho antes que tenían tres hijos.

—Así es. Willa ha desaparecido, por lo visto. La habitación vacía es la suya.

—¿Se la han llevado en la camioneta? ¿Raptada?

—No estoy seguro. ¿Tú qué has visto exactamente?

—Era una Toyota Tundra azul oscuro, con cabina doble. No he visto la matrícula, estaba demasiado ocupada tratando de salvar el pellejo. Un conductor y un tirador. Ambos, varones. Ah, y tiene al menos un orificio de bala en el parabrisas.

—¿Los has visto lo bastante bien como para identificarlos?

—No, pero uno de ellos llevaba un chaleco antibalas de primera, de categoría militar. Ha encajado sin problemas un proyectil blindado de mi Sig. Y tenía puesto un pasamontañas negro, lo cual más bien complicaba una identificación.

—¿Ningún indicio de una niña de doce años en la camioneta?

—No, que yo haya visto. Seguramente también iba drogada.

Sean usó su móvil para llamar al 911 y transmitió toda la información. Volvió a metérselo en el bolsillo y echó una ojeada alrededor.

—¿Qué es eso?

Michelle cruzó la habitación para examinar un bolso de viaje que asomaba del armario.

—Un portatrajes medio abierto. —Se agachó—. Hay una etiqueta. Vuelo 567 de United Airlines al aeropuerto de Dulles. Con fecha de hoy. —Cogió una toalla del baño para cubrirse la mano, abrió la cremallera unos centímetros y echó un vistazo dentro—. Ropa de hombre. Debe de ser de Tuck.

Sean bajó la vista y observó la camiseta y los pies descalzos del hombre que yacía inconsciente.

—Llega a casa. Probablemente ve a Pam un momento. Sube a dejar la maleta. Empieza a cambiarse... ¡y zas!

—Hay una cosa que me escama. Ese Tundra ha salido del garaje. O es de los Dutton, o los tipos habían metido allí su propio vehículo.

—Tal vez lo han hecho para que nadie viera cómo introducían a Willa en la camioneta.

—¿En las quimbambas? ¿A estas horas? Desde aquí no se ve ninguna otra casa. Ni siquiera parece que haya alguna cerca.

—¿Y por qué llevarse a Willa y no a los otros niños?

—¿Y por qué matar a la madre y dejar vivos a los demás?

Sean intentó reanimar a Tuck, pero no obtuvo reacción.

—Mejor que lo dejes tranquilo. Podría tener heridas internas.

Volvieron a la planta baja. Sean se dirigió a la cocina y entró por allí en el garaje. Era de tres plazas, cada una con su propia puerta. En la primera había un Mercedes último modelo. En la segunda un Chrysler minivan. La tercera estaba vacía.

Michelle señaló la puerta destrozada.

—La camioneta estaba aparcada ahí, obviamente. ¿Sabes si los Dutton tienen una Tundra azul?

—No. Pero lo más probable es que sea suya.

—¿Lo dices porque la plaza está despejada?

—Exacto. La mayoría de los garajes acaban llenos de trastos, incluyendo a veces algún coche. Si no se ve nada parecido en las tres plazas es porque tienen tres vehículos; de lo contrario, usarían la tercera para almacenar cosas.

—Uau. Estás hecho todo un detective.

Sean puso la mano en el capó del Mercedes.

—Caliente.

Michelle deslizó el dedo por uno de los neumáticos.

—Y las rodaduras húmedas. Ha llovido bastante esta noche. Tuck debe de haber venido del aeropuerto con este coche.

Volvieron al salón y contemplaron el cuerpo de Pat Dutton. Sean pulsó el interruptor de la luz con el codo, sacó su libreta de notas y copió las letras escritas en el brazo de la mujer.

Michelle se agachó y examinó las manos de Pam.

—Parece tener sangre y restos de piel bajo las uñas. Vestigios de un intento defensivo, lo más probable.

—Sí, ya me he fijado. Espero que puedan sacar algo de la base de datos de ADN.

—Pero ¿no debería haber más sangre? —dijo Michelle.

Sean examinó el cuerpo más de cerca.

—Cierto. La alfombra debería estar empapada. Da la impresión de que le han seccionado la carótida. En ese caso, tendría que haberse desangrado muy deprisa.

Michelle lo vio primero: un cilindro de plástico que sobresalía por debajo del codo del cadáver.

—¿Es lo que yo creo?

Sean asintió.

—Un tubo vacío. —Levantó la vista y miró a su compañera—. ¿Se han llevado su sangre?

3

En Talbot's había rebajas. Diane Wohl había salido del trabajo a las cuatro para aprovechar. Un vestido nuevo, varias blusas, quizás unos pantalones, una bufanda. Acababan de subirle el sueldo y quería sacarle partido. No tenía nada de malo darse un gusto de vez en cuando. Aparcó el coche en el garaje del centro comercial y caminó unos cien metros hasta el interior del complejo. Dos horas más tarde, tras probarse numerosos conjuntos, salió con dos bolsas llenas de ropa, cumpliendo así con el deber patriótico de estimular una economía por lo demás desastrosa.

Arrojó las bolsas en el asiento del copiloto y subió al coche. Tenía hambre y estaba pensando en comprar algo de comida china de camino a casa. Acababa de meter la llave cuando notó la presión de un círculo metálico en la nuca. Un intenso olor hizo que se olvidara de golpe del pollo kung pao y la sopa de huevo. Era una mezcla de cigarrillos y lubricante de armas.

—Conduzca —dijo la voz quedamente, pero con firmeza—. O está muerta.

Condujo.

Una hora más tarde habían dejado atrás los barrios residenciales. Solo se veía la raya del asfalto, la luna llena y un denso muro de árboles. No había ni un coche ni una persona a la vista. Diane Wohl estaba totalmente sola con el monstruo que iba sentado en el asiento trasero de su Honda.

Ahora habló de nuevo.

—Gire ahí.

A ella se le encogió el estómago. Los ácidos gástricos segregados por efecto del miedo le subieron a la garganta.

El coche avanzó bamboleándose por un camino de tierra durante unos minutos. Parecía como si la masa de árboles estuviera engullendo el coche.

—Pare.

Diane puso punto muerto. Al retirar la mano de la palanca de cambio, miró su bolso de soslayo. Tenía el móvil allí. Si pudiera encenderlo... O las llaves. Un buen manojo de llaves. Podía sacarlas y clavárselas en los ojos, como había visto en las películas de la tele. Pero estaba demasiado aterrorizada para hacer nada. Temblaba de pies a cabeza, como si tuviera Parkinson.

El monstruo de pocas palabras dijo:

—Fuera.

Ella no se movió. Tenía la garganta completamente seca, pero aun así consiguió hablar.

—Si quiere mi coche y mi dinero, puede quedárselos. Pero, por favor, no me haga daño. Por favor.

El monstruo no se dejó convencer.

—Fuera.

Le presionó en la nuca con la boca del cañón. Un mechón de su pelo quedó atrapado en el resalte de la mira y acabó arrancado de raíz. Empezaron a rodarle lágrimas por las mejillas al ver que se enfrentaba a los últimos minutos de su vida. Era tal como decían las advertencias habituales:

«Mire alrededor. Permanezca alerta. Basta con un segundo.»

De las rebajas de Talbot's a la muerte en un camino solitario.

Abrió la puerta del coche y empezó a bajarse, aferrando el bolso con la mano. Sofocó un grito y lo soltó en el acto cuando los dedos enguantados la agarraron de la muñeca.

—No va a necesitarlo.

Bajó y cerró la puerta.

Todas sus esperanzas se fueron a pique cuando él se bajó también. Había rezado para que el tipo ocupara el asiento delantero y se llevara el Honda, en lugar de arrebatarle la vida.

Era viejo, con un pelo blanco, tupido y un poco largo de aspecto sucio y sudoroso. Su rostro parecía tallado en roca maciza y estaba cubierto de finas arrugas. Era un hombre viejo, pero también alto y fornido, de más de noventa kilos, con unos hombros anchos y unas manos surcadas de venas. Se irguió en toda su estatura junto a la menuda Wohl. Incluso sin la pistola, ella no tenía nada que hacer frente a él. Le apuntaba directamente a la cabeza. El hecho de que no llevara ninguna máscara la aterrorizó. Veía su rostro con toda claridad.

«No le importa. Le tiene sin cuidado que sepa quién es. Va a matarme. A violarme y luego a matarme. Y me dejará aquí tirada.» Empezó a sollozar.

—Por favor, no lo haga —dijo, al ver que daba un paso adelante. Ella retrocedió, preparándose para el ataque.

No llegó a ver al otro hombre que se le acercaba por detrás. Cuando le tocó el hombro, soltó un chillido y se volvió. Era bajo y enjuto, con unos rasgos hispanos muy definidos. Pero ella no vio nada, porque el hombre había alzado el bote que tenía en la mano y el denso vapor le dio de lleno en la cara.

Sintiendo que se asfixiaba, Diane inspiró hondo para tratar de despejar sus pulmones. No funcionó; perdió el conocimiento rápidamente y se desplomó en brazos del hispano. Entre los dos hombres, la metieron en la trasera de una furgoneta de alquiler aparcada muy cerca y se alejaron de allí.

4

Las fuerzas del orden estaban representadas allí con todo su esplendor y su potencia. Desde un rincón del patio cubierto de agujas de pino, Sean y Michelle observaban a los policías, técnicos y agentes de paisano que pululaban por el hogar destrozado de los Dutton como enjambres de insectos por los despojos de una res muerta. En ciertos aspectos esenciales, la analogía era exacta.

Las ambulancias ya se habían llevado al hospital a los miembros de la familia que seguían vivos. La señora Dutton estaba todavía dentro, soportando a todo aquel enjambre humano. El único medico que la vería más tarde habría de practicarle más cortes de los que ya tenía en su cuerpo.

Sean y Michelle habían sido interrogados tres veces, primero por los agentes uniformados y después por los detectives de homicidios con traje y corbata. Ellos fueron dando respuestas detalladas mientras los policías llenaban sus cuadernos con su descripción de los hechos atroces de aquella noche.

Michelle reparó en dos coches negros que se detuvieron lentamente en el sendero de entrada. Al ver a los agentes que se bajaban, le dijo a Sean:

—¿Qué hace aquí el FBI?

—¿No te lo había dicho? Tuck Dutton es el hermano de la primera dama.

—¿De la primera dama? ¿Quieres decir de Jane Cox, la esposa del presidente Cox?

Sean se limitó a mirarla.

—¿Eso significa que su cuñada ha sido asesinada y su sobrina, secuestrada?

—Seguramente verás llegar enseguida a las furgonetas de los informativos —dijo él—. Y la respuesta será: «Sin comentarios.»

—Así que Pam Dutton nos quería contratar. ¿Tienes idea del motivo?

—No.

Observaron cómo hablaban los federales con los detectives locales para desfilar a continuación hacia el interior de la casa. A los diez minutos, salieron y se acercaron a Sean y Michelle.

—No parecen muy contentos de vernos por aquí —musitó ella.

No lo estaban. Pronto quedó claro que a los agentes del FBI les costaba creer que Pam Dutton los hubiera citado en su casa sin que ellos supieran por qué.

Sean repitió por cuarta vez:

—Como ya he dicho, soy amigo de la familia. Ella me llamó y me dijo que quería que nos viéramos. No tenía ni idea del motivo. Por eso hemos venido. Para averiguarlo.

—¿Tan tarde?

—Fue ella quien fijó la hora.

—Si tiene una relación tan estrecha con la familia, quizá se le ocurra quién podría haber hecho esto —dijo uno de ellos. Era un tipo de estatura media, con la cara flaca, hombros musculosos y una expresión agria al parecer permanente que a Michelle le hizo pensar que padecía una úlcera o retortijones intestinales.

—Si tuviera la menor idea se lo habría dicho a los agentes del condado cuando me han interrogado. ¿Hay algún rastro de la camioneta? Mi compañera ha disparado al parabrisas.

—¿Y cómo es que su compañera va armada? —dijo Cara Agria.

Sean se metió la mano en el bolsillo y sacó su identificación. Michelle sacó la suya, así como su permiso de armas.

—¿Detectives privados? —dijo Cara Agria, logrando que sonara como «pederastas», antes de devolverles los documentos.

—Y ex agentes del servicio secreto —dijo Michelle—. Ambos.

—Enhorabuena —le soltó Cara Agria. Señaló la casa con la

cabeza—. De hecho, el servicio secreto va a cargar con una parte de la culpa por este asunto.

—¿Por qué? —preguntó Sean—. Los hermanos de la familia presidencial no tienen derecho a protección, a menos que exista una amenaza específica. No se puede vigilar a todo el mundo.

—¿Es que no lo entiende? Es cuestión de imagen. Madre degollada, hija secuestrada. No quedará nada bien en las portadas. Sobre todo después de la fiesta de hoy en Camp David. La primera familia llega a casa sin problemas. La última familia resulta arrollada por un tanque descontrolado. Un titular muy poco halagüeño.

—¿Qué fiesta en Camp David? —quiso saber Michelle.

—Las preguntas las hago yo —replicó él.

Y durante la hora siguiente Sean y Michelle relataron una vez más con minucioso detalle lo que habían visto y lo que habían hecho. Pese a las irritantes características de Cara Agria, los dos tuvieron que reconocer que el tipo era concienzudo.

Acabaron otra vez en el interior de la casa, contemplando el cadáver de Pam Dutton. Un fotógrafo forense estaba sacando primeros planos de la distribución de las salpicaduras de sangre, de la herida mortal y de los restos que tenía la víctima debajo de las uñas. Otro técnico copiaba en un portátil la secuencia de letras que figuraba en sus brazos.

—¿Alguien sabe lo que significan estas letras? —preguntó Michelle, señalándolas—. ¿Es un idioma extranjero?

Uno de los técnicos meneó la cabeza.

—No es ningún idioma que yo conozca.

—Parece más bien una secuencia aleatoria —aventuró Sean.

—Hay muchos restos bajo las uñas —comentó Michelle—. Da la impresión de que consiguió arañar a su agresor.

—No nos descubre nada —dijo Cara Agria.

—¿Cómo están Tuck y los niños? —preguntó Sean.

—Ahora voy al hospital para sacarles una declaración.

—Si han noqueado al marido por ofrecer resistencia, es posible que él haya visto algo —comentó uno de los agentes.

—Ya, pero si realmente ha visto algo, hay que preguntarse por qué no le han aplicado el mismo tratamiento que a su esposa

—dijo Michelle—. Los niños estaban drogados, probablemente no hayan visto nada. Pero, ¿por qué dejar a un testigo ocular?

Cara Agria no pareció nada impresionado.

—Si quiero volver a hablar con ustedes, y seguramente querré, supongo que podré localizarlos en las direcciones que nos han facilitado, ¿no?

—Sin ningún problema —dijo Sean.

—Bien —dijo Cara Agria, y se alejó rodeado de su equipo.

Sean miró Michelle.

—Vamos.

—¿Cómo? Han acribillado tu coche, ¿no lo has visto?

Sean salió afuera y examinó su Lexus hecho polvo. Se volvió furioso hacia ella.

—Podrías haberme avisado antes.

—Como si hubiera tenido tiempo.

—Voy a llamar a un taxi, ¿de acuerdo?

Mientras aguardaban, Michelle comentó:

—¿Vamos a dejar las cosas así?

—Así... ¿cómo?

Michelle señaló la casa de los Dutton.

—Así. Uno de esos cabrones ha intentado matarme. No sé tú, pero yo estas cosas me las tomo de un modo personal. Y Pam quería contratarnos. Aunque solo sea por ella, creo que hemos de asumir el caso y llegar hasta el final.

—Escucha, Michelle, tampoco sabemos si la razón por la que me llamó tiene algo que ver con su muerte.

—Si no, lo consideraré la mayor coincidencia de la historia.

—De acuerdo, pero ¿qué podemos hacer? Ya están metidos el departamento de policía y el FBI. No veo que nos quede mucho margen para movernos.

—Lo cual no te ha frenado otras veces —dijo ella tercamente.

—Esto es distinto.

—¿Por qué?

Él no respondió.

—¿Sean?

—¡Ya te he oído!

—¿Por qué es distinto?

—Lo distinto es la gente implicada.

—¿Quién? ¿Los Dutton?

—No. La primera dama.

—¿Por qué? ¿Qué importa ella?

—Importa, Michelle. Te aseguro que importa.

—Hablas como si la conocieras.

—La conozco.

—¿De qué?

Sean echó a andar, alejándose de ella.

—¿Y el taxi? —gritó Michelle.

No obtuvo respuesta.

5

Sam Quarry amaba su hogar, o lo que quedaba de él. La Plantación Atlee había pertenecido a su familia durante casi doscientos años y, en su momento, se extendía a lo largo de kilómetros y kilómetros, con centenares de esclavos trabajándola. Ahora había quedado reducida a unas ochenta hectáreas y eran inmigrantes mexicanos quienes se ocupaban del grueso de la cosecha. La casa de la plantación en sí misma había conocido sin duda tiempos mejores, pero todavía era enorme y seguía siendo habitable si a uno no le importaba que el techo tuvieras goteras, que hubiera corrientes de aire y que de vez en cuando apareciera algún ratón correteando por los quebradizos suelos de madera. Unos suelos que habían pisado con sus botas los generales confederados y hasta el mismísimo Jefferson Davies en una breve parada efectuada cuando la guerra ya estaba perdida. Quarry conocía bien la historia, aunque nunca se había regodeado en ella. Uno no escogía a su familia, ni la historia de su familia.

Tenía sesenta y dos años y aún conservaba una tupida mata de pelo blanco que parecía incluso más blanco debido a su piel curtida. De miembros larguiruchos y vigorosa complexión, con una voz resonante e imperiosa, era un hombre habituado a vivir al aire libre, tanto por gusto como por necesidad. Se ganaba la vida cultivando la tierra, pero además disfrutaba con toda la parafernalia de la caza, la pesca y la horticultura amateur. Eso es lo que era: un hombre de campo, como le gustaba decir.

Estaba en la biblioteca, sentado ante su revuelto y desgastado escritorio. El mismo escritorio ante el que varias generaciones de varones Quarry habían asentado sus posaderas y tomado decisiones que afectaban a las vidas de los demás. A diferencia de algunos de sus antepasados, que habían sido un tanto despreocupados en sus tareas, Sam Quarry asumía sus responsabilidades con gran seriedad. Ejercía una administración estricta para ganarse su propio sustento y el de la gente a la que aún empleaba. Pero, en verdad, se trataba de algo más que eso. Atlee era realmente lo único que le quedaba.

Estiró su corpachón de metro noventa y cinco y colocó sus grandes manos, enrojecidas y callosas, sobre un estómago liso como una tabla. Echando un vistazo a los retratos de mala calidad y a las fotos en blanco y negro de sus antepasados varones, que se hallaban colgados a lo largo de la pared, Quarry se detuvo a reflexionar. Él era un hombre que se tomaba tiempo para pensar las cosas. Algo que casi nadie hacía ya: desde el presidente de Estados Unidos y los magnates de Wall Street hasta el hombre o la mujer de la calle. Ahora la velocidad era esencial. Todo el mundo quería las cosas para ayer. Y debido a esa impaciencia, la respuesta que obtenían solía ser errónea.

Pasaron treinta minutos sin que se hubiera movido. Su cerebro, no obstante, estaba mucho más activo que su cuerpo.

Al fin, se inclinó hacia delante, se puso unos guantes y, bajo la atenta mirada del retrato de su abuelo y tocayo, Samuel W. Quarry, quien había contribuido a dirigir la oposición a los derechos civiles en Alabama, empezó a pulsar las teclas desteñidas de su vieja IBM eléctrica. Sabía utilizar un ordenador, pero nunca había poseído uno, mientras que sí tenía un teléfono móvil. La gente podía robarte cosas directamente de tu ordenador, eso le constaba; incluso desde otro país. Así que cuando quería usar un ordenador se desplazaba a la biblioteca local. Para robarle las ideas que plasmaba con su IBM, en cambio, habrían de invadir sus dominios en Atlee, y dudaba mucho que salieran de allí con vida.

Terminó de teclear con dos dedos y sacó el papel. Repasó su breve contenido y lo metió en un sobre, sellándolo no con saliva, sino con un poco de agua del vaso que tenía sobre el escritorio. No iba a darles ninguna facilidad para que lo localizaran, ya fuese mediante el ADN de su saliva o por otro medio.

Metió el sobre en el cajón del escritorio y lo cerró con una llave de casi cien años que todavía funcionaba a la perfección. Se levantó, caminó hasta la puerta principal y salió a echar un vistazo a su reducido y ruinoso reino. Pasó junto a Gabriel, un niño negro flacucho de once años, cuya madre, Ruth Ann, trabajaba para Quarry como asistenta. Le dio al chaval una palmadita en la cabeza y le regaló un sello antiguo para su colección y un billete de un dólar doblado. Gabriel era un chico listo, con capacidad suficiente para llegar a la universidad, y Quarry estaba decidido a ayudarle en el intento. Él no había heredado los prejuicios de su abuelo ni los de su padre, que había aclamado a George Wallace (o al menos al primer George Wallace, antes de que se retractara de sus opiniones), como un gran hombre que «sabía mantener a la gente de color en su sitio.»

Sam Quarry creía que todos los humanos tenían sus capacidades y sus debilidades, y que ni unas ni otras estaban ligadas a la pigmentación de la piel. Una de sus hijas, de hecho, se había casado con un hombre de color y él la había acompañado con gusto al altar el día de la boda. Ahora estaban divorciados y no los había visto desde hacía años. Pero no atribuía la ruptura a la raza de su antiguo yerno. La verdad era que su hija menor era una persona rematadamente difícil para convivir con ella.

Se pasó dos horas recorriendo sus tierras con una desvencijada y oxidada camioneta Dodge que tenía más de trescientos mil orgullosos kilómetros en su haber. Se detuvo por fin frente a una caravana plateada Airstream, cargada de años y abolladuras, con un andrajoso toldo adosado. En la caravana había un baño minúsculo, una cocina de propano, una neverita bajo el mostrador, un calentador de agua, un dormitorio diminuto y un aparato de aire acondicionado. Quarry se había agenciado la caravana en un trueque con un mayorista que andaba mal de liquidez durante una cosecha. Había tendido una línea soterrada desde una caja de empalmes, conectada a su vez con el granero principal, para que contara con corriente eléctrica.

Bajo el toldo había tres hombres sentados, todos miembros de la tribu india koasati. Quarry estaba muy versado en la historia de los nativos americanos de Alabama. Durante siglos, los koasati habían habitado partes del norte de Alabama, junto con los muskogge, los creek y los cherokee, más hacia el este, y las tribus chickasaw y choctaw, del oeste. Tras el Acta de Remoción India del siglo XIX, la mayoría de los nativos americanos fueron expulsados de Alabama y obligados a trasladarse a las reservas de Tejas y Oklahoma. Casi todos los hablantes de la lengua koasati vivían ahora en Luisiana, pero algunos habían logrado regresar al estado del martillo amarillo.

Uno de los koasati había llegado allí años atrás, mucho después de que Quarry hubiera heredado Atlee de su padre, y había permanecido en aquellas tierras desde entonces. Quarry le había cedido incluso la pequeña caravana para que tuviera dónde vivir. Los otros dos koasati llevaban aquí unos seis meses. Quarry no sabía si iban a quedarse o no. Le caían bien. Y ellos, por su parte, parecían tolerarlo. En general, no confiaban en los blancos, pero aceptaban sus visitas y su compañía. Las tierras eran de su propiedad, al fin y al cabo, aunque hubieran pertenecido a los koasati mucho antes de que llegase a poner los pies en Alabama un Quarry o algún hombre blanco.

Se sentó en una silla de hormigón cubierta con una delgada esterilla de goma y compartió con ellos una cerveza y unos cigarrillos liados mientras se contaban historias. El nativo al cual le había cedido la caravana se llamaba Fred. Era más viejo que Quarry, al menos le llevaba una década, un tipo menudo y encorvado, con el pelo blanco lacio y una cara que parecía sacada de una escultura de Remington. Era el más hablador del grupo, y el que más bebía también. Parecía un hombre instruido, aunque Quarry sabía muy poco de sus antecedentes.

Hablaba con ellos en su lengua nativa, o al menos la chapurreaba lo mejor que podía. Sus conocimientos del koasati eran limitados. Ellos condescendían a utilizar el inglés, pero únicamente con él. No los culpaba. Los hombres blancos habían jodido a base de bien a la única raza que podía considerarse indígena en toda América. Pero ese sentimiento se lo guardaba para sus adentros, porque a ellos no les gustaba la compasión. Eran capaces de matar por ese motivo.

Fred se complacía en contar la historia de cómo habían adquirido su nombre los koasati.

—*Koasati* significa «tribu perdida». Nuestro pueblo salió hace mucho tiempo de esta tierra dividido en dos grupos. El primer grupo fue dejando señales al segundo para que lo siguiera. Pero todas las señales desaparecieron en las orillas del río Misisipí. El segundo grupo continuó su camino y encontró a unos hombres que no hablaban nuestra lengua. Los nuestros les dijeron que se habían perdido. Y en nuestra lengua *koasai* significa «estamos perdidos». Así que aquellos hombres anotaron que los nuestros eran koasati, es decir, el pueblo perdido.

Quarry, que había oído la historia una docena de veces, comentó:

—Bueno, Fred, la verdad es que todos estamos perdidos en cierto sentido.

Una hora más tarde, cuando el sol caía a plomo e inundaba el espacio bajo el toldo con un calor abrasador, Quarry se levantó, se sacudió los pantalones y se llevó dos dedos al sombrero, prometiendo que volvería a visitarles pronto. Y que traería una botella de licor del bueno y unas mazorcas de maíz y un cesto de manzanas. Y tabaco. Ellos no podían permitírselos, pero preferían los cigarrillos comerciales a los liados.

Fred levantó la vista. Tenía un rostro más curtido y arrugado que Quarry. Se quitó el cigarrillo casero de los labios y, tras un largo acceso de tos, le dijo:

—Tráelos sin filtro la próxima vez. Saben mejor.

—Así lo haré, Fred.

Quarry condujo un largo trecho por unas pistas de tierra con tantos baches que su vieja camioneta daba tumbos de un lado para otro. Él apenas lo notaba. Estaba habituado a esas cosas.

El camino moría finalmente.

Allí estaba la pequeña casa.

No era propiamente una casa, en realidad. No vivía nadie en ella, al menos por ahora, pero aun suponiendo que hubiera alguien, nunca sería un sitio para pasar mucho tiempo. Era solo una habitación con una puerta y un tejado.

Quarry se volvió, miró en todas direcciones y no vio más que tierra y árboles. Y una porción del cielo azul de Alabama que era, por supuesto, más hermoso que cualquier otro cielo que él hubiera visto. Sin duda más bonito que el del sureste asiático, aunque aquel horizonte había estado siempre inundado por el fuego antiaéreo que le apuntaba directamente a él y a su F-4 Phantom II de la fuerza aérea estadounidense.

Se acercó a la casita y subió al porche. La había construido él mismo. No formaba parte de su hacienda. Quedaba a muchos kilómetros de Atlee, en un terreno que su abuelo había comprado setenta años atrás y con el que no había llegado a hacer nada. Con razón. Estaba en mitad de la nada, lo que encajaba a la perfección con los propósitos de Quarry. Su abuelo debía de estar borracho cuando había comprado esa parcela, aunque la verdad era que lo había estado a menudo.

La casa no tenía más que veinte metros cuadrados, pero con eso le bastaba. La única puerta era un modelo estándar de un metro de ancho, sin cuarterones y con bisagras de latón. Abrió con la llave, pero no entró todavía.

Había hecho las cuatro paredes con seis centímetros más de grosor de lo normal, aunque había que tener un ojo muy avezado para percibir esa anomalía. Bajo el revestimiento exterior de las paredes había gruesas planchas de metal soldadas que le conferían a la casita una solidez increíble. Él mismo se había encargado de ensamblarlas con su soplete soldador de oxiacetileno. Cada juntura era una obra de arte. Habría sido necesario que pasara directamente por allí un tornado para derribarla, y tal vez ni siquiera ese martillo de Dios lo habría logrado.

Dejó que se ventilara antes de entrar. En una ocasión había cometido el error de entrar por las buenas y poco le había faltado para desmayarse a causa del brusco contraste entre el exterior oxigenado y el interior casi desprovisto de aire puro. No había ninguna ventana. El suelo era de tablones de cinco centímetros de grosor. Él se había encargado de lijarlos y dejarlos bien lisos; no había quedado ni una sola astilla. Lo que sí había era un hueco de tres milímetros entre cada tablón; una vez más, un detalle apenas perceptible a simple vista.

El subsuelo también era especial. Quarry habría podido asegurar que ni una sola casa de América contaba en sus suelos con una base similar a la que él había ideado. El interior de las paredes estaba cubierto de yeso aplicado a mano sobre tela metálica. El tejado se hallaba atornillado a las paredes más firmemente que cualquier pieza de un buque cisterna. Había utilizado tornillos y pasadores de increíble resistencia para asegurar la solidez y evitar movimientos de asentamiento. Los cimientos eran de cemento, pero había además una cámara de veinticinco centímetros entre las capas de cemento situadas bajo la estructura. Eso elevaba la casa en la misma medida, claro, aunque difícilmente podía percibirse a causa del porche.

El mobiliario era sencillo: una cama, una silla de barrotes, un generador alimentado con batería y algunos otros elementos, como una botella de oxígeno apoyada en un rincón. Salió otra vez al porche y se volvió para admirar su obra. Cada junta a inglete de las paredes estaba cortada a la perfección. Con frecuencia había trabajado bajo las luces del generador mientras alineaba las vigas y viguetas en sus caballetes, con la vista fija como un rayo láser en la línea de corte. Se trataba de un trabajo arduo y agotador, pero sus miembros y su mente se habían visto impulsados por esa determinación que solo pueden forjar las dos emociones humanas más intensas.

El odio.

Y el amor.

Asintió, apreciando el resultado. Había hecho un buen trabajo. Algo verdaderamente sólido, lo más perfecto que iba a lograr jamás. No parecía nada fuera de lo común, pero en realidad era una extraordinaria obra de ingeniería. No estaba mal para un tipo del profundo sur que nunca había ido a la universidad.

Miró hacia el oeste. En un árbol bien protegido del ardor del sol y de las miradas curiosas había una cámara de vigilancia. También él había diseñado y montado el dispositivo; ninguna cosa que pudiera comprar le parecía buena o fiable. Con una cuidadosa poda de hojas y ramas, la cámara disponía de una excelente perspectiva de todo lo que había que ver allí.

Había practicado un orificio y un surco muy largo en la corteza de la parte posterior del árbol, había tendido el cable de la cámara por allí y después había vuelto a pegar los pedazos de corteza encima, ocultando completamente la instalación. En el suelo había soterrado el cable y lo había llevado a más de cien metros del árbol, hasta un terraplén natural provisto asimismo de un atributo de fabricación humana.

Otro cable soterrado discurría desde ese punto hasta la casita y se introducía por debajo en un tubo de PVC que había dejado preparado antes de verter los cimientos. Ese cable terminaba en una toma dual que desdoblaba la línea por dos rutas distintas. Todo ello oculto bajo una capa de forro de plomo que había adosado a las planchas metálicas de las paredes.

Cerró la puerta de la casa y volvió a subir a su vieja Dodge. Ahora tenía que ir a otro sitio. Y no en camioneta.

Levantó la vista hacia el cielo perfecto de Alabama. Bonito día para darse una vuelta en avión.

6

Una hora más tarde, el viejo Cessna de cuatro asientos recorría la breve pista y se elevaba en el aire. Quarry miró por la ventanilla lateral y observó cómo dejaba atrás a toda velocidad los límites de sus tierras. Ochenta hectáreas parecían mucho, pero en realidad no eran tanto.

Voló a baja altura, con los ojos bien abiertos por si había pájaros, otros aviones o un helicóptero a la vista. Nunca preparaba un plan de vuelo, así que era esencial estar atento.

Al cabo de una hora, descendió, aterrizó suavemente en el asfalto de una pista privada y llenó él mismo el depósito. Allí no había aviones de lujo de grandes compañías; solo hangares de plancha metálica con el frente abierto, una estrecha cinta de asfalto, una manga de viento y alguna avioneta como la suya, vieja y remendada, pero cuidada con mimo y respeto. Por barata que le hubiera salido cuando se la había comprado de tercera mano décadas atrás, ahora no habría podido permitírsela.

Se había dedicado a volar desde que había entrado en las Fuerzas Aéreas y pilotado su robusto F-4 Phantom sobre los arrozales y las junglas anegadas de Vietnam. Y más tarde sobre Laos y Camboya, arrojando bombas y matando gente porque así se lo habían ordenado, en una fase de la guerra que solo después descubrió que no había sido autorizada oficialmente. Aunque eso no le habría importado. Los soldados se limitaban a cumplir órdenes. Él no se dedicaba a hacer cábalas cuando volaba a semejante altura y le estaban disparando.

Volvió a trepar a su avioneta, aceleró y se elevó de nuevo en el aire. Continuó su ruta a buena marcha, con un suave viento en contra de menos de cinco nudos por hora.

Poco después, redujo la velocidad, empujó la palanca hacia delante y empezó a descender planeando sobre las corrientes térmicas. Eso era lo más complicado: aterrizar en su otra propiedad. Estaba en las montañas y no había ninguna pista, solo un largo trecho de hierba que él mismo se había encargado de nivelar y cortar con el sudor de su frente. El terreno era firme y llano, pero los vientos de costado y los vectores de cizalladura podían constituir todo un desafío. Sus pómulos se tensaron y sus manos vigorosas aferraron con fuerza la palanca mientras descendía bruscamente, con los alerones de aterrizaje completamente desplegados. Tocó tierra, rebotó. Volvió a tocar y rebotar una vez más y la suspensión de la diminuta avioneta se llevó una buena sacudida. Cuando descendió por tercera vez, las ruedas se agarraron al suelo y él pisó los pedales a fondo con los talones para accionar el freno de la rueda delantera. Entre el freno y los alerones, el aparato se acabó deteniendo muy cerca del final de la improvisada pista de aterrizaje.

Pisó los pedales inferiores con la puntera para accionar los alerones interiores y girar la avioneta de tal modo que quedase orientada en la dirección opuesta; luego apagó el motor. Quarry recogió la mochila, bajó y sacó un juego de bloques triangulares de estacionamiento que llevaba siempre a bordo. Los colocó bajo las ruedas de la liviana avioneta para mantenerla estable y subió a buen paso con sus largas piernas la pendiente sembrada de rocas que iba hasta el flanco de la montaña. Sacó un llavero del bolsillo de su abrigo y fue repasando las llaves hasta hallar la correcta. Se inclinó y abrió la gruesa puerta de madera empotrada en el flanco de la montaña, que quedaba oculta en gran parte tras unas rocas que había sacado de un afloramiento cercano y colocado muy juntas.

Su abuelo había trabajado durante décadas las vetas de carbón de esta montaña; mejor dicho, las había trabajado su cuadrilla de hombres mal pagados. De niño, Quarry había venido aquí muchas veces con su abuelo. En aquel entonces hacían el recorrido por una carretera que había seguido siendo practicable hasta hacía solamente un día, cuando Quarry la había cortado. Por esa carretera se llevaban los volquetes el carbón cuando la mina estaba en funcionamiento, y él la había utilizado para traer en camión todos los suministros que precisaba aquí arriba. No le habrían cabido en su pequeña avioneta.

Este pedazo de montaña no siempre había sido una mina. En su interior había cavernas creadas con el tiempo por la fuerza corrosiva del agua y otros factores geológicos. En esos espacios naturales, mucho antes de que se empezara a sacar carbón de allí, los soldados presos de la Unión habían sufrido una muerte lenta y horrible durante la guerra de Secesión, pasando sus últimos días privados de sol y aire puro, viendo cómo se les caía la piel a tiras y dejando apenas un glorioso esqueleto cuando al fin daban su último suspiro.

Los pozos ahora tenían luces, pero Quarry no las encendía si no era necesario. La corriente provenía de un generador y el combustible salía caro, así que usaba una vieja linterna para iluminarse. La misma, de hecho, que había utilizado su padre para dar caza por las noches a los negros demasiado «altivos», como decía él, por las ciénagas de Alabama. De niño, Quarry espiaba a su viejo cuando regresaba de noche, ebrio de entusiasmo por lo que había hecho con sus compinches. A veces tenía las manos y las mangas manchadas con la sangre de sus víctimas. Y se reía a carcajadas mientras bebía un whisky, festejando repulsivamente la misión que creía estar cumpliendo a base de matar a hombres que no tenían su mismo aspecto.

—Viejo y odioso cabrón —masculló Quarry entre dientes. Aborrecía al viejo con toda su alma por las desdichas que había causado, aunque no lo bastante como para deshacerse de una buena linterna. Cuando no tenías gran cosa, tendías a conservar lo poco que te quedaba.

Abrió otra puerta montada en una pared de roca de una de las galerías principales. Tomó un farol a pilas de un estante y lo encendió, dejándolo sobre la mesita del centro de la habitación. Echó un vistazo en derredor, admirando su obra. Había construido el armazón de la estancia con sólidos tablones de cinco por diez y colocado él mismo las placas de yeso; las paredes, perfectamente verticales, estaban pintadas de un azul claro terapéutico. Había conseguido gratis todos los suministros gracias a un amigo constructor que tenía materiales sobrantes y no sabía dónde guardarlos. Detrás de las paredes, estaba la roca maciza del espesor de la montaña. Pero cualquiera que echara un vistazo a la habitación creería que se encontraba en el interior de una casa. Esa era la idea.

Se acercó al rincón y observó a la mujer que se hallaba desplomada en una silla de respaldo recto. Dormía con la cabeza apoyada en el hombro. Le dio unos golpecitos en el brazo, pero no reaccionó. Pero ese estado ya no duraría mucho.

Le subió la manga, sacó de su mochila una jeringa esterilizada y se la clavó en el brazo. La mujer despertó. Abrió los ojos y los fue enfocando poco a poco. Cuando los fijó en él, trató de abrir la boca para gritar, pero la cinta adhesiva se lo impidió.

Quarry le dedicó una sonrisa mientras iba llenando con toda eficiencia dos tubos de su sangre. Ella observó horrorizada lo que hacía, pero las ligaduras la mantenían firmemente sujeta a la silla.

—Ya sé que esto debe de parecerle extraño, señora, pero, créame, es todo por una buena causa. No pretendo hacerle daño a usted ni a ninguna otra persona. De veras. ¿Lo ha entendido?

Sacó la jeringa, le aplicó en la herida un algodón empapado en alcohol y se la tapó cuidadosamente con una tirita.

—¿Lo ha entendido? —Sonrió, tranquilizador.

Ella asintió al fin.

—Bien. Lamento haber tenido que sacarle un poco de sangre, pero era necesario. Y ahora vamos a darle de comer, a asearla y demás. No la mantendremos atada todo el tiempo. Dispondrá de cierta libertad. Ya comprende, supongo, que era necesario al principio. Lo de tenerla atada, digo. ¿De acuerdo?

Ella se sorprendió a sí misma mirándolo a los ojos y, pese a lo terrorífico de su situación, asintiendo una vez más.

—Bien, bien. Y no se preocupe. Todo acabará bien. Y no va a pasar nada raro; ya me entiende, siendo usted mujer y demás. No voy a permitir nada de ese tipo. ¿De acuerdo? Tiene mi palabra.

—Le dio un ligero apretón en el brazo.

Ella sintió que se curvaban las comisuras de sus propios labios, en un principio de sonrisa.

Quarry se guardó los tubos en la mochila y le dio la espalda.

Durante unos instantes, ella imaginó que se giraría en redondo de nuevo con una risa sardónica y le pegaría un tiro en la cabeza o le rebanaría el pescuezo.

Pero el hombre se limitó a salir de la habitación.

Diane Wohl miró alrededor. No sabía dónde se encontraba, ni por qué motivo, ni cuál era la explicación de que el hombre que la había secuestrado le hubiera extraído sangre. Lo único que sabía era que había ido de compras a Talbot's y que él se había colado en su coche con una pistola. Y ahora la tenía encerrada en esa habitación, a saber dónde.

Empezó a sollozar.

7

Sean King estaba sentado en la oscuridad. Una luz destelló repentinamente, obligándole a protegerse los ojos con la mano y a mirar con los párpados entornados.

—Perdona, no sabía que estabas aquí —dijo Michelle, aunque no parecía muy arrepentida.

—He dormido aquí —dijo Sean.

Ella se acomodó en el borde del escritorio.

—Así que te has enfurruñado. Te niegas a responder a las preguntas. Y te quedas a dormir en la oficina, sentado en la oscuridad. ¿Será síntoma de algo o son imaginaciones mías?

Sean le tendió un periódico.

—¿Has visto el reportaje?

—Lo he leído online. La mayor parte de lo que dice es correcto. Has salido en la foto con un aire pensativo muy adecuado.

—Es una fotografía de archivo. La han sacado de mi época en el servicio secreto.

—Ya me parecía que tenías un aspecto muy juvenil.

—Han llamado muchísimos periodistas. No paro de colgarles el teléfono.

—No solo llaman. Están apostados frente a nuestra oficina. Yo he entrado por detrás, pero creo que me han visto, así que esa salida también debe de estar cubierta ahora.

—Fantástico. O sea que estamos atrapados aquí.

Se puso de pie y empezó a pasearse, enfurecido.

—¿Quieres que hablemos ahora? —preguntó Michelle.

Sean se detuvo y le dio una patada con su mocasín a una pelusa de la moqueta.

—Es una situación muy difícil —respondió.

—¿Cuál? ¿Encontrar a una mujer degollada y descubrir que ha desaparecido una niña? ¿O lo que te ronda por la cabeza?

Él volvió a deambular, con el mentón hundido en el pecho.

—Dijiste que conocías a la primera dama. ¿De qué? Tú habías salido del servicio secreto mucho antes de que Cox fuera elegido. Vamos, confiesa.

Sean iba a decir algo cuando sonó el teléfono. Él le dio la espalda, pero Michelle descolgó bruscamente.

—King y Maxwell. Ya nos dedicamos nosotros a fisgonear, así que usted no tiene por qué... —Se detuvo en seco—. ¿Cómo? Eh... Sí, sí, claro. Está aquí.

Le tendió el teléfono.

—No quiero hablar con nadie.

—Con esta persona sí querrás.

—¿Quién es?

—Jane Cox —susurró ella.

Sean tomó el teléfono con ambas manos.

—¿Señora Cox? —Escuchó un momento y, lanzándole a Michelle una mirada incómoda, añadió—: Está bien, Jane.

Michelle arqueó una ceja y lo observó atentamente.

—Lo sé. Es una auténtica tragedia. Willa, sí, claro. Exacto. Eso es. Lo has entendido correctamente. ¿Has hablado con Tuck? Ya veo. Claro, lo comprendo. ¿Cómo? —Consultó su reloj—. Por supuesto que podríamos. —Le echó un vistazo a Michelle—. Es mi compañera. Trabajamos juntos, pero si prefieres... Gracias.

Colgó y levantó la vista hacia Michelle.

—Si cierras el pico —le soltó ella— y empiezas otra vez a pasearte, juro que te voy a dar con la pistola. ¿Qué te ha dicho?

—Quiere que vayamos a verla.

—¿Adónde?

—A la Casa Blanca.

—¿Para qué? ¿Qué quiere de nosotros? ¿Que le contemos lo que vimos anoche?

—No exactamente.

—¿Pues qué, exactamente?

—Creo que quiere contratarnos para averiguar quién ha sido.

—¿La primera dama pretende contratarnos? Pero si tiene a su disposición a todo el maldito FBI...

—No quiere recurrir a ellos, por lo visto. Nos quiere a nosotros.

—No estoy sorda. Te quiere a ti, quieres decir.

—¿Crees que podremos despistar a los periodistas? No me gustaría que nos siguieran hasta la avenida Pensilvania.

Michelle se puso de pie y sacó sus llaves.

—Me ofende que lo preguntes siquiera.

8

Sam Quarry abrió la puerta con la llave, se asomó y la vio ante la mesa, tomándose un cuenco de cereales. Ella volvió la cabeza, se levantó de un salto y retrocedió hacia la pared.

Quarry dejó la puerta abierta al entrar.

—No hay motivo para asustarse, Willa.

—No soy idiota. Hay, o sea, la tira de motivos para asustarse. ¡Y el principal es usted!

Sus mejillas se estremecieron y los ojos se le llenaron de lágrimas.

Él tomó una silla y se sentó.

—Me imagino que yo también estaría asustado. Pero no voy a hacerte daño, ¿de acuerdo?

—Puede decir lo que quiera. ¿Cómo sé que no miente? Es usted un criminal. Y los criminales mienten continuamente. Por eso son criminales.

Quarry asintió.

—¿Así que crees que soy un criminal?

—Es un criminal. Me ha secuestrado. La gente va a la cárcel por una cosa así.

Él volvió a asentir y miró el cuenco.

—¿Los cereales no están demasiado revenidos? Lo lamento, pero solo tenemos leche en polvo.

Ella permaneció pegada a la pared.

—¿Por qué hace esto?

—¿Hacer, qué? ¿Traerte aquí, quieres decir?

—Dadas las circunstancias, ¿qué podría querer decir, si no?

Quarry sonrió ante su lógica implacable.

—Ya me habían dicho que eras muy lista.

—¿Dónde está mi familia? Se lo he preguntado al otro hombre, pero no me lo ha dicho. O sea, solo me ha gruñido.

Quarry sacó un pañuelo y se secó la cara, ocultando así una expresión de profundo disgusto.

—¿Por qué lleva unos guantes de látex? —preguntó ella, mirándole las manos.

—¿Sabes qué es un eczema?

—Claro.

—Es lo que tengo en las manos y no quiero contagiárselo a los demás.

—Le he preguntado por mi familia —dijo ella, tercamente—. ¿Están bien? Dígamelo.

—Están perfectamente. Pero, claro, si soy un criminal, podría estar mintiendo.

—¡Le odio! —gritó la niña.

—Es comprensible.

—¿Todo esto es por mi tía? —preguntó ella de repente.

—¿Tu tía? —dijo Quarry con aire inocente.

—No me trate como a una idiota. Mi tía es Jane Cox. Mi tío es el presidente.

—Tienes razón. Tienes toda la razón.

—Entonces ¿es por él?

—No voy a responder a esa pregunta. Lo lamento.

Willa se arremangó la camisa, mostrando una tirita cerca de la articulación del codo.

—Pues dígame para qué es esto.

—Supongo que te cortaste.

—He mirado. Es solo un pinchazo.

Él volvió a mirar el cuenco y la cuchara.

—¿Ya te has terminado esto?

—¿Tiene que ver con mi tío? —le soltó ella.

—Vamos a dejar una cosa clara desde ahora, Willa. No quiero hacerte daño. Es verdad que he infringido la ley al traerte aquí, aunque yo preferiría que salieras por esa puerta y regresaras a tu casa. Pero mientras estés aquí, convendría que tratáramos de llevarnos lo mejor posible. Sé que es difícil, pero así debe ser. Es mejor para mí. —La miró fijamente—. Y mejor para ti.

Recogió el cuenco y la cuchara y, sujetándolos contra su pecho, se fue hacia la puerta.

—¿Les dirá a mi mamá y a mi papá que estoy bien? —dijo ella, con un tono más suave.

Él se volvió.

—Tenlo por seguro.

La furia creciente que sentía Quarry se exacerbó de modo insoportable al formular esta respuesta.

Cuando hubo salido, Willa volvió a sentarse en el catre instalado en el rincón y recorrió lentamente la habitación con la vista. Le había hablado al hombre con valentía, pero no se sentía nada valiente. Estaba muerta de miedo y quería ver a su familia. Abrió y cerró las manos, angustiada. Las lágrimas empezaron a rodar por sus mejillas mientras consideraba un horrible escenario tras otro. Rezó, habló en voz alta con su madre y su padre. Les dijo a su hermano y su hermana que los quería mucho, aunque entraran en su habitación sin llamar y revolvieran sus cosas.

Se secó las lágrimas e intentó centrarse. No creía lo que había dicho el hombre sobre los guantes y el eczema, ni sobre la marca que ella tenía en el brazo. Estaba segura de que todo esto estaba relacionado con su tía y su tío. ¿Qué otro motivo podía haber, si no? Su familia, aparte de eso, era bastante corriente. Empezó a pasearse por la habitación, cantando para sí en voz baja. Solía hacerlo cuando estaba inquieta o asustada.

—Todo saldrá bien —se dijo una y otra vez, cuando ya no pudo seguir cantando. Se tumbó en el catre y se tapó con la manta. Antes de apagar la luz, sin embargo, su mirada se detuvo en la puerta. Se levantó, cruzó la habitación y examinó la cerradura.

Era una sólida cerradura de seguridad, advirtió.

Y por este motivo, el miedo que sentía cedió su lugar bruscamente a un minúsculo destello de esperanza.

9

Quarry cruzó la galería, pasando la mano distraídamente por la roca negra de la pared, donde los restos de la antigua veta de carbón bituminoso eran todavía visibles. Abrió la puerta de otra habitación y, sentándose a una mesa, sacó de la mochila los tubos con la sangre y los etiquetó, cada uno con una serie de números distintos. Cogió una caja de un estante de la pared y la abrió. Dentro, había más tubos de sangre. Algunos eran de Pam Dutton, quien ahora —le constaba— yacía en una morgue de Virginia. Los demás eran de la sangre que le había extraído a Willa mientras estaba inconsciente.

Una vez etiquetados los tubos de Pam y Willa Dutton, los colocó todos en una nevera portátil llena de bolsas de hielo. Luego metió el cuenco y la cuchara de Willa en una bolsa de plástico y la introdujo en otra caja.

«Bueno, las tareas menores ya están. Tengo que apurarme.»

Se levantó, abrió con llave una caja fuerte portátil para armas que había traído en el camión. En su interior había pistolas automáticas y semiautomáticas, escopetas, rifles, miras telescópicas, dos MP5 y un par de AK, y cartuchos de munición para todas ellas. Aquel alijo reflejaba el afecto que varias generaciones de Quarry habían sentido por la Segunda Enmienda. Examinó atentamente el surtido y se decidió por una Cobra Patriot del calibre 45. Sujetó con la mano el armazón de polímero mientras insertaba un cargador con retén extendido de siete balas, una munición estándar 1911 ordnance. Era una pistola ligera, pero de gran potencia y para apretar el gatillo se requerían cinco kilogramos-fuerza. A causa del desequilibrio entre los quinientos gramos del armazón y el cargador del 45, no era precisamente la pistola más cómoda para disparar a gusto. Pero resultaba fácil de llevar por ser tan liviana y cualquier blanco al que disparases con ella de cerca caía redondo en el sitio.

Era un arma estupenda y muy sólida de protección personal. Aunque no iba a utilizarla para eso. En cuanto sujetó la pistola cargada, la mano empezó a sudarle.

El cargador contenía siete balas, aunque solo iba a necesitar dos. Y no le iba a dar ningún placer. Ni una maldita pizca.

Caminó penosamente por la galería excavada en la roca, tratando de mentalizarse para lo que había que hacer. Su padre y su abuelo habían dado caza a seres humanos en su momento, aunque le constaba que ellos apenas consideraban humanos a los negros. Seguramente los mataban sin pensárselo mucho, como habrían matado a una víbora o a un topo engorroso. Pero era en esto en lo que él se diferenciaba de sus antecesores. Haría lo que había que hacer, pero sabía que las cicatrices serían muy profundas y que reviviría la escena una y otra vez durante el resto de su vida.

Llegó al lugar y apuntó con la linterna a través de la reja que cubría la entrada de un gran hueco de la pared: era esa misma reja la que había mantenido presos a montones de soldados de la Unión, aunque Quarry había pulido el metal herrumbroso y recolocado otra vez los barrotes. Contra la negra pared del fondo había dos hombres acuclillados. Iban con traje de faena del ejército y tenían las manos esposadas a la espalda. Quarry miró al hombre bajo y enjuto que se hallaba junto a él, del lado libre de los barrotes.

—Acabemos con esto, Carlos.

El hombre se lamió los labios, nervioso.

—Señor Sam, con el debido respeto. Yo no creo que debamos seguir adelante, señor.

Quarry se volvió de golpe, irguiéndose ante el hombrecillo.

—Solo hay un líder en esta banda, Carlos, y soy yo, maldita sea. Aquí hay una cadena de mando y así es como debe ser. Eres un soldado, sabes que esa es la verdad, hijo. Confía en mí. Esto me duele muchísimo más de lo que llegará a dolerte a ti. Y me va a dejar falto de personal para lo que debo hacer. Una auténtica cagada, lo mires como lo mires.

El otro bajó la vista acobardado, abrió la reja y, con gesto vacilante, indicó a los dos hombres que salieran. También tenían grilletes en las piernas, así que avanzaron cojeando. Cuando llegaron a la zona iluminada por la linterna que sostenía Carlos, se hizo visible el brillo sudoroso de sus rostros.

—Lo siento —dijo uno de ellos—. Dios mío, señor, lo siento.

—Yo también lo siento, Daryl. Esto no me da ningún placer.

Mientras que Daryl era rechoncho, el tipo que iba tras él era alto y flaco. Su nuez de Adán subía y bajaba de terror.

—No queríamos hacerlo, señor Quarry. Pero cuando ya teníamos a la niña, apareció ella y se puso a gritar y pelear. Demonio, mire cómo tiene Daryl la cara. Esa mujer casi se la arrancó con las uñas. Fue autodefensa. Intentamos clavarle la jeringa y dejarla inconsciente, pero ella se volvió completamente loca.

—¿Qué esperas que haga una madre cuando te estás llevando a su hija? Repasamos esa contingencia un centenar de veces y también todo lo que debíais hacer en cada caso, maldita sea. Matarla no figuraba entre las opciones. Ahora tengo a una niña que no volverá a ver a su madre, lo cual no debería haber ocurrido jamás.

Daryl habló con voz suplicante.

—Pero el padre estaba en casa. Y se suponía que no estaría.

—Eso no importa. Ya habíamos previsto esa posibilidad.

Daryl no cejaba.

—Es que me arañó de mala manera, me hundió el dedo en el ojo. Me cabreó de verdad y perdí la cabeza. Di una pasada con el cuchillo y la pillé justo en el cuello. No era eso lo que pretendía. Y se murió en el acto. Tratamos de salvarla, pero no había nada que hacer. Lo siento.

—Todo eso ya me lo has dicho. Y si cambiara las cosas no estarías aquí ahora. Ni yo tampoco.

Daryl miró la Patriot, nervioso.

—Nosotros siempre hemos obedecido. Y hemos traído a la niña. Sin un rasguño.

—Basta con una excepción a la regla. Cuando accedisteis a ayudarme, os dije que no había muchas reglas, pero vosotros habéis infringido la más importante. Me hicisteis un juramento y yo lo acepté. Y aquí estamos.

Le hizo una seña a Carlos, que a regañadientes tomó a los dos hombres de las muñecas y los obligó a arrodillarse.

Quarry se alzó ante ellos.

—Rezad a vuestro Dios, muchachos, si es que tenéis uno. Os doy tiempo para eso.

Daryl empezó a musitar una retahíla de fragmentos de una oración. El tipo más flaco se echó a llorar.

Al cabo de sesenta segundos, Quarry dijo:

—¿Ya está? De acuerdo.

Pegó la Patriot a la base del cráneo de Daryl.

—Ay, Dios mío, dulce Jesús —gimió el tipo.

—Por favor —gritó el otro.

El dedo de Quarry se deslizó desde el guardamonte hacia el gatillo. Pero finalmente apartó la Patriot. No sabía exactamente por qué, pero la apartó.

—¡Levanta!

Daryl lo miró, atónito.

—¿Cómo?

—Que te levantes.

Daryl se incorporó con piernas temblorosas. Quarry examinó su cara arañada, su ojo derecho sanguinolento, y le desgarró la pechera de la camisa. Tenía un morado entre los pectorales.

—¿Dices que fue una mujer quien te disparó?

—Sí, señor. Estaba oscuro, pero vi que era una chica.

—Esa chica tenía una puntería del demonio. Se mire como se mire, deberías estar muerto, muchacho.

—Llevaba el chaleco antibalas, según las órdenes —respondió Daryl, jadeante—. Siento que ella acabara muerta. No pretendía que ocurriera eso. Lo siento.

—¿Y dices que crees que te dejaste un tubo?

—Solo uno. Todo se precipitó después de lo sucedido, especialmente cuando se presentaron los otros tipos. Contamos los tubos en el camino de vuelta. De todos modos, ellos averiguarán que nos llevamos la sangre de la mujer cuando la abran.

Quarry pareció indeciso un momento.

—Bueno, muévete de una vez.

—¿Cómo?

Quarry le hizo una seña a Carlos, que, aliviado, le quitó las esposas a Daryl. Este se restregó las muñecas en carne viva y miró al flaco, que seguía de rodillas.

—¿Qué hay de Kurt?

Quarry le puso a Daryl el cañón en el pecho.

—Basta de charla. Y muévete antes de que cambie de opinión. Kurt no es asunto tuyo.

Daryl echó a andar tambaleante, se recompuso a duras penas y desapareció dando traspiés en la oscuridad.

Quarry se volvió hacia Kurt.

—Por favor, señor Quarry —musitó el condenado.

—Lo lamento, Kurt. Es un caso de ojo por ojo.

—Pero fue Daryl quien mató a esa mujer, señor.

—Es mi hijo, además. No tengo mucho, pero lo tengo a él.

Le apuntó con la pistola en la cabeza.

—Pero usted es como un padre para mí, señor Quarry —alegó Kurt, con las mejillas arrasadas en lágrimas.

—Por eso me resulta tan tremendamente difícil.

—Esto es una locura, señor Quarry. Está loco —gritó.

—¡Claro que estoy loco, muchacho! —vociferó él a su vez—. Más loco que una cabra. Lo tengo en la sangre. No hay manera de quitármelo de encima.

Kurt se arrojó al suelo e intentó alejarse reptando. Sus recias botas alzaban nubecillas de polvo de carbón y sus alaridos resonaban por la galería, como antaño los lamentos de los soldados de la Unión.

—Enfócale bien con esa maldita linterna, Carlos —ordenó Quarry—. No quiero que sufra ni un segundo más de la cuenta.

Sonó la detonación y Kurt dejó de moverse.

Quarry bajó la pistola, balanceándola junto a él. Masculló algo incomprensible mientras Carlos se santiguaba.

—¿Te haces una idea de lo que me enfurece todo esto? —dijo Quarry—. ¿Comprendes la rabia y la decepción que siento?

—Sí, señor —dijo Carlos.

Quarry empujó el cadáver de Kurt con la punta de su bota y se metió la Patriot, todavía caliente, en la pretina del pantalón.

Dio media vuelta y se alejó por la galería. Hacia la luz del sol.

Ya estaba harto de la oscuridad. Solo deseaba volar.

10

Michelle guardó la pistola en la caja fuerte de su todoterreno. No tenía ningunas ganas de pasarse los próximos años en una prisión federal sopesando el error de haber intentado colarse en la Casa Blanca con un arma cargada.

Habían despistado a los periodistas apostados frente a la oficina, aunque el esfuerzo le había supuesto a Michelle un buen desgaste de neumáticos. Un coche de la prensa se había acabado empotrando contra una camioneta aparcada durante la breve persecución. Ella no se había detenido a socorrerlo.

Cruzaron la entrada de visitantes. Creían que los guiarían al interior de la Casa Blanca, pero se llevaron una sorpresa. Tras cachearlos y pasarles el detector, uno de los agentes les indicó que le siguieran y los hizo subir a toda prisa a un coche oficial aparcado en el exterior. El vehículo arrancó de inmediato.

—¿Adónde demonios vamos? —le dijo Sean al conductor.

El hombre no respondió. El tipo que iba a su lado ni siquiera volvió la cabeza.

Michelle cuchicheó:

—Los del servicio secreto no parecen muy contentos.

—Ya han empezado a echarse la culpa unos a otros —susurró Sean—. Quizá saben que la primera dama nos ha llamado. Y no debe de gustarles que haya intrusos metiendo la nariz.

—Pero nosotros fuimos de los suyos en su momento.

Él se encogió de hombros.

—Yo no me fui del mejor modo precisamente. Ni tú tampoco.

—Así que nos odia el FBI y nos odian los nuestros. ¿Sabes?, lo que necesitamos es un sindicato.

—No, lo que necesitamos es saber adónde vamos.

Iba a volver a formular la pregunta cuando el coche redujo la marcha y se detuvo.

—Ahí delante, en la iglesia —dijo el chofer.

—¿Cómo?

—Que mueva el culo y entre ahí. La señora está esperando.

En cuanto se apearon, descubrieron que el trayecto había sido muy corto. Estaban en el extremo opuesto a la Casa Blanca del parque Lafayette. La iglesia era la de St. John. La puerta estaba abierta. Mientras entraban, el coche se alejó.

Ella se encontraba en el banco de la primera fila. Sean y Michelle intuyeron más que vieron la presencia de un dispositivo de seguridad en el templo. Cuando Sean se sentó junto a Jane Cox y la observó, no supo con certeza si había estado llorando o no. Sospechaba que sí, pero también le constaba que no era el tipo de mujer que manifestara fácilmente sus emociones. Tal vez ni siquiera a su marido. Él sí la había visto emocionarse una vez, aunque solo una. Nunca había pensado que volvería a presenciar un episodio parecido.

Bajo el abrigo negro, llevaba un vestido azul hasta la rodilla. Sus zapatos eran discretos y apenas lucía joyas. El pelo, aunque cubierto con un pañuelo, lo tenía como siempre recogido en lo alto, un peinado que muchos habían comparado (la mayoría, favorablemente) con el de Jackie Kennedy. Nunca había sido una mujer ostentosa, Sean lo sabía; solo elegante y con clase. Nunca había pretendido pasar por lo que no era. Bueno, eso no era del todo cierto, pensó. Una primera dama tenía que ser muchas cosas para mucha gente, y resultaba inviable que una única personalidad pudiera complacer tantas exigencias distintas. Un cierto grado de actuación era inevitable.

—Esta es Michelle Maxwell, señora... Jane.

Ella sonrió gentilmente a Michelle y miró a Sean.

—Gracias por acceder a verme tan de improviso.

—Creíamos que íbamos a encontrarnos en la Casa Blanca.

—Yo también, pero luego lo he reconsiderado. La iglesia resulta algo más íntima... Y más tranquila.

Sean se arrellanó en el banco y estudió el altar un momento antes de preguntar:

—¿Qué podemos hacer por ti?

—¿De veras estabas allí cuando ocurrió todo?

—Sí. Le llevaba un regalo a Willa.

Le relató los hechos de la noche anterior, omitiendo los detalles más gráficos.

—Tuck no recuerda gran cosa —dijo ella—. Dicen que se repondrá, que no sufrió ninguna hemorragia interna ni nada, pero su memoria a corto plazo parece afectada.

—Es algo frecuente tras un golpe en la cabeza —comentó Michelle—. Quizá vuelva a recuperarla.

—El servicio secreto va a asumir ahora la protección de la primera familia... ampliada —dijo ella.

—Una decisión inteligente —comentó Sean.

—El talón de Aquiles al fin al descubierto —observó Jane en voz baja.

Sean dijo tras una pausa:

—El FBI está investigando. No estoy seguro de que nosotros podamos aportar algo que ellos no puedan hacer por su parte.

—Yo organicé la fiesta de cumpleaños de Willa en Camp David. Pam estaba allí, y los amigos de Willa, y su hermano y su hermana. Fue un día muy especial para una niña muy especial.

—Es especial, sin duda —asintió Sean.

—Y pensar que el mismo día de esa maravillosa celebración iba a ocurrir algo... tan horroroso. —Lo miró bruscamente—. Quiero que encuentres a Willa. Y al culpable de todo.

Él tragó saliva nerviosamente.

—Se trata de una investigación federal. No podemos entrometernos. Nos devorarán vivos.

—Tú me ayudaste una vez, Sean, y yo nunca lo he olvidado. Sé que no tengo derecho a pedírtelo, pero necesito desesperadamente tu ayuda otra vez.

—¿Y el FBI?

Ella hizo un ademán desdeñoso.

—Estoy segura de que son muy buenos. Pero dado el parentesco de Willa conmigo, es evidente que este asunto se convertirá rápidamente en objeto de debate político.

—¿Cómo iba a atreverse nadie a usar políticamente el asesinato de una mujer y el secuestro de su hija? —dijo Michelle.

Jane le dirigió una sonrisa que, si no era condescendiente, lo parecía en grado sumo.

—Estamos en mitad de una campaña de reelección. Esta ciudad se especializa en convertir lo apolítico en político, Michelle. Y la gente es capaz de caer muy bajo.

—¿Y crees que eso podría influir en la investigación del FBI? —preguntó Sean.

—Prefiero no arriesgarme a que la respuesta sea afirmativa. Quiero gente con un solo objetivo. Averiguar la verdad. Sin segundas intenciones. Sin prejuicios. Es decir, te quiero a ti.

—¿Se le ocurre por qué alguien podría haber hecho algo así, señora Cox? —preguntó Michelle.

—No se me ocurre nadie.

—¿Qué hay de los sospechosos habituales? —apuntó Sean—. ¿Algún grupo terrorista? La primera familia está tan bien protegida que podrían haber elegido un objetivo más frágil.

—En ese caso saldría alguien atribuyéndose la acción o planteando alguna exigencia —observó Michelle.

—Quizá tengamos pronto noticias. ¿Qué opina el presidente? —preguntó Sean.

—Está tan preocupado y afectado como yo.

—Quiero decir si tiene alguna idea de quién podría haber sido.

—No lo creo. No.

Sean añadió con delicadeza:

—¿Él sabe que ibas a verte con nosotros?

—No veo por qué debería saberlo. Al menos por ahora.

—Con el debido respeto, señora —observó Michelle—. Sus agentes del servicio secreto sí lo saben.

—Creo que puedo confiar en su discreción.

Michelle y Sean intercambiaron una mirada nerviosa. Ni un solo agente del servicio secreto le ocultaría algo al presidente deliberadamente. Sería un suicidio profesional, por mucha discreción que implicara.

—De acuerdo —dijo Sean—. Pero si nosotros vamos a investigar, nuestra relación acabará saliendo a la luz.

Michelle lo interrumpió.

—En ese caso, siempre podemos alegar que estamos investigando porque Sean es amigo de la familia y se encontraba allí cuando sucedió todo. De hecho, a mí intentaron matarme. Tal vez podamos justificarnos de este modo.

Sean asintió y miró a Jane.

—Podemos presentarlo así, sin duda.

—Muy bien.

—Tendremos que hablar con Tuck, John y Colleen.

—Eso lo puedo arreglar. Tuck sigue aún en el hospital. Los niños están en casa de la hermana de Pam, en Bethesda.

—Y necesitaremos tener acceso al lugar del crimen.

Michelle añadió:

—El FBI tendrá todas las pruebas forenses. Deberíamos examinarlas también si queremos llegar a alguna parte.

—Veré qué puedo hacer. Se trata de mi familia, al fin y al cabo.

—De acuerdo —dijo Sean lentamente, estudiándola.

—Entonces, ¿lo harás? —Jane puso una mano sobre la suya.

Él se volvió hacia Michelle, que asintió rápidamente.

—Lo haremos.

11

Salieron de la iglesia. El coche oficial no los esperaba fuera.

—No hemos pagado billete de ida y vuelta, supongo —masculló Michelle.

Habían empezado a cruzar el parque Lafayette cuando Sean le dijo en voz baja:

—Prepárate. Ahí vienen.

Los dos hombres caminaban con aire decidido. Uno era Cara Agria, el agente del FBI. Al otro Sean lo conocía bien, igual que Michelle. Era del servicio secreto, un alto cargo llamado Aaron Betack. Su distinguida carrera en el cuerpo lo había catapultado rápidamente desde las trincheras hasta las alturas del poder, y Sean advirtió que ahora caminaba con un brío especial.

Los dos agentes les cerraron el paso.

Sean fingió sorpresa.

—¿Qué, chicos? ¿También de paseo? Todos los genios pensamos igual.

Cara Agria dijo sin rodeos:

—Sabemos de dónde vienen y con quién acaban de hablar. Y estamos aquí para abortar este disparate ahora mismo. Lo último que necesitamos ahora es un par de vaqueros... —Hizo una pausa y miró a Michelle con expresión lasciva—. Perdón, un vaquero y una vaquera que vengan a joderlo todo.

—Todavía no he oído su nombre —dijo Sean, con tono amable.

—Agente especial del FBI Chuck Waters, de la oficina de Washington.

—Es bueno saberlo —intervino Michelle—. Porque yo lo motejaba hasta ahora como El Gilipollas.

—Maxwell —le soltó Betack—. Un poco de respeto, maldita sea.

—Preséntame a alguien digno de respeto —replicó ella.

Waters se le acercó más y agitó un dedo ante sus narices.

—Quítese de mi camino, pequeña.

Michelle, puesto que le sacaba diez centímetros, respondió:

—Si yo soy pequeña, usted debe de ser un pigmeo.

—Y solo para que lo sepa, Chuck, esta pequeña es capaz de patearnos el culo a todos sin despeinarse, así que será mejor que se aparte —dijo Sean.

Betack, que medía metro noventa como King, y tenía unos hombros todavía más anchos, carraspeó, le dirigió a su colega del FBI una mirada cautelosa y sacudió la cabeza. Waters se puso rojo como la grana, pero dio un paso atrás.

—Sean —dijo Betack—, tú y Maxwell no vais a investigar este caso. Y punto.

—La última vez que miré el cheque de mi salario no decía nada del tío Sam.

—Pero...

—No hay pero que valga. Nos hemos reunido con un posible cliente. Hemos accedido a representar a dicho cliente. Esto es América. Y estas cosas están permitidas aquí. Y ahora, si nos disculpan, tenemos un caso en el que trabajar.

—Se arrepentirá, King —ladró Waters.

—Me he arrepentido de muchas cosas a lo largo de mi vida. Y aquí estoy, de todos modos.

Se abrió paso entre ambos y Michelle lo siguió, asegurándose de darle a Waters un codazo en el hombro.

Cuando volvieron a subir al todoterreno, Michelle dijo:

—Me he sentido orgullosa de ti, ahí en el parque. De veras.

—Pues no deberías. Acabamos de ganarnos la enemistad de dos de las agencias más poderosas del mundo.

—O apuestas fuerte, o te vas a casa.

—Hablo en serio, Michelle.

Ella puso el coche en marcha.

—Lo cual significa que hemos de resolver este caso deprisa.

—¿Te parece que hay siquiera una posibilidad remota?

—Hemos tenido otros casos duros de roer.

—Sí, y ninguno se resolvió deprisa.

—Permíteme que sea pesimista pero sin exagerar. ¿Adónde, primero? ¿Tuck?

—No, los niños.

Mientras seguía conduciendo, ella le preguntó:

—¿Qué te ha parecido la versión de Jane Cox?

—Parecía muy sincera.

—Ah, ¿tú crees?

—¿Tú no?

—No me has contado cómo conociste a esa dama.

—¿Hasta qué punto conoce uno de verdad a otra persona?

—Corta el rollo existencial. Quiero saber cómo la conociste.

—¿Por qué te importa tanto?

—Importa porque si tienes el juicio enturbiado...

—¿Quién demonios dice que mi juicio esté enturbiado?

—Vamos, Sean. He visto cómo ponía la mano sobre la tuya. ¿Tuvisteis una aventura o algo parecido?

—¿Crees que me he tirado a la esposa del presidente de Estados Unidos? Venga ya, no me jodas.

—Tal vez no era la primera dama cuando la conociste —dijo Michelle con calma—. Pero no puedo saberlo porque te niegas a decirme, a mí, tu compañera, ni una sola palabra al respecto. Para que luego digas que no cuento nada. Yo te he mostrado mis entrañas y espero un poco de reciprocidad a cambio.

—Vale, de acuerdo. —Se quedó callado y miró por la ventanilla.

—De acuerdo... ¿qué?

—No tuve una aventura con Jane Cox.

—¿Lo deseabas?

Él le echó una mirada.

—¿A ti qué te importa?

Michelle, que hasta ahora le sonreía con aire burlón, pareció ponerse nerviosa.

—Me... me tiene sin cuidado a quién desees. Es asunto tuyo.

—Me alegra saberlo, porque soy un gran partidario de la privacidad en ese terreno.

Se hizo un silencio incómodo mientras seguían circulando.

Michelle se devanó los sesos para buscar otra aproximación. Se lanzó con entusiasmo nada más encontrarla.

—Pero tú ya habías dejado el servicio secreto mucho antes de que su marido se presentara como candidato a la presidencia.

—Era senador antes de presentarse.

—Pero ¿cuál es la conexión con el servicio secreto? ¿O no tenía nada que ver?

—Tenía y no tenía que ver.

—Fenomenal. Gracias por aclararlo.

Él permaneció en silencio.

—¡Vamos, Sean! —Dio una palmada en el volante, exasperada.

—Esto no puede salir de aquí, Michelle.

—Como si yo fuese una bocazas.

—Nunca se lo he contado a nadie. A nadie.

Ella le echó un vistazo y percibió su expresión sombría.

—De acuerdo.

Él se arrellanó en el asiento.

—Hace años, estando de servicio en Georgia en un equipo de seguridad presidencial preparatoria, salí con otro agente a comer algo a última hora. Él regresó después a hacer su turno, pero yo tenía la noche libre. Me di una vuelta y examiné la zona con intención de practicar un reconocimiento del terreno y detectar puntos delicados en la ruta que debía seguir la comitiva del presidente. Llevaba caminando una hora más o menos. Serían las once y media. Y entonces lo vi.

—¿A quién?

—A Dan Cox.

—¿Al presidente?

—No era presidente en aquel entonces. Acababan de elegirlo para el Senado. Por si no lo recuerdas, estuvo allí una legislatura completa y dos años de la siguiente, antes de presentarse a la presidencia.

—Vale, lo viste. ¿Y qué?

—Estaba en un coche aparcado en un callejón. Borracho perdido. Con una chica haciéndole una mamada.

—Me tomas el pelo.

—¿Crees que me inventaría algo así?

—Bueno, ¿y qué pasó?

—Lo reconocí en el acto. Él había asistido a una reunión que habíamos celebrado con los funcionarios locales para preparar la visita del presidente a la ciudad.

—¿Y qué hacía en un callejón recibiendo un «servicio especial» de una mujer que no era su esposa?

—Bueno, entonces yo no sabía que no se trataba de su esposa, pero era un asunto delicado igualmente. Él pertenecía al mismo partido que el presidente y yo no quería que aquello levantara polvareda antes de la visita oficial. Así que llamé con los nudillos a la ventanilla y mostré mi placa. La chica se apartó de él con un sobresalto tan brutal que pensé que iba a atravesar el techo del coche. Cox estaba tan borracho que no entendía qué pasaba.

—¿Y qué hiciste?

—Le dije a la dama que se bajara.

—¿Era una puta?

—No creo. Era joven, pero no iba vestida como se supone que va una puta. Recuerdo que casi se cayó al suelo mientras trataba de ponerse las bragas. Le pedí una identificación.

—¿Por qué?

—Para localizarla si la cosa se volvía más adelante contra mí.

—¿Y ella te enseñó su permiso de conducir?

—No quería hacerlo, obviamente, pero le dije que no tenía otro remedio. Me marqué un farol y le advertí que, si se negaba, me vería obligado a avisar a la policía. Ella me mostró su permiso y yo anoté el nombre y la dirección. Vivía en la ciudad.

—¿Qué pasó después?

—Pensaba pedirle un taxi, pero ella se largó sin más. Me puse a perseguirla, pero entonces Cox empezó a armar alboroto. Volví corriendo al coche, le subí la cremallera, lo empujé al asiento del copiloto, le saqué del bolsillo el permiso de conducir para averiguar su dirección y lo llevé a casa.

—¿Y allí fue donde conociste a Jane Cox?

—Exacto.

—Chico, vaya presentación. ¿Se lo contaste todo?

Sean iba a responder, pero se detuvo.

—¿La prudencia es la madre de la ciencia?

—Algo así —dijo él—. Me limité a decirle que me lo había encontrado «indispuesto» en el coche. Aunque apestaba a perfume y tenía manchas de carmín en la camisa. Lo metí en la casa y lo subí al dormitorio. La situación era bastante incómoda en conjunto. Por suerte, sus hijos ya estaban dormidos. Yo le había mostrado mi placa al llegar. Jane estaba increíblemente agradecida. Dijo que nunca olvidaría lo que había hecho por ella. Y por él. Y entonces... bueno, se vino abajo y rompió a llorar. Supongo que no era la primera vez que ocurría algo semejante. Y yo... bueno, la abracé más o menos y traté de calmarla.

—¿La abrazaste... más o menos?

—Vale, la rodeé con mis brazos. ¿Qué demonios iba a hacer? Estaba tratando de consolar a esa mujer.

—¿Fue entonces cuando la deseaste?

—¡Michelle! —exclamó Sean con aspereza.

—Perdona. Vale, la estabas abrazando más o menos. ¿Y luego, qué?

—Cuando paró de llorar y se recompuso, volvió a darme las gracias. Se ofreció a llevarme de vuelta a la ciudad, pero a mí no me pareció buena idea. Así que caminé un rato y después encontré un taxi.

—¿Y ahí acabó la cosa?

—No, no acabó ahí. Ella me llamó. No sé exactamente cómo formularlo. Empezamos a vernos, nos hicimos amigos. Yo creo que ella estaba realmente agradecida por lo que había hecho. Si cualquier otro lo hubiese encontrado en aquel estado, seguramente ahora no sería presidente.

—No estés tan seguro. Los políticos nunca se han destacado precisamente por su moralidad.

—En todo caso, yo conocía bien los entresijos de la ciudad y ella decidió exprimirme al respecto. Creo que llegó a conocer las interioridades del D.C. mejor que su marido.

—¿Así fue como llegaste a conocer a Tuck y su familia?

—Jane me invitó a varias fiestas. No creo que Dan Cox me recordase. O que recordara siquiera aquella noche. No sé cómo le explicaría ella mi presencia, pero él nunca la cuestionó. Después de que lo eligieran presidente, ya no los vi mucho, por razones obvias. Los tipos como yo no se mueven en esos círculos. Y además, ya había salido del servicio secreto y abandonado el D.C. para entonces. Pero ella siempre me mandaba una felicitación navideña. Y yo mantuve el contacto con Tuck y su familia. Cuando nos trasladamos aquí, ellos fueron de los primeros en darme la bienvenida.

Michelle parecía sorprendida.

—¿Y cómo es que nunca me los habías presentado?

Una sonrisa burlona se extendió por el rostro de Sean.

—No quería asustarlos.

—Ya. Así que has salido en socorro de la dama otra vez.

—Tal como dicen, un *déjà vu* en toda regla.

—¿Sí? Pues ojalá salgamos vivos de esta. Casi acaban conmigo anoche. Y estoy usando mis nueve vidas a un ritmo alarmante desde que trabajo contigo.

—Ya. Pero nunca resulta aburrido.

—Cierto. Nunca resulta aburrido.

12

Sam Quarry condujo de vuelta a Atlee por caminos llenos de baches. La Patriot que había usado para matar a Kurt reposaba en el asiento contiguo de la camioneta. Se detuvo ante la casa, aquel viejo montón de piedra y ladrillos hechos a mano que databa de antes de la guerra de Secesión. Alrededor de los neumáticos se alzaban nubecillas de polvo, más parecidas a irisaciones de calor que a las polvaredas del profundo sur. Permaneció largo rato inmóvil, con las manos en el volante, contemplando el armazón de quinientos gramos de la Patriot y su pestillo de seguridad. Finalmente, deslizó el pulgar por una de las cachas de la pistola, como si pretendiera quitarse de la cabeza lo que había hecho tocando precisamente el instrumento que había utilizado para ello.

A punto había estado de estrellar su Cessna durante el vuelo de vuelta. Se había puesto a temblar de un modo incontrolable justo después de despegar. Luego, cuando apenas había alcanzado sesenta metros de altitud, había pillado un viento de cizalladura y las alas se habían girado hasta ponerse casi verticales. Más tarde comprendió que poco le había faltado para perder del todo la sustentación, aunque enseguida recuperó el control y el avión, por suerte, se había elevado hacia lo alto.

Cuando su hijo estaba creciendo, Quarry siempre había procurado tenerlo cerca. Daryl no había sido nunca nada del otro mundo en cuestión de cerebro, eso le constaba, pero lo quería igual. Era leal ese muchacho. Hacía todo lo que su padre le decía. Y lo que le faltaba en intelecto lo compensaba sobradamente con una terca determinación y una especial atención a los detalles, cualidades que compartía con Quarry. Esos rasgos le habían sido muy útiles en el ejército. Daryl, Kurt y Carlos se habían alistado para combatir en Irak y Afganistán y habían obtenido entre los tres ocho medallas de combate, sobreviviendo a los peores artefactos que el enemigo había utilizado contra ellos, incluidos docenas de explosivos improvisados.

Después habían empezado los problemas. Quarry había bajado una mañana y se los había encontrado a los tres desayunando en la cocina de Atlee.

—¿Qué hacéis aquí? —había preguntado—. Creía que teníais órdenes de embarcaros otra vez para Oriente Medio.

—Nos entró añoranza —farfulló Daryl con la boca llena de sémola y grasa de beicon, mientras Kurt asentía sonriendo y daba sorbos del café bien cargado de Ruth Ann. Carlos, siempre el más callado, había bajado la vista al plato y hurgaba la comida con el tenedor.

Quarry se sentó lentamente frente a ellos.

—Dejadme hacer una pregunta estúpida. ¿En el ejército lo saben?

Los tres se miraron antes de que Daryl respondiera:

—Supongo que lo sabrán pronto.

Sofocó una risotada.

—¿Y por qué os habéis convertido en desertores, muchachos?

—Estamos hartos de luchar —dijo Kurt.

—En Irak hace más calor que en Alabama. Y luego, en invierno, más frío que en la luna —añadió Daryl—. Y hemos estado allí cuatro veces. Y mandado al infierno a esos tipos de al-Qaeda. Y a los talibanes.

—Esos chiflados con un trapo en la cabeza —añadió Carlos, jugueteando con su taza de café.

—Pero los tipos siguen apareciendo igual —dijo Kurt—. Como los topos de feria. Golpeas a uno con el mazo y sale otro.

—Los chavales se te acercan pidiendo caramelos y se vuelan ahí mismo por los aires —añadió Daryl.

—Es lo más jodido que haya visto, señor Quarry —añadió Kurt—. Ya estábamos hartos. Es la pura verdad.

Daryl dejó el tenedor y se limpió la boca con el dorso de su mano rechoncha.

—Así que decidimos que ya era hora de volver a casa.

—A la dulce Alabama —añadió Kurt, con una sonrisa taimada.

La policía militar se había presentado al día siguiente.

—No los he visto —les dijo Quarry a los adustos soldados.

Interrogaron también a Ruth Ann, a Gabriel y a Fred, el nativo koasati, pero no les sacaron nada. Para eso estaba la familia, para protegerse. Quarry se cuidó muy mucho de hablarles a los policías de la antigua mina, pues allí era donde se escondían Kurt, Carlos y Daryl. Él mismo los había llevado la noche anterior en la avioneta.

—Es un delito federal dar cobijo a desertores —le había dicho a Quarry el menudo sargento de origen hispano.

—Yo serví a mi país en Vietnam, señor sargento. Maté a más hombres de los que usted matará nunca en sueños. Obtuve un par de Corazones Púrpura y ni una palabra de gratitud del tío Sam por mis esfuerzos. Una patada en el culo fue lo que recibí de mi país cuando regresé a casa. Nada de desfiles para los combatientes de Vietnam. Pero si veo a mi hijo, tenga por seguro que haré lo que debo. —Quarry les había dedicado un breve saludo militar y luego les cerró la puerta en las narices.

Eso había ocurrido dos años atrás y los militares habían vuelto a presentarse dos veces. Pero para entrar y salir de la zona había muy pocas carreteras y Quarry siempre sabía que venían mucho antes de que llegasen a Atlee. Luego ya no volvieron más. Tenían otras cosas de qué preocuparse, al parecer, pensó Quarry, aparte de aquellos tres chicos de Alabama cansados de combatir con los árabes a diez mil kilómetros de casa.

Kurt había sido como un hijo para él, casi tanto como Daryl. Conocía a ese muchacho prácticamente desde que había nacido. Lo había recogido cuando toda su familia sucumbió en un incendio. Él y Daryl se parecían una barbaridad.

Carlos se había presentado en su puerta una mañana, hacía más de una década. Entonces no era mucho mayor que Gabriel ahora. No tenía familia ni dinero. Solo una camisa y unos pantalones; ni siquiera zapatos. Pero tenía un fuerte espinazo y una ética del trabajo que no conocía el cansancio. Parecía que Quarry se hubiera pasado la vida recogiendo parásitos.

—¿Qué hace ahí, señor Sam?

Desechó sus pensamientos y miró por la ventanilla de la camioneta. Gabriel lo observaba desde las escaleras de la entrada. El chico iba como siempre con sus vaqueros descoloridos y una camiseta blanca. No llevaba zapatos. Tenía puesta la vieja gorra de los Falcons de Atlanta que Quarry le había regalado. La llevaba con la visera hacia atrás, para que no se le quemara el cogote; o al menos eso le había dicho una vez, cuando se lo había preguntado.

—Solo pensando, Gabriel.

—Usted piensa un montón, señor Sam, ya lo creo.

—Es lo que hacen los adultos. Así que no crezcas demasiado deprisa. Ser un chico es mucho más divertido.

—Si usted lo dice...

—¿Qué tal la escuela?

—Me gustan mucho las ciencias. Pero lo que más me gusta de todo es leer.

—Entonces tal vez te convertirás en un escritor de ciencia ficción. Como Ray Bradbury. O Isaac Asimov.

—¿Quién?

—¿Por qué no vas a ayudar a tu madre? Ella siempre tiene algo que hacer y casi ninguna ayuda.

—De acuerdo. Ah, y gracias por el sello. Ese no lo tenía.

—Ya lo sé. Si no, no te lo habría dado, hijo.

Cuando Gabriel se alejó, Quarry puso la camioneta en marcha y la llevó al establo. Se apeó, se metió la Patriot en la pretina del pantalón y subió al pajar por la escalera de mano. Sus botas resbalaban en los peldaños de madera mientras se impulsaba con los brazos. Una vez arriba, abrió las puertas del pajar y se asomó a contemplar lo que quedaba de Atlee. Subía varias veces al día a hacerlo. Como si la hacienda pudiese desaparecer si él no se mantenía alerta todo el tiempo.

Se apoyó en el marco de madera, se fumó un cigarrillo y observó hacia el oeste a los peones ilegales que trabajaban en sus campos. Al este, vio a Gabriel ayudando a su madre, Ruth Ann, a cuidar el huerto, de donde procedía cada vez más la comida que consumían. La Alabama rural se encontraba en la vanguardia de la América «verde». Por pura necesidad.

«Cuando la gente está bien jodida en la tierra de la abundancia, hace cualquier cosa para sobrevivir.»

Quarry apagó con sumo cuidado el cigarrillo para que no pudiera incendiar la paja seca. Bajó por la escalera, tomó una pala del gancho, caminó hacia el sur medio kilómetro y se detuvo. Cavó un hoyo bien hondo, lo cual le costó, porque la tierra estaba muy apelmazada; pero él era un hombre habituado a trabajar con las manos y la pala se hundía más y más a cada golpe. Tiró la Patriot en el hoyo y volvió a cubrirlo, colocando una piedra bien grande sobre la tierra removida.

Era como si acabase de enterrar a alguien, pero no rezó una oración. No por una pistola, desde luego. Ni por ninguna otra cosa, en realidad. Ya no.

Su madre no se habría sentido nada complacida. Adepta al pentecostalismo durante toda su vida, era capaz de ponerse a hablar en unas lenguas extrañas a la menor provocación. Ella lo había llevado cada domingo a los servicios religiosos desde que Quarry tenía memoria. Una noche, mientras agonizaba en medio de una lluvia torrencial típica de Alabama, había empezado a hablarle al Señor en aquella lengua extraña. Quarry solo tenía catorce años y estaba cagado de miedo. No por la jerigonza que hablaba su madre, a eso ya se había acostumbrado. Era más bien la combinación de la agonía y de aquellos alaridos en un idioma que no comprendía. Como si su madre supiera que estaba abandonando este mundo y quisiera anunciarle al Señor que iba a su encuentro. Solo que el Señor estaba sordo tal vez y ella se veía obligada a vociferar a pleno pulmón. Quarry temía que Jesús fuese a descender de un momento a otro para hacer callar a la pobre mujer.

Ella no le había dirigido la palabra durante sus últimas horas, pese a que él permaneció sentado junto al lecho, con gruesos lagrimones en las mejillas, diciéndole que la quería y deseando con toda su alma que lo mirase y dijera: «Te quiero, Sammy», o al menos: «Adiós, chico.» Quizá le dijo algo parecido en aquella lengua extraña, no podía estar seguro. Nunca había aprendido ese idioma. Y al final ella soltó un último grito, dejó de respirar y todo terminó. Sin grandes aspavientos, a decir verdad. A él le asombró realmente lo fácil que era morir; lo sencillo que resultaba mirar morir a alguien.

Había aguardado un poco para asegurarse de que realmente estaba muerta y no descansando entre aquellos gritos dirigidos al Señor. Luego le cerró los ojos y le cruzó los brazos sobre el pecho, como había visto hacer en las películas.

Su padre ni siquiera estaba en casa cuando ella falleció. Más tarde, aquella misma noche, Quarry lo encontró borracho en la cama de la esposa de uno de sus propios jornaleros, un tipo que estaba en el hospital porque la segadora le había arrancado una pierna. Echándose al hombro a su padre, lo sacó de la casa de aquella mujer y se lo llevó en coche a Atlee. Aunque solo tenía catorce años, Quarry ya medía más de metro ochenta y poseía todo el vigor de un granjero. Había conducido desde que tenía trece años, al menos por las carreteras secundarias de la Alabama rural de principios de los 60.

Metió el coche en el establo, apagó el motor, cogió una pala y se fue a cavar una tumba para su padre, cerca del sitio donde ahora acababa de enterrar la Patriot. Volvió al establo. En el camino de vuelta había sopesado cuál sería la mejor manera de matar al viejo. Él tenía acceso a todas las armas que había en Atlee. Había un montón, y sabía manejarlas todas con destreza. Pero pensó que un golpe en la cabeza resultaría mucho más silencioso que un disparo. Quería asesinar al viejo adúltero, ciertamente, pero poseía la suficiente inteligencia como para no querer pagar ese privilegio con su vida.

Arrastró a su padre fuera del coche y lo tumbó boca abajo en el suelo cubierto de paja del establo. Su idea era asestarle el golpe mortal en la nuca, tal como habría hecho con un animal al que quisiera sacrificar. Cuando ya estaba alzando la almádena para golpearle, su padre se incorporó de golpe.

—¿Qué demonios estás haciendo, Junior? —farfulló, mirando a su hijo entre la neblina de su borrachera.

—Nada en especial —le había respondido Quarry, perdiendo el valor. Tal vez fuese tan alto como un hombre hecho y derecho, pero aún era un chico. Una mirada de su padre bastó para recordárselo.

—Tengo un hambre de lobo —dijo el viejo.

Quarry dejó el arma asesina, le ayudó a levantarse y lo sostuvo mientras iban hasta la casa. Dio de comer a su padre y después lo subió arriba en brazos. Sin encender la luz del dormitorio, lo desnudó y lo acostó en la cama.

Cuando el hombre despertó a la mañana siguiente junto a su esposa muerta, ya completamente fría, Quarry oyó sus gritos desde el establo, donde se había puesto a ordeñar a las vacas con todas sus fuerzas. Había reído a carcajadas; había llorado.

Ahora, después de enterrar la pistola, Quarry regresó a pie a Atlee. Hacía una tarde espléndida. El sol concluía su trayecto por el cielo con un resplandor glorioso en las estribaciones de la meseta Sand Mountain, en el extremo sur de los Apalaches. Alabama, pensó, era el lugar más hermoso de la tierra, y Atlee, la mejor parte de Alabama.

Entró en su estudio y encendió fuego, aunque el día hubiera sido muy caluroso e hiciera una noche bochornosa, plagada de mosquitos que ya rondaban buscando sangre.

Sangre. Tenía un montón de sangre en esas neveras portátiles. Las había guardado en la caja fuerte grande que su abuelo reservaba para los documentos importantes. Estaba en el sótano, junto al viejo y ruidoso horno que apenas se usaba en aquella parte del país. De niño, él giraba con todas sus fuerzas el dial de la caja fuerte, esperando que cayera en los números correctos y le revelara su contenido. Nunca había ocurrido. La combinación se la había proporcionado finalmente el testamento de su padre. Pero la emoción ya no había sido la misma.

Cuando el fuego tomó fuerza, cogió el atizador, lo metió entre las llamas y lo calentó al rojo vivo. Se arrellanó en su sillón, se subió la manga de la camisa y aplicó el metal enrojecido sobre su piel. No dio ningún grito, solo se mordió el labio inferior. Soltó el atizador y se miró el brazo palpitante. Jadeando de dolor, se obligó a examinar la marca que el metal candente le había dejado. Había hecho con él una línea, una línea bien larga. Aún le quedaban tres más.

Desenroscó el tapón de la botella de ginebra que guardaba en su escritorio y echó un trago. Vertió un poco sobre la marca. La piel cubierta de ampollas pareció inflarse todavía más al contacto con el alcohol. Como una minúscula cordillera formándose hacía un millón de años, tras algún retortijón de las entrañas de la tierra. Era una ginebra barata, lo único que bebía ya: elaborada mayormente con grano y otras porquerías y embotellada localmente. Ahora todo lo hacía así: localmente.

No le había mentido al pobre Kurt. Había una vena de locura en su familia. Su padre la tenía a todas luces, y el padre de su padre, también. Ambos habían terminado en el sanatorio mental del Estado y habían acabado sus días farfullando cosas que ya nadie quería escuchar. La última vez que había visto vivo a su padre, estaba sentado desnudo en el suelo mugriento de su habitación, apestando más que un retrete en agosto y parloteando sobre el maldito traidor de Lyndon B. Johnson y sobre la gente de color, aunque él no había utilizado un término tan educado. Fue entonces cuando Quarry llegó a la conclusión de que su padre no era un loco, sino un malvado.

Se arrellanó en su sillón y observó las llamas, que se alzaban y parecían silbarle desde el hogar.

«Tal vez yo sea un paleto gilipollas de ninguna parte, pero voy a terminar lo que he empezado. Lo siento, Kurt. Lo siento de veras, hijo. Una cosa te prometo: no has muerto en vano. Ninguno de nosotros morirá en vano.»

13

Fueron a casa de la cuñada de Tuck, en Bethesda, Maryland, donde se encontraban los niños. John y Colleen Dutton seguían en estado de *shock* y sabían muy poco. Michelle se había sentado con Colleen, de siete años, y había hecho todo lo posible para sonsacar a la cría, pero en gran parte sin resultados. Ella estaba acostada en su cuarto, según le explicó. La puerta se había abierto de golpe, pero alguien la había sujetado antes de que pudiera mirar y luego había notado una cosa en la cara.

—¿Una mano, un pañuelo? —dijo Michelle.

—Las dos cosas —respondió Colleen. Le subieron las lágrimas a los ojos al decirlo y Michelle decidió no apretarla más. A los dos críos les habían administrado un tranquilizante para mantenerlos sedados, pero era evidente que ambos eran presa todavía de un dolor paralizante.

John Dutton, de diez años, también estaba durmiendo en su cuarto anoche. Se había despertado al notar que había alguien a su lado, pero eso era lo único que recordaba.

—¿Algún olor? ¿Algún sonido? —apuntó Sean.

El niño meneó la cabeza.

Ninguno de los dos sabía con certeza en qué parte de la casa estaba Willa en aquel momento. John creía que con su madre, en la planta baja. Su hermanita creía haber oído a Willa subir la escalera minutos antes de que entraran en su habitación y la atacaran.

Sean les mostró una copia de las marcas que habían aparecido en los brazos de la madre, pero ninguno de los dos sabía qué significaban.

Las preguntas de rutina sobre extraños merodeando en los alrededores, cartas inusuales en el correo o llamadas sospechosas habían resultado inútiles.

—¿Sabéis para qué quería verme vuestra madre? ¿Os dijo algo?

Los dos menearon la cabeza.

—¿Qué hay de vuestro padre? ¿Alguno de vosotros lo vio ayer noche?

—Papá estaba fuera —dijo Colleen.

—Pero volvió por la noche —comentó Michelle.

—Yo no le vi —dijeron John y Colleen al unísono.

La niña estaba desesperada por saber si ellos iban a encargarse de rescatar a Willa.

—Haremos todo lo que podamos —dijo Michelle—. Y somos muy buenos en nuestro trabajo.

Mientras se alejaban en coche de la casa, Michelle preguntó:

—Bueno, ¿y ahora, qué?

—Tengo un mensaje de Jane. Tuck está dispuesto a vernos.

—Podemos hablar con todo el mundo, pero si no tenemos acceso a la escena del crimen y a las pruebas forenses, no creo que contemos con ninguna posibilidad.

—¿Qué ha sido de tu optimismo?

Michelle se miró en el retrovisor.

—Se ha fundido en esa casa. Esos niños están destrozados.

—Claro que lo están. Pero todavía lo estarán más si no encontramos a Willa.

Dos agentes del servicio secreto custodiaban en el hospital la puerta de la habitación de Tuck, pero ya estaban informados de la visita de Sean y Michelle y enseguida les dejaron pasar. Tuck se encontraba sentado en la cama con aspecto aturdido. Tenía al lado un portasueros con una bolsa de medicamentos y una vía intravenosa conectada a su brazo.

Sean le presentó a Michelle y le puso la mano en el hombro.

—Siento muchísimo lo de Pam —dijo.

Las lágrimas se deslizaron por la cara de Tuck.

—No puedo creerlo. No puedo creer que haya muerto.

—Acabamos de ver a John y Colleen.

—¿Cómo se encuentran? —Tuck se irguió con ansiedad.

—Bien, dentro de lo que cabe —dijo Sean con tacto.

—¿Y Willa? ¿Alguna noticia?

Sean le lanzó una mirada a Michelle, cogió una silla y se sentó junto a la cama.

—No. ¿Qué puedes contarnos de lo ocurrido?

Michelle se acercó.

—Tómese su tiempo. No se precipite.

Tuck no tenía mucho que contarles, después de todo. Estaba en el dormitorio cuando oyó un grito. Corrió hacia la puerta y notó un golpe muy fuerte en la cabeza.

—Los médicos dicen que sufro una conmoción brutal, pero sin daños permanentes.

—¿A qué hora sucedió?

—Yo había subido a cambiarme. Había estado en una reunión fuera de la ciudad y llegué tarde a casa.

—¿A qué hora?

—Un poco después de las once.

—Nosotros llegamos a las once y media —dijo Sean.

Tuck lo miró confuso.

—¿Vosotros estabais allí?

Sean se lo explicó en un minuto y continuó preguntándole.

—¿De dónde venías?

—De Jacksonville.

—¿Volviste a casa con tu Mercedes?

—Exacto. ¿Cómo lo sabes?

—¿Volviste directamente? ¿Sin paradas?

—Sí, ¿por qué?

—Bueno, si alguien te estaba siguiendo, tal vez habrías notado algo al hacer una parada.

—¿Por qué habrían de seguirme?

—Lo que Sean trata de decir es que quien atacó a su familia podría haberle seguido hasta su casa.

—¿Quiere decir que fue un ataque al azar?

—No sería tan insólito con alguien que conduce un Mercedes último modelo.

Tuck se puso una mano en la cara.

—Dios mío, no puedo creerlo.

—¿Te importa explicarnos de qué iba tu reunión? —dijo Sean.

Tuck se quitó lentamente la mano de la cara.

—Nada especial. Ya sabes que soy proveedor del ejército. Tenemos una pequeña oficina en Jacksonville. Mi empresa está subcontratada dentro de un equipo que elabora un proyecto de biodefensa para el departamento de Seguridad Nacional. Estábamos puliendo nuestra propuesta, simplemente.

—Y llegó a casa justo a tiempo para que le machacaran la cabeza —dijo Michelle.

Tuck habló muy despacio.

—Me contaron lo de Pam. Cómo había muerto.

—¿Quién?, ¿la policía?

—Unos tipos trajeados. Del FBI, creo que dijeron. La cabeza no me funciona aún del todo bien. Perdonad.

Le hicieron las mismas preguntas de rutina que a los niños, y obtuvieron las mismas respuestas inútiles.

Tuck sonrió débilmente.

—Había sido un gran día para Willa. Fue a Camp David por su cumpleaños. ¿Cuántos niños tienen una ocasión como esa?

—No muchos —asintió Michelle—. Lástima que usted no pudiera asistir.

—El primer cumpleaños que me pierdo. Y también lo de Camp David. Nunca he estado allí.

—Es un lugar muy sencillo —dijo Sean—. Entiendo que la primera dama ha jugado un gran papel en la vida de Willa.

—Ah, sí. En la medida en que se lo permiten sus obligaciones. A veces todavía no puedo creer que esté casada con el presidente. Demonios, no puedo creer que yo sea su cuñado.

—Pero siempre habéis mantenido una relación estrecha, ¿no?

—Sí. Y Dan me cae bien. Incluso voté por él —dijo Tuck esbozando una sonrisa fugaz, antes de ahogar un sollozo—. No entiendo por qué han hecho algo así, Sean.

—Hay un posible motivo bastante obvio, Tuck —respondió él.

—¿Quieres decir que está relacionado con Dan y Jane?

—La gente sabe que sois de la familia. Y vosotros ofrecéis un blanco mucho más fácil.

—Pero en ese caso, ¿qué quieren? Si es dinero, el presidente no puede meter las manos en el Tesoro y pagar un rescate.

Sean y Michelle intercambiaron una mirada. Tuck observó a uno y otro alternativamente.

—Quiero decir... no puede, ¿no?

—Centrémonos por ahora en los hechos, Tuck. Ya habrá tiempo para especulaciones.

—No hay tiempo, Sean. ¿Qué me dices de Willa? Tienen a Willa. Podría estar... —Se incorporó de golpe en su agitación.

Sean le ayudó a recostarse otra vez con delicadeza.

—Mira, Tuck, el FBI está encima del caso y nosotros vamos a hacer también todo lo posible. Lo importante ahora es que todo el mundo mantenga la calma y nos cuente lo que sabe.

Sean sacó la copia de las marcas que habían aparecido en los brazos de Pam.

—¿Reconoces esto?

—No, ¿por qué?

—¿El FBI no te lo ha preguntado?

—No. ¿Qué demonios es?

—Estaba escrito en los brazos de Pam con un rotulador negro.

—¡Dios mío! ¿Es una especie de secta? ¿Se trata de eso? —La expresión de Tuck había pasado de la cólera al terror—. ¿Es un Charlie Manson moderno con algún agravio contra el gobierno el que ha secuestrado a Willa?

La enfermera entró en la habitación y dijo con severidad:

—Voy a tener que pedirles que se marchen. Están perturbando al paciente.

Michelle iba a protestar, pero Sean respondió:

—Está bien, lo siento. —Cogió a Tuck del brazo—. Tú ahora dedícate a reponerte. John y Colleen te necesitan más que nunca, ¿de acuerdo?

Tuck asintió y se echó otra vez en la cama.

Unos minutos después, subían al todoterreno de Michelle.

—Tengo una pregunta —dijo ella.

—¿Solo una? Me dejas impresionado.

—¿Por qué estaba Tuck fuera de la ciudad el día de la fiesta de cumpleaños de su hija en Camp David? O sea, ¿esa reunión en Jacksonville para pulir un contrato no podía esperar? ¿O no podía celebrarse por videoconferencia? ¿Y ha sido solo una impresión mía o parecía querer averiguar si el presidente podría pagar un rescate con dinero del Tesoro?

—También se ha agarrado al asunto de las sectas un poquito demasiado deprisa, diría yo. Por eso no le he preguntado para qué quería vernos Pam, porque es posible que quisiera vernos para hablar de Tuck.

—¿Sospechas de él?

—Sospecho de todo el mundo. Por eso tampoco se lo mencioné a Jane Cox.

—Me ha gustado cómo le has obligado a concretar si había vuelto directamente a casa. Pero ¿de veras piensas que podría ser un ataque al azar?

—No, no lo creo.

—Entonces, ¿crees que tiene que ver con la primera familia?

—Lo creía hasta que Tuck ha dicho eso.

—¿El qué?

—Que está trabajando en un gran proyecto de biodefensa para el Gobierno.

14

Esa tarde, a última hora, fueron en coche hasta las inmediaciones de la casa de los Dutton, pero sin doblar por la carretera de acceso, porque estaba cerrada al tráfico con barreras portátiles. Frente a las barreras había coches patrulla y todoterrenos del FBI aparcados en batería. Más allá, la carretera seguía llena de furgonetas de la policía y los forenses.

Por fuera de la zona acordonada, se veían periodistas ansiosos que corrían de aquí para ella con gruesos micrófonos en la mano, seguidos al trote por sus camarógrafos. A uno y otro lado de la carretera principal, había furgonetas de la tele aparcadas con larguísimas antenas elevándose hacia el cielo. Había asimismo un gran número de curiosos que trataban de atisbar algo y acababan convirtiéndose en pasto para los periodistas, que no tenían mucho que hacer, aparte de recoger esos comentarios ociosos, pues las autoridades no soltaban prenda.

—Bueno, olvidémonos de examinar las pruebas forenses —dijo Michelle.

Sean no la escuchaba. Miraba fijamente el pedazo de papel donde había anotado las letras escritas en los brazos de Pam Dutton. Estaba tratando de combinarlas de manera que cobraran sentido.

—*Chaffakan. Hatka* y *Tayyi*...

—¿*Chaffakan*? ¿Como en Chaka Khan? Tal vez sean fans de cantantes pop con nombres guay.

—¿Quieres hacer el favor de tomártelo en serio?

—Está bien. *Tayyi* suena a japonés o chino. O un arte marcial o una técnica de relajación.

—¿Y qué me dices de un código cifrado?

—En ese caso, nos falta la clave.

Sean sacó su teléfono y dio un toque a la pantalla digital.

—¿Qué haces?

—¿Qué es lo que hace todo el mundo hoy en día? Voy a buscarlo en Google.

Esperó a que se cargase la página y empezó a repasar la lista de respuestas. No parecía muy seguro de lo que hacía.

—*Hatka* puede ser una actriz o una empresa de entretenimiento. Y *Tayyi* tiene algo que ver con los árabes del siglo VI, al parecer con ciertos grupos tribales.

—¿Algún asunto de terrorismo?

—No parece lógico. Voy a intentar unas cuantas combinaciones más con las letras.

Fue pulsando las teclas digitales y revisando listas de resultados hasta que una de las entradas le llamó la atención.

—*Yi.*

—¿Qué pasa?

—He escrito *Yi* en vez de *Tayyi*, y mira lo que dice. —Sean leyó de la pantalla—: «Aunque los orígenes del Silabario Yi se desconocen, se cree que recibió la influencia del sistema de escritura chino. Cada carácter representa una sílaba. Se usaba principalmente para escritos religiosos o de naturaleza secreta. La lengua Yi la hablan millones de personas en las provincias chinas de Yunnan y Sichuan.»

—¿Así que una sociedad secreta china de tipo religioso, con una extraña lengua, estaría detrás de esto? —dijo Michelle, escéptica—. Las letras son del alfabeto inglés, no del chino.

—No sé. Estoy intentando encontrar una pista. —Marcó un número y alzó una mano cuando Michelle iba a decir algo.

—Eh, Phil, soy Sean King. Sí, cierto, un montón de tiempo, ya lo creo. Oye, estoy otra vez en el D.C. y tengo una duda sobre una lengua. Exacto. No, no la estoy estudiando; solo quiero ver si un texto es de esa lengua o no. Ya, supongo que suena un poco absurdo. Escucha, ¿conoces a alguien en Georgetown que esté familiarizado con la lengua Yi? Es una lengua china.

Michelle tamborileaba en el volante con los dedos.

—Sí, ya sé que no es de las principales, pero ¿podrías mirar si hay alguien de tu departamento que la conozca? Gracias. Te debo una. —Le dejó su número a Phil y colgó.

Michelle lo miró con curiosidad.

—Es un amiguete que está en el departamento de lenguas extranjeras de Georgetown. Va a echar un vistazo y me llamará.

—¡Yupi!

Él la miró, irritado.

—¿Tienes alguna idea mejor?

Michelle iba a responder cuando sonó el móvil de Sean.

—¿Sí? —Se irguió y echó un vistazo por la ventanilla—. ¿Ahora? Bien, de acuerdo.

Cortó la llamada con aire perplejo.

—¿Quién era?

—Waters, el agente especial del FBI. Nos han invitado oficialmente a participar en la investigación.

Michelle puso la primera.

—Uau. Realmente Jane Cox está a la altura de su categoría.

15

Waters los recibió en la puerta principal. Era bastante obvio que al agente del FBI lo habían atado en corto y que la correa no le gustaba lo que se dice nada. Hizo que se calzaran unos zuecos y les explicó que debían pisar solo donde él pisara. Se notaba que hacía un gran esfuerzo para parecer educado, pero todo le salía como un gruñido.

—Debe de ser agradable tener amigos en las alturas —comentó, mientras subían a las habitaciones por la escalera, tras pasar junto a la silueta del cadáver de Pam Dutton pintada en la alfombra de la sala.

—Debería probarlo. Aunque, claro, primero habría de superar ese gran desafío llamado «hacer amigos» —le espetó Michelle. Sean le dio un codazo mientras se detenían frente a la puerta de una de las habitaciones. Waters la abrió. Sean y Michelle la recorrieron con la vista desde el umbral.

Era la habitación de Willa, la que habían visto vacía cuando ellos habían registrado la casa. Una habitación pulcra y limpia, con estanterías llenas de libros y un delgado Mac plateado sobre el escritorio. Las palabras «Territorio Willa» figuraban escritas en una pared que era, de hecho, una pizarra negra.

—John Dutton dice que cree que Willa estaba abajo con su madre cuando ocurrió todo. Pero Colleen ha dicho que le pareció oír a Willa en la escalera —dijo Sean.

—Lo mismo nos contaron a nosotros —dijo Waters secamente.

—¿Cuál de ambas versiones diría que es la correcta?

—Si atacaron a Willa en la escalera, no ha quedado ni rastro. Lo que la niña podría haber oído en la escalera son los pasos de los secuestradores.

—¿Alguna señal de que forzasen la entrada?

—Creemos que accedieron por la puerta trasera. No estaba cerrada. Hay una escalera detrás que sube desde allí al piso superior. —Señaló a la izquierda—. Al fondo de ese pasillo.

—¿Así que la idea es que los agresores entraron por esa puerta abierta de la parte trasera y recorrieron las habitaciones, una a una, de atrás hacia delante? —dijo Michelle.

—Drogaron a Colleen y luego a John, noquearon a Tuck y finalmente mataron a Pam y se llevaron a Willa —remató Sean.

—Esa es una teoría —dijo Waters.

—¿Por qué no drogar también a Tuck? Nos ha dicho que abrió la puerta de la habitación y recibió un golpe.

—Es un adulto, no un niño. Tal vez no querían arriesgarse con esa droga. Darle en la cabeza era más seguro.

—¿Qué droga utilizaron?

—Los forenses tomaron muestras de los residuos que los niños tenían en la cara. Según parece, se trataba de un anestésico general en líquido.

—Y de acuerdo con su teoría —dijo Sean—, ¿Willa era la víctima prevista desde un principio?

—No necesariamente. Es posible que tropezaran primero con ella y la agarraran sin más. Pam Dutton entra en la habitación, ve lo que sucede y empieza a luchar para proteger a su hija. Una reacción natural. Ellos la matan y se llevan a la niña.

Sean meneó la cabeza.

—Pero la sala está en la parte delantera de la casa. Si entraron por detrás como usted cree y fueron recorriendo las habitaciones, habrían tropezado primero con Tuck, luego con John, después con la habitación de Willa y finalmente con Colleen. Y solo entonces habrían llegado a la parte de delante. Y si Willa hubiera estado en su cuarto, la habrían encontrado a ella antes que a Colleen. Y no puedo creer que mataran primero a Pam y que después se tomaran la molestia de noquear a Tuck y drogar a los otros niños.

Michelle añadió:

—Cuando nosotros llegamos, oímos un grito. Seguramente el grito de Pam al recibir la cuchillada. Los asesinos ya estaban en la sala. Y Tuck y los niños ya se encontraban inconscientes.

—Así que lo más probable —dijo Sean— es que Willa no estuviera en su habitación en ese momento. Quizás estaba en la sala de estar. Es la mayor, era el día de su cumpleaños; su madre la dejó quedarse hasta más tarde, o la levantó cuando el padre llegó a casa para que pudiera felicitarla.

Michelle volvió a meter baza.

—La madre sale del salón, quizá va un momento a la cocina; Tuck sube las escaleras para cambiarse. Tal vez los otros niños ya están drogados. Noquean a Tuck, bajan corriendo a la sala, atrapan a Willa, la madre vuelve a entrar, ve lo que ocurre, empieza a luchar y ello le cuesta la vida.

—La cuestión —añadió Sean— es que Willa era el objetivo previsto. Ellos ya habían tenido acceso a los otros críos.

Por la expresión de Waters, era evidente que al tipo aún no se le había ocurrido nada de todo aquello. Con todo el aplomo que pudo reunir, se limitó a comentar:

—Es muy pronto todavía.

La cara de Michelle telegrafió la opinión que le merecía aquel comentario. «Patético.»

—¿El forense ha dicho cuánta sangre le faltaba a Pam Dutton?

—Más de la que podría atribuirse a la hemorragia de la herida y a la sangre hallada en la alfombra.

—¿Quién es el forense?

—Lori Magoulas. ¿La conoce?

—Me suena su nombre. ¿Alguna idea de por qué se llevaron la sangre?

—Tal vez sean vampiros.

—¿Qué hay de los restos que tenía bajo las uñas?

—Los estamos analizando —replicó secamente.

—¿Huellas? ¿No las había en los tubos?

—Debían de llevar guantes. Eran profesionales.

—No tanto —dijo Sean—. No pudieron controlar a Pam y tuvieron que matarla. Al menos da esa impresión.

—Quizá sí, quizá no —dijo Waters con tono evasivo.

—¿Han encontrado la Toyota Tundra?

—Está registrada a nombre de los Dutton. La encontramos en un bosque a dos de kilómetros de aquí. Arrojaron la maldita camioneta a una zanja. Para esconderla, seguramente.

—¿Algún indicio de hacia dónde se dirigieron después?

—Todavía estamos analizando el vehículo. Debían de tener otro en las inmediaciones, pero no hemos encontrado ningún rastro. Estamos peinando la zona por si alguien vio algo. Aún no ha habido suerte. —Le echó un vistazo a Michelle—. ¿Está segura de que eran dos tipos?

—Uno con una metralleta y un conductor. Al conductor lo vi a través del parabrisas. Alto. Era un hombre, sin la menor duda.

Sean consultó su reloj.

—Con el tiempo que lleva desaparecida la niña, y calculando un radio por carretera en todas las direcciones posibles, ya podrían haber cubierto fácilmente miles de kilómetros.

—Con un jet privado, podrían encontrarse en cualquier parte del mundo —añadió Michelle.

—Entiendo que no se ha recibido todavía ningún mensaje pidiendo un rescate, ¿no?

Waters se volvió hacia Sean. Por su expresión, era evidente que la correa que le habían puesto acababa de soltarse.

—¿Sabe?, he hecho averiguaciones sobre usted. ¿Aún le escuece la patada en el culo que le dieron en el servicio por una cagada que acabó costándole la vida a un tipo? Debe de ser un peso de mierda. ¿Nunca se le ha ocurrido pegarse un tiro? Vamos, sería comprensible.

—Mire, agente Waters. Ya sé que esta situación es incómoda. Y que parece como si le hubieran hecho tragarse nuestra presencia a la fuerza...

—Nada de «parece», me la han hecho tragar a la fuerza —dijo él.

—Bien. Voy a proponerle un trato. Si descubrimos algo o damos con una pista, se la proporcionaremos para que la utilice por su cuenta. Me importa una mierda conseguir un titular en la prensa. Solo quiero encontrar a Willa, ¿de acuerdo?

Waters tardó unos segundos en pensárselo, pero finalmente le tendió la mano. Cuando Sean se la iba a estrechar, sin embargo, Waters la retiró y dijo:

—No necesito que me proporcione nada sobre el caso. Y ahora, ¿quiere que le enseñe alguna cosa más mientras le hago de niñera a usted y a su compañera?

—Sí, ¿qué tal si nos enseña el cerebro? —le espetó Michelle—. ¿Dónde demonios lo tiene?, ¿todavía metido en el culo?

—Este concurso de improperios no nos sirve de nada para encontrar a Willa —señaló Sean.

—Cierto —asintió Waters—. Y cuanto más tiempo pase con ustedes, menos me queda para trabajar en *mi* caso.

—Entonces no vamos a hacerle perder más tiempo —dijo Sean.

—Gracias por nada.

—¿Le importa que echemos un vistazo antes de marcharnos? —Y cuando Waters parecía a punto de negarse, Sean añadió—: Quiero asegurarme de que mi informe para el presidente Cox sea lo más completo posible. Y me encargaré de informarle de lo servicial que se ha mostrado.

Si Waters se hubiera puesto un poco más lívido, los forenses que deambulaban por allí lo habrían metido en una bolsa y habrían cerrado la cremallera.

—Oiga, King, un momento —dijo con nerviosismo.

Pero Sean ya estaba bajando las escaleras.

—Son los tipos como este los que hacen que me sienta orgullosa de ser americana —dijo Michelle cuando le dio alcance.

—Olvídate de él. ¿Te acuerdas de la bolsa de Tuck, la que tenía una etiqueta de una compañía aérea?

—Un portatrajes azul marino de poliéster ligero. Algo gastado. ¿Por qué?

—¿Tamaño equipaje de mano?

—¿Quieres decir teniendo en cuenta que hoy en día la gente sube al avión con paquetes tan grandes como mi todoterreno? Sí, tamaño equipaje de mano.

Sean sacó el móvil y pulsó unos números. Esperó a que se cargara la página y luego avanzó a través de varias pantallas.

—Vuelo 567 de United Airlines a Dulles desde Jacksonville.

—Exacto.

Él no quitó los ojos de la pantalla.

—Ese vuelo llega diariamente a las nueve y media de la noche. Tuck desembarca, va a buscar el coche y conduce hasta casa. ¿Cuánto tiempo crees que debería llevarle ese trayecto?

—Depende de la terminal a la que llegase. Según cuál fuera, habría tenido que usar la lanzadera para ir al edificio principal. De la terminal A, habría podido salir a pie.

Sean hizo una llamada rápida. Colgó enseguida.

—Llega a la terminal A.

—Así que no tuvo que usar la lanzadera. Y no hay mucho tráfico a esas horas. Yo diría que treinta minutos como máximo para llegar a casa.

—Digamos que tardó quince minutos en llegar al coche y salir del aeropuerto, más otros treinta conduciendo: las diez y cuarto. Redondeemos para estar seguros: las diez y media.

—Siempre que el avión llegase con puntualidad.

—Habrá que comprobarlo. Pero si fue puntual, quedan treinta minutos sin justificar en el relato de Tuck Dutton. Siempre que le creamos cuando dice que llegó a casa hacia las once.

—¿Tú le crees?

—La sangre que tenía en la cara estaba seca cuando nosotros lo encontramos. O sea que sí, le creo.

—Pero ¿qué estuvo haciendo durante esa media hora?

16

Sam Quarry condujo hasta el buzón de UPS y envió una caja con los tubos de sangre etiquetados. El destino era un laboratorio de Chicago que había encontrado a través del servicio de Internet de la biblioteca local. En el interior había un paquete de reenvío con el franqueo pagado.

Después había conducido ciento cincuenta kilómetros hacia el este, entrando de hecho en el estado de Georgia. Salió de la autopista y paró en una estación de servicio. Tenía seis paquetes, pero solo uno importaba. Aparcó y cruzó a pie la estación de servicio hasta el buzón de correos. Tras cerciorarse de que no había cámaras que pudieran grabar lo que hacía, tiró todos los paquetes en el buzón. El único que importaba iba dirigido a una dirección de Maryland. Contenía el cuenco y la cuchara que Willa había utilizado y la carta que él había mecanografiado. No tenía ni idea de si las autoridades podían rastrear con exactitud desde qué buzón había sido enviado un paquete, pero él tenía que dar por supuesto que sí. Las otras cajas, por lo tanto, eran pistas falsas, por si alguien pudiera llegar a contar después a la policía que había visto allí a un hombre metiendo una caja en el buzón. Bueno, ese no sería él. Quarry parecía un simple camionero de larga distancia que estaba mandando a casa un montón de paquetes.

Condujo de vuelta a Alabama, deteniéndose solo una vez para tomar un bocado y seguir adelante. Cuando llegó a Atlee la única luz encendida era la del cuarto de Gabriel.

Quarry dio unos golpecitos en la puerta.

—¿Gabriel?

El chico abrió.

—¿Sí, señor Sam?

—¿Qué haces a estas horas?

—Leer.

—Leer, ¿qué?

—Esto —dijo Gabriel, mostrándole un libro.

Quarry lo cogió y miró el título.

—¿*El diario completamente verídico de un indio a tiempo parcial*?

—Es muy bueno. Hace reír. Y también llorar, a ratos. Usa un lenguaje de persona mayor, ya sabe. Pero a mí me encanta.

—Pero tú no eres indio.

—Es que no va solo de eso, señor Sam. Habla de muchas cosas. Me lo recomendó la mujer de la biblioteca. Yo quiero escribir un libro algún día.

—Bueno, Dios sabe que tienes palabras de sobra en la cabeza, porque a veces te salen tan deprisa que no las puedo asimilar. —Quarry le devolvió el libro—. ¿Tu madre ya ha vuelto?

—Hace como una hora. No sabíamos adónde había ido usted.

—Tenía que ocuparme de un asunto. —Quarry se apoyó en la jamba, raspó una cerilla sobre la madera y prendió un cigarrillo—. ¿Has visto a Kurt últimamente?

—No, señor.

Observó a Gabriel con los ojos entornados.

—Creo que quizá se haya largado.

Gabriel pareció sorprendido.

—¿Por qué habría de largarse? ¿Acaso tiene adónde ir?

Quarry le dio unos golpecitos al cigarrillo contra la puerta y la ceniza cayó al suelo.

—Todo el mundo tiene algún sitio adonde ir. Solo que a algunos les cuesta más tiempo decidirse.

—Supongo que tiene razón.

—Eso es lo que diremos, si alguien pregunta por él. Aunque es una lástima. Era como de la familia. Bueno, tú no te largues así sin decírmelo primero, ¿estamos?

Gabriel lo miró atónito ante semejante idea.

—Si yo me marcho algún día, señor Sam, usted será el primero en saberlo, después de mi madre.

—Buen chico. Continúa leyendo, Gabriel. Hay que prepararse bien. El mundo te concederá una oportunidad, pero no más. El resto depende de ti. Si la pifias, la pifias.

—Me lo lleva diciendo usted toda la vida.

—Siempre vale la pena repetir un buen consejo.

Quarry subió arrastrando los pies a su habitación. Estaba en el piso superior y había pertenecido a sus padres. La pulcritud nunca había sido uno de sus puntos fuertes, aunque Ruth Ann y Gabriel hacían lo posible para mantener al menos ordenadas las pilas cada vez mas altas de trastos.

La esposa de Quarry, Cameron, llevaba muerta más de tres años. Había sido la mayor pérdida de su vida, y eso que él había sufrido muchas. Desde que ella falleció, Quarry no había dormido en la cama de matrimonio. Usaba un viejísimo y raído diván alargado que ocupaba un rincón del dormitorio. En el cuarto de baño había conservado muchas de las cosas de su mujer, y Ruth Ann seguía sacándoles el polvo con esmero aunque nadie volvería a utilizarlas nunca.

Quarry podría, y acaso debería, haber vendido Atlee mucho tiempo atrás. Pero esa posibilidad estaba descartada. Cameron había amado este lugar y desprenderse de él habría significado para Quarry separarse definitivamente de ella. No podía hacer tal cosa, del mismo modo que no podía matar a su propio hijo. Aunque le asustaba pensar lo cerca que había estado de hacerlo. Era la vena de locura de los Quarry. Día tras día, año tras año, se iba volviendo más fuerte, como los tentáculos de un tumor que se extendiera fatalmente por el cerebro.

Se tendió en el diván y alargó la mano hacia su botella de ginebra. Pero antes de tomar un trago, cambió de opinión. Se levantó, se calzó las botas y recogió las llaves de la camioneta, que había dejado sobre una mesa coja.

Dos minutos después estaba otra vez en la carretera, contemplando un cielo acribillado por tal cantidad de estrellas que casi parecía de día. Bajó el cristal de la ventanilla, tarareó unas melodías y bebió ginebra. El calor de la noche sureña le golpeaba la cara. No soportaba el aire acondicionado. En Atlee no había, ni tampoco en ninguno de los vehículos que había tenido a lo largo de su vida. Un hombre debía sudar. Rehuir el sudor venía a ser como rehuir lo que te hacía humano.

Su vieja camioneta devoró treinta kilómetros, pasando del firme de tierra a la grava y al macadán, y luego meciéndose sobre el terso asfalto recalentado por el calor del día.

Finalmente llegó a su destino. Había estado aquí un millar de veces, y cada visita era igual y también diferente.

Conocía a todo el mundo por su nombre de pila. El horario de visita había pasado hacía mucho, pero a ellos no les importaba. Él era Sam Quarry. Todos conocían a Sam Quarry porque todos conocían a Tippi Quarry. La habían llamado así por la actriz. A Cameron Quarry le había encantado la película, con todos aquellos pájaros enloquecidos. Su hija pequeña, Suzie, la que se había casado y divorciado del tipo negro, vivía ahora en California y, aunque Quarry no sabía bien a qué se dedicaba, estaba seguro de que si lo supiera, no lo habría aprobado. Daryl había sido el benjamín, el niño mimado.

«Solo que mi maldito benjamín acaba de matar a la madre de tres hijos.»

Y sin embargo, ninguno de ellos había acabado como Tippi. Ella había cumplido treinta y seis el mes pasado. Llevaba aquí trece años, ocho meses y diecisiete días. Quarry lo sabía porque seguía la cuenta en un calendario mental, como si fuera tachando los días que le quedaban a él mismo en este mundo. Y en cierto modo, eso hacía también. Tippi no había vuelto a poner los pies fuera de los muros de hormigón de este lugar. Y nunca los pondría.

Las largas piernas de Quarry lo llevaron automáticamente a la habitación de su hija mayor. Abrió la puerta. La luz estaba apagada. Fue a ocupar la silla de siempre: una silla que sus posaderas habían honrado con tal frecuencia que habían acabado desgastando la pintura. Tippi tenía puesto el tubo de traqueotomía en el cuello, tal como solían hacer para el uso a largo plazo; entre otras cosas, porque así era más fácil mantenerlo limpio que si estaba en el fondo de la garganta. El respirador adosado bombeaba rítmicamente, manteniendo sus pulmones inflados. El monitor de las constantes vitales emitía un pitido regular. Un extremo del tubo de oxígeno se empalmaba con el circuito central de la pared; el otro se insertaba en los orificios nasales de su hija. Había asimismo un gotero intravenoso con un dosificador computarizado —para mantener un flujo constante de medicamentos y nutrientes— que discurría hasta un punto de entrada situado cerca de su clavícula.

Quarry tenía un pequeño ritual. Primero le acariciaba el pelo, que le caía sinuoso junto al cuello y sobre el hombro. ¿Cuántas veces se había enrollado ese pelo en un dedo cuando Tippi era una niña? Después le tocaba la frente, esa frente que fruncía siendo un bebé, cuando él se encargaba de bañarla. Luego la besaba en la mejilla. De pequeña, la curva de su pómulo era suave y agradable al tacto. Ahora se había marchitado y endurecido mucho antes de lo debido.

Completado el ritual, la tomó de la mano, volvió a sentarse y empezó a hablarle. Mientras lo hacía, le vinieron a la cabeza las frases que habían empleado los médicos ante él y Cameron cuando había sucedido todo.

«Pérdida masiva de sangre.»

«Falta de oxígeno en el cerebro.»

«Coma.»

Y finalmente: «Irreversible.»

Palabras que ningún padre quisiera oír jamás referidas a sus hijos. No estaba muerta, pero sí tan cerca de la muerte como era posible estarlo técnicamente mientras uno seguía respirando con la ayuda de una máquina y de medicamentos muy caros. Sacó el libro del bolsillo de su chaqueta y, encendiendo la lamparilla de la mesita de noche, empezó a leerle.

El libro era *Orgullo y prejuicio*. La novela más famosa de Jane Austen había sido la favorita de su hija desde que la había descubierto en las estanterías de la biblioteca de Atlee, cuando era una adolescente llena de brío. Su profundo entusiasmo por aquella historia había impulsado a Quarry a leerla también; varias veces, de hecho. Antes de que Tippi acabase aquí, Quarry había visto siempre a su hija como una versión en la vida real de la Elizabeth Bennet del libro de Austen. Elizabeth era la protagonista principal: una muchacha inteligente, vivaz y de juicio apresurado. No obstante, una vez que Tippi fue ingresada en este centro, Quarry volvió a evaluar a la álter ego de su hija en la novela y decidió que, en realidad, ella se parecía más a la hija mayor, Jane Bennet. Dulce pero tímida, sensata pero no tan lista como Elizabeth. Su rasgo más característico consistía en ver solo la parte buena de los demás. Lo cual le había traído a Jane la felicidad en la novela, pero había resultado desastroso para Tippi Quarry en la vida real.

Una hora más tarde, se levantó y dijo lo que siempre decía:

—Duerme bien, cielo. Papá volverá pronto. Te quiero, hijita.

Regresó a Atlee. Cuando se tendió en el diván con su botella de ginebra, la última imagen fugaz que le pasó por la cabeza antes de caer dormido fue la de Tippi, de niña, sonriendo a su papi.

17

El vuelo de United Airlines que había tomado Tuck Dutton no había llegado con retraso. De hecho, había llegado veinte minutos antes de lo previsto debido a una maniobra directa de aproximación a Dulles y a un recorrido de salida expeditivo en el aeropuerto de Jacksonville.

—Así que tuvo al menos cincuenta minutos libres —dijo Michelle— y no treinta. Tal vez más de una hora.

Estaban sentados, a la mañana siguiente, ante una taza de café, en un local de la calle Reston situado cerca de su oficina. Para quitarse de encima a la prensa, Sean había hecho una declaración que no desvelaba gran cosa, pero que bastó para darles un respiro. De todos modos, no habían vuelto a la oficina y se habían instalado en un hotel, por si los periodistas sentían el impulso de volver al ataque.

—En efecto.

—¿Tú crees que él estaba en el ajo?

—Si lo estaba, ¿por qué no mantenerse al margen? ¿Por qué regresar y hacer que le machacasen la cabeza?

—Para alejar cualquier sospecha.

—¿Y el motivo?

—Los maridos matan a sus esposas con asombrosa regularidad —dijo Michelle—. Es el único motivo que necesito, por mi parte, para no pasar jamás por la vicaría.

—¿Y Willa?

Michelle se encogió de hombros.

—Quizá sea parte del plan. Secuestrar a Willa y dejar que aparezca luego sana y salva.

—Todo eso costaría dinero. Debe de haber registro de ello.

—Estaría bien echar un vistazo a las finanzas de Tuck —apuntó Michelle.

—Yo sé dónde está su despacho.

—¿Vamos?

—Después de ver a la forense. He hablado con ella. Acaba de terminar la autopsia de Pam Dutton.

—¿Así que conoces a esa doctora?

—Soy un tipo con don de gentes.

—Es lo que más miedo me da.

Lori Magoulas, de unos cuarenta y cinco años, era baja y fornida. El pelo, teñido de rubio, lo llevaba en una coleta. Cuando Sean le hubo presentado a Michelle, comentó:

—Me ha sorprendido volver a saber de ti, Sean. Pensaba que habías ido a perderte a ese lago tuyo.

—El D.C. es así de irresistible, Lori.

Ella lo miró con expresión escéptica.

—Ya. Yo me muero de ganas de largarme de aquí y encontrar mi propio lago.

Los guio por el pasillo hasta una sala de baldosas blancas, donde varios forenses con holgado traje verde se inclinaban sobre los cadáveres. Se detuvieron ante la mesa de acero inoxidable en la que yacía el cuerpo de Pam Dutton, marcado con el corte en la garganta y con la incisión en «Y» que Magoulas le había practicado.

—¿Qué has descubierto?

—Gozaba de buena salud. Habría tenido probablemente una larga vida de no ser por esto —dijo, señalando el cuello rajado.

—¿Qué me dices de los niveles de sangre?

Magoulas tecleó en un portátil situado en un escritorio junto a la mesa y examinó las cifras que aparecían en pantalla.

—Según mis cálculos, y contando la sangre derramada en la alfombra y las ropas, le falta medio litro.

—¿Se supone que se la llevaron ellos?

—La herida seccionó la vaina carotídea, y abrió la arteria carótida común y la yugular izquierda. Debió de desangrarse en pocos minutos.

—¿Cuál es tu hipótesis sobre lo sucedido? —preguntó Michelle.

—A juzgar por el ángulo de la cuchillada y por los restos que tenía bajo las uñas, yo diría que la sujetaron por detrás y le cortaron la garganta. Es posible que ella echara las manos hacia atrás y que arañara en la cara a su agresor. Hemos encontrado una cantidad considerable de tejido y sangre bajo sus cutículas. Debió de desgarrar al tipo a base de bien. Lo cual seguramente no contribuyó a calmarlo.

—¿Seguro que era un hombre? —dijo Sean, arrancándole a Michelle una mirada ceñuda.

—Hemos encontrado pelos de barba incipiente entre los tejidos y la sangre.

—Era solo para confirmarlo —le dijo Sean a su compañera.

—Si la yugular y la carótida izquierda resultaron seccionadas, lo más probable es que el atacante fuese diestro, dado que la acuchilló por detrás —dijo Michelle.

—Exacto. —Magoulas tomó un frasco de plástico. En su interior había varias hebras de tejido negro—. Encontramos varios hilos de estos bajo las uñas del pulgar derecho y del índice izquierdo de la víctima, y otro más enredado en su pelo.

Michelle los observó guiñando los ojos.

—Parece nylon.

—¿Un antifaz? —apuntó Sean.

—El tipo al que yo vi llevaba un pasamontañas —dijo Michelle—. Pam echa las manos hacia atrás, le araña en la cara y se queda con varios hilos de nylon bajo las uñas.

—¿Viste algo más? —preguntó Magoulas.

—No, la verdad. Soy bastante observadora, pero el tipo me estaba disparando con una MP5. Solo le faltaron unos centímetros para acribillarme a mí, y no al tronco de un árbol. Yo decidí que era más sensato mantenerme viva que obtener una identificación del agresor.

Magoulas la miró con los ojos muy abiertos.

—Lo encuentro lógico.

—¿Algún dato sobre las letras de los brazos? —preguntó Sean, señalándolas. Ahora costaba más distinguirlas debido a la decoloración de la piel putrefacta. Como si la carne en descomposición absorbiera la tinta del rotulador permanente. Más que letras, parecían una dolencia dermatológica o los símbolos de un sistema demencial de catalogación humana.

—Soy patóloga, no experta en lingüística. Se trata de tinta negra, seguramente de un rotulador de punta gruesa. La escritura, toda en mayúsculas, no indica una gran destreza caligráfica en mi humilde opinión. Yo hablo español con fluidez, pero esto no es español. Ni ninguna otra lengua romance. Ni tampoco chino o ruso, obviamente. No utiliza esos alfabetos.

—¿Tal vez una lengua tribal africana? —apuntó Sean.

—Pero como en el caso del chino y el ruso —dijo Michelle—, no creo que utilizasen el alfabeto inglés. Tal vez se trate solo de un galimatías para despistarnos.

—Está bien. ¿Algún otro dato de interés? —preguntó Sean.

—Sí. Esta mujer tenía el pelo de un rojo increíble. He diseccionado a muchos pelirrojos, pero esta se lleva la palma. Casi he necesitado gafas de sol para hacer la autopsia.

—¿Y en qué afecta eso a la investigación? —dijo Michelle.

—Él me ha pedido un dato interesante, no pertinente. —Y añadió sonriendo—: Los forenses también hemos de relajarnos de vez en cuando. Si no, sería muy deprimente.

—De acuerdo —dijo Sean—. Te acepto la distinción. ¿Algún dato pertinente?

—La mujer tenía hijos.

—Lo sabemos.

—Dos incisiones de cesárea. —Señaló las cicatrices de las suturas en el vientre de Pam. Parecían cremalleras casi borradas.

—Y el tercero vaginalmente —añadió Sean.

—Imposible —replicó Magoulas.

—¿Cómo? —exclamó Sean.

—El examen visual ya mostraba que los huesos de su pelvis estaban configurados de modo inusual y que su canal del parto era anormalmente estrecho. La placa de rayos X confirmó esa conclusión. Y aunque resulta difícil asegurarlo mediante la autopsia, parece que había sufrido una disfunción de la articulación sacroilíaca; probablemente, de nacimiento. En resumen, ningún obstetra-ginecólogo se habría decantado con esta mujer por la vía vaginal a menos que quisiera perder su seguro de mala práctica. Demasiado arriesgado. Tendría que haber dado a luz exclusivamente por cesárea.

Miró a Sean y Michelle, que tenían los ojos fijos en el vientre remendado de Pam Dutton, como si las respuestas que ansiaban fuesen a salir flotando de allí.

—¿Es un dato pertinente? —preguntó Magoulas con curiosidad.

Sean apartó por fin la mirada de las viejas cicatrices quirúrgicas y de la incisión más reciente de la autopsia.

—Podría decirse que es de interés.

18

Una hora después, entraron en el parking de un edificio de dos pisos situado en una zona de oficinas de Loudon County.

—¿Cómo sabías dónde trabajaba? —preguntó Michelle.

—Soy amigo de la familia. —Hizo una pausa—. Y birlé una tarjeta del dormitorio de Tuck.

—Así que uno de los hijos no era de Pam... Pero ¿cuál?

—Ella era pelirroja, Tuck es rubio. Willa tiene un pelo extraordinariamente oscuro. Los otros dos son muy rubios.

—Así pues, aunque se trate de un gen recesivo, tal vez lo del pelo rojo era un dato pertinente.

—Y de interés.

Entraron y se acercaron al mostrador de recepción.

—Mi nombre es Sean King y esta es mi compañera, Michelle Maxwell. Representamos a Tuck Dutton en este desgraciado asunto de su familia.

La recepcionista, una joven de pelo castaño corto y grandes ojos tristones, dijo:

—Oh, Dios, ya lo sé. Nos hemos enterado. Es horrible. ¿Cómo se encuentra él?

—No muy bien, de hecho. Nos ha pedido que viniéramos a su despacho a recoger algunas cosas.

—Espero que no esté inquieto por el trabajo en un momento como este.

Sean se inclinó hacia ella.

—Yo creo que es lo único que lo mantiene en pie. Venimos directamente del hospital.

—¿Y dice que ustedes lo representan? —dijo la mujer lentamente—. ¿Son abogados?

Sean le mostró sus credenciales.

—Investigadores privados. Estamos trabajando para averiguar quién lo ha hecho y también para rescatar a Willa.

—Dios mío, les deseo buena suerte. Willa vino por aquí varias veces. Qué niña más espabilada.

—Totalmente de acuerdo —dijo Michelle—. Y en los casos de secuestro, el tiempo es esencial. Por eso quería Tuck que viéramos si alguno de los asuntos en los que estaba trabajando podría tener relación con el caso.

Ella parecía incómoda.

—Ah, ya veo. Bueno, muchos de los asuntos en los que trabaja el señor Dutton son, en fin, confidenciales. Ya me entienden, temas de patentes y demás.

Sean sonrió.

—Lo entiendo perfectamente. Él mismo nos lo dijo. ¿No habrá alguien aquí que pueda ayudarnos?

La mujer sonrió, obviamente aliviada ante la perspectiva de pasarle el problema a otro.

—Por supuesto. Déjeme llamar al señor Hilal.

Descolgó el teléfono y unos minutos después apareció en el vestíbulo un hombre alto, delgado y medio calvo, de unos cuarenta y tantos años.

—Soy David Hilal. ¿En qué puedo ayudarles?

Sean le explicó el motivo de su visita.

—Ya veo. —Hilal se frotó la barbilla—. Vengan conmigo.

Lo siguieron a su despacho. Él cerró la puerta y tomó asiento frente a ellos.

—¿Cómo está Tuck?

—Físicamente, se recuperará —respondió Sean—. La parte emocional ya es otra cosa.

—Qué horrible. No podía creerlo cuando me enteré.

—Sé que su empresa está metida en proyectos muy delicados de biodefensa. Tuck nos explicó que se encuentran en plena negociación para obtener un gran contrato en esta materia.

—Así es. Somos una de las compañías subcontratadas de la

propuesta presentada al Gobierno. Si nos dan el proyecto, será importantísimo para nosotros. Varios años de trabajo. Tuck estaba dedicando mucho tiempo al asunto. Como todos nosotros.

—¿Por eso estaba en Jacksonville el día de autos?

—Así... es —dijo Hilal, titubeando.

—¿Fue así o no? —dijo Michelle.

Hilal parecía incómodo.

—Esta empresa realmente es de Tuck. Yo solo soy su socio.

—Nosotros trabajamos con Tuck —le dijo Sean—. Solo queremos descubrir la verdad. Averiguar quién mató a Pam Dutton. Y encontrar a Willa. Doy por supuesto que Tuck también lo quiere.

—Esto es muy incómodo —dijo Hilal—. Quiero decir, no es de mi incumbencia.

Michelle se echó hacia delante y dio unos golpecitos con el dedo en el escritorio.

—Estamos hablando de la vida de una niña pequeña.

Hilal se desplomó en su silla.

—Vale. Creo que Tuck estaba con alguien en Jacksonville.

—¿Con alguien? Él dijo que había ido a la oficina que tiene la empresa allí para trabajar en el proyecto. ¿No es así?

—No. Tenemos un despacho allí, es cierto. Pero con una sola persona. Una mujer.

Sean y Michelle se miraron.

—¿Tiene nombre esa mujer? —preguntó él.

—Cassandra. Cassandra Mallory. Ella estaba trabajando en la propuesta. La contratamos hace seis meses. Tiene contactos increíbles en el departamento de Seguridad Nacional. Mucha gente deseaba ficharla.

—¿Porque podía ayudarles a conseguir contratos?

—Las agencias del gobierno funcionan como cualquier empresa. Los contratos se obtienen mediante relaciones y confianza. A los altos cargos de la administración les gusta la familiaridad, saber que pisan terreno conocido. El hecho de que Cassandra forme parte de la propuesta nos ayuda enormemente.

—Y Tuck estaba allí con ella. ¿De un modo que iba más allá de lo estrictamente profesional, quiere decir?

—Cassandra es una mujer muy atractiva. Muy brillante. Rubia, bronceada. Le gusta llevar minifalda —añadió, incómodo—. Los dos hicieron muy buenas migas enseguida. Ella no dominaba tanto el lado técnico como las ventas. Y esa mujer sabe vender, vaya que sí. Prácticamente cualquier cosa.

Sean se echó hacia delante.

—¿Tenía Tuck una aventura con ella?

—Si me pregunta si tengo alguna prueba, la respuesta es que no. Son solo pequeños detalles. Como el hecho de que él viajase allí tan a menudo. Cosas que he oído.

—¿Nada concreto, dice? —preguntó Michelle.

—Hubo varios cargos de la tarjeta de crédito que llegaron hace más o menos un mes. Yo vengo a ser aquí el jefe financiero de un modo extraoficial. Reviso las facturas, firmo los cheques.

—¿En qué consistían esos cargos?

—Había algo raro en los gastos de Tuck allí, simplemente.

—¿Flores, dulces, lencería para la sexy Cassandra? —preguntó Michelle.

—No, me ha entendido mal. No era lo que había gastado, sino lo que no había gastado.

—No le sigo —dijo Sean.

—No tenía ningún gasto de hotel en la tarjeta de la empresa.

Sean y Michelle volvieron a mirarse.

—Tal vez utilizó otra tarjeta de crédito —apuntó Michelle.

—Él siempre utiliza la tarjeta de la empresa. Cuando trabajas en contratos gubernamentales has de ser muy meticuloso con los gastos. Nosotros solo utilizamos esa tarjeta para temas de trabajo. Además, Tuck obtiene con ella todos sus puntos. La utiliza para sacar los billetes de avión y obtener ventajas de vuelo. Todos hacemos lo mismo. —Hilal se apresuró a concluir—. En Jacksonville él siempre se aloja en el mismo sitio. Un hotel bonito, pero no muy caro. Y obtiene todos los puntos y beneficios adicionales con esa cadena de hoteles. Pero esa vez pasó tres noches allí y no figuraban gastos de hotel en su tarjeta.

—¿Cassandra tiene una casa en Jacksonville?

—Un apartamento frente al mar. Dicen que muy bonito —añadió rápidamente.

—¿Y no había ninguna otra persona con la que Tuck hubiera podido alojarse?

—Él no conocía a nadie en la ciudad. El único motivo por el que abrimos esa oficina fue que Cassandra vivía allí y no quería trasladarse ni trabajar fuera de casa. Creo que había alguna cláusula en los documentos de su bloque de apartamentos que excluía esa posibilidad. Además, Jacksonville es importante en temas de defensa y tal vez podía interesarnos buscar otro proyecto allí. Así que tenía sentido poner un pie en la zona.

Sean se arrellanó en su silla.

—¿Qué pensó realmente cuando se enteró de lo sucedido con su familia? —preguntó—. Sinceramente.

Hilal dejó escapar un largo suspiro.

—No es un secreto que él y Pam no eran la pareja más unida del mundo. Él llevaba la empresa y ella mantenía el hogar y se ocupaba de los niños. Ahora, ¿asesinar a su esposa y secuestrar a su propia hija? Tuck no es un santo, pero no me lo imagino haciendo una cosa así.

—¿Cree que Pam albergaba alguna sospecha?

—Francamente, no lo sé. Yo no tenía mucha relación con ella.

—Si él deseaba romper su matrimonio, hay maneras más sencillas de hacerlo —señaló Michelle.

—Exacto. ¿Por qué no se divorció de ella? —preguntó Sean.

Hilal tamborileó con los dedos sobre el escritorio.

—Eso habría resultado problemático.

—¿En qué sentido?

—Ya he explicado que contratamos a Cassandra hace cosa de seis meses. Antes había estado trabajando para el departamento de Seguridad Nacional, en la sección de contratos. Es la misma agencia de la que esperamos obtener ahora el contrato. A eso me refería cuando he dicho que ella tenía unos contactos extraordinarios.

—Es decir, si Tuck intentaba divorciarse de Pam, ¿la aventura podía llegar a hacerse pública?

—A los altos funcionarios, cuando se trata de contratos gubernamentales, no les gusta siquiera la apariencia de un conflicto de intereses. Si el contratista principal que nos subcontrata a nosotros descubriera que hay una aventura con una antigua empleada del departamento de Seguridad Nacional, podríamos tener un grave problema. Quizá no tanto como para romper la relación, en circunstancias normales. Pero estas no lo son.

—¿Qué quiere decir?

—Tuck es cuñado del presidente. Ya está todo el mundo algo nervioso con la apariencia de trato preferente que ello puede dar. Y el gobierno podría creer que había algo sospechoso entre ambos incluso antes de que ella dejara la agencia; y quizás empezase a investigar los contratos anteriores que nos otorgaron. La cosa puede complicarse muy deprisa. Ya es bastante difícil de por sí ganar este tipo de concursos públicos. La competencia se lanzaría a explotar cualquier metedura de pata.

—¿Se da cuenta de que acaba de trazar un escenario muy plausible para que Tuck lo hubiera orquestado todo? —dijo Sean.

—Sigo creyendo que él no habría sido capaz de hacerle algo semejante a su familia.

Sean le dirigió a Michelle una mirada sutil que ella tradujo de inmediato.

—Tenemos algunas preguntas más que hacerle, señor Hilal, pero... ¿no tendrán café por aquí? A usted tampoco le vendría mal una taza, me parece.

Hilal se levantó.

—Desde luego que no. —Miró a Sean—. ¿Quiere uno también?

—No, pero si puede indicarme dónde está el baño...

Hilal los guio por el pasillo y le señaló a Sean el baño mientras él y Michelle se dirigían a la sala de descanso.

En lugar de meterse en el lavabo, Sean volvió sobre sus pasos y se deslizó en el despacho que quedaba dos puertas más allá de la oficina de Hilal. La guarida de Tuck Dutton; había visto el rótulo con su nombre al entrar.

Era un despacho espacioso, pero muy desordenado. Hablaba claramente de alguien que hacía malabarismos con muchas cosas a la vez. Sean no perdió el tiempo y se fue directamente al ordenador que había en el escritorio. Se sacó del bolsillo un lápiz USB que llevaba cargado un programa exclusivo de las fuerzas de se-

guridad, capaz de apoderarse de un ordenador y de extraer pruebas forenses sin necesidad de desconectarlo. Sean había conseguido escamoteárselo a un amigo del FBI.

Lo insertó en la rendija del teclado, hizo unas maniobras con
el ratón y el programa del lápiz se descargó en la pantalla. El software para descifrar la contraseña que tenía incorporado el USB
requeriría algo de tiempo, así que decidió buscar un atajo. Tuvo
que hacer varios intentos antes de que se le ocurriera.

Tecleó el nombre «Cassandra». Nada. Probó «Cassandra1».

El sistema se desbloqueó. A Sean le bastaron unos comandos
para que el software empezara a descargar en el lápiz una selec-
ción de los archivos del disco duro de Tuck Dutton.

19

Mientras subía el correo desde el buzón, el joven agente del servicio secreto reparó en el paquete. No llevaba remitente y la dirección que había en la etiqueta estaba escrita con mayúsculas. Transmitió la información a sus superiores y, en menos de treinta minutos, un camión de la brigada de explosivos avanzó pesadamente por la calle.

Los artificieros pusieron en práctica sus artes mágicas y, por fortuna, el barrio entero no se desvaneció en una bola de fuego. El contenido del paquete era, aun así, bastante insólito.

Un cuenco pequeño con restos resecos de leche y cereales en el fondo.

Una cuchara con el mismo tipo de residuos.

Un sobre sellado con una carta mecanografiada.

Una vez que los técnicos comprobaron que no había huellas ni otros indicios en la caja, el sobre o la carta, los agentes centraron su atención en el texto de esta última.

«Examinen las huellas del cuenco y la cuchara. Comprobarán que corresponden a Willa Dutton. La tenemos. Está bien. Pronto nos pondremos en contacto.»

La caja había sido remitida a la casa de la hermana de Pam Dutton en Bethesda, donde John y Colleen Dutton seguían alojados bajo la protección del servicio secreto.

Al analizar y comparar las huellas con un juego extraído de la habitación de Willa se comprobó que coincidían totalmente.

De inmediato contactaron con el servicio postal para intentar rastrear de dónde procedía el paquete. Se le concedió al asunto la máxima prioridad. Sin embargo, no pudieron estrechar el cerco más allá de Dalton, una ciudad del norte de Georgia. Al menos era allí donde el paquete había sido procesado.

Aquella misma tarde, Sean y Michelle fueron convocados en el departamento del Tesoro, que se hallaba situado al este de la Casa Blanca y frente a cuya fachada había una estatua de Alexander Hamilton. Los escoltaron por las tripas subterráneas del inmenso edificio y entraron en un largo túnel que discurría hacia el oeste y conectaba con la Casa Blanca. Sean ya había estado allí abajo anteriormente, cuando llevaba a cabo tareas de protección de la Casa Blanca. Para Michelle, en cambio, era la primera vez. Mientras iban pasando junto a las puertas cerradas del largo corredor, él le susurró al oído:

—¡La de historias que podría contarte sobre lo que pasaba en algunas de estas habitaciones!

—Con las vergüenzas al aire, me imagino —murmuró Michelle.

La primera dama los recibió en su despacho del ala este. Llevaba pantalones negros y un suéter azul claro. Las zapatillas negras las había dejado bajo el escritorio. Parecía mucho más agotada que la otra vez.

A Sean le sorprendió ver a Aaron Betack acechando en segundo plano. O más bien encogiéndose de miedo, pensó. No daba la impresión de querer estar allí. Pero la primera dama solía conseguir casi siempre lo que deseaba.

—Es en momentos como este cuando siento haber dejado de fumar —dijo Jane, indicándoles las sillas que tenía frente a ella.

—¿No se encontraba en la caravana electoral en Connecticut? —le dijo Sean, sin atreverse a tutearla en presencia de Betack.

Ella asintió con aire ausente.

—He vuelto en avión poco después de que me informaran sobre el paquete. Le he pedido al agente Betack que asistiera a esta reunión para que pueda responder en nombre del servicio secreto a las preguntas que quieran plantear.

Sean y Michelle miraron a Betack, que no parecía ni remotamente interesado en darles siquiera la hora. Aun así, asintió y trató de esbozar una sonrisa pero le salió una mueca extraña, como si tuviera un problema de gases.

—Ha llegado a mis oídos —dijo Jane— que el FBI se ha mostrado poco dispuesto a cooperar. Confío en que esas trabas ya estén solventadas y que no se hayan tropezado con la resistencia de ninguna otra agencia.

Solo había otra agencia involucrada en el caso y estaba representada por aquel gigantón apostado tras ella, cuyo rostro se había enrojecido ligeramente al oír aquellas palabras.

Sean se apresuró a responder:

—Todo el mundo se ha mostrado servicial. En particular el servicio secreto. Han sido momentos de tensión para todos, pero nos han atendido siempre correctamente.

—Magnífico —dijo Jane.

Betack le dirigió una larga mirada a Sean y luego le hizo una leve inclinación, agradeciéndole en silencio que le hubiera cubierto las espaldas.

Jane Cox se sentó tras su escritorio y empleó unos minutos en explicar lo sucedido. Betack les puso al corriente de los detalles técnicos sobre el envío y el contenido del paquete.

—Así que alguien la tiene —dijo Michelle—. Y dicen que está bien y que se pondrán en contacto más adelante.

Jane replicó con brusquedad:

—No tenemos ni idea de si está bien. Podría estar muerta.

—Es preocupante que supieran adónde enviar la carta —dijo Sean.

Betack asintió.

—Tenemos la hipótesis de que tal vez hayan investigado a la familia y averiguado que la tía vive en la ciudad. Aunque los niños no estuvieran allí, de todas formas, la carta habría acabado llegando a nuestras manos.

—O quizás eso podría demostrar que los secuestradores tienen información confidencial —dijo Sean. Le lanzó una mirada a Betack—. No insinúo que deba proceder del servicio. Pero podría haberse filtrado por otras vías.

—Tienes razón —dijo—. Nos encargaremos de investigarlo.

—Bueno, ¿qué es lo que sabemos? —preguntó Jane.

—¿Han podido determinar desde dónde se hizo el envío? —dijo Sean.

—Desde Dalton, Georgia —respondió Jane—. Eso me ha dicho al menos el director del FBI.

Betack lo confirmó con un gesto de asentimiento.

—Bueno, ya es algo. Conociendo el centro de procesamiento, se puede determinar el radio de los envíos postales que van a parar allí. Eso reduce la búsqueda. Harán falta muchos agentes, pero entre todos pueden peinar la zona.

—El FBI está en ello —dijo Betack.

—Si yo fuese el secuestrador lo tendría en cuenta —dijo Michelle— y me desplazaría en coche muy lejos del lugar donde tuviese a Willa para efectuar el envío.

—Dalton queda al norte de Georgia —añadió Sean—. Está a una distancia relativamente accesible por carretera desde Tennessee, Alabama y Carolina del Norte y del Sur.

—Lo cual pone la cosa difícil, pero no imposible —observó Betack—. Y es una de las pocas pistas que tenemos.

Sean vio que Jane contemplaba una fotografía enmarcada, sujetándola con ambas manos. Luego le dio la vuelta para que la viesen. Era una fotografía de Willa a caballo.

—Acababa de cumplir seis años. Quería un poni, naturalmente. Supongo que todos los niños lo desean. Dan estaba todavía en el Senado entonces. Nos la llevamos a una pequeña granja, cerca de Purcellville, en Virginia. Ella se subió a ese animal y casi no pudimos arrancarla de allí. La mayoría de los críos de su edad se habría muerto de miedo.

Volvió a dejar lentamente la foto en su sitio.

—Una chica valiente —dijo Sean en voz baja.

Jane dijo con toda intención:

—Valiente y capaz. Pero, aun así, solo una niña.

—¿El FBI tiene alguna idea sobre el móvil? —preguntó Michelle.

—No, que yo sepa.

Miró a Betack, que se limitó a menear la cabeza.

—Hemos hablado con Tuck y pasado por su oficina.

—¿Han descubierto algo útil?

Sean se removió en su silla y le echó un vistazo a Betack.

—Esto es un poco personal.

Betack miró a la primera dama.

—Puedo retirarme, si quiere, señora Cox.

Ella reflexionó un instante.

—Está bien. Gracias, agente Betack. El presidente y yo queremos ser informados sin dilación de cualquier novedad.

Una vez que Betack hubo salido, preguntó:

—¿Qué querías decir con «personal», Sean?

—¿Pam te contó alguna vez si tenía problemas conyugales?

—¿Por qué me lo preguntas? —replicó ella, cortante.

—Para cubrir todos los ángulos —dijo Sean—. ¿Te dijo algo?

Jane se arrellanó en su asiento y juntó las puntas de los dedos mientras asentía lentamente.

—Fue en la fiesta de cumpleaños de Camp David. Comentábamos el hecho de que Tuck no estuviera allí, de que hubiera salido por asuntos de trabajo. No fue nada concreto, pero...

—Pero ¿qué?

—Me pareció como si fuera a decir algo, pero no llegó a decirlo. Se limitó a hacer un comentario. Algo así como que yo ya conocía a Tuck. Y que estaría de vuelta al día siguiente. —Miró alternativamente a Sean y Michelle—. ¿Qué ocurre?

Los dos se habían echado hacia delante a la vez.

—¿Se suponía que Tuck debía volver al día siguiente de que se produjera el secuestro? —preguntó Sean.

Jane pareció insegura.

—Exacto. Creo que fue eso lo que dijo. Pero volvió esa misma noche. —Jane también se echó hacia delante—. ¿Qué sucede?

Sean miró a Michelle antes de responder.

—Podría ser que Tuck tuviera una aventura.

Jane se levantó.

—¿Qué?

—¿No tenías ni idea?

—Claro que no, porque no es verdad. Mi hermano jamás haría algo así. ¿Qué pruebas tienes?

—Las suficientes para querer investigarlo más a fondo.

Jane volvió a sentarse.

—Esto es... increíble. —Alzó la vista—. Si piensas que tenía una aventura, no estarás insinuando que...

—No puedo responder a esa pregunta, Jane. Ahora mismo, al menos. Llevamos muy poco tiempo investigando el caso. Estamos haciendo todo lo que podemos.

—Y nuestra máxima prioridad debe ser recuperar a Willa con vida —añadió Michelle.

—Por supuesto que ese es nuestro objetivo. Y es la única razón por la que solicité vuestra ayuda. —Jane se llevó una mano temblorosa a la frente.

Sean leyó fácilmente sus pensamientos.

—Cuando inicias una investigación, no puedes saber con certeza adónde te conducirá. A veces la verdad es dolorosa, Jane. ¿Estás preparada para eso?

La primera dama le dirigió una mirada fría y rígida.

—La verdad es que a estas alturas de mi vida ya nada me sorprende. Vosotros encontrad a Willa. Caiga quien caiga.

Los tres se volvieron al oír que se abría bruscamente la puerta. Sean y Michelle se pusieron de pie de un salto mientras el presidente Cox entraba en la habitación, flanqueado por un par de agentes veteranos del servicio secreto. Sonrió al llegar frente a ellos y les tendió la mano.

Cox tenía más o menos la estatura de Michelle. Era bastante más bajo que Sean, pero poseía unos hombros fornidos y su rostro, a los cincuenta años, conservaba muchos vestigios juveniles y apenas registraba los estragos de la mediana edad. Lo cual era notable, considerando los años que llevaba bajo la mirada implacable del mundo.

Sean y Michelle le estrecharon la mano.

—Me sorprende verte por aquí —dijo Jane.

—He anulado el resto de mis apariciones por hoy —dijo Cox—. A mis asesores no les ha entusiasmado la idea, pero el presidente todavía goza de algunos privilegios. Y cuando llevas veinticinco puntos de ventaja en las encuestas y tu adversario coincide en más cosas de las que disiente contigo, puedes permitirte un día libre de vez en cuando. E incluso si estuviera por detrás en la carrera electoral, la seguridad de Willa pasa por delante de cualquier otro asunto.

Jane le dirigió una sonrisa agradecida.

—Ya sé que siempre lo has considerado así.

Cox se acercó, le dio un besito en la mejilla y le frotó suavemente el hombro antes de volverse hacia los dos agentes. Su mirada se movió casi imperceptiblemente hacia la puerta. En unos instantes, los dos hombres se habían retirado.

Sean, que había percibido la sutil maniobra, pensó: «¿Cuántas veces me habrá dirigido un presidente esa misma mirada?»

—Jane me ha explicado lo que están haciendo —dijo Cox—. Me alegra poder contar con su aportación y su experiencia. Hemos de hacer todo lo posible para rescatar a Willa sana y salva.

—Por supuesto, señor presidente —dijo Sean automáticamente.

Cox se sentó en el borde del escritorio de su esposa y les indicó que volvieran a tomar asiento.

—Me han informado en el vuelo de la aparición del paquete. Ojalá nos proporcione algún indicio sólido. —Hizo una pausa—. Los políticos no deberían entrometerse en este asunto y haré todo lo posible para que no suceda. La oposición, sin embargo, controla el Congreso, así que no dispongo de un poder absoluto allí. —Miró a su esposa y sonrió con ternura—. Ni siquiera lo tengo en mi propia casa. Lo cual es bueno, porque mi media naranja es mucho más lista de lo que yo llegaré a serlo nunca. —Su sonrisa desenvuelta se evaporó—. Oficialmente el FBI dirige la investigación. Algunos de mis asesores opinan que no debo demostrar favoritismos en este punto, pero yo le he comunicado a Munson, el director del FBI, que este caso es de la máxima prioridad. Ya me encargaré después de las repercusiones. Mi esposa confía en ustedes, así que cuentan también con mi confianza. No obstante, aunque se les seguirá dando acceso a la investigación, recuerden que su papel aquí equivale al de un asesor privado. Es el FBI quien dirige el cotarro.

—Entendido, señor presidente.

—Han cooperado en todo momento con nosotros —añadió Michelle, sin dejar traslucir ni un ápice del desdén que sentía.

—Estupendo. ¿Han hecho algún progreso?

Sean le echó un vistazo a Jane Cox; ella permanecía imperturbable, pero aun así logró descifrar su expresión.

—Aún es pronto, señor, pero estamos trabajando tan rápida e intensivamente como podemos. Parece como si ellos se hubieran tomado un pequeño respiro con ese paquete. Esperemos, como ha dicho usted, que nos proporcione algún indicio. Suele ocurrir con frecuencia. Los malhechores se ponen en contacto y, al hacerlo, cometen un desliz.

—Bien. —Cox se levantó y lo mismo hicieron Sean y Michelle—. Hablamos luego, cielo —dijo el presidente.

Unos instantes después se había retirado, sin duda escoltado de nuevo por sus silenciosos guardianes.

Fuera de la Casa Blanca, los metros cuadrados inmediatos al presidente exigían el máximo de protección. Algunos agentes, usando una analogía deportiva, hablaban de la «zona roja» para indicar el punto a partir del cual la defensa no podía permitirse un error. Eso implicaba un perímetro por capas desplegado hacia el exterior, como las capas múltiples de una cebolla. Para llegar al siguiente nivel, el intruso tenía que liquidar la capa anterior. La zona roja era la última barrera antes de tropezarte directamente con el líder del mundo libre en carne y hueso. Estaba compuesta por agentes de élite —todos ellos sometidos a un tremendo proceso de investigación para alcanzar ese nivel—, que se colocaban codo con codo en una formación de diamante. De un diamante de gran dureza. Cada uno de esos agentes pelearía sin dudarlo hasta la muerte y estaba dispuesto a recibir un disparo mortal. Esa era la capa que jamás podía romperse, porque era la última.

Incluso en el interior de la Casa Blanca, de todos modos, el servicio secreto se mantenía siempre a treinta centímetros del presidente, excepto en un lugar: los aposentos privados de la primera familia. En el terreno de la protección presidencial, nunca podías dar por supuesto que sabías dónde se encontraba el enemigo, o si tus amigos lo eran realmente.

Unos minutos después, Sean y Michelle caminaban otra vez por el túnel hacia el edificio del Tesoro, con un marine de uniforme abriendo la marcha.

—Siempre había deseado conocer al presidente —le dijo Michelle a Sean.

—Es un tipo imponente. Pero...

Michelle bajó la voz a un simple susurro.

—¿Pero tú no puedes dejar de verlo en ese coche del callejón con aquella mujer?

Él hizo una mueca, pero no respondió.

—¿Por qué no le has preguntado a Jane sobre las dos incisiones de cesárea y los tres niños?

—Porque el instinto me ha dicho que no lo hiciera. Y lo que me dice ahora mismo el instinto me tiene muerto de miedo.

20

Sean bostezó, se arrellanó en su asiento, apuró su café y se levantó para servirse más. Michelle mantenía la vista fija en la pantalla del ordenador. Estaban en el apartamento de ella, cerca de Fairfax Corner. Mientras fuera los coches y las manadas de compradores circulaban por la lujosa zona comercial, ellos habían permanecido enclaustrados en el atestado despacho de Michelle, concentrados en la pantalla líquida del Mac. Sean volvió y le pasó una taza de café recién hecho. Les había costado mucho tiempo revisar todos los archivos informáticos de Tuck Dutton. Pero había valido la pena, habían encontrado algunos datos de interés.

El tipo había previsto volver a casa a la mañana siguiente del secuestro. El teléfono móvil de Cassandra Mallory figuraba en su lista de contactos. Sean había llamado. Le había respondido una mujer y él se había apresurado a colgar. La dirección de ella figuraba también en los archivos de Tuck.

—Quizá tengamos que hacerle una visita —dijo Michelle.

—Si es que todavía sigue ahí.

—¿Crees que ella estaba en el ajo?

—Difícil saberlo. No me cabe duda de que se traían algo entre manos. A nadie se le ocurre utilizar el nombre de una compañera de trabajo como contraseña de su ordenador. Ahora bien, que ella lo supiera, o que Tuck esté realmente implicado... —Se encogió de hombros.

Ella lo miró perpleja.

—No creía que la implicación de Tuck estuviera en duda. Si no estaba implicado, fue una coincidencia increíble, ¿no crees?

—Pero hemos echado un vistazo a su cuenta bancaria. No hay ningún movimiento que no esté justificado. Así que, bueno, ¿se lo han hecho gratis?

—Quizá tenga otra cuenta en alguna parte. El tipo está metido en contratos gubernamentales. ¿Vas a decirme que esa clase de gente no dispone de fondos reservados para sobornos?

—Sin embargo, si él decidió volver a casa fue impulsivamente, en apariencia. He hecho la comprobación en la compañía aérea. El cambio de reserva se efectuó en el último momento.

—Eso ya lo hemos hablado: tal vez se lo pensó y decidió que era mejor tapadera estar presente que no estarlo.

Sean miró por la ventana.

—Tengo la sensación de que estamos dando vueltas y vueltas inútilmente. Quizá los restos que tenía Pam bajo las uñas coincidan con la muestra de alguna base de datos.

—Espera un momento —dijo Michelle, excitada—, ¿y si el rescate es el pago? De este modo, Tuck no ha de soltar un centavo y no hay ningún rastro bancario que pueda seguir el FBI.

—¿Así que esos tipos harían todo esto por una ganancia hipotética? Tú sabes bien que los secuestros son un desastre. La entrega del dinero siempre resulta problemática. Incluso con transferencias electrónicas queda algún rastro. Recibes el dinero y a continuación el FBI te echa la puerta abajo. —Sean inspiró hondo—. Y aún no tenemos ni idea del motivo por el que se llevaron sangre de Pam Dutton.

—Bueno, ¿cómo enfocamos el asunto con Tuck?

—Interroguémoslo un poco más, pero sin levantar la liebre.

—Quizá su amigo Hilal se encargue de eso. De darle el chivatazo, quiero decir.

—No creo. Su preocupación principal es no dejar que se vaya al garete ese contrato. Y no querrá verse metido en el embrollo si Tuck resulta culpable. Yo creo que se mantendrá al margen.

—Entonces, ¿si Pam no era la madre biológica de Willa, quién podría serlo?

—Tal vez no tenga importancia.

—Pero tú has dicho antes que creías que Willa era la adoptada. Me ha parecido que querías dar a entender que eso estaba relacionado con el caso.

—Willa tiene doce años. Si está relacionado con ella, encuentro que al interesado le ha costado mucho reaccionar.

—¿Alguna vez les oíste decir que Willa fuese adoptada?

—Nunca. Siempre di por supuesto que los tres eran suyos.

—De acuerdo. ¿Qué hay de Jane Cox?

—¿Qué quieres decir?

—Ella conoce nuestras sospechas. ¿Y si avisa a su hermano?

Antes de que Sèan pudiera responder, empezó a sonar el teléfono de Michelle.

—¿Sí?

»Ah, hola, Bill. Yo... ¿qué? —Michelle palideció—. Oh, Dios mío. ¿Cuándo? ¿Cómo?

Permaneció callada durante un minuto, pero su respiración se iba acelerando agitadamente a medida que escuchaba.

—De acuerdo, sí. Tomaré el primer vuelo.

Colgó.

—¿Qué pasa, Michelle?

—Mi madre ha muerto.

21

Las recias ruedas del Cessna impactaron sobre la tierra apelmazada cubierta de hierba, disminuyeron de velocidad y se detuvieron. Sam Quarry recorrió hasta el final la pista improvisada, pisó los pedales y le dio la vuelta a la avioneta con destreza. Bajó y se echó al hombro una mochila. Después de fijar las ruedas del aparato, abrió la puerta de la antigua mina y recorrió la galería, iluminada por su linterna y por la claridad mortecina de las luces del techo.

Unos minutos después, se reunió con Carlos y Daryl.

—¿Os ocupasteis del cuerpo de Kurt? —dijo con solemnidad.

Daryl bajó la vista; Carlos dijo:

—Lo enterramos al fondo de la galería sur. Rezamos una oración y todo. Un entierro decoroso.

—Bien. —Quarry le echó un vistazo a su hijo—. ¿Has aprendido algo de esto, muchacho?

Daryl asintió rígidamente.

—Que nunca hay que perder el control.

Su tono no indicaba que hubiese aprendido algo realmente. Lo cual no se le pasó a Quarry por alto.

Le dio a su hijo una palmadita en la espalda y hundió a continuación sus dedos vigorosos en la piel del joven.

—Cada vez que creas que vas a perder los estribos, piensa en el precio que pagó Kurt. Piensa en ello de verdad. Porque te digo una cosa: yo podría muy bien haber dejado que fuese Kurt el que saliera vivo. Y entonces, él y Carlos habrían rezado el Padrenuestro sobre tu propio hoyo. ¿Me has oído?

—Sí, padre. Te he oído.

—Una parte de mí murió con él. Y tal vez más que una parte. Me he condenado al infierno toda la eternidad por hacer lo que hice. Piensa en eso también.

—Pensaba que no creías en Dios —dijo Daryl en voz baja. Carlos se limitaba a contemplar la escena con expresión inescrutable, frotando lentamente la medalla de San Cristóbal que llevaba colgada del cuello.

—Quizá no crea en Dios, pero desde luego que creo en el demonio.

—Está bien, papá.

—No pongo muchas normas, pero las que pongo espero que se cumplan. Es la única manera de que toda esta mierda funcione. ¿De acuerdo?

—Sí, señor —dijo Carlos, que había dejado de acariciar la medalla y había vuelto a guardársela bajo la camisa.

Quarry los dejó y siguió adelante por el túnel. Un minuto después estaba sentado frente a Willa, que iba con unos pantalones de pana y una camisa de algodón que él mismo le había proporcionado.

—¿Te hace falta algo? —preguntó.

—Me irían bien unos libros —dijo ella—. Aquí no tengo otra cosa que hacer, así que me gustaría leer.

Quarry sonrió y abrió su mochila.

—Ya lo dicen: todos los genios pensamos igual.

Sacó cinco libros y se los dio. Willa los examinó uno a uno.

—¿Te gusta Jane Austen? —preguntó Quarry.

Ella asintió.

—No es mi gran favorita, pero solo he leído *Orgullo y prejuicio*.

—Ese era el libro preferido de mi hija.

—¿Era?

Quarry se puso algo tenso.

—Ahora ya no lee.

—¿Está muerta? —preguntó Willa, con esa franqueza brutal de los niños.

—Hay quien lo describiría así. —Le señaló los otros libros—.

Sé que eres muy lista, así que no te he traído birrias que probablemente ya has dejado muy atrás. Pero dime cuáles te gustan y cuáles no. Tengo libros de sobra.

Willa apartó los libros y lo escrutó con atención.

—¿Puede traerme papel y bolígrafo? Me gusta escribir. Y me ayudaría a no pensar en otras cosas.

—De acuerdo, no hay problema.

—¿Ha hablado con mis padres? Me dijo que lo haría.

—He enviado un mensaje, sí. Les he dicho que estás bien.

—¿Va a matarme?

Quarry se echó atrás, como si ella le hubiese dado un golpe a traición; y tal vez era así.

—¿A qué demonios viene eso? —acertó a decir.

—A veces los secuestradores no entregan al rehén. Lo matan. —Sus grandes ojos permanecían fijos en él. Estaba claro que la niña no pensaba cambiar de tema.

Quarry se frotó la quijada con su mano curtida y callosa. Bajó la vista para mirársela, como si la viese por primera vez. Era la mano que había acabado con la vida de Kurt, así que tal vez la niña había percibido algo. «Soy un asesino, al fin y al cabo.»

—Entiendo. Ya veo por dónde vas, desde luego. Pero si tuviera pensado matarte, podría mentirte y decir que no iba a hacerlo. Así pues, ¿qué más da?

Ella ya tenía la respuesta lista en ese pequeño duelo lógico.

—Pero si me dice que tiene planeado matarme, seguramente será verdad, porque ¿para qué iba a mentir?

—Maldita sea. Apuesto a que te han dicho alguna vez que no te convendría ser tan lista, ¿a que sí?

El labio inferior de Willa tembló ligeramente mientras ella dejaba de ser una niña prodigio para transformarse en la preadolescente asustada que era en realidad.

—Quiero irme a mi casa. Quiero ver a mi mamá y a mi papá. Y a mi hermano y a mi hermana. Yo no he hecho nada malo. —Empezaron a caérsele las lágrimas—. No he hecho nada malo y no entiendo por qué hace esto. ¡No lo entiendo!

Quarry bajó la mirada, incapaz de soportar aquellos grandes ojos húmedos y el terror que reflejaban.

—Esto no tiene que ver contigo, Willa. De veras. Solo que...
Solo que es el único modo de que la cosa funcione. Lo pensé de
muchas maneras y esta era la única que encajaba. Es la única oportunidad que tengo. La única carta que podía jugar.

—¿Con quién está tan furioso? ¿De quién quiere vengarse?

Él se levantó.

—Si necesitas más libros, dímelo.

Se apresuró a salir de la habitación, dejándola que llorase a solas. Nunca se había sentido tan avergonzado.

Unos minutos más tarde, Quarry estaba observando a Diane
Wohl, que se había acuclillado en el rincón más alejado de su celda. Debería haber sentido compasión por ella también, pero no
la sentía. Willa era una niña, no había podido escoger. Ni cometer errores. Esta mujer había hecho ambas cosas.

—¿Puedo hacerle una pregunta? —dijo Wohl con voz trémula.

Quarry se sentó frente a la mesita que había en medio de la
habitación. Una parte de él todavía seguía pensando en Willa.

—Dispare.

—¿Puedo hacer una llamada a mi madre? Para decirle que estoy bien.

—No puedo permitírselo. Hoy en día son capaces de rastrear
cualquier cosa. El Gobierno tiene ojos por todas partes. Lo lamento. Así son las cosas.

—Entonces, ¿puede avisarla de que estoy bien?

—Eso tal vez pueda hacerlo. Deme su dirección.

Le tendió un bolígrafo y un trozo de papel. Ella se la escribió
frunciendo la frente y le devolvió el papel.

—¿Por qué me ha sacado sangre? —preguntó.

—La necesitaba para una cosa.

—¿Para qué?

Quarry abarcó con la mirada aquel espacio exiguo. No era un
hotel de lujo, pero él había estado en sitios peores. Había procurado proporcionarle a aquella mujer todo lo necesario para que
estuviera cómoda.

«No soy un malvado», se dijo a sí mismo. Si seguía pensándolo, quizás acabaría creyéndolo.

—¿Puedo hacerle yo una pregunta? —dijo.

Ella pareció sorprendida, pero asintió.

—¿Tiene algún hijo?

—¿Cómo? No, no, nunca he tenido. ¿Por qué?

—Pura curiosidad.

Ella se le acercó lentamente. Igual que Willa, se había puesto ropa limpia. Quarry había traído las prendas que ella había adquirido en Talbot's. Le sentaban de maravilla.

—¿Piensa soltarme?

—Depende.

—¿De qué?

—De cómo salgan las cosas. Lo que puedo decirle es que no soy un hombre violento por naturaleza. Pero tampoco puedo predecir el futuro.

Ella se sentó al otro lado de la mesita y juntó las manos.

—No se me ocurre una sola cosa que haya hecho en mi vida que pueda haberle inducido a hacerme esto. Ni siquiera le conozco. ¿Qué he hecho? ¿Qué he hecho para merecer esto?

—Hizo una cosa —dijo Quarry.

Ella levantó la vista.

—¿Qué? ¡Dígamelo!

—Voy a dejar que lo piense por sí sola. Tiene tiempo de sobra para pensar.

22

A primera hora de la mañana, el avión avanzó a saltos por la cima de los nubarrones grises que quedaban aún de una tormenta que había pasado sobre las Smoky Mountains. Cuando el aparato descendió más tarde hacia el aeropuerto de Nashville, Michelle seguía haciendo lo que había hecho durante todo el vuelo: mirarse fijamente las manos.

En cuanto abrieron las puertas, bajó arrastrando su maleta de ruedas y se fue a alquilar un coche. Veinte minutos después de su llegada, estaba en la carretera. Sin embargo, no pisaba el acelerador a fondo como de costumbre. Conducía a un ritmo sosegado de ochenta kilómetros por hora. No tenía ningunas ganas de enfrentarse a lo que se iba a encontrar.

Según le había contado su hermano Bill, su madre se había levantado de buen humor, se había tomado un cuenco de cereales y había trabajado un rato en el jardín. Más tarde había hecho nueve hoyos en una pista de golf cercana, había vuelto casa, se había duchado y vestido y había calentado un guiso para su marido. Estuvo mirando un programa grabado previamente y ya se disponía a salir a cenar con unas amigas cuando se desmoronó en el garaje. Frank Maxwell estaba en ese momento en el baño. Había entrado en el garaje poco después y encontrado a su esposa en el suelo. Él creía que Sally había quedado fulminada incluso antes de tocar el cemento.

No sabían con certeza la causa —un derrame, el corazón, un aneurisma—, pero el hecho era que había muerto. Mientras los árboles que flanqueaban la carretera pasaban disparados a ambos lados, la mente de Michelle corría a más velocidad aún, evocando desde los recuerdos más antiguos que tenía de su madre hasta los escasos encuentros de los últimos años, ninguno de los cuales había resultado especialmente memorable.

Una hora después había hablado con sus cuatro hermanos, dos de los cuales vivían relativamente cerca, y uno, Bobby, en la misma ciudad que sus padres. El cuarto, Bill Maxwell, que residía en Florida, había salido en coche para hacerles una visita y llevaba solo una hora en la carretera cuando había recibido la noticia. Michelle fue la última en llegar. Después de hablar con sus hermanos, había pasado varias horas con su padre, que permanecía en silencio y con la mirada perdida durante largos períodos, para salir cada tanto de su postración y ocuparse frenéticamente de la organización del funeral.

Frank Maxwell había sido policía durante la mayor parte de su vida y había concluido su carrera como comisario jefe. Aún parecía capaz de saltar de un coche patrulla para perseguir a una persona, atraparla y arreglarle las cuentas. Era de su padre de quien Michelle había heredado su coraje físico, su motivación para triunfar, su absoluta incapacidad para aceptar un segundo puesto con buena cara. En ciertos momentos, sin embargo, lo sorprendió ahora con la guardia baja y atisbó a un hombre envejecido que acababa de perderlo todo y no tenía ni idea de lo que iba a hacer durante el tiempo que le quedaba.

Después de asimilar en la medida de lo posible estas impresiones, Michelle se retiró al patio trasero, se sentó en un viejo banco, junto a un manzano cuyas ramas cargadas de fruta casi rozaban el suelo, cerró los ojos y trató de imaginar que su madre seguía viva. Recordó su infancia junto a ellos dos. Le resultaba muy difícil, porque había bloques enteros de su niñez que Michelle había suprimido de su memoria por motivos que, obviamente, eran más comprensibles para su psiquiatra que para ella misma.

Llamó a Sean para comunicarle que había llegado bien. Él le había dicho todas las cosas adecuadas, mostrándose atento y delicado. En cuanto colgó, sin embargo, se sintió más sola que nunca. Uno a uno, sus hermanos se unieron a ella en el patio trasero.

Charlaron, lloraron, charlaron otro poco y volvieron a llorar. Michelle notó que Bill, el mayor y más grandullón, un policía duro y curtido de un suburbio de Miami que podía considerarse perfectamente zona de guerra, era el que sollozaba más.

Se sorprendió a sí misma mimando a sus hermanos mayores, pese a que ella no era, ni por naturaleza ni por inclinación, una mujer maternal. La lúgubre compañía de sus hermanos varones empezaba a asfixiarla. Al fin los dejó en el patio trasero y volvió a entrar en casa. Su padre estaba arriba. Lo oyó hablar por teléfono. Echó un vistazo a la puerta del garaje que había en la cocina. No había entrado allí todavía. A decir verdad, no deseaba ver el sitio donde había muerto su madre.

Pero Michelle era de los que miran de frente sus propios temores. Giró el pomo, abrió la puerta y bajó la vista hacia los tres escalones de contrachapado sin pintar que daban paso a un garaje de dos plazas. En la que tenía más cerca había un coche aparcado. El Camry azul claro de sus padres. Parecía un garaje como cualquier otro. Salvo por un detalle.

La mancha de sangre en el suelo de cemento. Se acercó un poco más.

«¿Sangre en el suelo de cemento?»

¿Acaso se había caído por los peldaños y golpeado en la cabeza? Echó un vistazo a la puerta del Camry. Allí no había ningún rastro. Calculó la distancia entre los toscos escalones y el coche. Su madre era alta. Si hubiera tropezado, habría tenido que estrellarse contra el coche. Era imposible que hubiera caído de lado porque los peldaños tenían una baranda a cada lado. Simplemente se habría desplomado ahí mismo. Pero, ¿y si había tropezado porque había sufrido un derrame cerebral? En ese caso, habría rebotado contra el coche y luego se habría golpeado la cabeza en el suelo. Lo cual explicaría la sangre.

Eso tenía que explicar la mancha de sangre.

Se volvió y casi dio un grito.

Su padre estaba allí, a su espalda.

Frank Maxwell medía oficialmente un metro noventa, aunque la edad y el pesar le habían escamoteado tres o cuatro centímetros. Tenía la musculatura recia y maciza de un hombre entregado durante toda su vida a la actividad física. Su mirada se paseó por el rostro angustiado de su hija, tratando tal vez de captar lo que encerraba; luego se dirigió a la mancha de sangre del suelo. La contempló como si ese borrón escarlata constituyera un mensaje codificado que descifrar.

—Tenía dolores de cabeza últimamente —dijo—. Yo le decía que fuera al médico a que la vieran.

Michelle asintió lentamente, pensando que era un modo extraño de empezar una conversación.

—Puede ser que haya sufrido un derrame.

—O un aneurisma. El marido de la vecina del final de la calle tuvo uno. Estuvo a punto de matarlo.

—Bueno, al menos no sufrió —dijo Michelle sin convicción.

—No lo creo, no.

—Así que tú estabas en el baño, me ha dicho Bill.

Él asintió.

—Duchándome. Pensar que estaba aquí tendida mientras yo...

Ella le puso la mano en el hombro y apretó. La asustaba ver así a su padre. A punto de perder el control. Si algo lo había caracterizado siempre había sido el dominio de sí mismo.

—Tú no podrías haber hecho nada, papá. Estas cosas suceden. No es justo, pero suceden.

—Y ayer me sucedió a mí —dijo él con tono terminante.

Michelle apartó la mano y recorrió el garaje con la mirada. Los trastos infantiles habían desaparecido hacía mucho de la vida de sus padres. Ni bicis ni piscinas hinchables ni bates de béisbol que pudieran estorbarles en los años de su jubilación. Todo tenía un aire pulcro, aunque también severo, como si la entera historia familiar hubiera desaparecido del mapa. Su mirada regresó a la mancha de sangre una vez más, como si fuera un cebo y ella, un pez hambriento.

—Así que iba a salir a cenar con unas amigas.

Él parpadeó rápidamente. Por un momento, Michelle creyó que iba a deshacerse en lágrimas. Recordó que nunca había visto llorar a su padre. En cuanto ese pensamiento tomó forma, sintió una sacudida en algún rincón de su cerebro.

«He visto llorar a mi padre, solo que no recuerdo cuándo.»

—Algo así.

Michelle sintió, al oír esa vaga respuesta, que se le secaba la boca y que la piel le ardía como si se la hubieran quemado.

Se deslizó junto a su padre sin decir palabra y recogió de la encimera de la cocina las llaves de su coche alquilado. Antes de alejarse, le echó un vistazo a la casa. Su padre la observaba desde la ventana del salón. En su rostro había una expresión que no solo no podía descifrar: no quería hacerlo.

Con una taza de café de un Dunkin's Donuts en la mano, condujo por las calles del barrio residencial de Nashville donde sus padres habían construido la casa de sus sueños para los años de jubilación con la ayuda financiera de sus cinco hijos. Michelle era la única que no se había casado ni tenido descendencia, así que había contribuido desproporcionadamente a la causa, pero nunca lo había lamentado. Criar a una familia numerosa con el sueldo de un policía no era fácil, y sus padres habían hecho un montón de sacrificios por ellos. A Michelle no le había importado devolver esa deuda.

Sacó su móvil y llamó a su hermano mayor. Ni siquiera le dejó asimilar el «hola» entero antes de lanzarse al ataque.

—Bill, ¿por qué demonios no me habías dicho nada de la sangre del garaje?

—¿Qué?

—¡La sangre que hay en el suelo del maldito garaje!

—Se dio un golpe en la cabeza al caerse.

—¿Un golpe en la cabeza, con qué?

—Con el coche, probablemente.

—¿Estás seguro? Porque en el coche no había ninguna marca, que yo haya visto.

—Mik, ¿qué demonios estás insinuando?

—¿Van a hacer la autopsia?

—¿Cómo?

—¡La autopsia!

—Eh... no estoy seguro. Quiero decir, supongo que habrán de hacerla —añadió, incómodo.

—Y no me dijiste nada cuando me llamaste... ¿por qué?

—¿Con qué objeto? Vamos a ver. Le harán la autopsia y nos

enteraremos de que sufrió un derrame cerebral, un ataque al corazón o algo así. Se cayó al suelo, se golpeó la cabeza.

—Sí, otra vez la cabeza. ¿Vino la policía?

—Claro. Y la ambulancia. Estaban aquí cuando llegué.

—¿Cuál de vosotros cuatro fue el primero en llegar?

Michelle pensó que ya sabía de antemano la respuesta. Su hermano Bobby era sargento de policía en la ciudad donde vivían sus padres. Le llegaron voces amortiguadas mientras Bill hacía consultas con los demás.

Enseguida volvió a dirigirse a ella.

—Papá llamó a Bobby y él llegó aquí en diez minutos, a pesar de que vive en la otra punta de la ciudad.

—Muy bien. ¡Pásame a Bobby!

—Joder. ¿Por qué estás tan cabreada?

—Pásamelo, Bill.

La voz de Bobby le llegó unos momentos después.

—Mik, ¿qué te pasa? —empezó con tono severo.

—Papá te llamó. Fuiste allí. ¿Estabas de servicio?

—No. Ayer tenía el día libre. Estaba en casa ayudando a Joanie con la cena.

—¿Qué te dijo papá?

Bobby levantó la voz.

—¿Que qué me dijo? Me dijo que nuestra madre había muerto. Eso me dijo, joder.

—¿Estaba la policía ahí cuando tú llegaste?

—Sí. Papá los llamó. Llegaron cinco minutos antes que yo.

—¿Y qué les dijo papá exactamente?

—Bueno, él estaba en la ducha, así que no sabía exactamente lo que había pasado. Encontró a mamá, llamo al 911 y luego me avisó a mí.

—¿Y qué dijo la policía después de examinarlo todo?

—Dijeron que parecía que se había caído y dado un golpe en la cabeza.

—Pero no sabían por qué se había caído.

—No, eso no lo sabían. Si había tropezado y se había dado un golpe, vale. Ahora, si se había reventado algo en su interior provocando la caída, eso ya debía determinarlo el forense. —Y añadió con rabia—: Me pone enfermo pensar que van a tener que abrir en canal a mamá.

—¿Viste sangre en la puerta del Camry cuando entraste en el garaje?

—¿Por qué quieres saberlo?

—Porque, Bobby, tuvo que golpearse la cabeza con algo.

—Te lo acabo de decir: podría haber tropezado en la escalera y chocado con el coche, dándose en la cabeza con el suelo. O quizá con la baranda de la escalera. Tiene un borde afilado. Si te das en el punto justo, ya estás. Lo sabes muy bien.

Michelle trató de imaginárselo: su madre enganchándose el tacón en la contrahuella del tosco escalón —tal vez con la cabeza de un clavo que había sobresalido con el tiempo—, dando un traspié, chocando con el coche sin abollarlo, cayendo de lado y pegándose un porrazo en la cabeza contra el suelo de cemento con tanta fuerza que incluso le había salido sangre. Pero, ¿y si la autopsia revelaba una explicación de su muerte?

—¿Mik? ¿Sigues ahí?

—Sí —replicó.

—Bueno, oye, no sabemos adónde quieres ir a parar con todo esto, pero...

—Ni yo tampoco, Bobby. Ni yo tampoco.

Cortó la llamada, detuvo el vehículo junto a un pequeño parque, se bajó de un salto y empezó a correr a toda velocidad.

Se le estaban ocurriendo ideas que la aterrorizaban. Y lo único que podía hacer ahora mismo era tratar de dejarlas atrás, aunque la imagen de su padre mirándola desde la ventana —su rostro inmovilizado en una máscara impenetrable— la persiguió durante todo el trayecto.

23

Mientras Michelle seguía en Tennessee intentando enfrentarse a sus demonios familiares, Sean estaba terminándose un plato de comida italiana en su oficina y continuaba estudiando los montones de documentos que había imprimido. Tenía la esperanza de que entre esas resmas de papel estuviera enterrada la clave que le revelaría si Tuck Dutton había hecho que mataran a su esposa y secuestraran a su hija por motivos todavía desconocidos.

El teléfono interrumpió sus pensamientos. Era Jane Cox.

—Quiero que te reúnas conmigo en el hospital —le dijo—. Tuck desea hablar contigo.

—¿De qué? —preguntó con recelo.

—Me parece que ya lo sabes.

Sean se puso la chaqueta y bajó a buscar su coche de alquiler. Su propio vehículo estaba en el taller con unos daños estimados en unos ocho mil dólares, y la compañía de seguros ya le había dicho que su póliza no cubría una lluvia de balas.

—¿Por qué no? —había protestado.

—Porque lo consideramos un acto terrorista y usted no tiene cláusula por terrorismo —replicó la empleada de la compañía, arreglándoselas para imprimirle un tono jovial a ese rechazo.

—No se trató de un acto terrorista, sino de un acto criminal. Y yo fui la víctima.

—Había treinta y siete orificios de bala en su vehículo, señor King. Según nuestras directrices, eso no es un acto criminal. Es terrorismo.

—¡Lo clasifican según el número de orificios de bala! ¿Dónde demonios se ha visto eso, señora?

—Siempre puede presentar una reclamación.

—¿De veras? ¿Qué posibilidades tengo de ganar esa reclamación según sus directrices? ¿Menos que cero?

La señorita Jovial había colgado, tras agradecerle la confianza en su compañía.

Sean arrancó el coche y ya se disponía a salir marcha atrás cuando alguien llamó a la ventanilla. Se volvió. Era una mujer: treinta y pocos, rubia, en buena forma, con demasiado pintalabios rojo y la piel reseca de una persona obligada a someterse a una capa de maquillaje diaria para enfrentarse a las cámaras de alta definición. Sujetaba un micrófono con un grabador digital incorporado, como si fuese una granada de mano y ella estuviera a punto de arrojarla.

Sean echó un vistazo detrás de ella y vio que la furgoneta de la tele aparecía sigilosamente, bloqueándole la salida.

«Mierda.»

Bajó el cristal de la ventanilla.

—¿Puedo ayudarla?

—¿Sean King?

—Sí. Escuche, ya le entregué una declaración al representante de los medios. Puede recurrir a él.

—Las últimas revelaciones exigen una nueva declaración.

—¿Qué revelaciones?

—¿Sustrajo usted archivos confidenciales del ordenador de la oficina de Tuck Dutton?

Sean notó que se le encogía el estómago y que una parte de su *piccata* de ternera le subía por el esófago.

—No sé de qué me habla. ¿Quién le ha dicho eso?

—¿Niega que haya ido a su oficina?

—No admito ni niego nada.

—La empresa de Tuck Dutton es una contratista del Gobierno que trabaja en asuntos altamente confidenciales para el departamento de Seguridad Nacional.

—¿Así que es usted periodista o portavoz de la empresa? No acabo de verlo claro.

—¿Se da cuenta de que es un grave delito sustraer la propiedad de otra persona? ¿Y que si se demuestra que ha sustraído información clasificada con propósitos de espionaje podría ser acusado de traición?

—Vale, ahora suena como una aspirante a abogado. Y resulta que yo soy uno auténtico. Así que si no le dice a su compinche de ahí detrás que mueva su furgoneta, voy a ver hasta dónde puedo empujarla con mi coche. Y luego lo sacaré del vehículo y practicaré con él una «agresión con lesiones». Pero yo alegaré defensa propia. Así no llega a ser un delito perseguible.

—¿Nos está amenazando?

—Estoy a punto de llamar a la policía y de acusarle de detención ilegal, hostigamiento y difamación. Vaya a mirar esos términos en su *Diccionario de Leyes* mientras empolla a toda prisa para la prueba de admisión en la facultad de Derecho.

Sean aceleró y sacó bruscamente el coche marcha atrás.

La mujer se apartó de un salto y el conductor de la furgoneta dio gas justo a tiempo para evitar que lo embistiera.

Media hora más tarde, Sean caminaba hacia la habitación de Tuck con un humor más negro a cada paso que daba. Claro que se había llevado información, pero no porque fuese un espía, sino porque pretendía determinar si Tuck estaba implicado en el asesinato de su esposa. Ese paso lo había dejado muy expuesto desde el punto de vista legal, aunque tampoco era la primera vez que se pasaba de la raya. Pero no lo habían puesto en evidencia por eso. Alguien le estaba tendiendo una trampa para que se estrellara. Y él quería saber quién y por qué.

Le mostró su identificación a uno de los agentes de la barrera que el servicio secreto había formado en el pasillo. Dado que la primera dama se encontraba en el hospital, se tomaron más tiempo de la cuenta para cachearlo y pasarle el detector. Luego le indicaron que entrase en la habitación. Tuck estaba en una silla junto a la cama. Jane Cox se encontraba de pie a su lado, con una mano apoyada en el hombro de su hermano.

Dos agentes se situaron espontáneamente junto a la pared hasta que Jane dijo: «Por favor, aguarden fuera.» Uno de ellos, un tipo fornido, le lanzó una mirada penetrante a Sean mientras se retiraban. «Estaremos ahí mismo, señora», dijo. Y cerró la puerta. Sean se volvió hacia los dos hermanos.

—Gracias por venir —dijo Jane.

—Has dado a entender que era importante. Espero que lo sea.

Su brusca actitud pareció pillarla desprevenida. Antes de que pudiera responder, Sean miró a Tuck.

—Parece que ya te encuentras mejor. ¿Esa conmoción brutal se va curando bien?

—Todavía me duele de mala manera —dijo Tuck a la defensiva.

Sean acercó una silla y se sentó frente a ambos.

—Acaba de asaltarme de improviso una reportera de la tele en plena caza de brujas. —Miró a Jane—. ¿Sabes algo de eso?

—Claro que no. ¿Cómo iba a saberlo?

—No sé. —Volvió a centrarse en Tuck—. Bueno, Tuck. El tiempo es crucial. ¿Para qué andarse con rodeos? Cassandra Mallory.

—¿Qué pasa con ella?

—¿Qué es para ti?

—Una empleada de mi empresa.

—¿Nada más?

—Por supuesto.

—No es eso lo que piensa tu socio.

—Pues se equivoca.

Sean se levantó y miró por la ventana. Abajo estaba la comitiva de vehículos aguardando a que la primera dama terminara su visita. La vida en una burbuja. Sean la conocía bien. Cada movimiento sometido a un estrecho escrutinio que debía resultar asfixiante. Y sin embargo, algunos se gastaban cientos de millones de dólares y dedicaban años y años de su vida para entrar en esa burbuja. ¿Era locura, narcisismo o una mezcla de ambas cosas disimulada bajo el pretexto del servicio público?

Se volvió hacia ellos, pensando deprisa. Si reconocía saber que la contraseña del ordenador de Tuck era Cassandra, estaría declarándose culpable de haber pirateado sus archivos informáticos. Optó por un enfoque distinto.

—¿Estás dispuesto a afirmarlo conectado a un polígrafo?

Tuck iba a contestar, pero Sean vio que los dedos de la primera dama se tensaban en su hombro y finalmente no salió una palabra de sus labios.

—Sean —empezó ella—, ¿para qué haces esto?

—Me pediste que investigara el caso. Es lo que estoy haciendo. No puedo controlar adónde nos conducirá la investigación; tal vez pase por lugares por donde tú no desearías que pasara. Me dijiste cuando estuvimos en la Casa Blanca que fuera a por todas. Seguro que lo recuerdas. No hace tanto. Me parece que la frase exacta fue: «Caiga quien caiga.»

—También recuerdo que te pedí que encontraras a Willa.

—Bueno, difícilmente puedo hacerlo si no averiguo quién se la llevó y por qué. Matando de paso a Pam. —Le lanzó una mirada feroz a Tuck al decir esto último.

—Yo no tuve nada que ver —replicó él.

—Entonces no te importará someterte al polígrafo.

—No puedes obligarme —le espetó.

—No, pero si voy al FBI y les digo lo que he descubierto, ellos empezarán a buscar en sitios donde tú no quieres que miren. Si pasas la prueba del polígrafo, no lo haré. Ese es el trato.

Jane dijo con calma:

—¿Así que hablaste con su socio, David Hilal?

—No sabía que estuvieras familiarizada con el trabajo de tu hermano.

Ella prosiguió, imperturbable.

—¿Te dijo Hilal que ha hecho lo imposible para comprarle su parte a Tuck?, ¿que quiere quedarse la empresa para él solo?

Sean miró a Tuck.

—¿Es eso cierto?

—Totalmente. No voy a mentir. He sufrido algunos reveses financieros. David sabía que yo necesitaba dinero. Quiere quedarse mi parte, pero a un precio que no refleja el valor del contrato con el departamento de Seguridad Nacional en el que estamos trabajando. Significaría millones de dólares adicionales.

—Ya ves: entra dentro de los intereses de Hilal implicar a Tuck en este asunto. Si Tuck va a la cárcel, Hilal se quedará con todo por una miseria.

—No necesariamente —dijo Sean.

—Pero en tal caso me vería obligado a vender simplemente para pagar las minutas de los abogados —señaló Tuck—. Él se quedaría mi parte prácticamente por nada. Y he sido yo quien ha levantado la empresa.

—Quizá te convendría apartar tu atención de Tuck —añadió Jane— y centrarla en algún sospechoso más plausible.

Sean tardó unos momentos en procesar todo aquello.

—¿Crees que Hilal montó un secuestro y un asesinato solo para poder echarle la culpa a Tuck y quedarse con la empresa? Es un poco exagerado, ¿no? ¿Y por qué secuestrar a Willa?

Jane fue a sentarse en el borde de la cama.

—No voy a tratar de reconstruir la mentalidad de quien podría ser tal vez un psicópata. Pero no es más exagerado que pensar que mi hermano habría hecho asesinar a su esposa y secuestrar a su querida hija, y se habría expuesto además a un golpe en la cabeza que bien podría haberlo matado, solo porque supuestamente tenía una aventura.

Sean volvió a mirar por la ventana, con las manos en los bolsillos. Era lógico lo que ella decía. Tal vez se había apresurado a sacar conclusiones a partir de lo que Hilal había dicho, sin tomarse la molestia de corroborarlo. ¿Y la contraseña del ordenador, sin embargo? Le asaltó una idea bruscamente. ¿Y si alguien había cambiado la contraseña y la había convertido en «Cassandra1»? ¿Y si lo había hecho el propio Hilal, pensando que Sean intentaría acceder al disco duro y adivinar la contraseña, y que así concluiría sin lugar a dudas que Tuck y la dama en cuestión tenían una aventura?

Eso, decidió, era casi tan probable como que su compañía de seguros le pagara los daños por terrorismo.

Se giró en redondo.

—Tuck, ¿cuál es la contraseña del ordenador de tu despacho? —Chasqueó los dedos para arrancarle la respuesta—. Di, ¿cuál?

Tuck vaciló el tiempo suficiente.

—Carmichael.

Jane se apresuró a decir:

—El nombre de Pam de soltera, ¿no?

Tuck asintió, alzando la mano para secarse una lágrima.

«Los dos me estáis mintiendo. De algún modo se han enterado de que pirateé el ordenador. Han sido ellos los que me han enviado a esa periodista. Para asustarme.»

Las evasivas de Tuck no eran sorprendentes. Pero a Sean le pareció muy raro que la primera dama le siguiera el juego. Era evidente que debía investigar más a fondo.

—De acuerdo. Haré averiguaciones sobre Hilal.

—Bien. —Jane se levantó y le dio a Tuck un beso en la mejilla y un abrazo.

Mientras se acercaba a Sean, dijo:

—Te agradezco tu actitud de colaboración permanente.

—Ya. —Él hizo caso omiso de la mano que le tendía y salió de la habitación.

24

Sam Quarry se secó las gotas de sudor de la frente, arqueó hasta un cierto punto su espalda dolorida y obtuvo un gratificante chasquido al tiempo que se aliviaba la presión de su trajinada columna. Estaba supervisando las tierras de la hacienda desde el punto más elevado de Atlee, un montículo rocoso que se alzaba a unos quince metros de altura y al que se accedía por una serie de escalones de piedra desgastados por varias generaciones de Quarry. El lugar se conocía, al menos desde que él tenía memoria, como Angel Rock: como si fuera el punto de partida hacia el cielo y hacia una vida claramente mejor que la que podían ofrecer los Quarry en la tierra. Él no era jugador, pero habría apostado unos dólares a que prácticamente ninguno de sus antepasados había recorrido ese trayecto con éxito.

Atlee, pese a toda su importancia histórica, no dejaba de ser en el fondo una simple granja. Las únicas cosas que habían cambiado en los últimos doscientos años eran *qué* y *cómo* se cultivaba. Los motores diésel habían sustituido a las mulas y los arados, y una gran variedad de cultivos había ocupado el lugar del algodón y el tabaco. Quarry no se aferraba a ninguno en particular y siempre estaba dispuesto a plantar algo distinto con tal de que rindiera en una granja pequeña, que era al fin y al cabo en lo que Atlee se había convertido. Como la mayoría de los granjeros eficientes, dedicaba una atención obsesiva a cada detalle: desde la composición de la tierra hasta el régimen de lluvias, desde el momento de la siega (calculado al minuto) hasta los niveles de escarcha previstos, desde el rendimiento por acre en relación con los precios estimados de mercado hasta el número preciso de manos para la cosecha, de tractores para transportarla y de banqueros para ampliar el crédito.

Se encontraba demasiado al norte de Alabama para cultivar kiwis, pero sí había probado con la colza porque finalmente habían abierto no muy lejos de allí una planta de molienda capaz de convertir la planta en aceite de colza, un producto con mayor valor añadido. Había producido una buena cosecha de invierno y obtenido más rendimiento por acre que con la cosecha básica de trigo. También cultivaba productos tradicionales como coles, judías verdes, maíz, quingombó, calabazas, tomates, nabos y sandías.

Una parte de la cosecha alimentaba a la gente que vivía en Atlee con él, pero la mayor parte se vendía a empresas locales y supermercados para obtener unos ingresos que necesitaba desesperadamente. También tenía veinte cerdos y dos docenas de cabezas de ganado vacuno y había encontrado mercados muy receptivos en Atlanta y Chicago, donde se usaba la carne para preparar churrasco. Una pequeña parte la reservaban, asimismo, para su propio consumo.

La vida del granjero entrañaba sus riesgos incluso en las mejores circunstancias. Los hombres que trabajaban la tierra podían hacerlo todo bien, pero si luego llegaba una sequía o una helada temprana se lo llevaba todo por delante. La madre naturaleza nunca se disculpaba por su divina y a veces calamitosa intervención. Él había visto de todo: años buenos y años malos. Aunque estaba bien claro que nunca se haría rico haciendo todo aquello, el dinero —eso también estaba claro— no era lo principal. Tenía lo suficiente para pagar las facturas y mantener la cabeza bien alta, y estaba convencido de que un hombre no debía esperar más de la vida, salvo que fuese corrupto o desmedidamente ambicioso, o ambas cosas.

Se pasó las horas siguientes trabajando en el campo junto con sus jornaleros. Lo hacía al menos por dos razones. Primero, porque le gustaba trabajar la tierra. Lo había hecho desde chico y no veía motivo para dejarlo ahora, solo porque estuviera envejeciendo. Segundo, porque los jornaleros siempre parecían poner un poco más de brío cuando el jefe andaba cerca.

Gabriel se le unió también por la tarde, tras caminar casi dos kilómetros desde la parada del autobús. El chico era fuerte y tenía los ojos bien abiertos; sabía manejar las herramientas y conducir las máquinas con destreza y pulso firme. A la hora de la cena, Quarry dejó que Gabriel bendijera la mesa, mientras la madre, Ruth Ann y Daryl lo observaban. Después consumieron la sencilla comida, la mayor parte de la cual procedía de las conservas almacenadas o de cosechas anteriores. Quarry escuchó también cómo exponía el chico lo que había aprendido ese día en el colegio.

Miró a la madre, admirado.

—Es listo, Ruth Ann. Lo absorbe todo como una esponja.

Ella sonrió, agradecida. Era delgada como un palillo y siempre lo sería, a causa de un trastorno intestinal cuyo tratamiento apropiado no podía costear y que probablemente acabaría matándola en cuestión de diez años.

—No lo ha heredado de mí —dijo—. Cocinar y lavar es lo único que me cabe en la cabeza.

—Pues eso lo hace de maravilla. —Este comentario procedía de Daryl, que se encontraba sentado enfrente de Gabriel y había estado engullendo pan de maíz en cantidad, antes de bajarlo todo con un gran trago de agua tibia del pozo.

—¿Dónde está Carlos? —preguntó Gabriel—. ¿No se habrá largado también como Kurt... no?

Daryl le lanzó a su padre una mirada inquieta, pero Quarry terminó con calma de mojar su pan de maíz en la salsa de tomate antes de responder.

—Ha ido a hacerme unas gestiones fuera de la ciudad. Pronto estará de vuelta.

Después de cenar, Quarry se aventuró a subir al desván y se sentó entre los trastos cubiertos de telarañas de su historia familiar; la mayor parte, muebles, ropas, libros y papeles. No subía allí por motivos nostálgicos, sin embargo. Extendió los planos sobre una vieja mesita auxiliar que había pertenecido a su bisabuela materna, quien había acabado matando a su marido de un disparo de escopeta, o al menos eso contaba la leyenda: una dama de hermoso rostro, de agradables modales y piel muy oscura.

Quarry estudió la carretera, el edificio, los puntos de acceso y las zonas de peligro potencial detalladas en los planos. Luego centró su atención en una serie de dibujos de carácter técnico que él mismo había realizado. De joven había sacado una beca universitaria de ingeniería mecánica, pero la guerra de Vietnam se había encargado de malograr esos planes cuando su padre le exigió que se alistara para combatir la plaga comunista. Al regresar a casa, años más tarde, su padre había muerto, Atlee era suyo y asistir a la universidad quedaba descartado.

No obstante, Quarry sabía arreglar cualquier cosa que tuviese motor o piezas móviles. Las entrañas de cualquier máquina, por complicadas que fueran, se revelaban ante su mente con asombrosa simplicidad. Lo cual había sido muy beneficioso en Atlee, pues mientras que los demás granjeros habían de recurrir a los costosos servicios de un técnico cada vez que la maquinaria sufría una avería, Quarry se encargaba de arreglarla él mismo, la mayor parte de las veces tumbado boca arriba con una llave enorme en las manos.

Así pues, examinó los planos y los dibujos con ojo experto, advirtiendo dónde introducir mejoras y dónde evitar desastres. Después, bajó del desván y se encontró a Daryl limpiando rifles en la pequeña armería que había junto a la cocina.

—No hay mejor olor que el de la grasa —dijo Daryl, alzando la vista hacia su padre.

—Eso es lo que dices tú.

La sonrisa espontánea de Daryl se despintó repentinamente, quizás a causa del recuerdo de la pistola Patriot con la que le había apuntado a la base del cráneo el hombre que se hallaba ahora a un metro de él en una habitación llena de armas.

Quarry ajustó la puerta y la cerró con llave; luego se sentó junto a su hijo y desplegó los planos en el suelo.

—Ya he repasado esto con Carlos, pero quiero que tú también lo entiendas, por si acaso.

—Bien —dijo su hijo, limpiando el cañón de su rifle de caza favorito.

Quarry sacudió los papeles ante él.

—Esto es importante, Daryl. No hay margen para ningún error. Presta atención.

Tras treinta minutos de animado diálogo, Quarry se levantó satisfecho y dobló los planos. Mientras volvía a introducirlos en el largo tubo donde los guardaba, dijo:

—Casi estrellé la maldita avioneta el otro día, tan destrozado estaba por lo de Kurt.

—Lo sé —respondió Daryl, con un deje de temor en la voz, pues sabía que su padre era un hombre imprevisible.

—Probablemente habría llorado si se hubiera tratado de ti. Solo quería que lo supieras.

—Eres un buen hombre, papá.

—No, no creo que lo sea —dijo Quarry, saliendo de la armería.

Subió a la habitación de Gabriel y llamó a la puerta.

—¿Quieres venir conmigo a ver a Tippi? Tengo que parar por el camino para visitar a Fred.

—Sí, señor. —Gabriel dejó su libro, se calzó sus zapatillas y se puso la gorra de béisbol con la visera hacia atrás.

Poco rato después, Quarry y Gabriel se detuvieron con la vieja Dodge frente a la caravana Airstream. En el asiento, entre ambos, había una caja con varias botellas de Jim Beam y tres cartones de Camel sin filtro. Después de dejarla sobre los escalones de madera de la caravana, sacaron entre los dos de la camioneta un par de cajones que contenían verduras en conserva, diez mazorcas de maíz y veinte manzanas.

Quarry dio unos golpecitos en la puerta abollada de la caravana, mientras Gabriel, con la agilidad de un gato, perseguía a una lagartija entre el polvo y acababa desapareciendo bajo la Airstream. El viejo y arrugado nativo abrió la puerta y les ayudó a subir las provisiones.

—Gracias —dijo en su lengua, mirando los cajones.

—Tenemos de sobra, Fred.

Cuando el indio había llegado allí, no le había dicho a Quarry su nombre. Se había presentado sin más. Tras un par de meses incómodos, Quarry había empezado a llamarlo Fred y el tipo no había puesto objeción. No sabía cómo lo llamaban sus amigos indios, pero eso era asunto suyo, pensaba Quarry.

Los otros dos estaban dentro. Uno, dormido en un diván andrajoso que carecía de patas y muelles, de modo que el hombre se hundía casi hasta el suelo. A juzgar por sus sonoros ronquidos, le tenía sin cuidado. El otro estaba mirando un programa de humor en un viejo televisor de quince pulgadas que Quarry le había dado a Fred unos años atrás.

Abrieron una botella de Jim Bean y fumaron y charlaron. Gabriel jugaba con un chucho que había adoptado a Fred y a su Airstream, y daba sorbos a la Coca que el indio le había dado.

Cuando Quarry tropezaba en ocasiones con alguna palabra koasati, Gabriel levantaba la vista y se la decía. Cada vez que lo hacía, Fred soltaba una carcajada y le ofrecía al chico un sorbo de *bourbon* como recompensa.

Quarry alzaba la mano con severidad.

—Cuando sea un hombre podrá beber. Aunque no se lo aconsejo. A la larga, hace más mal que bien.

—Pero usted bebe, señor Sam —señaló Gabriel—. Un montón.

—No me tomes a mí de modelo, hijo. Apunta más alto.

Más tarde, siguieron adelante para visitar a Tippi. Quarry dejó que Gabriel leyera unas páginas de *Orgullo y prejuicio*.

—Más bien aburrido —sentenció el chico, cuando terminó el largo pasaje.

Quarry le quitó el libro de las manos y se lo guardó en el bolsillo de detrás.

—Ella no piensa lo mismo.

Gabriel miró a Tippi.

—Nunca me ha contado qué le pasó, señor Sam.

—No, no te lo he contado.

25

Sean había hablado de nuevo con David Hilal; lo había sorprendido en el aparcamiento cuando ya se volvía a casa. El socio de Tuck no tenía mucho que añadir a lo que ya había dicho. Aun así, respondió con calma a todas y cada una de las preguntas, apoyado en su coche, al tiempo que leía y tecleaba mensajes en su BlackBerry.

Cuando Sean sacó a colación su intento de comprar la parte de Tuck, sin embargo, su tono cambió. Se guardó la BlackBerry, cruzó los brazos y miró a Sean con el ceño fruncido.

—¿Con qué se supone que iba a comprarle su parte? Yo puse todo mi dinero en esta empresa. Estoy empeñado hasta las cejas. Ahora mismo, ni siquiera me darían crédito para un coche.

—Él dice que usted había hecho una oferta a la baja.

—Hablamos de algo así, pero la cosa es que fue exactamente al revés.

—¿Cómo? ¿Él quería comprarle su parte?

—Exacto. Con una oferta a la baja.

«Vale. ¿Cuál de los dos dice la verdad?»

—¿Por qué se le iba a ocurrir a usted bajarse del barco antes de obtener el gran contrato? Tuck dice que aumentaría en muchos millones el valor de la empresa.

—Así sería, sin duda. Si ganáramos. Pero no es seguro ni mucho menos. Nosotros contamos con una tecnología patentada que es la mejor que puede encontrarse ahora mismo, a mi juicio. De ahí que el contratista principal quisiera asociarse con nosotros.

Pero nos enfrentamos a grandes compañías que poseen productos muy similares a los nuestros en rendimiento y fiabilidad. Y en el mundo de los contratos gubernamentales no se compite en igualdad de condiciones. Los peces gordos eluden las normas, reparten dinero a diestro y siniestro. Y como suelen partir con una posición de ventaja, pueden acaparar a los talentos más cotizados. Al final, los peces pequeños han de conformarse con las migajas. Y yo no es que quiera bajarme del barco, pero me estoy quedando sin recursos. Y si no ganamos el contrato, la empresa valdrá mucho menos de lo que él me ofreció. Nosotros quizá tenemos ahora la posición de ventaja, pero como ya le expliqué el otro día, que el cuñado del presidente de Estados Unidos esté liado con Cassandra no ayuda nada. Si eso sale a la luz, tendremos problemas.

—Tuck dice que no había nada entre él y Cassandra.

—¿De veras? Entonces pregúntele dónde se alojó cuando estuvo allí. Seguro que tendrá preparada una buena excusa.

—Usted me dijo la otra vez que no creía que Tuck hubiera matado a Pam, pero no parece tenerle mucho cariño a su socio.

—No, en efecto.

—No lo mencionó en aquella conversación.

—¿Ah, no?

—Soy muy eficiente tomando notas. No, no lo dijo.

—Bueno. No tengo la costumbre de poner verde a mi socio ante personas que ni siquiera conozco. Pero me cuesta un esfuerzo no hacerlo, si le soy sincero.

—¿Por qué?

—Digamos que ha conseguido tocarme las narices.

—¿Le importaría darme un ejemplo?

—¿Me creería si lo hiciera?

—Tengo una mente muy abierta.

Hilal miró a lo lejos unos instantes antes de volverse otra vez hacia Sean.

—Es un poco embarazoso, de hecho.

—Soy un gran partidario de mantener los secretos.

Hilal se metió un chicle en la boca y empezó a hablar y a mascar a toda prisa, como si el hecho de mascar el chicle y apretar los dientes le diera el impulso para confesarlo todo.

—Fue en la fiesta de Navidad del año pasado. Acabábamos de conseguir un pequeño contrato. Nada del otro mundo, pero aun así lo celebramos por todo lo alto, para mantener la moral. Bebida, banda de música, un buffet de lujo, un reservado en el Ritz-Carlton. Gastamos demasiado, pero no importa.

—Muy bien. ¿Y?

—Y resulta que Tuck se pone como una cuba y le echa los tejos a mi esposa.

—¿Los tejos? ¿Cómo?

—Según ella, poniéndole la mano en el culo y tratando de meterle la lengua hasta el fondo de la garganta.

—¿Usted lo vio?

—No, pero creo a mi esposa.

Sean desplazó su peso al pie derecho y atravesó a Hilal con una mirada escéptica.

—Si la creyó, ¿por qué demonios sigue siendo socio de Tuck?

Hilal bajó la vista, avergonzado.

—Yo quería darle un puñetazo y agarrar la puerta sin más. Eso es lo que quería hacer. Pero mi esposa no me dejó.

—¿Cómo que no le dejó?

—Tenemos cuatro hijos. Mi mujer se ocupa de la casa. Como ya he dicho, todo lo que tenemos está invertido en esta empresa. Soy un socio minoritario. Si tratara de retirarme, Tuck podría estafarme y dejarme sin un centavo. No podríamos resistirlo. Lo habríamos perdido todo. Así que nos tragamos nuestro orgullo. Pero ya no he dejado sola nunca a mi mujer con Tuck. Ni volveré a hacerlo. Hable con ella, si quiere. Llámela ahora mismo. Ella le contará exactamente lo que le he contado.

—¿Pam estaba en la fiesta de Navidad?

Hilal pareció sorprendido un momento. Luego asintió.

—Vale, ya veo por dónde va. Sí, estaba allí. Vestida de Papá Noel, si puede creerlo. ¡Una mujer delgadísima y pelirroja de Papá Noel! Creo que algunos se reían *de* ella, no *con* ella.

—¿Cree que vio a Tuck tonteando con su esposa?

—El salón no era tan grande. Yo creo que un montón de gente lo vio, en realidad.

—¿Pero no hubo una reacción visible por parte de Pam?

—Ellos no salieron juntos de la fiesta, eso se lo puedo asegurar. —Hilal hizo una pausa—. Bueno, ¿algo más? Porque la verdad es que ya tendría que marcharme a casa.

Sean volvió a su coche. Tenía un doble motivo para creer a Hilal. Primero, que «Cassandra» fuese la contraseña del ordenador de Tuck. Segundo, que este alegara que tenía problemas financieros y que Hilal estaba tratando de aprovecharse. Tras su encuentro con Jane y Tuck, Sean había estudiado con más atención los archivos financieros que había encontrado en el disco duro. Tuck tenía una cartera de acciones y bonos cuyo valor rebasaba con creces una cantidad de ocho cifras, mientras que sus deudas pendientes no llegaban a la cuarta parte de esa cantidad, así que la pobreza que aducía era un cuento chino. Pero si ellos sabían que había pirateado su ordenador, también tenían que saber que averiguaría que era una mentira. Y sin embargo, aun así los dos hermanos habían intentado embaucarlo. Sean dejó por ahora de lado este punto y se centró en las preguntas más obvias.

«Así pues, ¿por qué regresaste antes de lo previsto, Tuck? ¿Y qué estuviste haciendo durante casi una hora, desde al aeropuerto hasta tu casa?»

En el trayecto de vuelta a su oficina, llamó a Michelle. Ella no respondió. Le dejó un mensaje. Estaba inquieto por su compañera. Aunque Sean se pasaba la mayor parte del tiempo preocupándose por ella. En apariencia, era dura como una roca, mucho más que cualquier otra persona que hubiera conocido. Pero también había descubierto que esa roca tenía alguna que otra grieta si uno llegaba a hurgar lo bastante.

Cambiando de idea, condujo hasta su casa, preparó una bolsa de viaje y salió zumbando hacia el aeropuerto, donde pagó una suma exorbitante por una tarifa especial para colarse en un vuelo a Jacksonville que salía al cabo de una hora.

Necesitaba hablar con Cassandra Mallory. En persona.

En el trayecto hacia el aeropuerto Washington-Dulles había recibido una llamada. Era su amigo Phil, el lingüista de la universidad de Georgetown.

—He encontrado a una colega que conoce la lengua Yi. Si

quieres mandarme una muestra del texto que me comentabas, puedo pasárselo para que le eche un vistazo.

—Te lo enviaré por e-mail —le dijo Sean.

En cuanto llegó a Dulles le mandó el texto. Cruzó la barrera de seguridad rezando para que las letras que habían aparecido en los brazos de Pam le dieran alguna pista. Pero cuanto más lo pensaba, más le costaba creerlo. Como había señalado Michelle con razón, las letras ni siquiera eran caracteres chinos.

Examinó la fotografía de Cassandra Mallory que David Hilal le había remitido por e-mail. Obviamente, tenía todas las armas necesarias para tentar a un hombre.

Mientras el jet de cincuenta plazas se elevaba en un límpido cielo nocturno, Sean confió en que el viaje no lo llevara en la dirección contraria a la que debía seguir para encontrar a Willa.

A cada día que pasaba sin que apareciese la niña, se volvía más probable que acabaran encontrando más bien su cadáver.

26

Jane Cox miró por la ventana de la sala de estar de la familia presidencial. El número 1600 de la avenida Pensilvania quedaba en medio de la capital. Sin embargo, para quienes lo consideraban su hogar, bien podría haber estado en otro sistema solar. No había nadie en el mundo capaz de comprender plenamente cómo era la vida de Jane, salvo las demás familias que habían habitado esa casa, unciendo su destino a las funciones presidenciales. E incluso en comparación con algunas de tales personas, los tiempos habían cambiado de verdad. Un presidente tan reciente como Harry Truman podía salir a caminar por la ciudad acompañado de un solo guardia. Ahora eso era impensable. Y nunca había existido un escrutinio tan severo de los actos más nimios, de las palabras más inocentes, de los gestos más insignificantes, como el que existía ahora.

Ella entendía perfectamente que algunas primeras damas se hubieran vuelto adictas a las drogas y al alcohol, o que hubieran padecido una grave depresión. Jane se abstenía del alcohol, dejando aparte alguna copa de vino o una cerveza en la caravana electoral, cuando lo requería la fotografía de rigor. Su única droga regular había sido la marihuana en sus años universitarios y alguna rayita de cocaína durante el viaje de fin de carrera al Caribe. Todo lo cual, afortunadamente, había pasado en buena parte desapercibido en aquel entonces y no había generado comentarios más tarde, cuando había emprendido el largo camino que mediaba entre aquella estudiante liberada y la primera esposa de la nación.

Llamó por teléfono a la hermana de Pam Dutton y habló con John y Colleen, haciendo lo posible para tranquilizarlos. Percibía su temor y habría deseado poder decirles algo más concreto, no simplemente que rezaba para que Willa volviera pronto a casa. Después llamó a su hermano, que seguía en observación en el hospital, aunque esperaban darle pronto el alta. Los dos niños habían ido a visitarle.

Jane hizo que le subiera la cena el personal de la Casa Blanca y comió sola. Tenía varias invitaciones para cenar fuera esa noche y las había rechazado todas. La mayoría procedía de gente meramente interesada en inflar su propio estatus compartiendo mesa con la primera dama y sacándose una foto entrañable con la que aburrir más adelante a sus nietos. Ella prefería estar sola. Bueno, tan sola como era posible estarlo en una casa con más de noventa empleados a tiempo completo y con demasiados agentes de seguridad para llevar la cuenta.

Decidió salir a dar un paseo, acompañada, cómo no, por sus asistentes y el servicio secreto. Se sentó un rato en el Jardín de los Niños, un rincón umbrío cuya idea original había partido de lady Bird Johnson. A Jane le encantaba contemplar aquellas losas con las huellas en bronce de las manos y pies de los nietos presidenciales alineándose a lo largo del sendero. Confiaba en que sus propios hijos espabilaran y empezaran a darles nietos a ella y Dan.

Más tarde, pasó junto a los macizos de tulipanes del Jardín de Rosas, donde al llegar la primavera florecerían millares de bulbos, brindándole al ala oeste un color deslumbrante. A continuación se dirigió al solárium, que había sido construido en una habitación de la tercera planta a instancias de Grace Coolidge. Era la habitación menos formal de la mansión y también, a su juicio, la que ofrecía mejores vistas. Con frecuencia, las primeras damas habían emprendido una campaña tanto para realzar la Casa Blanca en beneficio de los futuros presidentes y sus familias como para hacerla más suya. Algo de ello había hecho Jane en los últimos tres años, aunque sin acercarse a los niveles insuperados de una Jackie Kennedy.

Volvió a sus habitaciones privadas y recordó el primer día, cuando habían llegado allí tres años atrás. La primera familia precedente había salido a las diez de la mañana y los Cox se habían presentado a las cuatro de la tarde. Como un cambio de inquilinos en un apartamento de alquiler. Y sin embargo, cuando habían cruzado la puerta, la ropa estaba en los armarios, los cuadros en las paredes, sus aperitivos favoritos en la nevera y sus artículos de belleza alineados en la repisa del lavabo. Todavía no comprendía cómo se las habían arreglado para hacerlo todo en seis horas.

Más tarde, mientras se tomaba una taza de café, pensó en su conversación con Sean King. Podía contar con él. Se había portado muy bien en su momento; de hecho, había salvado la carrera política de su marido. Sabía que King estaba molesto con ella ahora, pero ya se le pasaría con el tiempo. Más le preocupaba su hermano. Durante la mayor parte de su vida se había cuidado de él, en gran parte porque la madre de ambos había muerto cuando Jane acababa de cumplir los once; Tuck era cinco años menor que ella. Lo había consentido y mimado, habrían dicho otros con menos tapujos. Y ella misma debía reconocer que su instinto protector había acabado haciendo más mal que bien. Pero difícilmente podía darle la espalda ahora.

Jane se acercó de nuevo a la ventana y miró a la gente que se paraba frente a la Casa Blanca. Su casa. Al menos durante los próximos cuatro años, si había que fiarse de las encuestas. Aunque la decisión final la tomarían los más de ciento treinta millones de americanos que votaran a favor o en contra de un segundo mandato para su marido.

Mientras mantenía apoyada la mejilla en el vidrio a prueba de balas, sus pensamientos, como un áncora en el fondo del mar, fueron a posarse en Willa. Estaba en alguna parte con la gente que había asesinado a su madre. Algo debían de querer, solo que aún no sabía de qué se trataba.

En su interior ya estaba preparándose para la posibilidad de que Willa no regresara a sus vidas. A su vida. Incluso para la posibilidad de que ya estuviese muerta. Jane se había adiestrado a sí misma para no mostrar sus emociones, desde luego no en público, salvo que las condiciones políticas del momento lo requiriesen. No era que careciese de pasión. Pero muchas carreras políticas habían naufragado en los arrecifes de las exhibiciones abruptas de cólera, de frivolidad o falsa sinceridad, que para los votantes delataban una falta de honradez innata. Nadie deseaba que unos dedos volubles e inmorales manejasen los códigos nucleares, y la gente también veía con malos ojos que la esposa de quien poseía esa responsabilidad fuese una persona inestable y lunática.

Así que durante al menos los últimos veinte años de su vida, Jane Cox había medido cada palabra, calculado cada paso y planeado cada acción física, espiritual o emocional que pensara realizar. Solo había tenido que pagar un precio: abandonar cualquier esperanza de seguir siendo humana.

El horario que le habían pasado esta noche dejaba un intervalo de diez minutos para que hablara por teléfono con su marido, que estaba en un mitin para recaudar fondos en Pensilvania. Hizo la llamada y le felicitó por las últimas cifras de las encuestas y por sus recientes apariciones televisivas, en las que había ofrecido una imagen adecuadamente presidencial.

—¿Todo bien por tu parte, cielo? —dijo él.

—Todo, excepto Willa —respondió Jane, con un tono quizá más enérgico de lo que pretendía.

Las aptitudes políticas de su marido habían sido consideradas de primer orden incluso por sus adversarios. En cambio, la capacidad de Dan Cox para captar los problemas y sutilezas de su esposa nunca había alcanzado ese nivel óptimo.

—Por supuesto, por supuesto —dijo, mientras sonaban en segundo plano retazos de conversación—. Estamos haciendo todo lo que podemos. Debemos mantener las esperanzas y pensar en positivo, Jane.

—Lo sé.

—Te quiero.

—Lo sé —repitió—. Buena suerte esta noche. —Colgó el auricular, una vez agotados los minutos que le habían asignado.

Pasó media hora y puso la CNN. Tenía por norma no mirar los informativos ni los programas políticos durante un año electoral, pero la excepción era cuando su marido hacía una aparición pública. El segundo orador de relleno había concluido y la multitud de setenta y cinco mil personas aguardaba la aparición de la persona a la que realmente habían ido a escuchar.

El presidente Daniel Cox subió al estrado a grandes zancadas, acompañado por una melodía atronadora. Jane todavía recordaba los tiempos en que las apariciones públicas no parecían conciertos de rock, con teloneros, música ensordecedora y algún ridículo eslogan coreado por el público. En aquel entonces todo era más digno y quizá más real. No, sin quizás: era más auténtico. Ahora estaba todo preparado de antemano. Los fuegos artificiales empezaron justo en ese momento, mientras su marido se plantaba ante el atril y miraba las pantallas gemelas y casi invisibles del teleprompter. Hubo un tiempo asimismo, Jane no lo ignoraba, en el que los políticos improvisaban en el estrado, o sencillamente echaban de vez en cuando un vistazo a sus notas. Incluso había leído que los políticos de la Revolución americana y de la Guerra de Secesión eran capaces de memorizar discursos de centenares de páginas redactados por ellos mismos y de pronunciarlos en público sin un solo error.

Jane estaba segura de que ningún líder político vivo —incluido su marido— podría emular tamaña proeza. Claro que en la época de Lincoln una simple pifia tampoco daba la vuelta al mundo en un instante, como ocurría hoy en día. Pero, de todos modos, al mirar a su marido leyendo el texto de las pantallas, golpeando el atril con el puño (mientras se alzaban y bajaban rótulos ocultos a las cámaras, indicando a la multitud cuándo aplaudir, cuándo vitorear, patear el suelo o corear las consignas), sintió en parte nostalgia de los viejos tiempos. Aquellos días lejanos cuando llegaban solos al mitin, ella y Dan, sacaban del maletero pegatinas e insignias y las repartían entre los escasos asistentes; cuando Dan se situaba en el centro y hablaba desde el corazón —y con la cabeza—, estrechaba manos, besaba a los niños y les pedía a todos que le votaran el día de la elección.

Ahora, cada vez que el Hombre Lobo, como la gente solía llamarlo, iba a alguna parte, era como si hubiera que movilizar a un ejército entero. En total, hacían falta casi un millar de personas, varios aviones de carga y suficientes equipos de comunicación como para montarte una compañía telefónica: toda la tecnología necesaria para que su esposo levantara el teléfono en la habitación de cualquier hotel del planeta y tuviera línea directa como en Estados Unidos. Los líderes del mundo libre no podían ser espontáneos. Y desgraciadamente, tampoco sus esposas.

Continuó observándolo. Su marido era un hombre apuesto, lo cual nunca estaba de más en ninguna carrera, incluida la política. Sabía ganarse a una multitud. Poseía ese don, siempre lo había poseído. Conectaba con la gente, sabía encontrar un terreno común con los millonarios y los obreros, con los negros y los blancos, con los listos y los necios. Por eso había llegado tan lejos. La gente lo adoraba. Creían que se preocupaba realmente por ellos. Cosa que era cierta, Jane también lo creía. Y ningún hombre había llegado a presidente sin el compromiso total de su «media naranja».

Lo escuchó pronunciar su discurso electoral enlatado de veintisiete minutos. Esta noche se trataba de la economía enlazada con el apoyo a los empleos sindicales y con un guiño a las industrias del acero y el carbón, puesto que se encontraba en Pensilvania. Se sorprendió a sí misma repitiendo el discurso, palabra por palabra, al mismo tiempo que él. Haciendo una pausa, igual que él, de uno, dos, tres segundos antes de soltar la frase clave de un chiste ideado por algún redactor de discursos de la Ivy League que debía de cobrar más de la cuenta.

Se desvistió, se metió en la cama. Incluso antes de apagar la luz, Jane sintió que la oscuridad se cerraba en torno a ella.

Por la mañana, la doncella de la Casa Blanca encontraría las almohadas de la primera dama un poco húmedas a causa de las lágrimas derramadas.

27

Willa dejó a un lado el ejemplar de *Sentido y sensibilidad*. Poco después de que la trajeran aquí, había golpeado las paredes y detectado algo macizo detrás. Había prestado atención a los pasos detrás de la puerta y calculado, mirando el reloj, que hacían una ronda cada dos horas. Ella misma se preparaba sus propias comidas: estofados de lata, que se comía sin calentar, o paquetes precocinados que, según tenía entendido, usaban los militares. No era la clase de comida a la que estaba acostumbrada, pero a su estómago no le importaba. Se bebía el agua embotellada, mordisqueaba galletitas, procuraba mantenerse abrigada y usaba el farol a pilas con moderación, apagándolo mientras descansaba y haciendo todo lo posible para no pensar que alguien se acercaba en la oscuridad.

Aguzaba el oído por si venía el hombre, aquel viejo tan alto. Había aprendido a reconocer sus pasos. Le caía mejor que los otros, los que le traían el agua, las latas y la ropa limpia, y pilas nuevas para el farol. Esos nunca hablaban ni la miraban a los ojos y, no obstante, los temía. Temía que su silencio pudiera dar paso a un acceso de furia repentina.

Al principio, había tratado de hablar con ellos, pero ahora ya no se molestaba. Más bien procuraba volverse invisible cuando se presentaban. Y en cuanto volvían a cerrar con llave desde fuera, soltaba un suspiro de alivio.

Miró su reloj. Acababan de sonar los pasos, cruzando por delante. Ahora tenía tiempo. Dos horas. Tomó el farol y se acercó a la puerta. Dio unos golpecitos. Aguardó. Otra vez. Aguardó.

—¿Hola? —dijo—. Hum. Creo que hay, o sea, un gran incendio aquí dentro.

No hubo respuesta.

Dejó el farol en el suelo y se sacó del bolsillo el bolígrafo que Quarry le había dado. O más exactamente, el clip metálico del bolígrafo. Tenía al final el ángulo de noventa grados requerido. Luego sacó una pieza alargada de metal terminada en un saliente triangular. La había confeccionado con la tapa de una de las latas de estofado. Había tomado el círculo de metal y, con mucho trabajo, lo había dividido por la mitad, utilizando el pesado farol para sujetarlo contra la mesa mientras lo iba recortando con el borde afilado de otra lata. Luego, como si fuera una alfombra, había enrollado la mitad de la tapa hasta convertirla en un largo cilindro y había modelado a golpes el extremo para darle la forma adecuada.

Estudió la cerradura, tratando de evocar sus habilidades con una ganzúa. Dos años atrás, había visitado a la primera familia en una casa de la costa en Carolina del Sur: una casa de cien años que unos amigos ricos del presidente les habían prestado para pasar las dos semanas de vacaciones de verano. Colleen Dutton, que entonces solo tenía cinco años, se había quedado encerrada en el baño. Aterrorizada, la niña había empezado a gritar, a aporrear la puerta y a zarandear el anticuado picaporte, pero todo en vano. Un agente del servicio secreto había subido entonces a rescatarla y, usando un clip, había abierto la cerradura y liberado a Colleen en menos de diez segundos.

Willa había tenido abrazada a su inconsolable hermanita durante horas. Más tarde, inquieta por si Colleen volvía a quedarse encerrada en el baño cuando volvieran a casa, le había pedido al agente que le enseñara a abrir una cerradura con una ganzúa. Él la había complacido y le había explicado además la diferencia entre una cerradura ordinaria y una de seguridad. Estas eran más difíciles. Requerían más destreza y dos utensilios distintos. Y ese era el reto al que se enfrentaba aquí.

Colgando el farol del pomo de la puerta, para iluminarse bien, Willa insertó el clip del bolígrafo, que iba a servirle de llave de tensión, en la base del orificio de la cerradura. Lo giró como si estuviera manejando una llave normal, aplicando la presión suficiente para que los dientes interiores no volvieran a su posición inicial. Con la otra mano, deslizó la ganzúa por la parte superior de la cerradura. Aplicaba tanta fuerza que apareció una gota de sudor en su frente, pese al frío que hacía en la habitación. Empujó hacia arriba con la ganzúa, tratando de desplazar los dientes y alinearlos en la posición correcta. La mano se le escurrió de repente y la llave de tensión se soltó.

Volvió a insertarla y lo intentó de nuevo. Lo había practicado muchas veces en casa, pero había descubierto que nunca podía saber con certeza cuánto tiempo iba a costarle. No era una experta y carecía del tacto adiestrado para calibrar la presión de los dientes sobre la ganzúa. Podía tardar minutos u horas. Rezó para que fuese lo primero.

Se quedó paralizada al oír unos pasos que se aproximaban. Giró la muñeca y miró el reloj. Solo habían pasado veinte minutos. ¿Vendría a verla el viejo? Aquel viejo que hablaba con tanta suavidad, pero cuya rabia contenida ella no dejaba de percibir. No, no era su manera de andar. Era uno de los otros hombres. Sacó la ganzúa y el clip de la cerradura y ya se retiraba a toda prisa hacia el catre cuando oyó que las pisadas se alejaban. Esperó un poco más, solo para asegurarse.

Volvió a insertar las herramientas con redoblada concentración. Ahora sí notaba los dientes desplazándose sobre la ganzúa. Los levantó, uno a uno, hasta la posición correcta, manteniendo sujeta la llave de tensión tan rígidamente que empezaron a dolerle el brazo y la muñeca.

Cuando el último diente encajó en su sitio, sacó la ganzúa y giró el clip como si fuera una llave. El vástago de la cerradura desapareció en el interior de la puerta. Dejó escapar un largo suspiro y rezó una oración moviendo solo los labios. Bajó la intensidad del farol al mínimo, aguzó el oído y abrió la puerta.

Willa esperó unos momentos y luego se adentró lentamente en la oscuridad.

28

Sean dio un sorbo de café y observó la verja del bloque de apartamentos a través del *zoom* de su cámara. Hacía treinta grados en Jacksonville y se había quitado la chaqueta, la había arrojado al asiento contiguo del coche alquilado y había subido a tope el aire acondicionado. El aparcamiento del bloque quedaba perfectamente a la vista tras una imponente verja de hierro forjado con volutas.

Un minuto después, se incorporó y puso el coche en marcha. Su objetivo acababa de cruzar las puertas deslizantes de cristal y se había detenido un momento para calarse sus gafas de sol Maui Jim. Advirtió que estaba dispuesta para el ataque: minifalda plisada, tacones altos, piernas bronceadas y una camiseta sin mangas provista de un escote tan generoso que cualquier hombre podría perderse mirándolo.

La mujer apuntó con la llave, sonó el pitido de rigor y se subió a su coche. La escasa altura del chasis de su Mercedes descapotable y la ráfaga de viento indiscreto que soplaba en ese momento hicieron que se le alzara un poco la falda: lo bastante como para dejar un instante a la vista la fina cinta de su tanga blanco, así como la piel bronceada de sus muslos. Pulsó un botón del cuadro de mandos y la capota de metal se elevó instantáneamente y se deslizó en su receptáculo.

En cuanto cruzó las verjas automáticas con el descapotable, la velocidad y las ráfagas del océano le echaron todo el pelo hacia atrás. Una imagen que habría constituido un maravilloso anuncio de coches. Sean la siguió con calma.

Primero hizo dos paradas para recoger una bolsa de la tintorería y comprar algo en la farmacia. Quizá los anticonceptivos, pensó Sean, aparcado junto a la acera de enfrente.

No pudo por menos que sonreírse, sin embargo, porque la mujer sabía sacar partido a sus encantos. Por allí donde pasaba —y no cabía duda de que sabía cómo moverse—, dejaba a los hombres boquiabiertos. Cuando subía y bajaba del coche, parecía hacerlo a cámara lenta, exhibiendo durante un instante asombrosamente prolongado todos esos atributos que hacían sudar de noche y fantasear de día a los hombres. Cuando aminoraba el paso, ellos parecían frenar también para adaptarse a su ritmo. Y al final se quedaban petrificados, inmóviles en su sitio hasta que las piernas bronceadas, el trasero perfecto y el excitante escote desaparecían en medio del poderoso rugido del Mercedes-Benz.

Su siguiente parada, en un barrio residencial exclusivo, parecía más prometedora. Sean la vio entrar en el sendero de una magnífica casa de estuco y teja roja, con palmeras en la parte de delante. Usando el *zoom* de la cámara, vio a la persona que le abrió la puerta: un caballero alto y distinguido, de pelo entrecano, vestido con pantalones beis, un polo y un *blazer* azul.

Sean les sacó varias fotos antes de que entrasen.

Reparó en la furgoneta de correos que iba haciendo su recorrido por la calle. Esperó a que dejara la correspondencia en el buzón de la casa y, en cuanto la furgoneta dobló la esquina, se aproximó con el coche, abrió la tapa y examinó su contenido.

«Greg Dawson», leyó en el sobre. Siguió revisando el fajo. Le llamó la atención otra carta. Se trataba obviamente de una circular comercial enviada a partir de una base de datos. «Greg Dawson, vicepresidente, Science Matters, Ltd.»

Aquello se estaba poniendo interesante.

Dejó el correo en el buzón, condujo hasta el fondo de la calle y efectuó un reconocimiento rápido de la zona. Vio un camino propicio: un solar sin construir lleno de árboles que quedaba a dos puertas de la casa. Se bajó del coche y, cámara en mano, cruzó el solar, saltó una valla baja, se deslizó por el patio trasero de la casa contigua a la de Dawson y se asomó por el muro de estuco que separaba ambas propiedades. No había moros en la costa, así que escaló el muro, saltó a la parte posterior de la parcela y se agazapó tras unos matorrales.

El patio de detrás era exuberante y estaba diseñado con elegancia. Observó la gran piscina, la cascada y la caseta de baño, todo a juego con los materiales del edificio principal. Dawson tenía dinero, no cabía duda. Junto a la piscina, había una mesa preparada con una jarra de limonada y dos platos. Enfocó la cámara y aguardó. Una mujer hispana con uniforme de doncella apareció con una bandeja de comida, la dejó sobre la mesa y volvió adentro.

Dawson y Cassandra salieron minutos después. Él le ofreció una silla y ambos se sentaron a comer. Ella contempló con una gran sonrisa el lujoso entorno de la casa. Sean podía adivinar muy bien sus pensamientos. Cassandra sería capaz de acostumbrarse rápidamente a aquel estilo de vida.

Cuando Dawson se sacó un sobre del bolsillo de la chaqueta y se lo deslizó por encima de la mesa, Sean se las arregló para tomar varias fotos de la escena. Dawson dijo algo, pero Sean no pudo oírlo con el fragor de la cascada. Cassandra abrió el sobre y Sean distinguió el borde de unos billetes mientras ella examinaba el fajo. También sacó fotos de eso.

Al cabo de un rato, Cassandra se quitó uno de sus zapatos de tacón de aguja, extendió la pierna y, con toda osadía, plantó el pie directamente en la entrepierna de su anfitrión. La dama no era muy sutil, pensó Sean. El hombre, sin embargo, la miró con el ceño fruncido y dijo unas palabras. Sean no las oyó, pero ella, con un aire seriamente contrariado, se apresuró a retirar la pierna y a ponerse otra vez el zapato.

Sean no conocía a Dawson, pero aplaudió el aplomo del tipo para rechazar a Cassandra, la Reina de las Zorras.

Concluido el almuerzo, ella regresó a su casa. En cuanto llegó, Sean dejó de seguirla y llamó a David Hilal. Sin contarle lo que acababa de descubrir, le preguntó por Science Matters.

—Es uno de nuestros competidores para el contrato.

—¿Conoce a un tal Greg Dawson?

—Claro. Él dirige todo el proyecto de biodefensa para Science Matters. Un tipo muy cauto y capaz de cualquier cosa para llevarse el gato al agua. ¿Por qué me lo pregunta?

—Solo consideraba una hipótesis. ¿Ustedes siguen confiando en los contactos de Cassandra en el departamento de Seguridad Nacional para conseguir el contrato?

—Bueno, nosotros creemos que nuestra propuesta y nuestra tecnología es superior a la de Dawson, pero tener a Cassandra de nuestro lado ayuda lo suyo. Ella conoce al dedillo el proyecto, las empresas implicadas y el departamento. A igualdad de condiciones en los demás aspectos, si se trata de echarlo a cara o cruz, la cosa se decantará seguramente de nuestro lado.

—¿Y no había mucha gente tratando de ficharla, incluidos los de Science Matters? Ellos son mucho más grandes que ustedes, ¿no es cierto?

—Sin duda. Y me consta que le ofrecieron muchos incentivos y probablemente más dinero, pero Tuck consiguió convencerla para que viniera con nosotros.

Sean asintió, pensativo.

—¿Alguna idea de cómo lo consiguió?

—Se me ocurre una posibilidad.

—Dígame.

—Tal vez le ofreció una parte de su participación en la compañía. Sé que ella gana un sueldo, porque yo pago las nóminas. Pero la participación la habrían gestionado entre ellos.

—¿Aun cuando usted sea un socio de la empresa?

—Como ya le dije, un socio minoritario. Lo cual significa básicamente que he de tragar y hasta pedir más. Educadamente.

—Pero si Tuck y Cassandra tienen un lío y sale a la luz...

—No sería nada bueno para nosotros.

—¿Sería posible que ella tuviera algún motivo para querer que saliera a la luz? —preguntó Sean.

—No veo cuál. Si ella posee de veras una parte de la compañía, también le perjudicaría, ¿no es así?

—No, si contara con un plan B que le saliera aún más a cuenta, Dave.

29

Dos horas más tarde, Sean esperó a que un coche cruzara la verja del bloque y lo siguió al interior del aparcamiento, mientras las puertas automáticas se cerraban a su espalda. Aparcó en una plaza para visitantes, tomó una caja delgada que tenía sobre el asiento y entró en el vestíbulo del edificio.

El conserje, un tipo enjuto y medio calvo, con un *blazer* azul demasiado holgado, levantó la vista del periódico.

—¿En qué puedo ayudarle?

Sean le dio una palmadita a la caja.

—Unas flores para la señorita Cassandra Mallory.

—Muy bien. Puede dejarlas aquí.

—No, no puedo. La hoja dice entregar personalmente. Ella me tiene que firmar.

—Puedo firmarle yo. No nos gusta que los repartidores anden por los ascensores.

—Venga, hombre. Apenas me saco para cubrir la gasolina. Yo vivo de las propinas. Usted no va a darme propina, ¿verdad?

—Las flores no son para mí, así que nanay.

—Oiga, soy un simple currante que trata de ganarse la vida. Traigo una docena de flores en esta caja y me esperan otras quince entregas antes de las ocho de la noche. Me estoy rompiendo el culo por unas miserables monedas.

—Parece un poco viejo para andar repartiendo flores.

—Yo tenía una empresa de financiación hipotecaria.

El hombre lo miró con complicidad.

—Ah.

—Bueno, ¿puede usted llamar y decirle que estoy aquí? Si no las quiere, no hay problema.

Tras vacilar un instante, el tipo tomó el teléfono.

—Señorita Mallory. Soy Carl, el conserje. Mire, tengo aquí una entrega de flores para usted. —Hizo una pausa—. Eh... no sé. Un segundo. —Miró a Sean—. ¿Quién las envía?

Sean hurgó en el bolsillo de su camisa y examinó un pedazo de papel en blanco.

—Un tal Greg Dawson.

Carl lo repitió al teléfono.

—Bien, de acuerdo, usted manda.

Colgó y miró a Sean.

—Su día de suerte. Es en el 756. El ascensor está allí.

—Fantástico. Espero que sea generosa.

—Usted tiene buena planta. Si realmente está de suerte, igual le da otra clase de propina.

Sean fingió perplejidad antes de preguntar:

—¿Cómo?, ¿me está diciendo que es un bombón?

—Digámoslo así, amigo. Cuando ella cruza el vestíbulo, yo me siento como si estuviera en una fantasía de *Playboy*. Es el único motivo por el que conservo este trabajo de mierda.

Sean subió con el ascensor de cristal, contemplando una vista increíble de la costa. Cassandra debía de estar esperando junto a la puerta, porque abrió una fracción de segundo después de que llamara. Iba descalza y llevaba un albornoz que le llegaba solo hasta medio muslo. Tenía el pelo húmedo; tal vez había ido a nadar o acababa de ducharse.

—¿Flores? —dijo.

—Sí, de un tal señor Dawson.

—Me sorprende, la verdad.

Sean la miró de arriba abajo.

—Señora, yo diría que usted es de las que recibe montones de flores de los caballeros.

Ella le dedicó una sonrisa.

—Muy amable.

—Necesito que me firme aquí.

Le tendió el bloc y un bolígrafo. Mientras ella firmaba, Sean abrió la caja. En su interior había doce rosas de tallo largo que había comprado a un vendedor callejero por cuatro dólares.

Cassandra cogió una y la olió.

—Son preciosas.

—¿Tiene un jarrón? Conviene ponerlas en agua enseguida.

Ella alzó los ojos y le sonrió con más intensidad. Mientras recorría con la vista su rostro apuesto y su físico de metro noventa, dijo con una voz ronca que a él le hizo sentirse sucio:

—¿Cómo te llamas?

—Sean.

—No te había visto nunca por aquí, Sean.

—Nunca había venido aquí. Yo me lo he perdido, supongo.

—¿Por qué no entras las flores mientras yo voy a buscar un jarrón?

Al darse media vuelta, se las ingenió para rozarle el brazo con los pechos. Lo hizo con tal destreza que Sean dedujo que debía de haber perfeccionado la maniobra con los años. La siguió al interior, soltando la puerta. La cerradura encajó a su espalda automáticamente con un chasquido.

El apartamento era de lujo y Sean observó por todas partes detalles muy costosos. La dama también tenía buen gusto en pintura, mobiliario y alfombras orientales. Una vez en la cocina, abrió un armario y se agachó. Las vistas que ofrecía en tal postura hicieron que Sean se sonrojase. Unas diminutas bragas negras habían reemplazado al tanga blanco, pero el resto era pura Cassandra.

Se volvió, todavía agachada, sin duda para asegurarse de que estaba mirando, y fingió sobresaltarse.

—Ay, lo siento.

Él acertó a sonreír.

—Yo no. El cuerpo femenino es hermoso, ¿por qué ocultarlo?

Ella le devolvió la sonrisa.

—Me gusta tu actitud.

Tardó tanto en sacar el jarrón que Sean habría sido capaz de identificar su cadáver solo por sus nalgas. Finalmente, se incorporó y se volvió.

Y dejó de sonreír.

Miró atónita la pantalla de la cámara: la foto de Greg Dawson tendiéndole el sobre.

—¿Qué es esto? ¿Quién demonios es usted?

Sean se sentó en uno de los taburetes que había junto a la encimera de granito.

—¿De dónde ha sacado esa foto? —dijo con tono acusador.

—Primero vaya a ponerse algo encima. Su numerito de *striptease* está acabando con mi paciencia.

Ella lo miró, airada.

—¿Y por qué demonios no debería llamar a la policía?

Sean alzó la cámara por toda respuesta.

—Porque en tal caso esta maravillosa fotografía de usted y Greggie llegará a manos del departamento de Seguridad Nacional. Y a menos que pueda explicarles cómo es que el dirigente de la compañía que compite con la de Tuck Dutton le entrega un sobre en un lujoso almuerzo celebrado en su casa, Science Matters ya puede despedirse de ese pingüe contrato. ¿Me equivoco o no, Cassandra? ¡Y ahora vaya a vestirse!

Ella fue a cambiarse, enfurecida. Volvió bien tapada con un chándal de velvetón malva.

Sean asintió con aprobación.

—Mucho mejor. Ahora ya puedo tratarla como a una adulta.

Se instaló en el sofá de la sala de estar, que tenía unas vistas impresionantes del mar. Ella tomó asiento frente a él y escondió los pies desnudos bajo su cuerpo.

—Así que las flores no eran de Greg —dijo, enfurruñada.

—No. Cuando la ha rechazado durante el almuerzo, iba en serio. Quizás está acostumbrado a las chicas como usted y sabe lo que le conviene.

—¿Quién es usted exactamente y qué quiere? —dijo—. Porque cuanto antes se largue, mejor.

—Una regla para empezar: las preguntas las hago yo.

—¿Por qué...?

Sean alzó la foto y ella se apresuró a cerrar la boca.

—Sé lo de usted y Tuck Dutton.

Ella puso los ojos en blanco.

—¿De eso va todo esto? ¡Por favor!

—Usted tenía una aventura con él.

—Demuéstrelo.

—No me hace falta. Eso puedo dejárselo al FBI.

—¿El FBI? ¿De qué demonios está hablando?

—La esposa de Tuck ha sido asesinada y su hija mayor, secuestrada. ¿Va a decirme que no lo sabía?

—Claro que lo sabía. Ha salido en todos los periódicos. La hermana de Tuck es la primera dama.

—¿Disfruta tirándose al «primer cuñado»?

—Váyase al cuerno.

—Debería estar preocupada, a decir verdad.

—¿Qué se supone que significa eso exactamente? —dijo ella, con un tono de falso aburrimiento.

—Significa que el móvil más viejo para que un marido infiel se cargue a su esposa es poder casarse con su amante.

—Las cosas no fueron así entre Tuck y yo.

—¿Cómo fueron, entonces? Puede explicármelo a mí o al FBI. Y le aseguro que el agente que lleva el caso no es ni la mitad de simpático que yo.

—Él se sentía atraído hacia mí.

—Sí, lo sé. Aunque difícilmente podría culparle si le hizo usted el numerito que acaba de hacerme a mí. Bueno, en realidad sí podría, porque obviamente es un gilipollas muy débil. Dígame, ¿por qué decidió trabajar para él cuando me consta que había recibido mejores ofertas de compañías más grandes?

—Parece saber mucho sobre mí.

—Siempre he sido curioso. Responda.

—Él me dijo que sería muy generoso conmigo si obteníamos el contrato.

—Así que no solo un sueldo... ¿también una participación?

—Algo así.

—No me sirve «algo así». Quiero datos concretos.

—Veinte por ciento de los beneficios del contrato —dijo ella rápidamente—. Además del sueldo y la bonificación.

—Pero entonces recibió una oferta mejor. Aunque fue después de haber firmado con Tuck.

—No sé a qué se refiere —dijo, vacilante.

—Ya lo creo que sí. Usted tiene un lío con Tuck. Dawson está ojo avizor y lo descubre. O quizá la incita a hacerlo, quién sabe. Pero ahora él tiene una prueba que presentar al departamento de Seguridad Nacional. Tirándose al cuñado del presidente, nada menos. Los funcionarios del departamento se enteran, Dawson se queda el contrato y usted cobra un soborno bajo mano. Tal vez una parte de ese dinero estaba en el sobre que le ha dado hoy. —Volvió a alzar la cámara—. Solo que ahora yo tengo una prueba de la relación entre usted y Greggie: podría presentarla al departamento y mandar al garete su sueño. Un interesante giro de los acontecimientos, ¿no cree? ¿Y por qué un soborno en metálico?

—Greg dijo que hoy día pueden rastrear cualquier transacción: electrónica, cuentas suizas, lo que sea. Ese dinero era una especie de anticipo.

—Entendido.

—Escuche, quizá podamos hacer un trato.

—No ando buscando un sobre repleto de billetes.

—No tiene por qué tratarse de dinero. —Lo miró, angustiada—. Sé que piensa que yo soy una zorra, pero la verdad es que no lo soy. Podríamos pasarlo muy bien los dos juntos. Muy bien.

—Gracias, pero no me interesan las mujeres que le enseñan el culo al primer repartidor que llama a la puerta. Y no quiero ser demasiado brutal, pero ¿cuándo fue la última vez que le hicieron un análisis de enfermedades venéreas?

Ella se echó hacia delante para abofetearlo, pero Sean la sujetó de la muñeca.

—Esta vez no va a salir del apuro con un revolcón, querida. Aquí no se trata de un contrato gubernamental de mierda y de acostarse con un par de tipos para conseguir un bonito apartamento frente al mar. Si no colabora, tiene muchas posibilidades de convertirse en cómplice de un caso de secuestro y asesinato. En Virginia eso es un delito capital. Y la inyección letal podrá ser indolora, pero aun así acabas muerto y bien muerto.

Cassandra empezó a derramar lágrimas.

—Yo no tuve nada que ver, lo juro por Dios.

Sean sacó una grabadora digital y la puso sobre la mesita.

—Siéntese.

Ella obedeció.

—Este es el trato: dígame absolutamente toda la verdad; si intenta jugármela aunque sea solo un poco, y créame que sé lo bastante para darme cuenta, pasaré toda la información de inmediato a los funcionarios del gobierno. ¿Entendido?

Ella asintió, secándose las lágrimas.

—Bien. —Sean encendió el aparato y dijo—: El día antes de que su esposa fuera asesinada, Tuck estuvo con usted. Se quedó en su apartamento, ¿correcto?

Ella asintió.

—Quiero escucharla.

—Sí, estuvo aquí.

—Había pasado aquí la noche, ¿verdad?

—Sí.

—¿Tenían una aventura?

—Sí.

—¿Su esposa lo sabía?

—No sé. Tuck no lo creía.

—Tuck la contrató porque usted había ocupado un puesto en el departamento de Seguridad Nacional. Pensó que eso le daría ventaja para sacarles un gran contrato, ¿correcto?

—Sí.

—Y ahora está traicionándole con Greg Dawson y con Science Matters, ¿no?

Cassandra titubeó. Sean alargó la mano hacia la grabadora.

—Muy bien, como quiera.

—Espere. Sí, estoy trabajando con Greg Dawson a espaldas de Tuck. Greg nos hizo seguir; descubrió nuestra relación. Me llamó y me ofreció un trato mejor. Y yo lo acepté.

—Tuck Dutton iba a volver a Virginia el día después de que su familia sufriera el ataque. Pero volvió antes. ¿Sabe por qué?

—Tuvimos... una discusión.

—¿A santo de qué?

—Creo... creo que sospechaba algo.

—¿De Dawson y usted?

Ella pareció sorprenderse.

—No. Era al revés.

Sean la miró, perplejo.

—¿Cómo, al revés?

—Él creía que su esposa tenía una aventura. Yo le dije que eso era una estupidez. ¿Cuál era la probabilidad de que él y su esposa estuviesen follando por ahí al mismo tiempo? Eso le dije. Supongo que no tuve mucho tacto, pero es que los hombres se ponen como críos en caso de adulterio. Vale, tú también haces de las tuyas. No es nada del otro mundo. Asúmelo.

—Pero él no lo asumió.

—No. De hecho, creí que iba a golpearme. Me dijo que amaba a su mujer. Estábamos ahí, desnudos en la cama, después de haber follado como locos. Y yo dije alguna tontería, tipo: «Vaya modo más curioso de demostrarlo.» Entonces él se puso a chillarme, recogió sus cosas y se largó.

—¿Le dijo por qué creía que su esposa tenía una aventura?

—Mencionó ciertas llamadas que había oído por casualidad. Y dijo que una vez había seguido a Pam y que la había visto tomando café con un desconocido.

Sean se arrellanó sobre los almohadones. Ese era un ángulo que nunca había considerado.

—¿Le describió el aspecto del tipo?

—No. Nunca.

—Entre la hora a la que Tuck debería haber llegado a casa y la hora a la que llegó realmente, hubo un desfase de sesenta minutos o más sin justificar. Estoy hablando del período entre las nueve y media, aproximadamente, y las once de la noche. ¿Él la llamó durante ese lapso?

—No, no hemos hablado desde que salió furioso de aquí.

Sean la miró, escéptico.

—Necesito la verdad absoluta, Cassandra.

—Lo juro. Revise mi registro de llamadas. Yo me metí en la cama y no hablé con nadie.

Sean apagó la grabadora.

—Será mejor que se mantenga localizable por si necesito volver a hablar con usted.

—¿Piensa sacar todo esto a la luz?

—No. O no todavía, al menos. Pero ahí va un consejo: dígale a Greggie que se retire del concurso para obtener el contrato.

—Le va a sentar fatal. Ya me ha pagado un montón de dinero.

—Eso es problema suyo. ¿Por qué no prueba el viejo numerito del contoneo, ya que Greg no parece sensible al masaje con el pie en la bragueta?

Sean tomó aquella misma noche un vuelo al D.C. Había descubierto un montón de cosas. El único problema era que ahora tenía más interrogantes abiertos que antes.

30

Willa se mantuvo pegada a la pared mientras se deslizaba por la galería, arañando con los dedos la superficie desigual de roca. Aguzaba el oído para captar cualquier sonido y escudriñaba las tinieblas, por si vislumbraba alguna luz. Llevaba su farol, pero a la mínima potencia, y apenas veía nada. Hacía mucho frío y el vapor de su aliento la escoltaba por el túnel oscuro. Dobló una esquina y se detuvo.

¿Venía alguien? Apagó la luz y se apretó contra la roca. Cinco minutos más tarde empezó a moverse de nuevo. Esta vez mantuvo el farol apagado. Rozó con la mano una superficie de madera y después algo metálico. Se detuvo, encendió la luz al mínimo. Vio una cerradura.

«Igual que la de mi puerta.»

Armándose de valor, alzó la mano y dio unos golpecitos en la madera. No hubo respuesta. Llamó otra vez, algo más fuerte.

—¿Quién es? —dijo una voz temblorosa en el interior.

Willa miró a uno y otro lado; luego pegó los labios a la puerta y cuchicheó:

—¿Estás encerrada?

Oyó unos pasos y luego la voz dijo:

—¿Quién eres?

—Me llamo Willa. Yo también estaba encerrada, pero he salido. Creo que también podría sacarte. ¿Cómo te llamas?

—Diane —cuchicheó la otra.

—¿Sabes por qué estás aquí?

—No.

—Yo tampoco. Espera.

Willa sacó el clip del bolígrafo y la tapa de hojalata enrollada y se puso manos a la obra. Le resultaba más difícil que antes porque había de mantener la luz muy baja. Mientras se concentraba para notar los dientes de la cerradura y colocarlos en posición, escuchaba además con atención por si se aproximaba alguien por el túnel.

Los dientes encajaron por fin en su sitio; Willa giró la llave de tensión y la puerta se abrió. Diane Wohl la miró asombrada.

—Pero si eres solo una niña.

—Ya casi una adolescente —dijo ella con firmeza—. Y me las he arreglado para salir de mi habitación. Y para sacarte de la tuya. Vamos.

Mientras se ponían en marcha, Diane miró en derredor.

—¿Dónde estamos?

—Tienes que hablar en voz muy baja —susurró Willa—. El sonido se transmite a mucha distancia en sitios como este.

—¿Qué sitios? —dijo la mujer, bajando la voz.

Willa tocó la pared.

—Creo que estamos en un túnel o una antigua mina.

—Dios mío —cuchicheó Diane—, si estamos en una antigua mina, se nos podría desmoronar encima en cualquier momento.

—No creo. Las vigas parecen muy sólidas. Y los hombres que nos tienen aquí no nos habrían traído a un sitio peligroso.

—¿Por qué no?

—Porque ellos también podrían resultar heridos.

—¿Sabes dónde está la salida?

—Estoy intentando detectar alguna corriente de aire.

—Pero si seguimos caminando, nos vamos a perder. Quizá sin remedio.

—No, no nos perderemos. —Iluminó el suelo de tierra con el farol—. He recortado las etiquetas de las latas y he ido tirando pedacitos cada tres metros más o menos. Así reconoceremos el camino si hemos de volver atrás.

Continuaron andando. Doblaron una esquina, luego otra.

Willa iluminó su reloj.

—Nos quedan unos veinte minutos antes de que vuelvan. Aunque podría aparecer el otro hombre. Ese es imprevisible.

—¿El alto con el pelo blanco?

—Sí. No parece tan malo como los otros, pero aun así me da miedo.

—A mí me aterrorizan todos.

—¿Tú dónde vives?

—En Georgia.

—Yo soy de Virginia. Espero que mi familia esté bien. El hombre me dijo que había contactado con ellos y les había dicho que estoy bien. ¿Tú tienes familia?

—No, no tengo —respondió Diane rápidamente—. Es decir, no mi propia familia. Pero le pedí que contactara con mi madre y le dijera que estoy bien. Aunque no sé si voy a seguir bien.

—Otro motivo para que salgamos de aquí —respondió Willa.

—¿Qué ha sido eso? —dijo Diane bruscamente.

Había sonado un grito lejano a su espalda.

—Creo que han descubierto que no estamos en nuestras habitaciones —dijo Willa. En ese momento notó en la mejilla una ráfaga de aire. Cogió a Diane de la mano—. Por aquí.

Se apresuraron por el pasadizo.

—¡Mira! —dijo Willa.

El túnel terminaba en una puerta vieja de aspecto recio.

Diane intentó girar el pomo, pero no se movió.

Willa ya había sacado sus herramientas. Mientras Diane le sostenía la luz, las insertó en la cerradura y se puso a trabajar deprisa, aunque metódicamente.

—¿Cómo aprendiste a hacer eso?

—Resulta práctico si tu hermana pequeña no para de quedarse encerrada en el baño —dijo Willa mientras empujaba y hurgaba con la ganzúa, rezando para que los dientes cayeran en la ranura correcta.

Diane se volvió.

—Ya vienen. Ay, Dios, creo que ya vienen. ¡Rápido! ¡Rápido!

—Si voy deprisa, no me saldrá, ¿vale? —dijo Willa con calma.

—Y si no, nos atraparán.

El último diente cayó en su sitio. Willa giró la llave de tensión y, empujando entre las dos, abrieron la pesada puerta de madera. La luz entró de golpe y las obligó a protegerse los ojos. Salieron corriendo y miraron alrededor, todavía deslumbradas.

El estrépito de pasos cayó sobre ellas con más fuerza que la luz del sol.

—Vamos —gritó Diane.

Agarró del brazo a Willa y corrieron hacia el trecho de tierra aplanada, donde en ese momento aterrizaba una avioneta.

—¿Quién crees que será? —dijo Diane.

Willa miró alrededor, advirtiendo que el único modo de llegar o salir de allí parecía ser en avión.

—Nadie con quien nos convenga tropezar. Por aquí, rápido.

Cambiaron de dirección y se agazaparon tras un promontorio rocoso justo cuando Daryl y Carlos emergían de la galería y empezaban a correr cada uno en una dirección. Willa y Diane se arrastraron a gatas por un risco empinado, procurando no despegarse del suelo.

—A lo mejor podemos llegar hasta arriba y bajar por el otro lado —dijo Willa con voz entrecortada.

Diane jadeaba tanto que no pudo responder de inmediato. Se apoyó en la niña.

—He de recuperar el aliento. Nunca he hecho mucho ejercicio.

Un minuto después, reanudaron el ascenso. Llegaron a lo alto del risco, lo cruzaron y se asomaron al otro lado.

—Dios nos asista —gimió Diane. Era una pendiente empinadísima y prácticamente desnuda—. Yo no puedo bajar por ahí.

—Pues yo voy a intentarlo —dijo Willa—. ¿Crees que puedes encontrar un rincón donde esconderte? Si consigo escapar, traeré ayuda.

Diane miró alrededor.

—Creo que sí. —Se asomó otra vez al borde—. Willa, vas a matarte. No podrás bajar.

—He de intentarlo.

Se aferró al borde de la roca, dirigió el pie hacia una estrecha repisa y descendió. La repisa aguantó su peso, aunque algunos guijarros y terrones, arrastrados por su movimiento, rodaron ladera abajo, zarandeados por un viento arremolinado.

—Ve con cuidado, por favor —dijo Diane.

—Eso intento —dijo Willa sin aliento—. Es muy difícil.

Descendió a la siguiente repisa y ya estaba a punto de intentar otro movimiento cuando la roca cedió bajo sus pies.

—¡Willa! —gritó Diane.

Ella trató de agarrarse donde fuera para evitar la caída, pero no encontraba un asidero firme y la roca se venía abajo.

—¡Ayúdame!

Derribando a Diane de un empujón, el hombre se adelantó a toda velocidad, extendió su largo brazo y atrapó a Willa por la muñeca un segundo antes de que se despeñara sin remedio.

Willa se vio izada por los aires como un pez y depositada sobre una roca plana. Levantó la vista.

Sam Quarry no parecía nada contento.

31

Michelle contempló el cuerpo de su madre. La autopsia había concluido y, aunque estaban pendientes los resultados de toxicología y de algunas otras pruebas, la conclusión era que Sally Maxwell no había muerto por causas naturales. Había muerto de un golpe en la cabeza.

Michelle había hablado directamente con el forense del condado. El hecho de que su hermano fuera sargento de policía le había permitido acceder a una información que, de lo contrario, le habría estado vedada. Normalmente, a los familiares de una víctima de homicidio solo les concedían unas palabras oficiales de consuelo y un tiempo a solas con el muerto, pero no datos concretos. Por un motivo tan sencillo como inquietante: los familiares se asesinaban con frecuencia unos a otros.

El forense había sido lacónico, pero inequívoco.

—Su madre no se cayó y se golpeó la cabeza. La herida era demasiado profunda. El cemento del suelo no podría haberla producido; y no había rastros en la manija de la puerta del coche ni en la barandilla de la escalera. Y esos bordes no encajaban, en todo caso, con la forma de la herida.

—¿Cuál era la forma exactamente?

—No debería hablar de ello con usted, ¿sabe? —dijo, irritado.

—Por favor, era mi madre. Le agradeceré cualquier ayuda que pueda prestarme sin infringir ninguna norma esencial.

Esta sencilla petición pareció tocarle la fibra al hombre.

—Tenía una forma extraña. De unos diez centímetros de largo y algo más de un centímetro de ancho. Si tuviera que aventurar una hipótesis, diría que fue un objeto de metal. Pero con una forma insólita. Una huella de lo más extraña.

—Entonces, ¿no hay duda de que alguien la mató?

El forense la había mirado con sus lentes progresivas.

—Llevo treinta años en este trabajo y aún no he visto que nadie se haya matado a sí mismo golpeándose con un objeto romo en la cabeza y que luego, después de muerto, haya escondido el arma tan bien que la policía no haya podido encontrarla.

El cuerpo de su madre había sido trasladado desde la oficina del forense al tanatorio local. Michelle había acudido aquí a ver a su madre antes de que los restos fueran preparados para la exposición pública. Una sábana la tapaba hasta el cuello, cubriendo, afortunadamente, la incisión en «Y» que el forense le había practicado y vuelto a coser.

Ninguno de los hermanos de Michelle había querido venir con ella. Como agentes de policía, sabían bien qué aspecto tenía un cuerpo después de la autopsia, especialmente cuando habían transcurrido ya cuarenta y ocho horas de la muerte. La frase según la cual la «belleza no es más que una capa superficial» nunca resultaba más indicada que en estas circunstancias. No, sus hermanos, por muy «duros» que fueran, aguardarían hasta que hubiesen inyectado el agente conservante en el cuerpo de su madre; hasta que le hubieran peinado el pelo, cubierto la cara de maquillaje y arreglado las ropas, para encubrir la agresión de la autopsia, y la hubieran colocado en el ataúd de tres mil dólares para que la viese todo el mundo.

Michelle no deseaba recordar a su madre en estas condiciones, pero se había sentido obligada a venir. Debía ver el efecto brutal que la agresión de alguien había tenido en aquella mujer que, más de tres décadas atrás, la había traído al mundo. Sintió la tentación de girarle la cabeza a su madre para ver con sus propios ojos la herida, pero resistió el impulso. Sería una falta de respeto. Además, si el forense no había podido deducir cuál había sido el arma utilizada, difícilmente iba a poder ella.

Se imaginó los últimos momentos de su madre. ¿Habría visto al asesino? ¿Lo había —o la había— reconocido? ¿Sabía por qué la mataba? ¿Había sufrido dolor?

Y la última y más abrumadora de todas las preguntas.

¿La había matado su padre?

Tomó la mano de su madre y la acarició. Le dijo cosas a la muerta que nunca había sido capaz de decirle a Sally cuando estaba viva. Después de lo cual, Michelle se sintió todavía más vacía que antes. Y últimamente sus depresiones habían sido de una profundidad abismal.

Cinco minutos más tarde estaba al aire libre, absorbiendo todo el oxígeno que podía. El trayecto de vuelta lo hizo sumida en antiguos recuerdos de su madre. Al llegar a su casa, Michelle se detuvo en el sendero de acceso y se quedó un rato ante el volante, tratando de recomponerse.

Su padre había preparado la cena. Michelle se sentó a la mesa con él. Sus hermanos habían salido juntos —en plan compinches, supuso— y al mismo tiempo para concederle a la hermana pequeña un rato a solas con el viejo.

—Muy rica la sopa —dijo.

Frank se metió en la boca una cucharada de caldo con pollo.

—Pues empecé de cero. Con los años, me he ido encargando más y más de la cocina —añadió con un punto de rencor—. Aunque tú eso no lo sabías, claro.

Michelle se echó hacia atrás en su silla, partió un pedazo de panecillo y lo masticó despacio, sopesando su respuesta. Por un lado, no había nada que decir. Ella no había vivido cerca; no podría haberse enterado. Por otro lado, se preguntó por qué pretendía su padre ahora que se sintiera culpable.

—¿Mamá estaba muy ocupada?

—Ella tenía sus amistades. Tu madre siempre fue más sociable que yo. Supongo que era por mi trabajo. Yo debía mantener cierta distancia. Ella no tenía ese impedimento.

«¿Tampoco esa amargura?»

—¿Quieres decir que nunca se sabe cuándo podría infringir la ley uno de tus amigos? —Incluso mientras decía estas palabras, Michelle sintió que debería habérselas tragado antes de que salieran de sus labios.

Él se tomó un buen rato para responder.

—Algo así.

—¿Alguna gente en particular? Sus amistades, digo.

—Amigas —dijo él—. Rhonda, Nancy, Emily, Donna.

—¿Y qué hacían?

—Jugar a cartas. Salir de compras. Mucho golf. Almuerzos. Chismorreos. En fin, lo que hacen las mujeres jubiladas.

—¿Tú nunca te apuntabas?

—Alguna vez. Pero era cosa de chicas más bien.

—¿Con quién había quedado esa noche?

De nuevo, él se tomó un buen rato para contestar. Si hubiera sido jugadora, Michelle habría apostado a que su padre estaba a punto de decirle una mentira.

—Con Donna. Eso creo, al menos. A cenar, me parece que dijo. No estoy seguro. Solo lo mencionó de pasada.

—¿Donna tiene apellido?

Esta vez no tardó en responder.

—¿Por qué? —replicó.

—¿Por qué... qué?

—¿Por qué quieres saber el apellido de Donna?

—Bueno, ¿alguien la ha llamado y le ha dicho que si mamá no acudió a la cita fue porque estaba muerta?

—No me gusta tu tono, muchachita.

—Papá, hace más de veinte años que no soy una «muchachita».

Él dejó la cuchara.

—La llamé, ¿vale? Tampoco es una ciudad tan grande, además. Ella ya se había enterado.

—Entonces, ¿era con Donna con quien mamá había quedado?

Por un instante pareció confuso, inseguro.

—¿Cómo? Sí, creo que sí.

Michelle sintió un dolor desgarrador en el pecho. Se levantó, adujo una excusa cualquiera y salió de la casa. Una vez fuera, llamó a la única persona en la que se había permitido confiar en toda su vida.

Sean King acababa de aterrizar en Washington-Dulles.

—Te necesito —le dijo, tras explicarle lo ocurrido.

Sean fue directamente a buscar un vuelo para Nashville.

32

—Te podrías haber matado —rezongó Quarry, sentándose frente a Willa, ya de vuelta en su celda.

—Soy una presa, y los presos han de tratar de escapar —le replicó ella—. Es su deber. O sea, todo el mundo lo sabe.

Quarry tamborileó sobre la mesa con sus largos y recios dedos. Le había confiscado a Willa sus ganzúas, así como toda la comida en lata. También había hecho que Daryl y Carlos instalaran un dispositivo de seguridad adicional en la puerta.

—¿Quién es Diane? —preguntó Willa.

—Una mujer —dijo Quarry, cortante.

—Eso ya lo sé. ¿Por qué está aquí?

—No es asunto tuyo —replicó él.

Se levantó para marcharse.

—Por cierto, gracias.

Quarry se volvió, sorprendido.

—¿Por qué?

—Me ha salvado la vida. De no ser por usted, ahora estaría en el fondo de ese barranco.

—De nada. Pero no vuelvas a intentar nada parecido.

—¿Puedo volver a ver a Diane?

—Tal vez.

—¿Cuándo?

—No lo sé.

—¿Por qué no lo sabe? Es una petición muy sencilla.

—¿Por qué te empeñas en hacer tantas preguntas cuando yo

no te contesto ninguna? —dijo Quarry, exasperado e intrigado a partes iguales por la tenacidad de la niña.

—Porque no pierdo la esperanza de que algún día empiece a responderlas —dijo ella alegremente.

—No había conocido a ninguna niña como tú. Mejor dicho, sí. Me recuerdas a alguien.

—¿A quién?

—A alguien.

Quarry cerró la puerta y volvió a colocar el grueso tablón por la parte de fuera. Aunque Willa se las arreglase otra vez para forzar la cerradura, no podría abrir la puerta.

Mientras caminaba, se sacó del bolsillo unos volantes de papel. Esos papeles eran el motivo de que hubiera venido hoy con la avioneta. Llegó a la puerta y llamó.

—¿Quién es? —dijo Diane con voz temblorosa.

—Tengo que hablar con usted —dijo a través de la puerta—. ¿Está visible? ¿Se ha aseado después de su excursioncita?

—Sí.

Abrió con la llave y entró.

Igual que en la habitación de Willa, había un catre, una mesita, un farol, un lavabo portátil, agua y jabón para bañarse y algunas prendas. Diane se había cambiado la ropa que llevaba durante el intento de huida y se había puesto una blusa blanca y otros pantalones.

Quarry cerró la puerta a su espalda.

—Acabo de hablar con Willa.

—Por favor, no le haga daño por lo que ha hecho.

—No pienso hacerle daño. —Y añadió con tono lúgubre—: A menos que vuelvan a tramar las dos algo parecido. Es imposible escapar de aquí aunque salgan de la mina.

—Diga, ¿por qué hace todo esto?

Él se sentó a la mesa y le tendió los volantes de papel.

—Aquí está el motivo. —Señaló la otra silla—. ¿Quiere sentarse?

—Quiero irme a casa.

—Tiene que ver estos papeles.

Armándose de valor, Wohl se acercó unos pasos.

—Si lo hago, ¿me soltará?

Su voz era suplicante y sus ojos se fueron llenando de lágrimas. Era como si necesitara desesperadamente que él le permitiera albergar alguna esperanza de liberación.

—Bueno, no voy a mantenerla aquí mucho tiempo, eso seguro.

—¿Por qué me trajo aquí? ¿Y a Willa?

—Las necesitaba a ambas —dijo Quarry simplemente—. Nada de lo que debía hacer podía realizarse sin ustedes. —Alzó los papeles—. Envié la sangre que le extraje a un centro donde se hacen montones de análisis de ese tipo. De ADN. Podría haber tomado una muestra del interior de su mejilla, pero mis lecturas sobre el tema me convencieron de que trabajar con la sangre era igual de eficaz, si no mejor. No quería cometer ningún error.

—¿ADN?

—Sí. Como las huellas dactilares, solo que todavía mejor. Ahora las usan continuamente para sacar del corredor de la muerte a tipos que eran inocentes.

—Yo no he cometido ningún crimen.

—Nunca he dicho lo contrario. —Examinó los volantes de papel, leyendo en silencio los resultados una vez más—. Pero usted dio a luz a una niña hace doce años. Dio a luz, pero la abandonó. ¿Le ha gustado verla hoy de nuevo?

Diane se quedó totalmente lívida.

—¿Qué está diciendo?

—Willa es su hija. Willa Dutton, se llama ahora. Acaba de celebrar sus doce años. El nombre de su madre es Pam Dutton. Es decir, de su madre adoptiva. Hice analizar también la sangre de la señora Dutton por si la de usted no coincidía. Pero sí coincidía. Y también la de Willa. Usted es sin duda su madre.

—Imposible —dijo ella débilmente, casi incapaz de articular.

—Usted se quedó embarazada, tuvo el bebé y luego los Dutton lo adoptaron. —Agitó los papeles en el aire—. El ADN no engaña, señora.

—¿Por qué hace todo esto? —murmuró Diane, llena de pavor.

—Tengo mis motivos. —Se puso de pie—. ¿Le gustaría volver a ver a su hija?

Wohl apoyó una mano en la mesa para sostenerse.

—¿Cómo? —jadeó.

—Sé que acaban de conocerse, pero he pensado que tal vez desearía volver a verla, ahora que lo sabe.

Ella miró los papeles.

—No le creo.

Él se los acercó por encima de la mesa.

—Hice que me lo pusieran en un lenguaje sencillo que pudiera comprender una persona como yo. Los resultados de encima son los de Willa. Los de debajo, los suyos. Lea la última línea.

Wohl tomó los papeles y los leyó muy despacio.

—Noventa y nueve coma nueve por ciento de coincidencia entre madre e hija —dijo inexpresivamente.

Arrojó los papeles al suelo.

—¿Quién es usted? —gritó.

—Es una larga historia y no tengo intención de explicársela. ¿Desea ver a la niña, sí o no?

Wohl mecía la cabeza adelante y atrás.

Quarry la observó con una curiosa mezcla de comprensión y repugnancia.

—Habría podido quedarse la criatura. Supongo que entiendo por qué no lo hizo. Aunque eso no significa que esté de acuerdo. Los niños son algo precioso. Hay que aferrarse a ellos. Yo aprendí esa lección de la peor manera.

Ella se irguió.

—No sé quién es usted ni qué quiere, pero no tiene ningún derecho a juzgarme.

—Si me dedicara a juzgar, quizá ya estaría muerta.

Este comentario hizo que la mujer se desplomara de rodillas, hecha un ovillo, y empezara a sollozar.

Quarry se agachó, recogió del suelo los informes de ADN y se quedó mirándola.

—Última oportunidad para ver a la niña —dijo.

Pasó un minuto. Finalmente, Wohl musitó:

—¿Es... necesario que ella me vea?

—Señora, ustedes ya se han conocido.

—Pero yo no sabía que era mi hija —replicó Wohl. Luego añadió, más calmada—: No sabía... que yo era su madre.

—Ya, eso lo comprendo.

A Diane se le ocurrió una idea de golpe.

—¡Dios mío! ¿Ella sabe que soy su madre?

—No. No vi ningún motivo para decírselo. Puesto que usted no ha sido quien la ha criado.

—¿Conoce a esa Pam Dutton?

—No la he visto nunca.

—Pero... ¿sabe si ha sido buena con Willa?

—¿Me está diciendo que usted no conocía a la mujer antes de entregarle a su hija?

—La cosa no fue así. Yo no tenía elección.

—Todo el mundo tiene elección.

—¿Puedo verla sin que ella me vea?

—Sí, hay un modo. Si está dispuesta.

Wohl se incorporó sobre sus piernas vacilantes.

—Me gustaría verla. —Estas palabras sonaron en cierta medida como una confesión de culpabilidad.

—Deme un par de minutos.

Diane se adelantó bruscamente y lo agarró del brazo.

—¿No irá a hacerle ningún daño?

Quarry se zafó lentamente de sus dedos.

—Vuelvo enseguida.

Reapareció a los cinco minutos y le sostuvo la puerta abierta. Ella la miró con aprensión, como temiendo que si la cruzaba ya no regresaría más.

Quarry lo captó.

—Le doy mi palabra: la llevaré a ver a la niña y volveré a traerla aquí.

—¿Y luego?

—Luego habrá que ver. No puedo prometerle más.

33

Quarry descolgó el tablón de los ganchos clavados profundamente en el muro, abrió la puerta y le indicó a Wohl que entrara.

—¿Dónde está?

Él señaló a la izquierda.

—Ahí.

Wohl se volvió y contempló un pequeño bulto tapado con una manta en el catre pegado a la pared. Quarry alzó la manta. Willa estaba tendida debajo, durmiendo.

Wohl se aproximó.

—¿Y si se despierta?

—Le he dado algo para dejarla inconsciente. Una hora o así. Se parece a usted —murmuró Quarry—. La nariz, el mentón. Ahora no le ve los ojos, pero son del mismo color que los suyos.

Wohl asintió sin querer. Ella también apreciaba el parecido.

—Willa Dutton. Bonito nombre.

—¿Usted no le puso ninguno?

—No. Sabía que iba a abandonarla, así que no lo hice... es decir, no pude.

Wohl le acarició el pelo oscuro. Se volvió hacia Quarry.

—No va a hacerle daño, ¿verdad?

—No es ella la que está en falta. Ni usted, en realidad.

—Pero usted ha dicho antes...

—Hay grados de culpabilidad.

—Entonces ¿quién...?

—¿Quería usted abandonarla?

—Ya le he dicho que no tenía elección.

—Y yo le he dicho que la gente siempre tiene elección.

—¿Puedo abrazarla?

—Adelante.

Wohl rodeó a la niña con los brazos. Le tocó la cara, le frotó la mejilla con la suya y finalmente la besó en la frente.

—¿Qué recuerda de la adopción?

—No mucho. Yo solo tenía veinte años.

—¿Y el padre?

—No es asunto suyo.

—¿Así que la abandonó sin más?

—Sí. —Lo miró fijamente—. Yo no tenía dinero. Aún estaba en la universidad. No podía cuidar de ella.

—Así que se la quitaron de las manos. Y su vida siguió adelante sin problemas —dijo Quarry—. Terminó la universidad, consiguió un buen puesto. Se casó, pero acabó divorciándose. No volvió a tener hijos.

—¿Cómo sabe tantas cosas de mí?

—No soy un hombre inteligente. Pero trabajo duro. Necesitaba saber sobre su vida. Y me puse a ello.

—¿Y para qué está haciendo todo esto?

—No es asunto suyo.

Wohl se volvió al oír que la niña gemía débilmente.

—¿Ya se despierta? —preguntó, asustada.

—Solo está soñando. Pero volvamos ya.

De vuelta en su habitación, Wohl preguntó:

—¿Cuánto tiempo van a mantenerme aquí?

—Si supiera la respuesta, se la daría. Pero no la sé.

—¿Y Willa?

—Igual.

—¿Dice que la madre adoptiva se llama Pam?

—Eso es.

—Debe de estar terriblemente preocupada.

—No creo —dijo Quarry.

—¿Por qué no?

—Porque está muerta.

34

Sean logró tomar un vuelo para Nashville esa misma noche. Michelle fue a recogerlo al aeropuerto. De camino a la casa de su padre, Sean la puso al corriente de todo lo que había descubierto sobre Tuck y Cassandra Mallory.

—Parece la clase de mujer a la que me encantaría darle una patada en el culo —dijo Michelle.

—Bueno, no te costaría encontrarlo, porque tiene tendencia a ponerlo en pompa.

—¿Y quién era el hombre que se vio con Pam? ¿El que Tuck cree que tenía una aventura con ella?

—No he podido investigarlo.

Tras circular en silencio unos instantes, Sean dijo:

—¿De veras crees que tu padre mató a tu madre?

—No sé qué pensar. Solo sé que alguien la mató y que él actúa como si fuera el principal sospechoso.

—¿La policía comparte tus sospechas?

—Es un antiguo jefe de policía y mi hermano Bobby también pertenece al cuerpo. Tienden a cubrir a los suyos.

—Pero si las pruebas apuntan hacia él, habrán de actuar.

—Ya lo sé —dijo ella con voz tensa.

—¿Has hablado con esa tal Donna? ¿La mujer con la que supuestamente iba a cenar tu madre?

—Todavía no. Confiaba en que lo hiciéramos juntos.

Él le dio un apretón en el hombro.

—Sé que esto es duro, Michelle. Pero lo superaremos.

—Soy consciente de que estás muy ocupado con el caso

Dutton. Quiero decir, con la primera dama y demás. Me siento un poco culpable por meterte en este asunto.

—Soy experto en combinar múltiples tareas. Deberías saberlo —dijo Sean al tiempo que sonreía con aire tranquilizador.

—Te lo agradezco igualmente.

—¿Han sondeado al vecindario? ¿Nadie vio nada?

—Había una fiesta en la piscina de la casa contigua. La nieta del dueño celebraba sus dieciséis años. Había coches aparcados en toda la calle. Mucho ruido. Música. Pero nadie vio nada.

—Quizá surja algo por ese lado —dijo Sean, animoso.

La casa de los Maxwell estaba llena, así que Michelle le había reservado una habitación en un hotel local. Dejaron allí su bolsa de viaje y se dirigieron a la casa. Sean dio el pésame a todo el mundo y luego fueron al patio trasero para poder hablar a sus anchas.

—El funeral es mañana —dijo.

—Tus hermanos parecen preguntarse qué hago aquí.

—Ni caso.

—¿Sospechan de vuestro padre?

—Aunque sospecharan, no lo reconocerían.

—Tú, en cambio, no tienes problemas para hacerlo.

—¿De qué lado estás tú?

—Del tuyo, siempre. ¿Por dónde quieres empezar?

—He fisgado en la agenda de mi madre y he visto que figura una tal Donna Rothwell. Es la única Donna, tiene que ser ella. Ya sé que es muy tarde, pero podríamos llamarla e ir a verla.

—¿Con qué excusa?

—Que me gustaría conocer a las amigas de mi madre, oír las historias que pueda contarme sobre ella; también los recuerdos extraños que podrían ponerme sobre la pista del asesino.

—¿Y si esa persona resulta ser tu padre?

—No hago excepciones. Si es él, que así sea.

Donna Rothwell accedió a verlos pese a lo tardío de la hora. Era una mujer de poco más de sesenta años, de un metro sesenta y cinco, con un físico sólido y atlético. Iba arreglada meticulosamente. Exudaba una calidez considerable y hasta cierta vivacidad. Su casa quedaba a unos seis kilómetros del hogar de los Maxwell: una casa espaciosa, ricamente amueblada, impecable. Les había abierto la puerta una doncella uniformada. Era evidente que la mujer tenía dinero y, a juzgar por la cantidad de fotografías y recuerdos alineados en los estantes y las mesas, había viajado mucho y por todo lo alto.

—Mi difunto marido, Marty —les explicó—, fue director general de una gran compañía informática y se retiró pronto. Disfrutamos juntos de una buena vida.

—¿Su marido falleció? —preguntó Sean.

—Hace años. El corazón.

—¿No volvió a casarse?

—Marty y yo éramos novios desde la universidad. Dudo mucho que volviera a encontrar nada tan bueno, así que... ¿para qué arriesgarse? Pero sí tengo citas. Ahora una relación estable, de hecho. Es como volver a secundaria, ya lo sé, pero todo vuelve al punto de partida si vives lo suficiente.

—¿Y usted y mamá eran muy amigas?

—Hacíamos un montón de cosas juntas. Era muy divertida, su madre. Sé que todo esto es espantosamente triste y deprimente, pero quiero que sepa que su madre sabía pasárselo bien.

—¿Y mi padre?

Donna tomó su cóctel y dio un sorbo antes de responder.

—Él no salía tanto. Le gustaba leer, o eso me decía Sally. Un hombre más reservado. ¿Era policía, no? Ha visto el lado malo de la vida durante muchos años. Seguramente te afecta un poco, o al menos esa era mi conclusión. Tal vez te vuelve incapaz de divertirte. No lo sé. Estoy especulando —se apresuró a añadir, advirtiendo probablemente la expresión avinagrada de Michelle—. Su padre es un buen hombre. Muy atractivo. Muchas mujeres de por aquí pensaban que su madre era afortunada.

—No lo dudo. ¿Mamá venía a verla la noche en que murió?

—¿Quién le ha dicho eso? —dijo Donna dejando el cóctel en la mesa.

—¿Importa mucho?

—Supongo que no.

—Entonces, ¿fue así?

—Habíamos hablado, sí. —Hizo una pausa, tratando de ordenar sus ideas—. Me parece que íbamos a hacer algo, de hecho. Cenar, quizá ver una película. Lo hacíamos una vez a la semana.

—No ha pasado tanto tiempo. ¿No lo recuerda con seguridad? —dijo Sean—. La policía querrá saberlo con certeza.

Donna volvió a coger la copa.

—¡La policía!

—La muerte de mi madre ha sido un homicidio, Donna. La policía está investigando.

—Creía que había sufrido un ataque al corazón, que se había golpeado la cabeza o algo parecido.

—No ocurrió así.

—¿Pues qué ocurrió? —Al ver que ninguno de los dos respondía, Donna exclamó—: ¿Me están diciendo que fue asesinada?

—¿Por qué lo cree? —preguntó Michelle.

—Porque si no se le paró el corazón y no se dio un golpe en la cabeza, y la policía está investigando, ¿qué otra cosa va a ser?

—¿Qué puede contarme sobre la vida de mamá aquí? Otras amistades, las cosas que hacía...

—Si un asesino anda suelto... —dijo finalmente Donna con la mirada perdida; sus labios se movían en un susurro.

—Nadie ha dicho que sea así. Volviendo a mi madre...

Donna apuró el resto de su cóctel y respondió a toda prisa:

—Tenía un montón de amistades. Todas mujeres, que yo sepa. Hacíamos cosas juntas. Nos divertíamos. Nada más.

—¿Puede darme sus nombres?

—¿Por qué?

—Porque quiero hablar con ellas.

—¿Está investigando? —Observó a Michelle con aire nervioso—. Sally me explicó que había sido agente del servicio secreto. Y que ahora es detective privado.

—Así es. Pero ahora mismo solo soy una hija que ha perdido a su madre. ¿Puede darme esos nombres?

Donna se los dio, junto con las direcciones y los datos de contacto. Mientras se alejaban en coche, sonó el teléfono de Michelle. Atendió, escuchó un momento y colgó.

—¡Mierda!

—¿Qué pasa?

—Era mi hermano Bill. La policía acaba de detener a mi padre para interrogarlo.

35

Fueron en coche con Bill Maxwell a la comisaría de policía, pero a pesar de la vinculación de Bobby con el cuerpo, pudieron averiguar muy poco y tuvieron que esperar en el vestíbulo, tomando el café malo de una máquina. Dos horas antes del alba, Frank Maxwell, pálido y agotado, apareció arrastrando los pies al fondo del pasillo. Se sorprendió al verlos.

Bill se apresuró a rodearle los hombros con el brazo.

—¿Estás bien, papá? No puedo creer que hayan cometido esta cagada.

—Solo estaban haciendo su trabajo, Billy. Como harías tú.

—¿Qué querían? —preguntó Michelle.

—Lo de siempre: dónde, cuándo, por qué —dijo Frank a la ligera, sin mirarla a los ojos.

—¿Y qué les has dicho?

Entonces la miró con dureza.

—La verdad.

Michelle se acercó aún más a su padre.

—Que era exactamente...

Bill se interpuso entre ambos y le puso la mano en el hombro a su hermana.

—¿Quieres parar un poco? El funeral de mamá es esta tarde, por el amor de Dios.

—Eso ya lo sé —le replicó Michelle, apartándole la mano—. ¿Qué les has dicho, papá?

—Eso queda entre ellos y yo. Y mi abogado.

—¿Tu abogado? —exclamó Bill.

—Me están investigando. Necesito un abogado.

—Pero tú no has hecho nada.

—No seas estúpido, Billy. Muchos inocentes han acabado en la cárcel, tú y yo lo sabemos bien. Tengo derecho a asesorarme como todo el mundo.

Volvieron a casa los cuatro juntos, Frank y Bill en el asiento trasero. Nadie pronunció una palabra en todo el trayecto.

Más tarde, cuando Sean abandonaba la casa de los Maxwell para dirigirse a su hotel, le dijo a Michelle:

—¿Por qué no te quedas con tu padre? Yo puedo llevarme la lista de amigas y tratar de hablar con algunas antes del funeral.

—No. Te acompañaré. Podemos hacerlo más tarde.

—Pero tu familia...

—Él ya tiene a mis cuatro hermanos. No creo que note mi ausencia siquiera. Y quizá sea mejor así, teniendo en cuenta que no nos estamos llevando muy bien precisamente.

—De acuerdo. Voy a ver si duermo unas horas.

—Yo también.

De vuelta en el hotel, Sean saqueó el minibar, durmió cuatro horas y luego hizo unas llamadas. Tuck Dutton había sido dado de alta en el hospital. Llamó a la hermana de Pam Dutton, la que vivía en Bethesda. Tuck había pasado a buscar a sus dos hijos y se los había llevado a una casa alquilada, le dijo. Sean tenía el número de móvil de Tuck, así que lo marcó.

Alguien descolgó al segundo timbrazo.

No era Tuck.

—¿Jane?

—Hola, Sean.

—Me han dicho que Tuck se ha trasladado con los niños a una casa alquilada.

—Así es, estoy ayudándoles a instalarse.

—¿Dónde queda?

—En Virginia, cerca de la estación de metro Viena. El FBI la utiliza a veces para alojar a agentes de paso. El servicio secreto también está aquí, por supuesto.

—¿Cómo se encuentran Tuck y los niños?

—No muy bien. ¿Has hecho algún progreso?

—Sí. ¿Me puedes pasar a Tuck?

—¿No puedes contármelo?

—Tengo que hablar de esto con Tuck.

Ella emitió un sonido con la garganta. Estaba claro que no le había gustado nada el desaire.

Unos instantes después, Sean oyó la voz de Tuck.

—¿Qué hay, Sean?

—¿Jane está a tu lado?

—Sí, ¿por qué?

—Te hará falta cierta intimidad cuando oigas lo que tengo que decirte. Busca un sitio tranquilo.

—Pero...

—¡Búscalo!

—Hum. Espera.

Sean lo oyó musitar algo; luego le llegaron otros ruidos, como si estuviera caminando y después cerrando una puerta. Finalmente, volvió a ponerse al teléfono.

—De acuerdo. ¿A qué viene todo esto?

—Estuve en Jacksonville.

—¿Por qué?

—Me hacía falta un buen bronceado.

—Sean...

—Lo sé todo, Tuck. De hecho, sé mucho más que tú.

—Te dije que...

—Me pasé la tarde con Cassandra *la Exhibicionista*. Es decir, después de que Greg Dawson terminara de sobornarla.

—¡Greg Dawson! —gritó Tuck.

—Baja los decibelios, Tuck, ya estoy perdiendo el oído bastante deprisa sin tu ayuda. Bueno, ahí va la exclusiva: Dawson descubrió que tú y Cassandra estabais liados y ahora la dama en cuestión está trabajando para él con el objetivo de joderte ese gran contrato del Gobierno. Estoy seguro de que tienen fotografías de vosotros dos en la cama: material de sobra para divertir a base de bien al departamento de Seguridad Nacional.

—Ese hijo de puta... ¡Y esa zorra!

—Sí. Dicho sea de paso, aquí tienes toda una lección sobre lo recomendable que resulta la fidelidad.

—No se lo habrás dicho a Jane...

Sean lo interrumpió.

—No me corresponde a mí. A mi modo de ver, eres un cabronazo integral por haberle hecho esta jugarreta a tu esposa, a la madre de tus hijos, pero ¿qué importa mi opinión?

—Ella se me insinuó, Sean, te lo juro. Me sedujo.

—A ver si creces de una vez, Tuck. Las manipuladoras como Cassandra siempre se insinúan a los bobos como tú. Se dedican a eso. Tu deber como hombre felizmente casado es mandarla al cuerno. Joder, si hasta yo fui capaz de hacerlo cuando me enseñó el culo... ¡y estoy soltero! Habría podido echarle un buen polvo sin ningún remordimiento. Por suerte, me salvó mi buen gusto. Pero, en fin, no soy consejero matrimonial y no te llamo por eso.

—¿Entonces por qué me llamas? —preguntó Tuck, nervioso.

—Cassandra me contó que os peleasteis discutiendo sobre la posibilidad de que Pam tuviera una aventura. ¿Es cierto?

—Bueno...

—O empiezas a decirme la verdad o ya puedes ponerte a buscar a Willa por tu cuenta.

—Sí, es cierto.

—Habría sido de gran ayuda saberlo antes, Tuck —dijo Sean.

—Yo... estaba algo confuso, y eso sin contar el golpe que había recibido en la cabeza.

—Cassandra dice que oíste por casualidad algunas conversaciones y que, de hecho, viste a Pam con un tipo.

—Así es. No podía creer que me estuviera engañando.

—Sí, qué increíble la cara dura de esa mujer, ¿no? Bueno, ahí va la gran pregunta. Sé que tu avión llegó más temprano. Dijiste que no habías hecho ninguna parada. Entonces, ¿dónde pasaste la hora que tuviste de más, aproximadamente, entre que saliste del aeropuerto y llegaste a casa?

—¿Cómo has...?

Sean lo cortó con impaciencia.

—Soy investigador, Tuck, mi trabajo es averiguar cosas. Estamos perdiendo el tiempo y tu hija está en alguna parte en manos de unos tipos tremendamente violentos. ¿Dónde estuviste? Y si se te ocurre mentirme, voy a ir ahí y, con protección del servicio secreto o sin ella, te voy a moler a patadas.

—Estaba delante de mi casa —se apresuró a decir él.

—¿Delante de tu casa?

—Sí. Vigilándola. Se me ocurrió que si Pam creía que yo seguía en Jacksonville, ella y su «amigo» tal vez se encontrarían. Quería pillarlos *in fraganti*. Pero no se presentó nadie, así que metí el coche en el garaje y entré en casa.

—Y si se hubiera presentado, ¿qué ibas a hacer exactamente?

—¿Hacer? Hum, no sé. Probablemente partirle la cara.

—¿Y después, qué?, ¿confesarle a Pam tu propia infidelidad y dejar que te partiera la cara a ti?

—Mira, tú me has preguntado y yo te he respondido. No necesito un sermón, ¿de acuerdo?

Algo había en sus explicaciones que a Sean no le acababa de convencer.

—Tu casa está al final de un largo sendero bordeado de árboles. ¿Desde dónde estabas vigilando?

—El sendero describe una curva y luego se abre un claro entre los árboles, al este de la parcela. Desde allí tienes una perspectiva clara de la entrada y de la puerta lateral del garaje.

—Era de noche y estaba oscuro.

—Tenía unos prismáticos en el coche.

—¿Por casualidad?

—Está bien, los compré ex profeso.

—Mientras vigilabas tu propia casa, ¿no viste por los alrededores a ningún extraño?

—No, no había nadie.

—Obviamente había alguien, Tuck. No estaban en el interior de la casa mientras tú permanecías fuera, porque seguramente habrías oído gritos. Ellos tenían montado un dispositivo de vigilancia antes de dar el golpe, te identificaron en el acto y esperaron a que entraras para ponerse en marcha.

—Pero yo los habría visto, Sean.

—No, nada de eso. Es evidente que sabían lo que se hacían. Y es evidente que tú no —añadió.

—Mierda —gruñó Tuck.

—¿Qué fue lo que oíste en esas conversaciones telefónicas? Con todo el detalle posible.

—Hubo dos llamadas. En una de ellas, descolgué por causalidad al mismo tiempo que Pam. Oí la voz de un tipo. Dijo algo así como: «Quiero que nos veamos. Y pronto.» Pam quería retrasarlo. No oí nada más, porque me puse nervioso y colgué.

—¿Y la otra vez?

—Estaba pasando por delante del dormitorio. Ella debía de creer que ya había salido, pero me olvidé el maletín y volví a subir desde el garaje. Hablaba en voz baja, pero la oí decir que yo salía de viaje en un par de días y que podían verse entonces.

—¿Y qué ocurrió?

—Fingí que me iba de viaje. Cambié el vuelo y la seguí. Fue a un café que quedaba a media hora de casa.

—¿Viste al tipo?

—Sí.

—¿Color de pelo, complexión, raza, edad?

—Un tipo fornido. De tu estatura más o menos. Lo sé porque se puso de pie cuando ella entró. Raza blanca, pelo corto y oscuro con algunas canas. Unos cincuenta tal vez. De aspecto muy profesional.

—¿Qué hiciste?

—Esperé en el coche una media hora. Luego Pam salió y yo me largué.

—¿Por qué no esperaste al tipo y le plantaste cara?

—Te lo he dicho, era muy fornido.

—¿Solo por eso?

Silencio.

—¡Tuck, responde!

—Está bien, está bien. Iba trajeado. Los vi examinando unos papeles. No se hicieron ninguna carantoña. Así que de golpe empecé a pensar...

—¿Qué?, ¿que tal vez no era su amante? ¿Que tal vez era un abogado y que Pam estaba pensando en divorciarse de ti?

—O que era detective privado como tú y que ella lo había contratado para seguirme.

«Por eso probablemente quería verme Pam.»

—Un momento. Si creías eso, ¿por qué volviste antes de Florida, la noche en que mataron a Pam? Has dicho que querías pillarlos *in fraganti*, quizá partirle la cara al tipo. Pero ahora acabas de reconocer que te largaste sin esperar a que saliera del café porque era un grandullón. Y también has reconocido que habías empezado a pensar que no era su amante, sino acaso un detective. Basta de chorradas. Quiero la verdad.

—Es que me da vergüenza, Sean.

—Tuck, ¿quieres recuperar a Willa?

—¡Por supuesto!

—Pues olvídate de la vergüenza y dime la verdad.

Tuck soltó de golpe:

—Pensé que si pillaba al tipo saliendo de casa, podía interceptarlo y tal vez sobornarlo.

—¿Por qué?

—Por la misma razón por la que Dawson hizo lo que hizo, obviamente. Si Pam descubría mi aventura y todo salía a la luz, el contrato se iría a la mierda. No podía permitirlo, Sean. Me había dejado la piel en ese proyecto. Significaba mucho.

Sean tenía cada vez más ganas de atravesar la niebla de señales digitales y derribar a Tuck Dutton de un puñetazo.

—Bueno, obviamente significaba más para ti que tu matrimonio. ¿Y ese cuento que me largasteis tú y Jane en el hospital? ¿Que tu socio trataba de forzarte a vender porque necesitabas dinero? ¡Todo chorradas!

—No era estrictamente la verdad, no.

—¿Jane sabía que no era verdad?

—Ella trataba de protegerme, Sean. Como siempre ha hecho. Y yo no paro de defraudarla.

—Escucha, ¿no crees que Pam podría tener algo anotado que nos ayude a localizar al tipo? O tal vez su tarjeta profesional, si era un abogado o un detective.

—¿Para qué? Él no tiene nada que ver con Willa ni con lo que le ocurrió a Pam. El ataque ha de estar relacionado más bien con mi historia con Cassandra.

—Tuck, ¿quieres sacar los sesos de la bragueta y volver a metértelos en la cabeza un puto segundo? La idea de que el ataque ha de estar relacionado con tu historia con Cassandra es solo una teoría, y muy poco plausible. Piénsalo, ¿de acuerdo? ¿Por qué matar a tu esposa y secuestrar a Willa por un contrato con el Gobierno? Dawson ya estaba decidido a joderte aprovechando el asunto Cassandra. ¿Para qué iba a cometer un acto criminal? ¿Hay algún otro competidor dispuesto a arriesgarse a una condena a muerte por ese contrato?

—Bueno, no; la verdad es que no. El mundo de los contratos gubernamentales es brutal, pero no tanto.

—Muy bien, gracias por usar la lógica. Otra posibilidad es que ese tipo estuviera relacionado con la desaparición de Willa y la muerte de Pam, y no tuviese nada que ver con tus líos.

—Pero ¿qué sentido tendría? ¿Por qué iba a llamar a Pam y a quedar con ella, si pensaba hacer algo así?

—¿No has oído hablar nunca de encuentros concertados con falsos pretextos para sacar información confidencial? Los que trabajáis en contratos gubernamentales parecéis haberlo convertido en un arte.

Tuck respondió lentamente.

—Ah, bueno. Ya entiendo por dónde vas.

—¿Le contaste al FBI algo de esto? ¿Sobre Cassandra y ese tipo al que viste con Pam?

—Por supuesto que no. Un momento... ¿debería?

—A mí no me lo preguntes, no soy tu asesor legal. Y cuando vuelva a la ciudad, tú y yo vamos a aclarar algunas cosas con tu hermana.

—¿Cuando vuelvas, dices? ¿Dónde estás?

—En Tennessee.

—¿Por qué?

—Un funeral.

—Dios mío, acabo de acordarme. Enterraremos a Pam el viernes. Jane se ha encargado de todos los preparativos.

—Me lo imagino.

—¿Habrás vuelto para entonces?

—Sí, habré vuelto. Pero ¿sabes qué, Tuck?

—¿Qué?

—Estaré allí por Pam, ¡no por ti! Ah, y ya que estamos tan sinceros, dime una cosa: ¿Willa era adoptada?

—¿Cómo? —Tuck sonó consternado.

—La autopsia ha confirmado que Pam solo tenía dos incisiones de cesárea y que no podía dar a luz normalmente. Tuvisteis tres hijos, así que... ¿cuál de ellos era? ¿Willa?

Tuck colgó el teléfono.

—Gracias por la respuesta —se dijo Sean a sí mismo.

36

Quarry sacó su abultado llavero, encontró la llave y abrió la puerta de diez centímetros de grosor, que había sido fabricada hacía casi dos siglos. Atlee englobaba un revoltijo de estilos: el refinamiento de la aristocracia sureña, la tosquedad de las clases bajas y algunos elementos de historia americana. Esta última parte quedaba ilustrada por la habitación en la que Quarry entró ahora. Estaba en las entrañas del edificio principal, enterrada tan hondamente en la tierra que uno no podía dejar de percibir el olor empalagoso de la arcilla húmeda y endurecida. Era aquí donde los antepasados de Quarry encerraban durante largos períodos a los esclavos más revoltosos para que no soliviantaran al resto de la población «sometida». Quarry había retirado de las paredes los grilletes y argollas para pies y manos, y también las particiones de madera que separaban en celdas a un esclavo de otro para impedir que pudieran aunar fuerzas aprovechando su elevado número. Quarry habría podido pasar muy bien sin esta parte de su historia familiar.

Mucha gente había muerto allí abajo. Eso lo sabía con certeza gracias a los excelentes registros que mantenían sus antepasados esclavistas. Hombres, mujeres e incluso niños. A veces, cuando bajaba aquí de noche, sentía su presencia, creía oír sus gemidos, sus últimos estertores, sus palabras de adiós apenas audibles.

Ajustó la puerta tras él y cerró con llave. Como siempre, se fijó en los largos y profundos arañazos que se apreciaban en las planchas de roble: las uñas de los tipos que trataban de recuperar su libertad. Mirando de cerca, uno podía ver los oscuros restos de sangre que persistían aún en la superficie de madera. Por los registros que había examinado, Quarry sabía que ni uno solo de aquellos hombres había logrado escapar de aquí.

Las paredes ahora estaban cubiertas de contrachapado pintado. Él mismo había colocado primero el armazón y utilizado después un recio martillo y la fuerza de sus propios brazos para clavar el contrachapado de doce milímetros, que venía en secciones de dos metros de largo. Un trabajo duro, desde luego, pero el esfuerzo le había venido bien. Siempre emprendía proyectos que lo dejaran agotado al final de la jornada.

Y sobre la madera pintada se hallaba expuesto el trabajo que había llenado años enteros de su vida. Había pizarrones rescatados de escuelas demolidas y pizarras blancas adquiridas por una miseria en la liquidación de una empresa de material de oficina. Todas esas superficies estaban cubiertas de anotaciones hechas con la pulcra letra cursiva que Quarry había aprendido de niño. Había líneas conectando unas anotaciones con otras y muchas otras líneas cruzadas que relacionaban grupos enteros de datos. Había chinchetas de colores —rojas, azules y verdes— por todas partes, conectadas entre sí con cordel. Era como la obra de arte de un matemático o un físico. A veces se sentía como el John Nash de su pequeño rincón de Alabama. Dejando aparte —esperaba— la esquizofrenia paranoide. Una cosa que lo diferenciaba del físico galardonado con el premio Nobel era que en estas paredes no había fórmulas intrincadas ni otros números que las fechas del calendario. Casi todo eran simples palabras que seguían contando una compleja historia.

Era aquí donde, noche tras noche, Quarry lo había concebido todo. Desde que tenía memoria, su mente había funcionado siempre con total fluidez. Cuando desmontó su primer motor, fue como si pudiera ver con claridad dónde se originaba la primera chispa de energía que prendía el combustible y luego todo el proceso para que el sistema de combustión interna obrara su magia. Los esquemas más complejos, los dibujos mecánicos que constituían un enigma insondable para la mayoría, le habían resultado desde un principio tan claros como el agua.

Y lo mismo le había ocurrido con todo lo demás: aviones, armas, maquinaria agrícola de tal complicación y con tantas piezas móviles que hasta los mecánicos titulados acababan a veces emborrachándose porque no lograban descifrar las múltiples posibilidades que encerraban. Quarry, en cambio, siempre había sido capaz de descifrarlas. Él creía que había heredado ese don de su madre —acaso era una derivación del don de lenguas que ella poseía—, porque el adúltero y racista de su padre ni siquiera sabía cómo arrancar un coche empujando. Quarry pertenecía a una raza de americanos en rápida extinción. Él realmente sabía construir o arreglar una cosa.

Mientras contemplaba la gran obra de su vida, se le ocurrió que representaba un tiempo y un lugar concreto y una oportunidad: una especie de mapa del tesoro que le había conducido adonde él necesitaba llegar. Que le había impulsado a hacer lo que había hecho. Y que seguiría impulsándole en el futuro. En un futuro cercano.

Frente a las paredes, había unos desvencijados archivadores de madera repletos del trabajo de investigación que le había permitido rellenar los espacios en blanco de los esquemas. Había viajado a muchos sitios, hablado con montones de personas y tomado centenares de páginas de notas que ahora reposaban en esos archivadores. Los resultados de la investigación estaban expuestos en las pizarras.

Su mirada arrancó de un extremo de ese «mosaico», allí donde todo había empezado, y luego se fue desplazando hacia el otro extremo, donde todo había acabado encajando. De un extremo al otro, la línea de puntos por fin se había conectado. Algunos habrían dicho que esta habitación era el santuario de una mente obsesiva. Quarry no habría disentido. Pero para él también representaba el único camino para alcanzar los objetivos más escurridizos del mundo:

No solo la verdad, sino también la justicia. No eran mutuamente excluyentes por fuerza, pero Quarry las había encontrado tremendamente difíciles de encerrar en el mismo corral. Él nunca había fracasado en ninguna de las cosas que se había propuesto de verdad. Sin embargo, había considerado con frecuencia la posibilidad de que finalmente fracasara en esto.

Se acercó al rincón del fondo, donde había un pequeño espacio separado por un panel de madera, y observó los pesados cilindros metálicos apilados allí, junto con una serie de tubos, calibradores y cañerías. Sobre un banco de madera había también rollos sobrantes de forro de plomo. Dio unas palmaditas a una de las bombonas, arrancándole con su alianza un tintineo a la cubierta metálica.

El as que guardaba en la manga.

Cerró la puerta, subió a la biblioteca, se puso los guantes y, deslizando una hoja de papel en la máquina de escribir, empezó a teclear. Mientras iban apareciendo las letras en la hoja, no sentía la menor sensación de sorpresa o novedad. Tenía pensado desde hacía mucho lo que estaba escribiendo. Al terminar, dobló la hoja, sacó una llave del bolsillo, la introdujo junto con la carta en un sobre con la dirección previamente escrita, lo cerró y se puso en marcha con su vieja camioneta. Trescientos kilómetros después, ya en el estado de Kentucky, depositó el sobre en un buzón.

Regresó a Atlee por la mañana. Después de conducir toda la noche, no se sentía nada cansado. Era como si con cada paso del plan, se renovara su energía. Desayunó con Gabriel y Daryl y luego ayudó a Ruth Ann a lavar los platos en la cocina. Seis horas de trabajo en el campo junto a su hijo dejaron a Quarry cubierto de sudor. Supuso que la carta habría de llegar a su destino más o menos al día siguiente. Se preguntó cómo reaccionarían: el pánico que empezaría a desatarse. La idea le arrancó una sonrisa.

Después de cenar, fue con uno de sus caballos a la caravana Airstream de Fred. Bajándose de su montura, se sentó en la silla de hormigón que había frente a la caravana y repartió cigarrillos, una botella de Jim Beam y las latas de Red Bull que tanto les gustaban a sus amigos koasati. Escuchó las historias que Fred explicaba de su juventud, pasada en una reserva de Oklahoma junto a un hombre que, según se empeñaba en decir Fred, era el hijo de Gerónimo.

—Aquello era territorio cherokee, ¿no? —dijo Quarry distraídamente mientras observaba cómo el chucho de Fred se lamía las partes y luego se revolcaba por la tierra para espantar las moscas—. Yo creía que Gerónimo era apache.

Fred lo miró con una mezcla de burla y seriedad en sus rasgos duros como el pedernal.

—¿Crees que la gente que tiene tu aspecto puede distinguir la diferencia de la gente que tiene mi aspecto?

Los otros indios se echaron a reír y Quarry también se rio, meneando la cabeza.

—Entonces, ¿cómo es que acabaste viniendo aquí? Nunca lo he sabido muy bien.

Fred extendió sus cortos brazos.

—Esto es tierra koasati. Volví a casa.

Quarry no pensaba decirle que aquello no era tierra koasati, que era la vieja y buena tierra americana de los Quarry. Aquel tipo le caía bien, pese a todo. Le gustaba visitarlo, llevarle cigarrillos y Jim Beam, y escuchar sus historias.

Sonrió y alzó su cerveza.

—Por volver a casa.

—Por volver a casa —dijeron todos.

Unos minutos después entraron en la caravana para librarse de los mosquitos y hacer unos cuantos brindis más por cosas estrafalarias. Uno de los koasati encendió la televisión; ajustó los diales y la imagen se aclaró. Estaban poniendo las noticias. Mientras Quarry se sentaba y daba sorbos a su cerveza, fijó su mirada en la pantalla y dejó de escuchar la cháchara de Fred.

El reportaje principal trataba del secuestro de Willa Dutton. Acababa de llegar una noticia de última hora. Según se había filtrado, había ciertas pruebas en la escena del crimen que no se habían hecho públicas hasta el momento. Quarry se levantó de golpe cuando el presentador dijo en qué consistían. Unas letras escritas en los brazos de la mujer muerta. Letras que no tenían ningún sentido, pero que la policía estaba analizando.

Saltó directamente desde el escalón superior de la caravana al suelo, pegándole tal susto al viejo perro de caza que el pobre animal empezó a gemir y se hizo un ovillo. Fred llegó a la puerta justo a tiempo para ver cómo se alejaba Quarry al galope hacia Atlee; meneó la cabeza, masculló algo sobre lo locos que estaban los hombres blancos y cerró la puerta.

Quarry encontró solo a Daryl en el granero. El joven vio con incredulidad cómo se le echaba encima el viejo, igual que un defensa lanzado en tromba. Quarry lo aplastó contra la pared y le puso el antebrazo en la garganta.

—¡Le escribiste algo en los brazos! —rugió.

—¿Qué? —jadeó Daryl.

—¡Le escribiste algo en los brazos! ¿Qué demonios era?

—Déjame respirar un poco y te lo diré.

Quarry retrocedió, no sin antes propinarle un fuerte empujón que lo mandó de nuevo contra la pared. Jadeando, Daryl le explicó a su padre lo que había hecho.

—¿Por qué diantre lo hiciste?

—Cuando la mujer cayó muerta, me asusté mucho. Pensé que así los desconcertaríamos.

—Eso fue una gran estupidez, muchacho.

—Lo siento, papá.

—Seguro que lo vas a sentir.

—Pero tal como lo escribí, no lo van a descifrar.

—Dime cómo lo escribiste exactamente.

Daryl tomó un viejo catálogo de semillas de la mesa de trabajo, arrancó una página y escribió las letras con un bolígrafo Bic.

Quarry cogió la hoja y leyó lo que había escrito.

—¿Lo ves, papá? Es un galimatías para ellos, ¿cierto? Tú sabes lo que dice, ¿no?

—Claro que lo sé —le espetó Quarry.

Salió afuera y miró el cielo. Todavía había luz, aunque el sol poniente coloreaba las nubes con un rojo subido, como si fueran carbones encendidos. No advirtió que Daryl le había seguido y que lo miraba con una expresión ansiosa, como mendigando algún elogio por haber ideado aquel subterfugio. Así que Quarry no llegaría a saber jamás que era la misma mirada suplicante que él le había dirigido a su madre agonizante.

Prendió una cerilla y quemó la hoja, dejándola convertida en una pavesa negra. Miró cómo revoleaba arrastrada por la brisa para acabar desmenuzándose a un par de metros.

—¿Todo bien, papá? —dijo Daryl, nervioso.

Quarry señaló la pavesa negra.

—Es tu segundo fallo, muchacho. Otro más y se acabó, seas hijo mío o no.

Se dio media vuelta y se alejó.

37

La familia Maxwell, junto con Sean King y una gran multitud de asistentes, escuchó en silencio mientras hablaba el pastor. El hombre leyó con tono devoto un texto de las Escrituras y después se hizo a un lado para que la gente se acercara, tocara el ataúd cubierto de flores y tuviera un momento a solas con la difunta. Los hermanos de Michelle se adelantaron juntos, en grupo, seguidos por otros muchos. Más tarde, cuando la concurrencia fue desfilando, Frank Maxwell puso las manos en el ataúd de su esposa y bajó la cabeza.

Michelle permaneció con Sean y observó a su padre. Este se llevó al fin una mano a los ojos y, todavía cabizbajo, pasó junto a ellos y caminó hacia el coche. Michelle había estado a punto de tomarlo del brazo, pero se detuvo en el último momento.

—¿Vas a acercarte? —dijo Sean.

—¿Adónde?

—Al ataúd. Para despedirte.

Michelle alzó los ojos hacia la caja de caoba que contenía el cuerpo de su madre. Los operarios del cementerio aguardaban en un segundo plano, dispuestos a depositarlo en la fosa. El cielo estaba encapotado; pronto comenzaría a llover. Seguramente estaban deseosos de terminar cuanto antes. Había varios funerales más todavía. Alojar a los muertos era, por lo visto, un trabajo a tiempo completo.

Había pocas cosas que Michelle Maxwell temiera. Pero ahora mismo estaba mirando una de ellas.

—¿Me vas a acompañar?

Sean la tomó del brazo y caminaron juntos hasta allí. Ella puso la mano en la tapa del ataúd, rozando con los dedos algunos de los pétalos.

—A ella nunca le gustaron los lirios —dijo.

—¿Cómo?

Michelle le señaló las flores del ataúd.

—Prefería las rosas.

No bien pronunció la palabra, apartó la mano de golpe como si se hubiera pinchado.

—¿Estás bien?

Ella se miró la mano. No tenía nada. No había sufrido un pinchazo ni una picadura. Y los lirios no tenían espinas.

Miró a Sean.

—Michelle, ¿estás bien? —repitió él.

—Yo... no sé. —Y añadió con más firmeza—: Salgamos de aquí.

En la casa había montañas de comida, amigos que entraban a saludar un momento, lúgubres conversaciones en voz baja mezcladas con algún que otro chiste, con alguna risa nerviosa. En medio de ese tumulto, Frank Maxwell se encontraba sentado en el diván con la mirada perdida. Todo el que se acercaba para darle el pésame, se alejaba enseguida al comprobar que el hombre ni siquiera advertía su presencia.

Sean observaba a Michelle, que observaba a su vez a su padre. Al llegar un grupo de gente, Frank Maxwell reaccionó por fin. La expresión ceñuda de su rostro hizo que Michelle y Sean se volvieran para ver a quién estaba mirando. Seis personas habían aparecido en la puerta: cuatro hombres y dos mujeres. Traían bandejas de comida y charlaban entre ellos. Michelle había visto a algunos en el funeral. Cuando se volvió otra vez hacia su padre, se llevó un sobresalto.

Había desaparecido.

Miró a Sean. Él le indicó el pasillo de la parte trasera, que conducía al dormitorio principal. Luego se dio un golpecito en el pecho y señaló al grupo de recién llegados. Michelle parpadeó, dándose por enterada, y se dirigió al dormitorio.

Llamó a la puerta.

—¡Qué!

Su padre sonaba airado.

—Soy yo, papá.

—Me estoy tomando un respiro —dijo con un tono más calmado, aunque ella percibió la furia contenida.

—¿Puedo pasar?

Se produjo un silencio de medio minuto.

Volvió a llamar.

—¿Papá?

—Está bien. Entra, por Dios.

Michelle entró y cerró la puerta. Su padre estaba sentado al borde de la cama. Tenía algo en las manos. Se sentó a su lado y bajó la vista.

Era la foto de su boda. Se habían casado como es debido. Una gran ceremonia; su madre radiante con un holgado vestido blanco y su padre pelado al rape, con frac y corbata. Él solo tenía veintiuno, acababa de volver de Vietnam. Alto, bronceado y apuesto, con su sonrisa aplomada. Sally Maxwell, aún por cumplir los veinte, estaba preciosa. Había mucho en Michelle de la belleza de su madre, aunque ella nunca había prestado atención a esas cosas. Estaba más apegada a su padre; era la típica marimacho que quiere impresionar a papá, a aquel padre fuerte, duro y grandullón.

Tomó la foto de sus manos y la volvió a poner en la mesilla.

—¿Necesitas algo?

—Estoy harto de la gente, Michelle. No puedo volver ahí.

—No tienes por qué. Yo me ocuparé de atenderlos. Quizá deberías dormir un poco.

—Sí, ya —dijo, desechando la idea.

—¿Tu abogado se ha puesto en contacto contigo?

Él levantó la vista bruscamente.

—¿Qué?

—Dijiste que tenías un abogado. Quería saber si ya habías hablado con él.

Él se limitó a menear la cabeza y volvió a bajar la vista.

Michelle dejó pasar otro minuto, pero él no dijo nada. Finalmente, después de darle un abrazo, se levantó.

Ya estaba en la puerta cuando él dijo unas palabras que la dejaron paralizada, con la mano en el pomo.

—¿Crees que la maté yo, verdad?

Ella se volvió muy despacio. Su padre tenía otra vez la foto en las manos, pero no estaba mirando a la joven y feliz pareja capturada allí para siempre. La miraba directamente a ella.

—Crees que yo la maté. —Alzó la fotografía, como si la prueba que sustentaba tal acusación estuviera allí.

—Nunca he dicho eso.

—No hace falta que lo digas —le espetó.

—Papá...

Él la cortó en seco.

—Sal de aquí de una puta vez. ¡Vamos!

Salió precipitadamente.

38

Ya se había ido la gente, se había guardado la comida y se habían derramado todas las lágrimas. Los hermanos Maxwell estaban reunidos en el patio trasero, charlando en voz baja y tomando cerveza. Frank Maxwell seguía en su habitación.

Sean y Michelle se habían sentado en la sala de estar, mientras fuera el atardecer daba paso lentamente a la noche.

—¿Así que te ha acusado de creer que él es el asesino?

Michelle asintió despacio, obviamente tratando aún de asimilar la idea.

—Me imagino que no puedo culparle —dijo—. Y cuando has sido policía, ya lo eres para siempre. Mi padre sabe cómo son estas cosas. Bajo los parámetros habituales, él sería sospechoso.

—Cierto. Cuando una esposa muere violentamente, suele tratarse del marido.

—Yo no creo que se quisieran.

Sean dejó su lata de soda y la miró fijamente.

—¿Por qué?

—Nunca tuvieron nada en común en realidad, aparte de sus cinco hijos. Papá estaba siempre trabajando. Mamá siempre estaba en casa. Cuando él se retiró, apenas se conocían. ¿Recuerdas cuando se fueron a Hawai a celebrar su aniversario? Terminaron volviendo antes de lo previsto. Hablé de ello después con Bill. Papá le contó que se les habían acabado los temas de conversación al cabo de un día. Y ni siquiera había algo que les gustara hacer juntos. Se habían ido alejando.

—¿No se plantearon el divorcio?

—No lo sé. Nunca me lo comentaron.

—Pero tú no tenías mucha relación con tu madre, ¿no?

—Estaba más apegada a mi padre, pero también esa relación se había vuelto tirante con los años.

—¿Por qué?

—No estoy de humor para que me psicoanalicen ahora mismo.

—Está bien, era solo una pregunta.

—¿Quiénes eran los que han entrado justo antes de que papá saliera disparado?

—¿No conocías a ninguno? —dijo Sean.

—No conozco a los amigos de mis padres.

—Yo he ido haciendo la ronda. La mayoría eran amigos de tu madre. Jugaban al golf, a las cartas, salían de compras. Organizaban algún acto de beneficencia.

—¿Nada fuera de lo normal? Parecía como si mi padre no quisiera verles siquiera.

—Nada llamativo. Daban la impresión de estar verdaderamente apenados por la muerte de tu madre.

Se volvieron al oír una puerta a su espalda. Antes de que pudieran levantarse del sofá, Frank Maxwell había pasado de largo y salido afuera.

Michelle se acercó a la entrada y alcanzó a ver a su padre subiéndose al coche y alejándose a mucha más velocidad de la aconsejable.

—¿Qué demonios ha pasado? —dijo Sean, que la había seguido hasta la puerta.

Michelle meneó la cabeza en silencio. Echó un vistazo al pasillo que llevaba al dormitorio.

—Vamos.

Lo primero que advirtió al entrar en la habitación fue que la fotografía de boda no estaba en su sitio.

Sean miró casualmente en un rincón. Se agachó y la recogió.

—¿Por qué habrá tirado esto a la papelera?

—Me está entrando una sensación fatal.

Sean miró la fotografía.

—Tu madre ha muerto y, el día del funeral, él va y tira la foto de la boda a la papelera. ¿Qué le habrá impulsado a hacerlo?

—¿Crees que Pam Dutton tiró alguna vez a la papelera su fotografía de boda?

—¿Porque Tuck la engañaba? ¿Crees que tu madre...? —No se atrevió a terminar la frase delante de ella.

—Yo... No lo sé.

—¿Estás segura de que quieres seguir por este camino?

—Quiero averiguar la verdad. A toda costa.

—En estos casos suele haber signos reveladores —dijo Sean—. Aparte de fotos de boda en la papelera.

Michelle ya estaba abriendo los cajones de la cómoda mientras Sean empezaba a registrar el armario. Unos minutos después, ella tenía en la mano unas prendas de lencería muy atrevidas con la etiqueta todavía pegada; Sean, por su parte, había sacado del armario tres conjuntos nuevos y unas botas con tacón de aguja.

Se miraron el uno al otro, sin expresar en voz alta la idea obvia que les rondaba a ambos.

Dejaron la ropa en su sitio y Michelle lo guio hasta un pequeño estudio que quedaba al otro lado del comedor. Había un escritorio en un rincón. Ella empezó a registrar los cajones. Sacó un talonario de cheques y se lo tendió a Sean.

—Mamá se encargaba de las facturas.

Mientras Sean revisaba el registro de los cheques, Michelle examinó los extractos de las tarjetas de crédito.

Al cabo de unos minutos, levantó la vista.

—Hay gastos recientes de cientos de dólares en ropa de caballero de cuatro tiendas online distintas. No he visto ropa de ninguna de esas marcas en el dormitorio.

Él le mostró el registro del talonario.

—Aquí hay una entrada que corresponde a la tarifa de un torneo de golf. ¿Tu padre jugaba al golf?

—No, pero mamá sí. Así que no es nada fuera de lo normal.

Sean cogió un papel que había sacado del escritorio.

—Esto es el resguardo del impreso de inscripción del torneo. Son cincuenta pavos por persona, pero el cheque era de cien.

—Así que dos personas.

—Michelle, el impreso dice que es un torneo de parejas.

Ella le arrancó el papel de las manos y le echó un vistazo.

Sean la miró, incómodo.

—¿No crees que tu padre podría haber descubierto todo esto fácilmente? A nosotros nos ha costado diez minutos.

—Mamá no parecía esforzarse en disimularlo. A lo mejor le tenía sin cuidado. Y quizás a él, no.

—Tu padre no parece de ese tipo de hombre que acepta mansamente que le pongan los cuernos.

—Tú no conoces a mi padre, Sean. —Se miró las manos—. Y tal vez yo tampoco.

—¿Qué demonios pasa aquí?

Los dos se volvieron. Bill Maxwell los miraba desde el umbral. Echó un vistazo al talonario y a los extractos de las tarjetas de crédito.

—¿Qué estás haciendo, Mik?

—Repasando las facturas. Sé que mamá se ocupaba de ello y no quería que papá se hiciera un lío.

Volvió a meter los papeles en el cajón y se levantó.

—Papá ha salido —dijo.

—¿Adónde ha ido?

—No sé. Y a mí no me ha pedido permiso.

Michelle miró la lata de cerveza que Bill tenía en la mano.

—¿Esto es lo que pensáis hacer todo el tiempo? ¿Beber cerveza y charlar?

—Jo, Mik, acabamos de enterrar a mamá. No seas tan dura.

—Estoy seguro de que no lo decía en ese sentido, Bill.

—Ya lo creo que sí —soltó Michelle.

Cogió sus llaves y se fue hacia la puerta. Sean le dirigió a Bill una mirada de disculpa y se apresuró a seguirla.

La alcanzó cuando ya estaba subiendo a su todoterreno.

—¿Adónde vamos?

—A ver otra vez a Donna Rothwell.

—¿Por qué?

—Si mamá tenía una aventura, seguramente ella debe de saber con quién.

39

Shirley Meyers examinó la carta con extrañeza. Había recogido el correo un rato antes, pero no había abierto ninguno de los sobres. Ahora que se disponía a marcharse al trabajo, se había tomado unos momentos para echar un vistazo al pequeño montón de correspondencia.

No había remitente en la carta que tenía en las manos. Al mirar el matasellos guiñando un poco los ojos, meneó la cabeza desconcertada. Ella no conocía a nadie en Kentucky. Le dio la vuelta al sobre. No era correo comercial ni una colecta. Solo un sobre blanco corriente. Y había un pequeño bulto dentro. Algo además del papel.

Lo abrió, usando el meñique para despegar la solapa. Había un papel y un llavecita. Después de echarle un vistazo a la llave, que tenía unos números grabados, desdobló la carta. Estaba escrita a máquina y no se dirigía a ella. Shirley se llevó la mano a la boca al ver el nombre de la persona a la que iba dirigida. La leyó entera y, rápidamente, volvió a meterla en el sobre junto con la llave. Se quedó allí paralizada un buen rato. Se suponía que estas cosas no le pasaban a la gente como ella.

Pero no podía quedarse ahí plantada. Se puso el abrigo y salió de su pequeña casa. Tomó el autobús a la ciudad. Miró el reloj. Shirley se enorgullecía de su puntualidad. Nunca llegaba tarde al trabajo. Una parte de ella, sin embargo, no deseaba ir a trabajar hoy; no con la carta en el bolsillo. Llena de ansiedad, caminó hacia la entrada, atravesó el control de seguridad y accedió al edificio, saludando a la gente que se iba encontrando.

Entró en la cocina, se quitó el abrigo y lo colgó. Se lavó las manos y se concentró en su tarea de preparar comida. No dejaba de echar miradas a su reloj mientras la gente iba y venía por la cocina. Procuraba no mirarlos; solamente respondía con un gesto de cabeza cuando la saludaban. No sabía qué hacer. Cada idea que se le pasaba por la cabeza era peor que la anterior. ¿Podían meterla en la cárcel? Ella no había hecho otra cosa que abrir su correo. Pero ¿la creerían? La asaltó otra idea terrorífica. ¿Y si pensaban que la había robado aquí? No, un momento, se dijo, eso no podían pensarlo. Era su dirección la que figuraba en el sobre, no esta dirección.

Al final, se la veía tan alterada que su supervisor le preguntó qué le ocurría. Ella se resistió al principio a decirle la verdad, pero, si no se lo contaba a nadie, iba a darle un ataque.

Se sacó la carta del bolsillo y se la enseñó. El supervisor la leyó, miró la llave y luego le clavó los ojos a ella.

—¡Maldita sea! —exclamó.

—Va dirigida a ella —dijo Shirley.

—Toda la correspondencia que llega aquí tiene que analizarse primero, ya lo sabes —dijo el hombre con severidad.

—Pero es que no ha llegado aquí —replicó Shirley—. Ha llegado a mi casa. No hay ninguna ley que me prohíba abrir mi propio correo —añadió, desafiante.

—¿Cómo se les iba a ocurrir enviártela a ti?

—¿Cómo voy a saberlo? Yo no puedo impedir que alguien me mande un sobre.

Al supervisor se le ocurrió una idea.

—¿Había algún polvo blanco dentro?

—¿Crees que estaría aquí, en ese caso? No soy idiota, Steve. Solo había la carta. Y esa llave.

—Pero podrías haber borrado las huellas dactilares o algo así.

—¿Cómo iba a saberlo? No he sabido lo que era hasta que lo he abierto.

Steve se frotó la mandíbula.

—Va dirigida a ella.

—La carta sí, no el sobre. Pero yo no puedo llevársela a ella. No estoy autorizada. Bueno, eso ya lo sabes, ¿no?

—Lo sé, lo sé —dijo él con impaciencia.

—Entonces, ¿qué hago?

Él vaciló.

—¿La policía? —dijo.

—Ya has leído lo que dice la carta. ¿Quieres que ella muera?

—¡Maldita sea! ¿Por qué me habré tenido que meter en este lío? —protestó Steve, aunque bajó la voz al ver que entraban otros empleados de la cocina. Daba la impresión de que habría ido de buena gana a saquear la bodega de la Casa Blanca para fortalecer su ánimo decaído. (Si lo hubiera hecho, la elección habría sido limitada. Desde la administración Ford, solo había vinos americanos en la bodega.)

—Hemos de hacer algo —cuchicheó ella—. Si alguien descubre que tengo esta carta y que no he hecho nada... Yo no me voy a manchar las manos de sangre. ¡No, señor! Y ahora tú también lo sabes. Tienes que hacer algo.

—Cálmate. —Steve pensó unos momentos—. Mira, déjame hacer una llamada. —Le puso otra vez la carta en las manos.

Cinco minutos después, una mujer con traje negro entró en la cocina y le pidió a Shirley que la siguiera. Llegaron a una parte de la enorme mansión que Shirley nunca había pisado. Al ver a toda la gente que se apresuraba en una u otra dirección, a los hombres y mujeres imperturbables que permanecían firmes junto a cada puerta, y a otros más con uniforme militar o trajes elegantes, que llevaban gruesos expedientes bajo el brazo y se movían con aire agobiado, Shirley sintió que la boca se le secaba de golpe. Esos eran los tipos que veías continuamente por la tele. Gente importante. Habría deseado volver corriendo a la cocina y terminar de preparar su bandeja de fruta y queso.

La mujer del traje negro, cuando llegaron a su despacho, se volvió hacia Shirley y le dijo severamente:

—Esto es sumamente irregular.

—No sabía qué hacer. ¿Steve se lo ha explicado? —añadió con nerviosismo.

—Sí. ¿Dónde está la carta?

Shirley se sacó el sobre del bolsillo y se lo entregó.

—Léalo usted misma, señora. ¿Qué otra cosa podía hacer?

La mujer dejó la llave en su mesa, desdobló la carta y la leyó, abriendo más y más los ojos a medida que avanzaba. Rápidamente volvió a guardar las dos cosas en el sobre.

—Vuelva al trabajo y olvide que ha visto esto.

—Sí, señora. ¿Se lo dará a ella?

La mujer ya había levantado el teléfono.

—Eso no es asunto suyo.

En cuanto Shirley salió del despacho, la mujer pulsó un número y habló a toda prisa. Unos minutos después, apareció un hombre de aspecto aún más duro que ella y se llevó el sobre.

Subiendo velozmente una escalera, el hombre cruzó un amplio vestíbulo, recorrió otro pasillo y llegó ante una puerta. Llamó suavemente con los nudillos. Abrió una mujer, tomó la carta y cerró sin decir una palabra.

Un minuto después, la carta fue depositada sobre un escritorio. Una vez cerrada la puerta, la dama se sentó a solas y miró aquel sobre blanco de aspecto corriente.

Jane Cox sacó la carta y la leyó. Su autor había sido conciso. Si Jane quería recuperar viva a Willa Dutton, no debía enseñar a nadie más la carta que recibiría a continuación. Si llegaba a manos de la policía, él se enteraría. El contenido de dicha carta, afirmaba el autor, lo destruiría todo en caso de hacerse público. Y ello le costaría la vida a Willa Dutton.

Jane leyó varias veces el pasaje decisivo. Decía:

> No quiero matar a la niña, pero si debo hacerlo, lo haré. La próxima carta que reciba revelará muchas cosas. En cierto modo, lo revelará todo. Si se hiciera pública, todo estaría perdido para usted. Sé que sabe a qué me refiero. Si sigue las instrucciones, Willa regresará sana y salva. Si no, Willa morirá y todo habrá terminado. Esa es la única alternativa.

El autor le indicaba que la siguiente carta sería remitida a un apartado de correos del D.C. cuyos datos le especificaba. Para eso era la llave. Para abrir el buzón del apartado.

Jane se echó atrás en su silla. Un terror progresivo empezó a recorrer su cuerpo, dejándola casi paralizada. Tomó su teléfono y volvió a dejarlo.

No, no iba a hacer esa llamada. Aún no. Guardó la carta en su escritorio y se metió la llave en el bolsillo de la chaqueta.

En solo diez minutos ofrecía una recepción a una delegación de gobernadoras y de otras mujeres metidas en política, que se hallaban en la ciudad para asistir a un comité sobre la reforma sanitaria. Ella debía pronunciar solo unas breves palabras que ya la esperaban, cuidadosamente mecanografiadas, en el atril montado en la Sala Este. Era la clase de recepción que había presidido centenares de veces, y casi siempre de un modo impecable. Tenía muchísima práctica. La Casa Blanca recibía cada semana a miles de visitantes parecidos.

Sin embargo, sabía que ahora le haría falta toda su fuerza de voluntad solo para dirigirse al atril, abrir el libro y leer las frases que le habían redactado. Mientras recorría el pasillo cinco minutos después rodeada de asistentes y personal de seguridad, su mente no estaba centrada en la reforma sanitaria. Tampoco en el contenido de la carta.

Tras presionarle implacablemente, su hermano le había explicado por fin qué le había preguntado Sean por teléfono.

«¿Era Willa la adoptada?»

Dio un pequeño traspié al recordarlo y un agente del servicio secreto se apresuró a sujetarla del brazo.

—¿Se encuentra bien, señora?

—Sí. Perfectamente, gracias.

Siguió caminando con paso firme, pasando integralmente al modo «primera dama».

Un pensamiento terrible perforaba, sin embargo, aquella armadura habitualmente sólida como si fuese de papel.

«¿Me está dando alcance por fin el pasado?»

40

Quarry conducía. Gabriel iba en medio y Daryl al otro lado. La camioneta avanzó cabeceando y balanceándose hasta alcanzar el firme de asfalto. Se habían pasado la mayor parte del día en los campos y estaban molidos. Pero esta visita no era optativa. Habían salido justo después de cenar.

Gabriel miró por la ventanilla y dijo:

—Señor Sam, creo que tenía razón sobre el viejo Kurt. Se largó a otra parte. No le he visto más el pelo.

Daryl le lanzó una mirada a su padre, pero no dijo nada.

Quarry tampoco dijo nada; mantuvo una mano en el volante y la vista fija al frente, mientras el humo de su Winston ascendía sinuosamente. Pararon en el aparcamiento de la residencia. Al bajar, Quarry cogió un magnetófono del salpicadero, apagó el cigarrillo sobre el pavimento y luego entraron los tres.

Mientras recorrían el pasillo, Quarry dijo:

—Ha pasado mucho tiempo desde la última vez que visitaste a tu hermana, Daryl.

Él hizo una mueca.

—No me gusta verla así. No quiero recordarla así, papá.

—Ella no pudo escoger.

—Lo sé.

—Su aspecto exterior puede haber cambiado, pero tu hermana sigue estando ahí.

Abrió la puerta y entraron. Las enfermeras habían colocado a Tippi sobre su lado derecho. Quarry deslizó las sillas para ese lado, se sacó del bolsillo el libro de Jane Austen y se lo tendió a Daryl.

—No soy nada bueno leyendo —dijo él—. Sobre todo estas historias antiguas, papá.

—Haz un intento. No voy a dar un premio al mejor lector.

Daryl suspiró, cogió el libro, tomó asiento y empezó la lectura. Leía despacio, titubeando, pero lo hacía lo mejor que podía. Después de cuatro páginas, Quarry le dio las gracias y le pasó el libro a Gabriel. Al chico sin duda se le daba mejor y leyó un capítulo entero de un tirón, metiéndose en los personajes y cambiando de voz para interpretar a cada uno. Quarry dijo cuando terminó:

—Esta vez no parecías aburrirte tanto, muchacho.

Gabriel lo miró avergonzado.

—Me he vuelto a leer el libro en Atlee. Pensé que si a usted y a Tippi les gustaba tanto, debía hacer otro intento.

—¿Y cuál es tu veredicto? —preguntó Quarry, con una sonrisa bailándole en los labios.

—Mejor de lo que esperaba. Aunque sigue sin ser mi favorito.

—No está mal.

Quarry colocó el magnetófono en la mesilla junto a la cama y lo encendió. Cogió la mano de Tippi y la sostuvo con firmeza mientras la voz de Cameron Quarry, la difunta esposa de Sam y madre de Tippi, inundaba la habitación. Le hablaba directamente a su hija, con palabras de amor, aliento y esperanza, y de todos los sentimientos que albergaba su corazón.

Su voz se debilitaba hacia el final, porque esas habían sido las últimas palabras de Cameron Quarry. Ante sus insistentes ruegos, Sam la había grabado al final de su vida, cuando yacía en su lecho de Atlee apagándose lentamente.

Sus últimas palabras habían sido: «Te quiero, Tippi, cariño. Mamá te quiere con toda su alma. Estoy deseando volver a abrazarte, criatura. Cuando las dos estemos llenas de salud y felicidad en los brazos de Jesús.»

Quarry siguió con los labios estas últimas palabras que había pronunciado su esposa, terminando al mismo tiempo que ella. Apagó el magnetófono. En cuanto el nombre de Jesús había salido de sus labios, Cameron Quarry había exhalado su último suspiro y había muerto. Para una mujer devota como ella, pensaba

Quarry, había sido un digno modo de expirar. Él le había cerrado los ojos y colocado las manos sobre el pecho, exactamente como había hecho con su madre.

Daryl y Gabriel tenían lágrimas en los ojos. Ambos se apresuraron a secárselas, evitando mirarse el uno al otro.

—Mamá fue la mejor mujer que ha vivido en este mundo —dijo Daryl finalmente en voz baja, mientras su padre asentía.

—Y esta criatura —añadió Quarry, acariciando la mejilla de Tippi— está allá arriba con ella.

—Amén —dijo Gabriel—. ¿Se pondrá bien algún día, señor Sam?

—No, hijo. No.

—¿Quiere que recemos una oración por ella? —Gabriel juntó las manos y empezó a arrodillarse.

—Hazlo tú, si quieres, Gabriel. Pero yo ya no sigo ese camino.

—Mamá dice que usted no cree en Dios. ¿Por qué?

—Porque él dejó de creer en mí, hijo.

Se levantó y se guardó el pequeño magnetófono en el bolsillo de su chaqueta.

—Os esperaré fuera, fumando.

Quarry se sentó en su desvencijada camioneta, con la ventanilla bajada y un cigarrillo apagado entre sus labios resecos. El calor de Alabama se hallaba en todo su esplendor hacia las nueve de la noche y Quarry se secó una gota de sudor de la nariz mientras un mosquito zumbaba junto a su oído derecho.

El insecto apenas le molestaba. Él estaba contemplando la estela de un meteorito, que iba cruzando todo el cielo con la Osa Mayor como telón de fondo. Al concluir el espectáculo, bajó la vista al edificio achaparrado que ahora era el hogar de su hija. No habría marido, ni hijos ni nietos para Tippi. Solo un cerebro muerto, un cuerpo destruido y un tubo de alimentación.

—Ahí la pifiaste, Dios. No deberías haberlo hecho. Ya me sé la chorrada de «los caminos inescrutables». Ya sé que «todo tiene un propósito» y otras monsergas. Pero te equivocaste. No eres infalible. Deberías haber dejado en paz a mi pequeña. Eso nunca te lo perdonaré, y me importa una mierda si tú nunca me perdonas por lo que debo hacer ahora. —Habló con voz entrecortada y luego se quedó callado. Deseaba que llegaran las lágrimas, aunque solo fuera para aliviar la opresión que sentía en su cerebro. En su alma. Pero no fluían de sus ojos. Su alma era una tierra abrasada, no quedaba una gota de agua.

Cuando Daryl y Gabriel salieron y volvieron a subir a la camioneta, Quarry arrojó el cigarrillo sin encender por la ventanilla y regresaron a Atlee en silencio. Nada más llegar, fue a la biblioteca, se sentó ante su escritorio y se reanimó con un trago de Old Grand Dad de 86 grados. Encendió el fuego, metió el atizador entre las llamas, se arremangó la camisa y lo aplicó sobre la piel de su brazo para formar una segunda marca perpendicular, y justo en el extremo derecho, de la larga quemadura de la otra vez. Diez segundos después, el atizador cayó sobre la alfombra, carbonizando otro cerco, y Quarry se desplomó en su silla.

Jadeando, con los ojos fijos en el techo tiznado de un humo y un hollín de siglos, Quarry comenzó a hablar. Casi todo lo que decía no tenía sentido sino para él. Según él estaba todo muy claro. Empezó diciendo a las sombras que lo sentía. Murmuraba nombres, su voz se alzaba y se extinguía inopinadamente. Dio otro trago de Grand Dad, manteniendo el gollete en los labios largo rato.

De su boca brotaron más palabras, como derramando su corazón y su alma a borbotones. En lo alto del techo estaban Cameron y Tippi abrazadas. Las veía tan vívidamente que deseaba alzarse hasta ellas, rodearlas a ambas con sus brazos. Ascender juntos a un mundo mejor que el triste lugar donde él se hallaba ahora.

A veces se preguntaba qué demonios estaba haciendo. Un hombre inculto e insignificante contra el mundo. Extravagante, increíble, absurdo. Todas esas cosas. Sin duda. Pero ahora ya no podía parar. No solo porque hubiera llegado demasiado lejos para dejarlo. Era porque ya no tenía adónde ir.

Cuando cerró los ojos y volvió a abrirlos, su esposa y su hija habían desaparecido. El fuego chisporroteaba medio extinguido; solo había encendido una pequeña hoguera para poner el atizador al rojo vivo. Volvió a mirarse el brazo, las dos marcas cruzándose en ángulo recto. Hércules había tenido sus doce trabajos. Ismael, el albatros de la ballena. Jesús, el peso de la cruz y de las vidas de todos sobre sus hombros abrumados.

Esta era la cruz que Sam Quarry debía cargar. Lo era sin lugar a dudas. No solo los kilómetros cuadrados de tierra de los Quarry reducidos prácticamente a nada. Ni la casa destartalada que no volvería a ver tiempos mejores. No solo la esposa muerta y la hija malograda. El hijo lerdo y la otra hija distante. Tampoco se trataba solo de la historia de la familia Quarry, tan desatinada en tantos aspectos como para constituir una marca vergonzosa para cualquier heredero de mentalidad decente.

Era, sencillamente, que Sam Quarry ya no era el que había sido. No se reconocía a sí mismo. Y no por las quemaduras en su brazo, no, sino por las diabólicas marcas chamuscadas de su ser interior. Le había mentido a Gabriel. Quizá también se había mentido a sí mismo. Él no había dejado de creer en Dios. Al contrario, lo temía. Con todo su corazón y su alma. Porque lo que había hecho en este mundo significaba que no se reuniría con su amada esposa ni con su hermosa y resucitada hija cuando llegara el fin de los tiempos. El precio que había de pagar para obtener justicia implicaba su separación eterna. De ahí que escuchara una y otra vez las últimas palabras de su esposa. De ahí que visitara a Tippi con tanta frecuencia. Porque cuando todo terminara, realmente habría terminado del todo.

Volvió a mirar al techo y dijo en voz tan baja que apenas pudo oírse por encima del chisporroteo mortecino del fuego:

—La eternidad significa para siempre, vaya que sí.

Tras la puerta cerrada, Gabriel se escabulló con sigilo. Había bajado para coger otro libro y oído mucho más de lo que quería. Mucho más de lo que el chico, por avispado que fuera, podía comprender.

Él siempre había admirado al señor Sam. No había conocido a ningún hombre que lo tratara mejor que el jefe actual del clan de los Quarry. Pese a todo lo cual, Gabriel volvió corriendo a su habitación, cerró la puerta y se deslizó bajo la colcha.

Y no logró conciliar el sueño en toda la noche. Era como si los lamentos que Sam Quarry dejaba escapar abajo se filtraran hasta el último rincón de Atlee. Como si no hubiera ningún sitio que quedara a salvo de ellos.

41

Donna Rothwell no creía que Sally Maxwell hubiera mantenido una aventura con nadie, según les dijo. Estaban sentados en la enorme sala de estar de su casa.

—Considero que es ensuciar la memoria de su madre planteárselo siquiera —dijo con voz estridente, lanzándole una hosca mirada a Michelle.

—Pero alguien la mató —señaló Sean.

—Asesinan a gente continuamente. ¿Un asalto? ¿Un robo?

—No se llevaron nada.

Hizo un gesto, desdeñando la objeción.

—Se asustaron y salieron corriendo.

—La última vez que hablamos estaba usted aterrorizada ante la idea de que hubiera un asesino suelto y ahora, en cambio, parece haberla aceptado de buena gana —observó Michelle con un tono lleno de escepticismo.

—Esta zona es muy tranquila, pero hay crímenes en todas partes. Estoy asustada, claro, pero eso no significa que no sea realista. Tengo un buen sistema de seguridad. Tengo a dos doncellas que viven aquí conmigo. Y tengo a Doug.

—¿Doug?

—Mi amigo. Pero considero que está siendo muy injusta con su madre al acusarla de una cosa así. En especial, cuando ella ya no puede defenderse.

Sean le puso a Michelle una mano en el brazo, porque intuía que estaba a punto de saltar y abalanzarse sobre la mujer. Y no sería una pelea muy equilibrada. En ese momento apareció un hombre en la sala con una bolsita de *pretzels*.

Medía un metro noventa y parecía muy en forma. Tenía una mata de pelo plateado y un bronceado impecable, como un locutor de televisión. Un hombre apuesto de sesenta y tantos.

—El amigo del que les he hablado antes, Doug Reagan —dijo Donna, orgullosa—. Exitoso fundador de una empresa informática internacional. La vendió hace cuatro años y ahora se da la gran vida. Conmigo.

—Bueno, ese es el sueño americano —dijo Michelle, con un deje de repugnancia.

Doug les estrechó la mano.

—Lamento mucho lo de Sally —dijo—. Era una mujer excelente. Una buena amiga de Donna.

—Gracias —dijo Michelle.

Doug miró a Donna, cogiéndole la mano.

—Vamos a echar de menos su cara sonriente, ¿verdad?

Donna estrujó un pañuelito y asintió.

—Pero Michelle cree que Sally tal vez tenía una aventura.

—¿Cómo? —Doug los miró—. Eso es absurdo.

—¿Está en condiciones de afirmarlo con certeza? —dijo Sean.

El hombre abrió la boca y volvió a cerrarla.

—¿Qué? Yo... —Miró a su amiga—. Donna lo sabrá mejor que yo. Yo conocía a Sally, pero no tanto como Donna. Aun así, esta es una comunidad pequeña. Alguien se habría enterado, ¿no?

—Eso es lo que estamos intentando averiguar —dijo Michelle—. Pero necesitamos que la gente sea veraz.

—Yo le estoy diciendo la verdad —le espetó Donna—. Su madre no mantenía una relación con ningún hombre que yo conozca. Y como dice Doug, esta es una comunidad pequeña.

—Mi madre se inscribió en un torneo por parejas. Mi padre no juega al golf.

—Ay, por el amor de Dios. Jugó con Doug —dijo Donna.

Michelle y Sean se volvieron hacia él, que tenía un *pretzel* en la boca.

—Fuiste tú quien me lo pidió, Donna, ¿recuerdas? Porque ella no tenía con quién jugar.

—Exacto, sí.

—¿Y usted, Donna, por qué no jugó con él? —preguntó Michelle—. Tengo entendido que también juega al golf.

—Porque aunque tuviera fines benéficos, se trataba de un torneo de competición —dijo Donna—, y mi hándicap era demasiado alto para inscribirme. Su madre era una golfista excelente y lo mismo puede decirse de Doug.

—Es lo único que hago ya —dijo él, sonriendo—. Empujar la bolita al hoyo. —Y añadió enseguida—: Y estar con Donna.

—Sí, querido —dijo ella.

—Parece exactamente lo que cualquiera desearía para su jubilación —dijo Michelle con un deje sarcástico.

—Mire, si ha venido aquí a insultarnos... —empezó Donna. Sean la interrumpió.

—Hay que entender que este es un momento muy tenso para todos. Gracias por su colaboración. Me parece que ya hemos de irnos.

Antes de que Michelle pudiera protestar, Sean se la llevó del brazo y la arrastró hasta la puerta.

Una vez fuera, advirtieron que Doug los había seguido.

—Lamento mucho lo de su madre. Sally me caía muy bien. A todo el mundo.

—Bueno... a una persona, no —le soltó Michelle.

—¿Cómo? Ah, sí, claro. —Se quedaron un momento parados en el porche, entre las imponentes columnas de estilo corintio que lo sostenían. Para Michelle, parecían los recargados barrotes de una jaula chabacana.

—¿Quería decirnos algo? —preguntó Sean.

—Esto es muy incómodo —dijo Doug.

—Sí, lo es —asintió Michelle. Sean le lanzó una mirada.

—Yo realmente no conocía a su padre, pero Sally a veces nos hablaba de él a Donna y a mí.

—¿Ahora va a decirme que no eran felices y que mi madre estaba pensando en dejarlo?

—No, no, en absoluto. Yo creo que su madre era, eh, moderadamente feliz con su padre. Yo... bueno...

—Dígalo de una vez, Doug.

—No creo que su padre fuese muy feliz con Sally. Daba la impresión de que se habían ido alejando. Al menos, así era como lo expresaba ella.

A Michelle se le descompuso la cara.

Doug la observó.

—¿Usted también lo pensaba?

—En realidad, no importa lo que yo piense. Lo único que importa es quién mató a mi madre.

—Ella nunca nos habló de nadie que la estuviera molestando, o acosando. Llevaba una vida muy normal. Amigos, golf, jardinería. No hay psicópatas sueltos por aquí, que yo sepa.

—Ese es el problema con los psicópatas, Doug, con los locos de verdad. Que no los ves venir hasta que te han hundido el cuchillo en el pecho —dijo ella.

Doug musitó un adiós precipitado y entró prácticamente corriendo en la casa. Enseguida oyeron el chasquido del cerrojo.

Mientras caminaba hacia el todoterreno, Michelle dijo:

—¿Tú crees que fue solo un intento de robo que se complicó?

—Podría ser.

Subieron al coche.

—¿Te apetece comer algo? —dijo ella—. Conozco un sitio.

Diez minutos después estaban sentados en un pequeño restaurante y ya habían hecho sus pedidos.

—Muy bien —dijo Sean—, la policía registró el garaje y no encontró ningún rastro. El portón estaba bajado, la puertecita que da al patio lateral estaba cerrada. Aunque el asesino podría haberla ajustado al salir. Era una sencilla cerradura con pulsador.

—Así que cualquiera habría podido entrar, esperar a que apareciera, matarla y salir por ahí. El suelo estaba seco, no había pisadas.

—Y hay una valla en el lado del garaje. Más disimulado aún.

—El forense estableció que la muerte se había producido entre las ocho y las nueve —dijo ella—. Da la impresión de que alguien habría visto algo, u oído gritar a mamá cuando la atacaron.

Sean parecía pensativo.

—Pero el ruido de la fiesta en la piscina de los vecinos habría ahogado cualquier grito. —Y añadió—: ¿Supongo que los habrán interrogado? A los invitados a la fiesta, quiero decir.

—Supongo. —Lo observó—. ¿Por qué?, ¿qué estás pensando?

—Se me ocurre que si quisiera matar a alguien, procuraría que me invitaran a una fiesta como esa, me escabulliría un momento, cometería el asesinato y volvería disimuladamente.

—Yo también lo había pensado, pero habrías tenido que saber que mi madre iba a salir, que estaría en el garaje a esa hora.

—No necesariamente. Quizás entraron por la puerta lateral del garaje y pensaban colarse en el interior de la casa cuando tu madre apareció y les ahorró el trabajo.

—Sigue pareciendo muy arriesgado, Sean. Mi padre estaba en casa. Es un antiguo policía y tiene guardada un arma. Como ha dicho Donna, es una comunidad muy pequeña. Estas cosas las sabría la gente.

Sean se arrellanó en su silla, perdido en sus pensamientos. Les trajeron sus platos y comieron prácticamente en silencio.

—¿Te puedo pedir un favor? —dijo ella cuando salían.

—Siempre puedes intentarlo —respondió él con una sonrisa.

Las siguientes palabras de Michelle borraron su sonrisa.

—Cuando era pequeña, vivíamos a dos horas al sur de aquí, en una pequeña zona rural de Tennessee. Quiero volver allí. Necesito volver allí ahora mismo.

42

Salieron de la carretera principal y los neumáticos del todoterreno crujieron sobre el camino de grava. Conducía Sean, siguiendo las precisas indicaciones de Michelle.

—¿Cuándo fue la última vez que estuviste aquí? —preguntó.

Ella miraba hacia delante. Una rodaja de luna proporcionaba la única iluminación, aparte de los faros del vehículo.

—Cuando era una cría.

Él pareció sorprendido.

—Entonces, ¿cómo es que recuerdas el camino? ¿Lo has mirado antes?

—No. Yo... bueno, lo sabía. No sé cómo.

La miró con el ceño fruncido. Una curiosa mezcla de emociones se traslucía en los rasgos de Michelle. Sean percibía una expectativa creciente, pero también una sensación de temor. Y esto último no era normal en ella.

Se internaron por una calle oscura en un barrio que debía de haber tenido un aspecto flamante sesenta años atrás. Las casas se caían de viejas; los porches estaban totalmente alabeados, y los patios, convertidos en una masa enmarañada de malas hierbas, de árboles y arbustos enfermizos.

—Esto ya no es lo que era —dijo Michelle.

—Eso parece —murmuró él—. ¿Cuál es la casa?

Ella señaló más adelante.

—Aquella. La vieja granja, la única de ese tipo en toda la calle. El resto del barrio partió de esa propiedad.

Sean detuvo el todoterreno delante.

—No parece que ahora viva nadie —dijo.

Ella no hizo ademán de bajarse.

—¿Y ahora, qué? —preguntó Sean al fin.

—No sé.

—¿Quieres bajar a echar un vistazo? Ya que hemos llegado hasta aquí.

Ella titubeó.

—Supongo que sí.

Cruzaron el raído sendero. La casa se levantaba a buena distancia de la calle. Había un viejo neumático unido a una cuerda roñosa que colgaba de la única rama de un roble seco. En el patio lateral, un herrumbroso camión sin ruedas reposaba sobre unos bloques de hormigón. La puerta mosquitera estaba tirada bajo las vigas alabeadas del porche.

En un trecho del jardín, Michelle se detuvo y miró los restos de unos arbustos. Los habían cortado hasta tal punto que solo quedaban unos palos pelados. Había toda una hilera.

—Esto era un seto —dijo—. Ya se me ha olvidado de qué clase. Una mañana nos levantamos y había desaparecido. Mi padre lo había plantado en uno de los aniversarios de su boda. Después de que lo destrozasen, ya no volvió a crecer. Yo creo que le echaron un veneno para plantas o algo parecido.

—¿Nunca descubristeis quién había sido?

Ella meneó la cabeza y siguió caminando hacia la casa. Pisando la puerta mosquitera, probó el pomo de la entrada. Giró sin problemas. Sean puso una mano sobre la suya.

—¿Estás segura de que quieres entrar?

—Hemos llegado hasta aquí. Y dudo que vuelva nunca más.

Él apartó la mano y entraron los dos. El lugar estaba vacío y mugriento.

Sean había cogido la linterna del todoterreno y ahora la movió en derredor, iluminando unas mantas andrajosas, envoltorios de comida, botellas de cerveza vacías y más de una docena de condones usados.

—No muy adecuado para el álbum de recuerdos —murmuró Michelle, observándolo todo.

—Los paseos nostálgicos no suelen serlo. Nada es tan bueno como lo recuerdas.

Ella echó un vistazo a la escalera.

Sean siguió su mirada.

—¿Cuál era tu habitación?

—La segunda puerta de la derecha.

—¿Quieres subir?

—Tal vez más tarde.

Deambularon por la planta baja, examinando más montones de desperdicios. Sean notó que ella no se fijaba en nada en realidad. Michelle abrió la puerta trasera y salió afuera. Más cachivaches, la carcasa del camión en el patio lateral y un garaje de una plaza ladeado y sin la puerta de corredera, en cuyo interior había una montaña de trastos.

Era todo patético, deprimente, y Sean apenas podía resistirlo. No entendía cómo Michelle no había salido corriendo y dando gritos.

—Bueno, ¿qué estamos haciendo aquí? —preguntó.

Ella se había sentado en el porche trasero. Él permaneció de pie a su lado.

—¿Has vuelto alguna vez al lugar donde creciste?

—Una vez —dijo Sean.

—¿Y?

—Ninguna revelación en especial. Aparte de que todo parecía más pequeño de lo que recordaba, cosa perfectamente lógica porque ahora soy mucho mayor. Así que me limité a ver la casa y seguí mi camino.

—Me gustaría hacer eso. Ver la casa y seguir mi camino.

—Vamos, pues. —Se metió la mano en el bolsillo, sacó las llaves del todoterreno y se las lanzó—. Haz los honores.

Pasaron de nuevo por el interior de la casa; ella hizo un alto junto a la escalera.

—Michelle, no tienes por qué mortificarte.

Ella empezó a subir.

—¿Estás segura?

—No —respondió ella, pero siguió subiendo.

Llegaron a un espacioso rellano y se detuvieron. Había cuatro puertas, dos a cada lado.

—¿Así que la segunda era la tuya? —Sean miró a la derecha.

Michelle asintió.

Él se adelantó para abrir la puerta, pero ella lo detuvo.

—No lo hagas.

Sean retrocedió y la miró.

—Tal vez deberíamos irnos.

Ella asintió. Mientras él regresaba por el pasillo, sin embargo, Michelle se volvió repentinamente, asió el pomo de la segunda puerta y la abrió.

Y dio un chillido al ver a un hombre de pie, mirándola.

Entonces el hombre la apartó de un empujón, pasó corriendo junto a Sean, bajó con estrépito las escaleras y salió al exterior, por encima de la puerta mosquitera.

Michelle temblaba tan violentamente que Sean desechó la idea de salir tras él. Corrió a abrazarla. Cuando finalmente se calmó, se apartó de ella. Los dos se miraron fijamente, sin duda con la misma pregunta en la punta de la lengua.

Sean acertó a formularla primero. Con tono aturdido, dijo:

—¿Qué demonios hacía tu padre aquí dentro?

43

El *Air Force One* se posó con un golpe sordo en la base aérea Andrews y, en cuanto los pilotos conectaron los reversores, los cuatro motores del 747 empezaron a ejercer toda su potencia de desaceleración. El presidente estaba en el morro del avión, en la *suite* que albergaba dos sofás-cama, un baño y una bicicleta elíptica firmemente fijada en el suelo. Poco después, el *Marine One* volaba acompañado de la formación habitual de helicópteros. Era cerca de medianoche cuando los patines del aparato que transportaba al presidente se posaron en el césped de la Casa Blanca.

Dan Cox bajó los escalones del helicóptero con agilidad, como si estuviera rebosante de energía y dispuesto a empezar una jornada, en vez de concluirla. Él era así cuando saltaba a la arena política. A la mayoría de sus ayudantes, mucho más jóvenes, los dejaba siempre jadeantes y bebiendo litros de café mientras recorrían el país saltando de estado en estado. La excitación de la contienda electoral parecía inyectarle la suficiente adrenalina como para seguir adelante sin descanso. Y además había un chute de euforia asociado al hecho de ser presidente de Estados Unidos que no podía aportar ninguna otra ocupación. Era como ser una leyenda del rock, una estrella de cine, un icono del deporte y lo más parecido a un dios en la Tierra: todo eso combinado a la vez.

Como siempre, el presidente se movía en una burbuja conocida en el servicio secreto como «el paquete», integrada por el propio presidente, los asistentes de alto nivel, el equipo de seguridad y varios miembros afortunados de los medios. Al acercarse a la mansión, los asistentes y periodistas fueron desviados con destreza y ya solo quedaron junto al presidente una ayudante veterana y los agentes de seguridad.

Las puertas se abrieron al líder del mundo libre y Cox entró a grandes zancadas en la Casa Blanca, como si él fuera su dueño y señor. Y lo era en realidad, al menos extraoficialmente. Aunque los financiaran los contribuyentes americanos, eran su casa, su helicóptero, su jumbo. Nadie podía venir de visita o subir a bordo si él no daba su visto bueno.

La ayudante volvió a su oficina y el presidente se dirigió a las habitaciones privadas de la primera familia, dejando atrás al equipo de seguridad. Aquí, en el 1600 de la avenida Pensilvania, estaba en la verdadera burbuja: tan seguro como era posible estarlo en este mundo. Si el servicio secreto se hubiera salido con la suya, no habría abandonado el edificio hasta agotar su mandato o hasta que los votantes le hubiesen otorgado el cargo a otro. Pero él era un hombre del pueblo y, por lo tanto, se mezclaba todo lo posible con los ciudadanos mientras sus guardias desarrollaban en silencio úlceras de estómago.

Dan Cox arrojó la chaqueta, pulsó un botón de un pequeño cuadro de mandos que había sobre la mesa y apareció un mayordomo de la Casa Blanca. Momentos más tarde le servía un gin-tónic con hielo y dos rodajas de lima. Esa era una de las ventajas agradables del cargo. El presidente podía conseguir prácticamente todo lo que quisiera, a cualquier hora. Cuando se retiró el mayordomo, Cox se desplomó junto a su esposa, que estaba en el sofá leyendo una revista y haciendo todo lo posible para parecer relajada.

—¿Has visto las últimas encuestas? —dijo él, eufórico.

Ella asintió.

—Pero todavía queda mucho por delante. Y las cifras al final tienden a ajustarse.

—Ya sé que es pronto, pero seamos sinceros, nuestro contrincante no tiene ningún tirón.

—No te confíes —lo regañó su esposa.

Él alzó su copa de cristal tallado.

—¿Te apetece?

—No, gracias.

Cox se puso a masticar unas almendras sin sal.

—¿Cuándo has visto que me haya confiado demasiado o que haya perdido una elección?

Ella le dio un beso en la mejilla.

—Siempre hay una primera vez para todo.

—Todavía quieren tres debates. Yo estoy pensando en dos.

—Solo deberías hacer uno.

—¿Por qué solo uno? Graham no es tan buen orador.

—Estás siendo demasiado amable, Danny. Graham no solo es flojo en los debates; es mediocre a todos los niveles. Al pueblo americano le bastará con una sola ocasión para comprender lo inútil que es. Así que, ¿para qué desperdiciar tu tiempo? No hay por qué concederle tres oportunidades para que convenza a alguien o llegue a ponerse a tu nivel. Además, seamos realistas, cariño, tú también eres humano. Y los humanos cometen errores. ¿Para qué someterte a tanta presión? Él solo puede ganar con esa estrategia y tú tienes mucho más que perder. La oposición sabe que su ocasión llegará dentro de cuatro años, cuando termines tu mandato. Ellos confían en haber encontrado para entonces a algún joven con cerebro, con algunas ideas de verdad y con un sólido grupo de apoyo que puedan expandir para aspirar verdaderamente a la Casa Blanca. Graham no es más que un candidato provisional.

Él sonrió y alzó su copa, como rindiéndole homenaje.

—No sé por qué tengo siquiera un equipo de estrategia electoral. Me bastaría con venir a preguntarle a la patrona.

—Cuando has superado suficientes batallas, tiendes a asimilar las lecciones esenciales.

—¿Sabes?, yo terminaré mi mandato, pero tú podrías presentarte —dijo con tono juguetón—. Una Cox en la Casa Blanca otros ocho años.

—La Casa Blanca está muy bien, pero no quiero vivir aquí.

Él pareció recordar algo. Dejó la copa y, rodeando a su esposa con el brazo, preguntó:

—¿Alguna novedad sobre Willa?

—Ninguna.

—¿Todo el maldito FBI investigando y nada? Llamaré a Munson a primera hora. Esto es totalmente inaceptable.

—Es tan extraño que hayan raptado a Willa...

Él la estrechó con más fuerza.

—Con lo inteligente que eres, Jane, seguro que ya lo has pensado. El motivo de que se la llevaran podría tener que ver con nosotros. Tratarán de hacernos daño, a nosotros y tal vez a todo el país, utilizando a esa niña maravillosa.

Ella lo sujetó del brazo.

—¿Y si piden algo? ¿Algo a cambio de liberarla?

Dan Cox la soltó, se puso de pie y empezó a pasearse frente a ella. Aún era un hombre atractivo. Mientras lo miraba moverse de aquí para allá, Jane examinó aquellos hombros musculosos, el pelo perfecto, la recia mandíbula, la marca de los pómulos y el brillo de los ojos. Físicamente venía a ser una combinación de JFK y Reagan, con un toque intimidante del fornido Theodore Roosevelt.

Se había enamorado al verlo por primera vez en el campus de la universidad, un hermoso día de principios de otoño. Él estaba en tercer curso, ella acababa de empezar primero. Parecía que hiciera un millón de años. Y así era en muchos sentidos. Aquella vida había concluido hacía mucho tiempo. Apenas podía considerarla ya parte de su historia: tantas y tan importantes eran las cosas que habían ocurrido desde entonces.

—Depende de lo que pidan a cambio, Jane. ¿Los códigos nucleares? Imposible. ¿Uno de los documentos constitucionales? También imposible. De hecho, para decirlo con toda franqueza, el presidente de Estados Unidos no puede ceder a un chantaje de ningún tipo. Sentaría un precedente insostenible para cualquier administración futura. Dejaría castrado el cargo.

—¿Me estás diciendo que no volveremos a ver a Willa?

Él se sentó a su lado y le puso una mano en la rodilla.

—Lo que digo es que haremos todo lo posible para recuperar sana y salva a esa criatura. Hemos de mantener pensamientos positivos. Tenemos detrás todo el poderío de Estados Unidos. Lo que no es poco.

—¿Asistirás mañana al funeral?

Él asintió.

—Claro. Tengo un mitin temprano en Michigan, pero estaré de vuelta con tiempo de sobra. Al *Air Force* no hay quien lo pare. En momentos semejantes la familia debe mantenerse unida. Y sin que suene demasiado insensible, servirá para que todo el país sepa que, para los Cox, la familia es lo primero en períodos de crisis. Y es la verdad, además.

Ella dejó su revista.

—Ya veo que estás todavía con el chip de la campaña. Es tarde, pero no tengo sueño. ¿Te apetecería ver una película en la sala de cine? Warner Brothers acaba de mandar su última producción. No creo que la hayan estrenado siquiera.

Él terminó su gin-tónic, se puso de pie y le tendió la mano.

—Nada de películas. Te he echado de menos, amor mío.

Le dirigió la misma sonrisa de ataque cardíaco que le había lanzado a la joven universitaria más de veinte años atrás. Jane se levantó, obediente, y lo siguió al dormitorio. Él cerró la puerta; se quitó la corbata y los zapatos y se bajó la cremallera. Ella se despojó de su vestido y se soltó los tirantes del sujetador, tumbándose en la cama. Él se puso encima. Lo que siguió fue un momento íntimo, un acontecimiento extremadamente insólito para la primera pareja de la nación. A veces, pensaba Jane, mientras él subía y bajaba y embestía, y ella gemía en su oído, daba la impresión de que el único espacio de privacidad que les quedaba ya era cuando hacían el amor.

Al terminar, él rodó a su lado, le dio un último beso y se puso a dormir. El *Air Force One* le esperaba por la mañana a primera hora, e incluso el infatigable Dan Cox necesitaba unas horas de descanso antes de ponerse otra vez en camino.

La primera vez que habían hecho el amor en esa misma cama, a Jane le había entrado una risa tonta. El presidente recién electo no lo había encontrado gracioso, creyendo que las risas se debían a algún fallo en sus habilidades amatorias. Cuando ella le había explicado de qué se reía, sin embargo, se había unido a sus carcajadas.

Lo que le había dicho era: «No puedo creer que esté follando con el presidente de Estados Unidos.»

Ahora permaneció tendida media hora larga, antes de levantarse, ducharse, vestirse y sorprender a los agentes del servicio secreto bajando otra vez a la planta baja. Entró en su despacho, cerró la puerta, abrió con la llave el cajón del escritorio y sacó la carta y la llavecita.

¿Cuándo recibiría la carta? ¿Qué diría? ¿Y qué haría entonces?

Miró el reloj. Era tarde, pero para algo era la primera dama.

Hizo la llamada, lo despertó.

Sean King dijo, atontado:

—¿Jane?

—Siento llamar tan tarde. Vas a venir al funeral, claro. —El tono no era en absoluto el de una pregunta.

—Irónicamente, acabo de asistir a otro.

—¿Cómo?

—Una larga historia. Sí, tengo pensado asistir.

—Tuck me dijo que habías llamado.

—¿Te dijo también de qué hablamos?

—Eso fue un error, Sean. Lo lamento. Deberíamos haber sido sinceros desde un principio.

—Sí, deberíais.

—Yo estaba preocupada por... por...

—¿Porque tu hermano le estaba poniendo los cuernos a su esposa? —apuntó, solícito.

—Por la posibilidad de que ello repercutiera negativamente en la campaña de reelección del presidente.

—Y por ahí sí que no podemos pasar, ¿no?

—Por favor, no te pongas cínico. Es lo último que me hace falta ahora.

—Tu inquietud estaba justificada. Pero me obligó a dar un rodeo innecesario. Una pérdida de tiempo que realmente no nos podíamos permitir.

—Entonces, ¿crees que eso no tiene nada que ver con la desaparición de Willa?

—¿Acaso puedo responder con seguridad? No. Pero mi instinto profesional me dice que no tiene nada que ver.

—¿Y ahora qué?

—Háblame de Willa.

—¿De qué, en concreto?

—Pam solo tuvo dos hijos, los dos de cesárea.

A Jane se le heló la sangre en las venas.

—Pam tuvo tres hijos, lo sabes muy bien.

—Ya, pero no dio a luz a los tres. La autopsia lo confirmó. Se lo dije a Tuck. Pensaba que él te lo habría contado.

Tuck se lo había dicho, por supuesto, pero ella no tenía la menor intención de revelárselo a Sean.

—¿Qué quieres decir exactamente?

—Que uno de los niños no era de Pam. ¿Era de Tuck con otra mujer? ¿Y se trataba de Willa?

—No puedo responder a esa pregunta.

—¿No puedes o no quieres?

—¿Por qué es tan importante?

Sean se incorporó en la cama del hotel.

—¿Me lo preguntas en serio? Es importante porque si Willa no es hija de Pam, entonces la madre o el padre auténtico podrían estar detrás del secuestro.

—Willa tiene doce años. ¿Por qué iba a esperar nadie todo este tiempo?

—Ya lo he pensado. Y lo cierto es que no encuentro una explicación. Pero estoy convencido de que necesito conocer la respuesta a esa pregunta si hemos de resolver este caso y encontrar a Willa. Así que ¿puedes echarme una mano?

—No sé nada de eso.

—Bueno, si es hija de Pam, tuvo que estar encinta de ella doce años atrás. ¿Fue así?

—Yo... Eh... Ahora que lo recuerdo, entonces no vivían en Estados Unidos. Estaban en Italia. Por negocios de Tuck. Y ahora que lo pienso, volvieron poco después de que Willa naciera.

Sean se apoyó sobre el cabezal de la cama.

—Vaya, vaya, qué oportuno. ¿Así que no sabes si estaba embarazada? ¿Nunca viste una foto? ¿La mamá y la recién nacida en el hospital? ¿La gente llevando regalos? ¿No fuiste a visitarla a Italia?

—Te estás poniendo cínico otra vez —dijo ella fríamente.

—No, te estoy sondeando educadamente.

—De acuerdo, reconozco que no puedo asegurarte que Willa sea hija de Pam. Yo siempre creí que lo era. Digámoslo así: no tenía motivo para no creer que lo fuera.

—Si me estás ocultando algo, en algún momento descubriré la verdad y los resultados tal vez no sean de tu agrado.

—¿Es una amenaza?

—Amenazar a un miembro de la primera familia es un grave delito, como bien sabes. Y yo soy de los buenos. Nos vemos en el funeral, señora Cox.

Sean colgó.

Jean volvió a meter la carta y la llavecita en el cajón del escritorio, cerrándolo con llave, y subió casi corriendo a las habitaciones privadas. Mientras se desvestía y se metía otra vez en la cama, oyó los suaves ronquidos de su marido. Él nunca tenía problemas para dormir. Incluso después de hablar por teléfono hasta bien entrada la madrugada, después de discutir y trapichear durante horas sobre algún aburridísimo asunto de importancia nacional, colgaba por fin el auricular, se cepillaba los dientes y se quedaba dormido en cinco minutos. Ella, por su parte, tardó horas en dormirse, si es que lo consiguió.

Mientras permanecía tendida de lado, de cara a la pared, se imaginó que veía allí reflejada la cara de Willa. La niña le hacía señas. Suplicando.

«Ayúdame, tía Jane. Sálvame. Te necesito.»

44

—¿Qué te ocurre, Gabriel? No pareces encontrarte muy bien que digamos.

Quarry observó al chico desde el otro lado de la mesa de la cocina.

—No he dormido demasiado bien las dos últimas noches, señor Sam —dijo él, alicaído.

—Se supone que los niños duermen bien. ¿Te preocupa algo?

Gabriel respondió sin mirarle a los ojos.

—Nada importante. Ya se me pasará.

—¿Tienes colegio hoy? —dijo Quarry, observando al chico con atención—. Porque si es así, vas a perder el autobús.

—No. Es el Día del Maestro. Pensaba ayudar a mamá, trabajar un poco en el campo y después leer un rato.

—Tengo que hablar con tu madre cuando vuelva de la ciudad.

—¿De qué?

—Un asunto personal.

El rostro de Gabriel se demudó.

—¿No habré hecho nada malo, no?

Quarry sonrió.

—¿Te crees que el mundo gira a tu alrededor? No, es solamente un asunto burocrático. Si te da tiempo de limpiar la mesa de herramientas del granero, sería estupendo. Deshazte de todas las que estén muy oxidadas. Ah, tengo otro sello para ti.

Gabriel hizo un esfuerzo por sonreír.

—Gracias, señor Sam. Me está ayudando a hacer una buena

colección. Miré uno de los que me dio en el ordenador del colegio. En eBay.

—¿Qué demonios es eso?

—Un sitio donde puedes comprar y vender cosas. Como muchas otras tiendas *online*.

Quarry lo miró con un ligero interés.

—Continúa.

—Bueno, ese sello que me dio... ¡vale cuarenta dólares!

—Maldita sea. ¿Lo vas a vender?

Gabriel lo miró estupefacto.

—Señor Sam, yo no voy a vender nada que usted me dé.

—Un consejo gratis, jovencito. Esa colección de sellos te ayudará a financiar tu educación en la universidad. ¿Por qué crees que te los doy? Y las monedas antiguas, también.

Gabriel parecía desconcertado.

—Nunca se me había ocurrido.

—¿Lo ves? No tienes tanto cerebro como crees, ¿cierto?

—Supongo que no. —Comieron en silencio. Luego el chico dijo—: Últimamente ha ido muchas veces en avión a la mina.

Él sonrió.

—Estoy tratando de encontrar diamantes.

—¿Diamantes en la mina? —exclamó Gabriel—. Creía que esas minas estaban en África.

—Quizá tengamos alguna aquí, en Alabama.

—Estaba pensando que quizá podría acompañarle.

—Hijo, ya has recorrido esa mina conmigo. No es más que un gran agujero lleno de tierra.

—Me refería al avión. Nosotros siempre íbamos en camioneta.

—Siempre íbamos en camioneta porque a ti no te gusta volar. Demonios, ¡si me dijiste que cada vez que me veías despegar te daban ganas de meterte bajo tierra y no volver a salir!

Gabriel sonrió débilmente.

—Estoy tratando de superarlo. Yo quiero ver más sitios, además de Alabama. Así que habré de subirme a un avión, ¿no?

Quarry sonrió ante la lógica del chico.

—Es verdad, sí.

—Ya me avisará, pues. Voy a hacer mis tareas.

—Sí, ve.

Gabriel dejó su plato en el fregadero y salió disparado de la cocina. Mientras se dirigía al granero, no paraba de pensar. Pensaba en lo que le había oído decir la noche anterior al señor Sam, cuando estaba borracho en la biblioteca. Había oído un nombre, Willow o algo parecido. Y también le había oído la palabra «carbón», al menos sonaba así, lo cual le había hecho pensar en la mina.

No iba a preguntárselo al señor Sam abiertamente, porque no quería que supiera que había estado escuchando, aunque, en realidad, él solo había bajado a buscar otro libro. Seguro que el señor Sam estaba triste por algún motivo, se dijo Gabriel, mientras limpiaba la mesa de las herramientas del granero. El otro día, además, le había visto arremangarse la camisa para ayudar a lavar los platos. Y tenía quemaduras en el antebrazo. Eso también le intrigaba.

Y había oído a Daryl y Carlos hablando de noche en la armería, mientras limpiaban sus rifles. Pero nada de lo que decían tenía demasiado sentido. Una vez estaban hablando de Kurt, y cuando Gabriel había entrado, cerraron bruscamente la boca y empezaron a enseñarle a desmontar y volver a montar una pistola en menos de cincuenta segundos. ¿Y para qué iban cada día a la mina? ¿Y por qué Carlos, y a veces Daryl, se quedaban allí a pasar la noche? ¿Acaso sucedía algo allá arriba? Gabriel no creía que se tratara de diamantes.

Y más de una vez se había levantado de la cama justo cuando el señor Sam bajaba al sótano con un gran manojo de llaves. Una vez, lo había seguido hasta abajo, con el corazón palpitándole con tal fuerza que creyó que el señor Sam iba a oírle. Había visto cómo abría una puerta al fondo de un largo pasillo que olía de un modo asqueroso. Su madre le había explicado en una ocasión que allí era donde los Quarry encerraban a los esclavos malos. Al principio, no la había creído y había ido a preguntárselo al señor Sam. Pero él se lo había confirmado.

—¿Su familia tenía esclavos, señor Sam? —le había preguntado mientras paseaban por los campos.

—La mayoría de la gente de por aquí los tenía en esa época. Atlee era entonces una plantación de algodón. Hacía falta gente para trabajarla. Un montón de gente.

—Pero ¿por qué no les pagaban? Digo, en lugar de mantenerlos como esclavos solo porque podían hacerlo.

—Supongo que todo se reduce a la codicia. Si no pagas a la gente, ganas más dinero. Eso, y creer que una raza no era tan buena como otra.

Gabriel había hundido las manos en los bolsillos de los pantalones y había dicho:

—Qué vergüenza.

—Hay demasiada gente que cree que puede hacer lo que sea, dañar a cualquiera, por ejemplo, y salirse con la suya.

Todo lo cual no explicaba por qué el señor Sam bajaba al sótano apestoso donde solían encerrar a los malos esclavos. Algo raro pasaba en Atlee, eso seguro. Pero este era el hogar de Gabriel; él y su madre no tenían ningún otro, así que no debía meterse. Continuaría ocupándose de sus asuntos y nada más. Aunque sentía curiosidad. Mucha curiosidad. Era su carácter.

45

Quarry paró la camioneta frente a la caravana Airstream y tocó la bocina. Fred salió enseguida, con un cigarrillo de los buenos en una mano y una bolsa de papel en la otra. Llevaba un viejo sombrero de paja, manchado de sudor, chaqueta de pana, vaqueros desteñidos y unas botas desgastadas por la lluvia y el sol. El pelo blanco, que le llegaba a los hombros, lo tenía limpio y reluciente.

Quarry se asomó por la ventanilla.

—¿Te has acordado de traer un documento?

Fred subió a la camioneta, se sacó la billetera —en realidad un par de tapas de cuero fijadas con gomas elásticas— y extrajo una tarjeta de identidad.

—Esta es la manera que tiene el hombre blanco de vigilarnos a los auténticos americanos.

Quarry sonrió.

—Lamento informarte, vaquero: el viejo tío Sam no solo vigila a los que son como tú. Nos vigila a todos. A los auténticos americanos y a los que estamos aquí de alquiler, como yo.

Fred sacó una botella de cerveza de la bolsa.

—Maldita sea, ¿no puedes esperar a que hayamos terminado para bebértela? —dijo Quarry—. No quisiera ver cómo tienes ese pobre hígado —añadió.

—Mi madre llegó a los noventa y ocho —replicó Fred, dando un largo trago y guardando la botella en la bolsa.

—¿Ah, sí? Bueno, pues yo puedo garantizarte que tú no llegarás. Y no tienes seguro médico. Ni yo tampoco. Dicen que el hospital debe atender a todo el mundo; lo que no te dicen es cuándo. He estado más de una vez en el hospital del condado, tendido en la sala de espera con fiebre y escalofríos y unos jadeos que creía que me moría. Dos días enteros así, y entonces sale por fin un chaval con bata blanca y te pide que saques la lengua, que digas dónde te duele, mientras tú sigues en el suelo hecho mierda. Para entonces ya casi lo has superado, pero unas malditas medicinas no te habrían ido mal.

—Yo nunca voy al hospital. —Fred lo dijo en su lengua nativa. Y luego se arrancó a hablar así muy deprisa.

Quarry lo interrumpió.

—No tengo a Gabriel a mi lado, Fred. Así que cuando te pones a decírmelo todo en muskogi, no te sigo.

Fred se lo repitió en inglés.

—Ahí está. En América, has de hablar inglés. Pero no pretendas ir al maldito hospital sin una tarjeta del seguro. En ese caso, no importa qué lengua hables: estás jodido.

La camioneta avanzó dando tumbos. Fred señaló un edificio a lo lejos. Era la casita que Quarry había construido.

—Has hecho un buen trabajo allí. Te vi varias veces mientras lo hacías.

—Gracias.

—¿Pero para quién la has construido?

—Para alguien especial.

—¿Quién?

—Para mí. Es mi casa de vacaciones.

Siguieron adelante.

Quarry se sacó del bolsillo de la chaqueta un abultado sobre y se lo pasó. Cuando Fred lo abrió, las manos le temblaron ligeramente. Miró atónito a Quarry, que lo observaba bajo sus cejas pobladas.

—Hay mil dólares.

—¿Por qué? —preguntó Fred, expectorando unas flemas y escupiendo por la ventanilla.

—Por haber vuelto a casa —dijo Quarry, sonriendo—. Y por otra cosa, además.

—¿Qué?

—Para eso necesitas la identificación.

—¿Para qué la necesito? Eso no me lo has dicho.

—Vas a ser testigo. De algo importante.

—Es mucho dinero para hacer de simple testigo —dijo Fred.

—¿No lo quieres?

—No he dicho eso —replicó él. Sus profundas arrugas se ahondaron.

Quarry le dio un codazo con aire jovial.

—Bien. Ya me parecía a mí.

Media hora después llegaron a la pequeña población. Fred seguía con la vista fija en el sobre lleno de billetes de veinte.

—¿No lo habrás robado, no?

—No he robado nada en mi vida. —Miró a Fred—. Sin contar personas. Porque personas sí he robado, ¿sabes?

Hubo una pausa prolongada. Finalmente Quarry se echó a reír y Fred también.

—He canjeado unos viejos bonos de mi padre —explicó Quarry.

Se detuvo frente al banco local, un edificio de ladrillo de un piso con una puerta de cristal.

—Vamos.

Quarry se dirigió hacia la puerta y Fred lo siguió.

—Nunca he entrado en un banco —dijo Fred.

—¿Y eso?

—Nunca he tenido dinero.

—Yo tampoco. Pero aun así voy al banco.

—¿Por qué?

—Joder, Fred, porque ahí es donde está todo el dinero.

Quarry se dirigió a un gerente del banco conocido y le explicó lo que quería. Sacó el documento.

—Me he traído a este amigo, un auténtico americano, para que actúe como testigo.

El gerente, un tipo grueso con gafas, le echó un vistazo al desaliñado nativo y trató de sonreír.

—Estoy seguro de que está todo correcto, Sam.

—Yo también estoy seguro —dijo Fred, dándose una palmadita en la chaqueta, donde tenía guardado el sobre lleno de dinero. Él y Quarry intercambiaron una sonrisa rápida.

El gerente los llevó a su despacho. Llamaron a otro testigo y a la notaria del banco. Quarry firmó su testamento ante Fred, el otro testigo y la notaria. Luego firmaron ambos testigos y, finalmente, la notaria llevó a cabo los requisitos legales. Cuando estuvo todo, el gerente hizo una copia del testamento. Quarry dobló el original y se lo metió en el bolsillo de la chaqueta.

—Sobre todo, guárdelo en un sitio seguro —le advirtió el gerente—. Porque una copia no bastaría para validarlo. ¿Qué le parecería una caja de seguridad aquí?

—No se preocupe por eso —dijo Quarry—. Si alguien intenta entrar a robar en mi casa, le vuelo la cabeza.

—Estoy convencido —dijo el gerente, algo nervioso.

—Yo también —dijo Quarry.

Al salir del banco, Fred y Quarry pararon en un bar a tomarse una copa antes de regresar.

—Bueno, ¿ahora ya se puede beber, Sam? —dijo Fred, llevándose la jarra de cerveza a los labios.

Quarry se echó al coleto unos dedos de bourbon.

—Ya hemos pasado de mediodía, ¿no? Lo único que te digo, Fred, es que hay que mantener ciertas normas.

Volvieron a Atlee. Quarry dejó a Fred en la caravana.

Mientras el viejo subía lentamente los escalones de hormigón, se volvió hacia la camioneta.

—Gracias por el dinero.

—Gracias por testificar en mi testamento.

—¿Piensas morirte pronto?

Quarry sonrió.

—Si lo supiera con certeza, seguramente estaría en Hawai o un sitio así, bañándome en el mar y comiendo calamares; no dando vueltas en una camioneta herrumbrosa por estas tierras perdidas de Alabama, charlando con gente como tú, Fred.

—Por cierto, no me llamo Fred.

—Ya lo sé. Te lo puse yo ese nombre. ¿Cuál es tu verdadero nombre, entonces? No he visto bien tu documento ni cómo firmabas el testamento.

—Eugene.

—¿Ese es un nombre indio?

—No, pero es como me llamó mi madre.

—¿Por qué?

—Porque era blanca.

—¿Y es cierto que vivió hasta los noventa y ocho?

—No. A los cincuenta ya estaba muerta. Demasiada priva. Bebía incluso más que yo.

—¿Puedo seguir llamándote Fred?

—Sí, me gusta más que Eugene.

—Dime la verdad, Fred. ¿Cuánto te queda a ti de vida?

—Como un año, con suerte.

—Lo lamento.

—Yo también. ¿Cómo lo has sabido?

—He visto mucha muerte en su momento. Es esa tos seca que te entra. Y las manos las tienes muy frías; y la piel demasiado pálida por debajo del marrón.

—Eres un tipo listo.

—Todos hemos de irnos algún día. Pero ahora puedes disfrutar el tiempo que te queda mucho más de lo que lo habrías disfrutado hace solo unas horas. —Apuntó con un dedo a su amigo—. Y a mí no me dejes nada, Fred. No lo voy a necesitar.

Se alejó entre una nube de polvo.

Cuando llegó a Atlee, empezaban a caer las primeras gruesas gotas de un frente nuboso que se acercaba. Entró y se fue directo a la cocina, porque la oyó trajinar allí. Ruth Ann estaba restregando unas ollas enormes cuando las botas de Quarry resonaron en las baldosas de la cocina. Se volvió y sonrió.

—Gabriel lo estaba buscando.

—Ya le he dicho que iba a la ciudad con Fred.

—¿Para qué ha ido allí? —dijo Ruth Ann sin dejar de restregar.

Quarry se sentó, sacó el documento del bolsillo de su chaqueta y lo desdobló.

—Es de lo que quería hablarle —dijo, mostrándole el papel—. Esto es mi testamento y mis últimas voluntades. Lo he firmado hoy. Ahora ya es oficial.

Ruth Ann dejó la olla que estaba fregando y se secó las manos en un trapo. Frunció el ceño.

—¿Su testamento? ¿No estará enfermo, no?

—No, que yo sepa. Pero solo los idiotas esperan a estar enfermos para hacer testamento. Venga aquí y eche un vistazo.

Ruth Ann dio un paso vacilante y, de repente, se apresuró a cruzar la cocina y a sentarse a su lado. Tomó el papel de sus manos, sacó unas gafas del bolsillo de la blusa y se las puso.

—No sé leer muy bien —dijo, algo avergonzada—. Casi siempre hago que Gabriel me lea las cosas.

Él señaló un párrafo.

—La mayor parte son monsergas legales, pero es esta parte la que ha de leer con atención, Ruth Ann.

Ella leyó lo que le indicaba, moviendo los labios lentamente. Levantó la vista; el papel le temblaba en las manos.

—Señor Sam. Esto no está bien.

—¿El qué no está bien?

—¿Va a dejarnos todo esto a Gabriel y a mí?

—Así es. Mi propiedad. Yo se la puedo dar a quien diantre se me antoje, disculpe mi lenguaje.

—Pero usted tiene familia. Tiene a Daryl, a la señorita Tippi. Y a su otra hija también.

—Confío en que usted cuide de Daryl, si aún anda por aquí. Y de Tippi. En cuanto a Suzie, bueno, dudo que quiera nada de mí, en vista de que ni siquiera me ha llamado en más de cuatro años. Y usted y Gabriel también son mi familia. Así que quiero ocuparme de ustedes, y esta es mi manera de hacerlo.

—¿Está completamente seguro?

—Claro que estoy seguro.

Ella alargó el brazo sobre la mesa y le cogió la mano.

—Es usted un buen hombre, señor Sam. Seguramente usted nos enterrará a todos. Pero muchas gracias por todo lo que ha hecho por Gabriel y por mí. Y yo cuidaré de todos, señor Sam. Los cuidaré bien. Tal como usted los cuidaría.

—Ruth Ann, con la propiedad puede hacer lo que quiera. Incluso venderla, si necesita dinero.

Ella pareció horrorizarse ante la sola idea.

—Jamás la venderé, señor Sam. Este es nuestro hogar.

Se oyó ruido en el umbral y vieron a Gabriel allí plantado.

—Eh, Gabriel —dijo Quarry—. Tu madre y yo estamos hablando de algunas cosas.

—¿Qué cosas, señor Sam? —Gabriel miró a su madre y reparó en las lágrimas que resbalaban por sus flacas mejillas—. ¿Va todo bien? —dijo muy despacio.

—Ven aquí —dijo su madre, haciéndole una seña. El chico corrió a su lado y ella lo abrazó. Quarry le dio una palmadita en la cabeza a Gabriel, dobló su testamento y, guardándoselo otra vez en el bolsillo, salió de la cocina.

Tenía que escribir otra carta.

Y tenía que ir a ver a Tippi.

Después subiría a la mina.

Ya se acercaba el final.

46

Por segunda vez en dos días, Sean y Michelle oyeron hablar a un pastor de los seres queridos que nos dejan. Era una tarde de viento y lluvia y los paraguas negros se alzaban frente a los elementos mientras Pam Dutton era enterrada en un cementerio a solo ocho kilómetros de donde había muerto. Los niños estaban bajo el toldo en primera fila, junto a su padre. Tuck tenía la cabeza vendada y daba toda la impresión de haber tomado varios cócteles y un puñado de pastillas. Su hermana, la primera dama, sentada a su lado, le rodeaba los hombros con el brazo. Colleen Dutton se le había subido a Jane a la falda, mientras que John se había acurrucado contra su padre. Al lado de Jane estaba sentado su marido, vestido todo de negro y con un solemne aire presidencial.

Una barrera de agentes de primera clase del servicio secreto rodeaba la zona del entierro. Habían despejado y cerrado al tráfico las calles adyacentes, y soldado las tapas de las alcantarillas del recorrido de la comitiva. El cementerio estaba cerrado salvo para la familia de la difunta y los amigos invitados. Un regimiento de periodistas y equipos de televisión aguardaba pegado a la verja, con la esperanza de captar alguna imagen del presidente y la afligida primera dama cuando abandonaran el camposanto.

Michelle le dio un codazo a Sean e inclinó la cabeza hacia la izquierda. El agente Waters del FBI estaba entre los asistentes. Con la mirada fija en ellos dos.

—No parece muy contento —cuchicheó ella.

—Apuesto a que no lo ha estado en su vida.

Habían tomado un vuelo a primera hora de la mañana para volver de Tennessee. En el avión habían comentado lo sucedido la noche anterior.

Cuando regresaron a casa de Frank Maxwell, el hombre aún no había vuelto. Michelle lo llamó al móvil, pero no respondía. Ya estaban a punto de avisar a la policía cuando había aparecido por la puerta del garaje.

—¿Papá?

Él había pasado de largo, entrado en su dormitorio y cerrado la puerta. Michelle intentó abrir, pero estaba puesto el cerrojo.

—¿Papá? —gritó a través de la puerta—. ¡Papá!

Empezó a aporrearla hasta que una mano la detuvo. Era Sean.

—Déjalo tranquilo.

—Pero...

—Aquí ocurre algo que no comprendemos; será mejor no presionarle más por ahora.

Sean había dormido en el diván y Michelle en una habitación de invitados. Sus hermanos se habían quedado en la casa de Bobby, que se encontraba en las inmediaciones.

Cuando despertaron para tomar su vuelo, Frank Maxwell ya se había levantado y había salido de casa. Esta vez Michelle no hizo siquiera el intento de llamarlo al móvil.

—No me responderá —dijo, mientras se tomaban un café en el aeropuerto.

—¿Qué crees que estaba haciendo en la granja?

—Tal vez había ido por la misma razón que yo.

—¿Que es...?

—Que no sé exactamente cuál es —dijo ella, abatida.

—¿Quieres quedarte? Yo me encargo de ir al funeral.

—No, no creo que pueda hacer nada aquí ahora mismo. Y la verdad, asistir a otro funeral no será ni la mitad de deprimente que quedarme a ver cómo acaba de desintegrarse mi familia.

El funeral de Pam Dutton había concluido ya y la gente empezaba a desfilar lentamente. Sean notó que muchos hacían lo imposible por arrancarle al presidente un apretón de manos. Y este, había de reconocerse en su honor, procuraba complacerlos lo mejor que podía.

—No se arriesga a perder un votante —dijo Michelle, sarcástica.

Jane se alejó con su hermano y los niños. Los flanqueaban varios agentes, aunque el grueso del dispositivo permaneció junto al presidente. Sean, que observaba atentamente la escena, sabía muy bien que esa vida pasaba por delante de todas las demás. La primera dama era de vital importancia entre las personas que el servicio secreto debía proteger, pero su posición quedaba de todas formas tan por debajo del presidente que, si llegara el caso de tener que elegir a cuál de los dos salvar, no resultaría una elección difícil.

Michelle le leyó al parecer el pensamiento, porque dijo:

—¿Te has preguntado alguna vez qué harías?

Él se volvió.

—¿Qué haría... sobre qué?

—Si tuvieras que escoger entre la primera pareja. ¿A cuál salvarías?

—Michelle, tú sabes bien que si hay una norma que el servicio secreto te mete en la cabeza es esa. La vida del presidente es la única que no puedes permitir que sufra ningún daño.

—Pero supongamos que está cometiendo un crimen... ¿O qué ocurre, por ejemplo, si el tipo se vuelve loco y ataca a la primera dama? Está a punto de matarla. ¿Qué harías? ¿Liquidarlo o dejarla morir a ella?

—¿A qué viene semejante conversación? ¿No es bastante deprimente ya de por sí estar en un funeral?

—Solo me lo preguntaba.

—Muy bien, sigue preguntándotelo. Yo paso.

—Era solo una hipótesis.

—Ya tengo problemas de sobra con la realidad.

—¿Vamos a hablar con la primera dama?

—Después de mi última conservación telefónica con ella, no estoy seguro. Ni siquiera sé si aún estamos del mismo lado.

—¿Qué quieres decir?

Sean dio un largo suspiro.

—Hablo por hablar, sin saber bien lo que digo. —Miró al hombre que se acercaba—. Y el día no hace más que mejorar.

Michelle echó un vistazo y vio venir al agente Waters.

—Creí que les había dicho a los dos que no salieran de la ciudad —dijo secamente.

—No. Lo que dijo fue que estuviéramos disponibles por si tenía que interrogarnos de nuevo —replicó Michelle—. Bueno, aquí estamos. Totalmente disponibles.

—¿Dónde han estado? —preguntó.

—En Tennessee.

—¿Qué hay en Tennessee? —dijo, irritado—. ¿Alguna pista que no me han comunicado?

—No. Estuvimos en otro funeral.

—¿De quién?

—De mi madre.

Waters la observó atentamente, tal vez tratando de evaluar si Michelle le estaba tomando el pelo o no. Al parecer, quedó satisfecho, porque dijo:

—Lo lamento. ¿Algo inesperado?

—El asesinato suele serlo —dijo Michelle antes de echar a andar hacia la hilera de coches aparcados.

Waters miró de soslayo a Sean.

—¿Habla en serio?

—Me temo que sí.

—Joder.

—¿Nos necesitaba para algo?

—No. Quiero decir, ahora mismo no.

—Bien. Nos vemos.

Le dio alcance a Michelle; ya estaban a punto de subir al todoterreno cuando oyeron que alguien se acercaba. Jadeante.

Era Tuck Dutton y parecía que acabase de correr un kilómetro. Tenía la cara roja y respiraba entrecortadamente.

—¿Qué demonios pasa, Tuck? —dijo Sean, sujetándolo del brazo—. Pero, hombre, si acabas de salir del hospital. No deberías hacer estos esfuerzos.

Tuck inspiró hondo, se apoyó en el todoterreno con una mano y señaló con la cabeza la limusina presidencial. Jane Cox estaba subiendo justo en ese momento junto con su esposo, mientras un enjambre de agentes se movía alrededor.

—El tipo al que vi con Pam —dijo, todavía sin resuello.

—¿Qué hay de él? —preguntó Michelle.

—Está aquí.

—¿Qué? ¿Dónde? —dijo Sean, mirando en derredor.

—Allá abajo.

Tuck señaló la limusina.

—¿Cuál es?

—Ese grandullón que está al lado del presidente.

Sean miró al tipo, luego a Tuck y por fin a Michelle.

—¿Aaron Betack? —dijo Sean, justo cuando la lluvia empezaba a arreciar.

47

Se celebró una recepción para los asistentes al funeral, aunque no en la Casa Blanca, sino en Blair House, justo enfrente. En realidad eran cuatro casas conectadas que, con sus setenta mil metros cuadrados, superaban incluso a la Casa Blanca. La Blair House se utilizaba normalmente para alojar a los jefes de estado invitados y a otros personajes de alto rango. El propio Harry Truman se había alojado allí con su familia en los 50, mientras se desmantelaba la Casa Blanca hasta las vigas y se volvía a reconstruir. Esta vez, sin embargo, sería el marco donde se reuniría la gente para recordar a Pam Dutton, tomar unas copas y picar algo de la comida preparada por los chefs de categoría internacional de la Casa Blanca.

Sean y Michelle cruzaron el arco de seguridad, caminaron bajo el largo toldo, fueron revisados con un detector manual en la puerta principal y entraron por fin en la casa. Ambos habían estado allí otras veces, durante sus años en el servicio secreto, en misiones de protección de dignatarios de alto nivel. Esta era la primera vez, no obstante, que visitaban el lugar sin estar de servicio. Aceptaron la copa que les ofrecía un camarero y se situaron en un rincón, observando y aguardando. Pronto llegaron el presidente y Jane, seguidos de Tuck y los niños.

—Ahí está —dijo Michelle.

Sean asintió al ver que Aaron Betack entraba en el salón y lo estudiaba sector por sector, como hacía instintivamente todo agente, retirado o no, que hubiese trabajado en el servicio. Era sencillamente un hábito que ya nunca se te olvidaba. O del que no podías desprenderte.

—¿Cómo quieres hacerlo? —preguntó Michelle.

—Ya no puede despedirnos por aplicarle el tercer grado.

—Pero ¿hemos de enseñarle nuestras cartas y demostrar que sabemos que se vio con Pam?

—Esa es la gran cuestión. Merodeemos alrededor del asunto, a ver si la respuesta sale de él espontáneamente.

Esperaron hasta que Betack se separó de un corrillo para dirigirse al salón contiguo y fueron tras él.

—Eh, Aaron —lo llamó Sean.

Betack les hizo una seña con la cabeza, sin decir nada.

Sean echó un vistazo a la copa que tenía en la mano.

—¿No estás de servicio hoy?

—Solo he venido a presentar mis respetos.

—Un día triste —dijo Michelle.

Betack hizo tintinear los cubitos de hielo de su copa, asintiendo y mordisqueando una galletita salada.

—Un día de mierda en todos los sentidos, a decir verdad.

—¿No solo por el funeral, quieres decir? —apuntó Sean.

—No hay nada de la niña. La primera dama no está contenta.

—Pero el FBI está investigando. Acabamos de ver a Waters. No me parece un tipo que tire la toalla fácilmente.

Betack se le acercó más.

—El mejor detective del mundo necesita alguna pista.

—Eso no te lo discuto.

—Entonces, ¿no ha habido más comunicados de los secuestradores? —preguntó Michelle.

—No desde el cuenco y la cuchara.

—Qué raro —comentó Sean.

—Todo es raro en este maldito embrollo —soltó Betack.

—Pero también estaba muy bien planeado. Si Michelle y yo no nos hubiéramos presentado en la casa de improviso, aún tendríamos menos datos. Sería de esperar que se hubieran puesto en contacto de un modo regular.

Betack se encogió de hombros.

—Así están las cosas.

—¿Ninguna novedad sobre las marcas en los brazos de Pam?

—No, que yo sepa.

Sean echó un vistazo a Michelle y dijo:

—Me acuerdo de la primera vez que vi a Pam. Era realmente fantástica. Una madre formidable. ¿Tú la conocías?

Sean lo dijo a la ligera, pero mirando fijamente a Betack.

—Nunca tuve el placer —dijo, impasible—. Cuando he dicho que venía a presentar mis respetos me refería a la primera dama.

Sean echó un vistazo hacia el umbral, por donde pasó Jane Cox seguida de varios asistentes.

—Es una mujer especial.

—Bueno, ¿y vosotros dos habéis averiguado algo?

Michelle se adelantó.

—Lo que sabemos ya se lo hemos comunicado a Waters.

—Lo importante es rescatar a Willa. Qué más da quién se lleve el mérito —añadió Sean.

—Bonita filosofía —comentó Betack, bebiéndose el resto de su copa—. E insólita en esta ciudad.

—Pero eso implica que todo el mundo esté a la altura y cuente lo que sabe —dijo Michelle con toda la intención, clavándole los ojos a Betack.

Él acusó recibo. Le echó un vistazo a Sean y luego a ella.

—¿Pretendes insinuar algo?

Sean bajó la voz.

—Tuck Dutton vio cómo te reunías con su esposa cuando se suponía que él estaba de viaje.

—Se equivoca.

—Te describió con toda exactitud. Y te ha identificado en el funeral como el tipo al que vio con Pam.

—Tengo el mismo aspecto que muchos tipos. ¿Y por qué debería haberme reunido con Pam Dutton?

—Confiaba en que tú pudieras explicárnoslo.

—No puedo, porque no sucedió.

Sean lo miró largamente y dijo:

—De acuerdo, Tuck se confundió.

—Así es. Se confundió. Disculpadme. —Y se alejó, airado.

Michelle se volvió hacia Sean.

—¿Cuánto crees que tardará en contactar con quienquiera que estuviera trabajando?

—No mucho.

—Entonces, ¿nos limitamos a esperar?

Sean echó una mirada alrededor y se detuvo al ver que Tuck pasaba por su lado.

—Estoy harto de esperar.

48

Willa terminó el último de sus libros, lo dejó en la pila y, sentándose de nuevo en el catre, miró la puerta. Durante la lectura, olvidaba dónde se encontraba. Al pasar la última página, había recordado una vez más lo que era ahora.

Una prisionera.

No volvería a ver a su familia. Lo presentía.

Se irguió al oír unos pasos. Era el alto. El viejo. Reconocía su manera de andar. La puerta se abrió unos segundos más tarde. Allí estaba. El hombre cerró la puerta y se le acercó.

—¿Estás bien, Willa? —Se sentó ante la mesita y puso las manos en el regazo.

—Ya me he acabado los libros.

Él abrió la mochila que traía consigo, sacó otro montón de libros y los dejó sobre la mesa.

—Aquí tienes.

Ella los miró.

—Entonces, ¿voy a estar aquí mucho tiempo?

—No. No tanto.

—¿Volveré con mi familia?

Él desvió la mirada.

—¿Te cayó bien la mujer que conociste aquí?

Willa no le quitaba los ojos de encima.

—Está muy asustada. Y yo también.

—Supongo que todos lo estamos, en cierto modo.

—¿Usted por qué habría de tener miedo? Yo no puedo hacerle ningún daño.

—Espero que te gusten los libros.

—¿Hay alguno donde el niño muera al final? ¡Así me podré ir preparando!

Él se puso de pie.

—No pareces la de siempre, Willa.

Ella también se levantó. Aunque el hombre le sacaba más de sesenta centímetros, pareció como si estuviese a su altura.

—Usted a mí no me conoce. Quizás ha averiguado cosas de mí, pero no me conoce. Ni tampoco a mi familia. ¿Les ha hecho algún daño?, ¿eh? —preguntó.

Quarry paseó la vista por la habitación, mirando a todas partes menos a ella.

—Te dejaré dormir un poco. Pareces necesitarlo.

—Déjeme en paz —dijo ella con firmeza—. No quiero verle más.

Quarry ya tenía la mano en la puerta.

—¿Quieres volver a ver a esa mujer?

—¿Para qué?

—Así tendrás con quién hablar, Willa. Aparte de mí. Comprendo que yo no te caiga bien. A mí me pasaría igual, en tu lugar. No me gusta tener que hacer lo que estoy haciendo. Si conocieras toda la verdad, quizá lo entenderías mejor. O quizá no.

—La veré —dijo Willa a regañadientes, dándole la espalda.

—De acuerdo —murmuró Quarry.

Las siguientes palabras de la niña lo dejaron helado.

—¿Esto tiene que ver con su hija?, ¿la que ya no puede leer?

Él se volvió lentamente y la fulminó con la mirada.

—¿Por qué lo dices? —Su voz sonaba furiosa.

Ella le sostuvo la mirada.

—Porque yo soy hija de alguien también.

«Sí, lo eres», pensó Quarry. «Pero no sabes de quién.»

Ajustó la puerta y cerró por fuera con llave.

Pasaron los minutos y la puerta volvió a abrirse. Allí estaba la mujer, escoltada por Quarry.

—Volveré en una hora —dijo.

Cerró la puerta. Diane Wohl avanzó con cautela y se sentó a la mesa. Willa se sentó también y subió la luz del farol.

—¿Cómo estás? —dijo suavemente.

—Tengo tanto miedo que a veces me cuesta respirar.

—Yo también.

—No pareces asustada. Yo soy la adulta, pero es obvio que tú eres mucho más valiente.

—¿Ha hablado contigo el hombre?

—No. Solo me ha dicho que lo siguiera. Para venir a verte.

—¿Tú querías?

—Claro, cariño. Quiero decir... Se siente una tan sola en aquella habitación.

Echó un vistazo a los libros. Willa siguió su mirada.

—¿Quieres libros para leer?

—Nunca he sido muy lectora, me temo.

Willa cogió varios y se los deslizó por encima de la mesa.

—Ahora sería un buen momento para empezar.

Diane pasó el dedo por la portada de uno de ellos.

—Es un secuestrador muy extraño.

—Es verdad —coincidió Willa—. Pero aun así hemos de temerle.

—Eso no me resulta difícil, créeme.

—Casi logramos escapar —dijo Willa, desafiante—. Estuvimos, o sea, muy cerca.

—Gracias a ti. Y seguramente yo fui la culpable de que no escapáramos. No soy lo que se dice muy heroica.

—Yo solo quería volver con mi familia.

Diane le apretó el brazo.

—Eres muy valiente, Willa, y has de seguir siéndolo.

A la niña se le escapó un sollozo.

—Solo tengo doce años. No soy más que una niña.

—Lo sé, cielo. Lo sé.

Diane colocó su silla al otro lado de la mesa y rodeó a Willa con sus brazos.

Ella empezó a temblar y Diane la estrechó contra su pecho. Le susurró que todo se arreglaría. Que seguro que su familia estaba bien y que iba a volver a verlos sin la menor duda. Diane sabía que Willa no volvería a ver a su madre, porque el hombre le había dicho que estaba muerta. Pero aun así tenía que decirle esas cosas a la pobre pequeña.

«Mi pequeña.»

Al otro lado de la puerta, Quarry se había apoyado en la pared de la mina y restregaba una moneda antigua entre sus dedos. Era un dólar de plata de los años 20 —una Lady Liberty— que pensaba regalarle a Gabriel. No para que la vendiera en eBay. Para la universidad. Aunque Quarry no pensaba realmente en la moneda. Escuchaba cómo lloraba Willa a lágrima viva. Los lamentos de la niña resonaban por las galerías de la antigua mina tal como los gemidos de los mineros agotados, unas décadas atrás, o como los chillidos de los soldados de la Unión, varias generaciones antes, que agonizaban de enfermedades que los consumían lentamente.

Y sin embargo, no podía imaginar un sonido más desgarrador que el que estaba oyendo en ese momento. Volvió a guardar la moneda en el bolsillo.

Había puesto sus asuntos en orden. Se había ocupado de las personas que le importaban. Lo que ocurriera a partir de ahora ya no estaba en sus manos.

La gente lo condenaría, claro, pero bueno. Había soportado cosas peores que las opiniones negativas de los demás.

Aun así, se alegraría cuando todo terminara.

Tenía que terminar pronto.

Ninguno de ellos podría aguantar mucho más.

Quarry sabía con certeza que él no podía.

Esa noche, fue con la camioneta a ver a Tippi. Esta vez fue solo. Le leyó. Puso la cinta de la madre hablándole a su hija.

Abarcó con la mirada los confines —tres metros por cuatro— del mundo en el que Tippi había pasado todos estos años. Conocía al dedillo cada máquina del equipo necesario para mantenerla con vida. Había acribillado a preguntas al personal sobre cada una de ellas. Las enfermeras no sabían a qué se debía tanta curiosidad, pero no importaba. Él sí lo sabía.

Cuando bajó por fin la vista al rostro marchito de su hija, a sus miembros atrofiados, a su torso esquelético, sintió que su propio corpachón empezaba a encorvarse, como si la gravedad hubiera decidido ejercer más fuerza sobre él. Quizás a modo de castigo.

Quarry no tenía problema con la idea de castigo, siempre que se aplicara de modo justo y equitativo. Solo que nunca era así.

Salió de la habitación y se dirigió al puesto de las enfermeras. Tenía que hacer algunos preparativos. Ya había llegado la hora de que Tippi saliera por fin de aquel lugar.

Ya era hora de llevar a casa a su pequeña.

49

—Mira, King, hemos recibido órdenes de mantenerlos a todos aquí —les dijo el agente a Sean y Michelle.

Estaban en la entrada de Blair House. Se había decidido que Tuck y los niños permanecieran al menos de modo provisional en la residencia, donde podrían contar con toda la protección del servicio secreto.

—Lo único que te pido es que avises a Tuck Dutton de que estamos aquí fuera. Si él quiere vernos, tú no puedes poner ninguna objeción, ¿cierto? No es ningún criminal. Ni un testigo protegido. Está aquí por propia voluntad. Y si quiere salir, tendrás que dejar que salga.

Michelle añadió:

—Lo vigilaremos de cerca.

—Ya, pero soy yo quien se la juega ante el presidente si le sucede algo a su cuñado.

—A mí me daría más miedo la primera dama —dijo Sean.

—No voy a traerte a Dutton. Así que te sugiero...

—¿Sean?

Se volvieron todos hacia la puerta principal. Tuck había aparecido allí, sujetando a Colleen con un brazo y con una taza de café en la otra mano.

—Señor Dutton, haga el favor de apartarse de la puerta —le advirtió el agente.

Tuck dejó a Colleen en el suelo y le dijo que fuera a buscar a su hermano. Luego puso la taza de café en la mesa del vestíbulo y salió a la calle.

—¡Señor Dutton! —El agente dio un paso hacia él. Otros dos agentes se adelantaron desde sus puestos en la calle.

Tuck alzó la mano.

—Ya sé, ya sé. Están aquí para protegerme. Pero ¿por qué no se limitan a proteger a mis hijos? No me va a pasar nada.

—Señor Dutton —insistió el agente.

—Escuche, amigo. Solo estoy aquí porque mi hermana cree que es lo mejor. Fantástico, muchas gracias. Pero lo cierto es que esto es América y que yo puedo marcharme con mis hijos cuando me dé la gana, y usted no puede hacer nada para impedírmelo. Así que vaya un rato con mis hijos o fúmese un cigarrillo mientras yo hablo con esta gente. ¿Entendido?

—Habré de informar de esto a la primera dama —dijo el agente.

—Adelante. Para usted será la primera dama, pero para mí no es más que la hermana mayor cuyas bragas dejaba ver a mis amigos a un pavo la miradita.

El agente se sonrojó. Miró enfurecido a Sean y Michelle y, girando sobre sus talones, entró en la casa.

—Ese lado tuyo no lo conocía, Tuck —dijo Sean, mientras paseaban por la calle, frente a la Casa Blanca.

Tuck sacó un cigarrillo, ahuecó las manos y lo encendió, dejando escapar una nube de humo.

—Te pone de los nervios, ¿sabes? No sé cómo aguantan Jane y Dan. ¡Como estar en una pecera, dicen! No, qué va. Es como vivir bajo el objetivo del maldito telescopio Hubble.

—Cada defecto expuesto a la luz —dijo Michelle, barriendo con la mirada, sector por sector, la calle, los costados y también la retaguardia. Podían estar acaso en uno de los lugares más seguros de la Tierra, pero, como ella bien sabía, eso podía cambiar en un abrir y cerrar de ojos: en un solo instante explosivo.

—¿Cómo están los niños?

—Asustados, nerviosos, angustiados, deprimidos. Saben que Pam ha muerto, desde luego. Lo cual ya es bastante demoledor. Pero no saber qué ha sido de Willa ya resulta demasiado. Nos está matando a todos. Yo no he pegado ojo desde que me quitaron los sedantes en el hospital. Ni siquiera entiendo cómo sigo funcionando.

Michelle miró el cigarrillo.

—Ahora solo les queda uno de sus padres, Tuck. Hazte un favor a ti mismo y suprime esos canutos cancerígenos.

Tuck tiró el cigarrillo a la acera y lo aplastó con el tacón.

—¿Qué queríais de mí?

—Una cosa.

Tuck alzó las manos.

—Mira, si es sobre esa estupidez de que Willa fue adoptada...

—No, es sobre el tipo al que viste con Pam.

—¿Hablasteis con él? ¿Quién es?

—Un agente del servicio secreto. De alto nivel —dijo Michelle.

—Se llama Aaron Betack. Y lo que dice, en resumen, es que te confundiste, que no es el tipo al que viste con Pam.

—Entonces es un puto mentiroso. Yo lo estaba observando a través de una luna de cristal. A tres metros como máximo. ¡Era él! Lo juro sobre un montón de Biblias.

—Te creemos, Tuck —dijo Michelle.

—Y quizás haya un medio más fácil que lo de la Biblia —añadió Sean.

—¿Qué quieres decir?

Sean señaló al otro lado de la calle.

—Que el tipo está allí en este mismo momento. Lo hemos visto entrar. Por eso hemos venido.

—¿Betack?

—Sí —dijo Sean.

—¿Qué quieres que haga?

—Que llames a tu hermana y le digas que vas a ir a verla con nosotros. Una vez allí, queremos que Jane obligue a Betack a presentarse ante ella. Lo confrontaremos con lo que sabemos. Si quiere mentirle en la cara a la primera dama, que lo haga.

De repente Tuck ya no parecía tan seguro de sí mismo.

—Debe de estar muy ocupada ahora.

Michelle lo agarró del brazo.

—Tuck, acabas de enterrar a tu esposa. Han secuestrado a tu

hija mayor. Creo que no debería preocuparte en este momento que tu hermana esté muy ocupada.

Sean lo observó atentamente.

—¿Qué dices?

Tuck sacó su móvil.

—¿Cinco minutos?

—Por nosotros, bien —respondió Sean.

50

Sean King había formado parte del dispositivo de seguridad presidencial cuando era agente del servicio secreto y había tenido acceso a la Sala de Emergencias de la Casa Blanca, un centro de alta seguridad situado en el sótano del edificio, mientras protegía al presidente. En cambio, nunca había visto los aposentos privados de la primera familia. Ahora esa omisión se veía subsanada. Habían subido en ascensor y un auténtico ascensorista les había abierto la puerta de la estrecha jaula. Michelle y Sean echaron un vistazo a la habitación en la que se encontraban. Contaba con un lujoso mobiliario, con molduras historiadas y bellos arreglos florales. Enseguida volvieron a centrar su atención en la mujer sentada frente a ellos en un diván, con una taza de té en la mano. Un fuego acogedor crepitaba en la chimenea. Se oía a un grupo de manifestantes coreando consignas al otro lado de la calle, en el parque Lafayette.

Jane obviamente también lo oía.

—Sería de esperar que lo hubieran aplazado, después de todo lo ocurrido.

—Solo pueden hacerlo con un permiso especial —dijo Michelle—. Han de aprovechar su momento cuando les toca.

—Sí, claro.

«Parece cansada», pensó Sean. Y obviamente no era solo por la campaña. Las diminutas arrugas que tenía en la cara se veían más pronunciadas; las bolsas bajo los ojos, más abultadas; el pelo no tan impecable como de costumbre. También parecía haber perdido peso; la ropa le quedaba más holgada.

Michelle no le quitaba la vista de encima a Tuck. Estaba junto a su hermana lanzando miradas nerviosas en todas direcciones. Tenía en la mano un combinado que le había servido uno de los ayudantes de la Casa Blanca, y lo asía con tal fuerza que se le veían los nudillos blancos. Seguramente tenía ganas de fumar, pero la Casa Blanca era una zona libre de humo, para disgusto de muchos tipos estresados que trabajaban allí.

—¿Cómo están John y Colleen? —preguntó Jane.

—No muy bien.

—Podríamos dejar que se quedaran aquí, Tuck.

—Daría igual, hermanita. El problema no es el lugar.

—Lo sé.

Tuck abarcó de un vistazo la espaciosa habitación.

—Y esta casa no parece pensada para niños precisamente.

—Te sorprenderías —dijo Jane—. Recuerda que Dan júnior celebró su cumpleaños en el Comedor de Estado al cumplir los dieciséis. Y muchos niños pequeños han vivido aquí. La familia de Teddy Roosevelt. La de JFK.

—Está todo bien, hermanita. En serio.

Ella miró a Sean.

—Gracias por asistir al funeral.

—Ya te dije que vendría.

—Dejamos las cosas en un punto algo delicado la última vez que hablamos.

—Yo creía haberme expresado con toda claridad.

Ella frunció los labios con disgusto.

—Estoy tratando de manejar esta situación del modo más profesional posible, Sean.

Él se echó hacia delante en su asiento. Michelle y Tuck lo miraron, inquietos.

—Y nosotros estamos tratando de encontrar a Willa. Me tiene sin cuidado si lo hacemos de un modo profesional o no, con tal de que logremos rescatarla. Espero que eso no represente para ti un problema. —Miró a Tuck—. Para ninguno de los dos.

—Yo solo quiero recuperar a mi hija —se apresuró a decir Tuck.

—Por supuesto —dijo Jane—. Eso queremos todos.

—Muy bien, me alegra dejarlo bien sentado.

Le hizo un gesto a Tuck, animándole a hablar.

Él abrió la boca.

—Hum... ¿Dan anda por aquí?

Sean puso los ojos en blanco y se arrellanó en la silla; Michelle miraba a Tuck fijamente, como si lo considerase el mayor pringado que había visto en su vida.

—Está trabajando en su despacho. Esta noche, a última hora, vuela a la costa oeste. Yo debería reunirme con él mañana, pero todos mis planes están en el aire ahora, como puedes imaginarte. Dudo que vaya.

Miró a Sean.

—¿Tienes algo que contarme?

—No, pero creo que tu hermano sí. Por eso estamos aquí, en realidad.

Ella se volvió hacia Tuck.

—¿De qué se trata?

Tuck apuró el resto de su bebida tan deprisa que se atragantó. Cuando se recuperó, no obstante, siguió callado.

Michelle dijo, exasperada:

—Tuck vio reunirse al agente Betack con Pam un mes antes más o menos de que la matasen. El agente Betack lo niega. Queríamos que lo convocara aquí para aclarar la cuestión de una vez por todas. Sabemos que está en la Casa Blanca. Lo hemos seguido hasta aquí, de hecho.

Tuck clavaba la vista en sus zapatos. Su hermana miró primero a Michelle y luego a Sean.

—No será necesario.

—¿Por qué no? —preguntó Sean.

—Porque el agente Betack se reunió con Pam.

—¿Cómo lo sabes?

—Porque yo se lo pedí.

Durante un minuto muy tenso lo único que se oyó fue el chisporroteo del fuego y los cánticos lejanos de los manifestantes.

Sorprendentemente, fue Tuck quien rompió el silencio.

—¿Qué demonios pasa aquí, Jane?

Ella dejó su taza de té. La mirada que les dirigió a cada uno, para detenerse finalmente en Tuck, era la más rara que Sean había visto: una mezcla de autoridad y desesperación. No estaba muy seguro de cómo lo lograba, pero así era.

—No seas idiota, Tuck.

Un tono más bien desagradable, pensó Sean, para un hermano que acababa de enterrar a su esposa.

—¿Soy idiota por hacerte esa pregunta?

—Pam sospechaba que tenías una aventura. Vino a pedirme consejo. Como siempre, procuré limar asperezas por tu bien.

—¿Sabías que yo tenía un lío?

—Después de pedirle al agente Betack que lo averiguara, sí. Él hizo que te siguieran y me informó de que, en efecto, estabas follando con otra. —Miró a Sean y Michelle—. No por primera vez, desde luego. Mi hermano parece incapaz de contenerse a menos que esté delante su esposa. No solo mi hermano. Creo que es un problema que afecta a todos los hombres casados. En cuanto se prometen, uno de sus cromosomas les informa de que ha llegado la hora de empezar a engañar.

Tuck estaba tan colorado que daba la impresión de que acababan de pegarle un puñetazo en la cara.

—No puedo creer que tú... —empezó.

—Cierra el pico, Tuck. Eso ya es lo de menos ahora.

«Vaya», pensó Sean, «he aquí un lado de esta mujer que nunca había visto. Y no me gusta.»

—¿Así que Betack estaba hablando con Pam de lo que había descubierto? —preguntó Michelle.

—No exactamente, no.

—Entonces, ¿de qué exactamente? —preguntó Sean.

—Hice que el agente Betack informase a Pam de que Tuck no la estaba engañando.

Hasta el propio Tuck pareció un poco asqueado ante esta información, pese a que la mentira obviamente había servido para encubrir su infidelidad. Tal vez estaba pensando en su esposa muerta, allá sola bajo el barro.

—En otras palabras, hizo que le mintiera —dijo Michelle.

—La reelección de mi marido es inevitable siempre y cuando

no se produzca una calamidad inesperada, incluidas las de carácter personal.

—¿Así que temías que si salía a la luz la aventura de Tuck, las posibilidades de tu marido podían verse socavadas? ¿Por eso hiciste que Betack le mintiera a Pam? —dijo Sean, sin tratar de disimular la ira creciente que sentía.

—Pero usted no es responsable de su hermano ni tampoco lo es el presidente —señaló Michelle—. Tuck ya es mayor. Quizá se produjera un escándalo, pero no afectaría a la primera familia.

—A veces no es fácil determinar dónde empieza y dónde termina la primera familia —replicó Jane—. Y en todo caso, no tenía el menor deseo de descubrir si la opinión sobre mi marido podía verse perjudicada por una revelación semejante. Si no otra cosa, el asunto le habría brindado impulso a una oposición que hasta ahora no ha encontrado ninguno.

Había otra razón aún, pero la primera dama decidió no extenderse por motivos obvios para ella.

—Bueno, yo pienso que Pam no creyó a Betack —dijo Sean.

—¿Por qué?

—Porque la noche en que la mataron, nosotros íbamos a verla a petición suya. Pam no sabía que Tuck volvería esa noche y me dijo que tenía un problema que quería que investigáramos. A ver si se te ocurre de qué podía tratarse.

—Ya noté en la fiesta en Camp David que aún estaba preocupada —reconoció Jane.

Tuck miró a Sean.

—Y cuando yo aparecí inesperadamente aquella noche —dijo—, ella pareció sobresaltarse.

Sean asintió.

—Quizá quiso llamarme para anular la cita, pero solo tenía el número de mi oficina, no el de mi móvil. Y nosotros ya estábamos en camino cuando Tuck llegó a casa.

—Bueno, ahora ya lo sabéis todo —dijo Jane.

—No. Todo, no.

Se volvieron todos bruscamente y vieron al agente Aaron Betack allí de pie.

—¿Qué? —dijo Sean.

Betack avanzó unos pasos.

—No recuerdo haberle pedido que venga, agente Betack —dijo Jane, sorprendida.

—Y no lo ha hecho, señora. Yo... me he tomado el atrevimiento. —El veterano agente estaba muy pálido.

—No acabo de entender cómo puede hacer algo así —dijo ella con toda franqueza.

Betack miró incómodo a los demás.

—Hubo una carta remitida a una de las mujeres que trabajan en la cocina. Shirley Meyers.

Jane se levantó.

—Salga ahora mismo, agente Betack. En el acto.

Sean también se puso de pie.

—¿Qué demonios pasa aquí?

—¡He dicho que salga! —gritó Jane.

—¿Aaron, qué carta? —preguntó Michelle.

Antes de que él pudiera responder, Jane cogió el teléfono.

—Una sola llamada, Betack. O sale ahora mismo o su carrera ha terminado.

—Quizá ya esté acabada —dijo Betack—. Pero ¿qué es una carrera profesional comparada con la vida de una niña? ¿Se ha detenido a pensarlo siquiera?

—¿Cómo se atreve a hablarme así?

Tuck se puso de pie.

—Yo sí me atrevo. Si tiene que ver con la vida de mi hija, desde luego que me atrevo.

Jane miró a su hermano y luego a todos los presentes, uno a uno. Toda su seguridad pareció desmoronarse bajo la mirada de los demás. A Sean le echó un vistazo fugaz, como un animal acorralado que busca una salida a la desesperada.

—Jane —dijo Sean—, si has recibido una carta relacionada con Willa, tenemos que saberlo. El FBI debe saberlo.

—Imposible.

Tuck la agarró del brazo.

—Y un cuerno.

Betack se lanzó instintivamente a proteger a la primera dama.

Pero Michelle ya había sujetado a Tuck y le obligó a apartar la mano; luego lo empujó al sofá.

—Calma, Tuck. No estás ayudando nada. Ella sigue siendo la primera dama.

—Me importa una mierda quién sea. Aunque fuera la presidenta, me daría igual. Si sabe algo que pueda servir para rescatar a Willa, tengo que saber qué demonios es.

Jane miraba a Betack fijamente.

—¿Cómo se ha enterado?

—En este edificio no sucede nada sin que se entere el servicio secreto, señora Cox.

—¿Era una carta de los secuestradores? —preguntó Sean.

Jane apartó por fin la mirada de Betack.

—Podría ser. Me es imposible saberlo. A mí y a cualquiera.

—¿La han revisado por si había huellas? —preguntó Michelle.

—Como no fue enviada aquí y pasó por muchas manos antes de llegar a las mías, creo que la respuesta es no —dijo ella fríamente.

—¿Dónde está? —preguntó Sean.

—La destruí.

Sean le echó un vistazo a Betack, incómodo.

—Jane, esto es una investigación federal. Si se descubre que has retenido a sabiendas y luego destruido pruebas...

—Eso sí que podría minar las posibilidades electorales de su marido —añadió Michelle.

—Pero ¿por qué te reservaste esa información? —quiso saber Sean.

Jane no lo miró a los ojos.

—Fue una conmoción recibirla de ese modo. Estaba tratando de evaluar la situación antes de decidir qué hacer.

«Ahora sí que está mintiendo», pensó Sean.

—Pienso que deberían evaluarlo las autoridades —dijo Betack—. Por favor, señora Cox, debe considerar lo que está haciendo. Tiene que contarles lo que decía esa carta.

—De acuerdo, voy a explicárselo a ustedes. Decía que recibiré otra carta en un apartado de correos. También me enviaron los datos de ese apartado y la llave para abrirlo.

Sean, Michelle y Betack se miraron entre sí.

Jane lo advirtió, porque se apresuró a añadir:

—Y decía que si cualquiera remotamente parecido a un policía o un agente federal se acercaba a ese apartado de correos, no volveríamos a ver a Willa.

—¿Por eso te guardaste la carta? —preguntó Tuck.

—Claro. ¿Crees que deseo que le pase algo a Willa? Yo quiero a esa niña como si fuera uno de mis propios hijos.

La manera de expresarlo le pareció a Sean un tanto extraña.

—¿Cuándo decía que llegaría la otra carta?

—No lo decía. Pero sí que debía comprobarlo regularmente. Hasta hoy no ha llegado nada.

—Hemos de informar al FBI —dijo Betack.

Sean y Michelle asintieron, pero Jane meneó la cabeza.

—Si lo hace, no volveremos a ver a Willa.

—Jane, los federales son verdaderos expertos.

—Sí, han estado soberbios hasta el momento. Ya lo han averiguado todo, ¿no es cierto? No se me ocurre por qué habrían de acabar fastidiándolo ahora.

—Eso no es justo —empezó Michelle.

Jane Cox levantó la voz.

—¿Qué sabrá usted si es justo?

—Cuando reciba la carta, debe dejarnos ver lo que dice.

Ella miró a Sean:

—¿Debo?

—Nos contrataste para investigar este caso, Jane. Hasta ahora nos has mentido, has retenido información vital y nos has hecho perder un tiempo que no teníamos. Sí, debes dejarnos ver la carta cuando llegue. A nosotros y al FBI. O bien nos largamos ahora mismo y asunto concluido.

Tuck intervino.

—Jane, por el amor de Dios, estamos hablando de Willa. Tienes que dejar que nos ayuden.

—Me lo pensaré.

Tuck se quedó sin habla, pero Sean replicó:

—Muy bien, piénsatelo. Ya nos avisarás. —Se levantó e hizo un gesto a Tuck y Michelle para que lo siguieran.

—Tuck, ¿por qué no te quedas aquí con los niños? —dijo Jane.
Él no se dignó mirarla.

—No, gracias —dijo.

Salió airadamente, seguido por Michelle y Sean.

Betack ya se había dado media vuelta para retirarse con ellos cuando Jane le espetó:

—Nunca olvidaré esta traición, agente Betack. Nunca.

Él se humedeció los labios, pero se lo pensó mejor y se calló lo que iba a decir. Giró en redondo y salió.

Cuando ya abandonaban la Casa Blanca, Sean se lo llevó un momento aparte.

—Aaron, una cosa.

—¿Necesitas un investigador *free-lance*? Preveo que se avecina un cambio no deseado en mi carrera.

—Necesito que hagas un trabajito.

—¿Concretamente?

—La carta que recibió la primera dama.

—Ha dicho que la destruyó.

—Teniendo en cuenta que prácticamente todo lo que ha salido de sus labios era mentira, hay bastantes posibilidades de que no la destruyera.

—¿Y pretendes que la encuentre?

—Lo intentaría yo. Pero me temo que alguien me sorprendería. Me consta que el dispositivo de seguridad es muy bueno.

—¿Te das cuenta de lo que me estás pidiendo?

—Sí. Te estoy pidiendo que ayudes a salvarle la vida a una niña.

—¿Cómo te atreves a chantajearme con el jodido sentimiento de culpa?

—¿Acaso lo harías, si no?

Betack desvió la vista un instante. Luego volvió a mirarle.

—Veré lo que puedo hacer —dijo.

Cuando ya habían dejado a Tuck en Blair House, sonó el teléfono de Sean. Habló un momento, sonrió y colgó.

—Presiento que las cosas están cambiando.

—¿Por qué? ¿Quién era? —preguntó Michelle.

—Mi amigo del departamento de lenguas. Tal vez pueda aclararnos algo sobre las marcas de los brazos de Pam.

51

—Ya habíamos agotado prácticamente todas las posibilidades que se nos ocurrían —dijo Phil Jenkins, el amigo de Sean, que era profesor de la universidad de Georgetown—. Desde luego no era chino Yi, como tú sospechaste en un principio. No era ese el alfabeto. Pero estos desafíos nos encantan a los profesores universitarios y decidí recurrir a otra facultad que participa en uno de nuestros estudios interdisciplinarios. Siempre es más interesante que corregir cincuenta exámenes.

—Seguro —dijo Michelle, sentándose en el borde del escritorio. Habría preferido una de las dos sillas del atestado despacho de Jenkins, pero estaban ocupadas con montones de libros voluminosos.

—¿Y qué descubriste? —preguntó Sean, impaciente.

—¿Has oído hablar del muskogi?

—¿No es una ciudad de Wisconsin, o de Oklahoma?

—Tú te refieres a Muskogee. No, es una lengua india. De los nativos americanos. En realidad, sin entrar en tecnicismos, se trata de una familia lingüística.

—¿Las marcas que te pasamos son muskogi? —preguntó Michelle.

—La lengua en concreto es el koasati, también conocida como coushatta. Pero es de origen muskogi.

—¿Y qué dice el texto? —preguntó Sean.

Jenkins bajó la vista a una hoja cubierta de garabatos.

—Ha sido un poco difícil descifrarlo porque no figuraban ni

los acentos ni otros signos de pronunciación. Por ejemplo, debería haber dos puntos entre *Chaffa* y *kan*. Y por supuesto, las letras no estaban separadas en palabras. Lo cual complicaba todavía más las cosas.

—Parece que nos lo querían poner difícil —comentó Sean.

—Y lo lograron —dijo Jenkins—. Bueno, lo que dice, hasta donde nosotros sabemos, es lo siguiente: *Chaffakan* significa «uno». *Hatka* significa «blanco» y *Tayyi*, «mujer».

—¿Una mujer blanca? —dijo Sean.

—Una mujer blanca *muerta* —corrigió Michelle.

Jenkins levantó la vista de golpe.

—¿Muerta?

—Es una larga historia, Phil —dijo Sean—. ¿Qué nos puedes decir de esa lengua koasati?

—He consultado a un profesor de aquí, especializado en lenguas nativas americanas. Fue él quien descifró el mensaje, en realidad. La tribu koasati formaba parte de la confederación creek en lo que actualmente es Alabama. Sin embargo, cuando empezaron a llegar allí los inmigrantes europeos, los koasati —también porque sufrían ataques de las tribus rivales— y los alibamu se trasladaron a Luisiana y más tarde a Tejas. Al parecer, ya no hay miembros de estas tribus viviendo en Alabama. El grueso de la población que usa todavía la lengua, y solo son unos centenares, reside en la parroquia de Allen, que queda un poco al norte de Elton, Luisiana. Aunque al parecer hay algunos hablantes también en Livingston, Tejas.

Michelle y Sean se miraron.

—Tejas y Luisiana —dijo ella—. Sitios demasiado grandes para buscar.

—Bueno, si reducimos el territorio a unas cuantas ciudades y unos centenares de personas, la cosa cambia —dijo Sean.

—Pero ¿por qué escribir esas palabras en los brazos de Pam? Cierto, nos lo pusieron difícil, pero no imposible —observó ella.

Jenkins metió baza.

—¿Estaban escritas en los brazos de una mujer? ¿Y has dicho algo de que estaba muerta?

—No solo muerta, asesinada —dijo Michelle.

—Dios mío —dijo Jenkins, dejando la hoja sobre el escritorio.

—Tranquilo, Phil. Dudo mucho que estos tipos vuelvan a hacer otra demostración lingüística. Gracias por la ayuda.

Mientras salían del despacho, Sean meneó la cabeza.

—¿Por qué será que todo esto me parece una simple maniobra de distracción?

—Y más propia de un cabeza hueca, porque no tenían ninguna necesidad de hacerlo.

—Totalmente de acuerdo.

—¿Y ahora, qué?

—Hemos de hablar con Waters. Contarle lo que sabemos.

—¿A ese gilipollas? ¿Por qué?

—Porque se lo prometimos. Tenemos que encontrar a Willa cuanto antes. Así que vamos a necesitar toda la fuerza de los federales detrás.

—Bueno, no te sorprendas si toda esa fuerza nos cae encima, en vez de secundarnos.

52

Sean llamó a Waters y quedaron en un bar a pocas manzanas del edificio Hoover del FBI.

—No esperaba recibir una llamada suya —dijo Waters mientras ocupaban una mesa del fondo.

—Le dije que le llamaría si teníamos algo de qué informar.

—Adelante, informe.

—Las marcas de los brazos de Pam Dutton son de una lengua nativa americana llamada koasati.

Waters se irguió.

—¿Sabe lo que significan?

—«Una mujer blanca» —repuso Michelle—. Algo que obviamente ya sabíamos.

—No tiene ningún sentido —dijo Waters.

—Seguramente fue un torpe intento de sembrar una pista falsa porque la habían pifiado.

—¿Pifiado, cómo?

—El tipo se dejó llevar por el pánico, mató a la mujer sin pretenderlo y le pintó los brazos para desconcertarnos. Yo no creo que estuviera previsto que muriera nadie aquella noche. Tuck constituía la amenaza más evidente y, sin embargo, pudiendo haberle pegado un tiro, lo noquearon.

—De acuerdo. Hábleme de ese rollo koasati.

Sean le transmitió lo que Phil Jenkins le había explicado sobre la tribu india.

—Bueno, quizás eso estreche el cerco —dijo Waters, escéptico—. Ahora, ¿una tribu india con un agravio tan grave contra el presidente como para secuestrar a su sobrina? Muy inverosímil.

—Segundo punto —dijo Sean—. Pam Dutton solo dio a luz a dos hijos. Creemos que Willa es adoptada.

—Eso ya lo sabía. La forense nos lo comunicó después de que ustedes dos le hicieran reparar en ello.

—Hemos hablado con Tuck y no suelta prenda. Dice que nos hemos vuelto locos. La primera dama alega ignorancia. Asegura que los Dutton vivían en Italia cuando nació Willa. O cuando supuestamente nació.

—Tal vez no sea Willa la adoptada —dijo Waters.

—Los otros dos se parecen mucho a sus padres —observó Michelle.

—Pero según la forense solo tuvo dos, así que, sea cual sea el adoptado, Tuck miente —dijo Sean—. Quizá deban presionarle para arrancarle la verdad.

—Presionar al cuñado del presidente no es tan fácil —comentó Waters con evidente nerviosismo.

—Tiene que haber un registro en alguna parte que pruebe sin lugar a dudas que Willa es adoptada. O aquí, o en Italia. Seguro que el FBI puede averiguarlo.

—Entonces, suponiendo que ella fuese adoptada, ¿usted cree que eso está relacionado con su secuestro?

—¿Cómo no iba a estarlo?

—Pero volvamos atrás un momento —dijo Michelle—. ¿Y qué, si Willa es adoptada? ¿Por qué Tuck no habría de querer reconocerlo? No es que la adopción sea ilegal.

—La cosa cambiaría si la identidad de la madre fuese un problema por algún motivo —dijo Sean lentamente.

—O la del padre —señaló Michelle.

Los tres reflexionaron en silencio unos momentos.

Waters intervino por fin.

—¿Y la primera dama no sabía nada? ¿Tratándose de su propio hermano?

—Eso dice —respondió Sean.

Waters le dirigió una mirada perspicaz.

—¿Pero usted no la cree?

—No he dicho eso.

—Entonces, ¿la cree?

—Tampoco he dicho eso. —Sean se echó hacia atrás y miró al agente del FBI—. Bueno, ¿alguna novedad por su parte?

Waters se quedó desconcertado.

—Vaya, no sabía que esto funcionaba en ambas direcciones.

—Si trabajamos juntos, las posibilidades de encontrar a Willa con vida tal vez aumenten ligeramente.

Waters no pareció muy convencido.

—Oiga, ya se lo dije la otra vez, me tiene sin cuidado quién se lleve el mérito o la gloria. Solo queremos rescatar a la niña.

—Usted no pierde nada con el trato —añadió Michelle.

Waters se terminó su cerveza y la observó con curiosidad.

—¿De veras han asesinado a su madre?

—Sí.

—¿Alguna pista?

—El principal sospechoso es mi padre.

—¡Jesús!

—No, se llama Frank.

—¿No debería centrarse en ese asunto?

—Soy una mujer.

—¿Lo cual significa...?

—Que, a diferencia de los hombres, puedo manejar más de un asunto al mismo tiempo.

Sean le dio unos golpecitos en el brazo al agente.

—Bueno, ¿qué dices, Chuck?

Waters le indicó al camarero con una seña que sirviera otra ronda y dijo:

—En el cuerpo de Pam Dutton encontramos un pelo que no era suyo ni de ningún otro miembro de su familia.

—Yo creía que los restos de ADN no habían arrojado ninguna coincidencia con la base de datos criminal —dijo Michelle.

—Ninguna, en efecto. Así que aplicamos una prueba distinta al pelo. Un examen isotópico para buscar claves geográficas.

Sean y Michelle se miraron.

—¿Qué descubristeis? —dijo Sean.

—Que la persona de quien era ese pelo ha seguido durante

años una dieta alta en grasas animales, pero también muy rica en vegetales.

—¿Qué podemos deducir de ello? —preguntó Michelle.

—No mucho, aunque la típica dieta americana ya no incluye demasiados vegetales.

—¿Las grasas y los vegetales eran procesados? —dijo Michelle.

—No lo creo, no. Pero los niveles de sodio también eran altos.

Sean miró a Waters.

—¿Una granja? Ahí comen la carne de sus propios animales. Y la curan con sal quizá. Hacen la cosecha y preparan conservas en lata, también con sal.

—Quizá —dijo Waters—. Hallaron algo más en el análisis. —Vaciló un instante.

—No nos tengas en vilo —bromeó Sean.

—El agua que bebía esa persona. También eso se reflejaba en el isótopo del pelo. El laboratorio lo redujo a un área integrada por tres estados.

—¿Cuáles?

—Georgia, Alabama y Misisipí.

—Encaja con la triangulación del correo —señaló Michelle.

—Tres estados —murmuró Sean, mirando su vaso—. Tres estados contiguos.

—Por lo visto, tanto la lluvia como el agua potable tienen allí unos rasgos muy marcados —dijo Waters—. Y la zona ha sido delimitada de modo exhaustivo a lo largo de los años. De ahí que el laboratorio se sienta muy seguro sobre las conclusiones.

—¿Pudieron determinar si era agua de pozo o de ciudad?

—Bueno —dijo Waters—, no tenía cloro ni aditivos similares.

—Así que estamos hablando de una zona rural.

—Posiblemente, aunque allí hay urbanizaciones con agua de pozo. Yo viví en una de ellas antes de que me destinaran aquí.

—¿También con dietas altas en grasas y vegetales no procesados? —dijo Sean.

—Vale, posiblemente sea rural. Aun así, sigue siendo una región enorme para tratar de abarcarla.

—Hay un problema. Esos tres estados no cuadran con el territorio koasati —dijo Michelle—. Tejas o Luisiana.

—Pero los koasati son originalmente de Alabama —dijo Sean.

—Originalmente, pero ahora ya no.

—¿Podrías investigar aun así el ángulo koasati? —le preguntó a Waters.

Él asintió.

—Haré que los agentes de allí se pongan de inmediato manos a la obra. —Los miró a los dos—. ¿Esto es todo lo que sabéis?

Sean terminó su bebida y se levantó.

—Todo lo que sabemos que valga la pena explicar.

Dejaron a Waters con su segunda cerveza y fueron a buscar el todoterreno. El móvil de Michelle sonó mientras caminaban. Ella miró la pantalla.

—¿Quién es? —preguntó Sean.

—Según el identificador, una tal Tammy Fitzgerald.

—¿Te suena de algo?

—No, no la conozco.

Michelle guardó el teléfono y dijo:

—No le has hablado a nuestro amiguito del FBI de la carta que recibió la primera dama.

—Cierto.

—¿Por qué?

—Porque estoy esperando a que ella entre en razón antes de entregarla a los federales bajo una acusación de obstrucción. Lo cual seguramente también acabaría con las posibilidades del presidente en las elecciones. Y él ha hecho un buen trabajo.

—¿Bromeas? ¿A quién le importan las consecuencias políticas para la primera pareja? ¿Y si eso le cuesta la vida a Willa? ¿No decías que lo único que te importa es rescatarla? ¿O eran solo chorradas lo que le has dicho antes a Waters?

Sean dejó de caminar y se volvió hacia ella.

—Michelle, lo estoy haciendo lo mejor que puedo, ¿de acuerdo? Es complicado. Complicado de cojones.

—Solo es complicado si tú te complicas. A mí me gusta mantener las cosas bien simples. Encontrar a Willa a toda costa.

Él iba a decir algo, pero se detuvo y fijó la mirada más allá.

Michelle se volvió para ver qué estaba mirando.

Dos hombres con uniforme de camuflaje del ejército camina-ban por la acera de enfrente.

—Maldita sea.

Michelle se volvió de nuevo hacia él.

—¿Qué pasa?

—Dijiste que te había parecido que el tipo de la MP5 llevaba un chaleco antibalas de categoría militar.

—Eso es.

—Sí, eso es —dijo Sean.

53

Gabriel hacía todo lo posible para no respirar siquiera. Tenía en la mano el gran manojo de llaves y, antes de dar cada paso, aguzaba el oído para identificar cualquier ruido procedente de la infinidad de recovecos de Atlee. Una parte de él se preguntaba por qué estaba haciendo aquello. La otra parte lo sabía muy bien: por curiosidad. Sam Quarry le había dicho a menudo que la curiosidad era buena; quería decir que estabas vivo de verdad, que te interesaba cómo funcionaba el mundo. No creía que la hubiera considerado tan buena en este momento, porque Gabriel estaba bajando sigilosamente al sótano en mitad de la noche para ver algo que el señor Sam seguramente no quería que viera ni él ni nadie.

Pasó junto al viejo horno, que en la oscuridad no parecía sino un enorme monstruo de hierro dispuesto a zamparse a los chicos como él. Después vio la antigua caja fuerte, con aquel dial giratorio que tenía las rayitas y los números casi borrados, y con una manivela de bronce que había que presionar hacia abajo para abrir la puerta. Él nunca había intentado meterse en la caja fuerte, pero lo había pensado más de una vez. ¿Qué niño con ganas de aventuras no lo habría pensado?

Se deslizó por el pasillo, procurando no respirar aquel aire húmedo. No podías pasar mucho tiempo en un sitio como Atlee sin experimentar algún tipo de alergia al moho; iba incluido en el lote. Aun así, avanzó animosamente.

Llegó frente a la puerta maciza y miró el manojo de llaves. Examinó el ojo de la cerradura, tratando de averiguar cuál encajaría. Con ese sistema, descartó las tres cuartas partes y luego terminó sencillamente la tarea introduciendo las restantes, una tras otra, en la vieja cerradura. La tercera funcionó.

Sonó un fuerte chasquido mientras los vástagos se colocaban limpiamente en su sitio. Gabriel se quedó petrificado, creyendo haber oído pasos en la escalera que descendía al sótano. Pero tras un minuto conteniendo el aliento y rezando para que sus andanzas por la casa no hubieran despertado al señor Sam de su sueño profundo, se guardó las llaves en el bolsillo y tiró de la puerta.

Se abrió sobre unos goznes bien engrasados. El señor Sam, le constaba, sabía mantener las cosas en buen funcionamiento. Uno de los motivos por los que había bajado allí, acaso la razón primordial, era ver el sitio donde habían mantenido encerrados a los esclavos por cometer locuras tales como tratar de escapar (como si cualquier hombre cargado de cadenas, blanco o negro, no hubiera tratado de hacer lo mismo).

Cuando cerró la puerta y encendió la pequeña linterna que llevaba consigo, lo primero que vio fue la hilera de archivadores desvencijados. Luego el haz de luz dio en la pared. Fue entonces cuando se quedó boquiabierto: cuando contempló las pizarras llenas de anotaciones, de chinchetas de colores conectadas con cordel, de fotos de gente y de lugares, de fichas repletas de datos. Se acercó más, con su frente juvenil fruncida de asombro y perplejidad. Mientras giraba en redondo y recorría con la luz las demás paredes, cubiertas de los mismos elementos, Gabriel sintió una aguda sensación en el pecho.

Miedo.

Y no obstante, la curiosidad acabó imponiéndose. Dio un paso adelante y fue a centrarse en la que parecía la primera pizarra de la secuencia, al menos a juzgar por las fechas escritas en cada tramo. Nombres, lugares, hechos, horarios y detalles en apariencia insignificantes cobraban vida allí, engarzados unos con otros. Y mientras Gabriel seguía el hilo de ese relato en torno a un espacio en el cual —más de ciento cincuenta años atrás— habían dejado morir a gente con el mismo color de piel que la suya, volvió a asaltarle lentamente el temor.

Él poseía una memoria prodigiosa, lo cual era una de las razones de sus brillantes resultados escolares. Asimiló todo lo posible, pero incluso su mente empezaba a rebosar con la cantidad de información contenida en esas paredes. El chico no pudo por menos que maravillarse ante el cerebro que Sam Quarry debía de poseer. Siempre había sabido que era un hombre inteligente, duro, el más independiente que había conocido. No parecía que hubiera muchas cosas que Quarry no fuera capaz de resolver. Pero lo que estaba viendo ahora llevaba su respeto, o mejor, su veneración, a un nivel totalmente distinto.

El miedo, sin embargo, seguía presente. Y ahora se estaba multiplicando a gran velocidad.

Tan embebido se hallaba Gabriel en la historia que revelaban aquellos muros que no llegó a oír cómo se abría la puerta ni captó las pisadas que se aproximaban por su espalda.

Cuando notó que una mano lo agarraba del hombro, le fallaron las piernas y poco le faltó para soltar un grito.

—¡Gabriel!

Se volvió y vio a su madre allí, envuelta en un viejo albornoz.

—¿Qué haces aquí?

—¿Mami?

Ella lo sacudió por los hombros.

—¿Qué haces aquí? —repitió, enojada y asustada a la vez—. Te he buscado por todas partes. Creía que te había pasado algo. Me has dado un susto de muerte, hijo.

—Lo siento, mami.

—¿Qué haces aquí? —dijo una vez más—. ¡Dímelo ahora mismo!

Él apuntó a las paredes con la linterna.

—Mira.

Ruth Ann recorrió lentamente con la mirada la habitación, pero sin la curiosidad que brillaba en los ojos de su hijo. Luego se volvió hacia él.

—No deberías estar aquí abajo. ¿Cómo has entrado?

El chico sacó el llavero y su madre se lo arrebató de la mano.

—Mami, mira. Por favor. —Señaló frenéticamente las paredes cubiertas de información.

—No miro nada, solo cómo te metes otra vez en la cama.

—Mira la foto de esa niña. La vi en la tele del colegio.

Ella le dio una bofetada. La expresión consternada de Gabriel revelaba que aquello no había ocurrido nunca.

—Escucha —dijo la mujer—. El señor Sam nos da esta casa. Toda la tierra y esta casa cuando se muera. Todo lo que tenemos es gracias a él. Así que no se te ocurra decir nada contra ese hombre o volveré a darte, solo que más fuerte.

—Pero, mami...

Ella alzó la mano y el chico retrocedió.

—Y escucha otra cosa. Conozco a Sam Quarry desde hace mucho, desde que tú me cabías casi en un puño. Él nos acogió cuando no tenía ninguna necesidad de hacerlo. Es un buen hombre. Si está haciendo algo aquí, es cosa suya. —Señaló las paredes que la rodeaban—. Sea lo que sea, seguro que tiene un buen motivo para hacerlo. Y ahora, vamos.

Lo agarró del brazo y lo sacó a empujones de la habitación, cerrando la puerta. Mientras subían a toda prisa por la escalera, Gabriel echó un vistazo atrás, uno solo antes de regresar corriendo a su habitación impulsado por un cachete en el trasero que le propinó su madre, todavía muy disgustada.

54

Jane Cox no había confiado a su equipo la tarea de revisar el apartado de correos. Era demasiado importante. Su dilema era que, como primera dama, le resultaba casi imposible ir a ninguna parte sin un enorme séquito. Por ley, el presidente y la primera dama no podían viajar sin ninguna compañía.

Bajó de los aposentos privados de la primera familia. Disponía de dos horas completamente libres, así que había informado al jefe de su equipo de que deseaba salir a dar una vuelta. Había hecho lo mismo cada día desde que recibió la carta. Se había puesto firme, eso sí. Nada de la comitiva entera. Una limusina y un coche de escolta. Se había empeñado en ello.

No era el *Cadillac One*, conocido en el servicio como *la Bestia*, un vehículo de cinco toneladas y prácticamente a prueba de ataques nucleares, reservado para el presidente o la primera dama cuando viajaban juntos en coche. A decir verdad, ella no soportaba ir en la Bestia. Los vidrios tenían el grosor de una guía telefónica y no oías ni un solo ruido procedente del exterior. Era asfixiante, como estar bajo el agua o en otro planeta.

Tres agentes iban con ella en la limusina, otros seis en el todoterreno de escolta. Los agentes no estaban satisfechos con ese dispositivo, pero se consolaban con la idea de que nadie podía saber que la primera dama viajaba en el vehículo. De la Casa Blanca salían limusinas a todas horas y el programa público de la primera dama no incluía ese día ningún desplazamiento. Aun así, se mantenían en constante alerta mientras circulaban por las calles del D.C.

Siguiendo sus instrucciones, el coche se detuvo enfrente de una oficina anodina de Mail Boxes Etc., situada en el cuadrante suroeste de la ciudad. Desde esa posición, veía a través de la luna de cristal la hilera de apartados de correos que ocupaba toda una pared. Se envolvió la cabeza con un pañuelo y se puso encima un sombrero, calándoselo bien. Unas gafas de sol le ocultaban los ojos. Se alzó el cuello del abrigo.

—Señora, por favor —dijo el jefe del dispositivo de seguridad—. No hemos registrado la tienda.

—No la han registrado ninguna de las veces que he venido —dijo ella, imperturbable—. Y no ha pasado absolutamente nada.

—Pero si pasara algo, señora... —Su voz se apagó mientras le clavaba una mirada tensa. Si algo salía mal, se habría terminado su carrera. Los demás agentes parecían igual de angustiados. Ninguno deseaba echar a perder su carrera.

—Ya se lo he dicho antes. Asumo toda la responsabilidad.

—Pero podría ser una trampa.

—Asumiré toda la responsabilidad.

—Pero nuestro deber es protegerla.

—Y el mío tomar decisiones sobre mi familia. Pueden observar desde el coche, pero no abandonarlo por ningún motivo.

—Señora, tenga por seguro que saldré del coche si la veo bajo una amenaza de cualquier tipo.

—Muy bien. Eso lo acepto.

En cuanto se bajó del vehículo, el agente principal masculló: «Mierda.» Por lo bajini añadió otra palabra que si no era «bruja» se parecía mucho.

Todos los ocupantes de los dos coches, cuatro de ellos provistos de prismáticos, pegaron el rostro a los cristales y observaron cómo la primera dama cruzaba la calle y entraba en la tienda. Jane Cox no lo sabía, pero había tres agentes del servicio secreto en el local, todos vestidos de modo informal y con aspecto de clientes, y otros dos vigilando la entrada de la parte trasera. El servicio ya estaba acostumbrado a tratar con miembros de la primera familia de carácter audaz e independiente.

Jane fue directamente al apartado de correos, lo abrió con la llavecita y no encontró nada. En menos de un minuto, estaba de vuelta en la limusina.

—En marcha —dijo, arrellanándose en el asiento de cuero.

—Señora —dijo el jefe de seguridad—. ¿No podemos ayudarla de algún modo?

—Nadie puede ayudarme —replicó desafiante, aunque la voz se le quebró ligeramente.

El trayecto de vuelta a la Casa Blanca transcurrió en silencio.

En cuanto la primera dama hubo salido de la Casa Blanca, Aaron Betack entró en acción. Con el pretexto de hacer un escaneo rutinario de micrófonos en el pasillo donde estaba situado el despacho de la primera dama, entró en las dependencias y pidió a los miembros del personal que salieran mientras llevaba a cabo la inspección.

Le bastó un minuto para entrar en la oficina interior, abrir con una ganzúa el cajón de su escritorio, encontrar la carta, sacar una copia y volver a dejarla en su sitio. Le echó un vistazo a la hoja antes de guardársela en el bolsillo.

Era la primera vez en toda su carrera en la administración que hacía algo semejante. Acababa de cometer, de hecho, un acto criminal que podía costarle varios años de encierro en una prisión federal si llegaban a descubrirle.

En cierto modo, le parecía que cada minuto de esa sentencia habría valido la pena.

55

Sean y Michelle se habían pasado toda la velada y gran parte del día siguiente averiguando que, en conjunto, había docenas de instalaciones militares en Georgia, Misisipí y Alabama, con centenares de miles de efectivos militares destinados allí. Demasiados, de hecho, para que ello pudiera serles de utilidad en su investigación. Estaban aún en su oficina cuando Sean tuvo una idea. Llamó a Chuck Waters y le dejó un mensaje. Unos minutos después, el agente del FBI le devolvió la llamada.

—El análisis de isótopos que hicisteis de esa muestra de pelo... —empezó Sean.

—Sí, ¿qué pasa?

—¿Mostraba algo más?

—¿Como qué?

—Ya sé que puede revelar cuál ha sido tu dieta durante años, pero ¿puede mostrar también anomalías en esa secuencia?

—¿Anomalías?

—Una interrupción de la secuencia habitual, cuando se ha seguido otra dieta, al menos durante un período de tiempo.

—Espera.

Sean oyó un rumor de papeles y el chirrido de una silla.

—No veo nada parecido —dijo Waters.

—¿Nada fuera de lo normal?

Más crujido de papeles.

—Bueno, no soy científico. Pero ¿recuerdas que dijimos que

el agresor procedía seguramente de un medio rural a juzgar por las carnes y vegetales sin procesar y el agua de pozo?

—Sí.

—Bueno, había unos niveles elevados de sal, lo cual es lógico si esa gente prepara conservas de comida, ¿no?

—Sí, eso lo hablamos.

—Bien. Además de los elevados niveles de sal, había un nivel de sodio más alto de lo normal.

—Pero Chuck, el sodio es sal. Eso se explica por los vegetales en conserva y la carne curada. Ya lo hablamos.

—Sí, Einstein, ya lo sé. Pero han desarrollado una nueva tecnología que les permite distinguir entre ciertos tipos de sodio hallados en el análisis de isótopos. Lo que muestra el análisis es un elevado nivel de una variedad especial de sodio producida con fines comerciales pero aún no accesible al público.

—¿No será porque esa variedad se la suministran a una cierta entidad gubernamental? Quiero decir, al ejército. Para los paquetes precocinados de los cuarteles...

—¿Para qué me haces perder el tiempo, si ya sabías lo de la comida precocinada? —dijo Waters con irritación.

—Lo sospechaba. No estaba seguro hasta que me lo has dicho ahora. Y puesto que tú ya lo sabías, habría sido muy amable de tu parte que me hubieras facilitado antes la información.

—Estoy dirigiendo una investigación, King, no un servicio de consultoría.

—De todas formas, hay paquetes precocinados disponibles. Para gente obsesionada con las medidas de supervivencia ante posibles catástrofes. ¿No será ese tipo de sodio?

—El nivel de sodio en los paquetes del ejército es más elevado que en el producto comercial. Pero si era de procedencia militar, ¿qué? Eso solo restringe la lista de posibles sospechosos a varios millones de personas.

—Quizá sí. Quizá no.

—¿Qué quieres decir?

—Si los secuestradores son militares, ¿no podrías cotejar el ADN del pelo con los archivos de alistamiento del Pentágono? Ahora exigen muestras de ADN a todo el mundo.

—Lo intenté, pero su maldito sistema se ha colapsado. Librar dos guerras a la vez ha supuesto una reducción de su presupuesto de mantenimiento informático. No volverá a funcionar hasta dentro de dos semanas.

—Fantástico. —Sean colgó y miró a Michelle.

—Bueno, ¿adónde nos lleva la comida precocinada? —dijo ella.

—Ahora sabemos que hay muchas probabilidades de que el agresor sea militar. Al menos es útil haberlo confirmado. Pero nos queda el pequeño problema de localizarlo. No parece que vayamos a conseguir pronto una identificación con el ADN.

—No es probable que siga en el ejército, ¿no crees?

—Imagínate. Sale de permiso a perpetrar un pequeño secuestro y regresa a la base con toda la cara arañada y un morado en el pecho a causa del impacto en el chaleco antibalas...

—Un soldado licenciado, entonces.

—Seguramente. Licenciado con todos los honores o de modo deshonroso, vete a saber. Pero eso tampoco nos sirve de mucho. Hay millones de antiguos miembros del ejército.

Michelle miró fijamente el pecho de Sean.

Él bajó la vista.

—¿Una mancha de café? —dijo.

—Llevaba un chaleco antibalas. Vale, puedes salir del ejército con una parte del material. Pero ¿con un chaleco antibalas?

—Lo puedes comprar en una tienda.

—Quizá. O también puedes llevártelo.

—Sería bastante difícil esconderlo cuando te licencias.

—¿Y si dejaras el ejército sin licenciarte?

—¿Un desertor?

—Eso reduciría la búsqueda entre los millones de candidatos a rastrear. ¿Conoces a alguien que pueda hacernos la averiguación? —preguntó Michelle.

Sean cogió el teléfono.

—Sí. Un general de dos estrellas que conocí cuando estaba en el servicio. A lo mejor puedo sonsacarle algo a cambio de unas entradas de los Redskins.

—¿Tienes entradas para los Skins?

—No. Pero soy capaz de conseguirlas por una buena causa.

56

—Esto es tremendamente irregular, señor Quarry —dijo el médico de guardia.

—No; para mí, no lo es —replicó Quarry—. He venido a llevarme a mi hija a casa. No puede haber nada más normal.

—Pero ella está en respiración asistida. No puede respirar por sí misma. —Lo dijo como si hablase con un niño.

Quarry sacó los papeles.

—Ya he discutido todas estas sandeces con los tipos de la oficina. Tengo plenos poderes legales y demás. En resumen, me la puedo llevar adonde se me antoje y usted no puede hacer absolutamente nada, señor.

El médico leyó los documentos que Quarry le tendía.

—Morirá si la desconectamos de las máquinas.

—No, no morirá. Lo tengo todo previsto.

—¿Qué quiere decir «previsto»? —dijo el médico, escéptico.

—Cada una de las máquinas que tienen ustedes para mantener su respiración, también las tengo yo.

—¿Cómo es posible? Son equipos carísimos. Y complejos.

—Un almacén de suministros médicos sufrió un incendio hace cosa de un año. Tenían montones de accesorios intactos que debían vender a bajo precio a causa de las normativas sanitarias. Ventilador con sonda endotraqueal. Monitor de signos vitales. Tubo de alimentación. Botellas de oxígeno y convertidor. Dispensador intravenoso de medicamentos. Lo he revisado todo y funciona perfectamente. Es más, le apuesto cien pavos a que mi equipo funciona mejor que las mierdas que tienen aquí. Está todo viejísimo. Y lo sé bien, porque he venido aquí durante años y no creo que hayan renovado nada.

El médico soltó una risita forzada.

—Vamos, señor Quarry.

Él lo cortó.

—Usted limítese a prepararla para marcharse. Yo me encargaré de que pongan la ambulancia en la entrada.

—¿Ambulancia?

—Sí, ¿qué pasa? ¿Creía que iba a llevármela en la camioneta? Use la cabeza, maldita sea. He alquilado una ambulancia, una especial con equipo de respiración asistida. Está esperando fuera. —Volvió a guardarse los papeles—. Y ahora ocúpese de que esté lista para marcharse.

Quarry se alejó por el pasillo.

—Pero ¿cómo va a cuidar de ella?

Él se volvió.

—Me conozco la rutina mejor que usted. Sé cómo alimentarla, medicarla, limpiarla, ejercitarle los miembros, darle la vuelta para evitar las llagas y toda la pesca. ¿Se cree que vengo aquí y solo miro las malditas baldosas? Por cierto, ¿usted le ha leído alguna vez?

El hombre parecía perplejo.

—¿Leerle? No.

—Pues yo sí. Le he leído todos estos años. Seguramente es lo que la ha mantenido con vida. —Le apuntó con un dedo—. Ocúpese de prepararla, porque mi pequeña al fin va a salir de aquí.

Quarry firmó un montón de papeles exonerando a la residencia de cualquier responsabilidad y, finalmente, Tippi salió de su prisión cuando el sol todavía brillaba en el cielo. Quarry guiñó los ojos, deslumbrado, y observó cómo metían a su hija por la parte trasera de la ambulancia. Subió a su vieja camioneta, se despidió de la residencia mostrando un dedo y guio a la ambulancia por la carretera hasta Atlee.

Cuando llegaron a casa, estaba todo preparado. Carlos y Daryl ayudaron a los asistentes de la ambulancia a cargar la camilla. Ruth Ann, con las mejillas arrasadas en lágrimas, y Gabriel observaron a la comitiva. La hija, ya adulta, fue llevada a la misma habitación que había ocupado de niña. Todo lo que había habido entonces en la habitación estaba allí otra vez. Quarry y su esposa lo habían guardado todo desde que Tippi había emprendido el vuelo para lo que había resultado ser un período muy breve. La universidad, una temporada en una empresa de marketing de Atlanta; y luego ya, con solo veintitantos, conectada a un tubo respirador en una residencia.

Su preciosa hija había vuelto a casa, sin embargo.

La ambulancia partió una vez que la enfermera de cuidados intensivos que los había acompañado se cercioró de que los aparatos de Quarry eran adecuados y estaban conectados correctamente. Cuando se fueron, Quarry cerró la puerta, se sentó junto a Tippi y le cogió la mano.

—Estás en casa, pequeña. Papá te ha traído a casa, Tippi.

Sujetándole la mano, señaló con ella los distintos objetos de la habitación.

—Ahí está la cinta azul que ganaste por escribir aquel poema. Y allí el vestido del baile de promoción que tu madre te hizo. Y estabas preciosa con él, Tippi. Yo no quería dejarte salir de casa con ese vestido puesto. No, señor. No quería que los chicos te vieran así. Tan guapa. —Señaló con la mano de su hija una fotografía que había en una estantería.

Era una foto de toda la familia. Mamá, papá y los tres niños cuando aún eran muy pequeños. Daryl no estaba gordo entonces; solo era un niño mono y rollizo. Suzie estaba en medio, con su habitual expresión desafiante. Y luego venía Tippi, con un sombrero que había confeccionado con papel de periódico y una tira de cuero, ladeado sobre la cabeza, y el pelo dorado sobre los hombros. Tenía en la cara una maravillosa sonrisa y una expresión traviesa en los ojos. Ya no había casi nada que hiciese llorar a Quarry. Y sin embargo, cada vez que miraba esa imagen de Tippi, con toda su vida por delante, con aquel gracioso sombrero y esos ojos ardientes dispuestos a comerse el mundo, sin prever, sin intuir siquiera, la desesperación y la pérdida demoledora que habrían de padecer todos; cada vez que la miraba las lágrimas subían a sus ojos de hombre viejo como las gruesas gotas de una tarde de otoño.

Con delicadeza, volvió a depositar la mano de Tippi junto a su cuerpo y se levantó para mirar por la ventana. Su niña estaba en casa. Disfrutaría de ello mientras pudiera. Después, escribiría la siguiente carta.

Se volvió hacia su hija y escuchó el movimiento de ascenso y descenso de la máquina que mantenía sus pulmones bombeando y su corazón latiendo. Luego miró la fotografía y, cerrando y volviendo a abrir los ojos, consiguió transferir la Tippi de la imagen a la Tippi que estaba en la cama. En ese mundo imaginario, su hija simplemente estaba descansando. Y al menos en esa fantasía, más tarde se despertaría, se levantaría, le daría un abrazo a su padre y seguiría con su vida.

Quarry se desplomó en un sillón, volvió a cerrar los ojos y se quedó en ese otro mundo durante un rato más.

57

El móvil de Michelle volvió a sonar. Llevaban ya dos días esperando recibir noticias del amigo de Sean en el ejército, pero reunir los registros de desertores de tres estados no era tarea fácil, por lo visto.

—¿Quién es? —preguntó Sean, repantigándose en la butaca de su escritorio.

—Es del mismo número que ya me llamó otra vez, pero no sé de quién se trata.

—Podrías responder. Estamos en un punto muerto, al fin y al cabo.

Ella se encogió de hombros y pulsó el botón.

—¿Sí?

—¿Michelle Maxwell?

—Sí, ¿quién es?

—Soy Nancy Drummond. Usted me dejó un mensaje sobre su madre. Yo era amiga suya.

—Pero el código de su teléfono no es de Nashville. Y el nombre que me aparecía en pantalla era Tammy Fitzgerald.

—Ay, lo siento, no había caído. Estoy utilizando el móvil de mi hija. Fitzgerald es su apellido de casada. Ella vive en Memphis, pero está pasando una temporada con nosotros. Y el móvil es más barato en las llamadas de larga distancia. Yo solo tengo un teléfono fijo.

—Ah, ya, está bien. ¿Por qué no me dejó un mensaje?

—Me ponen nerviosa los móviles y los buzones de voz —dijo la mujer con franqueza—. Ya soy vieja.

—No importa. A mí también me ponen nerviosa a veces.

—Estaba fuera de la ciudad cuando falleció su madre. Siento de veras lo ocurrido.

—Gracias. Se lo agradezco mucho. —Michelle se sentó ante su escritorio mientras Sean hacía garabatos en un cuaderno—. La llamé porque, bueno, supongo que se habrá enterado de que mi madre no murió por causas naturales.

—Me han dicho que alguien la mató.

—¿Quién se lo dijo?

—Donna Rothwell.

—Ajá. Mire, señora Drummond...

—Llámame Nancy, por favor.

—Está bien, Nancy. Te llamé porque quería preguntarte si se te ocurría alguien que hubiese querido hacerle daño a mamá.

Michelle esperaba que la mujer respondiera con un «no» categórico y estupefacto, pero no fue así.

—Cuando he dicho que sentía la muerte de tu madre, lo decía de verdad, Michelle. Le tenía afecto. Pero no puedo decir con sinceridad que me sorprendiera la noticia.

Michelle se irguió en su silla y le hizo una seña a Sean. Luego pulsó un botón de su móvil para conectar el altavoz.

—¿Dices que no te sorprendió que alguien la matara?

Sean dejó de hacer garabatos, se acercó al escritorio de Michelle y se sentó en el borde.

—¿Por qué lo dices?

La voz meliflua de Nancy Drummond inundó el despacho.

—¿Hasta qué punto conocías a tu madre?

—Supongo que no muy bien, en realidad.

—Esto resulta difícil de decir, siendo tú su hija.

—Seño a... Nancy, no te andes con miramientos. Lo único que quiero es encontrar al culpable.

—Yo no conocía muy bien a tu padre. Tu madre y él no salían mucho juntos. Pero Sally disfrutaba del círculo social que teníamos allí. Lo disfrutaba mucho... mucho.

Michelle captó el énfasis.

—¿Cuánto es «mucho... mucho»?

—No me gusta nada andar con chismes.

—Mira, si mi madre estaba engañando a mi padre, es muy importante saberlo, Nancy. ¿Sabes con quién se estaba viendo?

—Era más de uno, a decir verdad.

Michelle se desplomó en su silla.

—¿Cuántos más?

—Tres, que yo supiera. Dos se mudaron, el segundo hará cosa de un mes.

—¿Adónde?

—Uno a Seattle; el otro al extranjero.

—¿Y quién era el tercero?

—A ver. Esto yo no te lo he contado, porque no es de dominio público. Tu madre era muy discreta, eso debo reconocérselo. Y no sé si eran, en fin, ya me entiendes, íntimos. Tal vez simplemente salían juntos. Tal vez se sentían solos.

—¿Quién? —dijo Michelle con calma, aunque le daban ganas de pegarle un tiro al teléfono para hacer que la mujer respondiera sin más rodeos.

—Doug Reagan.

—¿Doug Reagan? ¿El novio de Donna Rothwell?, ¿ese Doug Reagan?

—Ese. ¿Lo conoces?

—No mucho, pero ahora creo que sí lo voy a conocer. ¿Cuánto tiempo hacía que habían tenido una aventura?

—Bueno, yo creo que aún la tenían. Hasta que murió tu madre, quiero decir.

—Un momento, ¿cómo sabes todo esto?

—Tu madre me lo contó en confianza. Éramos muy amigas.

—Entonces, ¿nadie sabe que lo sabes?

—No sé si se lo contaría a alguien más. Pero yo no he hablado de ello con nadie hasta este momento. Una confidencia es una confidencia. Ahora que ya no está, sin embargo, he pensado que tenías derecho a saberlo.

«A saber: que mi madre era una zorra. Gracias.»

—¿Sigues ahí, querida?

Michelle replicó:

—Sí, sigo aquí. ¿Estarías dispuesta a explicarle a la policía lo que acabas de explicarme?

—¿Debo hacerlo?

Sean le tocó el brazo a Michelle, meneando la cabeza.

—Quizá no —se apresuró a decir ella al teléfono—. Al menos, de inmediato. —Hizo una pausa—. Hum, ¿mi padre sabía... lo que estaba haciendo mi madre?

—Como te he dicho, yo a él no lo conocía bien, pero siempre me dio la impresión de ser un hombre que si lo hubiera sabido, habría hecho algo al respecto.

—Sí, a mí también me da esa impresión. Gracias, Nancy. Tú no hagas nada ni le cuentes a nadie todo esto, ¿de acuerdo?

—Muy bien, querida. Si tú lo dices...

—Te agradezco que hayas sido tan sincera.

—Yo misma tengo cuatro hijas mayores, dos divorciadas. Sé muy bien que estas cosas suceden. La vida nunca es perfecta. Quiero que sepas que cuando tu madre me contó lo que estaba haciendo, le aconsejé enérgicamente que dejara de ver a esos hombres. Que volviera con tu padre y tratara de resolver los problemas. Como digo, yo no lo conocía bien, pero notaba que era un buen hombre. No se merecía eso.

—Nancy, eres un encanto.

—No, solo soy una madre que ha visto de todo.

Michelle colgó y miró a Sean.

—Con razón estoy tan chiflada, ¿no?

—Al contrario, creo que estás extraordinariamente cuerda, la verdad.

—¿Por qué no querías que hablara con la policía?

—No lo sé. Una corazonada.

—Bueno, ¿y ahora, qué?

—Hasta que no recibamos noticias de mi amigo, el general de dos estrellas, no tenemos mucho que hacer. ¿Qué tal un viajecito rápido para aclarar todo esto?

Averiguaron en un santiamén que el próximo vuelo directo a Nashville no salía hasta el día siguiente: a menos que estuvieran dispuestos a hacer una conexión por Chicago y luego por Denver, perdiendo la mayor parte del día en las salas de espera y las pistas de los aeropuertos.

—Han de gustarte mucho los aviones —dijo Sean, apagando

su móvil, tras escuchar las opciones—. Imagínate, volar hacia el norte o hacia el oeste para dirigirte al sur.

—Al cuerno. ¿Te apetece un viaje en coche? —dijo Michelle.

—Contigo, cuando quieras.

Compraron unos sándwiches y dos tazas gigantes de café y salieron a las ocho de la noche. Mientras iban de camino, Michelle había llamado a su hermano Bill y se había enterado de que todos sus hermanos habían regresado ya a sus ciudades respectivas. Todos, salvo Bobby, claro, que vivía allí.

—Tengo una buena noticia —le había dicho Bill.

—¿Cuál?

—Papá ya no es sospechoso. O no seriamente, al menos.

—¿Por qué?

—El forense dice que el golpe provino de un zurdo y papá es diestro.

—¿Eso no lo sabían antes?

—Los engranajes de la justicia son lentos, hermanita, pero sigue siendo una buena noticia.

—¿Cómo es que habéis dejado solo a papá?

—No fuimos nosotros, en realidad. Nos dejó él.

—¿Qué significa eso exactamente?

—Pues que nos dijo que nos largáramos de una puñetera vez, que ya estaba harto de vernos rondar por allí. Yo habría preferido que fuera un poquito más directo, ¿sabes? —Michelle casi percibió la sonrisa de su hermano mayor a través del teléfono.

—¿Te parece que habéis hecho bien dejándolo solo?

—Bobby está allí. Y papá es una persona adulta. Puede cuidar de sí mismo.

—No es eso lo que me preocupa.

Antes de que Bill llegara a preguntar qué le preocupaba, su hermana había cortado la llamada.

Sean comentó:

—Así que buenas noticias porque ha quedado libre de sospechas, pero malas porque tu padre sabe que el asesino anda suelto y tal vez quiera tomarse la justicia por su mano.

—Mis hermanos son excelentes policías, pero unos hijos totalmente despistados. Ni siquiera pueden contemplar la posibilidad de que mi padre pudiera hacer algo semejante. O de que mi madre le estuviera engañando.

—¿Y tú sí puedes?

Ella le echó un vistazo y desvió la mirada.

—Sí, puedo.

Como de costumbre, Michelle condujo haciendo caso omiso de los límites de velocidad y, tras hacer solo dos paradas para ir al baño, llegaron a la casa de su padre un poco después de las cinco de la madrugada, anticipándose en cuatro horas largas a la llegada del vuelo directo de la mañana.

Michelle echó un vistazo en el garaje y meneó la cabeza. El Camry no estaba aparcado allí. Utilizó su propia llave para entrar. Bastó una rápida inspección para ver que no había nadie.

—¿Tu padre tiene caja fuerte para armas?

—Solo un estuche de pistolas, creo. Seguramente en el armario del dormitorio.

Sean fue a comprobarlo. Encontró el estuche, pero no había ninguna pistola dentro.

Se sentaron sobre la cama deshecha y se miraron.

—¿Deberíamos llamar a Bobby? —dijo Sean.

—Será demasiado largo explicárselo todo. Tal vez deberíamos ir a ver a Doug Reagan. Y preguntarle por qué olvidó mencionar que se estaba tirando a mi madre.

—¿Tienes la dirección?

—No creo que sea difícil averiguarlo. Como no deja de repetir todo el mundo, esta ciudad no es tan grande. O si no, siempre podemos preguntárselo a su «amiga» Donna.

—Bueno, antes que nada, ¿qué te parece si nos duchamos y cambiamos? No me había pasado la noche conduciendo desde hace mucho. Es más, la última vez fue contigo.

—Expandir tus horizontes... Parece ser mi destino en la vida.

Primero se duchó Michelle en el baño de la habitación de invitados. Al terminar, abrió la puerta y dio un grito en el pasillo.

—Tu turno, King.

Sean entró cuando ella estaba terminando de envolverse con una toalla y le ofreció una taza de café recién hecho.

—¿Te apetece?

—Siempre.

Michelle se sentó en la cama a tomárselo mientras él entraba en el baño.

—¿Y qué hay de la fiesta de los vecinos? —dijo, alzando la voz—. Quizá deberíamos conseguir una lista de invitados y empezar a averiguar por ese lado.

—O conseguirla a través de tu hermano —respondió Sean—. Me imagino que fue una de las primeras cosas que hizo la policía.

Michelle se acercó más a la puerta cuando empezó a oírse el ruido de la ducha.

—Preferiría que lo hiciéramos por nuestra cuenta.

—¿Cómo?

—Que lo hagamos nosotros —dijo, casi gritando.

—De acuerdo, tus deseos son órdenes para mí.

—Sí, ya. —El comentario le arrancó aun así una sonrisa.

Se levantó, fue al dormitorio de su padre y echó un vistazo. La foto de su madre había desaparecido. Miró en la papelera. Tampoco estaba allí. Se le ocurrió mirar debajo de la cama. Ahí estaba. La recogió. El vidrio se había resquebrajado y una esquirla afilada había rasgado el rostro de sus padres.

¿A eso se reducía un matrimonio de casi cincuenta años? El siguiente pensamiento le resultó igualmente demoledor.

«¿Y adónde demonios va mi vida exactamente?»

Regresó con la fotografía a la habitación de invitados, se desplomó sobre la cama y empezó a temblar.

—¡Maldita sea!

Soltó otra maldición, se levantó y caminó hacia el baño. Empezó a temblar otra vez. Titubeó. Tragó saliva, abrió la puerta y entró. Seguía temblando y por la garganta le subía un sollozo entrecortado.

Sean la vio a través de la puerta de la ducha.

—¿Michelle?

La miró inquisitivo y clavó los ojos en los suyos, que parecían a punto de deshacerse en lágrimas.

—¿Qué te pasa?

—No sé. ¡No sé qué demonios me pasa, Sean!

Él se envolvió en una toalla y salió de la ducha. La llevó a la habitación y se sentaron los dos en el borde de la cama, ella con la cabeza sobre su pecho.

—Creo que estoy perdiendo el control —dijo.

—Has pasado un trago muy difícil. Es normal que te sientas abrumada.

—Mis padres se han pasado toda la vida juntos. Tuvieron cinco hijos. Cuatro varones y la idiota de Michelle: la tarada que cierra la marcha.

—No creo que nadie te vea así. Desde luego, yo no.

Ella se volvió para mirarlo.

—¿Cómo me ves tú exactamente?

—Michelle, yo...

Ella recogió el retrato resquebrajado.

—Casi cincuenta años de matrimonio y cinco hijos... ¿y esto es todo lo que consigues? ¿Esto?

—Michelle, no sabemos lo que ocurre aquí todavía.

—Siento como si hubiera malgastado gran parte de mi vida.

—¿Una medallista olímpica, una agente del servicio secreto y ahora socia mía? —Sean trató de sonreír—. Mucha gente desearía estar en tu lugar. Sobre todo, en lo referente a ser mi socia.

Ella no sonrió. No volvió a llorar. Se inclinó y le besó suavemente en los labios.

—No quiero perder más el tiempo, Sean —le susurró al oído—. Ni un solo segundo.

Le dio otro beso y, cuando él se lo devolvió, se apretó contra su cuerpo.

Y de pronto Sean se apartó.

Se miraron a los ojos.

—¿No me deseas? —dijo Michelle.

—Así no. No, así no. Ni tampoco...

Ella le dio una bofetada y se levantó.

—¡Michelle!

—¡Déjame en paz!

Empezó a correr, pero de repente fue como si se le viniera encima un muro de algo frío y caliente a la vez, abrasando sus órganos, helándole la piel. Se le doblaron las rodillas y cayó al suelo, sollozando y haciéndose un ovillo, tan encogida que parecía haberse convertido en una niña. Arañó el suelo con los dedos, encontró el retrato resquebrajado donde había caído y lo estrechó contra su pecho.

Un instante más tarde, Sean la alzó en brazos y sintió que la cabeza de Michelle caía exánime sobre su hombro. La llamó angustiado, pero ella no respondió.

La depositó en la cama, le quitó la foto, la cubrió con la sábana y se sentó a su lado. Alargó una mano y ella la asió instintivamente. Mientras transcurrían los minutos y empezaba a salir el sol, sus sollozos se fueron aplacando. Finalmente, sus dedos se aflojaron, soltó a Sean y se quedó dormida. Él volvió a cubrirle la mano con la sábana.

Se tendió junto a ella y deslizó un dedo por su pelo húmedo. La estuvo observando hasta que le venció el cansancio, hasta que se le cerraron los ojos y se quedó dormido.

58

Quarry caminó por la explanada de tierra que había frente a la casita, seguido por Carlos. Se detuvo y señaló el terraplén.

—El cable de la cámara llega justo hasta donde tú estarás. El monitor de televisión ya está instalado. Lo he revisado, funciona perfectamente. Es solo una toma exterior, de todos modos. Era imposible ocultarla en el interior de la casa.

—Entendido.

Ya lo habían repasado todo muchas veces, pero Carlos había aprendido que si había algo en lo que Sam Quarry creía era en la repetición. Como buen piloto, el hombre tenía la firme convicción de que repetir una y otra vez una cosa era la única manera de eliminar muchos errores potenciales.

—El ángulo de la cámara está calibrado al milímetro —añadió Quarry—. Pero lo comprobaré hasta el último minuto.

—¿Hay posibilidades de que la descubran y la inutilicen?

—Muy escasas, dados los parámetros de tiempo, pero si llegara a suceder, tendrás que recurrir a otros medios. —Quarry sacó de su mochila unos pesados prismáticos y se los tendió a Carlos—. Unas lentes anticuadas bastante decentes y dos ojos bien abiertos. Contarás con una mirilla que no revelará tu posición. Tú solo has de accionar la palanca que te he enseñado en el búnker y la ranura se abrirá como la torreta de un cañón.

Carlos asintió.

—¿Y el otro dispositivo? —dijo, echando un vistazo a la casita, a la línea de árboles y a la zona despejada entre ambas.

Quarry sonrió.

—Ahí está la maravilla del maldito montaje, Carlos. Se activará todo en cuanto pulses el botón. —Sonreía como un colegial que acaba de ganar el concurso de ciencias—. Me costó lo suyo montarlo, es algo complicado; tuve que utilizar una toma dual, pero al final lo conseguí. Y una vez que hayas apretado el botón, Carlos, ya no hay marcha atrás, amigo mío.

—¿Y cómo contactaré con usted en la mina?

—Antes que nada: te pondrás en contacto conmigo tanto si la cosa sale bien como si se va todo al cuerno. Y lo harás con esto. —Quarry le pasó un aparato cuadrado—. Es como un teléfono vía satélite —le explicó—. La llamada me llegará incluso allá arriba, en la mina. Ya lo he probado. Pero la ranura del agujero donde estarás metido tiene que estar abierta para que se conecte con el satélite. Aunque solo tardarás unos segundos en hacer la llamada. Nada de mensajes prolijos: solo sí o no.

Carlos sujetó el teléfono.

—¿Dónde lo ha conseguido?

—Lo he construido con piezas sueltas.

—¿Y la señal del satélite?

—Pirateada de otra plataforma. Fui a la biblioteca y saqué información del ordenador que explicaba cómo hacerlo. Es más fácil de lo que creerías si se te dan estas cosas. Qué demonios, Carlos, todo lo que he hecho aquí es bien sencillo comparado con lo que tuvimos que improvisar en Vietnam. Así me he ahorrado un montón de dinero. Porque dinero no tengo.

Carlos lo miró con abierta veneración.

—¿Hay algo que usted no sepa hacer?

—Montones de cosas. La mayoría, importantes. Solo soy un trabajador. No sé una mierda de nada.

—Bueno, ¿y cuándo será?

—Ya te avisaré, pero pronto.

Carlos contempló una vez más el montículo. Quarry le miró fijamente.

—Estarás oculto pero expuesto al mismo tiempo —dijo—. Prácticamente a quemarropa.

—Eso ya lo sé —respondió Carlos, mientras seguía con la mirada a un águila ratonera que describía lentos círculos en el aire.

—Es solo un problema si ellos se empeñan en que lo sea. De lo contrario, te largas y ya está.

Carlos asintió, pero mantuvo la vista fija en el pájaro.

—Si quieres que intercambiemos los puestos no tengo ningún problema, Carlos. Pero solo voy a proponértelo esta vez.

El hombre enjuto meneó la cabeza.

—Le dije que lo haría y voy a hacerlo.

Carlos se marchó. Quarry abrió con llave la puerta de la casita y entró. Todo estaba listo; solo faltaba una cosa. Pero ya llegaría a su debido tiempo.

Una hora más tarde, Quarry se elevaba por los aires con su Cessna. El viento era muy intenso a baja altitud y la avioneta avanzaba escorándose, pero eso no le preocupaba. Había volado en condiciones muchos peores. Unas pequeñas turbulencias no iban a acabar con él. Otras muchas cosas podían matarlo, desde luego. Y probablemente lo matarían.

Tenía mucho en qué pensar, y las mejores ideas se le ocurrían mientras volaba. A unos miles de pies de altura, su mente parecía funcionar con más claridad pese a que el aire escaseara. En la parte trasera de la avioneta había una caja llena de cables. Con esa caja, y con la otra que tenía en la mina, trazaría su escenario más apocalíptico. Solo las utilizaría si se veía obligado, y confiaba en que no fuera así.

Mientras volaba, recordó la última vez que Tippi había hablado. Él y su esposa habían viajado precipitadamente a Atlanta, donde les informaron del estado desesperado de su hija. Quarry nunca había querido que ella se trasladara a la gran ciudad, pero los hijos crecen y uno ha de dejar que sigan su camino.

Cuando el médico del hospital les contó lo ocurrido, no pudieron creerlo. No su pequeña Tippi. Tenía que tratarse de un error. Pero no había ningún error. Ella ya se había hundido en un coma profundo por la pérdida de sangre. Los resultados de la exploración física eran concluyentes, les habían dicho.

Cameron había salido de la habitación para traer café; Quarry estaba apoyado en la pared, con sus mugrientos tejanos y su camisa manchada de sudor por el largo trayecto desde Alabama, bajo el calor del verano y sin aire acondicionado. Se había puesto en marcha tal como venía del campo, después de que su esposa apareciera corriendo por la tierra labrada y le explicara a gritos la llamada que había recibido. La atmósfera cerrada y artificial del gran hospital le había resultado fétida y sofocante a un hombre como él, acostumbrado al aire libre.

La policía se había presentado también y Quarry había tenido que tratar con ellos. Se había puesto tan furioso ante el sesgo de sus preguntas que Cameron tuvo que ordenarle que saliera de la habitación (era la única persona del mundo, aparte de Tippi, que poseía esa influencia sobre él). Los polis habían terminado su cometido y se habían ido. Por la expresión avinagrada de sus rostros cuando se cruzaron en el pasillo, Quarry se hizo pocas ilusiones de obtener justicia por ese lado.

Así que se había quedado solo en la habitación, él y su pequeña. Los aparatos emitían chasquidos, las bombas resoplaban, el monitor dejaba escapar unos pitidos que él sentía como estallidos de artillería. Ni siquiera el estruendo del fuego antiaéreo dirigido contra su Phantom en los cielos de Vietnam lo había asustado tanto como el silbido de aquella maldita máquina mientras registraba obedientemente el gravísimo y desesperado estado de su pequeña.

Era extremadamente improbable que se recuperara nunca, le habían advertido los médicos. Uno de ellos, un tipo sin la menor comprensión y con los modales de una hiena, había sido particularmente pesimista.

—Demasiada pérdida de sangre. Daño cerebral. Una parte de su mente ya está muerta. —Y añadió—. Si le sirve para sentirse mejor, ella no experimenta ningún dolor. Ya no es realmente su hija. Ya ha muerto, en realidad.

Lo cual no solo no había servido para que Quarry se sintiera mejor, sino que había provocado que le saltara dos dientes de un puñetazo al médico. Casi había conseguido que le prohibieran definitivamente la entrada en el hospital.

Mientras permanecía allí solo, apoyado contra la pared, Tippi había abierto los ojos y le había mirado. Así como así. Recordó aquel momento con toda precisión, vívidamente, mientras planeaba con su Cessna sobre las corrientes térmicas.

Se había quedado tan consternado al principio que no supo qué hacer. Parpadeó, creyendo que no había visto bien, o que veía lo que quería ver y no lo que tenía delante.

—¿Papá?

En un instante estaba a su lado, cogiéndola de la mano, con el rostro a unos centímetros del de su hija.

—¿Tippi? Hijita. Papá está aquí. A tu lado.

Ella había empezado a mover la cabeza de un lado para otro y el monitor emitía un pitido que no había soltado hasta entonces. Quarry temía horrorizado volver a perderla, que se sumiera otra vez en las sombras, en esa parte inerte de su mente.

Le estrechó la mano, le sujetó con delicadeza la barbilla, deteniendo la oscilación, y sus ojos volvieron a enfocarlo.

—Tippi, estoy aquí. Tu madre enseguida vuelve. ¡No te vayas, Tippi! ¡No te vayas!

Los ojos se le habían cerrado de nuevo y Quarry sintió una oleada de pánico. Miró alrededor, quizá para llamar a alguien, para pedir ayuda y tratar de retener a su hija.

—¿Papá?

Se volvió, sobresaltado.

—Estoy aquí, pequeña.

Aunque intentaba contenerlas, las lágrimas rodaban furiosamente por su rostro arrugado, un rostro que había envejecido más en aquel solo día que en los últimos diez años.

—Te quiero.

—Yo también te quiero, pequeña. —Se llevó la mano al pecho, para que no se le saliera el corazón—. Tippi, tienes que contarme qué pasó. Tienes que decirme quién te ha hecho esto.

Sus ojos empezaron a desenfocarse de nuevo y se cerraron. Él se devanó frenéticamente los sesos para encontrar algo que captara su atención.

—Es una verdad universalmente aceptada que un hombre soltero dotado de una buena fortuna necesita una esposa —dijo.

Era la primera frase de *Orgullo y prejuicio*.

Se habían leído el libro el uno al otro varias veces a lo largo de los años.

Tippi abrió los ojos y sonrió, y Quarry soltó un gran suspiro, porque estaba convencido de que Dios le había devuelto a su niña, pese a lo que dijeran los tipos de bata blanca.

—Dime quién te lo ha hecho, Tippi. Dímelo, pequeña —dijo con toda la firmeza posible.

Ella dijo únicamente cuatro palabras moviendo los labios, pero con eso bastó. Él las comprendió.

—Gracias, pequeña. Dios mío, te quiero tanto...

Miró al techo.

—Gracias, dulce Jesús.

Entonces se abrió la puerta y Quarry se volvió. Era Cameron, con dos tazas de café. Él cruzó prácticamente la habitación de un salto, la agarró tan bruscamente que derramó ambas tazas y la arrastró junto a la cama.

—Nuestra pequeña está despierta, Cam, ha vuelto en sí.

Los ojos de Cameron se habían abierto desmesuradamente y su sonrisa se había expandido de un modo que al propio Quarry le pareció asombroso. Cuando bajó la vista hacia la cama, sin embargo, su alegría se desvaneció de golpe.

Él había bajado la vista también. Tippi tenía los ojos cerrados y la sonrisa había desaparecido de sus labios. No volvió a despertar. Quarry no oyó su voz nunca más.

Era por esa sonrisa que había obtenido, la última que recibiría jamás de su hija, por lo que Quarry le había leído el libro de Austen durante todos aquellos años. No dejaba de ser, o así lo sentía, un homenaje a la escritora por lo que le había proporcionado: unos últimos momentos preciosos con su hija.

Las cuatro palabras que Tippi había dicho ese día se le quedaron grabadas a fuego en la mente, pero Quarry no las utilizó entonces, porque no apuntaban claramente a una persona. Y además, para su exasperación, aunque habían llamado al médico y él le había explicado la reacción de Tippi, era evidente que el facultativo no le creía.

—Si realmente ha despertado —dijo— ha sido solo una anomalía.

Quarry tuvo que hacer un gran esfuerzo para no romperle los dientes también a él.

No, no había usado en ese momento las palabras de su hija, y no sabía exactamente por qué. Pero después de la muerte de Cameron, ya no hubo nada que lo retuviera. Fue entonces cuando se había iniciado su largo viaje hacia la verdad. Para alcanzar finalmente este punto, cuando la justicia para él y para Tippi parecía más cerca que nunca.

Mientras continuaba volando, pensó que solo había una cosa más terrible que morir solo: morir sin terminar tu tarea.

Él no moriría sin terminarla.

59

—Perdona.

Michelle, ahora totalmente vestida, estaba sentada en el borde de la cama de invitados. Sean acababa de despertarse, todavía envuelto en la toalla y con la almohada humedecida por su pelo mojado.

Se volvió hacia ella restregándose un hombro agarrotado.

—No hay nada que perdonar. Has pasado una experiencia terrible. Cualquiera estaría hecho polvo.

—Tú no lo estarías.

Él se sentó y se colocó la almohada detrás.

—Quizá te llevases una sorpresa. —Echó un vistazo a la ventana. Empezaba a oscurecer—. ¿Qué hora es?

—Casi las siete de la tarde.

—¿Tanto he dormido? ¿Por qué no me has despertado?

—Yo tampoco llevo mucho despierta. —Bajó la mirada—. Sean, ¿dije algo? Quiero decir, cuando estaba medio ida.

Él se frotó el brazo.

—Michelle, no puedes ser perfecta todo el tiempo. Lo reprimes todo y acabas explotando. Tienes que dejar de actuar así.

Ella se levantó y miró por la ventana.

—Por cierto, nos hemos ventilado un día entero. —Se volvió de golpe—. ¿Y si hay novedades sobre Willa?

Obviamente, no quería hablar más de lo ocurrido allí.

Sean, dándose cuenta, alargó el brazo y tomó el móvil de la mesita de noche. Revisó los mensajes y los correos.

—Nada. Estamos en un compás de espera hasta que alguna de las pistas dé resultado. Salvo que se te ocurra otra cosa.

Ella volvió a sentarse en la cama, meneando la cabeza.

—No ayuda nada que Tuck y Jane Cox nos hayan estado mintiendo desde el primer día.

—No, nada. Pero estamos aquí y quizá podríamos avanzar en el caso de tu madre. Localizando a Doug Reagan, por ejemplo.

—De acuerdo.

Sonó el teléfono de la casa. Era su hermano Bobby.

—¿Qué haces tú aquí? —dijo.

—Hemos llegado esta mañana. Solo... para ver a papá.

—Bueno, ¿y cómo se encuentra?

—No está en casa. —Michelle se quedó paralizada de golpe. ¿Y si había vuelto? ¿Pensaría que ella y Sean se habían acostado juntos, en la casa familiar, justo cuando su madre acababa de morir?—. Espera un momento, Bobby.

Dejando el teléfono, salió precipitadamente de la habitación. Regresó al cabo de un minuto y cogió el auricular.

—No, no está. El coche tampoco. ¿Por qué lo preguntas?

—Estoy en el club de campo.

—Ajá. ¿Eres socio?

—No de pleno derecho. Los policías no ganamos tanto. Juego unas rondas de vez en cuando.

—Está un poco oscuro ya para jugar al golf.

—Hay una señora aquí con la que he estado hablando.

—¿Quién?

—Una señora que salió a pasear con su perro la noche en que mataron a mamá. No es del barrio, de ahí que la policía no la interrogara.

—¿Vio algo? ¿Y por qué no acudió a la policía?

—Estaba asustada, supongo.

—¿Y cómo ha cambiado de opinión?

—Una amiga, una tal Nancy Drummond, le dijo que se presentara, y ella me ha llamado.

—Yo hablé con Nancy.

—Eso me ha dicho. Por eso te llamaba, de hecho.

—¿Cómo?, ¿quieres decir que me estabas buscando?

—Sí.

—¿Y por qué no me has llamado al móvil, Bobby?

—Te he llamado como seis veces en las últimas horas. Y te he dejado cuatro mensajes.

Michelle echó un vistazo a la mesilla, donde también estaba su teléfono móvil. Lo cogió y revisó la lista de llamadas.

—Debo de haberlo dejado en silencio sin darme cuenta. Perdona.

—He pensado que quizá papá supiera dónde estabas y, mira por dónde, voy a matar dos pájaros de un tiro.

—¿Qué quieres decir?

—Que esta señora solo está dispuesta a hablar si estás tú delante. Al parecer, dejaste muy impresionada a su amiga Nancy. Ella le dijo que podía fiarse de ti.

—Pero el policía eres tú, Bobby, debería hablar contigo.

—Es muy testaruda. Una abuela con doce nietos. No creo que pueda doblegarla. Pero voy a seguir el camino más fácil. Que te lo cuente en mi presencia. Y después le echaremos el guante al hijo de puta que mató a mamá.

—¿Está en el club ahora?

—Aquí está.

Michelle notó que le rugía el estómago.

—¿Se puede cenar ahí?

—Invito yo.

—Llegaremos en veinte minutos.

60

Con la ayuda de Daryl, tendió en los puntos estratégicos de la mina una serie de cables que iban a parar a la entrada.

Mientras trabajaban, Daryl comentó:

—Pareces muy contento.

—Tippi ha vuelto a casa. ¿Por qué no habría de estarlo?

—No está realmente en casa, papá. Ella...

No pudo acabar la frase porque su padre le clavó el antebrazo en la tráquea.

Daryl sintió el aliento caliente del viejo.

—¿Por qué no piensas bien lo que ibas decir, muchacho? ¿Y por qué no mantienes la boca cerrada?

Quarry apartó a su hijo de un empujón. Daryl rebotó en la pared de roca. En lugar de alejarse dócilmente, sin embargo, se abalanzó sobre su padre y lo arrastró contra la pared. Quarry metió un brazo bajo el grueso cuello de su hijo y, utilizando la superficie de roca como punto de apoyo, se zafó de él. Forcejearon tambaleantes sobre el suelo desigual, cada uno tratando de imponerse sobre el otro, ambos jadeando ruidosamente y con las axilas manchadas de sudor pese al frío reinante.

Daryl dio un traspié hacia atrás, pero recobró el equilibrio enseguida. Embistió otra vez, rodeando a su padre con los brazos, lo alzó del suelo y lo arrojó brutalmente contra la roca.

Mientras se daba un topetazo en los dientes a través del labio inferior, Quarry notó que el aire abandonaba sus pulmones. Pero cuando Daryl lo soltó, encontró aún energías para lanzarle un rodillazo en el vientre y a continuación le asestó un gancho en la cara con todas sus fuerzas. Daryl cayó de culo, con la mejilla partida y la boca ensangrentada.

Quarry casi había perdido el equilibrio con el ímpetu del puñetazo. Se acuclilló, jadeando y escupiendo sangre.

—No podrías darme una paliza aunque estuviera en una silla de ruedas chupando papilla de avena con una pajita —gritó.

Daryl echó un vistazo al cartucho de dinamita unido a un largo cable que estaba en el suelo de la mina.

—¿También vas a volarme a mí por los aires, viejo?

—¡Haré que volemos todos si es necesario, maldita sea!

—No voy a pasarme la vida haciendo lo que tú me digas.

—No tendrías ninguna vida si no fuera por mí. El ejército vino a buscarte y... ¿quién te salvó el trasero? ¡Yo! Y luego la cagaste con esa mujer. Y has seguido cagándola. Debería haberte pegado un tiro entonces.

—¿Y por qué no lo hiciste, viejo? ¿Por qué? —chilló Daryl, apretando los puños. Las lágrimas rodaban por su rostro mezclándose con la sangre.

—Maté a Kurt.

—¡Y no tenías ningún derecho a hacerlo! Fui yo quien mató a la mujer. No Kurt.

—Debería haberte disparado a ti —volvió a decir Quarry, escupiendo trozos de piel de su labio desgarrado.

—¿Y por qué no lo hiciste, papá? ¿Por qué no me mataste?

Quarry no lo miraba ahora. Apoyó una mano en la pared para levantarse; respiraba entrecortadamente.

—Porque te necesito, por eso —dijo en voz más baja.

Se inclinó y le ofreció una mano a Daryl. Él no la aceptó.

—Te necesito, Daryl; te necesito, muchacho. —Quarry permaneció doblado sobre sí mismo, todavía tambaleante. Miró a su hijo y se lo imaginó de pequeño: un chico cariñoso de ojos azules y sonrisa torcida. «Dime qué hay que hacer, papá.»

Cuando su vista se despejó, solo vio a un hombre corpulento, grueso y enojado que se ponía trabajosamente de pie.

—Te necesito, muchacho —repitió Quarry, ofreciéndole otra vez una mano—. Por favor.

Daryl lo apartó de un empujón.

—Acabemos esto —dijo, limpiándose la sangre de la cara con sus manos mugrientas—. Cuanto antes mejor. Luego me largo.

Quarry abrió la puerta y entró en la habitación. La luz del farol que había sobre la mesa estaba al mínimo y no la vio en el primer momento, aunque sintió su presencia.

—Yo no quería abandonarla —dijo Diane Wohl, emergiendo de las sombras.

Quarry entró en el charco de luz.

—Está sangrando —añadió ella, al verle la cara.

—No es nada —respondió Quarry, sentándose a la mesa y pasándose una mano por su pelo tupido y sudoroso. Todavía jadeaba un poco por la refriega con su hijo.

«Malditos cigarrillos.»

Diane se sentó frente a él.

—Yo no quería abandonarla.

Quarry soltó un prolongado suspiro y se arrellanó en la silla, mirándola bajo sus cejas enmarañadas.

—Está bien.

—Me da usted pavor. Me aterroriza toda su persona.

—También usted me da miedo —dijo él.

Diane lo miró, estupefacta.

—¿Cómo voy a darle miedo?

—Hay muchas formas de asustar. Física. Mental. O ambas.

—¿Y de cuál de las dos maneras le doy miedo?

Quarry juntó las manos y se inclinó hacia delante, con la cabeza oscilando sobre el centro de la mesa. La sangre de su labio partido goteó sobre la superficie de madera.

—Me hace usted temer que este viejo mundo nunca volverá a ser bueno. Para ninguno de nosotros.

Ella se echó atrás, herida por sus palabras.

—¡Yo soy buena persona! ¡Nunca le he hecho daño a nadie!

—Le hizo daño a esa niña, aunque ella no lo sepa.

—La abandoné para que tuviera una vida mejor.

—Tonterías. La abandonó para no tener que cargar con ella.

Ella alargó el brazo y le dio una bofetada; enseguida se apartó con terror, mirándose la mano como si no fuera suya.

—Al menos tiene arrestos —dijo Quarry, que había encajado el golpe impertérrito.

—¿Así que he arruinado el mundo entero?

—No, dejó que otros lo hicieran. La gente como usted permite que otros la pisoteen. Aunque no tengan derecho; aun *sabiendo* que no tienen derecho. Eso la convierte en una persona tan mala, tan malvada como ellos. La gente como usted no planta cara cuando ha de luchar por lo que es justo. Se arrastra por el barro. Traga. Traga la mierda que le ofrecen. Se la traga con una sonrisa y dice «gracias, quiero más, por favor».

Una lágrima se deslizó por la mejilla de Diane y cayó sobre la mesa, mezclándose con la sangre de Quarry.

—Usted no me conoce.

—La conozco. A usted y a la gente como usted.

Ella se restregó los ojos.

—¿Y qué va a hacer conmigo? ¿Matarme?

—No lo sé. No sé qué voy a hacer con usted. —Quarry se levantó lentamente; la espalda le dolía horrores a causa del impacto contra la roca—. ¿Quiere volver a ver a Willa? Quizá sea por última vez. Las cosas están llegando a su punto crítico.

Diane veía borroso a causa de las lágrimas.

—No, no puedo. —Movió la cabeza, mientras crispaba sus manos trémulas.

—¿Otra vez arrastrándose por el barro, señora? ¿Tratando de ocultarse? ¿Y dice que la asusto? Acaba de darme una bofetada, demostrando que tiene agallas. Usted puede plantar cara si quiere. Toda esa gente que se considera fuerte, que parece tenerlo todo... ¿sabe? Los ricos, los poderosos. No tienen una mierda. En cuanto les plantas cara salen corriendo, porque no son fuertes ni duros de verdad. Solo tienen cosas. Se hinchan de orgullo, pero es un orgullo sin ninguna base. —Dio un puñetazo tan fuerte sobre la mesa que el farol se volcó y se apagó. Desde la repentina oscuridad, dijo—: Le he preguntado si quiere ver a su hija. ¿Qué responde?

—Sí.

61

El club de campo estaba tranquilo y, aunque no era una noche muy fría, un fuego crepitaba en la gran chimenea de piedra del restaurante. Sean y Michelle ocuparon un lado de la mesa; Bobby y June Battle, una mujer menuda de unos ochenta años con el pelo blanco muy cortito, se sentaban enfrente.

Acababan de pedir la comida.

Michelle fue la primera en disparar.

—Me alegro de que hablara con Nancy Drummond. Porque de veras necesitamos su ayuda.

En vez de responder, June se fue tomando metódicamente la serie de pastillas que había colocado encima de la mesa, ayudándose con un vaso de agua para tragarlas.

Tal vez captando la impaciencia de Michelle, Sean deslizó la mano bajo la mesa y le apretó el muslo mientras meneaba levemente la cabeza.

June se tragó su última píldora y levantó la vista.

—Odio las medicinas, pero al parecer es lo único que me mantiene viva, así que no hay otro remedio.

—Entonces, ¿usted estaba paseando a su perro por la calle de los Maxwell la noche en que mataron a Sally? —dijo Sean para animarla a hablar.

—Yo no sabía entonces que la habían matado —dijo ella, impasible—. Solo estaba paseando a *Cedric*. A mi perro. Un pekinés. Antes tenía un perro grande, pero ya no puedo manejar uno de ese tamaño. En fin, un perrito, pero muy bueno. Cedric era mi hermano mayor. Ya murió. Me caía mejor que el resto de mis hermanos, así que le puse su nombre a mi perro.

Michelle carraspeó ruidosamente y la presión de Sean en su pierna aumentó.

Intervino Bobby.

—Le he dicho a mi hermana que usted solo hablaría con ella.

—No me gusta la policía. —Le dio una palmadita en la mano a Bobby—. No me malinterprete. Ya sé que la policía es necesaria y demás. Quería decir que cuando la policía anda cerca es que ha pasado algo malo.

—¿Como el asesinato de mi madre? —dijo Michelle, mirándola fijamente.

La diminuta mujer posó al fin sus ojos en ella.

—Siento la pérdida que ha sufrido, hijita. Yo he perdido a dos de mis hijos y a un nieto, aunque siempre por enfermedad, no por un crimen.

—¿Vio algo aquella noche? —preguntó Sean.

—Vi a un hombre.

Sean y Michelle se echaron hacia delante a la vez, como conectados con un resorte.

—¿Podría describirlo? —dijo Michelle.

—Estaba oscuro, y mis ojos ya no son los que eran, pero puedo decirle que era alto, que no era gordo ni nada parecido. No llevaba abrigo, solo pantalones y un suéter.

—¿Viejo, joven?

—Viejo, más bien. Me parece que tenía el pelo gris, aunque no podría decirlo con certeza. Recuerdo que era una noche cálida y que me sorprendió que llevara siquiera un suéter.

—De hecho, estaban celebrando una fiesta en la piscina de la casa vecina —dijo Sean.

—Eso no lo sé, pero había muchos coches aparcados a lo largo de la calle.

—¿Qué hora era?

—Siempre empiezo el paseo a las ocho. Y siempre llegamos a esa zona hacia las ocho y veinte, a menos que *Cedric* se ponga a hacer sus cosas y yo tenga que pararme a recogerlas. Pero no había hecho esa noche. Sus necesidades, digo.

—Así que eran las ocho y veinte —dijo Sean.

Michelle, Bobby y él se miraron.

—La forense fijó la hora de la muerte entre las ocho y las nueve —recordó Bobby.

—Lo cual sitúa a nuestro hombre en el momento óptimo —dijo Michelle.

—¿Momento óptimo? —dijo June, mirándola inquisitivamente.

—En la ventana de oportunidad —le explicó Sean—. Entonces el hombre estaba allí... ¿Qué hacía?

—Caminar, alejarse caminando. No creo que me viera siquiera. La calle estaba muy oscura. Llevo siempre una linterna, pero no la había encendido porque había salido la luna y *Cedric* y yo caminamos muy despacio. Los dos tenemos artritis.

—Así que él se alejaba de usted. ¿Vio algo más? ¿Como, por ejemplo, de dónde venía? —apuntó Michelle.

—Bueno, me pareció que salía de entre las dos casas. La de los coches aparcados delante y la siguiente por la derecha.

—La casa de mis padres —dijo Michelle.

—Supongo, aunque yo no los conocía.

—¿Qué más? —preguntó Sean.

—Bueno, eso fue lo más raro —empezó June.

—¿Raro? —dijo Bobby.

—Sí. Yo estaba en la acera de enfrente, pero aun así lo vi.

—¿El qué? —preguntó Michelle, con voz trémula.

—Ah, claro, no se lo he dicho. Los flashes.

—¿Los flashes? —dijeron Sean y Michelle al unísono.

—Sí. El hombre subía por la calle, pero se detenía junto a cada uno de los coches aparcados. Levantaba la mano y saltaba un pequeño flash.

—Cuando lo hacía —preguntó Michelle—, ¿estaba al lado del coche, delante o detrás?

—Detrás, y se agachaba un poquito cada vez. Ya le he dicho que era alto.

Michelle miró a Sean.

—Estaba fotografiando las matrículas.

—Era el flash de una cámara —añadió Sean. Bobby asintió.

—¿Hizo lo mismo con cada coche? —preguntó Michelle.
June asintió.

—Eso me pareció.

—¿Por qué habría de sacar fotos nuestro hombre? —se preguntó Bobby.

El rostro de June se iluminó.

—¿Nuestro hombre? Hablan como en la tele. Yo sigo religiosamente todos los capítulos de *Ley y Orden*. Me encanta Jerry Orbach, que en paz descanse. Y ese Sam Waterson. También interpretó a Lincoln, ¿saben?

—¿Vio algo más? —dijo Michelle—. Por ejemplo, adónde fue.

—Ah, sí. Cuando terminó con los coches, regresó en mi dirección, aunque por la otra acera. Echó un vistazo alrededor, seguramente para comprobar que no miraba nadie. Dudo que me viera a mí y a *Cedric*. Hay unos grandes arbustos a aquella altura y yo estaba más o menos detrás, porque *Cedric* se había puesto a hacer pipí y, si la gente lo mira, se pone nervioso. Entonces el hombre subió por el sendero y entró en la casa.

Michelle se quedó pasmada.

—¿La casa? ¿Qué casa?

—La casa siguiente a esa donde estaban los coches aparcados. Entró por la puerta principal.

Michelle, Bobby y Sean se miraron entre sí.

El hombre viejo y alto que había estado sacando las fotos tenía que ser Frank Maxwell.

62

Al terminar la cena, convencieron a June Battle para que fuese a la comisaría a hacer una declaración formal.

—Llevadla vosotros dos —dijo Michelle.

—¿Qué? —Sean la miró sorprendido.

—Necesito quedarme sola un rato, Sean —dijo—. Nos vemos en casa de mi padre.

—No me gusta la idea de que nos separemos, Michelle.

—Yo puedo ocuparme de la señora Battle —dijo Bobby—. No hay ningún problema.

—Acompáñale, Sean. Nos vemos en casa de mi padre.

—¿Estás segura?

Ella asintió.

—Completamente.

Mientras salían los tres, Sean se volvió un instante, pero ella no lo estaba mirando.

Michelle se quedó diez minutos en la mesa; luego se levantó lentamente, se abrió la chaqueta y echó un vistazo a la Sig que llevaba en la cartuchera de la cintura.

Él tenía que saber que su esposa yacía muerta en el garaje. ¿Y había salido a fotografiar las matrículas de los coches? Qué cabronazo más insensible. ¿Qué pretendía? ¿Imputarle a alguien el asesinato que había cometido? Podía haberla golpeado con la izquierda y no con la derecha para despistar a la policía. Era un hombre muy fuerte. Con una u otra mano, Sally Maxwell habría acabado muerta igualmente.

Y ahora andaba por ahí, en alguna parte. Su padre andaba por ahí y llevaba una pistola encima.

Se levantó y caminó resueltamente hacia la salida. Pasó junto a la vitrina de trofeos de golf casi sin mirarla, pero bastó con un solo vistazo. Volvió la cabeza y se apresuró a acercarse. La vitrina estaba llena de cachivaches relucientes: placas, fotos, copas y demás parafernalia. Dos cosas habían atraído su atención, pese a que ella ni siquiera jugaba a golf.

Se agachó para mirarlas mejor.

La primera era una foto de tres mujeres, una de ellas —la que estaba en medio— sujetando un trofeo. Donna Rothwell sonreía ampliamente. Michelle leyó la inscripción de la placa.

«Donna Rothwell, *Campeona Amateur por Clubs*», decía. Era de este año. En una tarjeta junto a la foto figuraba su puntuación en el torneo. Michelle no entendía gran cosa de golf, pero hasta ella sabía que esas puntuaciones eran impresionantes.

La segunda foto también era de Rothwell, esta vez dando el primer golpe. Parecía saber muy bien lo que se hacía.

Mientras permanecía pegada a la vitrina, pasó por su lado un hombre barbudo con pantalones caqui y un polo.

—¿Qué?, ¿echando un vistazo a nuestras leyendas locales? —le preguntó con una sonrisa.

Michelle señaló las dos fotos.

—Estas dos en concreto.

El hombre miró hacia donde señalaba.

—Ah, Donna Rothwell, sí. Uno de los mejores *swings* naturales que he visto en mi vida.

—¿Así que es buena?

—¿Buena? Es la mejor golfista por encima de los cincuenta de todo el condado, tal vez del Estado. Incluso a algunas buenas jugadoras de treinta y cuarenta años las derrota sistemáticamente. Era toda una deportista en la universidad. Tenis, golf, atletismo. Podía con todo. Todavía está en muy buena forma.

—¿Su hándicap es bajo?

—Bajísimo, en términos relativos. ¿Por qué?

—¿Así que no tendría problemas para clasificarse aquí en un torneo, quiero decir, de acuerdo con el hándicap?

El hombre se echó a reír.

—¿Problemas para clasificarse? Demonios, Donna ha ganado prácticamente todos los torneos en los que ha participado desde que yo tengo memoria.

—¿Conocía a Sally Maxwell?

El hombre asintió.

—Una mujer preciosa. Una verdadera lástima lo que ha sucedido. ¿Sabe?, tiene usted cierto parecido con ella.

—¿Era buena jugando al golf?

—Sí. Jugaba bien. Aunque mejor con el *putter* que en los golpes largos.

—¿Pero no a la altura de Donna?

—No, ni mucho menos. —Sonrió—. ¿A qué viene tanta pregunta? ¿Quiere entrar en la competición y desafiar a Donna? Usted es mucho más joven, pero seguro que le acepta el desafío.

—Quizá la desafíe, pero no en una pista de golf.

El hombre la siguió perplejo con la mirada mientras Michelle se alejaba sin más.

Salió al aparcamiento y caminó hacia el todoterreno.

Volvió la cabeza a ambos lados porque le pareció haber oído algo. Abrió la solapa de cuero de la cartuchera con el pulgar, asió la culata de la pistola y tensó los músculos, dispuesta a desenfundar. Pero llegó sin novedad al coche y subió.

Media hora más tarde llegó a la casa. Pasó de largo, aparcó en una calleja lateral y se apeó. La mansión de Donna Rothwell quedaba un poco apartada de la calle. Había una verja delante y un sendero sinuoso que llevaba a una rotonda para los coches. Mientras recorría la calle a pie, encontró un hueco entre los setos. La casa estaba a oscuras; al menos por delante, porque era lo bastante grande como para que no se viera desde donde ella estaba si había luces en la parte trasera.

Miró el reloj. Eran casi las diez.

¿Por qué había mentido Donna Rothwell sobre un detalle en apariencia tan trivial? Cuando habían ido a verla, les había dicho que Sally participó con Doug Reagan en un torneo benéfico de carácter local porque ella tenía un hándicap demasiado alto y no podía clasificarse. Pero ahora resultaba que era mucho mejor golfista que la madre de Michelle. Una mentira estúpida. Debía de dar por sentado, dedujo, que ella nunca descubriría que era falso, puesto que no vivía allí.

Pero ¿por qué mentir? ¿Qué importaba si su madre había jugado con Doug?

Michelle se detuvo. Unos pasos, una respiración que no era la suya, el choque de la piel contra el metal. El metal de un arma. Esto era una estupidez. No iba a irrumpir furtivamente en casa de Donna Rothwell, dándole un pretexto excelente para que llamara a la policía y la detuvieran. Y no iba a quedarse ahí fuera esperando a que alguien la sorprendiera.

Volvió a subir al todoterreno, llamó a Sean y le contó lo que había descubierto sobre Rothwell.

—Bobby y yo nos reuniremos contigo en casa de tu padre —le dijo él—. No te muevas de ahí.

Michelle llegó a casa y aparcó delante. Echó un vistazo por la ventanita del garaje. Su padre no había regresado. Usó su propia llave para entrar.

En cuanto cerró la puerta, lo presintió. Sacó el arma, pero un segundo demasiado tarde. El golpe le dio en el brazo. La Sig cayó con estrépito y se disparó a causa del impacto, y la bala rebotó en la baldosa de piedra. Michelle se sujetó el brazo magullado y rodó por el suelo justo cuando un objeto pesado caía muy cerca de ella.

Enseguida notó que algo se hacía pedazos junto a su cabeza. Se levantó de un salto y lanzó una patada, pero no encontró más que aire. Alguien dio un grito. Otro golpe impactó dolorosamente en su pierna. Soltando una maldición, corrió hacia la sala de estar y se echó de espaldas sobre el diván. Al menos conocía la distribución de la casa.

Cuando el atacante se lanzó otra vez sobre ella, estaba preparada. Esquivó su golpe, se incorporó y le soltó una patada en el estómago, seguida de un puñetazo en la cabeza. Oyó un fuerte gemido como si el agresor se hubiera quedado sin aire. Alguien cayó el suelo. Michelle saltó hacia delante para aprovechar su ventaja, pero el arma que empuñaba la otra persona salió disparada y le dio en la mandíbula. Era un objeto metálico. Notó el sabor de la sangre. Se movió hacia la izquierda, tropezó con la mesita de café y cayó de bruces. El dolor en el brazo y la pierna la estaba matando y ahora le palpitaba la mandíbula. Se sentó en el suelo.

Sintió la presencia justo sobre ella. Olió algo caliente.

«Mierda, es mi pistola. Tiene mi pistola.»

Se agazapó tras la mesita, preparándose para el disparo.

Sonó la detonación, pero no notó nada. Hubo un grito de terror. Cayó algo metálico y alguien se desplomó a su lado.

Las luces se encendieron de golpe.

Se incorporó, parpadeando.

Sofocó un grito al verlo. Doug Reagan yacía junto a la puerta con un orificio de bala en el pecho.

Y junto a ella estaba Donna Rothwell de rodillas, sujetándose la mano ensangrentada y sollozando de dolor. Michelle vio que su arma había caído cerca de la mujer y se apresuró a cogerla.

Y entonces se quedó petrificada.

Lo vio de pie junto a la puerta principal, al lado de Doug Reagan. Tenía desenfundada la pistola y del cañón salía una voluta de humo.

Frank Maxwell se acercó a su hija y extendió una mano para ayudarla a levantarse.

—¿Estás bien, pequeña? —dijo, angustiado.

63

—Saqué fotografías de las matrículas porque sabía que había una fiesta en la casa de al lado. Luego conseguí la lista de invitados y la cotejé con los dueños de los coches aparcados esa noche en la calle.

Frank Maxwell dejó su taza de café y se arrellanó en su silla.

Era al día siguiente y estaban en la jefatura de policía. Donna Rothwell había sido detenida por el asesinato de Sally Maxwell y el intento de asesinato de Michelle Maxwell. La habían llevado al hospital para que le curasen la herida de la mano, donde había recibido el disparo de Frank Maxwell. Doug Reagan estaba ingresado en el hospital con el balazo en el pecho que había sufrido al dispararse la pistola de Michelle, pero se encontraba estable. Confiaban en que se restablecería totalmente, aunque solo para ser acusado junto con Donna.

—¿Cómo conseguiste los datos de los coches? —le preguntó Bobby Maxwell.

—Tengo un amigo en el departamento de vehículos.

—¿Encontraste a mamá en el garaje y saliste sin más a la calle y te pusiste a sacar fotos? —preguntó Michelle, incrédula.

Frank Maxwell se volvió hacia su hija.

—Acababan de matarla. No tenía pulso ni reflejo pupilar. No podía hacer nada para salvarla. El cuerpo aún estaba caliente. Sabía que el asesino andaba cerca. Yo no estaba en la ducha. Estaba en la sala de estar. Oí ruido en el garaje y un portazo.

—No le dijiste eso a la policía —dijo Bobby—. Joder, papá, no me lo contaste a mí.

—Tenía mis motivos. Habría podido avisar a la policía y quedarme allí, llorando junto a su cuerpo, pero sé muy bien lo decisivo que es actuar pronto en un homicidio, y no quería perder ni un segundo. Corrí a la puerta lateral del garaje y la abrí. No vi ni oí nada. Recorrí la calle en ambas direcciones sin resultado. Tampoco oí que arrancara ningún coche, así que el agresor iba a pie o no se había alejado todavía con su vehículo. Entonces me fijé en el ruido de la fiesta que celebraban los vecinos en la piscina. Consideré la posibilidad de presentarme allí, contarles lo ocurrido y ver si había alguien que no estuviera invitado, pero opté por una táctica distinta.

»Sabía que no tenía mucho tiempo. Corrí a casa y cogí la cámara. Saqué fotos de las matrículas. Entré de nuevo y llamé a la policía. Fue cuestión de dos minutos tal vez. Salí corriendo otra vez por si veía a alguien, pero no había nadie. Finalmente, regresé al garaje para estar con Sally.

Dijo esto último en un murmullo, bajando la cabeza.

—¿Seguro que no vio a nadie? —preguntó Sean, que se hallaba sentado frente a él.

—Si hubiera visto a alguien, habría actuado. Al final, cuando mi amigo revisó las matrículas, resultó que el coche aparcado al final de la calle era el de Doug Reagan. No creía que pudiera estar invitado en un guateque de adolescentes, pero lo confirmé con la lista de invitados. El suyo era el único vehículo que estaba allí sin justificación. Los demás eran de los invitados de la fiesta o de personas que viven en nuestra calle.

—Un método de investigación muy ingenioso —observó Sean—. Pero ¿por qué no se lo contó a la policía?

—Sí, papá —añadió Bobby—, ¿por qué?

Michelle miraba a su padre con una mezcla de rabia y comprensión. Acabó imponiéndose esto último.

—Obviamente, quería investigar primero esa posibilidad para asegurarse de que acertaba. Así no le hacía perder el tiempo a nadie —dijo Michelle.

Frank miró a su hija. Michelle creyó percibir un atisbo de gratitud en su rostro.

—Así que creías que Reagan estaba implicado. ¿Y Rothwell? —le preguntó.

—Nunca me gustó esa mujer —dijo su padre—. Había algo turbio en ella. Llámalo instinto de policía. Después de que Sally fuera asesinada, me puse a investigar un poco a ese par. Pues bien, en Ohio, hace unos veinte años, dos personas tremendamente parecidas a Rothwell y Reagan, pero con distinto nombre, fueron acusadas de usar unos poderes legales para hacerle un desfalco de millones a un alto ejecutivo retirado. El viejo apareció muerto un día en la bañera cuando sus hijos habían empezado a sospechar. Los dos se largaron de la ciudad y nunca se supo más de ellos. No creo que fuese la única vez que lo hicieron. Encontré un par de casos similares en los que sospecho que estuvieron implicados, pero nunca pudieron acusarles. La gente de esa ralea se gana la vida así. No cambia de costumbres, lo lleva en la sangre.

—¿Así que la historia de que su marido era un director general retirado con el que se había dado la gran vida era una mentira? —dijo Michelle.

—Es fácil inventarse un pasado, sobre todo hoy en día —añadió Sean—. La mujer se presenta como una viuda adinerada que ha viajado por el mundo y se instala aquí. ¿Quién va a probar que su historia es otra?

—Entonces, su «nuevo» novio, Doug Reagan, llevaba décadas trabajando con ella en realidad. Abusando de personas mayores ricas —dijo Bobby.

—Eso creo, sí —respondió su padre—. Aunque no tengo pruebas.

—Pero ¿por qué se fijaron a mamá como objetivo? —preguntó Michelle—. No es que vosotros amasarais una gran fortuna.

Frank Maxwell pareció incómodo. Bajó la vista mientras sus manos asían con fuerza la taza de poliestireno.

—No creo que nos tuvieran como objetivos. Creo... creo que tu madre «disfrutaba» de la compañía de Doug Reagan. —Hizo una pausa—. Y él de la suya.

Se quedó callado y ninguno de los presentes quiso romper el silencio. Al cabo de unos momentos, prosiguió:

—Él había estado en todas partes, había hecho de todo, conocía a todo el mundo, o eso decía al menos. Un tipo de persona con el que Sally nunca había tratado. Era rico y apuesto, se movía en ciertos círculos. Era un hombre encantador. Tenía carisma. Yo no era más que un poli. No podía competir con eso. Qué demonios, entendía que se sintiera intrigada. —Se encogió de hombros, pero Michelle se dio cuenta de que no entendía realmente el encaprichamiento de su esposa.

—¿Y Rothwell lo descubrió? —dijo Sean.

—Donna Rothwell es de esas personas que no conviene tener por enemigas —dijo Frank secamente—. Yo no la conocía bien, pero sí conocía a las de su ralea. Soy capaz de percibir cosas que otros no ven. El ojo de un policía, una vez más. Había reparado en su aspecto cuando ella no era el centro de atención, o cuando su amante estaba más pendiente de otra mujer que de ella. Era obsesiva, controladora. Y no podía reconocer ante nadie, y mucho menos ante sí misma, que no controlaba la situación. Lo cual la volvía peligrosa. Incluso en las pistas de golf era competitiva hasta extremos irracionales. Se cabreaba mucho cuando iba perdiendo.

Michelle dijo:

—Por eso se inventó esa mentira de que había dejado a Reagan jugar el torneo de golf con mamá. No quería reconocer que lo habían hecho sin consultarla.

—Y por eso se empeñó en sostener tercamente que tu madre no se veía con ningún hombre —dijo Sean.

—Así pues, decidió matar a mamá porque andaba tonteando con Reagan —añadió Michelle—. Quedó con ella para cenar; obviamente, sabía lo de la fiesta en la piscina y que habría mucho jaleo. Se coló en el garaje y esperó a que mamá saliera... —Se interrumpió un instante—. ¿Qué objeto utilizó para matarla? —le preguntó a Bobby, que tenía los ojos llenos de lágrimas.

Él soltó un profundo suspiro.

—Un palo de golf. Un *putter* último modelo. Lo cual explica la extraña forma de la herida que le produjo en la cabeza. La policía lo ha encontrado en el maletero de su coche. Aún contenía restos. Y a ti también te atacó anoche con un palo de golf. Aunque en tu caso, con un *driver*.

Michelle se restregó el brazo y la pierna, donde tenía unos cardenales enormes.

—La dama tiene un *swing* natural —dijo, irónica—. Pero ¿por qué me atacó a mí?

Respondió su padre.

—Reagan estaba anoche en el club de campo. Lo sé porque yo también estaba allí. Lo andaba siguiendo. Él te vio junto a la vitrina de trofeos y te oyó hablar de Donna con aquel hombre. Debió de atar cabos fácilmente. ¿Advertiste un detalle en la fotografía de la vitrina?

—¿Que Donna era zurda? Sí, me fijé.

—Luego se escabulló, hizo una llamada, sin duda a Rothwell, y salió disparado.

—¿Hacia tu casa?

—Eso no lo sabía seguro —dijo Frank—, porque dejé de seguirlo y empecé a seguirte a ti. Pero todo terminó allí, en efecto. Querían tenderte una emboscada.

—¿Por qué?

—¿Por qué? Porque te estabas aproximando a la verdad.

—No. Te preguntaba por qué empezaste a seguirme.

—Porque estaba preocupado por ti. No iba a permitir por nada del mundo que esa gentuza te hiciera ningún daño. Me temo que fracasé.

Ella alargó una mano y le tocó el brazo.

—Papá, me salvaste la vida. De no ser por ti, ahora estaría en la morgue.

Estas palabras tuvieron un efecto extraordinario en su padre. Se tapó la cara con las manos y empezó a llorar. Sus dos hijos se levantaron, se arrodillaron junto a él y lo abrazaron.

Sean también se puso de pie, pero no se unió a ellos. Salió de la habitación y cerró la puerta con cuidado.

64

Quarry estaba sentado en la biblioteca de Atlee contando el dinero que le quedaba. Dos años atrás había hecho una cosa de la que nunca se habría creído capaz. Había vendido a un anticuario algunas de las reliquias familiares para poder financiar lo que estaba haciendo. No le habían dado ni mucho menos lo que valían, pero no estaba en condiciones de ponerse exigente. Tras contarlo, guardó el dinero y sacó la máquina de escribir. Se puso los guantes, colocó una hoja en el rodillo y empezó la última carta que iba a escribir con esa máquina. Como en las ocasiones anteriores, tenía pensada cada palabra.

La comunicación después de esta carta ya no se efectuaría por correo. Sería mucho más directa. Acabó de escribirla y llamó a Carlos. El hispano fibroso y menudo estaba ahora en el caserón, mientras que Daryl permanecía de guardia en la mina. Tenía una misión que confiarle a Carlos. Después de la pelea con Daryl, prefería mantener cerca a su hijo.

Carlos llevaba guantes también, siguiendo sus instrucciones. Tomaría una de las camionetas y se dirigiría hacia el norte hasta salir del Estado para remitir esta última carta. El tipo no hizo preguntas; sabía lo que debía hacer. Quarry le dio dinero para el viaje junto con el sobre cerrado.

En cuanto Carlos salió, cerró la puerta de la biblioteca con llave, avivó el fuego, tomó el atizador, lo hundió en las llamas hasta ponerlo al rojo vivo, se arremangó la camisa y añadió una tercera línea a las marcas de su brazo: un trazo perpendicular y a la izquierda de la quemadura más larga. Mientras la piel crepitaba y se arrugaba bajo el metal candente, Quarry se hundió en su viejo sillón. No se mordió el labio, pues lo tenía vendado e inflamado a causa de la pelea con Daryl. Abrió la botella de Jim Beam, echó un trago con una mueca de dolor, porque el alcohol le escocía en las heridas de la boca, y contempló cómo bailaban las llamas en la chimenea.

Ya solo le faltaba chamuscarse una línea en la piel. Solo una.

Salió de la biblioteca y subió tambaleante a la habitación de Tippi. Abrió la puerta y escudriñó en la oscuridad. Estaba en la cama. «¿Dónde demonios iba a estar, si no?», se dijo a sí mismo.

Ruth Ann había aprendido enseguida todos los cuidados que Tippi requería y había establecido una rutina diaria para ayudar a Quarry a atenderla. Consideró la posibilidad de entrar y leerle un rato, pero estaba cansado y le dolía la boca.

—¿Quiere que le lea, señor Sam?

Quarry se volvió lentamente y vio a Gabriel en el rellano, con la mano en la recia barandilla de madera: una barandilla que había puesto allí, siglos atrás, un hombre que poseía cientos de esclavos. Quarry suponía que esa madera debía de estar tan podrida como el hombre que la había colocado o, mejor dicho, que había mandado que la colocaran los esclavos con el sudor de su frente. Ver ahora esa pequeña mano de piel oscura sobre aquel viejo pedazo de madera podrida le resultó reconfortante.

—Te lo agradezco —dijo, moviendo el labio herido lentamente.

—Mami dice que se cayó usted y se dio en la boca.

—Me estoy haciendo viejo para trabajar en una granja.

—¿Quiere que le lea alguna parte en especial?

—El capítulo cinco.

Gabriel lo miró con curiosidad.

—¿Por qué ese?

—No sé, salvo que el número cinco me ha venido a la cabeza.

—Señor Sam, ¿no cree que la señorita Tippi tal vez quiera que le leamos otros libros también?

Quarry le dio la espalda y miró a su hija.

—No, hijo. Yo creo que con este libro basta.

—Entonces voy a leerle.

Gabriel pasó por su lado y encendió la luz. A Quarry le hizo daño en los ojos el repentino resplandor y se dio la vuelta.

«Me he convertido definitivamente en una criatura de la noche», pensó.

No notó que Gabriel lo estaba mirando hasta que el chico dijo:

—Señor Sam, ¿se encuentra bien? ¿Quiere hablar de alguna cosa?

Quarry observó a Gabriel, que fue a sentarse al lado de Tippi con la inestimable novela de Austen entre las manos.

—De un montón de cosas querría hablar, Gabriel, pero de ninguna que pudiera interesarte.

—Tal vez lo sorprendería.

—Tal vez —asintió Quarry.

—Ha sido muy generoso lo que ha hecho. Dejarle esta casa a mami, quiero decir.

—Y a ti, Gabriel. También a ti.

—Gracias.

—Venga, lee. Capítulo cinco.

Gabriel se aplicó a su tarea; Quarry escuchó un poco y luego descendió a la planta baja. Sus botas resonaron en las tablas de madera. Se sentó un rato en el porche delantero a contemplar la noche. Hacía un fresco muy poco frecuente en el sur.

Unos minutos más tarde estaba conduciendo su vieja camioneta, bamboleándose y dando tumbos por los caminos de tierra. Cuando llegó por fin, paró el motor y se apeó. Caminaba a paso vivo, pero se detuvo antes de llegar a la casita que había construido. Se sentó a unos diez metros en cuclillas y la contempló una vez más.

Veinte metros cuadrados de pura perfección plantados en mitad de la nada. Cuando se le cansaron las piernas, apoyó el trasero en la tierra y siguió observando la casa. Sacó un cigarrillo y se lo puso en los labios, pero no lo encendió. Lo dejó allí colgado, como un trozo de paja. En algún punto de la hilera de árboles, ululó un búho. Distinguió en el cielo el parpadeo de un avión que se deslizaba por las alturas. Desde allá arriba nadie podía verle aquí, en Alabama. El avión jamás aterrizaría en estas tierras; seguramente se dirigía a Florida, o tal vez a Atlanta. Nunca pararía aquí. No había mucho por lo que valiera la pena parar, ya lo sabía. Aun así, alzó la mano y les hizo lentamente una seña a los pasajeros. Aunque dudaba que ninguno estuviera mirando por la ventanilla.

Se levantó y caminó hasta el lugar donde Carlos estaría situado. Se volvió hacia la casa y calibró a ojo la trayectoria, seguramente por centésima vez. No se había modificado en ninguna ocasión. Ni un milímetro. La cámara, allá arriba; el cable que llevaba la señal en directo a Carlos. El control remoto que lo activaría todo. El teléfono satélite que comunicaría con Quarry en la mina. La dinamita. Willa. Su madre real. Daryl. Kurt, que yacía ya al fondo de la galería sur. Su pistola Patriot, enterrada ignominiosamente.

Ruth Ann.

Gabriel.

Y finalmente, Tippi.

Sí, esa era la parte más difícil de todas. Tippi.

Abandonó el montículo y caminó resueltamente hacia la casa. Esta vez subió al porche, pero no abrió la puerta. Se limitó a sentarse sobre las tablas, con la espalda apoyada en un poste y la vista fija en la puerta.

Esa era la parte más difícil.

Inspiró una bocanada de aire fresco y lo expulsó. Era como si a sus pulmones no les gustara ese frescor, esa pureza. Tosió. Le estaba entrando una tos seca, como a Fred.

Durante unos segundos, Quarry hizo algo inconcebible, al menos para él. Pensó en pararlo todo. La carta ya había salido, pero no tenía por qué seguir adelante. Podía volar mañana a la mina, sacar a Wohl y Willa de allí y llevarlas a un lugar donde pudieran encontrarlas. Él podía permanecer aquí con Tippi.

Subió a la camioneta y condujo rápidamente hasta Atlee. Entró en la biblioteca, cerró con llave, desechó el Jim Beam y tomó un trago de Old Grand Dad. Se sentó ante el escritorio, miró la chimenea vacía y notó la piel inflamada de su antebrazo. Y de golpe, dio un mandoble enfurecido y barrió todos los objetos del escritorio, que cayeron por el suelo con gran estrépito.

—¡Qué demonios estoy haciendo! —gritó. Se levantó y se dobló sobre sí, respirando deprisa; sus nervios ya no poseían elasticidad. Salió precipitadamente y bajó las escaleras, sacándose del bolsillo un llavero. Llegó al sótano, cruzó el pasillo, abrió la puerta y entró en la habitación. Encendió la luz y miró las paredes. Sus paredes. Su vida. Su ruta hacia la justicia. Contempló todos aquellos viejos nombres, lugares y hechos, las líneas cruzadas de cordel que representaban años de sudor, de tenacidad, de un apabullante esfuerzo para planearlo todo.

Su respiración se serenó poco a poco, sus nervios recobraron la firmeza. Encendió un cigarrillo, soltó el humo lentamente. Su mirada se detuvo en una fotografía de Tippi situada en el extremo de una de las paredes: el punto en el que todo había comenzado.

El peso de estas paredes se había impuesto. Seguiría hasta el final. Apagó la luz, dejándolas otra vez en la oscuridad, aunque ahora ya habían obrado su efecto. Cerró con llave y subió las escaleras.

Gabriel había terminado de leerle a Tippi el capítulo y se había ido a la cama. Quarry echó un vistazo al pasar junto a su cuarto. Entreabrió la puerta, escuchó la suave respiración del niño y vio cómo subía y bajaba la manta que lo tapaba.

Un buen chico. Se acabaría convirtiendo seguramente en un hombre cabal. Y llevaría una vida que lo conduciría muy lejos de aquí. Lo cual estaba bien. Este no era su lugar, en la misma medida en que sí era el de Sam Quarry.

Cada cual debía elegir su camino. Gabriel todavía tenía que decidir. Quarry ya había escogido su propia ruta. No había salida en esta autopista y él la estaba recorriendo a un millón de kilómetros por hora.

Mientras subía a acostarse, miró el reloj. Carlos echaría la carta en el buzón en un par de horas. Había que calcular un día o dos para que llegase a su destino; tres, a lo sumo. Había dejado ese margen en sus instrucciones.

Y entonces sucedería por fin. Entonces podría hacerse oír. Y ellos escucharían. De eso estaba seguro. Lo dejaría bien claro. Y después la decisión estaría en manos de ellos. Se imaginaba bastante bien cuál sería esa decisión. Pero la gente era extraña.

A veces actuaba de modo imprevisible. Al llegar a su habitación, en lo alto de la casa, cayó en la cuenta de que él mismo constituía una prueba de lo imprevisible que era la gente.

No encendió la luz. Se quitó las botas y los calcetines, se desabrochó el cinturón y, bajándose la cremallera, dejó que sus pantalones cayeran al suelo. Se acercó al diván e iba a coger la botella de líquido analgésico. Entonces miró la cama.

¡Qué demonios! Se tendió sobre ella, dejó la botella y empezó a soñar con tiempos mejores.

Sí, eso era lo único que le quedaría. Solo un sueño.

65

Michelle y Sean se mantuvieron aparte mientras Frank Maxwell dejaba un ramo de flores en la tumba todavía fresca de su esposa, bajaba la cabeza y musitaba unas palabras. Luego se quedó inmóvil, mirando a lo lejos, a saber dónde.

Sean le susurró a Michelle:

—¿Crees que se repondrá?

—No lo sé. Ni siquiera sé si voy a reponerme yo.

—¿Cómo tienes la pierna y el brazo?

—Bien. No hablaba de esa parte.

—Ya —murmuró él.

Ella lo miró de golpe.

—¿Tú tienes este tipo de problemas familiares?

—En todas las familias hay problemas. ¿Por qué?

—Por curiosidad.

Se callaron cuando Frank se les acercó.

Michelle le puso una mano en el brazo.

—¿Estás bien?

Él se encogió de hombros, aunque enseguida asintió. Mientras caminaban hacia el todoterreno de Michelle, dijo:

—Seguramente no tendría que haber dejado a Sally para salir a investigar. Debería haberme quedado con ella.

—Si lo hubiese hecho, tal vez no habríamos atrapado a Rothwell y Reagan —señaló Sean.

Al llegar a casa, Michelle se puso a hacer café mientras Sean preparaba unos sándwiches para el almuerzo. Ambos levantaron la vista hacia la pequeña televisión de la cocina al oír el nombre que pronunciaba el locutor.

Un instante más tarde estaban mirando una foto de Willa en la pantalla. El reportaje no aportaba nada. Decía lo de siempre. El FBI continuaba investigando. La primera pareja estaba muy preocupada. El país entero se preguntaba dónde estaba la niña. Todo eso ya lo sabían. Pero la simple imagen de Willa los dejó a los dos como hipnotizados y les comunicó una sensación acrecentada de urgencia.

Sean salió a hacer unas llamadas. Michelle lo miró inquisitiva cuando volvió a entrar.

—He llamado a la primera dama. Y a Chuck Waters.

—¿Alguna novedad?

—Nada. Le he dejado otro mensaje a mi amigo el militar.

—¿Cómo le va a Waters con la pista koasati?

—Han desplegado agentes por toda esa ciudad de Luisiana. Sin resultado hasta ahora. Nadie encaja.

Se quedaron callados. Ahora que el misterio de la muerte de Sally Maxwell había sido resuelto, estaba claro que la prioridad era encontrar a Willa. Con vida. Pero necesitaban alguna pista. Aunque solo fuese una.

Más tarde, mientras comían en la cocina, Frank se limpió la boca con la servilleta y carraspeó.

—Me sorprendió que volvieras allí —dijo.

—¿Adónde? —replicó Michelle.

—Ya me entiendes.

—A mí también me dejó pasmada verte allí.

—Nunca fuimos felices en esa casa, ¿sabes? Tu madre y yo.

—No; por lo visto, no.

—¿Recuerdas gran cosa de esa época? —le preguntó con cautela—. Eras muy pequeña. No tendrías más de tres años.

—No, papá. Tenía seis. Pero no, no recuerdo mucho.

—¿Y recordabas el camino?

Michelle mintió.

—Lo llaman GPS.

Sean jugueteó en su plato con una patata frita. Trató de mirar a cualquier parte salvo al padre y la hija.

—Vuelvo enseguida —dijo, levantándose, y salió antes de que pudieran decir nada.

—Es un buen tipo —comentó Frank.

Michelle asintió.

—Seguramente mejor de lo que merezco.

—Entonces, ¿sois pareja? —Miró a su hija fijamente.

Ella manoseó el asa de la taza de café.

—Más bien socios —dijo.

Frank miró por la ventana.

—Yo trabajaba mucho entonces. Dejaba demasiado sola a tu madre. Lo cual debía de ser duro, me doy cuenta ahora. Mi carrera en la policía lo era todo para mí. Tus hermanos han sabido encontrar el equilibrio mucho mejor que yo.

—Yo nunca me sentí descuidada, papá. Y tampoco ninguno de los chicos, que yo sepa. Ellos os adoraban a ti y a mamá.

—¿Y tú?

La expresión de sus ojos era tan suplicante que Michelle sintió que se le agarrotaba la garganta.

—¿Yo, qué? —dijo, aunque ya lo sabía.

—Si nos adorabas. A mí y a tu madre.

—Os quería mucho a los dos. Siempre os he querido.

—Está bien, de acuerdo. —Volvió a centrarse en su almuerzo, masticando metódicamente el sándwich y bebiendo café. Las venas de sus recias manos se le marcaban sobre la piel. No volvió a mirar a Michelle, sin embargo. Ni ella tuvo fuerzas para corregir lo que ya había dicho.

Mientras limpiaba la cocina con Sean al terminar de comer, llamaron a la puerta. Michelle salió a abrir y volvió al cabo de un minuto con una gran caja de cartón.

Sean dejó la última taza en el lavaplatos, cerró la tapa y se volvió.

—¿Qué es eso? ¿Para tu padre?

—No, para ti.

—¿Para mí?

Michelle puso la caja en la mesa y leyó el remitente.

—General Tom Holloway. Departamento de Defensa.

—Mi amigo. Al final, ha conseguido los archivos de desertores.

—Pero, ¿cómo han llegado aquí?

—Le envié un e-mail mientras veníamos hacia Tennessee y le dejé esta dirección por si había alguna novedad y aún estábamos aquí. Ábrelo, rápido.

Michelle utilizó unas tijeras para rasgar la caja. En su interior había un montón de carpetas de plástico, como tres docenas. Sacó unas cuantas. Eran copias de los informes oficiales de investigación del ejército.

—Ya sé que es amigo tuyo y demás, pero ¿cómo es posible que el ejército le proporcione este material a un civil? ¿Y que lo haga con tanta celeridad, además?

Sean tomó una de las carpetas y empezó a hojearla.

—¿Sean? Te he hecho una pregunta.

Él levantó la vista.

—Bueno, aparte de las entradas de fútbol, quizá dejé entrever que la Casa Blanca estaba detrás de nuestra investigación y que toda la colaboración que pudieran prestarnos obtendría el reconocimiento personal del presidente y de la primera dama. Conociendo cómo funciona el ejército, estoy convencido de que han hecho la comprobación y averiguado que es cierto. Es la primera norma entre los militares: no hacer nunca nada que pueda contrariar al comandante en jefe.

—Estoy impresionada.

—Es mi misión en la vida, según parece.

—¿Repasamos las carpetas?

—Página por página. Línea por línea. Y recemos para que esté aquí la pista que necesitamos.

Sonó un portazo. Michelle se levantó y vio por la ventana que su padre subía al coche y salía por el sendero.

—¿Adónde va? —preguntó Sean.

Michelle volvió a sentarse.

—¿Cómo voy a saberlo? No soy su niñera.

—Ese hombre te ha salvado la vida.

—Y yo le he dado las gracias, ¿no?

—Antes de continuar, ¿me estoy acercando a ese punto en el que sueles decirme que me vaya al cuerno?

—Peligrosamente, sí.

—Eso me parecía. —Volvió a concentrarse en la carpeta.

—Yo quiero a mi padre. Y quería a mi madre.

—No lo dudo. Sé que estas cosas son complicadas.

—Mi familia es experta en complicaciones.

—Tus hermanos parecen muy normales.

—Supongo que todos los problemas los tengo yo.

—¿Por qué quisiste volver a la granja?

—Ya te lo dije, no lo sé.

—Nunca te había visto hacer nada porque sí.

—Siempre hay una primera vez para todo.

—¿Es así como quieres dejar las cosas con tu padre?

Ella le lanzó una mirada.

—¿Cómo las estoy dejando exactamente?

—En el aire.

—Sean, mi madre fue asesinada tras haber engañado al parecer a mi padre. La mujer que la mató por poco me mata a mí. Mi padre me salvó la vida, pero ahí también hay algunas cuestiones pendientes aún, ¿vale? De hecho, yo pensé durante un tiempo que había sido él quien la había matado. Así que disculpa si estoy un poco conflictiva ahora mismo.

—Perdona, Michelle. Tienes razón.

Ella dejó la carpeta que estaba examinando y apoyó la cabeza en las manos.

—No, quizá tengas tú razón. Pero no sé cómo afrontarlo. No lo sé, la verdad.

—Tal vez hablando con él. Cara a cara, sin testigos.

—Suena absolutamente terrorífico.

—Lo sé. Y no estás obligada a hacerlo.

—Pero seguramente debería si es que quiero superar esto algún día. —Se puso de pie—. ¿Puedes ocuparte tú de estas carpetas? Voy a ver si encuentro a mi padre.

—¿Se te ocurre adónde puede haber ido?

—Creo que sí.

66

Jane Cox volvía en la limusina del local de Mail Boxes Etc. Sin que ella lo supiera, el FBI había investigado el apartado de correos que la primera dama había ido a revisar diariamente. No habían sacado nada. Nombre falso, pagado en metálico por un período de seis meses y ningún rastro documental. Le habían echado una bronca monumental al encargado por no cumplir las normas.

—Así empezó el 11-S, maldito gilipollas —le había espetado el agente Chuck Waters al hombre de mediana edad que aguantaba el chaparrón desde el otro lado del mostrador—. Si dejas que una célula terrorista alquile un apartado de correos sin ningún dato, estás contribuyendo a que nos ataquen los enemigos de este país. ¿Así es como quieres ser recordado? ¿Por ayudar e instigar a Osama bin Landen?

El hombre se había quedado tan angustiado que hasta se le llenaron los ojos de lágrimas. Pero Waters no lo vio. Ya se había ido.

Jane llegó a la Casa Blanca y bajó lentamente del coche. No se había dejado ver mucho en público últimamente, lo cual no venía mal, en realidad, porque estaba avejentada y demacrada. Las cámaras de alta definición desplegadas ahora por todas partes no habrían resultado demasiado halagadoras. Incluso el presidente lo había notado.

—¿Estás bien, cielo? —le preguntó. Había hecho un breve alto en la gira electoral para pronunciar un discurso ante un grupo de veteranos y recibir la visita varias veces retrasada del equipo femenino de baloncesto universitario que había ganado el campeonato nacional. Jane, que había ido directamente desde la limusina a sus habitaciones privadas, se lo había encontrado allí sentado, revisando unos documentos.

—Estoy perfectamente, Danny. Me gustaría que todo el mundo dejara de preguntarme lo mismo. O voy a empezar a creer que realmente me pasa algo.

—El FBI me ha informado de tus visitas a ese apartado de correos.

—¿Y el servicio secreto, no? —replicó ella rápidamente—. ¿Es que hay espías entre nosotros?

Él soltó un suspiro.

—Solo hacen su trabajo, Jane. Nosotros ahora somos propiedad nacional. Un tesoro nacional: al menos, tú —añadió con una sonrisa que normalmente servía para levantarle el ánimo a su esposa.

Normalmente. Pero no hoy.

—Tú eres el tesoro, Danny. Yo solo soy la bruja.

—Jane, eso no es...

—No tengo tiempo para jugar al gato y el ratón, la verdad, ni tú tampoco. Los secuestradores se pusieron en contacto conmigo mediante una carta. Figuraban los datos de un apartado de correos y la llave del apartado. Decían que recibiría otra carta a su debido tiempo y que debía revisar diariamente el apartado. Y hasta ahora no ha llegado nada.

—Pero ¿por qué dirigirse a ti, y no a Tuck?

—Sí, ¿por qué no a Tuck? No sé, Danny. Soy incapaz de pensar como un secuestrador, según parece.

—Claro, no me refería a eso. Tal vez acertábamos, después de todo. Van a exigirme que haga algo para liberar a Willa. No puede tratarse de dinero, porque tu hermano tiene más que yo. ¡Demonios, si apenas podemos cubrir nuestros gastos personales! Tiene que estar relacionado con la presidencia.

—Lo cual sería problemático, como tú dijiste. Dejaría castrado el cargo, creo que fueron tus palabras.

—Jane, haré cuanto pueda, pero hay ciertos límites.

—Creía que el poder del Despacho Oval era ilimitado. Supongo que me equivocada.

—Haremos todo lo que podamos para rescatarla.

—¿Y si eso no basta? —dijo ella, irritada.

Él la miró con una expresión de impotencia.

«El hombre más poderoso del mundo», pensó Jane. «Castrado.»

Su enfado se disolvió tan bruscamente como había surgido.

—Abrázame, Danny. Abrázame.

Él se apresuró a hacerlo, estrechándola con fuerza.

—Estás temblando. ¿No estarás incubando algo? Y has perdido peso también.

Ella se apartó.

—Tienes que irte. Te espera tu discurso en la Sala Este.

Él miró automáticamente su reloj.

—Me avisarán cuando sea la hora.

Se acercó para volver a abrazarla, pero ella se apartó, tomó asiento y desvió la mirada.

—Jane, soy el presidente de Estados Unidos. No carezco de influencias. Seguramente puedo ayudar.

—Sería de esperar, ¿no?

Sonó el teléfono. Lo descolgó él.

—Sí, lo sé. Bajo en un minuto.

Se inclinó y le dio un beso en la mejilla.

—Volveré después a ver cómo estás.

—Después del equipo femenino de baloncesto.

—El sueño de mi vida —bromeó—. Estar rodeado de un montón de mujeres zanquilargas mucho más altas que yo.

—Yo también tengo varios actos.

—Voy a decirle a Cindy que los anule. Debes descansar.

—Pero...

—Tú descansa.

Cuando ya se ponía en marcha, Jane le dijo:

—Danny, en algún momento te voy a necesitar. ¿Estarás a mi lado?

Él se arrodilló junto a ella y la rodeó con un brazo.

—Yo siempre estaré a tu lado, igual que tú conmigo. Descansa un poco. Voy a decirles que te suban café y algo de comer. No me gusta lo delgada que te estás poniendo. Necesitamos un poco más de chicha en esas curvas. —Le dio un beso y salió.

«Yo siempre he estado a tu lado, Danny. Siempre.»

67

Michelle puso el freno de mano y bajó del todoterreno. Sus zapatos crujieron sobre la tierra endurecida. Miró la vieja casa, el árbol seco, el neumático podrido del columpio y la carcasa del camión sobre bloques de hormigón en la parte trasera.

Echó un vistazo a la calle. A la casa donde había vivido una anciana llamada Hazel Rose. Siempre tenía la casa impecable; y el jardín, igual. Ahora la estructura estaba al borde de la ruina; poco faltaba para que soltara el último suspiro y se viniera abajo. Y sin embargo, alguien vivía allí. Había muñecos tirados por el patio y ropa ondeando al viento en el tendedero del patio lateral. Pero seguía siendo una visión deprimente. El pasado se iba erosionando ante sus ojos como una montaña de arena.

Hazel Rose siempre había sido muy amable con ella. Incluso cuando la pequeña Michelle dejó de ir a tomar el té que ofrecía a los niños del barrio. Por qué la había asaltado este recuerdo ahora, no lo sabía. Se volvió de nuevo hacia la casa, consciente de lo que debía hacer aunque no quisiera.

Su corazonada había sido certera. El coche de su padre se encontraba aparcado delante del suyo. La puerta principal de la casa estaba abierta. Pasó junto al coche y después junto a los restos del seto de rosas.

Ahora lo recordaba, de rosas. Un seto de rosas. ¿Por qué le había venido ahora a la memoria? Pensó en los lirios del ataúd de su madre y recordó que le había dicho a Sean que su madre prefería las rosas. Ella había notado un dolor en la mano, como si se hubiera pinchado con una espina. Pero no había espinas, porque no había rosas. Como ahora. Ninguna rosa.

Siguió caminando, preguntándose qué le iba a decir.

No tuvo mucho tiempo para pensarlo.

—Estoy aquí arriba —oyó que decía. Levantó la vista, haciendo visera con una mano para que no la deslumbrara el sol. Estaba plantado ante una ventana abierta de la segunda planta.

Pasó por encima de la puerta mosquitera caída y entró en el interior de esa casa que durante un breve período, cuando era niña, había considerado su hogar. En cierto modo, sintió que estaba viajando hacia atrás en el tiempo. A cada paso se volvía más joven, más insegura, menos competente. Todos sus años de vida independiente, sus experiencias de universidad, en el servicio secreto, como socia de Sean, se disolvían igual que una niebla. Volvía a ser la niña de seis años que andaba por todas partes con un bate de béisbol de plástico medio abollado, para ver si alguien quería jugar con ella.

Observó la vieja escalera. Ella las bajaba deslizándose sobre una caja de cartón aplanada. A su madre no le hacía gracia, pero recordó que su padre se reía y la perseguía mientras ella bajaba disparada.

«Mi hijo menor», la llamaba él a veces, porque Michelle había sido una marimacho realmente intrépida.

Subió. Su padre la esperaba en el rellano.

—Pensaba que tal vez vendrías —dijo.

—¿Por qué?

—Asuntos pendientes, quizá.

Ella abrió la puerta de su antigua habitación, caminó hasta la ventana y se sentó en el borde del alféizar, dando la espalda a los mugrientos cristales.

Su padre se apoyó en la pared y metió las manos en los bolsillos, golpeando distraídamente el raído suelo de madera con la suela del zapato.

—¿Tienes muchos recuerdos de este sitio? —dijo, sin apartar la mirada de su zapato.

—Me he acordado del seto de rosas cuando cruzaba el patio. Lo plantaste por uno de vuestros aniversarios, ¿verdad?

—No, por el cumpleaños de tu madre.

—Y alguien lo taló todo una noche.

—Sí, así fue.

Michelle se volvió para mirar por la ventana.

—Y nunca se supo quién.

—La echo de menos, ¿sabes? La echo mucho de menos.

Ella se volvió otra vez y vio que su padre la estaba mirando.

—Lo sé. Nunca te había visto llorar como el otro día.

—Lloraba porque estuve a punto de perderte, pequeña.

Esta respuesta sorprendió a Michelle, aunque enseguida se preguntó por qué.

—Estoy segura de que mamá te quería, papá. Aunque... aunque no siempre lo demostrara de la forma adecuada.

—Salgamos afuera. Huele a cerrado aquí.

Caminaron en torno al patio trasero.

—Tu madre y yo nos hicimos novios en secundaria. Ella me esperó mientras estuve en Vietnam. Nos casamos. Luego empezaron a llegar los hijos.

—Cuatro chicos. En cuatro años. Para que luego digan de los conejos.

—Y después llegó mi pequeña.

Ella sonrió y le dio un golpecito en el brazo.

—¿Podemos llamarlo un accidente?

—No, Michelle, no fue un accidente. Lo teníamos pensado.

Ella lo miró con aire burlón.

—Me parece que nunca os pregunté a ninguno de los dos, pero yo siempre di por supuesto que había sido una especie de sorpresa. ¿Estabais buscando una niña?

Frank se detuvo.

—Estábamos buscando... algo.

—¿Algo que os mantuviera unidos? —dijo ella lentamente.

Él echó a caminar. Al ver que ella no, se detuvo y la miró.

—¿Alguna vez te planteaste el divorcio, papá?

—Eso en nuestra generación no se hacía a la ligera.

—El divorcio no siempre es un error. Si no erais felices.

Frank alzó una mano.

—Tu madre no era feliz. Yo, eh... lo intentaba. Aunque soy el primero en reconocer que pasaba demasiado tiempo en el trabajo. Ella se encargó de criar a los chicos y lo hizo de maravilla. Pero sin demasiada ayuda de mi parte.

—La vida del policía.

—No, la de este policía.

—Sabías lo de Doug Reagan, obviamente.

—Percibí indicios de que se sentía atraída hacia él.

Michelle no podía creer que fuera a preguntárselo, pero tenía que hacerlo.

—¿Te habría dolido si te hubieras enterado de que se habían acostado juntos?

—Seguía siendo su marido. Por supuesto que me habría dolido. Mucho.

—¿Habrías acabado con la historia?

—Seguramente le habría dado una paliza a Reagan hasta dejarlo medio muerto.

—¿Y a mamá?

—A tu madre le había hecho daño de otras maneras a lo largo de los años. Y no por culpa de ella.

—¿Por no estar a su lado?

—Es peor que engañar, en cierto modo.

—¿Lo dices en serio?

—¿Qué es una cana al aire comparada con décadas de indiferencia?

—Pero, papá, tampoco estabas fuera todo el tiempo.

—Tú no habías nacido aún cuando los chicos eran pequeños. Créeme, tu madre fue a todos los efectos como una madre soltera. Ese tiempo, esa confianza, ya no puedes recuperarlos. Al menos yo no pude.

—¿Lloraste por ella también?

Él le tendió una mano. Ella la cogió.

—Claro que lloré, cariño. Claro.

—No quiero quedarme aquí más tiempo.

—Vamos.

Cuando Michelle había llegado casi a su coche, sucedió. Sin previo aviso, sus pies apuntaron hacia la casa y echó correr.

—¡Michelle! —gritó su padre.

Ella ya estaba dentro del viejo caserón y subía corriendo por la escalera. Oyó detrás un redoble de pasos. Subió los peldaños de dos en dos, jadeando ruidosamente como si hubiera corrido kilómetros, y no unos metros.

Llegó arriba. La puerta de su habitación estaba cerrada. Pero no era ese su objetivo. Se apresuró hacia la puerta del fondo del pasillo y la abrió de una patada.

—¡No, Michelle! —rugió su padre a su espalda.

Miró el interior de la habitación. Se llevó la mano a la pistola. Abrió con un chasquido la solapa de la cartuchera. Desenfundó la Sig y apuntó hacia delante.

—¡Michelle! —El redoble de pasos se aproximaba.

—¡Apártate de mi madre! —gritó.

En la mente de Michelle, su madre se volvió hacia ella con expresión aterrorizada. Se encontraba de rodillas, con el vestido desgarrado. Michelle vio el sujetador de su madre, el surco de su pronunciado escote, y esa desnudez la aterrorizó.

—¡Nena! —le gritó Sally Maxwell—. ¡Vuelve abajo! —Su madre estaba joven, joven y viva. El largo pelo blanco había sido reemplazado por suaves mechones oscuros. Estaba preciosa. Perfecta, salvo por el vestido desgarrado, por su expresión aterrorizada, por el hombre con traje militar de faena que se hallaba de pie frente a ella.

—¡Apártate! ¡Para de hacerle daño! —gritó Michelle con una voz que solo había utilizado para detener a delincuentes.

—Nena, por favor, no pasa nada —dijo su madre—. Vuelve abajo.

Michelle deslizó el dedo hacia el gatillo.

—¡Para! ¡Para!

El hombre se volvió y la miró. Seguramente había sonreído, como había hecho todas las demás noches. Solo que esta vez ella lo estaba apuntando con su propia pistola: la que él había dejado despreocupadamente en la silla y ella había sacado de la cartuchera. Y no sonríes cuando te apuntan con una pistola. Aunque sea una criatura de seis años.

Dio un paso hacia ella.

Tal como había hecho aquella noche, Michelle disparó ahora

un solo tiro. La bala atravesó el aire de la habitación y se incrustó en la pared del fondo.

Una mano recia le bajó la pistola y se la quitó de los dedos. Ella la soltó. Le resultaba muy pesada, ya no podía sostenerla más. Miró el interior de la habitación. Vio a su madre gritando. Gritando por lo que Michelle había hecho. Por el hombre muerto que había en el suelo.

Sintió una mano en el hombro. Se volvió.

—¿Papá? —dijo con una voz extraña.

—Tranquila, pequeña —dijo su padre—. Estoy aquí.

Michelle señaló la habitación.

—Lo he hecho yo.

—Lo sé. Has defendido a mamá, nada más.

Ella lo agarró del brazo.

—Hemos de llevárnoslo, pero no me dejes en el coche, papá. Esta vez no me dejes en el coche. Le veo la cara. Tienes que acordarte de taparle la cara.

—¡Michelle!

—Tienes que taparle la cara. Si le veo la cara...

Respiraba deprisa, agitadamente. Apenas terminaba de tomar una bocanada de aire, cuando ya necesitaba otra.

Su padre dejó la pistola en el suelo y la abrazó con fuerza hasta que su respiración empezó a serenarse. Hasta que Michelle miró la habitación y vio lo que había allí realmente.

Nada.

—Le disparé, papá. Maté a un hombre.

Él se apartó un poco y la observó. Ella le devolvió la mirada, ahora viéndolo con claridad.

—No hiciste nada malo. Eras solo una niña. Una niña asustada que quería defender a su madre.

—Pero... él había venido otras veces. Estaba con ella, papá.

—Si quieres culpar a alguien, cúlpame a mí. La culpa fue mía. Solo mía. —Las lágrimas corrían por sus mejillas y Michelle sintió que también ella empezaba a derramarlas.

—Eso nunca lo haré. Nunca te culparé a ti de esto.

Él la cogió de la mano y la llevó escaleras abajo.

—Hemos de salir de aquí, Michelle. Salir de aquí y no volver.

Esto es el pasado, ya no podemos cambiarlo. Hemos de seguir adelante, Michelle; solo así es posible vivir. De lo contrario, nos destruirá a los dos.

Una vez fuera, él le sostuvo la puerta del todoterreno para que subiera. Antes de cerrarla, dijo:

—¿Seguro que estás bien?

Ella inspiró hondo y asintió.

—No sé exactamente lo que ocurrió allí.

—Creo que sabes todo lo que necesitas saber. Ya va siendo hora de olvidar.

Ella miró más allá, al patio de la casa.

—Fuiste tú quien taló el seto, ¿verdad?

Él siguió su mirada y se volvió otra vez hacia ella.

—A tu madre le encantaban las rosas. No debería habérselas arrebatado.

—Seguramente tenías un buen motivo.

—Los padres no son perfectos, Michelle. Y nunca tuve buenos motivos para hacer muchas cosas.

Ella alzó la vista hacia el viejo caserón.

—No voy a volver nunca aquí.

—No tienes por qué hacerlo.

Michelle bajó los ojos hacia él.

—Tenemos que hacer las cosas de otro modo, papá. Yo tengo que hacerlas de otro modo.

Él le apretó el brazo y cerró la puerta del todoterreno.

Mientras iba a buscar su coche, Michelle le lanzó una mirada a la casa, contando las ventanas hasta llegar a esa habitación.

—Lo siento, mamá. Siento tanto que te hayas ido... Yo que nunca quise tener ningún pesar, ahora es como si fuera lo único que tengo. —Lloraba con tal fuerza que apoyó la frente en el volante y se entregó a los sollozos, que agitaban su pecho una y otra vez espasmódicamente.

Cuando levantó la cabeza vio que su padre se limpiaba sus propias lágrimas con la mano y subía al coche.

Antes de arrancar, Michelle musitó:

—Adiós, mamá. Yo... no me importa lo que hicieras. Siempre te querré.

68

Mientras Sean revisaba las carpetas, sonó su móvil. Era Aaron Betack.

—Esto yo no te lo he dicho —dijo el agente del servicio secreto.

—¿Has encontrado la carta?

—Fue una buena idea de tu parte, Sean. Sí, estaba en su escritorio. La encontré hace unos días, en realidad. Siento haber tardado en contártelo. Si alguien se enterara, se habría acabado mi carrera. Seguramente iría a la cárcel.

—Nadie lo sabrá por mí, te lo garantizo.

—Ni siquiera se lo he dicho al FBI. No se me ocurre cómo podría hacerlo sin explicar por qué medios la conseguí.

—Lo entiendo. ¿Estaba escrita a máquina como la primera?

—Sí.

—¿Qué decía?

—No mucho. El autor era muy lacónico, pero había material de sobra en esas palabras.

—¿Como qué?

—Algunas cosas ya las sabemos. Que ella debía estar pendiente de ese apartado de correos. Ha ido cada día. Waters ha investigado el apartado. Sin resultados. El plan es que, cuando le llegue a ella la carta, el FBI se la confisque.

—¿Confiscársela por la fuerza a la primera dama?

—Sí, ya lo sé. Preveo un conflicto entre el FBI y el servicio secreto. Nada agradable. Pero lo cierto es que se resolverá entre bastidores. El Hombre Lobo no va a permitir que las elecciones se vayan al garete por este asunto, con sobrina o sin ella.

—¿Qué más decía la carta?

—Bueno, esa era la parte más alarmante.

—¿Alarmante, en qué sentido? —dijo Sean con cautela.

—No sé si toda esta historia está relacionada con los Dutton. Creo que podría tener algo que ver con la primera dama.

—¿Te refieres a que los secuestradores quieren sacarle algo del presidente?

—No. La carta decía que en la siguiente comunicación que ella reciba se desvelará todo. Y que si se la deja leer a alguien, todo habrá terminado para ella y para las personas que le importan. Que no le quedará ninguna salida. Que su única oportunidad de sobrevivir será ocultarle esa carta a todo el mundo.

—¿De veras decía eso?

—No palabra por palabra, pero ese era el sentido inequívoco. Sean, es obvio que tú la conoces desde hace mucho. Yo solo la he tratado durante este mandato. ¿A qué podría referirse el secuestrador? ¿Tal vez algo del pasado de la señora Cox?

Sean recordó la noche en que había conocido a Jane Cox, cuando él había aparecido con su marido borracho (entonces recién elegido senador) y lo había entrado a rastras en su modesta casa. Pero aquello no había tenido consecuencias.

—¿Sean?

—Sí, estaba pensando. No se me ocurre nada, Aaron.

Oyó que el otro suspiraba.

—Si resulta que he arriesgado mi carrera por nada...

—No lo creo. El contenido de la carta cambia las cosas, Aaron. Pero no sé en qué sentido.

—Bueno, si está implicada la primera dama y la mierda empieza a salpicar justo en mitad de la campaña, no quisiera encontrarme cerca.

—Tal vez no tengamos alternativa.

—¿Alguna novedad por tu parte?

—Solo estamos siguiendo algunas pistas con Waters.

—¿Cómo está Maxwell? Me han dicho que murió su madre.

—Está bien. Mejor de lo que podría esperarse.

—Por si te sirve de algo, yo siempre pensé que os trataron injustamente a los dos en el servicio.

—Gracias.

Aaron colgó y Sean volvió a concentrarse en las carpetas, tras unos minutos devanándose los sesos en vano por si se le ocurría algo del pasado de Jane Cox que pudiera explicar lo que estaba sucediendo.

Poco después, se abrió la puerta y entró Michelle.

—¿Has encontrado a tu padre? —le preguntó, levantándose de la mesa.

—Sí, estaba donde yo creía.

—¿En la granja?

Ella lo miró hoscamente.

—Soy detective —dijo Sean con ánimo—. Es mi trabajo.

—A veces me gustaría que no se te diera tan bien, especialmente cuando tiene que ver conmigo.

Él la observó atentamente.

—¿Has estado llorando?

—Las lágrimas no vienen mal a veces. Lo he descubierto últimamente.

—¿Has aclarado las cosas?

—Sí, en gran parte.

—¿Él no ha vuelto contigo?

—No, ha ido a ver a Bobby.

Michelle miró el montón de carpetas.

—Siento haberte dejado aquí plantado. ¿Alguna revelación?

—Todavía no. He trabajado duro cuatro horas, pero no he sacado nada. No obstante, a juzgar por la cantidad de expedientes, parece que las deserciones se están convirtiendo en un verdadero problema para el ejército. He recibido una llamada de Betack. —Le explicó la conversación.

Michelle preparó otra jarra de café, sirvió dos tazas y ambos se sentaron a la mesa de la cocina.

—Eso explicaría el nerviosismo de ella. Y por qué no ha soltado prenda desde el principio.

—¿Hablas de obstrucción a la justicia?

—Sí, también.

Michelle extendió una mano.

—Dame una carpeta y vamos a encontrar a esa cría.

Dos horas más tarde seguían allí.

—Quedan seis —dijo Sean, estirándose y pasándole luego otra carpeta.

Leían cada expediente muy despacio, buscando algún indicio que les permitiera levantar el trasero de la silla y pasar de nuevo a la acción. Se concentraban con el mismo grado de intensidad que si estuvieran en un examen final de la universidad. No había margen para el error. Sabían que si había alguna pista enterrada entre aquellos papeles sería un detalle muy sutil, y no podían permitir que se les pasara por alto.

—¿Qué tal si vamos a cenar algo? —dijo Sean por fin—. Invito yo. Y podemos seguir leyendo.

Fueron en coche a un restaurante de la zona.

—Entonces, ¿crees realmente que las cosas con tu padre se han arreglado?

—Creo que sí. Es decir, los dos tendremos que esforzarnos. Yo no me he portado precisamente como la hija más cariñosa y atenta del mundo.

—Ni como la hermana —señaló él.

—Gracias por recordármelo.

Mientras comían, ella lo miró con nerviosismo.

—Sean, respecto a lo que ocurrió en casa de mi padre.

—¿Qué?

—No volverá a ocurrir.

—Pero si ocurriera, yo estaría a tu lado, ¿de acuerdo? Hay pocas cosas seguras en esta vida, pero esa es una de ellas.

—Y yo haría lo mismo por ti. Espero que lo sepas.

—Por eso somos socios, ¿no? Así que si se presenta cualquier problemilla, lo resolveremos. ¿De acuerdo? Juntos.

—De acuerdo.

Le pasó una carpeta.

—Volvamos a la carga.

Antes de abrirla, ella se inclinó sobre la mesa y le dio un beso en la mejilla.

—¿Y eso por qué? —dijo Sean.

—Por manejar tan bien los problemillas. Y por no aprovecharte de una dama cuando podías hacerlo.

69

—¿Puedo ver la luz del sol?

Quarry había ido a la mina con la avioneta y ahora se hallaba en la celda, sentado frente a Willa.

—¿Para qué quieres ver la luz del sol?

—Porque hace mucho que no la veo, sencillamente por eso. La echo de menos. A mí me gusta el sol.

—No puedes escapar. No hay nadie a quien pedir socorro.

—Entonces no hay motivo para que no me deje verlo —repuso con tono razonable.

—¿De qué hablaste el otro día con esa mujer?

—De cosas. Me cae bien.

—Nunca la habías visto, ¿no?

—¿Por qué tendría que haberla visto? —preguntó Willa, con sus grandes ojos fijos en él.

—Bueno, supongo que no hay problema. Vamos.

—¿Ahora?

—¿Por qué no?

Ella salió tras él. Mientras cruzaban la larga galería, dijo:

—¿Puede venir también Diane?

—Supongo que sí.

Pasaron a recoger a Diane y ambas siguieron al viejo alto y fornido hacia la salida. Willa movía los ojos a uno y otro lado, asimilando todos los detalles; Diane se limitaba a andar arrastrando los pies, con la vista fija en la espalda de Quarry. Cerraba la marcha Daryl, todavía con la cara magullada por la pelea con su padre. Su humor parecía acorde con sus heridas.

Entre los detalles en los que Willa reparó, estaban los cables que discurrían por algunos de los pasadizos y que ella no recordaba haber visto otras veces. No sabía para qué eran, pero intuyó que su presencia no auguraba nada bueno.

Quarry abrió la puerta con la llave y salieron todos al exterior, parpadeando para adaptarse a la luz.

—Un bonito día —dijo el hombre abriendo la marcha.

En efecto, el cielo estaba azul y despejado. El viento del oeste era caliente, pero suave. Se sentaron sobre una roca enorme y contemplaron el panorama. Willa con expresión interesada; Diane, indiferente. Daryl miraba hoscamente a lo lejos.

—¿Dónde aprendió a volar? —dijo la niña, señalando la pequeña Cessna estacionada en la pista de hierba.

—En Vietnam. Nada como una guerra para aprender a volar. Porque si no vuelas bien de verdad, el problema no es que llegues con retraso, es que no llegas.

—Yo ya he ido en avión —dijo Willa—. El verano pasado fuimos a Europa. Con mi familia. También volé una vez a California. ¿Tú has ido en avión? —le preguntó a Diane.

—Sí, viajo mucho por mi trabajo —respondió ella, nerviosa—. Pero no en avionetas como esta —añadió, señalando la Cessna—. En aviones grandes.

—¿Qué tipo de trabajo haces? —preguntó la niña.

—Oye, Willa, no estoy de humor para charlas, ¿vale? —dijo, mirando al viejo con recelo.

—Vale —dijo ella, al parecer sin inmutarse—. ¿Puedo bajar hasta ahí? —le preguntó a Quarry, señalando la pista de hierba.

Él le echó una mirada a Daryl, señalando a Diane con la barbilla.

—Claro, vamos.

Bajaron por la breve pendiente. Quarry sujetaba a Willa de la mano. Cuando llegaron a la zona llana, la soltó y caminaron el uno junto al otro.

—¿Esta montaña es suya? —preguntó ella.

—Es más una colina que una montaña, pero sí, es mía. O por lo menos era de mi abuelo y yo la acabé heredando.

—¿Seguro que le ha dicho a mi familia que estoy bien?

—Claro que estoy seguro. ¿Por qué?

—Diane dijo que no creía que usted hubiera contactado con su madre para decirle que estaba bien.

—¿Ah, sí? —Quarry levantó la vista hacia Diane, que permanecía sentada sobre la roca con aire abatido.

Willa se apresuró a decir:

—No se enfade con ella, solo fue un comentario. —Titubeó un instante—. ¿Llamó a su madre?

Quarry no respondió, siguió caminando. Willa tuvo que apretar el paso para no quedarse atrás.

—¿Cómo está su hija?

Él se detuvo en seco.

—¿Por qué tanta pregunta, niña? —dijo en tono amenazador.

—¿Por qué no?

—Eso es otra pregunta. Contesta a la mía.

—No tengo otra cosa que hacer —dijo Willa sencillamente—. Me paso la mayor parte del tiempo sola. Me he leído todos los libros que me trajo. Diane no dice gran cosa cuando estamos juntas. No hace más que llorar y abrazarme. Echo de menos a mi familia y esta es la primera vez que veo la luz del día desde que intenté huir. O sea, básicamente estoy tratando de no perder la chaveta. ¿Preferiría, no sé, que me pusiera a vociferar y a pegar gritos con ojos de loca? Porque soy capaz, si quiere.

Quarry echó otra vez a andar y ella lo imitó.

—Tengo dos hijas, de hecho. Mucho mayores que tú. Las dos adultas.

—Yo me refería a la hija que ya no lee. ¿Cómo está?

—No muy bien.

—¿Le puedo hacer más preguntas? ¿O se pondrá furioso?

Quarry se detuvo, recogió una piedra del suelo y la lanzó a cinco o seis metros.

—Claro, no pasa nada.

—¿Está muy enferma?

—¿Sabes lo que es el coma?

—Sí.

—Bueno, pues así es como está ella. Como ha estado durante más de treinta años. Más tiempo del que tú llevas viva.

—Lo siento.

—Yo también lo siento.

—¿Qué le ocurrió?

—Alguien le hizo daño.

—¿Por qué habría de hacer nadie una cosa así?

—Buena pregunta. Resulta que a algunas personas no les importa a quién le hagan daño.

—¿Atraparon a esa persona?

—No.

—¿Cuál es el nombre de su hija?

—Tippi.

—¿Y puede decirme el suyo?

—Sam.

—Ya sé que no puede decirme su apellido, Sam.

—Es Quarry. Sam Quarry.

Willa se quedó helada.

—¿Qué sucede? —preguntó él.

—Acaba de decirme su nombre completo —dijo la niña con voz trémula.

—¿Y qué? Tú has preguntado.

—Pero si me ha dicho su nombre completo, yo podría decírselo a la policía. Aunque solo si piensa soltarnos. Lo cual quiere decir que no va a soltarnos. —Dijo esto último en voz baja.

—¿Por qué no vuelves a pensártelo bien? Hay otra posibilidad. Venga, tú eres lista.

Willa lo miró fijamente con una expresión extraña. Al fin, dijo:

—Supongo que podría ser también que a usted no le importe que yo le diga su nombre a la policía.

—Qué demonios, pronto habrá montones de personas que sepan mi nombre.

—¿Por qué?

—Así será. Hablando de nombres, hay un niño negro que vive conmigo llamado Gabriel. Casi de tu edad. Y más o menos tan listo como tú. Un buen chico de verdad. De lo mejorcito.

—¿Puedo conocerlo? —dijo ella rápidamente.

—No, ahora no. Verás, él ni siquiera sabe nada de todo esto y pretendo que siga siendo así. Pero lo que quiero es que te encargues de que todo el mundo sepa que ni él ni su madre, Ruth Ann, tenían nada que ver. Nada de nada. ¿Me harás ese favor, Willa?

—Vale, de acuerdo.

—Gracias. Porque es importante.

—¿Es hijo suyo? —Willa estaba mirando ahora a Daryl.

—¿Por qué lo dices?

—Tienen los mismos ojos.

Quarry alzó la vista hacia él.

—Sí, es mi hijo.

—¿Se pelearon los dos? Oí ruido en la mina. Y él tiene la cara hecha polvo. Y usted la boca.

Quarry se tocó el labio.

—A veces la gente no ve las cosas de la misma manera. Pero lo quiero igualmente. Tal como quiero a Tippi.

—Es usted un secuestrador muy raro, señor Quarry —dijo la niña con franqueza.

—Llámame señor Sam, como Gabriel.

—¿Esto durará mucho aún?

Quarry inspiró hondo y dejó que el aire circulara por sus pulmones antes de dejarlo escapar.

—No, ya no mucho.

—Me parece que lamenta haber tenido que hacerlo.

—En un sentido, sí; en otro, no. Pero era la única manera.

—¿Ya hemos de volver a entrar, señor Sam?

—No, aún no. Pronto, pero todavía no.

Se sentaron en el suelo y disfrutaron de la calidez del sol.

Cuando volvieron a entrar en la mina, Quarry dejó que Diane y Willa pasaran un rato en la habitación de la primera.

—¿Por qué eres tan amable con ese tipo? —dijo Diane en cuanto Quarry cerró por fuera y se alejó.

—Hay algo extraño en él.

—Pues claro, es un psicópata.

—No, no creo que lo sea. Y soy amable con él porque trato de situarme en el lado bueno del señor Sam.

—Suponiendo que lo tenga. Dios, no me iría mal un cigarrillo.

—Los cigarrillos pueden matarte.

—Prefiero morir por mi propia mano. —Señaló la puerta—. Y no a manos de ese tipo —gritó.

—Me has pegado un susto —dijo Willa, echándose atrás.

Diane se serenó y se sentó a la mesa.

—Lo siento, Willa. Perdona. Estamos sometidas a mucha presión. Tú añoras a tu familia y yo a la mía.

—Me dijiste que no tenías una familia propia. ¿Cómo es eso?

Diane la miró de un modo extraño.

—Yo quería casarme y tener hijos, pero no funcionó.

—Todavía eres joven.

—Treinta y dos.

—Tienes tiempo de sobra. Aún puedes tener una familia.

—¿Quién ha dicho que quiera tenerla ahora? —respondió Diane con amargura.

Willa se quedó en silencio, observando cómo Diane se frotaba las manos nerviosamente y clavaba la vista en la mesa.

—Nunca saldremos de aquí, ¿lo sabes, no? —dijo Diane.

—Yo creo que sí, siempre que las cosas salgan según el plan del señor Sam.

Diane saltó.

—¡Deja de llamarlo así! Hace que parezca un abuelito adorable y no un monstruo completamente chalado.

—Vale —dijo Willa, asustada—. Está bien. No lo diré más.

Diane volvió a echarse atrás en su silla.

—¿Echas de menos a tu mamá? —dijo en voz baja.

Willa asintió.

—A todos. Incluso a mi hermano pequeño.

—¿Él te ha dicho que toda tu familia estaba bien?

—Sí. Él... —Willa se detuvo y la miró bruscamente—. ¿Por qué me haces esa pregunta? ¿Te dijo a ti otra cosa?

Diane pareció sorprendida.

—No, bueno, de eso no hablamos. No... Yo no sé nada.

Willa se puso de pie y escrutó el rostro de Diane, abriéndose paso fácilmente entre la endeble capa de mentiras.

—Algo te dijo —dijo con tono acusador.

—No, no.

—¿Está bien mi familia? ¿Están bien?

—No sé, Willa. Yo... él... Escucha, no podemos fiarnos de todo lo que él diga.

—Así que te dijo algo. ¿Qué te dijo?

—Willa, no puedo.

—¡Dímelo! ¡Dímelo! —Se lanzó sobre Diane y empezó a abofetearla—. ¡Dímelo! ¡Dímelo!

Sonaron pasos fuera. Una llave giró en la cerradura. La puerta se abrió de golpe. Quarry corrió hacia ellas y alzó a Willa en volandas. Ella se revolvió y le abofeteó en la cara.

—¡Dime que mi familia está bien! ¡Dímelo! —le gritó a Quarry.

Él le lanzó una mirada fulminante a Diane, que se había acurrucado contra la pared.

—Willa, ya basta —dijo Quarry.

Pero ella le dio en la boca magullada, y siguió soltando golpes, bofetadas, puñetazos. Estaba incontrolable.

—Daryl —rugió Quarry.

Su hijo entró precipitadamente con una jeringa. Quitó la tapa y le clavó la aguja a Willa en el brazo. En dos segundos la niña se desplomó en los brazos de Quarry. Él se la entregó a Daryl.

—Llévala a su habitación.

En cuanto se quedaron solos, Quarry se volvió hacia Diane.

—¿Qué demonios le ha dicho?

—Nada. Lo juro. Ella preguntaba por su familia.

—¿Le ha dicho que es usted su madre?

—No, eso jamás lo haría.

—Entonces, ¿qué demonios ha pasado?

—Mire, usted mató a su madre.

—No, no es cierto.

—Bueno, me dijo que estaba muerta. ¿Lo está, sí o no?

Quarry echó una mirada hacia la puerta antes de responder.

—Fue un accidente.

—Sí, seguro —replicó ella, sarcástica.

—¿Le ha dicho que ha muerto? —dijo, con furia creciente.

—No, pero es una niña muy lista. Le he dicho que usted no

era de fiar. Y ella ha atado cabos. Además, si piensa soltarnos lo acabará sabiendo.

Quarry la miró ceñudo bajo sus cejas tupidas.

—No debería habérselo dicho.

—Ya, sí, y usted no debería haber matado a su madre, por accidente o como fuese. Y no debería habernos secuestrado, para empezar. Y ahora mismo me importa un bledo si me mata. Puede irse al infierno, «señor Sam».

—Ya estoy en el infierno, señora. Llevo años allí.

Salió y cerró de un portazo.

70

Jane Cox contuvo bruscamente la respiración al abrir el apartado de correos. Cada vez que lo había abierto hasta ahora, el receptáculo estaba vacío. Pero esta vez había en su interior un sobre blanco. Echó una ojeada a ambos lados, acercó el bolso y deslizó el sobre dentro.

Acababa de subir a la limusina cuando sonó un golpecito en el cristal. Jane miró a su jefe de seguridad.

—Vamos.

En vez de ponerse el coche en marcha, se abrió la puerta y apareció el agente del FBI Chuck Waters.

—Necesito esa carta, señora Cox.

—Disculpe, ¿quién es usted?

Waters esgrimió su placa.

—FBI. Necesito la carta —repitió.

—¿Qué carta?

—La que acaba de sacar del apartado, ahí dentro. —Señaló por encima del hombro el local de Mail Boxes Etc.

—No sé de qué me habla. Y ahora haga el favor de dejarme en paz. —Miró al jefe de seguridad—. Drew, dígale que se vaya.

Drew Fuller, un veterano agente del servicio secreto, se volvió y la miró, nervioso.

—Señora Cox, el FBI la ha tenido bajo vigilancia desde el primer día en este asunto.

—¿Cómo? —exclamó ella.

Por la expresión resignada de Fuller, estaba claro que el tipo ya había comprendido que se le venía encima un traslado a un puesto mucho menos atractivo.

—Tengo una orden judicial —dijo Waters, mostrando un papel—. Para registrar su bolso y toda su persona.

—No puede hacerlo. No soy una criminal.

—Si tiene una prueba crucial en un caso de secuestro y la retiene a sabiendas, es una criminal, señora.

—Me parece increíble su descaro.

—Solo estoy tratando de recuperar a su sobrina. Doy por sentado que usted también lo desea.

—¡Cómo se atreve!

Waters miró a Fuller.

—Podemos hacerlo por las buenas o por las malas. Ella decide.

—Señora Cox —dijo Fuller—, el servicio estaba informado de la intervención del FBI y la posición oficial al respecto es que no tenemos derecho a cerrarles el paso en este asunto. Se trata de una investigación federal. Los abogados de la Casa Blanca también están de acuerdo.

—Parece que todo el mundo está de acuerdo. Que todos han maquinado a mis espaldas para volverse contra mí. ¿Eso incluye a mi marido?

—Sobre eso no puedo pronunciarme —dijo Fuller.

—Pues yo sí. Y lo haré en cuanto llegue a la Casa Blanca.

—Es su derecho, sin duda, señora Cox.

—No, ¡será mi misión principal!

Waters dijo:

—¿La carta, señora Cox? El tiempo aquí es esencial.

Ella abrió lentamente el bolso y metió la mano dentro.

—Si no le importa, señora, la cogeré yo mismo.

Ella le dirigió una mirada que Waters seguramente recordaría el resto de su vida.

—Primero déjeme ver esa orden.

Waters le dio el documento y ella lo leyó despacio, de cabo a rabo; luego le tendió el bolso abierto.

—Tengo también un pintalabios dentro, si es de su gusto.

Él miró el contenido del bolso.

—Bastará con la carta, señora.

Waters sacó el sobre y ella cerró el bolso bruscamente, casi pillándole los dedos.

—Esto le costará la placa —le espetó. Enseguida miró furiosa a Fuller—. ¿Ahora podemos irnos?

El jefe de seguridad se volvió hacia el conductor.

—Vamos.

En cuanto llegaron al 1600 de la avenida Pensilvania, Jane subió rápidamente a los aposentos privados. Se quitó el abrigo y los zapatos, fue a su habitación y se encerró con llave. Abrió el bolso y deslizó la mano detrás de un descosido apenas visible del forro. Extrajo el sobre. Iba dirigido a ella, a la dirección del apartado de correos. Todo mecanografiado. Lo abrió. Solo había una hoja dentro, también mecanografiada.

Jane se había enterado de que el FBI la tenía bajo vigilancia. Al abrir el apartado y ver la carta allí, había acercado el bolso y la había deslizado detrás del forro descosido, simulando que simplemente la metía dentro. La carta que había dejado que Waters se llevara la había confeccionado ella misma con una máquina de escribir que había encontrado en un almacén de la Casa Blanca. Se había metido esa carta falsa en el bolso antes de salir a revisar el apartado de correos. ¿A qué hombre se le habría ocurrido mirar detrás del forro de un bolso cuando había otra carta a la vista junto a sus cosméticos? También había metido el frasco de un medicamento contra los trastornos de la menopausia para desconcertar todavía más al hombre y que no se atreviera a entretenerse hurgando.

El sobre que había recibido a través de la empleada de la cocina era blanco, así que dio por supuesto que el siguiente también lo sería. Sabía que quienes la vigilaban solo atisbarían un pedacito del sobre mientras pasaba del apartado al bolso.

También sabía que le saldrían al paso en cuanto recibiera el sobre. Tenía sus contactos en la Casa Blanca. Y como el servicio secreto, podía afirmar que allí no sucedía nada sin su conocimiento. De manera que la acción del FBI y la orden judicial no la habían pillado por sorpresa. Después de todo, había logrado burlar a la tan cacareada agencia.

La sensación de triunfo, sin embargo, fue muy fugaz. Con manos temblorosas, desplegó la hoja y empezó a leer. Le daban una fecha y una hora para hacer una llamada a un número de teléfono que venía también en la carta. El número era imposible de rastrear, le advertían. Más importante todavía: la carta decía que si se ponía otra persona al teléfono al producirse esa llamada, en el curso de la cual se revelaría toda la verdad, ello no solo le costaría la vida a Willa, sino que destruiría también sus vidas irreversiblemente.

Se detuvo en esta última palabra. «Irreversiblemente.» Un vocablo colocado y utilizado de un modo extraño. ¿Encerraba tal vez un sentido oculto? No podía saberlo.

Anotó el número en otro trozo de papel, corrió al baño, estrujó la carta y, arrojándola en el váter, pulsó el botón de la cisterna. Durante un instante paralizante se imaginó a unos agentes federales ocultos en algún rincón de la Casa Blanca que interceptaban el agua procedente de su baño y reconstruían la carta. No, imposible. Eso correspondería más bien al mundo descrito en *1984*. Aunque, a decir verdad, viviendo en la Casa Blanca, Jane había llegado a ver la obra maestra de Orwell sobre el «fascismo perfeccionado» bajo una luz que la mayoría de los americanos jamás sospecharía.

Pulsó otra vez el botón de la cisterna para asegurarse bien y salió lentamente del baño. Hizo una llamada y anuló todas las citas del día. Durante más de tres años como primera dama, jamás se había saltado una recepción por insignificante o relativamente trivial que pudiera ser. Pero desde que Willa había desaparecido había empezado a suspender compromisos con regularidad. No sentía ningún remordimiento. Ya la habían exprimido bastante. No podía decirse que no hubiera servido bien a su país. El hecho de que su marido estuviera esforzándose para ganar otros cuatro años ahora le producía náuseas.

Sintió de repente escalofríos. Se preparó un baño caliente y se quitó la ropa. Antes de entrar en la bañera se miró desnuda en el espejo de cuerpo entero. Realmente había perdido peso. No lo había pretendido; no de este modo, al menos. No tenía mejor aspecto sin esos kilos. Parecía más endeble, más vieja incluso. No era una visión agradable, concluyó. Las carnes, flojas; los huesos, marcados allí donde ninguna mujer lo querría. Apagó la luz y se metió en el agua caliente.

Mientras permanecía allí tendida, pensó en el modo de realizar una cosa que ningún otro americano, salvo si acaso su marido, tendría problemas para hacer. Debía idear algún sistema para efectuar una simple llamada telefónica en completa intimidad, sin que nadie más se encontrara presente. No podía hacerlo aquí. Si el FBI tenía una orden para registrar su bolso, también la tendría para intervenir las llamadas que se hicieran desde los aposentos privados, o al menos las suyas. Y por lo que Jane sabía, cualquier llamada entrante o saliente de este edificio estaba monitorizada por algún organismo, tal vez por la Agencia Nacional de Seguridad. Al parecer, escuchaban las conversaciones de cualquier persona que ellos quisieran.

Y si no podía hacer la llamada desde aquí, no había ningún otro sitio donde no estuviera acompañada. En avión o helicóptero, en una limusina, mientras comía o mientras trabajaba en el despacho, cuando iba a tomar el té, cuando cortaba la cinta inaugural de un nuevo hospital para niños, o cuando bautizaba un buque o visitaba a los soldados heridos en el centro médico del ejército Walter Reed... Nunca estaba sola.

Era el precio a pagar por entrar en la Casa Blanca. Ya pensaría algo, no obstante. Se le acabaría ocurriendo. Había conseguido burlar al FBI con la carta falsa. Había utilizado guantes para redactarla, así que no encontrarían huellas. Con un lenguaje impreciso, la carta decía que tenía que reunir la suma de diez millones de dólares y que volverían a ponerse en contacto con ella mediante otra misiva. Al menos, así había ganado un poco de tiempo. Aunque tampoco mucho. La llamada al número que le habían proporcionado debía realizarse al día siguiente por la noche. No, no mucho tiempo. En absoluto.

Cerró los ojos. La palabra «irreversiblemente» le venía una y otra vez a la cabeza. Y de pronto abrió los ojos de par en par al recordar las palabras que precedían inmediatamente a ese adverbio intrigante.

Las dijo moviendo solo los labios mientras seguía metida en el baño caliente en la oscuridad. «Sus vidas serán destruidas irreversiblemente.»

«No solo mi vida, sino *sus* vidas.»

Por desgracia, sabía a quién se referían esas palabras.

71

Se le había ocurrido la manera. Iba de camino a Georgetown, para cenar en su restaurante francés favorito, justo al lado del cruce de la calle M con la avenida Wisconsin. Iba en compañía de Tuck y de otros dos amigos. Y con el dispositivo de seguridad habitual. El equipo preparatorio ya había registrado el restaurante centímetro a centímetro. Luego habían desplegado a un escuadrón provisional para vigilar el local hasta que llegaran la primera dama y sus invitados, con el fin de impedir que ningún terrorista o chalado o aficionado a las bombas pudiera colarse en el ínterin y aguardar a que apareciera el objetivo.

La cena había sido organizada precipitadamente porque la primera dama había decidido salir en el último momento. El servicio secreto había tenido que hacer su trabajo a toda prisa, aunque ya estaban acostumbrados. En especial con Jane Cox últimamente, pues desde que habían secuestrado a su sobrina su programa de actividades andaba manga por hombro.

Sirvieron la cena, bebieron vino. Jane echaba un vistazo al reloj de vez en cuando. Tuck no se daba ni cuenta. Estaba demasiado ocupado con sus propios problemas para advertir nada más. Jane había escogido a los otros dos invitados basándose únicamente en su incapacidad para captar cualquier cosa que quedara fuera del reino de la política y el poder. Tras una somera conversación sobre las desgracias sufridas por la familia de Tuck, se pusieron a charlar sin freno sobre tal senador y tal congresista, sobre la situación de las elecciones y las últimas encuestas... Jane se limitaba a asentir y a darles más madera para que prosiguieran con sus cotilleos.

Y seguía mirando el reloj.

No había elegido este establecimiento únicamente por su excelente menú y su lista de vinos. Había otro motivo.

A las once menos cinco le hizo una seña a su jefe de seguridad, sentado en la mesa del rincón. Este habló por la radio que llevaba en la muñeca. Una agente se apresuró a entrar en el baño de señoras, comprobó que todo estuviera en orden, dio la señal de conformidad y se plantó en la puerta para cerrarle el paso a cualquier otra clienta del restaurante, por muy apurados que estuvieran su vejiga o sus intestinos.

La primera dama entró en el baño a las once menos dos minutos y se dirigió directamente a la parte trasera.

Por eso había venido aquí. Este era el único restaurante que conocía donde aún había una cabina de teléfonos que funcionase en el baño de mujeres.

Tenía una tarjeta de prepago. No quería que la llamada quedase registrada en su tarjeta de crédito. El número lo marcó de memoria.

Sonó una vez. Dos. Luego respondieron. Se armó de valor.

—¿Hola? —dijo una voz de hombre.

—Soy Jane Cox —dijo con tanta claridad como le fue posible.

Sam Quarry estaba sentado en la biblioteca de Atlee. El fuego ardía con fuerza en la chimenea. Esta noche sí que pondría al rojo el maldito atizador. Estaba usando un móvil clonado que Daryl le había comprado a un tipo especializado en ese tipo de artilugios, es decir, ilegal e imposible de rastrear.

Dio un sorbo de su licor destilado favorito. Tenía delante fotos de Tippi y de su esposa. La escena estaba preparada. La había planeado durante años. Ahora por fin daba comienzo.

—Ya sé que es usted —dijo muy despacio—. Ha sido puntual.

—¿Qué es lo que quiere? —dijo ella secamente—. Si le ha hecho daño a Willa...

Él la cortó.

—Sé que debe tener alrededor a un millón de personas preguntándose dónde se ha metido, así que déjeme hablar a mí y vayamos al grano.

—De acuerdo.

—Su sobrina está bien. Tengo también a su madre.

Jane dijo con aspereza:

—Su madre está muerta. Usted la mató.

—Hablo de su auténtica madre. Usted la conoció como Diane Wright. Ahora se llama Diane Wohl. Ella se casó, se mudó y volvió a empezar. No sé si lo sabía. O si le importaba siquiera.

Jane, de pie en el baño de mujeres con el teléfono en la mano, sintió como si le hubieran disparado un tiro en la cabeza. Se apoyó en la pared de azulejos para no perder el equilibrio.

—No sé de qué...

Él volvió a interrumpirla.

—Voy a decirle lo que tiene que hacer si quiere volver a ver a Willa con vida, y no convertida en un cadáver.

—¿Cómo puedo saber que la tiene?

—Bueno, escuche.

Quarry sacó un magnetófono, lo encendió y lo acercó al teléfono. Había llevado consigo el aparato al visitar a Willa y a Diane, y las había grabado subrepticiamente.

—Primero Willa —dijo.

La voz de la niña sonó con claridad mientras le preguntaba a Quarry por qué la había secuestrado.

—Ahora Diane. Pensé que a usted tal vez le gustaría escuchar nuestra conversación sobre los motivos por los que abandonó a su hija.

Sonó la voz de Diane y después la voz grabada de Quarry, explicándole los resultados de las pruebas de ADN.

Apagó el magnetófono y volvió a coger el teléfono.

—¿Satisfecha?

—¿Qué busca con todo esto? —dijo Jane débilmente.

—Justicia.

—¿Justicia? ¿Alguien le hizo algún mal a Willa adoptándola? Más bien le hicimos un favor. Esa mujer no la quería. Y yo conocía a alguien que sí deseaba acogerla.

—En realidad, me tiene sin cuidado Diane Wohl, o que usted quisiera hacer feliz a su hermano y a su cuñada consiguiéndoles una niña a la que poder adoptar. Yo necesitaba a Diane y a Willa simplemente para que usted me prestara atención.

—¿Por qué? —dijo ella, levantando la voz.

—¿Señora Cox? —Era la agente apostada fuera—. ¿Se encuentra bien?

—Sí, sí. Estoy hablando con alguien —dijo rápidamente—. Por teléfono —añadió.

Se volvió hacia el aparato justo cuando Quarry decía:

—¿El nombre «Tippi» le suena de algo, o bien lo desterró de su memoria?

—¿Tippi?

—Tippi Quarry. Atlanta —añadió él subiendo el tono, con la mirada fija en la fotografía de su hija.

Un segundo. Dos. Tres.

—¡Ay, Dios mío!

—Ay, Dios mío, es exacto, señora.

—Escuche, por favor.

—No, escuche usted. Lo sé todo. Tengo fechas, nombres, lugares, la historia entera. Ahora voy a darle el nombre de un aeropuerto al que debe volar. También le daré unas coordenadas muy precisas que, una vez allí, la llevarán al sitio adonde debe dirigirse. Usted limítese a dárselas a sus pilotos federales; ellos sabrán descifrarlas. Es una serie de números. Tome un papel y anótelos. Ahora. Sin errores.

Jane hurgó en su bolso y sacó un bolígrafo y un papel.

—De acuerdo —dijo con voz temblorosa.

Él le dijo el nombre del aeropuerto y le dictó las coordenadas.

—¿Quiere que vaya allí?

—No, qué demonios. Quiero que vengan los dos.

—¿Los dos? ¿Cuándo?

Quarry miró su reloj.

—Dentro de nueve horas. Exactamente. Ni un minuto antes ni un minuto después, si quiere que la niña siga respirando.

Jane echó un vistazo al reloj.

—Imposible. Él está aquí esta noche, pero vuela mañana por

la mañana a Nueva York para pronunciar un discurso ante las Naciones Unidas.

—Me importa un bledo si tiene una cita con Dios todopoderoso. Si no están allí en nueve horas exactas a partir de ahora, la próxima vez que vea a Willa, ella no la verá a usted. Y esos análisis de ADN saldrán en los medios junto con todo lo demás. Tengo pruebas de todo. Me he pasado muchos años de mi vida sin hacer otra cosa. Usted nos arrojó al cubo de la basura, señora, y siguió con su vida. Bueno, ha llegado el momento de pagar. El momento de Tippi. ¡Mi maldito momento!

—Por favor, por favor, si pudiera darnos...

—Estas son las instrucciones para cuando lleguen allí. Y será mejor que las sigan al pie de la letra. Si no lo hacen, o si meten en esto al FBI, yo lo sabré. Lo sabré de inmediato. Y entonces Willa morirá. Y saldrá todo a la luz. Y no habrá segundo mandato para el viejo Danny. ¡Eso se lo garantizo!

Jane tenía la cara arrasada en lágrimas.

También rodaban lágrimas por las mejillas de Quarry mientras contemplaba a las dos mujeres más importantes de su vida; ahora ambas separadas de él para siempre. Por culpa de la mujer con la que estaba hablando. Por culpa de ella. Y de él.

—¿Me está escuchando? —dijo en voz baja.

—Sí —respondió Jane, ahogando un sollozo.

Le dio las instrucciones.

Ella musitó:

—Y si lo hacemos, ¿soltará a Willa? Y usted... ¿no lo contará?

—Le doy mi palabra.

—¿Así, simplemente? ¿Cómo sé que puedo confiar en usted? Ni siquiera le conozco.

—Sí que me conoce.

—Yo... ¿de veras? —dijo ella, vacilante.

—Ya lo creo que sí. Soy su peor pesadilla. ¿Y quiere saber por qué? —Jane no respondió—. Porque ustedes dos fueron la mía: mi peor pesadilla.

—¿Es usted su padre? —dijo ella con voz ronca.

—El reloj empieza a contar desde ahora —dijo Quarry—. Así que será mejor que se mueva. Ahora no pueden subirse a un taxi y ya está. ¿A que todo ese poder ya no resulta tan especial? ¿A que todo parece moverse como una vaca muerta?

Quarry cortó la llamada, arrojó el teléfono lejos y se arrellanó en la butaca, exhausto. Luego cogió el atizador, calentó la punta en las llamas, se arrolló la manga de la camisa y chamuscó una última línea en la piel de su antebrazo. La marca ahora estaba completa. Sintió un dolor atroz. No era más fácil con cada quemadura, sino mucho peor. Y no obstante, no exhaló ningún sonido, ni hizo una sola mueca, ni lloró. Se limitó a mirar la fotografía de Tippi mientras lo hacía.

No sentía nada. Como su pequeña. Nada. Por culpa de ellos.

Luego abandonó rápidamente la habitación, dejando el fuego encendido. Tenía un montón de cosas que hacer antes de que llegaran. Sentía la adrenalina en la sangre.

En Georgetown, Jane soltó el teléfono y salió a toda prisa del baño de mujeres.

No había tiempo que perder.

72

Sean y Michelle habían cargado el todoterreno y se estaban despidiendo de Frank y Bobby Maxwell.

Ella los abrazó.

—Te llamaré pronto, papá —dijo—. Y vendré a pasar una temporada contigo. Así podremos...

—¿Volver a conocernos de nuevo?

—Sí.

Cuando ya iban hacia la puerta, Frank dijo:

—Ah, casi se me olvidaba. Ha llegado antes un paquete para Sean. Está en la sala de estar. Un momento.

Reapareció enseguida con una caja de cartón. Sean exclamó al ver el remitente:

—Mi amigo de dos estrellas lo ha vuelto a conseguir. Más expedientes de desertores.

—¿Desertores? —dijo Bobby.

—Un caso en el que estamos trabajando —explicó Michelle.

Salieron y caminaron hacia el todoterreno.

—Yo revisaré las carpetas mientras tú conduces, Sean. Así ganamos tiempo. No nos sobra precisamente.

—Gracias, Michelle —dijo él—. Eres muy amable.

—No es por ser amable. Es que tú te mareas si lees en el coche. Y no quiero que vomites sobre mi tapicería.

Bobby sonrió.

—Esa es mi hermanita.

Se pusieron en marcha y atravesaron la ciudad para tomar la autopista. Michelle abrió la caja y sacó el primer expediente.

—Está bien que tu hermano viva aquí —comentó Sean—. Puede hacerle compañía a tu padre.

—Yo también pienso venir a hacerle compañía. Si algo me ha enseñado esto es que no hay nada seguro en esta vida. Hoy estás y mañana quizá no.

—Voy a parar a comprar café antes de meternos en la interestatal —dijo él—. No sé por qué, pero siempre empezamos estos viajes de noche.

—El mío que sea doble.

Sean compró los cafés y siguieron hacia el norte.

Tras revisar cinco carpetas más, Michelle estiró los brazos.

—¿Quieres que te releve? —dijo él—. Puedo aguantarme las ganas de vomitar.

—No, voy a seguir. Pero si no encontramos nada, ¿qué?

—Tú reza para que aparezca algo en ese montón, porque no tenemos nada más.

Sean miró el reloj del salpicadero, sacó el móvil y tecleó un número.

—¿A quién llamas?

—A Chuck Waters. Quiero ver si hay novedades. Quizá tenga algo y esté dispuesto a contárnoslo.

—Ya. Y yo me voy a presentar en *Bailando con las estrellas*.

El agente del FBI respondió al segundo timbrazo. Sean habló con él unos minutos y colgó.

—¿Novedades? —preguntó Michelle.

—Jane recibió la carta en el apartado de correos y Waters se la confiscó.

—¿Qué decía?

—Algo de un rescate de diez millones de dólares. Pero Waters cree que ella le hizo una jugarreta y le dio una carta falsa.

—¿Por qué lo cree?

—Varios detalles de la carta no coincidían con la que enviaron al principio con el cuenco y la cuchara. Las máquinas de escribir eran distintas. Y según Waters, había algo raro en el matasellos.

—¿Y por qué iba ella a darle el cambiazo?

—Porque tiene un interés personal en el caso, Michelle. Según lo que Betack descubrió en la segunda carta, toda esta historia afecta directamente a Jane Cox. Y ella no quería que nadie leyera esta última comunicación.

—¿No creerás que Willa es hija suya, no? Tal vez estaba engañando al presidente cuando él aún no lo era. Se quedó embarazada y le pasó el bebé a su hermano y su cuñada.

—Lo creería si no fuera porque yo vi a Jane Cox hace unos doce años más o menos y no estaba embarazada.

—¿Unos doce años más o menos?

—Quiero decir que la vi varias veces en esa época. No podría ser la madre de Willa a menos que hubieran mentido sobre la edad de la niña.

Michelle meneó la cabeza y siguió leyendo. Media hora más tarde dio un grito.

—¡Da media vuelta!

Sean estuvo a punto de estrellar el vehículo con la barrera de hormigón de la autopista.

—¿Qué pasa?

—Da la vuelta.

—¿Por qué?

—Hemos de dirigirnos al sur.

Sean puso el intermitente para empezar a desplazarse al carril de la derecha.

—¿Por qué al sur?

Ella pasó las páginas de la carpeta que tenía en las manos, hablando a borbotones.

—Tres desertores con la misma dirección de Alabama, aunque los tres con distinto apellido. Kurt Stevens, Carlos Rivera y Daryl Quarry. Debían presentarse en su base para ser enviados a Irak, pero no se presentaron. La policía militar fue a buscarlos. Un lugar llamado Atlee, una antigua plantación. El padre, Sam Quarry, veterano de Vietnam, es el propietario. La policía militar no encontró ni rastro de ellos.

—De acuerdo, son desertores y se trata de uno de los estados de la lista de probabilidades del análisis isotópico, pero todo esto no es concluyente, Michelle.

—Hablaron con Sam Quarry, con una tal Ruth Ann Macon y su hijo, Gabriel. Y con un tipo llamado Eugene.

—¿Y qué, otra vez, Michelle?

—Es de admirar la atención a los detalles del ejército. El informe dice que Eugene se identificó ante la policía militar como miembro de la tribu india koasati.

Sean atravesó los carriles restantes, entre bocinazos y un rechinar de neumáticos, y tomó la siguiente salida. Dos minutos después, se dirigían a toda velocidad a Alabama.

73

Seguramente no hay en el mundo ningún lugar más formal y minuciosamente tasado que el Despacho Oval. Todo aquel que accedía a esa habitación, desde el primer ministro de un país de relativa importancia hasta un gran donante electoral, podía pasarse días —si no semanas— negociando duramente entre bastidores. Una simple invitación al Despacho Oval para cualquiera que no estuviera relacionado de modo rutinario en las actividades del presidente exigía toda una campaña librada a la vez con ferocidad y sutileza. Una vez que habías ganado acceso a ese espacio sagrado, el tratamiento que recibías —un apretón de manos, una palmadita en la espalda, una foto dedicada y no simplemente la foto a palo seco— estaba pactado de antemano. Formaba parte de las negociaciones. El Despacho Oval no era un ambiente propicio para la espontaneidad. Y el servicio secreto, en especial, no miraba con buenos ojos cualquier cosa que se pareciera a un movimiento imprevisto.

Era tarde, pero Dan Cox estaba despachando unos cuantos de esos compromisos obligados antes de salir por la mañana para pronunciar su discurso en las Naciones Unidas. Le habían informado brevemente de quiénes eran los visitantes; la mayoría, contribuyentes de élite de la campaña que habían echado mano de sus talonarios y, todavía más importante, habían inducido a muchos de sus amigos ricos a hacer lo mismo.

Entraban uno a uno y el presidente se ponía automáticamente en modo «caluroso saludo». Apretón de manos, inclinación, sonrisa, palmadita, decir unas pocas palabras y escuchar otras de servil agradecimiento. En el caso de algunos pesos pesados en particular, señalados discretamente por el equipo de asistentes que rondaban por todas partes como buitres vigilantes, el presidente tomaba de su escritorio algún tesoro nacional y les hablaba de él con fingida desenvoltura. Unos pocos afortunados recibían un pequeño recuerdo. Y esos felices mortales salían de allí creyendo que habían establecido un vínculo personal con el presidente. Que alguna brillante observación que habían hecho había impulsado al líder del mundo libre a regalarles una pelota firmada de golf, o una caja de gemelos, o un bolígrafo con el sello grabado, objetos que la Casa Blanca almacenaba a toneladas para ese tipo de ocasiones.

Este ritual escenificado con tanto cuidado quedó brutalmente interrumpido cuando se abrió de golpe la puerta del Despacho Oval (una tarea nada desdeñable, ya que era una puerta muy pesada).

Dan Cox levantó la vista y vio a su mujer allí de pie: no, no de pie sino más bien tambaleándose sobre sus altos tacones, con su elegante vestido y su abrigo a rastras, con los ojos desorbitados y el pelo que tanto cuidaba siempre, revuelto y desaliñado. Junto a ella había dos agentes del servicio secreto de aire angustiado. La expresión que tenían en la cara era elocuente. Pese a la norma extraoficial de permitir la entrada de la primera dama en el Despacho Oval siempre que quisiera, esta vez no habían sabido si permitírselo o cerrarle el paso.

—¿Jane? —dijo el presidente, atónito, dejando caer la pelota de golf que estaba a punto de entregar a un promotor inmobiliario de Ohio que había recaudado una carretada de dinero para la campaña de reelección.

—¡Dan! —exclamó ella, jadeante. Con razón le faltaba el aliento, pues había venido corriendo desde donde la había dejado la limusina, y la Casa Blanca tiene un tamaño considerable.

—Dios mío, ¿qué pasa? ¿Estás enferma?

Ella dio un paso. Lo mismo hicieron los agentes, situándose con disimulo delante de ella. Tal vez pensaban que realmente había contraído una enfermedad, o que le habían administrado una dosis de alguna sustancia venenosa, y su deber era impedir que infectara al líder del mundo libre.

—Tenemos que hablar. Ahora.

—Estoy terminando aquí —dijo él, lanzando una mirada al hombre, que se había apresurado a recoger del suelo la pelota de golf. Y añadió sonriendo—: Ha sido un día muy ajetreado para todos. —Volvió a coger la pelota—. Permítame que se la firme...

Pese a su memoria prodigiosa para los nombres, el presidente había sufrido con la interrupción un lapsus muy humano.

Jay, su «auxiliar personal», saltó en su ayuda.

—Tal como estábamos hablando, señor presidente, Wally Garrett ha recaudado más dinero que nadie para la campaña de reelección en la zona de Cincinnati, señor.

—Bueno, Wally, realmente le agradezco...

Lo que el presidente realmente le agradecía no llegó a saberse porque Jane se adelantó rápidamente, le arrebató la pelota de las manos a su marido y la lanzó a la otra punta de la habitación, donde impactó en un retrato de Thomas Jefferson, uno de los grandes ídolos de Dan Cox, abriéndole un orificio al viejo Tom justo a la altura del ojo izquierdo.

Los agentes del servicio secreto se adelantaron en tromba, pero Dan levantó una mano, parándolos en seco. Hizo un gesto a sus ayudantes y Garrett fue arrastrado fuera del Despacho Oval sin la codiciada pelota de golf. No obstante, ningún político que hubiera llegado a la posición que Dan Cox había alcanzado dejaba un solo detalle al azar ni permitía que un generoso donante se retirase descontento. El hombre de Ohio recibiría una fotografía dedicada del presidente y entradas VIP para una inminente recepción, en el bien entendido de que lo que acababa de presenciar no había de salir jamás a la luz.

Dan Cox tomó de los hombros a su esposa.

—Jane, qué demonios...

—Aquí, no. Arriba. No me fío de este despacho.

Lanzando una mirada furiosa a los agentes y ayudantes, Jane Cox dio media vuelta y salió tan deprisa como había entrado. En cuanto hubo salido con un portazo, la mirada de todos viró hacia el presidente. Nadie osaba abrir la boca. Ninguno de los ayudantes y agentes habría dicho voluntariamente ante su jefe lo que pensaba sobre lo que acababa de suceder.

Cox se quedó inmóvil unos instantes. Cualquier político de su categoría había visto prácticamente de todo a lo largo de su carrera. Y lo había resuelto. Y sin embargo, incluso para el veterano Dan Cox esta situación era nueva.

—Creo que será mejor que vaya a ver qué quiere —dijo por fin. La masa de ayudantes se abrió en dos y el presidente salió.

Larry Foster, el jefe de su equipo de seguridad, que había sido avisado mientras sucedía todo, se plantó a su lado.

—Señor presidente, ¿quiere que le acompañemos...? —La tensión era patente en el rostro del veterano agente mientras se debatía para terminar la frase del modo más delicado posible—. ¿Durante todo el trayecto, señor?

Quería decir más allá de las puertas de los aposentos privados, que estaban vedadas al equipo de seguridad, salvo que se solicitara expresamente.

Cox pareció considerarlo un momento antes de responder:

—Eh, no, no será necesario, Larry. —Mientras se alejaba, añadió por encima del hombro—. Pero quédate cerca. Hum, por si Jane necesitara algo.

—Por supuesto, señor presidente. Podemos presentarnos allí en unos segundos.

Cox subió a encararse con su esposa. El equipo del servicio secreto le siguió y se quedó a unos pasos de la entrada a las habitaciones privadas, aguzando el oído por si captaban algo que indicara que el presidente corría peligro. Todos pensaban sin duda lo mismo. Su misión era proteger al presidente de cualquier amenaza. Habían sido adiestrados para sacrificar su propia vida con tal de preservar la de esa única persona.

Para lo que no habían sido preparados, sin embargo, era para una situación que tal vez se estaba materializando ahora mismo a unos metros de distancia. ¿Y si el peligro que corría el presidente procedía de su esposa?

¿Podían abrir fuego, de ser necesario? ¿Podían incluso matarla para salvarlo a él? El caso no se hallaba contemplado en el manual del servicio secreto, pero cada uno de los agentes estaba pensando que la respuesta probablemente era «sí».

Una situación semejante se había producido en una ocasión,

si había que dar crédito a la leyenda. El presidente Warren G. Harding había sido sorprendido *in fraganti* con su amante por la señora Harding. Los dos se habían refugiado en un armario en la Casa Blanca y la iracunda primera dama había intentado tirar la puerta abajo, al parecer con un hacha de bombero. El servicio secreto tuvo que arrebatarle con delicadeza el arma y Harding salió ileso. No obstante, sucumbió más tarde en misteriosas circunstancias, siendo todavía presidente, en la habitación de un hotel de San Francisco. Algunos creyeron que la mujer se había desquitado al fin con un plato envenenado que le había servido a su marido. Nunca se pudo demostrar porque la señora Harding no permitió que se llevara a cabo la autopsia y ordenó que el cuerpo de su marido fuese embalsamado rápidamente. Un ejemplo señero de cómo la voluntad de una esposa engañada se impuso a los deseos de toda una nación.

En la actualidad no se guardaban hachas de bombero de la Casa Blanca. Y aunque había una cocina pequeña en los aposentos privados, la primera dama ya nunca cocinaba realmente. Y si lo hacía, no era nada seguro que cualquier presidente que conociera cómo murió Harding llegara a comérselo.

Larry Foster se estaba devanando los sesos, tratando de recordar si había algún abrecartas en la residencia privada que pudiera usarse como arma. ¿O una lámpara pesada capaz de partir un cráneo presidencial? ¿O un atizador de chimenea que pudiera segar aquella vida suprema confiada a su custodia? Foster creyó sentir cómo se formaba la úlcera en su estómago mientras permanecía en el vestíbulo vislumbrando el final de su carrera. Aunque no hacía calor en la Casa Blanca, aparecieron manchas de sudor bajo sus axilas y empezaron a resbalarle gotas por la frente. Él y sus hombres se acercaron más a la puerta, todos con el ritmo cardíaco acelerado.

Cada uno de los agentes veía ya los titulares del día siguiente en letras enormes:

EL SERVICIO SECRETO MATA A LA PRIMERA DAMA
PARA SALVAR AL PRESIDENTE

Había en el pasillo media docena de agentes fuertemente armados, listos para intervenir si era necesario. Y todos con el culo apretado por ese mismo pensamiento.

Veinte angustiosos minutos después, sonó el teléfono de Larry Foster. Era él.

—¿Sí, señor? —dijo rápidamente.

Escuchó con atención, hasta que la perplejidad se adueñó de su rostro. Él era el presidente, sin embargo, y Foster no podía decir más que una cosa.

—Ahora mismo, señor.

Cortó la llamada y miró a su segundo en el mando.

—Bruce, llama a Andrews y prepara un avión.

—¿Quieres decir el *Air Force One*?

—Cualquier avión que use el presidente es el *Air Force One*.

—Quiero decir...

—Ya sé lo que quieres decir —le soltó Foster—. No, no vamos a tomar el 747. Mira a ver si alguno de los aparatos de apoyo está disponible. El 757 quizá; sin insignias.

—¿El Hombre Lobo volando a Nueva York con un 757 sin distintivos? —dijo Bruce, estupefacto.

Foster replicó gravemente.

—Vamos a alguna parte, pero no creo que sea a Nueva York.

—Pero no hemos enviado un equipo preparatorio a ningún otro sitio.

—Vamos de incógnito, como a Irak o a Afganistán.

—Pero incluso entonces enviamos a un equipo por delante. Se necesita al menos una semana de logística para que el presidente haga un viaje.

—Como si no lo supiera, Bruce. La cuestión es que no tenemos una semana. Tenemos solo unas horas y ni siquiera sé adónde nos dirigimos. Así que llama a Andrews y consígueme el avión. Yo voy a llamar al director para ver cómo demonios manejo la situación. Porque mira lo que te digo: he visto muchas cosas en mi carrera, pero esto es nuevo para mí.

74

Quarry revisó los aparatos y los niveles de oxígeno que mantenían viva a Tippi. Todo funcionaba bien gracias al generador, que estaba totalmente cargado. Aún reinaba la oscuridad fuera; el sol no saldría hasta dentro de unas horas.

Mientras acariciaba la cara de su hija, pensó en su conversación telefónica con Jane Cox. Nunca en su vida había hablado con la primera dama; los tipos como él jamás tenían semejante oportunidad. Había leído sobre ella durante años, claro, y seguido la carrera de su marido. Y la verdad era que esperaba más de ella, de esa mujer educada y refinada, pero curtida en mil batallas. Le había decepcionado a medida que hablaban. Había sonado demasiado humana al teléfono. Es decir, asustada. Se había creído tan a salvo durante estos años en su torre de marfil que ni siquiera había visto cómo se le venía toda la mierda encima. Pronto la vería aún más de cerca.

Inspiró hondo. Así que al fin era real. Hasta ahora habría podido anularlo todo en cualquier momento. Había estado a un tris de hacerlo el otro día hasta que las paredes del sótano le habían frenado. Sacó el ejemplar de *Orgullo y prejuicio*. A la luz de la vieja linterna de su padre leyó el último capítulo de la novela. Este sería el último capítulo que le leía a su hija.

Al concluir, cerró el libro y se lo dejó delicadamente sobre el pecho. Tomó la mano de su hija y se la estrechó. Había hecho lo mismo durante años, siempre con la esperanza de que ella respondiera apretándole la suya, pero nunca había respondido. Hacía mucho que Quarry había abandonado la esperanza de volver a sentir cómo se cerraban los dedos de Tippi alrededor de los suyos; y tampoco esta vez sucedió. Volvió a colocarle la mano en su sitio, bajo la colcha.

Sacó el pequeño magnetofón del bolsillo, lo colocó sobre la cama y lo encendió. Durante los minutos siguientes, padre e hija escucharon a Cameron Quarry pronunciando sus últimas palabras en este mundo. Como siempre, Quarry dijo la última frase en voz alta al mismo tiempo que su esposa muerta.

—Te quiero, Tippi, cariño. Mamá te quiere con toda su alma. Estoy deseando volver a abrazarte, criatura. Cuando las dos estemos llenas de salud y felicidad en los brazos de Jesús.

Apagó el magnetofón y se lo guardó.

Una marea de recuerdos lo inundaba, llegando en oleadas largas y ondulantes. Todo podría haber sido tan distinto... Debería haber sido tan distinto...

—Tu madre se alegrará mucho de verte, Tippi. Ojalá también yo pudiera estar allí.

Se inclinó y besó a su hija por última vez.

Dejó la puerta abierta y todavía se volvió y echó un vistazo a la habitación. Aun en la oscuridad distinguía la silueta de Tippi bajo el resplandor de los aparatos: los únicos que la habían mantenido alejada de la tumba durante todos estos años.

Los médicos habían intentado muchas veces convencer a los Quarry para que la desenchufaran.

Estado vegetativo permanente. Ausencia de actividad cerebral. Muerte cerebral, de hecho, les habían dicho, añadiendo una gran cantidad de jerga médica, destinada —intuía Quarry— a intimidar y a confundir por igual. Después de escucharlos explayarse con elocuencia sobre el destino inevitable de su hija, él les había hecho siempre una pregunta muy sencilla: «Si fuera su hija, ¿la dejaría morir?»

Las caras vacías y las lenguas silenciadas que había obtenido cada vez habían sido la única respuesta que precisaba.

Una parte de él no deseaba abandonar a su hija ahora, pero no tenía otro remedio. Salió del porche y miró hacia la hilera de árboles. En el reducido búnker que Quarry había cavado y reforzado con tablas de madera, se encontraba agazapado Carlos con el control remoto en la mano (un extremo del cable estaba conectado al dispositivo y el otro, empotrado en la pared de la casita). El búnker se hallaba cubierto de tierra y hierba; debajo, había una capa de forro de plomo que bloquearía los rayos X y otros sistemas electrónicos de detección. Sabiendo que los federales vendrían provistos de equipos especializados, Quarry había confeccionado esa cubierta de plomo aprovechando unos viejos protectores de rayos X que había comprado en el consultorio desmantelado de un dentista.

Incluso mirando desde unos pocos metros, nadie sería capaz de deducir que allí debajo había un hombre vigilando; y el forro de plomo bloquearía prácticamente cualquier artilugio que trajeran los federales. El otro cable lo había tendido Quarry por el tronco del árbol y luego bajo tierra hasta el interior del búnker, donde se hallaba conectado a un pequeño monitor de televisión que Carlos debía estar mirando en ese preciso momento. Le proporcionaba la señal en directo de la cámara instalada en el árbol. Carlos debería permanecer en el búnker todo el tiempo que fuera necesario hasta que la zona quedara despejada. El búnker estaba ventilado y había en su interior comida y agua de sobra. El plan era que Carlos huyera a México y siguiera desde allí hacia el sur. Quarry confiaba en que lo consiguiera.

Se situó expresamente en un punto donde sabía que Carlos podía verle a través del monitor de televisión. Alzó ambos pulgares y le dirigió un saludo. Luego se puso en marcha y condujo de vuelta a casa.

Había escrito una carta y la había dejado en la habitación del sótano. No iba dirigida a Ruth Ann o Gabriel, pero hablaba de ellos. Quería que la gente que se presentara supiera la verdad. Esto era obra suya y de nadie más. También había dejado allí su testamento.

Subió con sigilo y se asomó a la habitación de Ruth Ann, que estaba profundamente dormida; luego fue a la de Gabriel y observó cómo dormía el chico con placidez. Sacó un dólar de plata del bolsillo y lo dejó sobre la mesilla.

En voz muy baja dijo:

—Ve a la universidad, Gabriel. Sigue con tu vida y olvida que me conociste. Pero si piensas en mí de vez en cuando, espero que recuerdes que no era tan malo. Solo que me tocaron unas cartas en la vida que no supe bien cómo manejar. Aunque lo hice lo mejor que pude.

Cruzó la casa hasta la biblioteca. El fuego estaba apagado; le habían echado un cubo de agua. Flexionó el brazo por donde tenía las quemaduras, con la marca por fin completa. Encendió la luz, contempló las paredes cubiertas de libros y luego apagó el interruptor y cerró por última vez la puerta.

Media hora más tarde aparcó la camioneta junto a su Cessna. Y veinte minutos después, despegaba. Mientras sobrevolaba las tierras, bajó la vista hacia el sitio donde estaba la casita. No agitó la mano, ni hizo un gesto con la cabeza, ni acusó recibo siquiera de su presencia. Ahora debía concentrarse. Lo pasado, pasado. Ahora solo debía mirar hacia delante.

Daryl había iluminado la pista con linternas encendidas cada tres metros. Aterrizó con una fuerte sacudida a causa del viento, recorrió la pista, dio la vuelta con la avioneta, se bajó y bloqueó las ruedas como siempre.

Si todo salía según lo previsto, él y Daryl despegarían de allí y aterrizarían en Tejas. El trayecto no debería durar más que unas horas. Desde allí, se habían trazado una ruta para cruzar furtivamente la frontera de México. Era más fácil cruzarla hacia el sur que hacia el norte. Una vez en México, Quarry usaría un teléfono móvil robado para llamar al FBI y facilitarles la ubicación exacta de la mina con el fin de que pudieran rescatar a Willa y Wohl. Ambas estarían perfectamente hasta entonces, con comida y agua en abundancia.

Era un buen plan, pero solo si funcionaba.

Cogió su mochila y caminó hacia la entrada de la mina arrastrando los pies.

Bueno, tendría la respuesta en muy pocas horas.

75

Cuando Sean y Michelle tomaron el camino de tierra que iba a Atlee, el sol estaba a punto de iniciar su ascenso por el este.

—Qué siniestro —dijo Michelle mientras recorrían el camino solitario y zigzagueante—. ¿Le has dejado un mensaje a Waters?

—Sí, pero vete a saber cuándo contestará. Y esto puede resultar una búsqueda infructuosa.

—Mi instinto me dice lo contrario.

—El mío también —reconoció Sean.

—¿Cómo quieres hacerlo?

—Estudiamos el terreno. Vemos qué posibilidades hay. Rezamos para que se produzca el milagro. Y encontramos a Willa.

Michelle señaló hacia el fondo.

—Eso podría ser Atlee.

La casa había surgido a la vista al doblar una curva. Dos hileras de enormes pinos de hoja larga flanqueaban el sendero que llevaba a la vieja mansión de antes de la guerra de Secesión. La mole enorme volvía todavía más opaca la oscuridad.

—No veo coches en la parte delantera —dijo Michelle, mientras deslizaba la pistola fuera de la funda.

—Debe de haber montones de plazas de aparcamiento por aquí.

El timbre del teléfono los sobresaltó a los dos.

Era Aaron Betack. Sean escuchó un par de minutos en silencio; luego cortó la llamada y miró a su colega.

—La mierda ha empezado a salpicar en la Casa Blanca. Al parecer, Jane Cox volvió de una cena e irrumpió bruscamente en el

Despacho Oval. Ella y el presidente subieron a sus habitaciones y mantuvieron una discusión. Y la siguiente noticia es que van a tomar un vuelo, en un avión sin distintivos, a un destino no revelado.

—¿Qué demonios ocurre?

—Alguien contactó con ella mientras cenaba fuera, obviamente.

—Pero ¿por qué en un avión sin distintivos?

—No desean que nadie se entere, por lo visto. Sobre todo, la opinión pública.

—Los del servicio secreto deben de estar enloquecidos, porque no han podido enviar por delante un equipo de preparación.

—Exacto. Están improvisando a cien por hora, pero cuando no sabes adónde vas...

—No le has contado lo que hemos descubierto.

—Él ya está bastante liado, y esto puede acabar resultando en nada. Pero si descubrimos alguna conexión con el presidente le avisaremos de inmediato.

—¡Apaga los faros y el motor! —siseó Michelle.

El todoterreno enmudeció y se fundió con las sombras.

—¿Qué pasa?

—Alguien acaba de salir de la casa. —Señaló al fondo—. Hagamos el resto del camino a pie.

Bajaron del todoterreno y avanzaron con sigilo hacia la mansión sumida en la oscuridad.

Michelle levantó una mano. Obviamente, había visto algo que a Sean se le había escapado. La visión nocturna de su compañera era sobrehumana, ya lo tenía comprobado.

—¿Dónde? —le susurró a Michelle.

—Allí, en el porche delantero.

Sean miró en esa dirección y vio una pequeña silueta sentada en los escalones. Michelle le cuchicheó al oído.

—Creo que podría ser Gabriel, el niño al que interrogó la policía militar. Entonces tenía nueve años, según el expediente. Lo cual significa que ahora debe de tener diez u once.

Mientras aguardaban para ver si alguien se unía a Gabriel en el porche, la oscuridad que les rodeaba empezó a alzarse cada vez más rápidamente. Un gallo cantó en alguna parte.

—No había oído a un gallo desde hace mucho —confesó Sean.

—Hemos de hacer algo —dijo Michelle—. Estamos cada vez más expuestos y tal vez acabe viendo el todoterreno.

—Tú por la izquierda y yo por la derecha.

Se separaron. Al cabo de un minuto se habían deslizado junto a la casa y situado a uno y otro lado de la silueta que la luz del alba perfilaba con más nitidez. Era un chico, en efecto.

Un chico que estaba llorando. Sollozaba con tal fuerza, de hecho, que no advirtió que Michelle se aproximaba. Cuando ella le tocó el hombro, sin embargo, se levantó de un brinco. Sean estaba al otro lado y consiguió sujetarlo del brazo antes de que pudiera salir corriendo.

—¿Quiénes son ustedes? —farfulló Gabriel, mirándolos a ambos con ojos desorbitados y llenos de lágrimas.

—¿Tú eres Gabriel? —preguntó Michelle, poniéndole una mano en el brazo.

—¿Cómo sabe mi nombre? —dijo, asustado.

—No vamos a hacerte daño —dijo Sean—. Estamos buscando a una persona. Una niña llamada Willa.

—¿Son de la policía?

—¿Por qué crees que somos de la policía? —preguntó Michelle, apretando un poco más el brazo flacucho del chico.

Gabriel se sorbió la nariz y luego bajó la cabeza, mirándose los pies descalzos.

—No lo sé.

—¿Sabes dónde está Willa?

—No conozco a nadie que se llame así.

—No es eso lo que te hemos preguntado —le dijo Sean—. Te hemos preguntado si sabes dónde está.

—No, no lo sé, ¿vale? No lo sé.

—¿Pero sabes algo de ella? —dijo Michelle.

Gabriel alzó los ojos, con los párpados alicaídos y una expresión abatida.

—Yo no he hecho nada malo. Y mi mami tampoco.

—Nadie ha dicho lo contrario. ¿Dónde está tu madre? —le preguntó Michelle.

—Durmiendo.

—¿Hay alguien más en casa?

—Creo que el señor Sam se ha ido.

—¿Sam Quarry? —dijo Sean.

—¿Lo conoce?

—He oído hablar de él. ¿Por qué crees que se ha marchado?

—Porque la camioneta no está —repuso el chico sencillamente.

—¿Y por qué estabas llorando?

—Solo... porque sí, y ya está.

—Debe de haber un motivo —dijo Michelle con delicadeza.

—¿Usted siempre tiene un motivo para llorar? —replicó Gabriel, desafiante.

—Sí.

—Pues yo no. A veces lloro y ya está.

—Así que Sam se ha ido y tu madre está durmiendo. ¿Hay alguien más dentro?

Gabriel iba a decir algo, pero se frenó.

—Es muy importante que sepamos quién hay —dijo Sean.

—Entonces, ¿son de la policía o qué?

Michelle sacó su identificación de investigadora privada y se la enseñó.

—Estamos investigando con el FBI y el servicio secreto el secuestro de Willa Dutton. ¿Vive por aquí un indio koasati llamado Eugene?

—No. Pero sí hay un koasati. Se llama Fred.

—¿Está en casa?

—No, vive en una vieja caravana dentro de la hacienda, por aquel lado —dijo, señalando al oeste.

—Entonces, ¿quién más hay en casa?

—Estaba Tippi, pero ya no está.

—¿Quién es Tippi?

—La hija del señor Sam. Él se la trajo de la residencia no hace mucho.

—¿Qué le ocurre?

—Se puso enferma hace mucho tiempo. La enchufaron a unos aparatos para que respirase y demás. Se ha pasado años en la residencia. El señor Sam y yo íbamos a verla y le leíamos. Jane Austen. *Orgullo y prejuicio*. ¿Lo ha leído?

Michelle dijo:

—¿Por qué la trajo a casa?

—No sé. La trajo.

—Pero ¿ahora dices que no está?

—No está en su habitación. Lo he mirado.

—¿Por eso estabas llorando? ¿Porque creías que le ha pasado algo?

Gabriel levantó la vista hacia Michelle.

—El señor Sam es buena persona, señora. Él nos recogió a mí y a mi madre cuando no teníamos adónde ir. Ayuda a la gente, a mucha gente. Nunca le haría ningún daño a la señorita Tippi. Lo ha hecho todo por ella.

—Pero tú estabas llorando aun así. Por algo tiene que ser.

—¿Y por qué habría de decírselo?

—Porque queremos ayudar —dijo Michelle.

—Eso es lo que usted dice. Pero yo no sé si es lo que pretende de verdad.

—Eres un chico muy listo —dijo Sean.

—El señor Sam decía siempre: «No te fíes de nadie hasta que no te den una buena razón para hacerlo.»

—¿Qué hacen aquí? —dijo una voz.

Se volvieron y vieron a Ruth Ann plantada en el porche con su viejo albornoz. Pero no se fijaron en el albornoz. Toda su atención se centró en la escopeta con la que les apuntaba.

76

Habían escogido un Boeing 757 que utilizaba la secretaria de Estado antes de que le asignasen un 767-300 de fuselaje ancho. El aparato había permanecido desde entonces en la base Andrews de la Fuerza Aérea junto al resto de la flota presidencial. Lo habían despojado de todos sus distintivos oficiales y ahora se utilizaba básicamente para trasladar a agentes, auxiliares y representantes de la prensa, así como para transportar equipos y material.

La secretaria de Estado tenía un despacho privado y un dormitorio en el interior del aparato y esa distribución no había sido modificada. Era en ese despacho donde el presidente y su esposa estaban sentados cuando despegaron de la base Andrews, pocas horas después de que Jane Cox hubiera irrumpido en el Despacho Oval e incrustado una pelota de golf en el ojo izquierdo de Thomas Jefferson. El resto del avión albergaba a un equipo precipitadamente reclutado de agentes del servicio secreto, que contemplaban más desconcertados que otra cosa el desarrollo de los acontecimientos.

El presidente observaba a su esposa, que permanecía en su asiento cabizbaja y con la mirada fija en el suelo. Cuando alcanzaron la altitud de crucero, el presidente se desabrochó el cinturón y echó un vistazo alrededor.

—Magnífico despacho. No tan espacioso como el mío en el *Air Force One*, pero magnífico.

—Lo siento, Danny. Siento que no hayas podido montar en tu enorme juguete. —Tenía los brazos cruzados sobre el pecho y lo miraba alternativamente con temor y desesperación.

—¿Piensas que todo se reduce a eso, a simples juguetes?

—La verdad es que no sé qué pensar ahora mismo. No: sí lo sé, en realidad. Pienso que finalmente hemos tocado fondo.

Él se sacó los zapatos, se frotó los pies y empezó a deambular por la cabina.

—Yo ni siquiera lo recuerdo, de hecho.

—Estoy segura. Pero yo sí.

—He cambiado.

—Ya.

—De veras, Jane. Y lo sabes muy bien, maldita sea.

—Muy bien, has cambiado. Pero eso no sirve de nada en este momento.

Él suspiró, se sentó junto a ella y le masajeó los hombros.

—Ya sé que no. Y sé que esto ha sido un infierno para ti.

Ella se volvió lentamente y lo miró.

—Se llevó a Willa por esto.

—Eso me has dicho. Bueno, me lo has gritado más bien.

—Dijiste que no podías poner en peligro el cargo del presidente con el fin de rescatarla.

—Así es, Jane. No puedo. Aun cuando este embrollo no fuese culpa mía, no podría.

—Culpa nuestra.

—Jane...

Ella le estrechó la mano entre las suyas.

—Nuestra —dijo en voz baja.

—No entiendo cómo seguiste conmigo, la verdad.

—Te quiero. A veces no entiendo por qué, pero te quiero. Uní mi estrella a la tuya, Dan. Nos lanzamos juntos al espacio.

—Y tal vez volvamos a caer a la misma velocidad.

—Tal vez.

—Esta elección solo puedo perderla por mis propios errores. No se había producido algo parecido en este país desde hace mucho. —Ella no dijo nada. Él la miró de soslayo—. ¿Crees que mantendrá su palabra si hacemos lo que ha pedido?

—No lo sé. No conozco a ese hombre. Solo sé que parecía tenerlo todo muy claro. No solo sobre nosotros, sino también sobre sus propósitos.

—En el servicio secreto están muy preocupados.

Jane lo miró como si le dieran ganas de reírse.

—Yo también estoy muy preocupada. Y al final, pase lo que pase, ellos conservarán su puesto. En cambio, no puedo decir lo mismo de ti.

—De nosotros —le recordó él.

—Un poco de autocontrol. Con eso habría bastado.

—Era como una enfermedad, tú lo sabes. Para ser sincero, me asombra que no haya salido nada a la luz hasta ahora.

—¿Te asombra?, ¿de veras? ¿Resulta que yo iba detrás recogiendo los platos rotos y te asombra?

—No lo decía en ese sentido.

—¿En qué otro sentido podrías decirlo?

—Ahora no es momento de pelearse, Jane. Hemos de mantenernos unidos. Si es que queremos sobrevivir.

—Ya tendremos todos nuestros años dorados para pelearnos, supongo.

—Si eso es lo que quieres... —dijo él con frialdad.

—Lo que quisiera es no estar a bordo de este avión yendo a donde vamos.

—¿Cómo sonaba el tipo al teléfono?

—Decidido. Lleno de ira y de odio. ¿Acaso puedes culparlo?

—¿Crees que era sincero? Vamos, parece muy poca cosa lo que pide a cambio, ¿no te parece?

—¿Prefieres que mate a Willa? —dijo ella, hoscamente.

—¡No decía eso! No me atribuyas cosas que no he dicho.

Un golpe en la puerta interrumpió la discusión.

Era Larry Foster, el jefe del equipo de seguridad.

—Señor, el piloto tiene previsto llegar a Huntsville en una hora y media aproximadamente. Es una suerte que acaben de abrir una nueva pista para aviones de esta envergadura.

—Estupendo, sí.

—Y luego nos dirigiremos a otro destino.

—Ya se le han facilitado las coordenadas.

—Sí, señor. Las tenemos.

—Bueno, ¿algún problema?

—Señor, ¿puedo hablar con franqueza?

Cox le echó un vistazo a su esposa y se volvió hacia Frank.

—Adelante —dijo secamente.

—Todo este asunto es un problema. No sabemos adónde nos dirigimos, ni con qué vamos a encontrarnos. No tengo efectivos suficientes ni cuento con la cuarta parte del equipamiento y el apoyo habituales. Debo aconsejarle enérgicamente que demos media vuelta y regresemos a Washington.

—Imposible.

—Señor, le recomiendo con la máxima energía que no sigamos adelante.

—Soy el presidente. Y solo pretendía efectuar un viaje no programado. Tampoco tiene tanta importancia.

Foster carraspeó. Sus manos crispadas evidenciaban la furia que sentía pero que trataba con todas sus fuerzas de ocultar.

—El otro problema, señor, es que no disponemos de una flota de vehículos. Y el destino en cuestión queda a ciento treinta kilómetros al sureste del aeropuerto de Huntsville.

—Hemos de estar allí —Cox miró su reloj— exactamente en cuatro horas y siete minutos.

—He enviado por delante a un C-130 con dos helicópteros. Costará un rato sacar los helicópteros y ponerlos a punto.

—Ya tiene los horarios. No podemos rebasar la hora límite.

—Señor, ¿no podría informarme de lo que sucede? Sé que el director ha hablado con usted y que él apoya mi postura, pero...

Cox le apuntó con un dedo.

—El director está a mis órdenes. Puedo relevarlo mañana mismo. Y lo haré si recibo más objeciones de su parte. En cuanto a usted, quiero que se limite a cumplir mis órdenes. Soy el comandante en jefe. Si no está dispuesto, recurriré al ejército para que ocupe su lugar. Ellos no cuestionarán mi autoridad.

Foster se irguió marcialmente.

—Señor presidente, nosotros le proporcionamos protección de acuerdo con la ley federal. —Echó un vistazo a Jane—. Protección para ambos. Lo que está sucediendo carece por completo de precedentes y es potencialmente muy peligroso. No hemos podido explorar el lugar al que nos dirigimos. Sin un reconocimiento del terreno, sin una evaluación de los riesgos, sin...

—Mire, Larry —dijo Cox con tono más calmado—. Ya sé que todo esto es un embrollo del demonio. Yo tampoco desearía estar aquí. —Señaló a su mujer con la barbilla—. Y ella igual. Pero aquí estamos, de todos modos.

—¿Tiene que ver con su sobrina? —Larry hizo la pregunta mirando a Jane Cox—. En tal caso, considero que al menos el FBI debería ser informado de lo que estamos haciendo.

—Imposible.

—Pero...

Cox le puso al tipo una mano en el hombro.

—Confío en usted para protegernos, Larry. Tendrá tiempo para explorar el terreno; tanto tiempo como me sea posible concederle. No soy ningún temerario. No voy a meterme en una situación que pueda acabar con mi vida, ni mucho menos con la de mi esposa. Todo saldrá bien.

Foster dijo lentamente:

—De acuerdo, señor. Pero si las cosas tienen mal aspecto, lo pararé todo. Puedo ejercer esa autoridad, señor. Me corresponde de acuerdo con el estatuto federal.

—Confiemos en que la cosa no llegue a ese punto.

Cuando Foster hubo salido, Jane dijo:

—¿Y si *Larry* no te permite hacer lo que tienes que hacer?

—Eso no ocurrirá, Jane.

—¿Por qué no?

—Aún soy el presidente. Además, yo siempre he tenido suerte. Y no se ha agotado mi buena estrella. Todavía no.

Jane desvió la vista.

—No estés tan seguro —dijo.

Él la miró furioso.

—¿De qué lado estás tú, en todo caso?

—Me he pasado la noche entera pensándolo. Y aún no he tomado una decisión.

Dicho lo cual, salió de la cabina.

El presidente se quedó sentado ante el escritorio y rezó para que le fuera posible resistir una vez más.

77

—¿Usted es Ruth Ann? —preguntó Michelle, ahora con los ojos fijos en la mujer, no en el arma.

—¿Cómo sabe mi nombre?

—Mami, son del Gobierno. Vienen por el señor Sam.

—Tú estate calladito sobre el señor Sam, chico.

—Ruth Ann —dijo Sean—, no queremos que nadie sufra ningún daño, pero creemos que ese señor Sam ha secuestrado a una niña llamada Willa Dutton.

—¡No, nada de eso! —Su dedo se tensó alrededor del gatillo.

—Mami, yo vi el nombre abajo, en la habitación del sótano. Y su fotografía. La vimos en la tele.

—Cierra la boca, Gabriel. No te lo voy a repetir.

—La vida de una niña está en juego —dijo Michelle—. Una niña no mucho mayor que Gabriel.

—El señor Sam no le ha hecho daño a nadie. Él no es así.

—La señorita Tippi ha desaparecido, mami —dijo Gabriel.

Ruth Ann se quedó boquiabierta.

—¿Qué?

—No está en su habitación. El señor Sam se la ha llevado.

—¿Adónde?

—No lo sé.

—Ruth Ann, si nos deja echar un vistazo a la casa y no encontramos nada raro, nos iremos —dijo Sean—. Lo único que queremos es encontrar a Willa y llevarla de nuevo con su familia.

—¿Esa niña pequeña, dice?, ¿la de la madre asesinada? —dijo Ruth Ann, aflojando ligeramente la presión sobre la escopeta.

—Esa.

—¿Qué tiene que ver el señor Sam con eso? ¡Diga!

—Tal vez no tenga nada que ver. Y en tal caso, no le ocurrirá nada. Así de simple. Y si no cree que esté implicado, no debería importarle que echemos un vistazo —dijo Michelle.

—Por favor, mami, déjales.

—¿Por qué estás tan emperrado en que lo hagan, Gabriel?

—Porque es lo correcto. Y el señor Sam haría lo mismo si estuviera aquí.

Ruth Ann miró a su hijo largamente; luego bajó la escopeta y retrocedió un paso.

Sean y Michelle se apresuraron a entrar en el vestíbulo de Atlee y echaron un vistazo alrededor.

—Como viajar al pasado —musitó Sean.

Michelle aún estaba pendiente de la mujer, que no se despegaba de ellos.

—Ruth Ann, me gustaría que dejara el arma en el suelo y se apartara. Vamos —dijo con la mano en la culata de su pistola.

—¡Hazlo, mami! —Gabriel tenía lágrimas en los ojos.

Ruth Ann obedeció; Michelle cogió la escopeta y quitó las balas.

—Gabriel —dijo Sean—. ¿Cuál es esa habitación que decías?

Bajaron en tropel las escaleras hasta la puerta maciza.

—Yo no tengo las llaves. Las tiene el señor Sam.

—Apártense —dijo Michelle con firmeza. Todos se apartaron; ella apuntó y disparó un tiro a cada lado de la cerradura. Luego enfundó la pistola, retrocedió en el angosto espacio del pasillo y asestó una patada demoledora justo en el punto donde la cerradura conectaba con la jamba. La puerta se abrió con un crujido. Gabriel miraba a la detective con unos ojos como platos. Luego miró a Sean, que se encogió de hombros sonriendo.

—Siempre ha sido un poco fanfarrona —dijo.

Entraron rápidamente en la habitación y Gabriel pulsó el interruptor. En cuanto Sean y Michelle vieron lo que había en las paredes, se quedaron completamente boquiabiertos. Las fotografías, las tarjetas, las notas sobre las pizarras, las chinchetas, los cordeles conectando una parte con otra.

—Gabriel, Ruth Ann —dijo Sean—, ¿saben qué significa esto?

—No, señor —dijo Ruth Ann.

—¿Quién puede haber hecho todo esto? —insistió.

—El señor Sam —dijo Gabriel—. Bajé una noche, cuando él no estaba. Fue entonces cuando vi la foto de esa niña. Ahí.

Apuntó a un sector de la pared. Sean y Michelle se acercaron y observaron la fotografía de Willa.

Al echar una ojeada alrededor, la mirada de Sean se quedó paralizada en un punto.

—Ruth Ann, Gabriel. Tienen que esperar fuera.

—¿Cómo? —dijo el chico—. ¿Por qué?

—Fuera. Ahora mismo.

Los apremió a cruzar el umbral, cerró la puerta y volvió a observar la fotografía de la mujer que acababa de ver.

—¿Qué sucede, Sean?

—¿Recuerdas que te conté cómo había conocido a Jane Cox?

—Sí, llevaste a casa a su marido, entonces senador, totalmente borracho, tras sorprenderlo en un coche con una zorra.

Sean señaló la foto.

—Esta es la zorra.

Era un retrato de una Diane Wohl más joven.

Michelle examinó la fotografía.

—¿Es la mujer que estaba con Cox?

Sean asintió.

—El nombre que pone junto a la foto es Diane Wohl, pero no era ese el que usaba entonces. Bueno, su nombre de pila sí era Diane, me parece, pero no recuerdo el apellido Wohl.

—Tal vez se lo cambió, o bien se casó. —Michelle siguió la trayectoria de un cordel que conectaba el apellido Wohl con otra tarjeta y la leyó en voz alta—. ¿Diane Wright?, ¿te suena?

—Eso es. ¡Ese era el apellido!

Sean señaló un recorte de periódico reciente clavado junto a la foto. Informaba de la desaparición y supuesto secuestro de Diane Wohl en el estado de Georgia.

—También tiene a Diane Wright —dijo Sean. Señaló las paredes que les rodeaban—. Aquí está la historia entera, Michelle. Quarry ha montado todo esto.

Ella señaló el extremo de la izquierda.

—Creo que empieza allí.

En el principio de esa pared había una fecha anotada que databa de casi catorce años atrás.

Michelle leyó las cuatro palabras escritas junto a aquella fecha: «Él me violó, papá.»

Al lado, figuraba el nombre de Tippi Quarry y una fotografía de ella, en la cama del hospital, enchufada al equipo de respiración asistida. Michelle se volvió hacia Sean. Su expresión de pánico encontró un reflejo idéntico en los ojos de él.

—Me están entrando náuseas, Sean.

—Sigamos, Michelle. No podemos pararnos.

Empezaron a seguir la historia, paso a paso, alrededor de las paredes del sótano de Atlee.

Cuando terminaron una pared entera, Michelle murmuró:

—Él la violó. Después hicieron que le practicaran un aborto ilegal. La primera dama estuvo implicada.

—La chica casi se desangró y terminó en coma —añadió Sean con voz ronca.

—Pero si Cox la violó, ¿por qué no fue ella a denunciarlo a la policía? —preguntó Sean.

—Quizá la convencieron para que no lo hiciera. Acaso la propia Jane Cox. A ella se le da muy bien manipular a la gente.

—¿Y cómo encaja Willa en todo esto?

Se acercaron a la pared donde estaba la foto de Willa. Resultaba desconcertante ver a la niña desaparecida sonriéndoles allí, en medio de aquel sórdido relato desplegado vívidamente sobre las pizarras cubiertas de tarjetas, recortes y anotaciones.

Mientras seguían aquella línea del trabajo de investigación de Quarry, Michelle preguntó:

—¿Cuánto hace que se produjo el incidente con Cox?

Sean hizo un cálculo.

—Unos trece años.

—Willa acaba de cumplir doce —dijo ella—. Menos nueve meses de embarazo... Sean: Willa es hija del presidente. Tú te tropezaste con ellos después de que tuvieran relaciones sexuales, no antes. Y ella se quedó embarazada.

—Me imagino que en esa ocasión prefirieron que el hermano de Jane adoptara el bebé, evitándose el peligro de un aborto ilegal y de otra mujer en coma.

—Pero ¿estás seguro de que él no forzó a Diane Wright?

—Parecía ser algo mutuamente consentido.

—Si Dan Cox agredió sexualmente a Tippi Quarry y ella cayó en coma tras un aborto chapucero, lo que está haciendo Sam Quarry es vengarse.

Sean la miró perplejo.

—¿Secuestrando a Willa? ¿Y matando a su madre? ¿Qué lógica tendría?

—Le proporcionaría un instrumento para ejercer presión.

—¿En qué sentido?

—No sé —reconoció—. Pero quizá tenga que ver con el lugar al que se dirigen ahora el presidente y su esposa. —Michelle contempló las paredes—. ¿Cómo crees que lo averiguó todo? Tiene que haberle costado años.

—Debía de querer mucho a su hija. No se dio por vencido.

—Pero también es un asesino. Y tiene a Willa. Y nosotros hemos de rescatarla.

—¿Aún llevas tu cámara en el todoterreno?

Michelle salió corriendo y volvió al cabo de dos minutos con su Nikon. Tomó fotografías de todas las paredes, utilizando el *zoom* en todas las anotaciones y las fotos. Mientras, Sean revisó los archivadores y sacó varios montones de carpetas que pensaba llevarse. Luego vio la carta que Quarry había dejado sobre la mesa junto con su testamento. Antes de metérselos en el bolsillo, se leyó ambos documentos de cabo a rabo.

Él y Michelle estaban infringiendo casi todas las normas existentes sobre preservación de un escenario criminal. Pero aquel no era un escenario normal y Sean había decidido adoptar otras reglas. No sabía cómo iban a desarrollarse los acontecimientos, pero sí tenía muy claro cómo quería que concluyeran.

—Ya está todo —dijo Michelle, mientras tomaba las últimas instantáneas.

Sean le dio varias carpetas para que le ayudara a cargarlas.

—Otra cosa, Michelle, ¿para qué crees que se ha traído a Tippi de la residencia y después se la ha llevado a otro sitio?

—No lo sé. No tiene lógica.

Mientras ella hablaba, Sean fue al fondo de la habitación y se asomó tras una vieja mampara.

—¿Qué demonios es esto?

Ella se apresuró a acercarse. Sean estaba examinando unos cilindros metálicos amontonados en el rincón. Dejó las carpetas que tenía en las manos y giró varios de los cilindros. Algunos eran de oxígeno; otros, no.

—¿Qué ocurre? —preguntó Michelle.

En lugar de responder, Sean corrió a la puerta, la abrió y guio a Gabriel y Ruth Ann hasta donde se encontraban los cilindros.

Madre e hijo los contemplaron sin comprender y menearon la cabeza cuando él les preguntó si sabían para qué tenía Quarry aquellos cilindros. Sean echó un vistazo al material esparcido sobre la mesa de trabajo que había al lado. Restos de una videocámara destripada, varios mandos a distancia viejos, cables, rollos de forro de metal.

—¿Para qué es todo esto? —preguntó.

Gabriel volvió a negar con la cabeza.

—No lo sé. Lo único que sé es que el señor Sam es capaz de construir lo que se le antoje. De arreglar cualquier aparato mecánico. O electrónico. Y es un excelente carpintero.

—Tiene un don especial —asintió Ruth Ann—. No hay nada que ese hombre no pueda montar o arreglar.

—¿Se te ocurre adónde puede haber ido? ¿No has dicho que falta una camioneta?

—Sí, pero también tiene un avión —dijo Gabriel.

—¿Qué clase de avión? —se apresuró a preguntar Michelle.

—Una Cessna pequeña de un motor.

—¿Para qué la tiene?

—Fue piloto en Vietnam —respondió Ruth Ann—. A veces va a la antigua mina. Usa la avioneta para llegar allí.

—¿Qué mina?

Gabriel les habló de la mina de carbón. Terminó diciendo:

—En tiempos fue una prisión confederada. Me lo dijo el señor Sam.

—Una prisión —dijo Sean, echándole un vistazo a Michelle con angustia—. ¿Crees que habrá ido allí?

—Si la avioneta no está, es que se ha ido allí. Es el único sitio adonde va con ella.

—¿Tú crees que se ha llevado a Tippi a la mina?

—No. No creo que los aparatos que ella necesita entraran en la cabina. Es muy pequeña.

—Entonces ¿dónde crees que puede estar Tippi?

Gabriel pensó antes de responder.

—El señor Sam construyó una casa de una habitación en unas tierras de su familia. Está bastante lejos y allí no hay nada, en realidad. Ni electricidad. Así que no creo que la señorita Tippi esté allí. Porque necesitaría electricidad para los aparatos.

—¿Y para qué habría construido una casa como esa? —dijo Michelle.

Gabriel se encogió de hombros.

—No sé. La hizo él mismo. Le costó mucho tiempo.

Sean le lanzó a Michelle una mirada nerviosa antes de volverse hacia Gabriel.

—¿Crees que podrías indicarnos cómo llegar a la mina?

—Sabré si voy con ustedes.

—¡Gabriel! —exclamó su madre.

—Yo no sé explicarles el camino, mami. Pero si voy con ellos, sé cómo llegar.

Ella miró angustiada a Sean.

—El señor Sam ha sido muy bueno con nosotros. Si ha hecho algo malo será por una buena razón, ténganlo por seguro.

—Nos ha dejado su casa y las tierras —dijo Gabriel.

—Y le dio a Fred mil dólares. El mismo Fred me lo dijo —añadió Ruth Ann.

—¿Quiere decir que el señor Quarry no creía que fuera a vivir mucho más? —preguntó Sean.

—¿Quién sabe en este mundo cuánto va a vivir? —replicó Ruth Ann—. Cualquiera de nosotros puede caer muerto mañana si es la voluntad del Señor.

—¿Quién más hay en la mina? —preguntó Sean.

—Tal vez Daryl, su hijo —respondió Gabriel—. Tal vez Carlos.

—¿Y qué hay de un tipo llamado Kurt Stevens?

—El señor Sam dijo que Kurt se había largado, que había seguido su camino —dijo Gabriel.

—¿Tienen armas en la mina? —preguntó Michelle.

—Al señor Sam le gustan las armas. A Daryl también. Pueden volarle las alas a una mosca de un disparo. Los dos.

—Fantástico —masculló Sean—. Gabriel, ¿nos puedes guiar hasta el sitio donde guarda la avioneta? Y si no la vemos allí, ¿nos acompañarás a la mina?

Gabriel miró a su madre; ella le puso la mano en el hombro.

—Mami, creo que debo hacerlo.

—¿Por qué, chico? ¿Por qué? No es asunto tuyo.

—El señor Sam no es mala persona. Tú misma lo dijiste. Yo he vivido con él casi toda mi vida. Si puedo subir allí y ayudarle a arreglar las cosas, lo quiero hacer. Quiero hacerlo, mami.

Una lágrima se deslizó por la mejilla de Ruth Ann.

—Cuidaremos bien de él, Ruth Ann —dijo Sean—. Se lo volveremos a traer aquí. Se lo prometo.

Ruth Ann volvió sus ojos enrojecidos hacia Sean.

—Será mejor que se asegure de que me lo vuelve a traer, señor. Porque este chico es todo lo que tengo.

78

Los dos helicópteros se elevaron y volaron hacia el sureste. En uno de ellos iban el presidente y su esposa con un grupo de agentes del servicio secreto y todo el material que habían podido reunir en el último momento. A bordo del segundo helicóptero iban más agentes, los dos mejores perros rastreadores de explosivos de los federales, más equipos y material, y Chuck Waters, que había recibido de Larry Foster el soplo sobre lo que estaba ocurriendo y, sin el conocimiento del presidente y su esposa, se había unido a la comitiva. Junto a él, estaba Aaron Betack, que también se había sumado a la fiesta sin que lo supiera la primera dama. El cielo se estaba aclarando por momentos, los vientos a baja altura eran suaves y el sol naciente iba disolviendo rápidamente el frío de la madrugada.

Sonó el móvil de Betack.

—¿Sí?

—Aaron, soy Sean King. Tenemos que hablar.

—Me pillas ocupado.

—Estoy en Alabama.

—¿Cómo? Nosotros también.

—¿Qué significa «nosotros»?

Betack miró a Waters y dijo al teléfono:

—Como te he explicado antes, el Hombre Lobo y Lince se han puesto en marcha —dijo, refiriéndose a Dan y Jane Cox por sus nombres en clave—. ¿Qué haces tú en Alabama?

—Si he de arriesgar una hipótesis, diría que siguiendo el mismo rastro que tú. ¿Adónde os dirigís exactamente?

—No lo sabemos, Sean, ya te lo he dicho antes.

—Ya, pero creía que la situación habría cambiado a estas alturas. ¿Estás con el presidente y no sabes adónde te diriges?

—Esto es un desastre monumental. Estamos volando a ciegas, saltándonos todas las normas y protocolos del servicio secreto. Larry Foster, el jefe del equipo de seguridad, está al borde del infarto. Y lo único cierto es que después de la escena en el Despacho Oval, hemos tomado un helicóptero en Alabama y nos dirigimos a unas coordenadas prefijadas.

—Es una locura, Aaron. Quizá vais directos a una trampa.

—Vaya novedad. ¿Crees que el servicio secreto está satisfecho? Pero él es el presidente, Sean.

—¿Me estás diciendo que el director del servicio está informado y ha permitido que esto siga adelante? ¿Qué hay de los asesores del presidente? ¿Y del vicepresidente?

—Ya sabes, siempre hay que hacer malabarismos. Él es el comandante en jefe y nosotros, sus siervos. Entre bastidores hemos removido cielo y tierra, hemos pedido ayuda al FBI y al ejército, y creemos disponer de una burbuja de protección bastante decente dadas las circunstancias.

Waters le lanzó una mirada a Betack y le indicó con una seña que le pasara el teléfono.

—¿King? Aquí Chuck Waters.

—Hola, Chuck, te dejé un mensaje.

—¿Qué demonios estás haciendo?

—Si te lo contara, Chuck, no me creerías. Aaron me ha puesto al corriente de la situación. Es posible que os estéis metiendo en una emboscada.

—Sí, pero lo que no sabe el presidente es que hemos mandado por delante a un par de helicópteros de la Brigada de Rescate de Rehenes. Para cuando nosotros aterricemos, y antes de que el presidente se baje del aparato, habrán registrado la zona y establecido un perímetro que no podría atravesar ni una hormiga. Y si aun así no nos gusta el panorama, nos largamos, diga lo que diga el presidente.

—Pero ¿y si os disparan desde el aire?

—También lo tenemos previsto. Cada helicóptero está equipado con armamento aire-aire y tierra-aire de última generación. Además, tenemos cazas del ejército sobrevolando toda la zona. Y un batallón de helicópteros Apache de combate está recorriendo palmo a palmo el terreno desde el punto cero de las coordenadas que nos han facilitado, con el fin de detectar cualquier amenaza potencial. Y te digo una cosa, King, si ves acercarse un Apache artillado, o te rindes sin más o te cagas encima. O ambas cosas.

—De acuerdo, pero hemos descubierto algo que deberíais saber. Tal vez se trate de un talón de Aquiles.

Sean le habló a Waters de los cilindros metálicos.

—¿Dónde los has encontrado?

—Te lo explicaré más tarde. Espero que tengas algo para contrarrestarlo.

—Veré qué puedo hacer. ¿Por dónde andas ahora?

—Nos dirigimos a una mina abandonada con un chico llamado Gabriel.

—¿Gabriel? ¿Y por qué a una mina?

—Porque creo que quizás haya una niña allí.

—¿Willa?

—Esperemos y recemos para que así sea, Chuck. Sigamos en contacto. Y buena suerte.

79

Sam Quarry miraba tan fijamente el improvisado teléfono vía satélite que tenía en la mano que parecía como si estuviera sujetando una serpiente venenosa. Aún faltaba mucho para que Carlos le llamara, pero una parte de él deseaba que la llamada ya se hubiera producido. Deseaba que esto terminara de una vez.

Comprobó con Daryl que todo estuviera a punto y se dirigió a la habitación de Willa. Cuando entró, la niña y Diane estaban acurrucadas alrededor de la mesa. Eso lo había decidido Quarry hoy mismo, este último día: que las dos debían estar juntas. Ambas levantaron la vista al verlo entrar y cerrar la puerta.

Quarry se apoyó en la pared y encendió un cigarrillo.

—¿Qué sucede? —preguntó Willa con voz temblorosa. No había vuelto a ser la misma desde que había descubierto que tal vez le había sucedido algo a su familia.

—Casi se ha terminado —dijo Quarry—. Al menos, eso espero.

—¿Lo espera? —dijo Diane, con expresión cansada.

—Sí, espero —respondió—. Y rezo para que así sea.

—¿Y si no se hacen realidad sus esperanzas? —preguntó Willa.

—Sí, diga, «señor Sam» —dijo Diane fríamente—. ¿Entonces, qué?

Él no le hizo caso y miró a Willa.

—He llevado a mi hija a casa. La enferma.

—¿Para qué?

Él se encogió de hombros.

—Ya iba siendo hora de que volviera. Me he despedido de todo el mundo y demás. Está todo en orden.

—¿Se ha despedido? —preguntó Willa, asustada.

—Verás, salgan como salgan las cosas, todo ha terminado para mí. He hecho lo que debía. Ya no volveré a ver a nadie.

—¿Piensa matarse? —dijo Diane con un deje esperanzado.

Los labios de Quarry se distendieron en una sonrisa.

—¿Acaso puede matarse un hombre que ya está muerto?

Diane se limitó a desviar la vista, pero Willa dijo:

—¿Quién cuidará de su hija si no está usted?

Diane volvió a mirar al hombre con curiosidad. Era obvio que ella no se había detenido en ese detalle.

Quarry se encogió de hombros.

—Ella estará bien.

—Pero...

Se fue hacia la puerta.

—Ustedes no se muevan.

Salió.

Diane se acercó a la niña.

—Esto no va a acabar bien, Willa.

Ella miraba fijamente la puerta.

—Willa, ¿me oyes?

La niña no la oyó, en apariencia. Siguió mirando la puerta.

No habían encontrado la avioneta en su sitio, así que Michelle conducía a toda velocidad. Gabriel, a su lado, iba dándole indicaciones; Sean, en el asiento trasero, escudriñaba el cielo por si veía el helicóptero donde viajaban el presidente y la primera dama, quienes tenían muchas preguntas que responder.

—Gire ahí, a la izquierda —dijo Gabriel.

Michelle hizo un viraje que zarandeó a Sean violentamente en el asiento trasero.

—Sería muy contraproducente que muriéramos antes de llegar —dijo con aspereza mientras volvía a acomodarse a duras penas y se ponía el cinturón de seguridad.

—¿Cuánto falta, Gabriel? —dijo Michelle.

—Una hora más —dijo él—. El señor Sam llega mucho más deprisa con el avión. Yo nunca he subido en un avión, ¿y usted?

Michelle estudiaba la carretera que tenía delante. Cada vez que enfilaban una recta pisaba a fondo, pero a medida que ascendían a un terreno más montañoso las rectas empezaban a escasear.

—Sí, he subido en un avión. —Volvió la cabeza hacia Sean—. Él ha estado a bordo del *Air Force One* con el presidente.

Gabriel se volvió y lo miró, sobrecogido.

—¿Ha conocido al presidente?

Sean asintió.

—Pero no olvides que es un hombre de carne y hueso y que ha que ponerse los pantalones como tú y como yo. Solo cuando los lleva puestos puede apretar un botón y hacer saltar el mundo por los aires.

Michelle se volvió y le lanzó una mirada en plan «¿Qué demonios dices?» antes de comentar:

—Si quieres subir en un avión algún día, Gabriel, podemos arreglarlo.

—Sería guay. Tome a la derecha por esa carretera.

—¿Qué carretera? —dijo Sean, mientras otro bache le hacía dar un bote en el asiento—. ¿Te refieres a esta pista de obstáculos que hemos recorrido en los últimos quince kilómetros?

Mientras hacía el giro y el camino se volvía aún más empinado, Michelle puso la tracción de cuatro ruedas. Siguieron avanzando entre sacudidas.

—Háblanos de la mina, Gabriel —dijo.

—¿Qué quiere saber?

—¿Hay una sola entrada o más?

—Solo una, que yo sepa. El señor Sam construyó una pista de hierba. Yo subía a veces con él en la camioneta y recortábamos la hierba hasta dejarla bien pareja.

—Continúa —lo animó ella—. Cuanto más sepamos, más preparados estaremos.

Gabriel le habló de las galerías y de las habitaciones que Quarry había construido en su interior.

—¿Para qué hizo todo eso? —preguntó Sean.

—Dijo que si llegaba el fin del mundo, subiríamos y viviríamos todos allí. Tiene almacenada comida, agua, faroles, cosas así.

—Y armas —dijo Michelle.

—Y armas —asintió Gabriel—. Seguramente un montón.

Sean sacó su propia pistola de nueve milímetros, junto con dos cargadores extra que siempre llevaba encima.

Dos pistolas, unos pocos cargadores, un chico pequeño, dos rehenes como mínimo que rescatar y la perspectiva de adentrarse en una mina oscura cuando el otro bando iba armado hasta los dientes y conocía cada recoveco...

Captó la mirada de Michelle en el retrovisor.

Obviamente, ella estaba pensando lo mismo, porque le dijo moviendo solo los labios: «Ya lo sé.»

Sean miró por la ventanilla. El terreno se iba haciendo más escarpado. Incluso cuando el sol empezó a alzarse en el cielo, todo parecía frío y sumido en la penumbra. Volvió a pensar en el sótano de Atlee, en aquella historia trazada en las paredes que seguramente Quarry había tardado años en reconstruir. Evocó aquella noche en Georgia, cuando caminaba por la calle y vio a aquella joven encima del futuro presidente y luego bajándose del coche con las bragas en los tobillos. El tipo tenía una esposa bella e inteligente esperándole en casa. Acababan de elegirlo para el Senado de Estados Unidos. ¿Y estaba tirándose a una joven de veinte en un coche?

Su pensamiento se volvió hacia la otra mujer. Tippi Quarry.

«Él me violó, papá.»

Un aborto sangriento.

En coma durante todos estos años.

«Estado vegetativo permanente», había escrito Quarry en la pizarra, subrayando tres veces cada palabra.

Sean no tenía hijos. Pero si los tuviera y le hubiera sucedido algo semejante a su hija, ¿qué habría hecho? ¿Hasta dónde habría sido capaz de llegar? ¿Qué clase de historia habría trazado en una pared? ¿A cuánta gente habría matado?

Volvió a deslizar la pistola en la funda.

Encontrarían a Sam Quarry en la mina. De eso estaba seguro. Encontrarían a Willa y a la tal Diane. Aunque no sabía si vivas o muertas.

En cuanto a lo que él y Michelle deberían hacer...

No tenía ni idea.

80

Una hora antes de que aterrizaran los dos aparatos que llevaban al presidente y al equipo de seguridad, un par de helicópteros
enormes con dos docenas de agentes de la Brigada de Rescate de
Rehenes y montones de equipo sofisticado tomaron tierra a cien
metros de la casita de Quarry. Los hombres saltaron de la cabina
y se desplegaron en abanico con las armas listas. Descargaron los
equipos y los desplegaron sobre el terreno. Hicieron un reconocimiento de las inmediaciones, pero no encontraron nada.

En el búnker forrado de plomo, Carlos, que había oído llegar
a los helicópteros, se agazapó por debajo del nivel del suelo, aunque sin apartar la vista del monitor de televisión que tenía delante. Se santiguó y musitó una breve oración.

La mitad de la brigada estableció un perímetro provisional,
mientras la otra mitad descargaba del segundo helicóptero el resto de los equipos.

Entre estos destacaban dos robots móviles de quinientos kilos
de peso cada uno. Los colocaron en el suelo, los pusieron en marcha y uno de los agentes, utilizando algo parecido a una sofistica-
da palanca de mando, hizo entrar en acción al primero. El robot
fue rodando una y otra vez alrededor de la casa, acercándose más
y más a cada pasada, para penetrar en ella por fin y hacer un barrido por su interior. Si había minas, bombas improvisadas u otra clase de explosivos, los sensores de infrarrojos que el robot llevaba
incorporados los detectarían antes de que llegaran a detonar. Luego los artificieros de la brigada se encargarían de desactivarlos.

No se detectaron explosivos de ningún tipo, así que enviaron al segundo robot. Este incluso parecía más vanguardista que el primero. En la Brigada de Rescate de Rehenes habían bautizado aquel artilugio como el Sabueso Gamma. Su misión era detectar sustancias radiológicas, biológicas o químicas sobre cualquier terreno. El agente de la brigada manejó con destreza la palanca de mando para dirigir al Sabueso Gamma en sus sucesivas rondas alrededor de la casa y para que subiera rodando al porche y accediera a su interior. El robot no «ladró» ni una sola vez. El terreno estaba despejado.

Solo entonces se aproximó la brigada a la casa y se aventuró dentro. Lo que encontraron allí dejó estupefactos a los miembros más veteranos del cuerpo.

El líder del destacamento sacó su transmisor e informó.

—Tenemos a una mujer caucásica inconsciente de entre treinta y cuarenta años, tendida en una cama de hospital y enchufada a lo que parece un complejo sistema de respiración asistida, alimentado por un generador con batería. Hemos registrado el lugar por si había armas u otras amenazas potenciales y no hemos hallado nada. Aparte de la mujer, la casa está limpia.

El jefe de la brigada que aguardaba fuera escuchó el informe y exclamó:

—¿Qué demonios estás diciendo?

El agente repitió sus palabras y el jefe, a su vez, transmitió la información por radio al helicóptero del presidente.

Uno de sus hombres lo miró y dijo:

—¿Qué hacemos ahora?

—Vamos a revisar la casa a fondo. Y vamos a cerrar toda la zona. No quiero a ningún ser vivo, aparte de la mujer en coma de ahí dentro, en un radio de mil metros a la redonda.

—¿Quién es esa mujer?

—No tengo ni idea, ni me hace falta saberlo. Lo único que sé es que el presidente viene hacia aquí y que no va a sufrir ningún daño mientras yo esté al mando. ¡Y ahora, moveos!

Se efectuó otro minucioso reconocimiento de la zona. Los agentes pasaron por encima y por los alrededores del búnker en el que Carlos permanecía acurrucado. No hallaron la cámara montada en el árbol porque Quarry, siempre atento a todos los detalles, había practicado un orificio en el roble, colocando la cámara en su interior y cubriéndolo todo con corteza de manera que solo asomara la lente. Estando a tanta altura, y oculta desde el suelo por un denso follaje, salvo en la línea de visión que Quarry había podado, venía a ser prácticamente invisible.

Algunos agentes de la brigada entraron en la casa y levantaron con una palanca un tablón del suelo. Debajo, había la capa normal de contrachapado de dos centímetros.

Un agente le dio un golpe con el puño.

—Firme como una roca. Los cimientos deben de ser de cemento.

—Compruébalo —dijo el jefe de la brigada.

Trajeron un taladro y atravesaron la capa de contrachapado hasta que la broca dio con algo duro y no siguió taladrando.

—Totalmente macizo.

—De acuerdo, está bien.

Volvieron a colocar la tabla en el suelo y, a continuación, sondearon también las cuatro paredes. Igualmente macizas.

Una vez comprobada la seguridad de la zona, descartada cualquier amenaza y establecido el perímetro, la Brigada de Rescate de Rehenes aguardó con paciencia a que aterrizara el presidente de Estados Unidos. No tenían ni idea de lo que pretendía hacer cuando llegase. Solo sabían que si surgía alguna amenaza, la destruirían con un fuego suficiente como para acabar con un batallón.

Aparcaron el todoterreno y se bajaron. No había otro remedio porque el camino terminaba abruptamente en un muro de rocas derrumbadas.

—Esto antes no estaba así —comentó Gabriel—. Se podía subir en coche hasta arriba.

—Tampoco habría sido factible para nosotros, de todas formas —dijo Sean.

Con Gabriel en cabeza, se encaminaron hacia la mina. Tuvieron que trepar entre rocas y terreno resbaladizo. Sean tropezó en un tramo, pero enseguida se incorporó.

—Me hago viejo —dijo, con aire avergonzado.

—Oye, ¿cuándo fue la última vez que hiciste un curso de refresco de tiro? —preguntó Michelle.

—Tranquila. Si hay que darle a algún objetivo, le daré. Aunque cuento contigo para que le des primero.

—Vaya. Procuraré tenerlo presente.

Siguieron adelante.

—Yo no tengo la llave de la mina.

—Eso no es problema —dijo Michelle—. Tú llévanos allí.

Unos minutos más tarde, dejaron atrás las rocas y vieron la pista de hierba.

—¿Esa es su avioneta? —dijo Sean, señalando la Cessna.

—Sí —respondió Gabriel.

Y de repente señaló a la derecha.

—Y ese es el señor Sam —susurró.

Miraron en aquella dirección.

Sam Quarry había salido de la mina con lo que parecía una pequeña caja negra. Desde el lugar donde se hallaban ocultos, Michelle apuntó con su pistola. A tanta distancia, sin embargo, no tenía garantías de efectuar un disparo mortal con ese tipo de arma. Le echó un vistazo a Sean, meneando la cabeza.

—Es más viejo de lo que creía —murmuró él, mientras observaba al hombre alto de pelo blanco.

—Fuerte como un toro —dijo Gabriel—. Le he visto derribar a un hombre más alto y con la mitad de años que él por insultar a mi madre. Sabe pelear muy bien.

—Espero no averiguarlo por mí mismo —dijo Sean.

—Pero hemos subido aquí para asegurarnos de que nadie sufre ningún daño, ¿no? Ni esa niña ni el señor Sam.

Sean y Michelle se miraron.

—Exacto. Aunque, mira, Gabriel, eso está en sus manos. Si él empieza, nosotros tendremos que responder, ¿entiendes?

—Yo hablaré con él. Todo saldrá bien. El señor Sam no va a hacerle daño a nadie, le conozco.

Michelle miró fijamente a Sean. Ninguno de los dos parecía tan confiado como Gabriel sobre el desenlace.

81

Los dos helicópteros aterrizaron suavemente.

El presidente miró por la ventanilla y su rostro se congestionó bruscamente.

—¿Qué demonios pasa aquí? ¿Quiénes son esos? —dijo señalando a la Brigada de Rescate de Rehenes.

Antes de que nadie respondiera, Chuck Waters dio unos golpecitos en el cristal. Un agente se apresuró a abrir la puerta y bajar la escalerilla.

—¿Quiénes son? —clamó el presidente de nuevo.

Waters dijo:

—La Brigada de Rescate de Rehenes, señor. Han venido para asegurar la zona.

—Yo no le he autorizado.

—No, señor. El visto bueno lo dio el director del FBI.

Cox no pareció nada complacido, pero el director del FBI era el único hombre que no se hallaba a su servicio: se le nombraba para un período prefijado y permanecía en su cargo aunque se produjera un cambio en la Casa Blanca.

Mientras echaban un vistazo alrededor, los dos perros rastreadores de explosivos bajaron del otro helicóptero y se dirigieron a la casa guiados por sus cuidadores. Aunque el robot ya había barrido la zona, cuando la seguridad del presidente se hallaba en juego, una doble comprobación formaba parte del procedimiento rutinario. Los perros patrullaron por el perímetro y accedieron al interior de la casa. Salieron minutos después y uno de los cuidadores hizo una señal de vía libre.

En el helicóptero, Waters seguía hablando con el presidente.

—El director del FBI fue informado de la situación por el director del servicio secreto y llegó a la conclusión de que esto era lo más indicado si usted insistía en venir, señor.

—Qué considerado. Esperemos que mi sobrina no esté muerta por culpa de su conclusión.

—¿Esa es, pues, la razón de que estemos aquí? —inquirió Larry Foster—. ¿Una exigencia de los secuestradores?

Todo el mundo miró a Jane Cox.

Waters dijo:

—Sabemos que la carta que le confisqué, señora Cox, no era la auténtica. ¿La carta le ordenaba que viniera aquí?

—No, me daba un número de teléfono para que llamase. Llamé. Y en esa conversación me dijeron que viniera aquí con el presidente si quería volver a ver a mi sobrina con vida.

—¿Le dijo su interlocutor lo que debían hacer, una vez aquí?

—Entrar en la casa y ver a una mujer en una cama —dijo ella.

—Bueno, la brigada ha encontrado a una mujer en la casa. Está conectada a un sistema de respiración asistida. ¿Quién es?

—No lo sé —respondió Jane con firmeza—. Solo he venido a recuperar a mi sobrina.

Waters dijo con escepticismo:

—¿No la conoce? ¿Está segura?

—¿Cómo voy a saberlo? ¡Aún no la he visto! —le espetó ella.

Foster parecía desconcertado.

—Bien, pero ¿qué se supone que deben hacer ahí dentro? Por lo que ha dicho la brigada, la mujer está inconsciente.

Jane y el presidente se miraron en silencio. Ella respondió:

—Lo único que puedo decirles es que me indicaron que el presidente y yo entráramos ahí y viéramos a la mujer. Nada más.

El presidente dijo:

—Y que debíamos hacerlo solos. O al menos, eso le dijeron a Jane —se apresuró a añadir.

Waters y Foster se miraron con inquietud.

—Señor presidente —dijo Foster—, esto no me gusta nada.

El único motivo para atraerlo aquí ha de ser causarle algún daño. Ninguna otra posibilidad tiene sentido. Es como si esa casa tuviera una «X» pintada en el techo. Hemos de regresar en helicóptero a Huntsville y volver a casa. Inmediatamente.

—¡Y entonces morirá mi sobrina! —exclamó el presidente—. ¿De veras espera que salga volando y permita tal cosa?

—Señor, comprendo lo que debe de estar pasando. Pero no tiene alternativa. Ni yo tampoco. Es usted el presidente de Estados Unidos. Su seguridad no puede ponerse en peligro. En lo que se refiere a mi deber, ninguna vida tiene precedencia sobre la suya. Ni siquiera la de su sobrina. —Miró a Jane—. Ni la de su esposa. Así es la ley. Esa es mi misión, y tengo la intención de llevarla a cabo.

—Me importa un bledo la ley. O su misión, Foster. Aquí estamos hablando de la vida de una niña. No pienso regresar.

—Señor, le ruego que no me obligue a hacerlo por las malas. Ya le he dicho que poseo la autoridad para obligarle a regresar y estoy dispuesto a ejercerla ahora mismo.

—¿Acaso no han registrado la casa? ¿No lo han revisado todo esos tipos de la Brigada de Rescate? ¿Qué peligro hay? ¿Es que va a saltar esa mujer de la cama y me va a matar?

—No lo creo, está conectada a un ventilador endotraqueal —repuso Foster.

—Entonces no representa una amenaza. Han traído a los perros rastreadores. Y no han encontrado nada. Hay un ejército de hombres armados hasta los dientes ahí fuera. Me ha dicho antes que hay aviones y helicópteros sobrevolando la zona. Solo un tanque o un lanzamisiles podrían disparar a esa casa desde larga distancia, y realmente no creo que haya ningún armamento semejante en el gran estado de Alabama que no pertenezca a nuestro ejército. Estamos completamente solos aquí en medio. ¿Qué es lo que podría causarme daño? ¿Qué?

—Señor, si supiera dónde está el peligro, la situación dejaría de ser peligrosa. Es lo desconocido lo que me preocupa.

—¡Lo desconocido! —replicó el presidente—. Voy a hablarle de lo conocido, entonces, Larry. Si doy media vuelta, si salgo volando a casa y dejo que mi sobrina muera cuando podría haberla salvado y esta historia llega a circular, perderé las elecciones, simple y llanamente. ¿Lo entiende, amigo mío?

Foster, Waters y los demás agentes del helicóptero se miraron entre sí. No podían creer lo que acababan de oír.

—Muy bien —empezó Foster—. Entonces perderá las elecciones.

—No es eso exactamente lo que quería decir el presidente —se apresuró a decir Jane. Su marido no había advertido las miradas de estupor de los presentes, pero ella sí—. El presidente está muy alterado por todo esto, como lo estoy yo. Se siente terriblemente preocupado, igual que yo. Pero él ha trabajado duro por este país durante largo tiempo. No vamos a permitir que un psicópata criminal o una célula terrorista le causen daño a nuestra sobrina o cambien la historia de este país negándole a mi marido un segundo mandato. La vida de mi sobrina es, desde luego, primordial. Pero hay mucho más en juego. Mucho más, caballeros. No nos engañemos.

—Lo lamento, señora Cox —dijo Foster, meneando la cabeza—. A pesar de todo ello no voy a permitir que ninguno de ustedes entre en esa casa. —Le habló al piloto por sus auriculares—. Jim, preparémonos para regresar...

Foster no acabó lo que iba a decir porque en ese momento Dan Cox le arrebató la pistola al agente que tenía al lado, quitó el seguro y se puso el cañón en la sien.

—¡Por Dios, señor! —gritó Foster.

Waters exclamó:

—Señor presidente, no...

—¡Cállense ya, demonios! ¡Cállense los dos! —rugió Cox—. ¡Si alguien intenta detenernos, Larry, tendrá que escoltar mi cadáver al D.C. y explicar a todo el mundo que consiguió volverme loco en su empeño por protegerme y que me indujo a volarme la tapa de los sesos!

Le hizo una seña a su mujer.

—¡Baja, Jane! —Se volvió y miró a Foster—. Voy a entrar en esa casa con mi esposa. No pasaremos ahí más que unos minutos. Y no quiero sistemas de vigilancia electrónica ni dispositivos de escucha en su interior. El secuestrador fue muy claro en este punto. Cuando hayamos terminado, saldremos, subiremos al helicóptero y volveremos. Después mi sobrina será liberada, así lo espero, y cada uno de los presentes olvidará que esto ha sucedido. ¿Me he expresado con claridad?

Los hombres no dijeron nada. Siguieron mirando hipnotizados a su presidente con una pistola en la sien.

Finalmente, Waters rompió el silencio.

—Señor, si se empeñan en continuar, deben hacer una cosa.

—¡Soy yo quien da las órdenes aquí, no el FBI!

Waters miró a Jane.

—Es algo que nos ha dicho Sean King, señora. Una cosa que ha descubierto. ¿Usted confía en él, no?

Ella asintió lentamente.

—Entonces han de hacer exactamente lo que voy a decirles. ¿Lo harán los dos?

—¡Si significa que podemos entrar en esa casa y acabar con esta historia, sí!

Transcurridos unos minutos, Jane, envuelta en un abrigo largo, y el presidente bajaron del helicóptero. Cuando los hombres de la Brigada de Rescate de Rehenes vieron al presidente con una pistola en la mano, hicieron algo que normalmente nunca hacían. Se quedaron paralizados.

—¿Señor presidente...? —dijo el jefe de la brigada, desconcertado.

—¡Apártese de mi camino! —gritó Cox. El jefe de la brigada, un veterano de dos guerras y de incontables enfrentamientos con narcotraficantes homicidas y con psicópatas carentes de escrúpulos y provistos de armas pesadas, casi dio un brinco del sobresalto. Con el camino despejado, Cox tomó de la mano a su esposa y ambos siguieron andando hacia la casa. Al llegar al porche, se miraron un momento y entraron.

82

El presidente y su mujer permanecían de pie mirando a Tippi Quarry mientras la máquina inflaba sus pulmones, mientras el oxígeno entraba por su nariz y el monitor registraba su ritmo cardíaco y demás constantes vitales.

—Lleva así más de trece años —dijo Jane—. No tenía ni idea.

El presidente la observó.

—No la recuerdo, cariño; te juro que no la recuerdo. Tiene una cara bonita, de todos modos.

Cuando dijo esto, Jane se apartó ligeramente de su marido. Él no pareció advertirlo.

—¿Tippi Quarry? —dijo él con curiosidad.

—Sí.

—¿En Atlanta?

—Así es. De la empresa de relaciones públicas que contribuyó al lanzamiento inicial de tu campaña para el Senado. Estaba allí de voluntaria, recién salida de la universidad.

—¿Cómo sabes todo esto?

—Me tomé la molestia de averiguarlo. Me molesté en hacer averiguaciones acerca de todas las mujeres en las que parecías tan interesado en aquel entonces.

—Sé que te hice pasar un infierno. —Volvió a mirar a Tippi—. No recuerdo haber tenido ningún contacto con ella.

—De ahí, sin duda, que nadie llegara a relacionaros. Pero sí tuviste contacto con ella. Cosa que incluso a mí me sorprendió. Os encontré juntos en la habitación de nuestro hotel. Ella gritaba que te quitases de encima, pero ya era tarde. Ya habías terminado. Me costó horas calmarla mientras tú permanecías desmayado en un rincón, con demasiada ginebra y muy poca tónica en el cuerpo.

—¿Por qué no vino la policía? ¿Estás segura de que no fue mutuamente consentido?

—Ella no llamó a la policía porque yo la convencí al final de que si el incidente trascendía sería un tremendo embrollo. Que era solo su palabra contra la tuya, que ella estaba en nuestra habitación y yo no podía testificar contra mi propio marido. Tú ibas camino del Senado y posiblemente de la presidencia. Ella era una joven con todo el futuro por delante. Un futuro que podía echarse a perder si aquello se hacía público. Si la gente creía que ella había provocado una situación sexual; que había tratado de aprovecharse de tu posición. De atraparte, en cierto modo. Fui persuasiva. Incluso le dije que era una enfermedad lo que tú tenías. Le pinté un cuadro muy convincente.

—Gracias, Jane. Me salvaste. Una vez más.

Ella repuso fríamente.

—Te odié. Te odié por lo que le habías hecho a ella. Y a mí.

—Como has dicho tú misma, era una enfermedad. He cambiado. Lo he superado. Tú lo sabes. No ha vuelto a ocurrir, ¿no?

—Volvió a ocurrir una vez más.

—Pero yo no forcé a aquella mujer. Y luego ya no hubo más. Me esforcé por superarlo, Jane. He corregido mi conducta.

—¿Tu conducta? Dan, no estamos hablando de dejarte los calzoncillos tirados por el suelo. Violaste a esta pobre mujer.

—Pero no volví a hacerlo más. Eso es lo que digo. Cambié. Me convertí en otra persona.

—Ella no tuvo la oportunidad de cambiar, eso está clarísimo.

Al presidente se le ocurrió de golpe una idea. Examinó con espanto la exigua habitación.

—¿No habrá ningún micrófono por aquí, no?

—Yo creo que ese hombre ya tiene todo lo que necesita. Incluso sin esta pobre mujer.

—¿A qué te refieres?

—A Willa.

—¿Qué hay de ella?

—Es tu hija. Y él lo sabe.

El presidente, totalmente lívido, se volvió hacia su esposa.

—¿Willa es hija mía?

—No seas estúpido, Dan. ¿Acaso creías que Diane Wright iba a desaparecer sin más cuando se quedó embarazada?

Cox puso el brazo en la pared para sostenerse.

—¿Por qué demonios no me lo habías contado antes?

—¿Qué habrías hecho si te lo hubiera contado?

—Yo... bueno... yo...

—Ya. Nada, como siempre. Así que yo intervine y arreglé ese nuevo estropicio.

—¿Por qué no abortó simplemente?

—¿Para acabar como ella? —dijo Jane, señalando a Tippi—. No es tan fácil como tú te crees, Danny. Me puse en contacto con esa mujer. Le dije que todo se arreglaría. Que comprendía lo sucedido y no le echaba la culpa.

—¿Cómo ocurrió?

—Al parecer, te la ligaste; diría que en un bar. Debiste de ser extremadamente encantador para que accediera a tener relaciones sexuales tan deprisa. O quizás eso indica el tipo de mujeres por las que te sentías atraído.

Él se puso la mano en la frente.

—No me acuerdo de nada. Te lo juro.

—¿Así que no recuerdas que Sean King te llevó a casa?

—¿King? ¿Sean King? ¿Él lo sabe?

—Te sorprendió con ella en el coche. Y nunca le ha dicho una palabra a nadie.

—¿Por eso te hiciste amiga de él?

—Ese fue un motivo, sí.

Él la miró con dureza.

—¿Había otros motivos?

—No te atrevas siquiera a hacerme esa pregunta.

—Perdona, Jane. Perdona.

—Wright volvió a llamarme un mes más tarde. No le había venido la regla. Luego comprobó que estaba embarazada. No tenía duda de que tú eras el padre. No se había acostado con nadie más.

De hecho, tú eras el primero, me dijo. Yo la creí. No quería dinero ni nada. Estaba asustada, simplemente. Y no sabía qué hacer. Como Tippi Quarry. Tuck y Pam vivían en Italia en aquella época. Ella se había quedado embarazada, pero había tenido un aborto. No se lo contó a nadie, salvo a Tuck y a mí. Y lo cierto era que el bebé de Wright era tuyo, aunque no lo hubieras tenido con tu esposa. No podía permitir que cayera en manos de un extraño, porque me constaba que ella no pensaba quedárselo. Era de tu propia sangre, pese a todo. Llegué a un acuerdo con Wright y ella viajó a Italia ocho meses después. Nos reunimos allí. En cuanto hubo nacido el bebé, se lo llevé a Pam y Tuck. Cuando volvieron más tarde a casa, todo el mundo dio por supuesto que la niña era suya.

—¿Me ocultaste todo esto?

—Considerando lo que tú has tratado de ocultarme a lo largo de los años, diría que tengo mucho margen para compensarlo.

—Pero ¿por qué tantas molestias por...?

—¿Por un bebé que tuviste follando con otra mujer? Como he dicho, esa niña tiene tu sangre. Es tu hija, Dan. Uno de nosotros dos tenía que asumir la responsabilidad. Y fui yo quien la asumió. ¡Siempre he sido yo!

—¿Nunca se lo dijiste a Tuck y Pam? ¿Que Willa era mía?

—¿Cómo iba a decírselo? «Ah, por cierto, querido hermano, esta es una hija bastarda de Dan. ¿La quieres?» En cuanto a Diane Wright, nunca conoció a Pam y Tuck. Dio por sentado que yo había buscado a alguien para hacerse cargo del bebé. Por motivos obvios, yo no quería que conociera la nueva identidad de Willa. Pero Sean King descubrió que Pam solo había dado a luz a dos niños. Por eso tuve que impedir que viera nadie las cartas del secuestrador y traté de encubrir los hechos.

—No lo entiendo.

—Si descubrían que Willa era adoptada, la gente podía empezar a investigar, Dan. Tus enemigos políticos, sin ir más lejos. Podían localizar a Diane Wright y desentrañar toda la historia: descubrir que habías tenido relaciones con ella y que yo me había encargado de que su bebé —tu bebé— se lo quedara mi hermano. Habría sido imposible disimular la verdad. Y tu carrera habría terminado.

—Entiendo. Yo le tengo mucho cariño a Willa —dijo el presidente—. Siempre se lo he tenido. Quizás intuía la conexión con ella.

—Es una niña inteligente, dulce y buena. Y haré cualquier cosa por recuperarla sana y salva.

El presidente contempló a Tippi.

—Nosotros, de todos modos, no tenemos la culpa de que ella terminara así.

Jane se secó los ojos con un pañuelo de papel.

—Yo, sí. Ella me llamó muerta de pánico al descubrir que estaba embarazada. No podía decírselo a sus padres, me dijo. No lo comprenderían. Además, no quería tenerlo. Y no podía culparla, puesto que tú la habías violado. El aborto era la única alternativa. Yo no podía permitir que fuese a un hospital o a un médico de verdad. Podría haber trascendido. Tal vez habrían contactado con sus padres. Había que actuar deprisa y con discreción. Yo sabía de alguien que podía hacerlo. Incluso la llevé en coche y la dejé allí. Pagué la intervención y le di dinero para que volviera a casa en un taxi. El muy idiota debió de hacer una chapuza. Yo... nunca llegué a enterarme, sin embargo. No averigüé más. Supongo que no quería saber más. Solo quería olvidarlo todo.

—Una tragedia, se mire como se mire —dijo el presidente aturdido, todavía con la vista fija en Tippi.

—Deberíamos hacer esto —dijo Jane— y salir de aquí. Y recuperar a Willa.

—Cariño, si es cierto lo que Waters nos ha dicho en el helicóptero, no vamos a recuperar a Willa.

—¿A qué te refieres?

—Él quiere matarnos, ese tal Quarry. Tal vez trate de hacerlo cuando salgamos de aquí.

—¿Cómo? Estamos rodeados de un ejército. Siempre estamos rodeados de un ejército.

—No lo sé. Pero ¿y si esa era su intención desde el principio? Seguro que lo intentará.

—¿Qué es que lo que estás diciendo, pues?

—Que hemos de concentrarnos en sobrevivir los dos. Si hay un intento de asesinato y fracasa, él se enterará. Matará a Willa, si es que no la ha matado ya. Pero además tratará de hacer público lo ocurrido. Hemos de estar preparados. Tenemos que fraguar una versión alternativa. Sean cuales sean las pruebas de que disponga, mi gente puede contrarrestarlas. Él es un solo hombre. Yo tengo a un ejército de maestros en el manejo de la opinión pública.

—Puede que sea un solo hombre, pero mira lo que ha conseguido hasta ahora.

—Eso no importa. Solo importa cómo terminan las cosas. Y ahora hagamos lo que Quarry nos pidió y salgamos de aquí.

Se situaron ambos frente a la cama, cogidos de la mano.

Jane fue la primera en hablar.

—Lo siento, Tippi. Nunca pretendí que esto ocurriera. Lo siento muchísimo.

El presidente carraspeó.

—Espero que llegues a perdonarme por lo que te hice. Eh... no basta con decir que no lo recuerdo, o que no era yo mismo el que actuaba. Era responsabilidad mía. Y habré de cargar con este peso el resto de mi vida. Yo también lo siento, Tippi. Lo siento con toda mi alma.

Jane tocó levemente la mano de Tippi. El presidente se disponía a hacer lo mismo, pero al parecer se lo pensó mejor y retiró los dedos en el último momento.

Se volvieron hacia el umbral.

La Brigada de Rescate estaba a unos metros; Foster, Waters y el equipo del servicio secreto aguardaban tras ellos, todos listos para actuar en cuanto les dieran la orden.

En el búnker, Carlos vio claramente a la pareja en el monitor.

Pulsó el único botón del control remoto. Lo cual hizo que sucedieran dos cosas simultáneamente.

La parte izquierda de la jamba saltó por los aires y una puerta metálica de casi cinco centímetros de grosor surgió del espesor de la pared, impulsada por un sistema hidráulico oculto tras el revestimiento de plomo de la propia pared. Este mecanismo dejó herméticamente atrapada a la pareja.

Entonces, sonó dentro de la casita una especie de silbido. En todo el perímetro de la habitación, había unos orificios cuidadosamente recortados en la capa metálica situada bajo el subsuelo. Era con esta capa con la que había tropezado el taladro de la Brigada de Rescate: no la base de cemento armado, sino un segundo subsuelo que ocultaba una cavidad en los cimientos. En el interior de esa cavidad había una serie de cilindros metálicos que contenían gas nitrógeno. Esos cilindros estaban conectados al cable de la toma dual que Quarry había tendido a través de un tubo de PVC empotrado en los cimientos. Y ahora habían sido activados por el control remoto. El gas ascendió por los orificios practicados en la capa de metal y se filtró por las angostas ranuras abiertas entre las tablas del suelo. Las bombonas se hallaban a gran presión y expulsaban con fuerza su contenido. Muy pronto el reducido espacio de la casita se había inundado de gas nitrógeno.

El nitrógeno se produce de forma natural, pero también reduce la cantidad de oxígeno y, en ciertas condiciones, puede ser letal. Las personas expuestas a niveles elevados del gas no sienten ningún dolor. Pierden rápidamente el conocimiento sin darse cuenta siquiera. No perciben que se asfixiarán en pocos minutos, a medida que el oxígeno quede desplazado. Por este motivo, porque era rápido e indoloro, algunos países que se planteaban reimplantar la pena de muerte estaban estudiando la idea de difundir nitrógeno en una cámara de gas.

Habrían hecho bien en estudiar el modelo de Sam Quarry, pues aquel hombre de Alabama había construido la cámara de ejecución perfecta, disimulada en el interior de una choza.

El sistema de respiración artificial de Tippi incluía un conversor y una bombona de oxígeno que suministraban juntos una mezcla de oxígeno puro y ambiental al tubo endotraqueal, y de ahí a los pulmones. Esa mezcla estaba cuidadosamente calibrada, solo que ahora no quedaba oxígeno en la habitación. Y la cantidad de oxígeno puro procedente de la botella no era ni mucho menos suficiente para compensar la diferencia. En su estado tan tremendamente debilitado, Tippi expiró casi de inmediato. El monitor empezó a emitir un pitido y todas sus constantes vitales se transformaron en una línea plana. Su infierno en la Tierra había concluido por fin.

Fuera, los hombres de la brigada y los agentes del servicio secreto, completamente frenéticos, estaban empleando todos los recursos disponibles para forzar la puerta: todos, salvo abrir fuego o detonar una bomba, lo que habría podido ocasionar la muerte de quienes estaban dentro. Cargaron contra la puerta metálica y las paredes: solo para descubrir que había planchas de metal soldadas bajo los tablones de madera. Varios hombres —unos trajeados, otros de uniforme— treparon al tejado con hachas y sierras eléctricas, pero todos sus esfuerzos se estrellaron contra las recias tablillas y las planchas metálicas atornilladas a la madera maciza. La casita era casi impenetrable.

No se dieron por vencidos, sin embargo. Ocho minutos después, usando motosierras, almádenas y un ariete hidráulico, además de sudor y puro músculo, derribaron la puerta metálica. Cinco hombres entraron corriendo, pero tuvieron que salir enseguida, casi asfixiados por la falta de aire. Otros hombres provistos de mascarillas de oxígeno se apresuraron a entrar.

Cuando salieron unos segundos más tarde, Carlos, con los ojos fijos en el monitor, soltó una maldición. El presidente y la primera dama se estaban quitando las mascarillas de oxígeno con pequeñas botellas adosadas que Jane había ocultado bajo el abrigo. Se las había facilitado el agente Waters siguiendo el consejo de Sean King, que había encontrado las bombonas de nitrógeno sobrantes en el sótano de Quarry y deducido para qué podrían ser utilizadas.

Foster y sus hombres corrieron hacia el presidente y su esposa y los escoltaron tan velozmente de vuelta al helicóptero que los pies de marido y mujer apenas tocaron el suelo.

—¿Se encuentra bien, señor presidente? —preguntó Foster con ansiedad, cuando ya estaban a salvo en la cabina—. Hemos de llevarles a que los sometan a un examen médico.

—Estoy bien. Estamos bien. —Miró a Chuck Waters—. Bien pensado, Waters. Nos hemos puesto las mascarillas en cuanto ha empezado a salir el gas.

—La idea ha sido de Sean King, señor, no mía. Pero aun así, no creía que hubiera gas en esa casa. Creíamos que no ofrecía ningún peligro.

—Bueno, tendré que darle las gracias al señor King. —Echó un vistazo a su esposa—. Una vez más.

Foster, completamente pálido, añadió:

—Si hubiera sospechado por un momento que había una trampa semejante, señor, jamás le habría permitido entrar.

Cox se sacó la pistola de la pretina y se la dio a Foster.

—Bueno, realmente no le he dejado alternativa, ¿no es cierto? Quien haya urdido la trampa es extraordinariamente astuto. A juzgar por la sofisticación de todo el complot, da la impresión de que había detrás una organización terrorista con muchos recursos. Y mi estúpida travesura lo ha puesto a usted entre la espada y la pared, Larry. Lo lamento.

Foster se sonrojó. Era insólito que un presidente se disculpara, mucho menos ante un agente del servicio secreto.

—Acepto sus disculpas, señor presidente. —Los dos hombres se estrecharon las manos.

Cuando se cerró la puerta del helicóptero, el presidente dijo:

—Hemos de volver al D.C. de inmediato.

—No podría estar más de acuerdo, señor presidente —dijo Foster, aliviado.

—¿Y su sobrina?

—Después de lo que ha pasado, no parece haber muchas esperanzas de que siga con vida. Si su objetivo era matarme, es obvio que nunca han tenido la intención de soltarla.

Jane Cox dejó escapar un sollozo y se tapó la cara. El presidente la rodeó con un brazo.

—Pero tenemos que continuar haciendo todo lo que podamos. —Recorrió con la vista el interior del aparato—. No debemos perder la esperanza. Aunque debemos prepararnos para lo peor. Estos cabrones han tratado de matarnos a mí y a mi esposa, pero han fracasado. América no cederá ante el mal. Jamás. Ellos pueden seguir intentando acabar conmigo, pero yo nunca permitiré que prevalezcan. No mientras yo esté al mando.

Todos los agentes que iban a bordo miraron a Dan Cox con inmenso orgullo, olvidando que unos minutos antes había actuado como un loco rabioso, poniéndose una pistola en la sien y demostrando más inquietud por su reelección que por el rescate de su sobrina. Lo cierto era que había entrado con toda valentía en lo que había resultado ser una trampa con el único objetivo de salvarla. Y ahora, tras haber escapado apenas de la muerte, todavía tenía energías para dar ánimos a su esposa y arengar a sus tropas. Una reputación semejante no se la ganaban por regla general los presidentes de Estados Unidos.

Antes de despegar decidieron que, dadas las circunstancias, los Cox no debían viajar en el mismo helicóptero. Jane fue trasladada al segundo aparato en compañía de seis agentes y un par de hombres de la Brigada de Rescate, mientras que el grueso de los efectivos y Chuck Waters permanecían junto al presidente. Dos agentes se quedaron en tierra para contactar con la policía local y ocuparse del cuerpo de Tippi Quarry.

83

Quarry arrojó el teléfono satélite y, soltando un grito de rabia, regresó corriendo al interior de la mina.

Observando desde su escondite, Sean comentó:

—No parece muy contento.

—Acaba de descubrir que él no está muerto.

—¿De qué están hablando? —dijo Gabriel, atento a la conversación—. ¿Quién es «él»?

—Gabriel, ¿hasta qué punto conoces el interior de la mina?

Michelle lo interrumpió.

—No, Sean.

—Michelle, no podemos entrar a ciegas.

—Es solo una criatura.

—Tal vez haya otra criatura ahí dentro.

Gabriel intervino con firmeza.

—Voy con ustedes. Conozco muy bien la mina. Quiero entrar. Yo puedo hablar con el señor Sam.

—Ya lo ves —dijo Sean—. Quiere venir.

Michelle miró a Sean y luego la cara suplicante de Gabriel.

—No tenemos mucho tiempo, Michelle. Ya has visto que Quarry ha entrado furioso.

Gatearon sobre varias rocas más y corrieron hacia la entrada de la mina. La puerta no representó ningún problema porque Quarry no se había molestado en cerrarla.

Entraron rápidamente, con las pistolas y las linternas listas.

En unos instantes se perdieron en la oscuridad.

—¡Daryl! —gritó Quarry—. ¡Daryl!

Su hijo surgió de las sombras.

—¿Qué pasa?

Quarry apenas podía hablar. Apenas podía pensar. Agarró a su hijo del hombro con su mano enorme.

—Ha llamado Carlos. No ha funcionado. Han podido salir.

—¡Mierda! ¡Estamos jodidos!

—Mascarillas de oxígeno —masculló Quarry.

Daryl miró enfurecido a su padre.

—¿Y ahora qué vamos a hacer, viejo?

Quarry dio media vuelta y corrió por la galería. Daryl avanzó penosamente tras él. Quarry sacó la llave de la habitación de Willa y abrió la puerta violentamente.

Con solo atisbar su expresión rabiosa, Diane Wohl retrocedió tambaleante.

—No, por favor. No. ¡Por favor! —chilló.

Willa parecía confusa.

—¿Qué sucede?

—¡No nos mate! —gritó Diane.

Willa se levantó de golpe y empezó a retroceder. Quarry y Daryl avanzaron hacia ellas.

Quarry jadeaba.

—Están vivos. ¡Están vivos, maldita sea!

—¿Quién está vivo? —gritó Willa.

Quarry apartó de un golpe la mesa, arrojó las sillas a la otra punta de la habitación. Willa corrió junto a Diane, que se había acurrucado en el rincón.

Ambas chillaron cuando Quarry las agarró y empezó a arrastrarlas hacia la puerta.

—¡Vamos! —aulló—. ¡Daryl!

Daryl sujetó a Willa y la alzó en volandas.

—Por favor, señor Sam, por favor. —La niña lloraba tanto que apenas podía hablar.

Diane se había quedado tan desmadejada que Quarry acabó arrastrándola por el suelo. Cuando salieron al túnel, se detuvo y aguzó el oído. La mujer seguía gritando.

—Cállese. Cállese ya.

Ella no obedeció.

Quarry se sacó la pistola del cinto y se la puso en la sien.

—Ya —dijo con firmeza.

Diane enmudeció.

Willa estaba en brazos de Daryl. Cuando Quarry levantó la vista, advirtió que la niña lo miraba fijamente. A él y a la pistola.

—¿Has oído, Daryl? —dijo Quarry de pronto.

—¿Qué?

—Eso.

Un ruido de pasos reverberaba en las paredes de la mina.

—Es la policía —dijo Quarry—. Están aquí. Seguramente un ejército entero.

Daryl miró fríamente a su padre.

—¿Y qué quieres hacer ahora?

—Luchar. Llevarnos al infierno a todos los que podamos.

—Entonces voy a buscar armas.

Daryl le entregó la niña. Antes de que su hijo se alejara corriendo por una galería lateral, Quarry lo agarró del brazo.

—Trae el detonador.

Daryl sonrió con malicia.

—Nos los vamos a cargar, papá.

—Tú tráelo. Pero dámelo a mí.

—Todavía dando órdenes, ¿eh? No saldremos vivos de aquí. Como el viejo Kurt. Solo quedará un montón de huesos.

—¿Qué está diciendo? —gritó Willa.

—¡Anda, rápido! —le espetó Quarry.

—Ya voy, sí. Y volveré. Pero a mi manera, viejo. Solo por esta vez. Esta *última* vez. A mi manera.

—Daryl...

Pero su hijo ya se había desvanecido en la oscuridad.

Sonaron unos pasos cada vez más cerca.

—¿Quién anda ahí? —rugió Quarry—. ¡Tengo rehenes!

—Señor Sam —gritó una voz.

—¡Gabriel! —exclamó el hombre, estupefacto.

Michelle no había podido evitar a tiempo que el chico llamara a gritos a Quarry. Enseguida le tapó la boca con la mano y lo miró meneando la cabeza.

—¡Gabriel! —gritó Quarry—. ¿Qué haces aquí? —Silencio—. ¿Quién está contigo?

Quarry sabía que era imposible que el chico hubiera llegado allí solo. Lo tenían. Ellos habían logrado salir de la casita. Tippi estaba muerta. Y tenían a Gabriel. Y ahora creían que tenían a Sam Quarry. Pues se habían equivocado. Su rabia se inflamó. Todos estos años, todo este trabajo. Para nada.

—¿Quién es? —dijo Willa con voz temblorosa, rodeando con los brazos el cuello de toro de Quarry.

—Cállate.

—Es ese niño del que me habló. Gabriel.

—Sí, es él. Pero viene con alguien.

Quarry empujó a Diane con el pie.

—Arriba, deprisa.

Diane se levantó. Quarry la sujetó del brazo y, caminando a toda prisa por la galería, doblaron un recodo.

—Por favor, suéltenos —dijo Diane—. Por favor.

—Cierre la boca de una vez o le juro...

Willa dijo:

—No le haga daño, solo está asustada.

—Todos lo estamos. No deberían haber traído aquí a Gabriel.

—¡Señor Quarry!

Se quedaron todos paralizados. Era una voz nueva.

—Señor Quarry. Me llamo Sean King. Estoy aquí con mi colega, Michelle Maxwell. ¿Me oye?

Quarry permaneció en silencio y le puso a Diane la pistola en el costado para que hiciera lo mismo.

—¿Me oye? Nos han contratado para encontrar a Willa Dutton. Nada más. No somos de la policía. Somos investigadores privados. Si tiene a Willa, suéltela, por favor, y nos marcharemos.

Quarry siguió callado.

—¿Señor Quarry?

—Le oigo —gritó—. ¿Y se largarán si se la entrego? ¿Por qué me da la sensación de que hay todo un ejército de policías esperando fuera?

—No hay nadie fuera.

—Ya, usted no tiene por qué mentirme, ¿verdad? —Quarry empujó a Diane hacia el interior del pasadizo.

—Solo queremos a Willa. Nada más.

—Todos queremos muchas cosas, pero no siempre conseguimos lo que queremos.

Las siguientes palabras de Sean dejaron al hombre helado.

—Hemos estado en su casa. Hemos visto la habitación del sótano. Gabriel nos la ha enseñado. Sabemos lo que le ocurrió a su hija. Lo sabemos todo. Y si suelta a Willa haremos cuanto podamos para que la verdad salga a la luz.

—¿Por qué iban a hacerlo? —respondió él.

—Fue una injusticia lo que ocurrió, señor Quarry. Lo sabemos y queremos ayudarle. Pero primero necesitamos rescatar a Willa sana y salva.

—Ya nadie puede ayudarme. No se puede hacer nada por mí. Ustedes saben lo que he intentado. No ha funcionado. Y ahora vendrán a buscarme.

—Todavía podemos ayudarle.

Sean había bajado el volumen de su voz para que Quarry no advirtiera que seguían avanzando, acercándose cada vez más.

—Usted no quiere hacer daño a una niña pequeña —dijo Sean—. Sé que no quiere. De lo contrario, ya lo habría hecho.

Quarry pensó deprisa.

—¿Dónde está Gabriel? Quiero hablar con él.

Michelle le hizo una seña al chico para que hablara.

—Señor Sam, soy yo.

—¿Qué haces aquí arriba?

—He venido para ayudarle. No quiero que le hagan daño, señor Sam.

—Te lo agradezco, Gabriel. Pero que se entere esa gente que está contigo. Escuchen: Gabriel y su madre no han tenido nada que ver en esto. Todo ha sido obra mía.

—Hemos encontrado la carta que dejó —dijo Sean—. Lo sabemos. Ellos no tendrán ningún problema.

—Señor Sam —dijo Gabriel—, no quiero que nadie salga herido. Ni usted ni esa niña. ¿Por qué no la suelta y volvemos a casa? Tal vez podríamos ir en el avión, como me prometió.

Quarry meneó la cabeza lentamente.

—Sí, estaría bien, hijo. Pero no lo veo factible.

—¿Por qué no?

—Las normas, Gabriel, las normas. Lo que pasa es que no rigen para todos. Unos infringen todas las normas y...

Su voz se apagó.

—Señor Quarry —dijo Sean—, ¿quiere hacer el favor de soltar a Willa? ¿Y a Diane Wohl también? ¿La tiene también a ella, verdad? Usted no quiere hacerles daño. Sé que no quiere. Usted no es esa clase de hombre.

Estaban cerca ahora. Sean y Michelle lo percibían. Le indicaron a Gabriel que se quedase detrás.

—¡Señor Quarry!

Quarry sintió que Willa se abrazaba a su cuello con fuerza. Al mirarla, creyó ver bruscamente a otra niña a la que había querido con toda su alma y a la que había dejado perecer en una casa construida con sus propias manos. El tipo tenía razón. Él no era esa clase de hombre. O al menos no quería serlo.

—De acuerdo. De acuerdo. Las soltaré.

Dejó a Willa en el suelo y se arrodillo frente a ella para mirarla de frente.

—Escucha, Willa. Lamento todo lo que he hecho. Si pudiera rectificar, lo haría. Pero no puedo. Verás, perdí a mi hijita por lo que ciertas personas le hicieron. Y eso me consumió, me convirtió en alguien que nunca había querido ser. ¿Lo entiendes?

Ella asintió lentamente.

—Supongo —dijo con un hilo de voz—. Sí.

—Cuando amas a alguien, tienes que estar preparado también para odiar. Y a veces es el odio el que prevalece. Pero escúchame, Willa. Tú quizá tengas un buen motivo para odiar, pero aun así debes dejar ese odio de lado. Porque de lo contrario, te destrozará para toda tu vida. Y todavía peor: no dejará ningún espacio para que vuelva a surgir el amor.

Antes de que ella pudiera decir nada, Quarry le dio la vuelta, orientándola hacia la salida.

—Va hacia ustedes. Ella sola. Andando, Willa. Camina hacia donde suenan sus voces.

—Por aquí, Willa —la llamó Michelle.

La niña se volvió hacia Quarry una vez.

—Ve, Willa. Ve. Sin mirar atrás. —Quarry sabía que, cuando descubriera lo de su madre, el dolor cambiaría por completo su vida. Le odiaría, y con razón. Confiaba únicamente en que la cría hubiera escuchado sus palabras y no dejara que ese odio arruinara su vida. Como se la había arruinado a él.

Ella se apresuró por el pasadizo.

Quarry gritó:

—¿Cómo me han encontrado? ¿Fue por las letras escritas en los brazos de la mujer? ¿Por la lengua koasati?

Sean titubeó antes de responder.

—Sí.

Quarry meneó la cabeza.

—Mierda —masculló entre dientes.

—Ahora Diane Wohl —gritó Sean cuando Willa llegó a su altura.

Quarry echó una mirada a la mujer y asintió.

—Vamos.

—¿No me va a disparar por la espalda? —dijo ella, con voz trémula.

—Yo no disparo a nadie por la espalda. Pero sí en el pecho si me dan motivos. —Le dio un empujón—. Vaya.

Ella echó a correr por la galería, aunque se volvió para gritar.

—¡Maldito cabrón!

Pero su grito fue ahogado por otro aún más fuerte que venía de detrás. Como el grito de Johnny Reb en la guerra de Secesión antes de lanzarse al ataque.

—¡Cuidado! —exclamó Michelle.

—¡Daryl! —gritó Quarry, que había reconocido la voz—. ¡No, muchacho! ¡NO! Gabriel está aquí.

Daryl venía del fondo de una galería disparando con un MP5.

—¡Agachaos! —dijo Michelle, protegiendo a Willa con su cuerpo y disparando a su vez.

Sean se agazapó mientras una ráfaga de balas pasaba por encima de su cabeza.

Atrapada en medio del tiroteo, Diane Wohl recibió múltiples

impactos de MP5 en el torso, que casi la partieron en dos. Al desplomarse, la mujer se volvió hacia Quarry con la boca entreabierta y unos ojos desorbitados. Y acusadores. Luego se desmoronó en el suelo, bañada en su propia sangre. Aquella mina sería su tumba.

—¡Hijos de puta! —rugió Daryl, que tiró el cargador vacío, metió uno nuevo y empezó a disparar en todas direcciones; las balas rebotaban en las paredes, en el techo y el suelo de piedra. Era como si estuvieran atrapados en una máquina de pinball letal.

Quarry corrió hacia él.

—¡Detente, Daryl! ¡Ya basta! Gabriel...

Si Daryl oyó a su padre, obviamente ya no le obedecía. Eso era, al parecer, lo que había querido decir con «a mi manera».

Arrojó el MP5 recalentado, sacó dos pistolas semiautomáticas niqueladas y avanzó lanzando una lluvia de proyectiles por delante. Los agotó, metió cargadores nuevos y siguió disparando. Cuando los gatillos soltaron un chasquido, sacó una escopeta de una larga funda de cuero que llevaba a la espalda, cargó y abrió fuego de nuevo. El arma, de gran calibre, arrancaba trozos de roca de las paredes y esparcía esquirlas mortíferas en todas direcciones.

Minutos después, mientras Daryl recargaba la escopeta, Michelle se levantó de un salto y le disparó a la altura del pecho.

—¡Mierda! —exclamó, contrariada, al ver que simplemente retrocedía tambaleante: su chaleco antibalas había absorbido la mayor parte del impacto—. ¡Cuándo aprenderé a apuntar a la cabeza, maldita sea!

Sean abrió fuego también, tratando de mantener a Daryl a raya, pero este no parecía temer a la muerte. Cargó de nuevo y disparó una y otra vez su escopeta de calibre 10, riéndose y soltando maldiciones. En un momento dado, gritó:

—¿Es así como hay que hacerlo, papá? ¿Eh? ¡Tu chico está a tu lado, papá!

Dándose cuenta de que no podían hacer frente a aquella potencia de fuego, Michelle gritó:

—¡Gabriel, Willa, corred! —Señaló a su espalda—. ¡Por allí!

Gabriel cogió a Willa de la mano.

—¡Vamos!

Echaron a correr.

Unos segundos después, Sean soltó un gruñido de dolor.

—¡Mierda!

Michelle echó un vistazo mientras cargaba otra vez y lo vio encorvado, sujetándose el brazo. Una esquirla de roca se lo había desgarrado.

—Estoy bien —dijo él con una mueca.

Aunque no lo veían en la oscuridad, Daryl tenía ahora en las manos algo más terrorífico incluso que un MP5 a bocajarro: una caja pequeña con una palanca.

—Eh, federales, ¡vayamos todos a ver al Señor! —aulló con una risotada.

—¡No! —Quarry se abalanzó sobre su hijo justo cuando este accionaba la palanca. Daryl se vino abajo. Quarry, llevado por la inercia, rodó más allá y cayó tras un montón de escombros.

Hubo un momento de silencio y luego explotó la primera carga. La detonación atronó por el túnel como un tren desbocado, mandando por delante una oleada de polvo asfixiante y una granizada de rocalla propulsada a toda velocidad.

Daryl se incorporó justo entonces y recibió toda la violencia del impacto. Una roca disparada le seccionó la cabeza de cuajo. Quarry estaba en gran parte parapetado tras el montón de escombros donde había aterrizado. Unos instantes más tarde se levantó con piernas temblorosas, cubierto de polvo.

Echó apenas un vistazo a los restos de su hijo y corrió por la galería. Encontró a Sean y Michelle derrumbados por la fuerza de la deflagración y los ayudó a levantarse.

—¡Rápido! —gritó—. La próxima estallará a tres metros de aquí.

Corrieron a la desesperada. Al explotar la siguiente carga, el techo de la mina se vino abajo justo detrás de ellos. La brutal onda expansiva volvió a derribarlos. Cuando intentaba levantarse, Michelle soltó un grito y se agarró el tobillo. Quarry se agachó, la alzó con sus brazos vigorosos y se la cargó al hombro en un solo movimiento. Un instante después, un enorme pedazo de roca se desplomó donde ella había estado tendida.

—Deprisa, deprisa —le gritó Quarry a Sean, que iba por delante sujetándose el brazo herido—. La siguiente va a estallar ya.

Treparon sobre una montaña de escombros y, entre el humo y la confusión, no vieron a Gabriel y Willa acurrucados al fondo de una galería lateral, adonde habían ido a refugiarse cuando el techo casi se había desmoronado sobre ellos.

Momentos más tarde, explotó una tercera carga y la montaña dio otra sacudida. En varios tramos más, el techo de roca cedió y se vino abajo.

Finalmente, llegaron a la puerta y salieron al exterior. Quarry depositó a Michelle en el suelo y se quedó agachado, jadeando como un atleta desfondado.

Michelle se agarró el tobillo y levantó la vista hacia él. Estaba cubierto de tierra y de polvo de carbón. Con todo el pelo blanco desgreñado y su cara curtida por el sol, parecía el superviviente de un cataclismo. Lo era, en cierto modo. Todos lo eran.

—Me ha salvado la vida —balbució Michelle.

Quarry miró a Sean y vio que le goteaba el brazo de sangre. Se arrancó una manga de la camisa e improvisó un tosco torniquete sobre la herida. Cuando se apartó, Sean reparó en las líneas quemadas de su brazo. Miró a Michelle, con aire inquisitivo. Ella también se había fijado.

Sean se puso rígido de golpe.

—¿Dónde están los niños?

Quarry y Michelle miraron en derredor.

Ella gritó:

—¿Willa? ¿Gabriel?

Quarry ya estaba mirando la entrada de la mina.

—Todavía están dentro.

Se volvió y cruzó corriendo la puerta justo cuando otra explosión sacudía la mina.

Sean se levantó de un salto para seguirle.

—¡No, Sean! —chilló Michelle, asiéndolo del brazo—. No vuelvas a entrar. La montaña entera está a punto de desmoronarse.

Él se zafó.

—He sido yo quien ha arrastrado a Gabriel ahí dentro. Le prometí a su madre que se lo devolvería sano y salvo.

Las lágrimas rodaban por la cara embadurnada de polvo de Michelle. Trató de decir algo, pero no le salieron las palabras. Sean dio media vuelta y corrió hacia la mina.

Ella se incorporó a duras penas para seguirle, pero volvió a derrumbarse enseguida, agarrándose el tobillo fracturado.

Quarry iba delante y se movía rápidamente, con toda la energía que proporciona el pánico. Pero Sean corrió como no había corrido jamás y se puso a la altura del viejo.

Ambos gritaron:

—¡Gabriel! ¡Willa!

Oyeron algo a la izquierda. Doblaron por esa galería mientras una carga arrasaba otro sector de la mina. Todo crujía y rechinaba. En algunos tramos la roca empezaba a ceder. Aun sin explosiones, todo iba a venirse abajo.

Los encontraron acurrucados junto a un montón de rocas que se habían desprendido del techo. Sean alzó a Willa en brazos mientras Quarry agarraba a Gabriel de la mano y se apresuraron todos a retroceder hacia la entrada.

Otra carga, a poco más de quince metros, los derribó violentamente. Se quedaron sentados unos momentos, escupiendo polvo, con los tímpanos doloridos y los miembros derrengados y a punto de desfallecer. Volvieron a ponerse de pie y avanzaron tambaleándose. La entrada ya estaba a la vista. Distinguieron la luz del sol. Sean se arrancó a correr como nunca en su vida, estrechando a Willa contra su pecho. Tenía la sensación de que el corazón se le iba a salir del pecho.

Cuando cruzaron la entrada, dejó a la niña en el suelo.

—Corre, cariño. Corre.

La niña salió disparada hacia Michelle, que había conseguido incorporarse aferrándose a un promontorio rocoso.

En el interior de la mina, Quarry, siempre tan recio pero ahora exhausto hasta un extremo inaudito, tropezó con una piedra y se desplomó. Gabriel se detuvo.

—¡Sigue, Gabriel, sigue!

Gabriel no obedeció. Retrocedió y le ayudó a levantarse.

Corrieron hacia la puerta, hacia la luz. El cielo de Alabama tenía un tono precioso y el sol relucía con calidez.

Sean ya se internaba en la mina de nuevo. Los vio venir.

—¡Vamos! —rugió—. Vamos.

Agarró a Gabriel de la mano y lo arrastró consigo.

Michelle y Willa observaban desde lejos. En la oscuridad de la galería, distinguieron la silueta de los dos hombres y del chico, corriendo con todas sus fuerzas.

—¡Vamos! —gritó Willa.

—¡Corre, Sean! —añadió Michelle.

Un metro.

Medio.

Sean cruzó la entrada.

La última carga estalló.

La montaña vomitó una gran oleada de polvo y humo y la mina se desmoronó por completo.

Cuando la polvareda se despejó, Sean yacía boca arriba cubierto de tierra y cascotes.

Encima de él, estaba Gabriel. Todavía respiraba.

De Sam Quarry no había ni rastro, sin embargo. Seguía en la mina, bajo toneladas de roca.

84

Dan Cox había sido educado en algunas de las mejores escuelas del país. Había tenido éxito prácticamente en todo lo que se había propuesto. Como presidente, estaba tan versado en asuntos de política internacional como en cuestiones domésticas. No había muchos agujeros en su coraza intelectual. Pese a todo lo cual, quienes conocían bien al presidente y a su esposa habrían coincidido —al menos, en privado— en que Jane Cox era más inteligente que su marido. O como mínimo, más astuta.

Mientras Jane sobrevolaba las tierras de Alabama en un helicóptero, demostró hasta qué punto era válida esta opinión. El plan de Dan Cox no iba a funcionar, concluyó enseguida. Toda esta historia no podía tergiversarse o achacarse al terrorismo. Había cosas que ignoraban y que necesitaban saber para poder decidir con conocimiento de causa qué camino seguir.

Miró por la ventanilla y vio el gran caserón a sus pies. Había estado mirando todo el rato, de hecho. Y esta era la primera casa que habían pasado. Era muy probable, pensó, que el dueño de esa hacienda fuese dueño también de la casita donde habían estado a punto de morir. La señaló con el dedo.

—¿De quién es esa hacienda?

Un joven agente miró por la ventanilla.

—No lo sé, señora.

Eso también lo había orquestado Jane sutilmente, sin que se notara: Larry Foster y Chuck Waters iban con su marido en el otro aparato. Ella había impedido asimismo que el veterano Aaron Betack subiera a su helicóptero. Le había bastado con una mirada fulminante para que el tipo corriera a refugiarse al *Marine One*. Y lo mismo había hecho con el agente Waters. El equipo de seguridad que viajaba con ella era relativamente joven. Los dos miembros de la Brigada de Rescate de Rehenes eran meros comparsas. Y ella sabía cómo manejarlos.

—Quiero ir a esa casa.

—¿Señora? —dijo el agente, desconcertado.

—Dígale al piloto que aterrice delante.

—Pero mis órdenes...

—Acabo de pasar una experiencia espantosa. Poco me ha faltado para morir. No me siento muy bien y quiero bajarme del helicóptero antes de empezar a vomitar. ¿Está claro? Porque, de lo contrario, me encargaré de contárselo al presidente en cuanto lleguemos a Washington. Y estoy segura de que él sí sabrá dejárselo claro a sus superiores.

Los miembros de la brigada se miraron unos a otros en silencio y permanecieron emboscados tras sus enormes ametralladoras. Los demás agentes situados en torno a la primera dama clavaron la vista en el suelo, sin atreverse a mirarla a los ojos.

El agente que iba a su lado le dijo al piloto:

—Walt, llévanos a esa casa.

El helicóptero aterrizó al cabo de un minuto. Jane se bajó del aparato y caminó resueltamente hacia Atlee.

El joven agente se le adelantó corriendo.

—Señora, ¿puedo preguntarle adónde va?

—Voy a entrar ahí para beber agua y echarme un rato. ¿Algún problema?

—No, señora, desde luego que no, pero permítame que registre primero el lugar.

Ella le dirigió una mirada desdeñosa.

—¿Acaso cree que hay criminales o terroristas escondidos en esa vieja casa?

—Nosotros hemos de cumplir ciertos protocolos, señora. Déjeme estudiar el terreno.

Jane se limitó a pasar de largo sin replicar, obligando al equipo de agentes y a los francotiradores de la brigada a adelantarse corriendo para crear alrededor de ella una improvisada burbuja de protección.

Se abrió la puerta y apareció Ruth Ann con un delantal. Al ver quién había llamado al timbre, se quedó boquiabierta.

—¿Sería tan amable de ofrecerme un poco de agua y un lugar donde echarme, señora...? —dijo Jane.

Tras unos instantes, la mujer logró articular palabra:

—Me llamo Ruth Ann. Pase, pase usted, señora. Haga el favor de pasar; voy a buscarle el agua.

Después de llevarle un vaso de agua, Ruth Ann se dispuso a retirarse, pero Jane le indicó con un gesto que se quedara en el pequeño salón de la entrada.

Ruth Ann se sentó frente a ella. Se la veía nerviosísima, prácticamente al borde del desmayo.

Jane le dijo al jefe de seguridad.

—¿Puede esperar en el vestíbulo? Me da la impresión de que está poniendo muy nerviosa a nuestra amiga.

—Señora —empezó el agente, dispuesto a protestar.

—Gracias —dijo ella, dándole la espalda.

En cuanto el agente se retiró al vestíbulo, Jane preguntó:

—¿Vive aquí sola?

—No, señora. Vivo con mi hijo. Y con el señor Sam. Esta casa es suya.

—¿Sam?

—Sam Quarry.

—Me suena su nombre. Tiene una hija, ¿verdad? Tippi.

—Sí, señora. Ella no está aquí ahora mismo. No sé dónde puede estar. —Ruth Ann parecía con ganas de salir corriendo, pero permanecía inmóvil en su sitio, alisándose el delantal con sus dedos manchados y callosos.

—¿Ha recibido alguna visita últimamente?

Ruth Ann bajó la vista.

—Yo... eh...

Jane se echó hacia delante y le puso con delicadeza la mano en su hombro huesudo.

—No he venido por casualidad, Ruth Ann. Estoy informada,

¿sabe? Sé muchas cosas sobre Sam. He venido para tratar de ayudarle. A él y también a usted. Y a su hijo. ¿Está aquí?

Ruth Ann meneó la cabeza.

—Se fue con esa gente.

—¿Qué gente?

—Un hombre y una mujer.

—¿Los conocía?

—No, se han presentado aquí a primera hora.

—¿Cómo?, ¿ha dejado que su hijo se fuera con unos completos desconocidos?

—Yo... Él quería ir con ellos. Son del Gobierno, como la policía. Y Gabriel ha dicho que quería ir a echarle una mano al señor Sam. Pero si el señor Sam ha hecho algo malo, yo no sé nada. Y Gabriel tampoco.

Una lágrima cayó sobre el delantal andrajoso.

—No lo dudo, Ruth Ann. No lo dudo. Así que esa gente se ha presentado aquí. ¿Le han dicho cómo se llamaban?

—Él ha dicho su nombre... King, eso es. King.

—¿Alto, apuesto? ¿La mujer también alta y morena?

—¿Los conoce?

—Son amigos míos, de hecho. ¿Qué querían?

—Estaban buscando a su sobrina, señora. Yo les he dicho que no sabía nada. Y le juro por Dios que es así.

Jane dijo con tono tranquilizador:

—Claro que usted no sabía nada. La creo.

—Y después Gabriel se ha empeñado en mostrarles esa habitación.

—¿Qué habitación?

—Una del sótano. El señor Sam tenía cosas allí. Cosas en las paredes. Fotografías, notas, qué sé yo. Estaba también la foto de su sobrina. Gabriel me la mostró. Una niña preciosa.

—¿Y King y su compañera han entrado en esa habitación?

—Ah, sí. Han pasado allí mucho rato. Estaban muy excitados.

—¿Me la puede enseñar a mí?

—¿Señora?

Jane se puso de pie.

—Me encantaría verla.

Bajaron al sótano; Jane, sin hacer ningún caso de las protestas del equipo de seguridad. Llegaron a la habitación. La puerta no estaba cerrada. El jefe del equipo insistió en comprobar que no había nadie acechando en su interior.

—Solo voy a permitirle que lo registre —dijo ella con aspereza—. Pero no encienda la luz siquiera. Y salga de inmediato.

Bastaron unos segundos para comprobar que la habitación estaba vacía.

Jane se volvió hacia Ruth Ann.

—¿Le importa si entro sola?

—Adelante, señora. No quiero volver a entrar ahí.

Jane entró, cerró la puerta, encendió la luz y miró a su alrededor.

Empezó por un extremo y siguió minuciosamente todo el recorrido hasta el otro extremo. Con cada foto, con cada nota, con cada nombre, fecha y descripción, le venían a la memoria recuerdos espantosos.

«Él me violó, papá», leyó en la pared, cuando volvió al principio de la historia reflejada en aquellas paredes. Colocó una silla en el centro de la habitación, se sentó y siguió contemplando aquella historia. *Su* historia.

Abrió los archivadores, pero la mayoría estaban vacíos.

Solo se descompuso una vez, cuando vio la fotografía de Willa mirándola desde lo alto. Jane no había sido del todo sincera con su marido respecto a Willa. Si había querido que la niña se quedara en la familia era porque Willa sería siempre un secreto con el que podría dominar a Dan Cox. Su esposo era un buen hombre en gran parte, aunque con un punto imprevisible. Estaba convencida de que llegaría un momento en su matrimonio, una vez que hubieran dejado la Casa Blanca, en el que un instrumento de presión semejante habría de serle muy útil. La sola idea de que el presidente de Estados Unidos fuera menos poderoso que su esposa le había resultado embriagadora. No obstante, con los años había llegado a querer a Willa y a preocuparse por ella. Quería recuperarla.

No podía por menos que admirar la destreza y la tenacidad de Sam Quarry. Aquello era una hazaña asombrosa. Después de lo ocurrido hoy, naturalmente, habría una investigación. Lo cual era un problema, pero no insuperable.

La racha de suerte de su marido proseguiría, después de todo. Jane sabía lo que debía hacer. Y de acuerdo con su espíritu práctico, se dispuso a hacerlo metódicamente. Una vez más, tenía que recoger los platos rotos. Solo una vez más.

Su marido no sería recordado de esta manera. Contempló las paredes. Él había cambiado. No se merecía esto.

«Ni yo tampoco.»

Cuando te habías abierto paso con uñas y dientes hasta los niveles que los Cox habían alcanzado, perdías todo sentido de la individualidad. Ya no eras él o ella. Eras nosotros.

Cinco minutos después salió y cerró la puerta.

Se dirigió al jefe de seguridad.

—Quiero regresar al D.C. de inmediato. —Se volvió hacia Ruth Ann—. Gracias por su hospitalidad.

—Sí, señora. Gracias, señora.

—Y todo saldrá bien. No se preocupe.

Subieron rápidamente la escalera y salieron de Atlee.

El helicóptero se elevó unos segundos más tarde. Puso rumbo al noroeste y el piloto aceleró. Pronto se perdieron de vista.

Ruth Ann cerró la puerta principal y volvió a la cocina a reanudar sus tareas. Pocos minutos después olió algo raro. Recorrió una habitación tras otra, tratando de averiguar qué era. Finalmente bajó las escaleras, se apresuró a cruzar el corredor y llegó ante la habitación del sótano. Al tocar el pomo, notó que estaba caliente. Perpleja, abrió la puerta.

Fue justo en ese momento cuando el fuego encendido poco antes por Jane Cox con disolvente, trapos y una cerilla alcanzó los cilindros de oxígeno, inflamándolos. La explosión sacudió el viejo caserón hasta los cimientos. La bola de fuego que salió disparada por la puerta se llevó a Ruth Ann por delante, incinerándola en el acto. La mujer no tuvo tiempo de gritar siquiera.

Cuando se descubrió el incendio y se dio la alarma, ya era demasiado tarde. Y para cuando llegó la brigada de bomberos, apenas quedaba nada de Atlee.

Horas más tarde, tras el largo recorrido desde la mina, Sean,

Michelle, Willa y Gabriel llegaron a la hacienda en el todoterreno. Al ver lo que ocurría, Gabriel saltó del vehículo incluso antes de que se detuviera y cruzó corriendo el resto del sendero.

—¡Mami! ¡Mami!

Michelle aceleró. Gabriel corría tan deprisa que llegaron a las ruinas al mismo tiempo. Cuando se bajaron del vehículo, el chico había esquivado a los bomberos y ya se internaba entre los restos de la casa.

Sean corrió tras él.

—¡Gabriel!

Michelle se acercó rápidamente a uno de los bomberos y le mostró su identificación.

—¿Han encontrado a alguien? ¿Una mujer negra?

El hombre la miró muy serio.

—Hemos encontrado... unos restos. —Miró a Gabriel, que trepaba entre los escombros buscando a su madre.

Michelle se adelantó, dando saltos sobre su pierna buena. Se detuvo al ver que Gabriel se sentaba en el suelo llorando, con algo en las manos. Cuando se aproximó le pareció que era un andrajo chamuscado. Al acercarse aún más, distinguió de qué se trataba. Eran los jirones de un delantal.

Mientras Sean y Michelle trataban de consolar al chico, Willa caminó con cuidado entre los escombros mojados y humeantes, se sentó a su lado en el suelo y lo rodeó con sus brazos.

Él alzó la vista.

—Era... era de mi madre.

—Lo siento —susurró ella—. Lo siento mucho, Gabriel.

El chico la miró con la cara descompuesta de congoja. Pero le dio las gracias con un gesto; luego se echó a llorar otra vez. Willa lo estrechó con más fuerza.

Sean miró a Michelle.

—No se me había ocurrido que era su madre la que podía estar en peligro —cuchicheó.

—No podíamos saberlo. ¿Crees que ha sido obra de Quarry? ¿Para borrar todas las pruebas?

—No lo sé.

Sean y Michelle retrocedieron y miraron a los dos críos, que seguían allí sentados, el uno consolando al otro. Por la expresión con que los observaban, era evidente que ambos estaban pensando lo mismo.

Willa no lo sabía aún, pero iba a experimentar exactamente ese mismo dolor. Y ninguno de los dos tenía el valor o el estómago necesario para decírselo.

Incluso antes de que la última viga se desplomara en las ardientes profundidades del infierno y de que la vieja casa de los Quarry dejara de existir, Jane y Dan Cox aterrizaron en la base Andrews de la Fuerza Aérea.

Jane le explicó a su marido lo que había hecho. Él la felicitó por su rapidez de reflejos y le dio un beso. Pese a la pérdida más que probable de su sobrina, el presidente y su esposa volvieron en limusina a la Casa Blanca con la moral mucho más alta que en las últimas semanas.

Una vez más, habían logrado sobrevivir.

85

Todo el país se alegró del rescate de Willa Dutton. El caso resultaba tanto más conmovedor y agridulce por la muerte de la madre de la niña. Willa encarnaba ahora a la jovencita valerosa de América, aunque no hubiera habido mucha ocasión de verla, pues su familia estaba preservando a la afligida criatura de la mirada implacable de los medios.

Dan y Jane Cox, obviamente aliviados, aludieron a ello una y otra vez durante la gira electoral, pidiendo tanto al público como a los medios que respetaran la intimidad de la pobre niña.

Si Willa constituía la noticia número uno del momento, el segundo puesto —a muy poca distancia— lo ocupaba el intento de asesinato de Dan Cox perpetrado por personas de identidad aún desconocida, pese a que la investigación seguía en marcha. Aunque él mismo solo se refería con brevedad y modestia a la terrible experiencia, su equipo se encargó de que el público conociera el valor que habían demostrado el presidente y la primera dama, arriesgando sus propias vidas para tratar de recuperar sana y salva a su sobrina y desbaratando un complot que, para la mayoría del país, no podía ser sino la obra de un grupo terrorista decidido a acabar con el presidente.

Él gozaba ahora de tal ventaja en las encuestas que incluso la oposición reconocía abiertamente la imposibilidad de ganar las inminentes elecciones. Jane nunca había sido más popular. Había aparecido en la portada de numerosas revistas de prestigio y había sido entrevistada en los principales noticiarios y magazines televisivos. Para quienes la conocían bien, aunque físicamente pareciera la misma y se la viera todavía radiante, si bien algo más delgada, había en ella algo distinto. Como si se hubiera extinguido el brillo de sus ojos.

Sean King y Michelle Maxwell se habían convertido asimismo en un centro de atención general, aunque fuese de mala gana. Desde que el presidente y el agente Waters habían mencionado su intervención para desbaratar el plan de asesinato, se habían visto asediados por la prensa hasta tal punto que ambos se habían mudado para instalarse en un lugar no revelado.

Sean y Michelle habían informado a Waters sobre lo ocurrido en la mina, explicándole que Diane Wohl, Daryl y Sam Quarry habían quedado sepultados dentro. Se estaban realizando intentos de excavar la mina derrumbada, pero cada vez quedaba más claro que cualquier prueba que hubiera existido en su interior habría de permanecer allí para siempre.

Cuando Waters les preguntó por los motivos de Quarry para hacer todo aquello, adujeron que lo ignoraban.

A Sean ya se le estaba curando el brazo y las demás heridas y Michelle había pasado de las muletas a una bota especial para inmovilizarle el tobillo. Gabriel, milagrosamente, no había sufrido ninguna herida seria, pero la pérdida de su madre y de su hogar le habían provocado un grave impacto emocional.

Sean y Michelle habían analizado qué hacer con él.

—No podemos meterlo en un centro de acogida —había comentado Michelle.

—Estamos de acuerdo. Me gustaría encontrarle un buen hogar en una familia fantástica.

—Me temo que nada será fantástico para él en mucho tiempo. Sea como sea la familia con la que acabe.

—¿Te parece que podríamos cuidarnos de él una temporada? —propuso Sean al fin.

—¿Nosotros? Vivimos en sitios distintos. No estamos casados. Y con nuestro trabajo, estando fuera la mitad del tiempo, nunca nos darían la custodia.

—Podemos intentarlo.

Michelle se lo había pensado un rato. Luego le apretó la mano y sonrió.

—Podemos intentarlo. Al menos una temporada.

Y con la ayuda del FBI y de la Casa Blanca, Sean y Michelle obtuvieron la custodia temporal de Gabriel Macon, una vez establecido que no tenía ningún pariente vivo. En el futuro deberían superar varios pasos legales, pero por el momento Gabriel contaba con un sitio donde vivir y con gente que cuidara de él.

Sean y Michelle habían viajado de nuevo a Atlee pocos días después de que el chico quedara bajo su tutela. No lo habían llevado con ellos porque allí no había quedado nada suyo. Gabriel vivía en casa de Michelle y Sean se hallaba alojado en un apartamento proporcionado por el servicio secreto.

El FBI seguía aún en el lugar, analizando lo poco que quedaba en pie de la hacienda, así como la casita donde la pareja presidencial había estado a punto de morir. Y donde Tippi Quarry había muerto.

El FBI se había maravillado en privado de la destreza y el ingenio con el que Sam Quarry había fraguado su plan criminal. Sean y Michelle se enteraron de que se había hallado una cavidad excavada en el suelo cerca de la casita. En el interior de ese búnker había un monitor de televisión, unos prismáticos y un control remoto, además de equipos y provisiones. Si había habido alguien allí dentro, había desaparecido hacía mucho.

Tanto Sean como Michelle sospechaban que debía de tratarse de Carlos Rivera o Kurt Stevens, aunque no tenían pruebas.

—Lo que hizo, en resumidas cuentas, fue construir una cámara de gas para Dan y Jane Cox —dijo Sean mientras contemplaban la casita.

—Y mató a su propia hija ahí dentro.

—Más bien fue como una eutanasia —repuso él—. Después de todos estos años en coma.

La cuestión más importante quedaba todavía pendiente para ambos. Qué hacer con lo que habían descubierto en el sótano de Atlee.

—Todos están muertos —dijo Sean—. Quarry. Tippi. Ruth Ann.

—Quizá deberíamos dejarlo correr —comentó Michelle—. El escándalo volverá a meter a Willa y Gabriel en el ojo del huracán.

—Y desgarrará al país entero —añadió Sean.

—Aunque entonces Cox se habrá salido con la suya.

—Ya. Pero quizá sea la menos mala de las alternativas.

Volvieron en coche a las ruinas carbonizadas de Atlee. Uno de los miembros de la Brigada de Rescate que vigilaban la zona se acercó al verlos.

—He leído sobre ustedes en los periódicos —dijo—. Quería darles las gracias por lo que hicieron por el presidente.

—No hay de qué —dijo Sean sin demasiado entusiasmo. Michelle no respondió. Ambos veían al presidente de Estados Unidos bajo una luz muy diferente, aunque hubiesen decidido no hacer nada al respecto.

El agente señaló las ruinas.

—Qué distinto estaba esto la primera vez que vine.

—¿Cómo? ¿Vino aquí cuando la casa todavía estaba en pie? —preguntó Michelle.

Él asintió.

—Yo iba en el helicóptero de la primera dama cuando se produjo todo aquel jaleo. Ella nos hizo aterrizar. Dijo que no se sentía bien. Entró en la casa y habló con una mujer negra, supongo que era la criada. Hablaron un poco y luego la primera dama bajó a una habitación del sótano. Se empeñó en bajar, de hecho. Ella fue la única en entrar. Entró allí, salió al cabo de un rato y nos volvimos pitando a Washington.

Sean y Michelle contemplaron los escombros.

«Y luego Atlee se quemó hasta los cimientos.»

86

La invitación les llegó dos días después de volver de Alabama.

La Casa Blanca tenía un aspecto magnífico bajo la suave luz del atardecer de finales de verano. Cenaron en los aposentos privados del presidente y la primera dama. El presidente no estaba. Había sido Jane quien los había invitado. Al terminar la cena, se sentaron en la sala de estar y el mayordomo les sirvió café. Durante unos minutos, nadie dijo una palabra. Sean y Michelle permanecían tensos; Jane Cox evitaba mirarlos a los ojos.

Finalmente, dijo:

—Las cosas han mejorado mucho, no cabe duda.

—¿En qué sentido? —preguntó Sean.

—Hemos encontrado a Willa, estamos volviendo a la normalidad. No sé cómo agradeceros todo lo que habéis hecho. De no ser por vosotros, el presidente y yo estaríamos muertos. Y Willa también.

—Sam Quarry ha muerto. Y lo mismo su hijo. Y Tippi Quarry. Aunque eso ya lo sabías. Y un chico llamado Gabriel ha perdido a su madre. Y Diane Wohl... Bueno, nosotros la conocimos como Diane Wright. La mujer que se estaba tirando a tu marido en un coche... La recuerdas, ¿no?

—No seas grosero, Sean, por favor. No hace ninguna falta.

—Así que Willa ha perdido a sus dos madres. Es una auténtica tragedia.

—No tienes pruebas de que Pam no fuese su madre.

Él sacó unos documentos del bolsillo.

—De hecho, las tengo. Son los resultados de las pruebas de ADN. Demuestran que Diane Wohl es, o era, madre de Willa.

Jane dejó su taza de café, se pasó una servilleta por los labios y lo miró fijamente.

—Te he invitado para hacerte una oferta de cara al futuro. No para chapotear en el pasado.

—¿Por qué te sientes en la necesidad de hacerlo? —le preguntó Sean, mientras Michelle observaba en silencio.

—Porque sé que entrasteis en aquella casa. Sé que visteis la habitación.

—Ah, ¿hablas de Atlee? ¿De la casa que ardió hasta los cimientos justo después de que tú salieras? ¿Te refieres al incendio que acabó con la vida de Ruth Ann?

—Me sentí profundamente apenada cuando lo supe.

—¿Conociste a Ruth Ann, no?

—Brevemente, sí. Parecía buena mujer. Me alegra que hayamos podido contribuir a que obtuvierais la custodia temporal de su hijo.

—¿No se te ocurrió otro modo de deshacerte de las pruebas? ¿Otro que no fuese incendiar la casa y matar a esa mujer?

Jane lo miró con expresión impasible.

—No tengo ni idea de qué estás hablando. Cuando salí de allí, la casa estaba en perfectas condiciones y ella también. Puedes preguntárselo a cualquiera de los que me acompañaban. Y te estás aproximando peligrosamente a un terreno que no deberías rozar siquiera, Sean.

—¿Es una amenaza? Porque incluso las amenazas a un don nadie como yo son punibles.

—¿Quieres oír mi oferta?

—¿Por qué no? Ya que hemos llegado hasta aquí.

—Lo ocurrido es lamentable. Todo en conjunto. Sin entrar en detalles, te diré que todo esto ha sido muy difícil y complicado. Tanto para mí como para el presidente.

—Sí, ojalá hubiera sido tan sencillo para los Quarry. Ellos pasaron toda una vida desdichada por lo que hizo tu marido.

Ella no se dio por enterada de la interrupción.

—Por el bien de este país, te estoy pidiendo que no saques a la luz cuestiones que podrían poner en apuros al presidente. Él es un buen hombre. Ha servido a la nación de un modo extraordinario. Ha sido un padre maravilloso.

—¿Y por qué deberíamos mirar para otro lado?

—A cambio, puedo asegurarte que no se tomarán acciones legales contra ti por entrar furtivamente en el despacho de mi hermano y sustraer sus archivos. Sus archivos confidenciales, algunos de los cuales, tengo entendido, estaban relacionados con asuntos secretos de seguridad nacional. Un hecho muy grave, a decir verdad.

—Estaba trabajando en un caso. Para ti.

—Eso desde luego debería decidirlo un tribunal. Pero yo nunca te indiqué que quebrantaras la ley. Además, he investigado un poco por mi cuenta y ha llegado también a mi conocimiento que amenazaste a Cassandra Mallory y que, supuestamente, la chantajeaste. Creo que la señorita Mallory aducirá asimismo que le hiciste insinuaciones sexuales indecorosas en su propia casa, a la que accediste bajo falsos pretextos mientras ella se encontraba casi desprovista de ropa.

—La pequeña Cassandra no me intimida nada, Jane.

—También he descubierto que Aaron Betack entró en mi oficina y se llevó algo de mi escritorio. Y creo que los hechos demostrarán que hizo tal cosa instigado por ti. Si llega a saberse, no solo se habrá terminado la carrera del agente Betack en el servicio secreto, sino que los tres podríais acabar en la cárcel.

—Si puedes probarlo, adelante. Pero volviendo a la lista de virtudes de tu maravilloso marido, creo que te has dejado una.

—¿Cuál? —dijo ella fríamente.

—La de ser un adúltero. ¿Esa se te había caído de la lista?

—Y un violador —añadió Michelle.

Jane se levantó bruscamente.

—No tenéis ninguna prueba de nada. Así que os recomiendo enérgicamente que os guardéis esas acusaciones absurdas, a menos que queráis veros metidos en un serio aprieto. Él es el presidente de Estados Unidos. Mostrad un poquito de respeto, maldita sea.

—¿Respeto, por qué?

—Me tienen sin cuidado las mentiras que hayáis podido leer en las paredes de aquella habitación, no tenéis derecho...

Sean la cortó en seco.

—Lo que vimos en esas paredes era la verdad. Tú también lo sabías, de ahí que incendiaras la casa. Y tenemos todo el derecho del mundo, señora.

—Primera dama —replicó ella.

Sean también se levantó.

—¿Cuándo dejó de importarte la verdad, Jane? ¿Cuándo empezó a tenerte sin cuidado? ¿Después del primer encubrimiento? ¿Te convenciste a ti misma de que la culpa era siempre de los demás? ¿Creíste que se calmaría algún día, que se tomaría unas pastillas y todo se arreglaría? ¿Que el pasado y el dolor quedarían borrados? ¿Que un tipo como Sam Quarry se retiraría en silencio y lo dejaría correr? ¿Tal como todos los demás? ¿Solo porque tu marido era una figura emergente? ¿Porque se había convertido en un presidente tan extraordinario?

—Tú no puedes hacerte una idea siquiera de lo que es estar aquí, en esta casa. De la obligación de estar siempre alerta. De no bajar nunca la guardia. Sabiendo que el más mínimo error que cometas será retransmitido en el mundo entero.

—Bueno, nadie le obligó. Ni a ti tampoco.

—Me he matado a trabajar... —Se interrumpió bruscamente y se secó los ojos con un pañuelo.

Sean la miró fijamente.

—Creía que te conocía. Me inspirabas respeto. Pensaba que eras auténtica. Era todo mentira, ¿no? Puro humo. Como esta ciudad. No hay nada detrás del telón.

—Creo que ya es hora de que te vayas de mi casa.

Michelle se levantó y se situó junto a Sean.

—Muy bien —le dijo él—. Pero recuerda una cosa, Jane. No es tu casa. Pertenece al pueblo americano. Tú y tu maridito estáis solamente de alquiler.

87

—El negocio periodístico está jodido, ¿eh, Marty? —dijo Sean, alzando la voz—. Ya nadie quiere esperar al periódico. Pueden leerlo *online* cuando quieren. Aunque sea todo inventado.

Era medianoche. Él y Michelle aguardaban junto a uno de los pilares de un parking subterráneo del centro de Washington. El hombre que caminaba hacia ellos se detuvo y sofocó una risotada cuando ambos salieron de las sombras y se situaron en el tramo iluminado por los fluorescentes.

Sean le estrechó la mano a Martin Determann y le presentó a Michelle.

—¿Y qué negocio no está jodido hoy en día? —dijo Determann, un tipo más bien bajo, de pelo tupido y entrecano y voz sonora. Unos ojos penetrantes bailaban tras sus gafas de diseño—. ¿Y pedirle a la gente que se moleste en leer y pensar las cosas? ¡Dios nos libre!

Sean sonrió.

—A nadie le gustan los quejicas, Marty.

—Bueno, ¿a qué viene tanto secretismo? —Recorrió con la mirada el parking desierto—. Me siento como si estuviera en una escena de *Todos los hombres del presidente*.

—¿Crees que tu propio Garganta Profunda te ayudará a vender unos cuantos periódicos más?

Determann se echó a reír.

—Preferiría ganar el premio Pulitzer, pero estoy abierto a

todo. Oye, tal vez podría haceros de negro literario y escribir vuestra autobiografía. Ya me dirás, con toda la tinta que habéis hecho correr últimamente, podríamos vendérsela sin problemas a algún editor por una cifra de seis dígitos.

—No bromeaba con lo de Garganta Profunda.

Determann se puso serio.

—Yo albergaba la esperanza de que no bromearas, de hecho. ¿Qué tienes?

—Ven. Esto nos llevará un buen rato.

Sean había alquilado una habitación en un motel, un poco al norte de la zona vieja de Alexandria. Se dirigieron hacia allí.

—Bueno, ¿cómo os conocisteis vosotros? —preguntó Michelle mientras circulaban por la avenida George Washington, junto a la orilla del Potomac.

Determann le dio a Sean una palmada en la espalda.

—Este tipo me representó legalmente durante mi divorcio. Sin que yo lo supiera, mi ex era adicta a la coca, se había fundido mis ahorros, me engañaba con el repartidor de UPS y tuvo el descaro, por si fuera poco, de envenenar a mi pececito de colores. Y aun así quería la mitad de mis posesiones cuando yo me enteré de todo y le puse una demanda para sacármela de encima. Cuando Sean terminó su faena, mi querida Ursula no se llevó ni un centavo. Es más, yo me quedé con su perro. Lo cual estuvo bien, porque él siempre me había preferido a mí.

—Me parece que Marty exagera, pero, en fin, aunque a veces magnifica la verdad, es un periodista como la copa de un pino.

—Pero todavía en busca de su primer Pulitzer —dijo él. Echó un vistazo al enorme y abultado archivador de fuelle que Sean tenía a su lado, sobre el asiento—. ¿Estará ahí dentro?

—Enseguida lo vas a averiguar.

Llegaron a la habitación del motel. Sean cerró la puerta y se quitó el abrigo.

—Vamos allá —dijo.

Revisaron metódicamente las fotografías que Michelle había sacado en Atlee mientras iban explicándole a Determann todo lo que habían descubierto, desde el expediente sobre desertores y la historia que Quarry había ido trazando en las paredes del sótano hasta la búsqueda en la mina que a punto había estado de costarles la vida.

Cuando llegaron al incendio provocado por la primera dama que había arrasado la casa y matado a Ruth Ann, Determann no pudo contenerse.

—¡Me estáis tomando el pelo!

—Ojalá fuera así.

Sean le mostró asimismo los archivos que había sacado de Atlee, donde figuraban algunos de los datos que Quarry había averiguado en su larga búsqueda para hacer justicia.

Determann tomó numerosas notas y formuló muchas preguntas. Pidieron café y lo consumieron a medida que transcurrían las horas. Al amanecer, fueron a desayunar y a tomar más cafeína a un restaurante de la zona vieja. Continuaron hablando mientras comían. Las aguas del Potomac discurrían tranquilamente frente a ellos y un jet despegó del cercano aeropuerto y se elevó en el cielo. De vuelta en el motel, tuvieron que respirar de nuevo el humo del periodista, un fumador empedernido, mientras continuaban examinando lo que habían descubierto y también lo que sospechaban.

Cuando terminaron por fin, el sol estaba muy alto en el cielo y ya había pasado de largo la hora del almuerzo.

Determann se arrellanó en su silla y se estiró.

—¿Me creeréis si os digo que este es el embrollo más asombroso que ha llegado jamás a mis oídos?

—Venga ya, no me des coba —dijo Sean, bromeando.

—No, de verdad. Este caso hace que el Watergate y el escándalo Monica Lewinsky parezcan una menudencia.

—Entonces, ¿nos crees? —preguntó Michelle.

—¿Que si os creo? ¿Quién podría haber inventado semejante historia? —Señaló las fotos y las páginas llenas de anotaciones esparcidas sobre la mesa—. Y no es que no haya pruebas.

Encendió otro cigarrillo.

—Lo que no entiendo es para qué había que secuestrar a Willa. Sí, es la sobrina, pero ¿cómo podían estar seguros de que el presidente se implicaría? No era hija suya, al fin y al cabo. Nadie habría podido echarle en cara que escurriera el bulto.

Sean sacó otro expediente que había tomado de los archivos de Quarry. Se habían guardado a propósito esa parte de la historia hasta que el periodista planteara la cuestión.

—Aquí están los resultados de unos análisis de ADN que Quarry llevó a cabo. Estos son de la sangre de Pam y Willa Dutton. Y este otro de Diane Wright. Quarry anotó los nombres debajo de cada resultado.

—Diane Wright, también conocida como Diane Wohl —dijo Determann, que había demostrado una memoria prodigiosa y que ya dominaba el conjunto de la historia y la identidad de los personajes principales.

—Exacto.

—Pero ¿por qué un análisis de ADN?

—Porque demuestra que la madre de Willa es Diane, no Pam.

Determann tomó los documentos y los examinó.

—Di que soy idiota, Sean, pero ahora no te sigo.

Sean le explicó lo sucedido en aquel callejón de Georgia, casi treinta años atrás. Era la primera vez que se lo contaba a alguien, aparte de a Michelle. La lealtad hacia Jane Cox le había impulsado a mantener el secreto. Pero la lealtad tenía sus límites y Sean ya los había alcanzado con la primera dama. En la mina, le había dicho a Sam Quarry que quería contribuir a que la verdad saliera a la luz si él liberaba a Willa. Quarry había cumplido su parte del trato y, aunque Sean había decidido en principio no decir nada, después de descubrir lo que había hecho la primera dama en Atlee, tenía la intención de cumplir lo que le había prometido al hombre antes de que sucumbiera.

Determann se arrellanó en su silla y se quitó las gafas.

—A ver si lo entiendo. El senador Cox con Diane Wright encima. Nueve meses más tarde aparece Willa. Ella es hija suya. Joder. ¿Y lo que le había hecho antes a Tippi Quarry? ¡Menudo gilipollas!

—Esa es justamente la parte de su anatomía que no parecía capaz de controlar —señaló Michelle.

Sean tomó la foto de un hombre de expresión avinagrada de casi cincuenta años.

—Y Quarry descubrió que Jane Cox conocía al carnicero que

le practicó el aborto a Tippi y que acabó seccionándole una arteria. La policía la encontró en el sótano de un edificio abandonado, donde el muy cabrón debió de abandonarla después del estropicio. El tipo había perdido su licencia para ejercer la medicina por sus problemas con las drogas y el alcohol, pero aún estaba dispuesto a hacer trabajitos para sus viejos amigos.

—Y no acudieron a un médico normal o a un centro hospitalario porque Tippi podía explicar lo ocurrido, ¿no es así? O porque la gente podía empezar a hacer preguntas incómodas.

—Exacto.

Determann se echó hacia delante y estudió los documentos.

—Pero nadie ha analizado el ADN del presidente...

—Si lo hicieran, cuadrarían por completo.

—Bueno, deben de tener el ADN del tipo almacenado. Quizás esta historia obligará a efectuar un análisis más. —Empezó a tomar notas, pero se detuvo cuando Sean le puso una mano sobre la suya. Levantó la vista con aire inquisitivo.

—Marty, ¿puedo pedirte un favor?

—¿Después de ponerme en las manos la historia del siglo? Sí, creo que puedo permitírmelo.

—No quiero que escribas esta parte de la historia. Sobre Willa.

—¿Cómo dices?

Michelle intervino.

—Willa ha perdido a su madre. La mujer que realmente la trajo al mundo también ha muerto. Nos parece que sería demasiado. Resultaría injusto obligarla a pasar ese trago.

—Y tú ya tienes de sobra sin esa parte de la historia —añadió Sean—. Incluyendo pruebas circunstanciales muy convincentes de que la primera dama incendió una casa y provocó la muerte de una mujer inocente para encubrir las fechorías de su marido. Pero, en fin, tú eres el periodista. Es decisión tuya. No te vamos a obligar a ocultarlo.

Determann parecía incómodo.

—¿Tú crees que Jane Cox pretendía que muriera Ruth Ann al incendiar la casa?

—Quiero creer que no. Pero me imagino que eso solo lo sabe ella. Lo que sí tengo claro es que Willa ya ha pasado bastante.

Determann asintió y le tendió la mano a Sean.

—Trato hecho.

—Gracias, Marty.

—Es una gran historia, Sean —dijo Determann—. Y entiendo perfectamente por qué queréis que salga a relucir la verdad.

—¿Pero? —dijo Sean con recelo.

—Pero va a sacudir este país hasta los cimientos, amigo.

—A veces hay que hacerlo, Marty. A veces hay que hacerlo.

88

Willa se hallaba sentada frente a Sean, Michelle y Gabriel, con las manos en el regazo y la cabeza gacha. Estaban en la casa que Tuck había alquilado a un par de kilómetros de la antigua, que habían puesto a la venta. Ninguno de ellos quería volver a vivir allí. Tuck, sentado junto a su hija, la rodeaba con el brazo.

—Siento que tu madre muriera —le dijo Gabriel a Willa, sin mirarla abiertamente. Iba vestido con un polo blanco nuevo y con unos tejanos, y llevaba la gorra de los Atlanta Falcons que le había comprado Sean para reemplazar la que había perdido en el incendio. Tenía una mano en el bolsillo y sujetaba entre los dedos la única de sus pertenencias que había sobrevivido al fuego: la moneda Lady Liberty que Sam Quarry había dejado en su mesilla antes de abandonar Atlee para siempre.

—Yo también siento mucho lo de tu madre —dijo Willa—. Fuiste muy valiente en la mina. No estaría viva de no ser por ti.

Gabriel miró a Sean de soslayo.

—Él me sacó de allí. Estoy seguro de que no lo habría conseguido de no ser por el señor Sean.

Willa recorrió con la vista su hogar provisional antes de volver a mirar a Gabriel.

—Él tenía una hija. Se llamaba Tippi.

—Sí. Estaba muy enferma. El señor Sam me dejaba que le leyera.

—Jane Austen. Me lo contó.

—¿Te hablaba mucho de Tippi? —le preguntó Sean a la niña.

—No, pero noté que pensaba mucho en ella. Son cosas que notas. —Miró a su padre—. Intenté huir una vez. Casi me despeñé por el barranco. Él me salvó. El señor Sam me agarró justo antes de que cayera.

Tuck se impacientó un poco.

—Todo eso forma parte del pasado, Willa. No tienes que pensar más en ello, cariño. Se ha acabado.

Ella tamborileó con los dedos.

—Lo sé, papá. Pero una parte de mí... —Se inclinó hacia delante—. Él perdió a su hija, ¿no? Perdió a Tippi.

Michelle y Sean intercambiaron una mirada rápida.

—Sí, así es —dijo Sean—. Pero me parece que tu padre tiene razón. No deberías pensar mucho en ello.

Tuck miró a Gabriel. Era obvio que no se sentía del todo cómodo recibiendo en su casa, y más aún en presencia de Willa, a cualquier persona relacionada con Sam Quarry, aunque solo se tratara de un chico inocente.

—Así que él está viviendo con vosotros, chicos. ¿Qué tal funciona la cosa? —Su tono daba a entender con toda claridad que aquello no iba a funcionar de ninguna manera.

—Funciona de maravilla —dijo Michelle con firmeza—. Lo hemos matriculado para que empiece el curso en un colegio de aquí. Ya ha superado el álgebra, aunque solo está en séptimo; y su nivel en lenguas extranjeras es extraordinario —dijo con orgullo.

—Español y nativo americano —añadió Sean.

—Ah, fantástico —dijo Tuck con hipocresía.

—Es estupendo —dijo Willa, observando a Gabriel—. Debes de ser muy listo.

El chico se encogió de hombros.

—Soy normal. Tengo mucho que aprender. Y aquí todo es...

—¿Distinto? —dijo Willa—. Yo puedo ayudarte.

Tuck soltó una risa ronca.

—Un momento, cariño. Tú vas a estar muy ocupada. Seguro que el señor King puede cuidar del chico.

Michelle le echó un vistazo a la niña.

—Pero gracias por ofrecerte, Willa. Ha sido muy amable de

tu parte. —Luego miró directamente a su padre—. Y quién sabe, tal vez vosotros dos lleguéis a ser grandes amigos.

Tuck hizo luego un aparte con Sean y Michelle, mientras Willa le enseñaba su habitación a Gabriel.

—No sé cómo expresar cuánto os agradezco lo que hicisteis. Todo lo que me ha contado Willa... Dios mío, es un milagro que haya sobrevivido. Que cualquiera de vosotros saliera con vida.

—Seguramente no te apetece escucharlo, pero fue Sam Quarry quien volvió a entrar en la mina y salvó a Willa en realidad. De no ser por eso, ella no estaría aquí.

La cara de Tuck se congestionó.

—Sí, bueno, si ese cabrón no hubiera hecho nada de todo esto, Willa no habría estado en aquella mina y Pam seguiría viva.

—Tienes razón. ¿Has hablado últimamente con tu hermana? Tuck frunció el ceño.

—No mucho. Dan quería llevarse a Willa y hacer un pequeño *tour* durante la campaña. Pero...

—Pero tú pensaste que parecería un poquito demasiado oportunista —apuntó Michelle.

—Algo así, exacto.

—Los niños ahora te necesitan de verdad, Tuck —le dijo Sean—. Quizá te convenga dejar que tu socio, David Hilal, se encargue de dirigir el cotarro una temporada. —Hizo una pausa—. Eso sí, tú mantente alejado de su esposa.

Tuck se quedó estupefacto. Antes de que pudiera decir nada, Sean le puso una mano en el hombro y añadió:

—Y si se te ocurre acercarte a Cassandra Mallory, te corto las pelotas, hijo de puta.

Tuck se rio un instante antes de darse cuenta de que Sean hablaba completamente en serio.

Más tarde, cuando ya iban a buscar el coche, Willa salió corriendo, los alcanzó y les entregó tres sobres.

—¿Qué es esto? —preguntó Michelle.

—Cartas de agradecimiento. Por todo lo que hicisteis por mí.

—Cariño, no hacía falta.

—Mi madre decía que siempre hay que escribir cartas de agradecimiento. Y además, quería hacerlo.

Gabriel sujetaba su sobre como si fuera la cosa más preciosa que le hubieran dado en su vida.

—Qué amable, Willa. Gracias.

Ella los miró con unos ojos tan enormes que parecían abarcar todo su rostro.

—Odio al señor Sam por lo que le hizo a mi madre.

Gabriel bajó la vista en el acto y dio un paso atrás.

—Ya lo sé, cielo —dijo Michelle—. No creo que él pretendiera que tu madre sufriera ningún daño, pero fue culpa suya aun así.

—De todos modos, justo antes de soltarme, me dijo que si alguna vez llegas a amar tienes que estar preparado para odiar. Supongo que quería decir que si le hacen daño a una persona a la que quieres, tú odiarás a los culpables. Es normal.

—Supongo —dijo Sean, incómodo, sin saber muy bien adónde quería ir a parar.

—Yo creo que el señor Sam amaba a su hija.

—Yo también lo creo —dijo Michelle, al tiempo que se frotaba un ojo.

—Desde luego que sí —dijo Gabriel—. Seguro.

—Y porque le hicieron daño a ella, odiaba a los culpables.

—Probablemente fue así —dijo Sean.

—Pero luego me dijo otra cosa: que tienes que dejar el odio de lado. Que, de lo contrario, te destrozará por dentro. Y no dejará que vuelva a surgir el amor. —Volvió los ojos hacia Gabriel al decir esto y los dos niños se sostuvieron la mirada largo rato.

—Lo que decía el señor Sam es verdad, Willa. Lo es para nosotros dos. —Gabriel derramó una lágrima sobre su camisa nueva. A ella las lágrimas le resbalaban por las mejillas.

Michelle miró para otro lado mientras Sean inspiraba hondo. Willa alzó hacia ellos sus grandes ojos apenados.

—Así que no voy a seguir odiándole.

Michelle dejó escapar un sollozo y se apartó, tratando de ocultarse detrás de Sean, que también tenía los ojos húmedos.

—Muy bien, Willa —dijo Sean con voz ronca—. Seguramente es buena idea.

Ella abrazó a los tres y volvió a entrar corriendo.

Sean, Michelle y Gabriel no se movieron del sitio durante un rato. Finalmente, Gabriel dijo:

—Vale la pena tenerla como amiga.

—Sí —dijo Michelle—. Ya lo creo.

El día de las elecciones, Dan Cox, reforzado por su heroísmo y por el dramático rescate de su querida sobrina, se alzó con la victoria para un segundo mandato en la Casa Blanca, con una ventaja que se contaba entre las más abultadas de la historia en unas elecciones presidenciales.

Dos meses después de la toma de posesión, Martin Determann, que había trabajado sin respiro, solo dedicado a lo que era sin duda el reportaje de su vida, publicó una exclusiva de nueve páginas en el *Washington Post*. Determann se había valido con inteligencia del trabajo realizado por Sam Quarry durante tantos años, pero le había conferido la perspectiva de un periodista de investigación profesional y había aportado, cosa aún más importante, pruebas muy sólidas. Su reportaje se hallaba respaldado por datos y fuentes tan meticulosamente contrastados que todos los medios de comunicación del mundo se hicieron eco de la historia y llevaron a cabo sus propias investigaciones, destapando algunos secretos todavía mejor guardados del pasado de Dan Cox.

Determann fue nominado para el premio Pulitzer.

El escándalo provocado desató en todo el país una oleada de furia incontenible contra Dan y Jane Cox. Hasta tal punto que, un sombrío día de abril, Dan Cox, deshonrado y humillado, se dirigió al pueblo americano desde el Despacho Oval para anunciar que dimitiría como presidente de Estados Unidos a las doce en punto del día siguiente.

Y así lo hizo.

89

Un mes después de la dimisión de Cox, Sean y Michelle visitaron Atlee una vez más.

Tippi Quarry había sido enterrada junto a su madre en el cementerio de una iglesia cercana. De acuerdo con el testimonio de Sean y Michelle sobre la hora de la muerte de Sam Quarry, su hacienda había pasado a Ruth Ann Macon, como estipulaba el testamento que Sean había encontrado en el sótano, pues la muerte de Quarry había precedido a la de Ruth Ann, aunque solo fuera en una hora más o menos.

Lo cual implicaba que Gabriel, como único descendiente vivo de ella, heredaba todas las propiedades de Sam Quarry. Sean se estaba ocupando de las gestiones legales con la ayuda de un abogado de Alabama. Pensaban vender las ochenta hectáreas de tierra a un promotor inmobiliario dispuesto a desembolsar una suma lo bastante elevada como para que Gabriel no tuviera problemas a la hora de costearse la universidad; y todavía le sobraría un buen pico.

Cuando terminaron de hablar con el abogado y los representantes del promotor y se retiraban ya del lugar para recoger su coche alquilado, oyeron que alguien les llamaba.

—Hola.

Se dieron la vuelta y vieron a un hombre de piel rojiza, con la cara surcada de arrugas, el pelo blanco hasta los hombros y un sombrero de paja de ala ancha. Estaba junto al sitio donde se levantaba en su momento el porche de la casa.

—Hola —dijo Sean. Ambos se acercaron.

—¿Usted es Fred? —preguntó Michelle.

El hombre asintió.

—Yo soy Michelle y este es mi socio, Sean.

Se estrecharon las manos y echaron un vistazo en silencio a las tierras de la antigua plantación.

—¿Conocían a Sam? —preguntó Fred.

—Un poco. Supongo que usted también.

—Era un buen hombre. Me dejaba vivir en sus tierras. Me traía cigarrillos y Jim Beam. Voy a echarle de menos. Supongo que ya soy el único que queda aquí, ahora que Gabriel se ha ido a vivir a otra parte. Yo tenía a otros dos nativos viviendo conmigo, pero se han marchado.

—¿Koasati? —preguntó Michelle.

—El pueblo perdido, sí. ¿Cómo lo sabía?

—Ha sido de chiripa.

—Me han dicho que va a venderse la hacienda. ¿Ustedes tienen algo que ver? Los he visto reunidos con unos tipos.

—Así es. Pero Gabriel nos habló de su caso y hemos estipulado que usted y su Airstream seguirán teniendo aquí un sitio.

Fred sonrió lúgubremente.

—Dudo que importe.

—¿Por qué?

Él soltó una tos cascada.

—El médico dice que solo me quedan unos meses. Una cosa de pulmón.

—Lo lamento —dijo Sean.

—No lo lamente. Soy viejo. Ya me toca morir. —Posó una mano pequeña en la manga de Michelle—. ¿Quieren venir a mi caravana a tomarse una cerveza? No queda lejos. Y mi Airstream nunca ha recibido a una mujer tan bella como esta joven.

Michelle sonrió.

—¿Qué chica podría rechazar semejante oferta?

Sentados en el interior de la pequeña caravana, se bebieron una cerveza mientras Fred les entretenía con historias de Sam, de Gabriel y de la vida en Atlee.

—¿Saben?, yo siempre noté que Sam era infeliz. Él procuraba no demostrarlo, pero era un hombre infeliz.

Sean tomó un trago de su botella y asintió:

—Creo que tiene razón.

—Sam sentía gran respeto por nuestra cultura. Me hacía montones de preguntas. Sobre nuestros símbolos y rituales.

Sean se irguió en su silla.

—Ahora que lo dice, una vez le vi a Sam una marca en el brazo. —Empezó a dibujarla sobre la capa de polvo de una mesa de la caravana—. Cuatro líneas. Una larga cruzada por dos perpendiculares en los extremos y por una más corta en medio.

Fred empezó a asentir antes de que concluyera.

—Yo le hablé de ello. Verá, en la cultura nativa americana esa es la marca de la protección espiritual. No es koasati, sino de otra lengua tribal. No sé bien cuál. En todo caso, la línea de la izquierda significa *winyan*, «mujer». La de la derecha, *wicasa*, «hombre». La línea larga significa *wakanyeza*, «niño inocente».

—Pero ¿qué quiere decir? —preguntó Sean.

—Quiere decir que es responsabilidad de los padres proteger siempre al niño.

Sean miró a Michelle.

—Gracias, Fred. Eso lo aclara todo.

En el trayecto de vuelta al aeropuerto, Michelle dijo:

—¿Cómo es posible que la gente como Jane y Dan Cox llegue tan lejos?

—Porque ella es dura y fuerte, y capaz de cualquier cosa. Y él posee el carisma necesario para que la gente quiera apoyarle. Un tipo realmente popular.

—¿Así que basta con eso? Que Dios nos ampare.

—Pero también tiene un precio, Michelle.

—¿De veras? —dijo ella, escéptica.

—Saber que cualquier día puede venirse todo abajo.

—Ya me perdonarás, pero no me parece un precio suficiente.

—Créeme, su dimisión como presidente ha sido solo el principio. Se enfrentan a varias décadas de declaraciones y juicios. Y tendrán mucha suerte si al final no dan con sus traseros en la cárcel.

—Esperemos que no tengan esa suerte.

Unos cuantos kilómetros más adelante, Sean cogió un maletín del asiento trasero y sacó un documento. Michelle, que iba conduciendo, le echó un vistazo.

—¿Qué es eso?

—El expediente que tiraste a la basura aquella noche, después de entrar furtivamente en el despacho de Horatio Barnes.

—¿Qué? ¿Cómo?

—Doblé la esquina justo a tiempo y vi cómo lo tirabas. Lo saqué del cubo y lo sequé. No lo he leído, Michelle. Jamás haría una cosa así. Pero pensé que quizá querrías tenerlo.

Ella echó un vistazo al fajo de hojas.

—Gracias, pero no lo necesito. Ya hemos aclarado las cosas mi padre y yo.

—Entonces, ¿ya sabes lo que dice?

—Sé lo suficiente, Sean. Lo suficiente.

Tras aterrizar en el D.C., recogieron el todoterreno de Michelle y salieron del aparcamiento. Media hora más tarde, estaban en el apartamento de ella. Habían decidido que Gabriel viviera por el momento con Michelle, aunque Sean debía ocuparse de él en la misma medida.

Esta noche, sin embargo, Gabriel se quedaba a dormir nada menos que en casa de Chuk Waters. El agente del FBI tenía seis hijos, tres de ellos de la edad de Gabriel, y, pese a su rostro avinagrado, había demostrado ser un trozo de pan con los niños y enseguida le había tomado afecto al chico. Waters vivía en Manassas y, en los últimos meses, Gabriel se había hecho muy amigo de sus hijos. Sean creía que Chuck, en vista de su extraordinaria inteligencia, albergaba la intención de reclutarlo para el FBI en cuanto terminara la universidad. No obstante, Sean le había dejado a Gabriel las cosas muy claras.

—Tú no debes conformarte con el FBI. Has de apuntar más alto —le había dicho una noche, mientras cenaban los tres.

—¿Más alto qué es?

—El servicio secreto, por supuesto —había respondido Michelle.

Entraron en el apartamento. Michelle dejó las llaves en la encimera de la cocina.

—Coge tú mismo una cerveza. Voy a darme una ducha rápida y a cambiarme. Luego quizá podríamos cenar algo.

—Yo voy a llamar a Waters, a ver cómo está Gabriel —dijo él, sonriendo—. Esto de ser padre no está tan mal.

—Lo dices porque tú te has saltado todos los pañales sucios y las noches sin dormir.

Sean abrió una botella de soda, se sentó en el sofá y llamó a Waters. Gabriel estaba de maravilla, le dijo el agente. El tono alegre del chico, cuando habló después con él, se lo confirmó. Al colgar el teléfono, Sean oyó el grifo de la ducha en el dormitorio de Michelle. Trató de mirar la televisión, pero el argumento de la serie criminal que había puesto era tan endeble, tan poco interesante en comparación con todo lo que acababa de vivir en la realidad, que acabó apagándola. Permaneció sentado con los ojos cerrados, tratando de olvidar lo sucedido en los últimos meses, al menos durante unos segundos.

Cuando volvió a abrir los ojos, advirtió que Michelle no había salido aún. Echó un vistazo al reloj. Había pasado un cuarto de hora. No se oía nada en su habitación.

—¿Michelle?

Silencio.

—¡Michelle!

Con una maldición, se levantó y echó un vistazo alrededor. Después del embrollo demencial en el que habían estado metidos, todo era posible. Sacó la pistola y se deslizó lentamente por el corto pasillo. Encendió una luz pulsando el interruptor con el codo.

—¡Michelle!

Abrió con sigilo la puerta del dormitorio.

Salía un leve resplandor del baño.

Bajando la voz, dijo:

—¿Michelle? ¿Estás bien? ¿Te encuentras mal?

Cuando oyó que se encendía el secador, suspiró aliviado. Se volvió para retirarse, pero no lo hizo. Permaneció allí, contemplando aquella rendija de luz bajo la puerta del baño.

Dos minutos después, oyó que se apagaba el secador y Michelle salió. Llevaba una bata larga y tenía todavía el pelo mojado. No ofrecía una estampa *sexy* como la de Cassandra Mallory cuando la había visitado en su apartamento. Michelle iba totalmente tapada. Sin rastro de maquillaje. Y sin embargo, para Sean no había comparación. La mujer que estaba contemplando era la más bella que había visto en su vida.

—¿Sean? —dijo ella, sorprendida—. ¿Te pasa algo?

—Solo he venido a ver si estabas bien. Me había empezado a preocupar. —Bajó la vista, avergonzado—. Pero tú pareces estar perfectamente. Quiero decir... estás fantástica.

Se volvió para salir.

—Te espero en el salón. Quizá podríamos pedir...

Antes de que llegase a la puerta, ella se plantó a su lado, lo cogió de la mano y lo arrastró hacia dentro.

—¿Michelle?

Le quitó la pistola y la dejó en la cómoda.

—Ven aquí.

Se sentaron juntos sobre la cama. Ella se despojó de la bata y empezó a desabrocharle la camisa mientras él le deslizaba la mano suavemente por la cadera desnuda.

—¿Estás segura de esto? —dijo Sean.

Ella se detuvo.

—¿Tú?

Él le puso la mano en los labios y los resiguió con el índice.

—En realidad, creo que lo he tenido claro desde hace mucho.

—Yo también.

Michelle se tumbó en la cama y atrajo a Sean hacia sí.

Agradecimientos

A Michelle, primera entre iguales en nuestra primera familia.

A Mitch Hoffman: Sigues siendo mi editor; será que te caigo bien, ¡realmente bien! Hablando en serio, gracias por un nuevo trabajo extraordinario.

A David Young, Jamie Raab, Emi Battaglia, Jennifer Romanello, Tom Maciag, Martha Otis y todo el equipo de Grand Central Publishing, que siguen elevándome a nuevas cotas.

A Aaron y Arlene Priest, Lucy Childs, Lisa Erbach Vance, Nicole Kenealy y John Richmond, por lo mucho que hacen para mantener mi vida en un nivel de cordura razonable.

A Maria Rejt y Katie James de Pan Macmillan por cuidar de mí al otro lado del Atlántico.

A Grace McQuade y Lynn Goldberg por el gran trabajo que han hecho para que la gente comprenda que, en efecto, no soy John Grisham.

A Spencer y Collin, simplemente porque os quiero más que a nada en este mundo.

A la doctora Catherine Broome y los doctores Alli y Anshu Guleria, por su ayuda en cuestiones médicas.

A los ganadores de la subasta benéfica de «nombres», Pamela Dutton, Diane Wohl, David Hilal y Lori Magoulas. Espero que hayáis disfrutado el viaje. Mis disculpas a quienes no han salido vivos del libro. Los *thrillers* son siempre terreno peligroso.

A mi amigo Chuck Betack, por usar tu apellido sin consultarte. Observa, sin embargo, que te he pintado más alto de lo que eres, y sin pedirte ninguna comisión.

A Steve Jennings, por su perspicaz conocimiento del mundo de los contratos gubernamentales.

A Lucy Stille y Karen Spiegel, por sus excelentes comentarios sobre la historia.

A Ann Todd y Neal Schiff, del FBI, por su ayuda técnica.

A mi amigo Bob Schule, por sus sabios consejos tanto en materia política como gramatical. Cualquier pifia que quede es solo mía.

A Lynette, Deborah y Natasha, por mantener las velas corporativas y filantrópicas con el viento de cara y el rumbo correcto.